中国专业作家作品典藏文库

中国专业作家作品典藏文库
石钟山卷

石光荣的战火青春

石钟山 著

中国文史出版社

图书在版编目(CIP)数据

石光荣的战火青春 / 石钟山著. -- 北京 : 中国文史出版社, 2023.3

(中国专业作家作品典藏文库. 石钟山卷)

ISBN 978-7-5205-3315-7

Ⅰ. ①石… Ⅱ. ①石… Ⅲ. ①长篇小说-中国-当代 Ⅳ. ①I247.5

中国版本图书馆 CIP 数据核字(2021)第 262298 号

责任编辑：薛未未

出版发行：中国文史出版社

社　　址：北京市海淀区西八里庄路 69 号院　邮编：100142

电　　话：010-81136606　81136602　81136603（发行部）

传　　真：010-81136655

印　　装：北京新华印刷有限公司

经　　销：全国新华书店

开　　本：720×1020　1/16

印　　张：30.25　　字数：543 千字

版　　次：2023 年 3 月第 1 版

印　　次：2023 年 3 月第 1 次印刷

定　　价：79.80 元

目　录

第一章

老管家老么带着白半仙走进蘑菇屯沈家大院时，已经是偏午时分了。那时候，沈家老爷和太太正坐在堂屋里说话儿。见白半仙来了，忙站起身来，热情地迎接道：半仙，快请。

白半仙朝沈家老爷和太太寒暄了一句，正要落座，却一眼瞅见了躲在角落里的沈芍药。看上去，沈芍药这时已有十七八岁了，这正是如花似玉的好年龄，可是，她却患上了一种难缠的痴傻病。说起来，沈芍药患上这种痴傻病已经有许多年了，这许多年来，沈芍药的病情一直不见好转，于是，这也便成了沈家老爷和太太的一块心病。

此刻，见白半仙正站在那里望她，沈芍药一边流着口水咬着一根手指头，一边冲白半仙嘿嘿地傻笑着。

白半仙移开了目光，望着沈家老爷和太太开口说道：老爷、太太，如果俺半仙没记错的话，再过十一天，就是芍药满十八岁的生日了。

沈家老爷应道：半仙，你真是好记性啊，可不是咋的，立冬就是芍药这孩子的生日了。

沈家太太这时也接过话来：半仙啊，我们全家都记得当年你说过的话，芍药这病，得到了十八岁你才能给扎咕，眼见着这孩子就满十八岁了，俺们一大早就让老么套车去接你了。

白半仙走到一把椅子前坐下，先是眯起一双眼睛，接着便开始掰着指头掐算起来，完全一副神乎其神的样子。半晌，白半仙立身走到一座香炉前，拿起三炷香点燃了，一边舞动着，一边嚅动着嘴唇念念有词，最后把那香插在香炉里，回转身来时，竟神色大变喊道：老爷、太太，大事不好，你沈家不久即将有血光之灾！

白半仙这一声喊叫，把沈家老爷和太太吓了一个激灵，见此情景，沈家太太煞白着一张脸，忙起身问道：半仙呀，快把话说明了，这血光之灾会落在俺家谁头上，咋个避法？你可要好好扎咕扎咕。

白半仙瞅她一眼，并不答话，一双手却在空中胡乱舞弄起来，之后，坐在椅子上闭住了眼睛。见白半仙这样,屋里的几个人大气不敢出一声,直等着他最后说一句明白话。

半晌过后,白半仙缓缓睁开眼睛,又缓缓吐出一口气来,不慌不忙地掐指说道:这血光之灾是你们沈家离家的男人。

沈家老爷闻听此话,立时也坐不住了,忙欠起身来,试探地问道:你是说俺家的少夫?他会咋样?

一直站在一旁的老管家老么,望了一眼沈家老爷,又望了一眼沈家太太,最后把目光落在白半仙的脸上,插过话来说道:大少爷前两天还打信回来,说是队伍即将调到冀中驻防,没听说他有啥大事呀!

白半仙说道:灾象转移,就在这测与不测之中。我本来是为芍药的病而来,可一进入你这宅子就被这半白半红的气象惊住了,刚才打问了天神,得知你家离家的男人,近日必有大劫呀!

正说到这里,不料,沈芍药突然大叫一声跑出门去,惊得屋里的几个人不约而同抖了一下身子。

老么稳了一下神,挪动着步子,凑到白半仙跟前,赔着笑脸,小心地问道:半仙呀,你可是咱这东辽城一带方圆百里的神仙,你的话俺们信,可解铃还须系铃之人,你看咋办吧?

半仙望着老么,却闭口不说了。

沈家老爷见状,忙冲老么使个眼色,又朝屋里努了努嘴。接着冲白半仙说道:半仙,你就放心扎咕,费用好说。

片刻,老么从里间屋里端出一个托盘,托盘里放着几摞已经封好的银圆。

白半仙瞄了眼托盘,一边说着这事好说,一边又闭上眼睛,摆弄着手指,嘴里边不住地念念有词,末了,抬头说道:喜可冲灾,也可灭灾,灾象就是源于你沈家缺喜。

沈家太太不明就里,问道:喜?俺们家得怎么个喜呀?

白半仙说道:村东,有一春分出生的女子,今年满二十,可冲了你家的灾。

老么听了,思忖道:你说的是桔家的丫头桔梗?

白半仙说:你说的是啥样俺不知道,俺问的只是命相。

接着,白半仙把目光落在沈家老爷的身上,说道:让你家在外的男人娶了这女子,一可以灭灾,二来对你沈家日后的发达也是火上添柴。你家姑娘的病也就不治自愈了。

沈家太太皱了眉头,看了一眼白半仙,又望了一眼沈家老爷,不无忧虑地说道：桔梗那丫头打小就和桔家的养子石头定了亲，石头也是离家在外，要不早就圆房了。为了灭灾，为了日后的发达，让咱家少夫娶桔梗，行倒是行，可桔家能同意吗？

白半仙开口说道：俺只管破解天象，指出明路，至于怎么娶，怎么冲喜，我无能为力了。

说完，起身便要回去。

一家人送走了白半仙，沈家老爷和太太坐在那里一边说话，一边看着痴女沈芍药在屋里满地爬着追玩一只花皮球。

沈家太太望着地上痴疯的女儿，不住地叹息道：你说这喜可咋冲哇？

先别管那么多了，少夫是咱家的独子，打小供养他读书，又卖了那么多地，给他买了个团长当，咱不能眼睁睁地看着他前功尽弃。沈家老爷接着说道，明天一早，就让老么去东辽城给少夫发电报，让他火速回来一趟，就说我要死了，让他回家发丧。

想到那个桔梗，沈家太太又犹豫起来：这桔梗那么好娶？她在蘑菇屯横刀立马的可不服管教。

沈家老爷哼了一声，斜了她一眼，说道：别忘了，这蘑菇屯都是咱们的佃户，离开咱们沈家，他们还不都喝西北风去，大不了破财免灾。

沈家太太望着沈家老爷，不无担心地说：听说那个石头在冀中参加了八路，有一天他回来冲咱们要人咋办？

沈家老爷脖子一拧，气哼哼地回道：他八路咋的了？别忘了咱家少夫是国军的团长，我还怕了他一个小石头不成？

沈家太太想了想，说道：那就听你的。

你去告诉下人，咱沈家张灯结彩，把动静弄大点。我要让四邻八村都知道，咱沈家要办大事！

说到这里，沈家老爷不由得笑了起来。

蘑菇屯桔家养子石头，现任八路军驻冀中某独立团尖刀连连长的石光荣，无论如何都不会想到，沈家大院此时此刻正紧锣密鼓地策划着一场阴谋，把一副如意算盘打在了桔梗的头上。那个时候，他正为一件棘手的事情着急上火。

石光荣急三火四闯进独立团团部时，正看见一脸书生气的张政委，心平气和地端坐在那里看一本书。

石光荣抹一把头上的汗水报告道：政委，鬼子偷袭了后沙峪村，打死了不少乡亲，还放火烧了村子……

张政委警觉地放下书本，起身问道：他们有多少人？

石光荣回道：一个鬼子小队，还有一大队伪军。

张政委下意识地皱了下眉头，稍稍犹豫道：团长去分区开会了，到现在还没回来。这……

见张政委有些犹豫不决，石光荣一下沉不住气了：团长不在，这独立团就你当家，快下命令吧，收拾这伙鬼子和伪军！

张政委望着石光荣，一时间显得六神无主，接着说道：可是，团长走时特意交代了，不论发生什么，让咱们不要轻易和城里的鬼子交火。

石光荣再也耐不住性子了，一拍大腿埋怨道：政委啊，你个小白脸，你这是书读太多了，脑子咋就那么死性呢？团长说不让和鬼子交火，那是指王佐城里，现在是城外，后沙峪村，鬼子都摸到咱们家门口了，这仗还不打，那就是傻子。

石连长，你说得也有道理。张政委思忖片刻，最后还是说道，可这兵还是不能出，万一城里的鬼子来增援咋办？

听到这话，石光荣急得在屋里来回转磨磨，一边转着，一边嚷着：哎呀，俺的政委，你这前怕狼后怕虎的，鬼子都远了，你咋还这么磨叽呢？

不管怎么说，团长没回来之前，这兵不能出。张政委接着说道，调动兵力，指挥打仗的权力在团长手里，没他的命令，怎么能擅自出兵呢？

石光荣这一回彻底急了：你这个小白脸呀，俺早知道找你也是白找，那啥，你不派兵可以，俺调尖刀连上去总可以吧！

没有团长的命令，你们尖刀连上去也不行！

这不行，那不行，到底咋行？石光荣火了，眼珠子瞪得溜圆，接着说，鬼子就在咱眼皮子底下，这时候不咬他一口还等啥时候？这样吧，俺带尖刀连上去，出了事俺负责，和你这个白脸政委狗毛关系也没有！

石光荣再也顾不得许多，话音落下，摔门而去。

张政委见大事不好，望着石光荣的背影跺脚骂道：这个石疯子，他是又病了！

一边这样骂着，一边又紧忙喊道：小赵，快，快把王连长叫来！

石光荣不管不顾地带着尖刀连火速往后沙峪村赶去的时候，时任国军二十四团团长的沈家大少爷沈少夫，正带着省亲的队伍，挥着马鞭从另一条山路上走来。

自从接到家里发来的那份电报，沈少夫的心里再也平静不下来了。在蘑菇屯，都知道沈少夫是个大孝子，父亲突然得了重病，生死未卜，他怎么能坐视不管呢？尽管在这个节骨眼上，二十四团正要开拔到冀中参加抗日，全团上下正忙碌得不可开交，可是，待他安排好了队伍之后，还是断然决定回一趟蘑菇屯，看望一下病重的父亲。

沈少夫骑在马上，心事重重地赶着山路。他身旁的另一匹马上，坐着军医王百灵。王百灵这时不到二十岁，身穿一套可体的国军军官服，梳着两条油亮的大辫子，看上去，俨然是一个知识女性。在他们身后紧紧跟随着的，是一个班的警卫。

沈少夫与军医王百灵并排骑在马上，一边往前走着，一边扭着脸说道：王军医，这次让你陪我沈某回老家蘑菇屯，真是委屈你了。

王百灵听了，嘴角上露出一丝笑意，却没有说话。

按理说，这次部队正在往冀中调动，我作为一团之长不该离开队伍。沈少夫接着说道，可是家父恰恰在这个时候得了急病，我不能坐视不管呀！话说回来，没有家父的支持，就没有我沈少夫的今天。我这命是爹娘给的，我这前途也是父亲一手打理的。换句话说，没有家父，也就没有我二十四团啊，团里头谁都知道，二十四团是他老人家一手出资建起来的。所以，家父这次病危，还希望王军医能妙手回春啊！

王百灵看了眼沈少夫，嘴角又露出一丝笑意，想了想，说道：团座，我初来贵团，就遇上令尊病危，我王百灵学的是医术，救护每个病人都是我的责任。请团座放心，我一定尽力而为。

听王百灵这样一说，沈少夫放心地笑了，说：王军医，有你这句话，我心里就踏实一半了。说着，挥了一下马鞭，回头喊道，弟兄们，打起精神，抓紧点！

沈少夫打马往前走了一程，来到山路上一处平坦的地方，不料想，却迎头撞上了石光荣的尖刀连。

沈少夫见一群八路军眨眼之间围了过来，一时之间大惊失色，下意识地掏出了手枪，警卫班的人见状，也神色慌张地纷纷举起枪来对准了面前的这一群八路。

石光荣梗了一下脖子，却大大咧咧地径直走了过来，说：咋的，不是帮我们收拾小鬼子的呀？国共不是合作了吗？咋见了友军还舞刀弄枪的？

沈少夫看了石光荣一眼，忙说道：对，对，咱们是友军，井水不犯河水，我是国军二十四团团长沈少夫，路经此地，回乡省亲。敢问你们是八路军哪部分的？

石光荣打量着沈少夫，突然一拍大腿笑了起来，说：咦，敢情你是沈白食呀，在这里碰到你，真是太巧了！

沈少夫听石光荣这么一说，也打量起马下的石光荣来。

沈白食，你不认识我，我可认识你。石光荣说，你忘了，小时候，俺往你家茅坑里扔石头溅了你一身大粪。

沈少夫终于想起来了，忙下马说道：你是石头，村东头，老桔家收养的那个孤儿石头。

见沈少夫这样说话，站在石光荣身边的警卫员小伍子却不高兴了：你咋说话呢？这是俺们八路军独立团尖刀连连长石光荣。

沈少夫笑了笑，对石光荣抱手拱拳道：幸会幸会，没想到在冀中遇到了乡党。

石光荣也朝沈少夫笑了笑，说：我说沈白食，俺们现在要去收拾小鬼子，没工夫在这里跟你叙旧，正好，俺们人手不够，把你那十几个弟兄借我们用用，等打完这仗还给你。

沈少夫有些为难起来，看看石光荣，又看看身边的那十几个弟兄，说道：你有所不知，我接到家父电报，家父病危，我这要回蘑菇屯去探视家父，这些人是我的警卫。没有他们保卫我怎么回东北老家？

石光荣听了，扬头说道：你爹天天吃香的喝辣的，养得白白胖胖，他能有啥病，就是有病，也是被蚂蚁踩了一脚的小毛病，回家着啥急？等收拾完小鬼子，大路朝天，你愿意去哪就去哪！

石连长，真对不住，家父病重，时间紧迫，我们得赶路了，大路朝天，你们执行公务我不拦着。沈少夫一边说着，一边跨上马去，打马就走。

石光荣见架势不对，举手便朝天空打了一枪。这一声枪响，把省亲的队伍立马惊住了。

咋的，说是国共合作，都是口头上的呀，打小鬼子都赶上了，就想开溜？石光荣有些不屑地望着马上的沈少夫，吼道，你们不打可以，就是在边上看着，也得等我石光荣打完这仗你们再走！

沈少夫一时不知如何是好，一双眼睛可怜巴巴地望着石光荣，左右为难地说道：石连长，回去跟你们长官说，日后合作机会还多的是，这次沈某真有急事，恕不奉陪。

话音落下，又要打马前去，石光荣见状，三步两步跳过去，一把抓住了沈少夫的马缰绳。

见两个人一下僵持在那里，坐在马上的王百灵沉不住气了，开口朝石光荣说道：这位连长，怎么回事，我们团座这话没说明白？用不用我再重复一遍？

石光荣的注意力一下集中在了王百灵的身上，上上下下地打量着王百灵,石光荣慢慢放开了沈少夫的马缰绳,问道:呦嗬,这是从哪冒出来的一棵葱,红嘴白牙地说啥呢?

沈少夫忙又抢过话来,说道:这是我们二十四团的军医,叫王百灵,是随我回乡给家父看病的。

沈白食,你想得挺周到哇,军医都带上了。看这丫头伶牙俐齿的也不是个啥好鸟!石光荣挠着头皮想了想,张口说道,要不这么的,我今天放了你沈少夫,把你的军医留下!

沈少夫一下慌了起来,忙不迭地说道:石连长,这怎么可能,她可是为家父看病的。

石光荣回头瞪圆了一双眼睛,望着沈少夫说道:沈白食,是你家父重要,还是我这些弟兄们的命重要?你家父多活一天少活一天影响不了抗日,俺这些弟兄,那可是一人一杆枪,多一个人就多杀几个鬼子,哪头重哪头轻,你想好了,俺石光荣没时间跟你磨牙逗咳嗽。

说着说着,石光荣就有点儿不耐烦了,又上上下下打量了一眼坐在马上的王百灵,说道:伍子过来,把这人和马给我牵走。

小伍子闻令,一下拉过了王百灵的马缰绳。

石光荣一挥手,说:弟兄们,走!

沈少夫木呆呆地望着石光荣的队伍往远处走去,看到王百灵坐在马上无奈地朝他回了一下头,突然又想起什么,朝石光荣喊道:石连长,借人可以,我回来可是要领人的……

石光荣带领尖刀连,预先埋伏在一处山坡上,终于发现了偷袭后沙峪村的那一小队日本人连同一伙伪军。他们从一条山沟里走来,赶着猪、牵着羊,刺刀上挑着鸡和鸭,正急急忙忙往城里赶。

见到了那些鬼子兵,石光荣的手心立时就痒痒起来了。他一边望着他们,一边冲身旁的王百灵说道:丫头,你别乱动,今天俺让你开开眼,看看俺们尖刀连这仗是咋打的!

话音落下,石光荣甩手一枪,骑在马上的一个鬼子应声摔了下来。

打!

与此同时,尖刀连的战士一起扣动了扳机,将仇恨的子弹射向山沟里的敌群。

那一队不明就里的鬼子兵和伪军,立时就乱了阵脚,慌乱之中,他们纷纷举枪还击。而就在这时,石光荣猛然从腰间抽出马刀,大喊一声:尖刀连,杀出去!

霎时间，尖刀连如猛虎下山一般，冲入敌阵，与那队鬼子兵搏杀在了一起。

王百灵很听话地牵着那匹马，站在山坡上，十分真切地看到了眼前发生的一切。她看到，此时此刻，那个叫石光荣的人，一边疯了一般地叫喊着，一边不停地挥舞着马刀劈砍着面前的敌人，一个一个的鬼子兵，接二连三地倒在了他的马刀之下。看到兴奋处，王百灵一边情不自禁地为他鼓掌，一边暗暗给他叫起好来。

正当石光荣带领着尖刀连与那帮偷袭后沙峪村的鬼子兵激战正酣的时候，远在蘑菇屯附近二龙山上的土匪头子刘老炮，正在一处可以藏身的山洞里，十分享受地就着烟灯吸大烟。

就在这时，小匪磕巴突然跟头把式地闯了进来，神色慌张地向刘老炮报告道：当家的，不，不好了……

刘老炮惊起身子，望了一眼磕巴，放下烟枪问道：瞅你那点儿出息，是天塌了还是地裂了？

磕巴喘着粗气，哭咧咧地说道：沈、沈家要……要娶桔梗。

啥？沈家要娶桔梗？刘老炮半信半疑地盯着磕巴追问道。

磕巴继续说道：白半、半仙，要给沈、沈家冲……冲喜，说，说是娶了桔……桔梗，就能、能治好那傻、傻丫头的病，还说给，给沈少夫辟……辟血光之灾。

刘老炮一听这话，立时把肺气炸了，飞起一脚踢翻了面前的一只凳子，骂道：妈了个巴子，桔梗是俺刘长山的女人，竟然有人要打桔梗的主意。

站在一旁服侍刘老炮的小匪滚刀肉，这时也凑过来，说道：当家的，东辽这一带也就是沈家有这个胆，想咋的就咋的，换个别人，他也不敢不给你当家的面子。

刘老炮双手叉在腰间，在洞里一边焦灼不安地踱着步子，一边思忖道：除了沈家的芍药，俺不欠沈家任何人情，当初沈少夫要是没俺刘长山，他早就让马大棒子一伙撕了票了。虽说俺和沈少夫是拜把子兄弟，可俺不欠他啥情呀？

山……山下沈家吵吵把火地，正……正准备呢！磕巴望着刘老炮的脸色，问道，当……当家的，咋，你说咋整啊？

滚刀肉插话说道：当家的，兄弟们谁不知道，你对桔梗那丫头这片心，真是日月可鉴呢！

刘老炮感叹一声，说道：是啊，那年俺娘掉到冰窟窿里，就是桔梗救的，打那天起，俺就在心里发下毒誓，这辈子我要是不娶桔梗，就不是我爹娘养的！不娶桔梗，我刘老炮就白托生一回人。

那，那咋整啊？磕巴又问道。

刘老炮盯着磕巴看了半晌，突然一掌拍在桌上，说道：桔梗，对不住了，俺要把你弄上山来再说！

说到这里，刘老炮又转头冲滚刀肉喊道：滚刀肉，快去备马，跟我下山！

说话间，一行人急三火四地便直奔山下的蘑菇屯去了。

不大工夫，他们便打马来到了桔家门前。

这时间，桔老汉正在磨刀石上磨一把镰刀，听到外面嘈杂的声音，不觉愣了一下，起身透过门缝，正看见刘老炮吆五喝六的一行人，不由骂道：王八犊子，又来祸害人了。一边这样骂着，一边就要冲出去和他们拼个你死我活。

桔母见状，忙奔过来拉住桔老汉，心惊胆战地说道：老头子，你就消停会儿吧，刘老炮虽说是土匪，他不没把咱们咋样吗？他们想咋呼就让他们咋呼去吧！

刘老炮这天打五雷轰的王八犊子，这是骑在我脖子上拉屎呀！桔老汉愤愤地继续骂道，要是小石头在家，料他刘老炮也没这个胆子！

咱儿子不是出去当八路了吗，他要是在家，那还说啥！

见院里没有反应，门外的刘老炮沉不住气了，破开嗓子朝院里喊道：桔梗，桔梗，刘长山来接你了，我知道你不爱搭理俺，但我一定要明媒正娶你，我刘长山说过的话就是唾沫钉钉，你嫁也得嫁，不嫁也得嫁，那是早晚的事。

桔梗听不下去了，忽地一下站起身来，把正在洗着的衣服扔到木盆里，情急之下就要冲出门去，却又被母亲拦住了。

妈，刘老炮是冲我来的，咱一家人不得安宁，都是我惹下的，大不了死在他面前，看他能把我怎么样！

话音落下，桔梗天不怕地不怕地抄起一根烧火棍，一脚踹开大门奔到了刘老炮马前，指着刘老炮喝问道：刘老炮，你想怎么的？

骑在马上的刘老炮一见桔梗，眼睛顿时亮了起来，死乞白赖地说道：桔梗，哥哥想死你了。妹子，跟哥哥去二龙山吧，那是三不管的地界，日本人都拿老子没招，我刘长山就是二龙山的皇帝，想干啥就干啥，你跟我上山去当回娘娘，吃香的喝辣的，要啥有啥！

桔梗鼻子里哼了一声，挥着烧火棍说道：刘老炮，你别做梦了，我虽没和石头哥拜堂成亲，但我告诉你，我以后生是石头的人，死是石头的鬼，刘老炮你以后不要招惹我们。你们滚，滚远点！

刘老炮听了，并不生气，仍坐在马上，笑眯眯地望着桔梗道：桔梗啊，俺刘长山就喜欢你这样的，嘎嘣利落脆，讲究！今天俺可是来救你的，沈家要拿你冲喜，俺不救你，你就被沈家糟蹋了……

刘老炮你胡说，俺咋没听说？桔梗不明就里地问道。

说着，举起烧火棍，照着刘老炮的那匹马砸了过去。

刘老炮一举马缰绳，躲开了飞来的烧火棍，接着说道：桔梗，沈家猪都杀了，就等沈少夫回来娶你冲喜，你还蒙在鼓里，傻呀？

说到这里，刘老炮转头喝道：快，来人，把桔梗带走！

几个人忽地一下围了过来，七手八脚便架起桔梗放到了刘老炮的马上。任凭她又踢又咬，嘴里不住地骂着，刘老炮紧紧搂住桔梗就是不放手。

看到桔梗已经到手，刘老炮大喊一声：蹽杆子！

一行人闻声，一边打着呼哨，一边打马往二龙山去了。

桔父和桔母眼睁睁地看着女儿被刘老炮一行人抢走，无可奈何地老泪纵横，天塌地陷一般地痛不欲生。

天老爷呀，你可咋好哇！桔母一边流着眼泪，一边泣不成声地望着桔父问道：老头子，你快想想办法呀！

邻居小德子得到桔梗被刘老炮抢走的消息，匆忙来到了桔家。问明了情况后，一边安慰着桔父桔母，一边和他们共同商量着去搭救桔梗的办法。

桔老汉佝偻着坐在炕沿上，不停地抽着卷烟。想到桔梗，又想到了小石头，半晌，抬起头来，望着小德子说道：德子啊，你和石头是从小玩到大的朋友，那年你们两个给沈家放牛，要不是公牛发情顶架，摔死两头牛，石头也不会随队伍走，他也许早就和桔梗圆房了，那样的话，也不会生出这么大的麻烦了。

小德子听了，点了一下头，闷声闷气地说道：叔，石头走就对了，那两头牛摔死了，石头哥一走，沈家拿我出气，我都给沈家白干好几年了，才抵一头牛的钱，我是没招，要是有招也早就走了。

想到小石头，桔母的眼睛一下亮了，忙探过身来问道：德子，你受的苦婶知道，要不，你也去关内找你石头哥去吧！你们俩在一起也是个伴，省得我做梦都惦记你石头哥。

桔父摇摇头，说道：关内那么大，你让德子上哪找他去？

小德子想了想，却突然说道：叔、婶，我打听了，关内冀中就有八路军的队伍，石头哥是跟八路军队伍走的，只要找到八路军的队伍，就指定能找到石头哥。

桔父把烟头扔在地上，又用一只脚踤了，问道：德子，你真想找你石头哥去？

小德子鼓起勇气，起身说道：可不咋的，我早想蹽走了。老沈家的气我早就受够了，白干活不说，可啥时候是个头哇！

桔母盼望着早一天见到小石头，便开口说道：你去了也好，找到你石头哥，你就让他回来一趟，把桔梗救回来。他和桔梗圆了房，我这心病也就没了。

中！小德子说，俺在这儿一天也待不下去了，不管俺石头哥在哪里，俺都要找到他。叔、婶，你们就放心吧！

石光荣带领尖刀连的那一场搏杀，让偷袭后沙峪村的那一队日本兵和伪军吃了大亏。

夜色已经降临了，侥幸逃生的皇协军大队长王独眼、小队长刘二，回到了日军大队部，但是，他们并没有因此逃脱应有的惩罚。

两个人已经被绑在了日军大队部的院子里。山本大队长怒视着他们，禁不住暴跳如雷。呜里哇啦地骂过一通之后，王独眼和刘二两个人一团雾水地望着潘翻译官，直等着他把山本的那些话说给他们。

潘翻译官望着两个人正色道：太君说了，你们临阵脱逃，丢下皇军应战，导致一小队皇军统统地献身，你们罪该万死，统统的，死啦死啦的！

两个人听了，一下傻了。王独眼看到周围一群荷枪实弹的日本兵枪口对着他们，慌忙推脱道：太君，太君，我冤枉，我不想跑，都是刘小队长叫我跑的，是他临阵脱逃……

不等王独眼把话说完，刘二接口反驳道：王大队长，你太不仗义了，俺让你跑就跑哇，俺让你冲你冲吗？见到八路都尿裤兜子了，到现在才装英雄算什么本事？

两个人还想打嘴仗，山本见了，气不打一处来，竟一下冲过来，照着两个人狠狠地打了几记耳光，骂道：八嘎！

刘二有苦难言，却又没办法向山本解释什么，便乞求一旁的潘翻译官：潘翻译官，你让太君消消气，俺要立功。这次遭八路伏击是损失了不少弟兄，俺叔在东北二龙山有枪有人，让俺回去一趟，俺把俺叔叫来替皇军卖命，俺这也算是将功补过吧！

潘翻译官听刘二把话说完，转身把这话又说给了山本。

急于活命的刘二，认真地望着山本的脸色，急切地说道：太君，俺说的可都是真的，有半句假话，天打五雷轰！

山本看着刘二，不由得皱了下眉头，琢磨了半晌，最终不耐烦地挥挥手走了。

沈家大少爷沈少夫带着省亲的队伍回到蘑菇屯时,夜幕已经降临了。沈少夫一进门,便双膝跪在了父母面前,说:爹、娘,儿子不孝,让你们受苦了!

沈家老爷和太太见沈少夫安然无恙地回到了蘑菇屯,终于放下心来。沈家太太眼里一边闪着喜悦的泪花,一边认真地端详着儿子,说道:少夫哇,沈家就你这么一个儿子,你爹为了你能有个出息,从小就送你去奉天读学堂,又卖了房卖了地,给你买了个团长,就指望着沈家能出个有权有势的人物,你可不能有啥闪失啊!

接着,沈家老爷和太太便把前些天白半仙的话说给了沈少夫,沈少夫一听,禁不住思虑了片刻,一个响头磕下去,说道:爹、娘,儿子是个读过书的人,巫医神汉的话怎么能相信呢?这次回来二老没事就好。

这样说着,就见一旁的沈芍药正手捧着一个花皮球,又走过来摘下了沈少夫的帽子,自顾自傻傻地把玩着。沈少夫不由得叹了一声,问道:娘,俺妹妹这病是啥时候得下的?

沈家太太也跟着长叹了一声,说道:就是刘长山去二龙山当土匪那年的冬天,你妹的病就得下了。

妹妹的病怎么跟刘长山扯上了?沈少夫不解地问道。

你妹子喜欢上了刘长山,见不得他当土匪,人就病了,都好几年了,怕你惦记着一直没告诉你。这次本来要冲喜的,谁想到,又让刘长山给搅了。

沈少夫想了想,说道:爹、娘,这么的吧,俺这次走,也带上妹妹,让军医给她治治病,一定能治好。

沈家老爷听沈少夫这样一说,说道:如果这样的话,那就更好了!

刘二把那话说给了山本之后,得到了山本的允许,便乔装打扮了一番后,直奔二龙山来了。

得到了几个小匪禀报刘二来到二龙山的消息,刘老炮先是一愣,终于想起什么,便放下烟枪,起身说道:是二小子呀,真的是他来了?快请进来!

刘二应声进了洞里,见了刘老炮,亲亲热热地喊了一声叔,便坐在了刘老炮的身边。

刘老炮拉过刘二,上上下下把他打量了一番,问道:二小子,这几年你是咋过的,快跟我唠唠。

说着,又吩咐人去弄了酒肉,两个人边喝边唠。刘二便一五一十把这些年的事情说给了刘老炮。最后,刘二就把话题扯到了王佐县城的日本人身上。

刘老炮半信半疑地问道:二小子,你可是我哥的亲儿子,我哥死后,我对你可不薄,你可是我养大的,你不会蒙你叔吧?

刘二把一块鸡肉咽下去,梗着脖子说道:叔,你说啥呢,俺蒙谁也不能蒙你啊,我爹死后,我在这个世界上除了你可没一个亲人了,遇到这么大的好事我第一个想起来的不就是你吗?

那王佐县城有你说的那么好?日本人也那么好?二小子我可跟你说,在这东北二龙山,日本人可打过我的主意,派来两个中队剿过我,也不问问这二龙山是谁家的地盘,又是打炮,又是冲锋的,整整闹腾了三天,结果怎么样,扔下二十多个小日本的尸首,屁滚尿流地跑了。

刘二一边给刘老炮倒酒,一边又劝道:叔哇,俺从小就知道你有能耐,你去投靠关内的日本人吧,凭你的本事,皇协军大队长的位子肯定是你的,那是关里县城,烟馆、妓院多的是,吃香喝辣的地方老鼻子了,比这山头清锅冷灶的可强多了!

刘老炮听刘二这样说着,端起烟枪抽了几口,说道:二小子,叔跟你说,关东军的鬼子不咋的,吃软怕硬,他们就知道封山,把抗联那帮穷小子封到大山沟里,可他们拿我一点儿办法也没有,在这一带我想咋就咋,自从上次他们剿我不成,就想在山下灭我,我刘长山是谁,他们怎么能玩得过我?他们来我走,躲着他们点儿不就完了,我不跟他们硬碰硬,二龙山地界这么大,我就不信日本人能罩得过来。

叔哇,你这话说得在理。刘二望着刘老炮说道,可你想过没有,迟早有一天,整个中国可都得成了日本人的天下,你也不能在这山沟里待一辈子呀,那你不是和抗联那帮穷小子一样了吗?

我和他们不一样。刘老炮说,我才不那么傻呢,我吃香的,喝辣的,有酒有肉,有烟抽,谁也不能耽误我刘长山的好生活。

叔,你说的是现在,我说的是将来,你想这个天下是日本人的了,小小的二龙山还不是人家日本人手里的一粒芝麻,日本关东军现在都去忙活那帮抗联的穷小子了,等他们腾出手来,把这山一封,你要吃没吃要喝没喝,那还不是一个等死?刘二继续劝说道。

刘老炮突然放下烟枪,望着刘二说道:二小子,你说得也是,我在这山上待着也想过自己的后路,这世道乱哄哄的,谁知道以后会是个啥样?可你不知道,你叔还有个未了的情……

啥情?刘二伸着脖子,有些莫名其妙地问道。

刘老炮眯着眼睛望着刘二，说道：桔梗啊！

刘二恍然大悟，一拍大腿道：你说的是不是蘑菇屯屯东头老桔家的姑娘，你咋看上她了呢？一脑袋驴粪蛋子。你知道吗，老桔家那个小子，石头，现在就在关里王佐县城外，在八路军独立团当了个连长，被日本人天天撵得裤子都穿不上，你咋打她的主意呢？

小子你不懂，人各好一口。刘老炮长叹一声，继续说道，自打桔梗那年冬天救了俺娘，也就是你三奶，俺就开始留意上了桔梗，这一留意不打紧，看她哪哪都好，别的女人都进不了叔的眼了。叔知道自己这是鬼迷心窍了，叔出不来了。

刘二一边琢磨着刘老炮的话，一边不停地摇着脑袋。片刻，生出一计，又一拍大腿说道：叔，我有主意了，你稀罕桔梗侄儿不拦你，把桔梗带上不就完了吗？你在这儿娶桔梗顶多就是个山大王夫人，要是到了王佐县城，那桔梗可就是皇协军大队长的夫人，比王母娘娘也差不了多少。

刘老炮一下明白过来，拍了下刘二的头，说道：二呀，我哥没白生你，咱老刘家就数你聪明，桔梗现在正眼都不看俺，就因为俺现在是胡子，要真有了身份，我不信她不动心。妥了，叔听你的，去关里王佐县城走一遭！

刘二见自己苦口婆心地劝说成功了，立马来了精神，说道：叔哇，皇军山本大队长可说了，你要多多地带人过去，才能当上大队长，人少了他怕现在的王大队长不好摆平。

这你放心。我手下的弟兄我知道，哪个手上没有人命，他们不跟我走还去哪儿混？

说到这里，刘老炮面露杀机，断然说道：要是不走，立马除掉，看谁敢说半个不字。

这天上午，刘老炮带着几个人骑在马上。担心下山的路上桔梗逃掉，又把她双手捆了，嘴里塞上了毛巾。

队伍集合好之后，刘老炮骑在马上，手舞着双枪，开始训话：兄弟们，我刘长山决定了，去关里投靠日本人去，那是城里不是二龙山，那里有馆子，有妓院，想跟我到那儿去吃香的喝辣的，现在咱们就下山，不想走的我刘长山也不勉强……

众人张大嘴巴静静地听着，可是听着听着，一些人的心里就没了主意，不知该不该跟着大当家的去远处的王佐县城，犹犹豫豫中，就传来了交头接耳的声音。

刘二环视了一遍众人，插话说道：我叔说的话，大家听到没有？不想走的往前迈一步。

果然，一个小匪从队伍里可怜巴巴地站了出来，面露难色问道：当家的，我家还有七十岁的爹，我这一走，我爹咋整？

刘二举枪斜睨了他一眼，鼻子里哼了一声，还没待众人反应过来，刘老炮已经举枪扣动了扳机。那小匪喊了声当家的，一句话没说完，一头栽倒在了地上。

众人见状，不禁大惊失色，木头一般在那里面面相觑。

刘二稳了稳神，淫邪地笑了笑，接着问道：还有谁不想去的，站出来！

众人吓得再不敢多说一句话了，只是木呆呆地望着面前的刘二和刘老炮。

刘老炮终于放心了，清了清嗓子，说道：那好，咱们都是站着撒尿的爷们儿，别娘儿们叽叽的。老爷们儿走到哪儿，哪儿就是家，咱们现在下山，跟我去关里喝酒吃肉去！出发！

正要往山下走，滚刀肉突然靠了过来，问道：当家的，咱这些家当怎么办？

刘二看了看四周，想想，一不做二不休，说道：啥都不留，要走就走得干净，烧了！

滚刀肉听了，实在舍不得，便有些犹豫地望着刘老炮说道：这可是咱们置办了几年才弄下的家产啊！

刘老炮心里虽然也是不舍，略思片刻，还是咬牙说道：烧了，不留后患。

几个人便跳下马去，把山洞前的几间茅屋一把火点了。霎时间，二龙山一片浓烟滚滚。

刘老炮点燃的不仅是自己的几间茅舍，紧接着，下山来到蘑菇屯，也把桔家的几间房子点了。

在桔父、桔母的一片骂声中，刘老炮又命人把他们捆绑在了马背上，桔梗挣扎着身子，试图从刘老炮的怀抱里挣脱出来，但是，终于还是失望了。

刘老炮坐在马上，一边紧抱着桔梗，一边安慰道：桔梗呀，这房子是我烧的，我是不想让你再过这没滋没味的日子了，咱们去关里，我刘长山要让你桔梗去享受荣华富贵，过人上人的日子。俺知道带你一个人去，你心里肯定不踏实，把你爹你娘都带上，以后走到哪你都有家了，现在你恨俺，以后你就该感激俺了。

回过头来又望一眼烈火熊熊的自己的家园，桔父禁不住眼里含着泪水，破口大骂着：刘老炮你这个畜生，我们桔家让你毁了！

桔母坐在马上，一副欲哭无泪的神情，接二连三的灾难，彻底把她击垮了。

桔梗扭过头,望着燃烧的家,禁不住怒火中烧。

眼前发生的这一幕,正巧让邻居小德子看在了眼里。见刘长山带着桔梗一行人打马而去,小德子呆愣了良久。突然间,他似乎想起了什么,便随手扔掉了手里的土筐,拼了命地向村外跑去……

已经走出蘑菇屯了,刘老炮觉得这一去天高地远,不知能否再回到这里,想了想,便又让刘二带着磕巴几人返回到村子里,来到自己家里。

刘老炮的父母已是六十多岁的老人了。看上去,一对老人老实巴交的,纯朴而又心地善良,就像蘑菇屯的许多农民一样。

刘二和磕巴是来做劝说的。

刘二见了刘老炮父母的面,一面赔着笑脸一面说道:爷、奶,是我叔让我来接你们去关内城里的,让你们到城里去享大福。你们看看还有什么要收拾的,现在咱就上路吧!

刘老炮的父亲听刘二这么一说,气不打一处来,张口骂道:二小子,你不是我们老刘家的人,你缺了大德了,自打你投奔了关内城里的鬼子,哪个乡亲不戳你的脊梁骨,现在又来拉我们去给你当垫背的,你就死了这条心吧!

爷、奶,您二老别生气,接你们去城里,可是俺叔的主意,他可都是为你们好啊!刘二死皮赖脸地说道。

刘老炮的父亲使劲朝地上呸了一口,接着又骂开了刘老炮:我没他这个儿子,干啥不好,他非要去当胡子,老刘家哪辈子缺了大德了,摊着了这么个畜生。你们给我滚,滚吧!

刘老炮的父亲气得浑身发抖,转着圈在院里找着可手的东西,抄起一根木棒举了起来吼道:我哪也不去,我没儿子,也没孙子。你们快滚!

刘二和磕巴等几个人无奈,悻悻地逃出院子。

刘老炮押着桔梗等人正在村子外面等着刘二,见刘二和几个人跌跌撞撞地跑过来,心里咯噔了一下,知道父母的脾气是不会跟他们一起走的,一手揽了桔梗的腰,一手拉过马缰,朝蘑菇屯方向大喊了一声:爹、妈,儿子走了,等儿子发达了,再来接你们去享福!

这样喊着,刘老炮的眼里竟滚出了两颗泪疙瘩。

小德子急三火四地找到八路军冀中独立团所在地,终于见到石光荣的时候,石光荣正被胡团长训斥着。一旁站着张政委和王连长。

胡团长看着石光荣,凶巴巴地说道:你的事张政委都对我说过了,当着大伙的面,你再好好说说吧!

石光荣冲胡团长一笑，有些耍赖地问道：说说，说什么？政委都说了，再让俺说一遍，这不是脱裤子放屁吗？

胡团长下意识地拍了一下桌子，说：石光荣，你严肃点儿，让你说你就说。

石光荣果然认真起来，望着胡团长，一本正经地答道：报告团长，这次伏击鬼子和伪军，共缴获步枪十三支，击毙日军十六人、伪军八人，并截获老乡的猪两头、羊三只、鸡五只。

胡团长听了，朝石光荣头疼样地挥了挥手，说：不要报功，说说别的。

别的，没有了。石光荣突然又想起什么，邀功请赏一般地补充道，对了，俺还抢来一个国军的军医，已经安置在咱们卫生队了。

一旁站着的张政委听了，上前一步问道：友军军医的事一会儿再说，我派王连长去追你，不让你擅自行动，你都做什么了？

石光荣看了一眼王连长，朝他狡黠地使了个眼色道：王连长，俺都没见到你，是吧？没见到你，你说俺能做啥？

王连长却并不吃他这一套，坦然揭穿道：报告团长，我见到石光荣了，传达政委的命令让他回来，他不听，还用枪顶着我脑袋说，我要拦着他，他要像对小鬼子一样，要冲我搂火。

胡团长又拍了一下桌子，问道：说，有没有这事？

石光荣不知如何回答，朝王连长又是眨眼又是摇头，说道：有吗，王连长？你可别编故事。

就在这节骨眼上，听到门外喊了一声报告，小伍子带着小德子走了进来。

小伍子径直来到石光荣面前，报告道：连长，找你的。

石光荣把目光一下移到了那个衣衫不整的年轻人身上，突然叫了一声：小德子，你咋来了，我是你石头哥呀！

小德子同时也认出了石光荣，上前一步拉住了他的手，失声喊道：石头哥，可找到你了……

小德子一边流着眼泪，一边紧紧地抱住石光荣说道：石头哥，你家出大事了，桔叔、桔婶还有桔梗，让刘老炮给抢走了。

石光荣一下怔在那里，接着，他摇晃着小德子追问道：你说啥，刘老炮？二龙山那个土匪，他到底咋了？

小德子抹了把眼泪，望着石光荣，说道：你还记得那个刘二吗？他爹娘死了，跑到关里，投奔了王佐县城里的日本人。这一回，就是他带着刘老炮还有桔梗、桔叔、桔婶来王佐县城了。

啥？你是说他带着我叔我婶还有桔梗投奔了王佐县城里的日本人？石光荣一下急了。

刘老炮把你家房子一把火烧了，我看着他们出了屯子，这才跑出来给你报信的，可我找了你这么多天了，也不知他们走到哪了。小德子接着说道。

石光荣的眼睛红了，他突然张着那双布满血丝的眼睛，向胡团长请求道：团长，你快下命令吧，就是说死也不能让土匪和鬼子弄在一起，更不能让俺叔和俺婶落到鬼子手里，俺从小可是桔叔桔婶养大的。

胡团长走到一个炮弹箱旁，专注地看着上面铺放着的一张地图，石光荣立即跟了过去。

胡团长一边看着地图，一边分析道：这王佐县城分南门和北门，咱们现在在王佐城北，要到南门得绕过王佐县城，这一绕就得十几里路，你怎么知道他是走哪个城门呢？

那我就兵分两路。石光荣说道，我就不信堵不住这个刘老炮。他当土匪也就罢了，现在又投靠了日本人。团长，这帮皇协军可是咱们最大的敌人呢！

胡团长望着石光荣，想了想，说道：那这样，我让王连长带人去堵北城门，你带人绕过王佐县城去南门，记住，千万要注意城里鬼子的动向，不能有闪失！

石光荣啪地一个立定站好了，敬礼答道：是！

这时间，刘老炮一行人疲马乏地已经来到了王佐县城外的一条岔路口上。刘二骑马走在前面，到了岔路口上，左右张望着，竟一时拿不定主意了。

显然，坐在马上的刘老炮已经有些不耐烦了，问道：不是说快到了吗？到底往哪儿走？

刘二有些为难地说道：王佐县城一南一北有两个城门，这条道通往北门，这条道是往南门去的。现在我也拿不准该走哪条了。

不管南门北门，咱总得进城吧！刘老炮一摆头，说道，啥南门北门的，进城就是了！

刘二突然苦着一张脸解释道：叔，你有所不知，我说的八路军独立团，最近一直在城北活动，我是担心碰上八路军独立团的人。

那就走南门吧，你看你咋这么磨叽！刘老炮不高兴地嚷道。

刘二又说道：叔，走南门就得绕过县城，得多走十几里地。

走就走吧！刘老炮说道，这一路从关外到关里，咱们要安安生生地进城，我可不想让八路军逮去。

刘二点头说道:叔,你说得对,城里的日本人见到独立团都头疼,我也是这么合计的。

说着,刘二抖一抖马缰,就带着刘老炮一行往王佐县城去了。

按照胡团长的事先安排,王连长带着一伙战士埋伏在王佐县城北路口的一片小树林里。石光荣带着张排长等一伙战士,绕道打马朝王佐县城南飞奔而去。这时间,黄昏已经渐渐降临了。整座王佐县城,被笼罩在一片苍茫暮色里。

刘二带着刘老炮一行人终于来到了南门外,可是,进城的吊桥已经被吊起来了。

妈了个巴子,整个桥不让走路,咋进去呀?刘老炮望着被掀开了一道大口子的吊桥,骂骂咧咧的。

叔,你别急。刘二说道,俺这就过去叫人开门。

说着,刘二催马上前冲城门楼上喊道:我是刘二,谁在看门哪?

听到喊声,一个哨兵从城门楼上探出头来,朝一行人张望了一番,认清了喊话的是刘二,便回道:是刘小队长啊,你回来了?

刘二同时也认出了城上的那人,便又喊道:二狗,你眼瞎了,咋还不放吊桥?

二狗犹豫了一下,接着问道:你身后都是啥人呢?

刘老炮忍不住了,打马过来,冲城门楼上喊道:妈了个巴子,进个城咋这么费事?再磨叽老子一把火把你们烧死在城门楼子上!

说着,便掏出枪来冲城头上比画着。

城上的二狗见状,忙又说道:刘队长,你多担待,皇军已经交代过的,不说清楚我可做不了主,我得报告给王大队长去。

刘老炮见城上的二狗把头缩了回去,立时火冒三丈,冲刘二发起了邪火:你不是说在王佐县城一跺脚,整个城都乱蹦吗?妈了个巴子,都走到城门口了还不让进去。你还说日本人请我来当皇协军大队长,这怎么又冒出来一个啥大队长。不进去了,老子不进去了!

说完就要打马回转。

刘二见刘老炮这一回真的生气了,一把抓住刘老炮的马缰,一迭声地哀求着:叔,你别发火,山本大队长就是这么答应俺的,你一来,皇协军的大队长宝座就是你的,那个王独眼就是个临时的,临时的……

二人正说着,大队长王独眼已经站在城门楼上了。

刘二,底下是什么人?王独眼扯开嗓子冲刘二喊道。

刘二回过身来,赶忙又朝城头上的王独眼赔着笑脸应道:王大队长,这是我叔,关外二龙山大当家的,今天特意来投奔皇军的。

王独眼探头又朝刘二身边的几个人认真地看了一遍,看到了桔父、桔母和桔梗,便又不解地问道:这咋还拉家带口的?

刘二一下不知该怎么向他解释,说道:王大队长,快放吊桥吧,咱们进城再说。

王独眼想了想,还是担心把这些不明不白的人放进城来会惹出麻烦,厉声说道:刘二,我可警告你,别整那些不三不四的人进城,让皇军烦心,你吃不了可得兜着走!

你个独眼瞎,睁开你的狗眼看看,事先俺和皇军说好了,谁不三不四了,老子是来投奔日本人的,不是投奔你的!

刘老炮实在吞不下这口气了,便冲着城楼破口大骂开来。

恰恰就在这时,王独眼抬头往远处瞭了一眼。这一瞭不打紧,正看到一阵风般飞卷而来的几匹战马,还看到了那马后奔跑着的一群八路军士兵,一张脸立时就变得蜡黄了,禁不住大惊失色骂道:刘二,妈的,你把独立团的人招来了……

王独眼这一声喊,同时让刘老炮一行人也吃了一惊,回头看时,一队人马越来越近了。

刘二慌乱地喊着:王大队长,快放吊桥,快放吊桥呀!

可是,王独眼根本不听他这一套,说:刘二,你小子想让八路进城呀?弟兄们,抄家伙!

说着,一帮子伪军呼啦啦便在城门楼上举起了长枪,七七八八地瞄向了刘二。

见石光荣带着人马眨眼间就要闯过来了,刘老炮一下急了,猛地举起双枪冲吊桥上的绳索啪啪就是两枪,枪响绳断,吊桥哐当一声落了下来,刘老炮等人再也顾不得许多,打马冲进城去。

城头上一群伪军眼见着大事不好,又看到石光荣带着队伍冲杀过来,慌张之中连连举枪射击,刹那间,噼噼啪啪的枪声响成了一片,将石光荣带领的队伍压制在了那里。

仅仅一步之差,眼瞅着刘老炮带着桔叔、桔婶和桔梗进了城,石光荣又愧又悔,勒马立在那里喊道:叔、婶、桔梗,我石光荣来晚了,你们等着,我早晚要救你们出城!

紧随其后的张排长这时间也带着一排人赶了过来,一边举枪还击着,一边问道:连长,咱们打吗?

就在这时，城门前的那座吊桥又被两个伪军安上绳索拉了起来，石光荣朝那吊桥无可奈何地望了一眼，没好气地大喊一声：回去！

刘老炮带人冲进城去之后，随着带路的刘二来到了皇协军驻地，直到筋疲力尽地站在院子里，这才命人给桔梗和桔父、桔母松了绑。

城头那边的枪声终于停了下来。片刻过后，王独眼带着十几个皇协军，气急败坏地冲进了院子，冷冷地看了一眼刘老炮，手持着短枪点着刘二的脑袋，气鼓鼓地说道：刘二，你太不会来事了。你把你叔这帮子人叫来，咋连个招呼都没打，眼里还有没有我这个皇协军大队长了？

刘二见刘老炮面无表情地站在那里，一副不摇不动的样子，立即又转过身来，向王独眼讨好道：大队长，我这次回老家是请示过山本大队长的。当时我不说请俺叔来，日本人又怎么会放了咱们呢？

我看你刘二的眼里就只有皇军了，我这个皇协军大队长你从来没有放在眼里。王独眼用枪管敲着刘二的脑袋，阴阳怪气地说道，我这个大队长可是皇军任命的。以后说话办事识相点，别以为整几个土匪过来就有多大功劳似的，我王独眼的眼里可不揉沙子！

刘二明白他话里的意思，忙作揖赔笑道：大队长，下次不敢了，不敢了！

刘老炮见了这场面，打心里觉得别扭，心里头实在受不住，便扒拉开刘二上前问道：二小子，你不是说皇协军答应让我当大队长吗，怎么又冒出来个瞎子挡道？

接着，刘老炮斜一眼王独眼，大声喝道：妈了个巴子，啥玩意儿，老子不干了，大不了再回二龙山！

王独眼听了，轻蔑地笑了笑，接话说道：你是刘二的叔，见识肯定很多。大队长是皇军任命的，你初来乍到，怎么可能让你当大队长，我同意，你问问我手下这些兄弟能答应吗？

话音落下，就见身后的一帮伪军举枪对准了刘老炮一伙。

刘老炮见势大喊一声：弟兄们，抄家伙！

说完，从腰间拔出双枪，枪口指向了王独眼。

王独眼一声冷笑，望着刘老炮说道：挺横呀，没看看这是什么地界。

说着，把手放到嘴里，打了声呼哨，房前屋后立时冒出许多皇协军黑洞洞的枪口。一时间，两伙人僵持在了一起。空气也似乎凝固了一般。

就在这时，山本大队长带着两个卫兵和翻译官走了进来。看到眼前的阵势，一下就明白了什么，不由骂了一声：八嘎！

对峙着的双方犹豫了一下，接着便纷纷放下了枪。

刘二忙又凑上前去，向山本献媚道：太君，我叔从二龙山把人马全带来了。

山本冷着一张脸左左右右地将刘老炮一伙仔细地打量了，突然把目光落在一角的桔梗和桔父、桔母身上，一步一步走过去，问道：这是什么人？

翻译官把山本的话翻译给了刘二。

刘二忙又说道：这是我叔的家眷。

家眷？山本皱了皱眉头，回身扫了眼王独眼和刘老炮，骂道：八嘎！

接着便带着卫兵和翻译转身离开了。

刘二见状，像只苍蝇一样又叮了上去，小心地问道：山本太君，我叔的事，您咋安排，得给个准话呀！

山本想了想，望了一眼刘二，不耐烦地挥了一下手说：你们中国人的事，你们自己解决。

说完，一手拨开了刘二。把刘老炮一伙人晾在了那里。

自己解决？刘二摸着脑袋寻思了半天，最终也没有寻思出一个结果来。

仅仅一步之差，没把桔梗搭救成功，石光荣带领队伍打马回到了独立团，立即又找到了胡团长，心急火燎地请战道：团长，你快下命令吧，攻打王佐县城，我石光荣第一个冲上去！

胡团长背着手在地上踱着步子，听了石光荣的话，不由得立脚说道：城里驻扎着日本人的一个大队，足足有一千多人，这还不算二百多的伪军。而咱们独立团才只有几百人，力量悬殊这么大，要想攻打王佐县城，怎么会有那么容易，你石光荣不识数？

我叔我婶还有桔梗都在王佐县城里，不攻打县城，你说咋整？石光荣急得直跺脚。

胡团长看了一眼石光荣，指了指自己的脑袋，说道：石光荣，遇到事你能不能动动脑子呀？

石光荣回道：团长，你怎么知道我没动脑子？我把脑瓜子都想疼了，可想了一溜十三遭，不攻城没有别的办法救出俺叔俺婶和桔梗。

胡团长有些烦乱地望着石光荣，说道：行了，行了，现在我命令你回去睡觉。

石光荣听了，转过身去，嘴里却嘀咕道：我就知道，找你也是白找！

胡团长望着石光荣离去的背影，刚想发作，想了想，又摇了摇头。接着，埋下头去，又开始研究起炮弹箱上的那幅地图来……

可是，回到宿舍的石光荣，哪里又能睡得着觉呢！

石光荣躺在床上，睁着两只眼睛，翻来覆去地烙煎饼。隔壁的战士宿舍里传来了一声长一声短的打鼾声，听着那鼾声，想着王佐县城里不知怎样了的桔梗和桔父、桔母，石光荣有一种挠心挠肺的感觉。紧接着，一个大胆的想法，便在他脑子里冒了出来。

石光荣翻身下床，走进了战士宿舍，压低声音说道：都起来，有任务。

战士们闻声，虎身而起，立即精神起来，问道：连长，啥任务？

石光荣说道：不怕死的，跟我去偷袭王佐县城，把俺婶俺叔他们救出来。

警卫员小伍子异常亢奋，望着石光荣说道：连长，你就下命令吧，我们跟你干！

那就听好了，不怕死的跟我出发；不愿意去的，继续睡觉！

说着，石光荣带着十几个战士匆匆走出了村子。正要打马前去，不料想，却被哨兵发现了。尽管石光荣搪塞过了哨兵的盘问，但是见到这十几个人全然一副诡秘的样子，值勤的哨兵还是心生了疑惑，转身报告了团部。

刘老炮窝着一肚子火，回到了临时住所，他面对着刘二左右开弓，一边打着耳光，一边责问道：你为啥骗我？说我到王佐县城投奔日本人，吃香的喝辣的，大队长的位子给我留着呢，香的呢，辣的呢，大队长的位子呢？！

刘二捂着一张被打得红肿的脸，哭丧地说：叔哇，谁知山本太君变卦不管了，他说这是中国人的事，让咱们自己解决……

让我们自己解决？刘老炮梗着脖子问道。

叔哇，都到这时候了，我骗你干啥？刘二说，刚才在院外，他就是这么跟我说的。

刘老炮寻思着刘二的话，把拳头握得咯咯叭叭直响，说：这么说，那个王独眼，有他没我，有我没他。

一想到那个王独眼，刘老炮的气就不打一处来。

刘老炮的眼睛里像要喷出血来。他望着刘二，恶狠狠地说道：我要让山本知道，我刘长山不是吃素的！

夜渐渐深了，刘二已经躺在炕上睡着了。刘老炮却怎么也睡不着，抱头望着天棚合计着。突然，他一虎身起来，把正在睡觉的刘二拉起来。

刘二蒙眬着眼睛，懵懵懂懂地问道：叔，又咋的了？

二呀，你怕死不？刘老炮凶巴巴地问他。

刘二一个激灵坐了起来，问：叔，你要干啥？

刘老炮咬牙说道：我要弄死那个瞎子。

这院子里的皇协军，可都是他的人。刘二神情紧张地说道，我那一个小队还听我的。叔,你要咋个弄法?

日本人不是说让我们自己解决吗,我告诉你,在这个世界上,软的怕横的,横的怕不要命的,叔想好了,要解决这件事,只能不要命了。

刘老炮一副鱼死网破的样子。

刘二想了想,说道:叔,这帮人我了解,在城里仗着有日本人,都能着呢。只要一出城,他们怕八路军怕得要死,个个都是缩头乌龟。

刘老炮冷笑两声,断然说道:先下手为强,要是让那个王瞎子醒过味来,咱们就没机会了。我去叫兄弟们起来,马上把大队部包围起来。

刘二这一下来了精神,应道:叔,我跟你干!

说话的工夫,刘老炮一伙人在刘二的带领下,有的举着枪,有的举着砍刀,还有的举着火把,气势汹汹地便闯进了伪军大队部。

两个值班的伪军哨兵见了这阵势,还没有反应过来,就被刘老炮和滚刀肉一人一个砍翻在地了。紧接着,他们又咣当一声踹开了大队长王独眼的房门。王独眼睡得正酣,听到响声,突然从梦中惊醒,慌忙中伸手去摸枕下的短枪,枪刚到手,就见刘老炮抢先一步,将那把短枪踢飞了,王独眼的一颗脑袋随即就被一件硬邦邦的东西顶住了。

死到临头,王独眼仍然硬撑硬顶着,说道:你们要干什么,反了?告诉你们这儿可是日本人的天下,我这大队长可是山本太君封的。你们敢动我,就是动日本人……

没等王独眼把话说完,刘老炮骂了一声:去你妈的!挥枪砸在了他的脑袋上。

刘老炮下手有点儿重,只见那血立马就从王独眼的头上流了下来。王独眼一下子就被吓傻了。

听我命令,把你的队伍集合起来。刘老炮喝道。

片刻过后,一队衣衫不整的伪军,睡眼蒙眬地站在了院子里。在刘二的喝令之下,不一会儿工夫,那些伪军已经把手里的枪支堆在了一起。

刘老炮把王独眼拉到队伍前,他手里的那把枪一直抵在王独眼的后脑勺上。

刘老炮环顾一下左右,大声说道:都他妈给我听好了,我刘长山来了,是日本人把我请来的,日本人说了,中国人之间的事自己解决,现在我就解决了!

说完,啪的一声扣响了手里的扳机。王独眼脑浆迸裂,哼都没哼一声,就一头栽倒在了地上。那些伪军见了,彻底把头低了下来。一个年龄还小的伪军看到了眼前这一切,一时吓得尿湿了裤子,整个身子抖成了一团。

刘老炮神色平静地吹了吹枪口，说道：从现在起，我刘长山就是你们的大队长了！

滚刀肉马上也站出来助威道：有不服的就站出来。

磕巴想找个仇人出一出心里的怨气，瞄准了队伍里的一个伪军，三步两步冲过去，举刀架在他脖子上喝道：服不服？

那伪军早就吓得魂飞魄散了，一边哆嗦着身子，一边泣不成声地说道：服，服，我服。

刘老炮把枪插在腰上，看了一眼院子里的人，赫然说道：想跟我吃香的喝辣的就留在城里，不想留的天亮就给我滚蛋，想和我斗的，看到没有，就是这个瞎子的下场！

说完，上前一脚踢在了王独眼的尸首上……

院子里刚刚发生的这一切，被关在另一间房子里的桔梗和桔父、桔母一清二楚地看在了眼里。

日军大队长山本也很快知道了这件事情，面对前来报告的小队长竹内，一边阴冷地笑着，一边说道：很好，我就是让他们斗，强者生，弱者死，我们大日本需要中国这帮疯狗，越疯越好。

接着，山本又叮嘱道：不要惊动那帮中国疯狗，就当什么事也没有发生。

当刘老炮一伙土匪和王独眼一帮伪军进行疯狂残杀的时候，石光荣正带着一个班的人马，兴冲冲地往王佐县城方向飞奔而来。

可是，正当他们已经远远地看到了王佐县城南的大门时，不料想，却被飞赶而来的胡团长追了上来，一马当先挡住了去路。

石光荣一个愣神，立马看到胡团长的身后还跟着王连长和另外两名战士，正要张口，就听到胡团长厉声喝问道：石光荣，你这是要干什么？

石光荣眨巴着一双眼睛，望着胡团长说道：你不是让我动脑子想吗，我想好了，偷袭王佐县城，弟兄们都不怕死。

石光荣，你脑子里都是屎，不怕死就行了？你浑蛋！胡团长表情严厉地呵斥道。

不由分说，冲身后的王连长说道：把石光荣给我带回去！

几个人下得马来，三下五除二，就把石光荣的枪夺过来，押着石光荣就要往回走。石光荣心里不服，立在那里就像一块石头一样。

王连长看了眼石光荣，问道：石连长，我可是在执行团长命令，你不走，还让我动手吗？

石光荣听了，白了一眼王连长，仍是一脸不服的样子，想了想，便冲呆愣在一侧的一班战士摆了一下头，说道：回去就回去！

胡团长勒缰转身坐在马上，又厉声交代道：王连长，关他三天禁闭！

张政委从分区开完会回来时，石光荣还被关在禁闭室里。

胡团长向张政委问起这次分区会议的新精神，张政委一笑说道：这次去分区开会，首长强调的就是和国民党二十四团联手抗日的大事。国民党为了表达联合抗日的诚意，特意把冀中二十四团调到王佐。

哦？胡团长突然问道，他们的团长叫什么，是什么背景？

张政委从随身带来的材料里抽出一张纸递给胡团长，说：这个团长姓沈，喏，这是他的个人资料。

胡团长低头看了一眼，自言自语道：沈少夫？

就是石光荣借人家军医的那个团长。张政委补充道，这一次他把咱们告到分区了，要让咱们马上还人呢！

胡团长不由得嗐了一声，生气地说道：这个石光荣，整啥不好，非得抢人家的人！

张政委思忖片刻，说道：看来，咱们有必要去跟人家好好解释一下。去拜会一下也是应该的，否则让人家觉得我们不懂规矩，咱八路军也不能差事。

说完，张政委又补充道：顺便把那个女军医还回去，堵住他们的嘴，要不然，分区首长怪下来，咱们就说不清了。

第二章

石光荣被禁闭在一间柴房里,望着小伍子送来的饭菜,自言自语地赌气说道:不吃,不打县城就不吃……

就在这个时候,张排长打开柴房门走了进来。

石光荣抬起头来,问道:你来干啥?

张排长敬礼说道:连长,团长让你带着王军医去一趟团部。

石光荣不觉皱了一下眉头:团长?

然后立刻起身说道:那就去吧!

石光荣带着张排长一起来到卫生队,把团长的话转给了卫生队长白茹,又转头望着王百灵,略思忖片刻,便走上前一步,单刀直入地问道:我说王军医,问你句实话,你是想在国军队伍里干,还是在我们八路军这儿干?说实话。

王百灵见石光荣这样问她,先是不语,只是拿眼睛微笑着望他。

石光荣笑了。

石光荣习惯性地想伸出手去拍一下王百灵的肩膀,可是一只手伸到半路,又收了回来,说道:那行,我心里有数了,走,跟我去见团长吧!

几个人一边说着话,一边就来到了团部,石光荣这才知道,沈家大少爷沈少夫把他石光荣告了。听张政委把来龙去脉说完,石光荣一下就炸了,梗着脖子问道:什么?把王军医给还回去?这个沈白食,学会玩阴的了!

又把头转向胡团长,说道:团长,你不知道,这个沈少夫外号就叫沈白食,从小就读书,不干活,天天白吃饭,我们从小到大一直这么叫他。

一旁的王百灵听了,忍不住笑了起来。

丫头你别笑!石光荣冲王百灵说道,沈白食是块啥饼你应该清楚,今天我石光荣就问你句掏心窝子的话,你来我们独立团这几天过得咋样?

挺好的呀!王百灵侧头回答道。

那你说,你是回去还是留在我们这儿?石光荣又追问了一句。

王百灵想来想去,就是拿不准主意。

石光荣站在那里急得直跺脚，望着王百灵说道：你倒是说句明白话呀！

王百灵仍是不语。

听石光荣自顾自地说了半天，胡团长有些坚持不住了，走过来说道：石光荣，你就少啰唆几句吧，执行命令，把王军医还回去！

石光荣望着胡团长，一下没话了。

石光荣怏怏不快地和胡团长一起走在去往国军二十四团部的路上。一边往前走着，一边心里头仍是不甘地问道：我说团长，这个王军医咱不还真不行？

见胡团长对他不理不睬，石光荣接着又道：你看人家国军要啥有啥，连个军医都是女的，咱们独立团有啥呀，卫生队白队长是你老婆，要不然，咱们连个女人都没有。还有，你个当团长的，连匹马都没混上，出个门还得去连里借马……

说到马，石光荣感到自己的心口疼了一下。

团长，我一定帮你找一匹像飞火流星一样的战马。石光荣说，你是团长，不能没有自己的马，怎么能没有自己的马呢？！好，咱先不说马，就说警卫员吧，我以前给你当警卫员，你非得让我下连当排长，小赵顶了我的缺，小赵和飞火流星牺牲了，你连警卫员也不配了，要不我再去给你当警卫员吧！

石光荣一路上喋喋不休地说着，终于把胡团长说得不耐烦了，说：石光荣，你能不能少费点儿唾沫，怎么婆婆妈妈成这个样子了？

可是，石光荣还是他石光荣。

不一会儿的工夫，几个人到了国军二十四团部，石光荣一下发现了沈芍药也在这里，张口问道：沈白食，你咋把她带到这里来了？

石光荣打量了一眼沈芍药，继续口无遮拦地说道：你妹的病我听说了，她得的是花痴，喜欢上了刘老炮，刘老炮上山当了土匪，你妹妹受了刺激，就得了这痴病。

说到这里，石光荣似乎想起了什么，忙又说道：哦，沈团长，我们团长让我有规矩，今天我就不叫你外号了，我知道你和我们团长有大事要谈，但有件事我得说清楚。

说着，石光荣看了眼王百灵道：这个王军医是我跟你借的吧？那你为啥去我们分区告了我们一状，说我们抢了你的军医？

不容沈少夫插话，又说道：就凭这一点，这个王军医我们还得借上一阵子。为啥呢？咱们现在国共合作是吧？合作就得有点儿合作的样子，别太小气，我们独立团现在是缺医少药的，要啥没啥，你们二十四团刚才我进门前看了,好家伙,光机枪大炮就那么多,我管你要枪要炮你肯定也不给,在蘑菇屯你爹外号叫沈老抠,擦屁股纸都两面用,这谁不知道?就这个王军医,我们再借几天用用,你不会不同意吧?

胡团长见状,想提醒他几句,可是还没待他开口,石光荣一个眼色递了过去,接着说道:团长,你嗓子不好,你少说两句,你的意思我知道。

石光荣又转头向沈少夫说道:沈团长,这不是我个人的意思,是我们独立团研究决定的。沈团长,你读过书,宰相肚里能撑船,我知道你会答应的。这么的,我和王军医在外面等着,你们商量大事……

胡团长和沈少夫商量了很大一会儿,才从团部里走出来。

石光荣看到胡团长的脸色十分晴朗,知道这件事成功了,长长地舒了一口气,终于把一颗心放了下来。

胡团长走过来,拍了拍石光荣的肩膀,又朝军医王百灵笑笑,说道:刚才我和沈团长都商量好了,你呢,先借调在我们团,以后的事情以后再说。走,回去吧!

石光荣听胡团长这么一说,立时笑了起来。飞身跃马,跟随胡团长直朝驻地而去,不时回头招呼着王百灵:王军医,快点儿!

终于又要打仗了。

全团上下都在为接下来将要进行的这一仗积极做准备。就在这时,小德子气喘吁吁找到了石光荣。

我也要当兵,我也要打仗,打狗日的小鬼子!小德子说。

石光荣望了一眼小德子,似乎想起什么,说道:我离开蘑菇屯第三年的事吧,我听说你爹你娘去山上砍柴,日本人说他们私通抗联,就把他们挑了。

说着,又认真地看了一眼小德子,问道:德子,怕死不?

小德子使劲摇着头,答道:怕死我就不求你当兵了。

石光荣想了想,一拍小德子肩膀说道:这样吧,胡团长正缺个警卫员,他的警卫员和战马,前些日子跟鬼子遭遇战时牺牲了。你就去给胡团长当警卫员吧!

石光荣说:你把胡团长保护好,比杀鬼子还重要。

说着,石光荣上下打量了一番小德子,又说道:快,给你换身衣服,这就跟我见团长去!

小德子一时高兴得不知说什么好,保证道:石头哥,我一定好好干,保护好团长!

石光荣带着小德子兴冲冲地来到团部,见了胡团长,开口说道:团长,你来看,我给你挑了一个警卫员。

一切准备就绪后,部队出发了,卫生队也随队走在行进的路上。

想到那个军医王百灵,石光荣还是有些不放心,便打马来到了卫生队,找到了王军医,上上下下打量了一番仍身穿国军制服的王百灵,关切地问道:丫头,第一次打仗吧,心里突突不?

王百灵看着他,莞尔一笑,紧接着摇了摇头。

石光荣嘿嘿笑了,开玩笑道:就你这小身子骨,吹啥吹,等打起仗来,你别往下跑就不错了!

回过头来,石光荣又冲卫生队长白茹叮嘱道:白队长,这个丫头是咱借来的,要求别太高,给伤员裹巴裹巴就行了。

抬头又看到一旁走着的小凤,说道:小凤护士,到时候保护着点儿她,国军出来的人都娇贵,可不比咱们。

小凤听了,咯咯地一边笑着,一边应道:石连长,你就放心吧!

尖刀连是在这天早晨进入到阵地的。

第一次与国军二十四团联合作战,石光荣心里没底,来到一个一个射击位置,一遍一遍叮嘱道:等鬼子出来,打准点儿,别瞎突突。

胡团长也不放心,不一会儿,也带着小德子来到了尖刀连阵地上。石光荣见了,忙问道:团长,你咋来了?

胡团长说道:他们二十四团的人来了,我来看看你们布置得咋样了。

石光荣嘿嘿笑了两声,说道:放心吧团长,独立团没怂过,我今天倒是要看看装备精良的国军是怎么打仗的!

说着,便推着胡团长说道:走走走,你快走吧,你的位置可不在这里,你在这儿,让我石光荣干啥?

接着,石光荣大着嗓门冲阵地上喊:小伍子——

小伍子应声跑了过来。

石光荣说道:我命令你把团长拉下去!拉到他该去的地方。

又冲愣着的小德子喊道:小德子,你还愣着干啥,还不快去帮小伍子?

望着胡团长被小伍子和小德子带下阵地去,石光荣吁了一口气,趴在阵地上,目不转睛地望着远处,咬牙切齿地骂道:刘老炮,老子今天要活剐了你,杀进城去。

当石光荣带领尖刀连进入到战备状态时,另一侧的国军阵地上,沈少夫正站在一个掩体后面,举着望远镜观察着。

谷参谋长立在一旁。

看过了周围的地形，放下望远镜，沈团长交代道：谷参谋长，你通知一下队伍，把先头部队放过去，咱们的任务是打援军。

谷参谋长心领神会地回答道：团长，你放心，命令我已经传达给部队了。

沈团长侧身望着谷参谋长，轻蔑地笑了笑，接着说道：八路军独立团要打主攻，就他们那几个人、几条破枪，我倒要看看他怎么打主攻！

谷参谋长接话应道：团座说得对，咱们是在侧翼，进可攻退可守，要是情况不妙，咱们就撤伙走人。

沈团长小心地叮嘱道：咱们这是第一次和独立团合作，告诉弟兄们都多长个心眼。

谷参谋长点头说道：放心吧团座，我早就和弟兄们打好招呼了。

可就在这时，在国军阵地的一角，出了一件事。

一个胡子连长正冲士兵们做战前的交代：听着，没有团座命令都不许开枪，谁要是走了火，小心老子毙了他。

他挥着手里的枪，这样狠狠地说着，还配合着做出一种毙人的动作。没料到，抬手之间，自己手里的枪却响了。

啪！那声枪响传出去很远，一下把所有人都吓怔在了那里。

一个小士兵片刻反应过来，小心地说道：连长，你走火了。

那个胡子连长看着自己还冒烟的枪，一张脸登时就没个颜色了。

就是这声枪响，惊动了正在山路上行走着的皇协军。

刘老炮骑在马上，心头咯噔响了一声，循声往远处的山坡上望过去，仔细寻找着可疑的目标。一伙伪军一边喊着趴下趴下，一边在慌乱之中寻找着可以挡身的物体。身后的一小队鬼子兵同时听到了这声枪响，立马做出了战斗准备。

无疑，石光荣也真切地听到了那声枪响，不由得放下望远镜，朝右侧阵地方向张望着，问道：这是谁打枪？

张排长也朝远处望了一眼，应道：好像是国军阵地。

石光荣气哼哼地骂道：啥国军，还不够添乱的。那个沈少爷会打狗屁仗！

阵地上的目标一下子就暴露了。日本小队长下达了命令：射击！

刹那间，那一小队鬼子兵便向山头的尖刀连阵地开了火。子弹打在掩体上，一时压得战士们抬不起头来。

张排长情急中问道：连长，咱们打不打？

石光荣不满地嘀咕了一句，说道：目标都暴露了，不打有啥用？打！

说着,石光荣跃起身子,将手中的子弹射了出去。一时间,山上山下枪声大作。这一片枪声,及时提醒了正在挺进着的山本大队长和他所带领的一大队日本兵。山本立住脚步,细听了一番,知道前方必有埋伏,旋即挥手命令部队撤回城里去了。

山本那边灰溜溜地夹着尾巴逃回了城里,这可气坏了指挥所里的胡团长,他一边举着望远镜眼看着那一大队日本兵撤退,一边急得直拍大腿,说:真是乱弹琴,到嘴的肉又溜了。

老胡,既然我们的用意暴露了,下一步我们该怎么办呢?张政委不由得问道。

胡团长转过身来,挥着拳头说道:能收拾多少是多少,传我的命令,冲锋,把鬼子的先头部队包饺子!

片刻,司号员吹响了冲锋号。听到军号声,石光荣立马精神起来,大喊一声:兄弟们冲下去,包饺子!

众战士听了,立刻跃出工事,猛虎下山一般冲向了山下的敌人。

山下的那些伪军眼瞅着形势不好,再也顾不得许多,纷纷逃命去了。刘老炮骑在马上左冲右突,嘴里却还不断地叫骂着:怂货,顶住,那些土八路有啥了不起的,顶住,都给我顶住!

刘二见了,忙冲了过来,抓住刘老炮的马缰喊道:叔呀,别骑马了,目标太大了!

回头又看到石光荣已经带领着尖刀连围过来了,大叫一声,不好!便一手把刘老炮从马上拉下来,两个人慌不择路,跟头把式地钻进了山坡中的一片树林里。

伪军们眨眼之间七零八落地跑散了,只剩下十几个日本兵,一边呜里哇啦地喊叫着,一边不畏生死地挺枪冲了过来。石光荣见状,一股热血一下就涌到了脑门子上,大吼一声:灭了这狗日的小鬼子!虎虎生风地挥起大刀,便和眼前的这些日本兵拼杀起来。一时间,劈砍声、惨叫声响成了一片。

很大一会儿,双方交战的阵地上才渐渐平息下来。

沈少夫举着望远镜,站在国军阵地的指挥所里,真真切切地看到了眼前发生的这一幕。

谷参谋长站在他一旁,手里也举着一只望远镜,观察了半晌,舒了一口气,朝沈少夫说道:团座,咱们的任务是伏击援军,援军回城了,按理说咱们的任务也算完成了。

沈少夫点了点头,一挥手,说道:谷参谋长,走,带着队伍过去!

谷参谋长犹豫了一下,望着沈少夫说道:团座,那,这战利品……

沈团长不屑地笑了笑，说：咱们不要他们的什么战利品，咱们是国军，这点儿废铜烂铁，不够塞牙缝的！带着队伍过去，告诉这些土八路，这仗不是他们自己打的，这功劳也有咱们一份。

战斗平息下来了，可是石光荣带着张排长、小伍子等人，在伪军俘虏里寻找了半天，就是见不到刘老炮的影子。

石光荣急了，随手拽起一个伪军，大声吼道：刘老炮呢，看到刘老炮了吗？

那个伪军十分困惑地看着石光荣，傻了一样半天没有反应过来。小伍子一步冲过来，喝道：我们连长问你话呢，刘老炮，就是你们皇协军的刘大队长，他人呢？

那个伪军终于灵醒过来，支支吾吾地说道：仗一打起来，他就骑马跑了！

跑了？石光荣四下观看了一眼，旋即说道，我想他跑不远，搜！

说着，几个人便向近处的那片树林里飞跑过去。

此刻，刘老炮正和刘二一起躲在林间的一片草丛里，一边哆嗦着身子，一边谛听着外面的动静。

正巧，这个时候王百灵带着小凤背着药箱穿过草丛走过来。走着走着，突然抬头看见两个人正趴在那里。王百灵下意识地大喊了一声：谁？

刘二见已暴露目标，起身朝王百灵开了一枪，二话不说，便屁滚尿流地拉起刘老炮就往远处跑去。

王百灵躲过了刘二射来的子弹，一边举枪射击，一边回头冲小凤说道：小凤，快，快去告诉部队，这里有伪军！

说着，望着刘老炮和刘二的踪影，紧紧追了过去。

小凤显然没见过这样的阵势，显得既兴奋又恐惧，她一边往回跑着，一边喊道：来人啊，快来人，这里有伪军！

石光荣和张排长、小伍子等几个战士听到了枪声和小凤的喊声，很快朝这边追了过来。

石光荣追到王百灵身边时，刘二已经在不远处停了下来，此刻，他的枪口已经瞄准了王百灵。石光荣转眼看到了这一切，说时迟，那时快，一个虎跃冲过去，将王百灵扑倒在地上，一颗子弹正巧打在了王百灵身后的一棵树上。

石光荣为王百灵捏了一把汗，担心地看了她一眼。两个人的目光瞬间碰在了一起。紧接着，石光荣又爬起身来，朝刘老炮和刘二追去了。

这时候，张排长已经带着几个战士把刘老炮和刘二包围了。

刘老炮和刘二已经被捆绑了起来。

石光荣两眼逼视着刘老炮，吼问道：我养父养母，还有桔梗，你把他们怎么样了？

看上去，刘老炮全然一副死猪不怕开水烫的样子，闭着眼睛靠在一棵树上。

见刘老炮这个样子，石光荣一下火了，抡枪便朝刘老炮打去，一旁的刘二忙抬头说道：石头叔，别打，他们都好好地在城里待着呢！

你别叫俺叔。石光荣转头冲刘二说道，你看看你们姓刘的给蘑菇屯父老乡亲丢的脸，干啥不好，为啥非要给鬼子卖命？

石头叔，俺们这也是为了混口饭吃啊！刘二望着石光荣乞求道，叔哇，看在咱们乡里乡亲的面子上，你就睁只眼闭只眼把俺叔和俺放了吧，等俺回到城里一定把你养父养母放出来。

石光荣哼了一声，喝道：你别做梦了！

刘老炮闭着眼睛仍是不服气，说道：二小子，别求他，要杀要剐随便，脑袋掉了碗大的疤。

石光荣朝刘老炮啐了一口：刘老炮你这个胡子，二龙山一带你祸害了多少百姓，现在又帮日本人祸害中国人，哪里有你说话的地方？

说着，断然向张排长和小伍子命令道：把他们带走！

刘老炮和刘二被几个战士带到了团部，可谁也没想到，沈少夫却坐在了这里。

刘老炮一进门就认出了他，禁不住又惊又喜，喊了一声：大哥，你咋在这儿？

沈少夫显出一副惊讶的样子，他也没有想到带进来的人会是刘老炮，起身问道：兄弟，怎么是你？

与此同时，沈少夫看到了胡团长冷峻的目光，也看到了石光荣冒着怒火的目光，本想要走上前去和刘老炮搭讪，无奈，在胡团长和石光荣的目光之下又坐下了。

刘老炮却像抓到了一根救命稻草一般给沈少夫跪下了，连连央求道：大哥，兄弟栽了，要是你还记得当年俺在二龙山别的绺子里救过你的命，今天你就把俺放了，日后俺刘长山还是你兄弟。山不转水转呢！

沈少夫搓着手，望了胡团长一眼，不知如何回答。

石光荣上前一步，对胡团长说道：团长，这人不能放，在东北老家他是胡子，欺男霸女他啥事都干过，到现在俺养父养母还有桔梗还被他关在王佐县城里。

沈少夫看一眼石光荣又看一眼胡团长，马上解围道：兄弟，当年你从别的绺子里把我救出来，这事我一直记得，我还记得你娘给我妹妹当过奶妈，也记得事后咱们一起磕过头，成了兄弟。兄弟你说实话，石连长的养父养母真的在你手里吗？

刘老炮点了一下头。

兄弟，这就是你不对了。沈少夫假惺惺地说道，咱们可都是蘑菇屯出来的，乡里乡亲的，咋能把石连长的亲人当人质呢？

石光荣见状，又对胡团长说道：团长，人我是抓来了，咋处理你给个话，我等着！

胡团长心里明白石光荣的想法，可是还没等他开口，沈少夫却站了起来，望着他说道：胡团长，咱们是友军，这次伏击咱们也算并肩作战了，要不这样，把人交给我，由我来处理。

一旁的石光荣听了，立马就炸了：啥，姓沈的，你说啥？人交给你？还并肩作战，要不是你们先开枪暴露了我们的伏击地点，这次就是不全歼城里的鬼子，也会让他损失大半，你们国军不是在和我们并肩作战，是在帮鬼子的忙，让他们逃回到了城里。你们是放跑鬼子的罪人，还有脸说啥并肩作战？！

石连长，你误会了。沈少夫接口说道，是我们一个连长枪走火了，我已经军法处置了。你父母在王佐县城，我一定说服长山兄弟把人放了。

胡团长略思忖片刻，起身说道：这样吧沈团长，人，必须得放，不过，在姓刘的放人前，他不能离开独立团。人是我们抓到的，我们独立团有权处理俘虏。

沈少夫想了想，答道：也好，要不这样，咱们商量下放人的问题。

又冲仍跪在那里的刘老炮说道：长山兄弟，先委屈你了，等你放了人，我再来接你。

刘老炮见是这样，低下头来不说话了。

接着，沈少夫就又转了话题，问道：胡团长，你看，这仗也打完了，你们借来的王军医，是不是也该还回去了？

人是我借的，有啥话冲我说。石光荣抢过话来。

沈少夫若有所思地望着石光荣，知道他的性格脾气，一时不知该对他说什么。

仗是打完了，可事没完，俺养父养母和桔梗都在城里，这个刘老炮是你兄弟，是他抢了人，这账也得你来算，别说我不讲理。刘老炮也必须关押在这里，就这么定了！

石光荣炮筒子似的一股脑儿说明了自己的想法，不等对方开言，转身走了出去，把个沈少夫一下噎在了那里。

第二天晌午时分，石光荣一边让人看管着刘老炮，一边又安排了张排长和小伍子等人押着刘二往王佐县城走去。

眼瞅着就到城门时，张排长停下了步子，喝令刘二道：刘二，我可告诉你，你叔现在我们手上，如果黄昏的时候，还不见你把人放出来，你知道我们咋处置你叔！

刘二忙不迭地点头应道：我懂，我啥都明白。

说着，小伍子上去一脚踹在了刘二身上，骂道：快滚！

刘二听了，屁滚尿流地便向城门楼跑去了。

这一边刘二被人押进了城去，那一边，刘老炮又经历了一场虚惊。

此刻，刘老炮正被绑在一间柴房内的柱子上，正琢磨着接下来将要面临的生死，不料想，石光荣哐当一声踹开房门走了进来。

刘老炮惊魂未定地抬头望着气势汹汹的石光荣，不知他会如何教训自己，怯怯地问道：干，干啥？我侄子可去放人了，你不能不讲信用。

石光荣掏枪抵在刘老炮头上，咬牙说道：你刘老炮啥时候讲过信用？要是讲信用，你还能当胡子？

俺不是胡子了，俺现在是皇协军的大队长。刘老炮小声说道。

皇协军？石光荣鼻子里哼了一声，说，那就更应该一枪崩了你，你在替日本人做事，你是汉奸，比胡子更可恨！

说着，石光荣就要扣动扳机。

刘老炮吓得扯开嗓子大叫起来：来人啊，俺要见沈团长，沈少夫，他是俺兄弟！

石光荣冷笑一声，用枪筒磕着刘老炮的脑袋，问道：你们啥时候成兄弟的？

刘老炮一五一十地说道：他，他在奉天城里读书那一年，回家途中让马大棒子给劫了，是俺从马大棒子手里把他救下来的，就是那次我们做了磕头弟兄。俺对他可有恩，你们现在合作，凭这个你们也不能杀了俺吧！

石光荣揪起刘老炮的衣领，狠狠地说道：要不是有纪律，我早就一枪让你脑袋开花了。

刘老炮长吁了一口气，脸上的汗却下来了。他翻着眼睛看着石光荣，说道：俺是抢了桔梗，可俺没动过她一个手指头，不信你可以问她。

那你为啥绑她和俺养父养母？石光荣追问道。

俺……桔梗从冰窟窿里救过俺娘，打那会儿俺就喜欢她了。刘老炮想了想，接着又说道，你出来好几年了，俺以为你早就不在人世了，就动了娶她的念头，俺怕配不上她，就出来当皇协军，顺便把桔梗带出来，她不肯走，以死相逼，没办法俺才把她爹娘一起带出来了。

你以为当皇协军就配得上她了，你连做中国人都不配，汉奸，你对不起整个中国人。说着，石光荣啐了他一口。

刘老炮自知理亏，就把头耷拉下去了。

石光荣仍不解恨，越看刘老炮越来气，突然间心里就有了主意。左右看看，三下两下又重新给刘老炮绑好了，弯腰便把他扛了起来。

刘老炮不知他要做什么，蹬着两条腿慌慌张张问道：干啥，你要干啥？

石光荣莫测地一笑，说道：不干啥，我要送你去该去的地方。

说完，石光荣扛着刘老炮跑出了院子，刘老炮忽然意识到大事不好，一边在他肩膀上挣扎着身子，一边大呼道：杀人了，要杀人了！

卫兵见状，闻声追了过来，一边在后面追着，一边扯着嗓子喊道：石连长，你放下，你这是违反纪律。

石光荣并不理会，自顾自迈开大步往前跑去。

卫兵一看局势不对，大叫了一声：站住！

为了示警便冲天上放了一枪。

枪声立时把胡团长和王连长招来了。他们带着几个战士，很快向石光荣围了过来。石光荣无奈地站在那里，他的肩膀上仍扛着刘老炮。

把人送回去！胡团长望着石光荣，喝令道。

石光荣眨巴了一下眼睛，猛地一下把刘老炮从肩上摔下来，直摔得刘老炮像条死狗龇牙咧嘴地躺在那里。

胡团长接着训斥道：石光荣，你又犯浑是不是？他是俘虏，咱们是有纪律的，你忘了？

石光荣心里不服，嘴上也不服，不满地说道：从胡子到汉奸，他还把俺养父养母当人质，这人就该处决。

胡团长指着石光荣的脑袋说道：你呀，你呀，让我说啥好，你能不能让我省点心？

石光荣满肚子怨言，继续说道：嘎嘣一枪把汉奸弄死，啥都清静了。

胡团长叹了一口气，望着石光荣，说道：看来，我得让政委找你谈谈话，把你脑袋里的糊涂虫挖出去。

说着，一面令人把刘老炮带走，一面把一只拳头砸在了石光荣的肩上。

刘二这会儿已经回到了城里,很快就把如何被俘又如何被放的事情一五一十向山本大队长进行了汇报。

山本见到刘二,立时火冒三丈,左右开弓,上来就是两个耳光。一边打着,一边咆哮着:仗打败了,你们中国人统统死啦死啦的!

太君你息怒,如果我们死了,以后谁还为太君卖命?刘二望着山本,殷勤地点头说道,我这次回来,就是用人质来换我叔的。

山本不解,盯着刘二问道:什么人质?

刘二忙说道:就是那老头儿老太太,他们可是城外八路军一个连长的养父养母,我就是用他们换回我叔。

八路军的父母?山本凶狠地说道,更应该死啦死啦的!

不能啊,太君,他们要是死了,我叔还有那些皇协军,也得让八路军统统地弄死。太君你想,他们都死了,以后可就没有人给太君卖命了!刘二忙说道。

山本焦灼不安地踱着步子,十分惋惜地念叨着:我们大日本军人,一个小队统统地没回来……

刘二凑上前去,说道:太君你想,要是没我们这些皇协军,太君的损失可就更大了。

山本锁紧了眉头,神情犹豫地在思考着什么。

就在这时,一旁的潘翻译官插话,对山本说道:太君,刘二说得对,在你的队伍里,不能没有皇协军,他们都没有了,再出城扫荡可就没有人替太君的队伍挡子弹了。

山本抽动着脸上的肌肉,咬牙切齿地骂道:中国人,真是蠢货!

在潘翻译官的说和下,山本终于答应了刘二以人质换人质的请求。当黄昏来临的时候,刘二终于领着桔父、桔母和桔梗走出城来。刘二一边把人交给张排长和小伍子,一边不放心地问道:啥时候放我叔哇,你们可不能不讲信用。

小伍子睨了他一眼,说道:你快回城去吧,不然,小心把你带走!

刘二听了,忙又转过身去,战战兢兢地说道:你们可不能说话不算数啊!

说完,一溜烟地跑去了。

几个人望着刘二的踪影,禁不住笑了起来。

说话的工夫,张排长带着几个人正护送着桔父、桔母和桔梗急匆匆地往前走着,突然,迎面走来二十几个国军,不由分说拦住了一行人的去路。

小伍子见状,冲上去问道:想干啥?

就见一个连长模样的人一边笑,一边说道:八路弟兄们辛苦了,我们奉沈团长之命，来接石连长的养父母和夫人。

张排长不耐烦地说道：石连长的家事和你们有什么关系？让开！

那个国军连长想了想，接着说道：沈团长要给石连长父母接风，你们要是不放心的话，跟着去也可以。

小伍子一下没了主意，扭头看着张排长，小声问道：排长，咋办？看来，他们是要抢人了。

张排长听了，扬起头来，望着面前的这位国军连长，抬高嗓门问道：要是我们不同意呢？

话音落下，国军连长一拍手，身边的十几个国军士兵立时冲了上来，将几个人团团围住。一时间，枪口冲着枪口，一副剑拔弩张的样子。

国军连长笑了笑，接着便冲身后一个士兵喊道：还愣着干啥，快把人请走！

张排长见大事不好，国军那边人多势众，又想挽回一下局势，便上前一步冲国军连长说道：你们随便抢人，这可是破坏国共合作。

国军连长冷笑了一声，说道：兄弟，这些事你我说不清，有本事找我们沈团长去吧！

说完，命几个战士带着桔父、桔母和桔梗，便转身离去了。

张排长和小伍子等人马上回到了团部，把这个意外的消息报告给了石光荣和胡团长。

张政委百思不解道：这个沈少夫，葫芦里卖的到底是什么药呢？

石光荣说道：他卖啥药咱不管，他把我养父养母扣起来，就是跟鬼子一样的敌人，是敌人我就要消灭他！

胡团长想了想，说道：不用问，他是为了那个刘老炮，他怕我们不放刘老炮，要跟我们做交换。

哼，他算老几，我们凭啥和他换？石光荣一听就火了。

胡团长一挥手，说道：什么都不要说了，走，把那个刘老炮带上，咱们去会会这个沈少夫。

说着，几个人真的就打马来到了国军二十四团部。二十四团部临时驻扎在王佐县城外的一座庙里，条件虽然说不上有多么优越，但也绝非八路军方面所能比。

胡团长和石光荣下马闯进了庙里，门口的卫兵见这架势，想着上前拦截，不料，被石光荣一拳打倒在了那里。

沈少夫似乎早有准备，见二人进来，忙拱着双手热情相迎道：二位辛苦了，来人，看茶！

石光荣并不吃这一套，镇住脸子，当头一炮问道：沈少夫，你别虚情假意的。我问你，你把我养父养母抓来是咋回事？要是你今天不把我养父养母交出来，我告诉你，你就别想站着出这个庙门。

沈少夫笑了，稍思片刻道：石头老弟，石连长，你们误会了，我派人把石连长的二老接来，是想给他们压惊洗尘，是一番好意，没别的意思。你们来了，我肯定把人交给你们……

人呢，在哪？石光荣抬头追问。

沈少夫把一杯茶递过来，说道：老弟，别急，咱们有话慢慢说。

石光荣并不接那茶，挥手打翻了说：我们是来领人的，不是喝茶扯闲篇的。

胡团长笑了笑，望着沈少夫，也接着说道：沈团长，你也别绕弯子了，这件事说大就大，说小就小，你想，国共合作是两党高层的意思，你沈团长随随便便把人请到你这里来，是打劫呀还是友好，这事能说清吗？

沈团长摆手微笑道：胡团长，误会，这是小事，不是啥大事，那我就直说了吧，那个刘长山你们带来了吗？

那个汉奸，要放我们放，也轮不到你放。石光荣插过话来，气哼哼地回道。

胡团长，当初用刘长山换人是我提出来的。沈少夫说道，双方交换，我只做一个中间人，不偏不向，没别的意思。

胡团长抬头冲沈少夫笑笑说：人我们带来了，就在庙外。

沈少夫听了，拍了一下巴掌，说：这就好，来人，请石连长的家眷。

石光荣似乎一下子反应过来什么，忙又问道：姓沈的，你想咋处理那个汉奸？

石连长，这你就不需要操心了吧！沈少夫淡淡地笑了笑，说道，交换嘛，以后他想去哪，就不能由我沈某人说了算了。

石光荣眨巴着眼睛，说道：你要是轻易把刘老炮放了，你也是汉奸。

正这样说着，卫兵已带着桔父、桔母和桔梗走了进来。石光荣一眼见了，眼圈立时就热了，上前一步喊了声爹、娘……几个人便抱在了一起。

石光荣几个人走后，沈少夫终于又和刘老炮坐在了一起。

沈少夫坐在椅子上，一边品着茶，一边望着面前跪着的刘老炮，就见刘老炮泪眼湿润着，真诚地说道：大哥，今天这命是你给的，我刘长山记下了。

说完，便给沈少夫磕了一个响头。

沈少夫忙上前把刘老炮扶起，说道：兄弟，咱们之间啥都不用说，当年从马大棒子那儿,你也是这么救过我的,快坐下,坐下聊……

刘老炮起身,正要落座,却见沈芍药抱着个花皮球一摆一摇地走进来。沈芍药抬眼看到刘老炮似坐非坐地站在那里,略略愣怔了一下,便目光痴痴地望定他,自言自语道:长山,你是刘长山——

刘老炮吃惊,同时也认出了沈芍药,侧身问道:大哥,芍药怎么在这里?

沈少夫不由得叹口气,难言道:上次我回去省亲,见妹妹这样心里很难过,就把她带出来,找医生想把她的痴病给治治,她不能这样啊!

刘老炮听了,忽然一掌拍在脑袋上,愧疚地说道:哥,这孽是俺作下的,那会儿她那么小,俺打死也不相信她会偷偷喜欢俺,俺要不上山当胡子,妹子就不会这么伤心,也不会得下这个病。

刘老炮说完,眼里就布满了泪水。

沈芍药走了过来,心疼一般地牵着刘老炮的衣襟,问道:长山哥,你咋哭了?不哭,不哭,啊?!

刘老炮听了,心里一软,抬手扶了下芍药,又一下子跪在了她的面前,说道:妹子,俺刘长山对不住你了!

沈芍药见刘老炮这样,一下子开心了,也学着他的样子,磕了一个响头。那只花皮球就在这个时候,骨碌碌地跑远了。沈芍药见了,忙又爬着去追那只皮球……

刘老炮久久地望着沈芍药,突然难过起来,冲沈少夫说道:哥,俺刘长山对不住你们沈家,俺该死!

刘老炮这样忏悔,让沈少夫也跟着叹了一口气。

为给刘老炮压惊,沈少夫命人送来了酒菜,两个人边喝边聊。

喝着喝着,就到了夜半时分,刘老炮已有些醉意了,蒙眬着一双眼睛问道:大哥,俺不明白,你为啥要救俺?

沈少夫举杯一笑,说道:因为咱们是兄弟,当年你从马大棒子手里把我救出来,我就发誓也要救你一回。

刘老炮也端了面前的杯子,忽然动情地说道:大哥,你这个大情,还有欠你妹子的,俺这辈子都还不完了!

兄弟,今天不是说这个的时候。沈少夫话题一转,问道,你说说,为啥从关外跑到关里来了,还当上了皇协军?

刘老炮听了,实话实说道:大哥,实不相瞒,现在的二龙山也不好混,到处都是日本人,我要是在那儿投日本人,给日本人干事,我爹我娘这一关都过不去,他们非一头撞死不可,我想来想去,就跑到关里投了日本人。

你真想在日本人那儿混下去?

不混咋办？在二龙山我手里有血债，想当个好人都没机会了。

沈团长想了想，望着刘老炮说道：兄弟，要不你跟我混得了，在我这队伍里，亏不了你。

刘老炮睁大眼睛，思忖道：大哥，这事这两天俺想过，还是不中，你们和八路军合作，我要是在你这儿干，天天跟那帮人打交道，他们可不是你，他们找机会早晚得把我灭了。那个石头可不好惹，说翻脸就翻脸，况且，我还抓过他的养父母和媳妇，这仇是结下了。

那你打算，还回日本人那儿去？沈少夫问道。

刘老炮无可奈何地叹了一口气，说道：不去那儿咋整，眼下日本人不吃亏。跟着日本人混也算是一条出路，大哥如果哪天在这面混不下去了，我那里也能给你留条后路。

沈团长见留他不住，也便举起碗来，爽快地说道：那好，兄弟，咱啥也不说了，干了这碗酒，明天送你回城！

一夜过去，就到了第二天早晨。沈少夫安排了人就要送刘老炮上路，不料想，就在这时，沈芍药冷不丁追了过来，不折不扣地紧紧抓住了刘老炮的衣襟。

沈少夫望一眼面前的沈芍药，又望一眼刘老炮，不由得慨叹道：长山啊，我妹妹这是舍不得你走啊！

沈芍药扯着刘老炮，一边痴痴地笑着，一边纠缠道：长山，俺要跟你走！

刘老炮左右为难起来，心里边又实在不忍，便思虑片刻，冲沈少夫说道：哥，要不我把妹子带到城里去吧，那里的郎中多，兴许扎咕扎咕能把妹子的病治好。

沈少夫犹豫了一下，不由得问道：城里能行吗？

刘老炮说道：咋的也比你这两间野庙强，哥，你放心，芍药是你妹子，以后也就是我妹子。

沈少夫望着刘老炮，终于还是点了点头，说道：不行的话，你就派人把她送回来。

刘老炮拍着胸脯说道：哥，就是我这条命不要了，也绝不会让妹子受啥委屈的，你放心吧！

说着，一行人打马就朝王佐县城去了。

刘老炮被沈少夫放回城里去投奔日本人，这件事早就被胡团长预料到了。但尽管这样，当石光荣十分气愤地把这个消息报告给他时，他还是感到了一种异常。

见石光荣一副不依不饶的样子，胡团长有些严肃地批评道：你总这样点火就着，就不能冷静一下？

石光荣愤愤不平地喘着粗气，说道：我冷静不下来，团长你说，你料到是这个结果，为什么你还放了他？

胡团长耐心地说道：释放、教育伪军俘虏是我们的政策。

那也该由我们放，凭啥让那个姓沈的放。这是放虎归山呢！石光荣说道，那个姓沈的不是个好东西，明里和咱们合作抗日，其实他们就是表面文章，我看他肯定不会真心抗日。

国共合作是咱们党上层的安排。胡团长制止道，石光荣，你不要胡说。

国民党高官咋想的我不知道，就那个沈少夫，要是他真心抗日，我石光荣的头就长在狗身上了。

说到这里，石光荣再也克制不住了，望了一眼胡团长，说道：我去找那个小子理论去，说不好，老子当场撂倒他。

话音未落，石光荣转身就走。胡团长气得在后面大喊道：石光荣，你给我回来。你再这样胡闹，我还关你的禁闭！

第三章

部队又有行动了。由于一切都是在秘密之中进行的,所以许多战士对这次行动的目的地并不清楚。

临行前,石光荣去临时住所看望桔父、桔母和桔梗。

两个老人一见石光荣,话没说上两句,就扯到了刘老炮的身上。

你快说说,那个胡子刘老炮咋处置的?枪毙了,还是给他点天灯了?桔父望着石光荣迫不及待地问道。

石光荣不知道该如何向他们说明这一切,便默默地拉过养母的手,又望了眼养父斑白的鬓角,眼睛湿润地叫了一声:爹、娘,我离家这几年,你们都老了。

桔母摸着石光荣的头,亲昵地说道:石头呀,你离开家时,还是个孩子,现在你都长成大人了,还当了连长,我们能不老吗?你爹娘死时,你才八岁。现在,你终于出息了。

站在一边的桔父见刚才的问话,没有了下文,又紧追不舍地问了一句:石头,问你话呢,那个胡子到底毙了没有哇?

石光荣眨巴着一双眼睛,笑笑,搪塞道:爹,咱不说这个,咱先不说这个。

桔梗羞涩地站在一旁,一边有些腼腆地看着石光荣,一边听着他们说话。

桔父接着又气愤起来,说道:那个刘老炮在二龙山的时候就不是啥好东西,欺男霸女不说,他身上可有血债,他们一伙去拉前屯老郭家那个大小子入伙,人家不想当土匪,他当着全村人的面,给郭家大小子点了天灯,太惨了,都没人敢看。

石光荣听了,低下头来。见再也瞒不过去了,便说道:爹,石头对不住你们,刘老炮这个仇我没能替乡亲们报,他被放了……

什么,放了?桔父说,咋放了呢,他现在给鬼子做事,是你们八路军的仇人,咋就放了呢?不应该呀!

石光荣点着头,起身说道:等下次我亲手抓到刘老炮,我给他点天灯,替乡亲们报仇。爹,你就放心吧!

桔父望着石光荣,无可奈何地叹了一口气。

桔母突然想起什么,抬头问道:队伍上的事俺们不懂,石头,我来问你,你们队伍是不是要开拔了?那我和你爹还有桔梗,以后咋办呢?

石光荣望了一眼桔母,说道:我就是来和你们商量这事的。

一听这话,站在一旁的桔梗忍不住了,望了望两位老人,又望了望石光荣,开口说道:爹、娘,咱们一家好不容易找到石头哥,终于团圆了,咱们不回东北了,以后就和石头哥在一起吧!

桔父叹口气说道:蘑菇屯的房子都让刘老炮给烧了,咱想回也回不去啊!

想到了那些被刘老炮烧光的房子,桔母止不住掉下了眼泪。

俺看这个屯子就挺好。桔梗却显得十分兴奋地说道,石头哥的队伍也在这里,我看咱们就住在这里吧!

石光荣听了,冲桔梗笑了笑,说道:这件事我做不了主,还得和团长、政委他们商量商量再定。

桔父十分通情达理,便一迭声地说道:那你就和团长、政委他们商量商量再说吧!

事实上,关于桔父、桔母的安排问题,胡团长和张政委并不是没有考虑。此时此刻,在八路军临时团部里,两个人正说到了这件事情。

胡团长望着张政委说道:人是救出来了,是不是回东北还得跟石光荣商量。

让他们回东北肯定不是个事。张政委不无担心地说道,别忘了东北也被日本人霸占着,这一路怎么走先不说,他们回去照样被日本人欺负。

胡团长在屋子里一边踱着步子,一边思忖,说道:我也在想这事,在冀中好歹咱们还有根据地,要是他们同意,就把他们安排在这个庄里吧,这里堡垒户也多,也是咱们独立团经常来的地方。

张政委听了,禁不住笑起来,说道:我看这样行,要不咱们和石光荣说一下,他要是同意,就把他们安顿下来。队伍不能在这儿久待,今天咱们就得撤走。

接着,张政委又说道:这么的,老胡,你来安排队伍撤离的事,我现在去找石光荣。

石光荣自然乐得这样,听张政委把话说完,便喊着桔父、桔母和桔梗,几个人最终走到了村中的一个小院门前。

张政委站在大门前,看了一眼桔父、桔母和桔梗,又看了一眼石光荣,接着介绍道:这是咱们堡垒户白喜旺家的院子,本来是留给儿子结婚用的,上次和鬼子遭遇,他儿子牺牲了,这房子就一直空着。

石光荣心情一下子沉痛起来,说道:他儿子是咱们三连的,叫白亮,我认识。

说着,几个人就进了院子。桔父一边打量着小院,一边说道:这房子这么利整,让咱们白住,我们这心不安哪!

张政委拉过桔父亲热地说道:大叔,白喜旺老汉是烈士家属,听说给石连长一家住,人家主动提出来的,你们就安心住吧!

桔梗高兴地一会儿摸摸这儿,一会儿摸摸那儿。抬头冲石光荣说道:石头哥,咱们有新家了,咱们一家人又能团聚了。

桔母心里高兴,脸上便笑了起来,说道:石头哇,桔梗说得对,这几年,你连个消息都没有,我和你爹还有桔梗都不知道咋过来的。这下好了,总算又团圆了。

张政委见几个人都感到很满意,便又对石光荣说道:石连长,我和团长已经商量过了,给你三天假,你就好好陪陪家人吧!

石光荣听了,有些不解地望着张政委,问道:队伍不是马上就要转移吗?

张政委前前后后环视了一遍,就把石光荣拉到一旁,小声地说道:队伍先转移到后沙峪村,在那里休整,三天后你就到那儿去找我们。

石光荣没有太多客套,就送张政委离开了院子。

几个人没有想到,天过晌午的时候,小德子匆匆忙忙地跑到了院子里来。一进院子,便张口喊道:连长,我们转移了,我过来跟叔和婶告个别。

桔梗见了,一边上上下下十分新奇地打量着小德子,一边既兴奋又羡慕地说道:小德子,你当兵了?真精神!

小德子看一眼桔梗,又看一眼石光荣,突然扑哧一声笑了。

你笑啥?桔梗感到有些莫名其妙,望着小德子问道。

小德子的目光落在石光荣身上,问道:连长,俺啥时候改口呀?

石光荣也感到有些莫名其妙,不解地望着桔梗,又望着小德子,问道:改啥口?

小德子说:叫嫂子呀!

还没等石光荣回答,桔父和桔母从屋里走出来。桔母见了小德子,忙招呼道:小德子呀,来,快屋里坐。

小德子拉过桔母的手,笑着说道:叔、婶,队伍已经出发了,我来跟连长和你们告别的,不坐了。

桔父见了小德子,也忍不住高兴地说道:德子呀,你一直想找石头哥,这回找到了,你们以后在一起可多帮衬着点儿。

那是自然,能跟这么多人在一起,俺这心里踏实。小德子一口应道。

桔母也忍不住夸道:小德子当了八路军就是不一样,人精神了,也会说话了。

不多说了,连长,叔和婶,还有桔梗,我该走了。小德子说着,就要转身而去。

石光荣忙说道:小德子,等等,俺送送你们。

说着,两个人一起走出了小院。

石光荣站在村口的路上,正巧看到了卫生队的几个人。此时,卫生队队长白茹正带着小凤和王百灵几个人坐在一辆马车上,有说有笑地准备出发。

石光荣紧忙跑过去,一边笑着,一边冲王百灵喊道:哎,哎,那啥,说你呢……

王百灵看了眼石光荣,接着又把脸扭了过去。

王百灵越是这样,石光荣就越来了兴致,三步两步紧追上来,一把便把王百灵从车上抓了下来。

喊你,你咋不搭理俺。石光荣望着王百灵说道。

王百灵显然有些不高兴了,冲石光荣说道:有你这么叫的吗,我又不叫哎,谁知道你叫谁呀?

石光荣自知理亏,冲王百灵笑笑道:那啥,那个王、王军医……

王百灵看着石光荣,一字一顿地说道:我叫王百灵,你记住了。

石光荣一边嘿嘿地笑着,一边望着王百灵的眼睛,说道:对,你叫王百灵,那啥,我可跟你说,沈少夫那儿你不能再回去了。

王百灵听了,侧头问道:我是国军二十四团的军医,为什么不能回二十四团?

石光荣张着嘴巴,想想,说道:沈少夫欠我的,你就是不能回二十四团。

王百灵觉得这个石连长说起话来和别人有些不一样,便又搭讪道:他欠你的,我又没欠你的,回不回的,腿可长在我身上。

说完,把石光荣噎在那里,转身走了。

哎……那啥……石光荣站在那里,一下显得无所适从。望着王百灵一边追赶着马车,两条辫子在她的身后上下翻飞着,石光荣禁不住心旌荡漾摸着自己的脸颊,自言自语道:这丫头,还挺那个的。

队伍说走就走了,整个村子静悄悄的。

吃罢了晚饭,没有事情可做,桔父、桔母不知因为什么,就说到了石光荣和桔梗的大事上来。

这话题,是桔母打开的。

桔母说:队伍上说了,这次能让石头在家待三天,要不然就让桔梗和石头圆房吧,也了了咱们这么多年的心思。

桔父坐在灯影里,抽着旱烟,沉默了半晌,说道:咱们答应过石头的爹娘,石头到咱们桔家也都二十多年了,不论从哪说起,咱们早就把他当成一家人了。

桔母应着:是啊,是啊,可不咋的!

想了想,又急着性子说道:队伍上的事说不准,夜长梦多,要不晚上跟两个孩子合计合计,明天就把他们的事给办了。

桔父稍思片刻,望着桔母说道:你是当娘的,这事你说。咱们初来乍到,这屋子都是借的,没啥给孩子准备的,也真是苦了俩孩子了。

桔母不由得叹了口气,说道:说得也是,等他们成了亲,以后的日子慢慢再说吧。

两个人就这样替石光荣和桔梗拿定了主意,又把这话说给了他们。

桔父抽着旱烟袋,沉默了好大一会儿,终于望着眼前坐着的石光荣和桔梗说道:石头哇,你和桔梗都大了,小时候你们都不懂事,这事从来没和你们提起过,可我和你娘心里一直记挂着这件事,要不是那个胡子刘老炮把我们抓到这里,咱们一家还不知道啥时候见面。

桔母这时在一边帮衬着,插话道:是呀,你爹说得对,桔梗也大了,该结婚了,你们一结婚,我们也就放心了,做老人的不就这点盼头吗?

石光荣一听这话,终于明白过来,忽地一下站起身,瞪着一双眼睛问道:爹、娘,你们说啥,让我和桔梗结婚?

咋的了,你爹娘死时把你托付给了我们,俺们答应过你爹你娘,桔梗就是你媳妇,你现在当个小连长,还想当陈世美咋的?桔父见石光荣这样,一时显得生气了,也瞪着一双眼睛喝问道。

石光荣不知该如何向二位老人解释,情急之下说道:你们二老把我养这么大,这个恩我报,可我一直把她当成妹妹看待,你让我和她结婚,这怎么可能?

桔父一下摔了烟袋,责问道:石头,你再说一遍!

爹、娘,你们让我干啥都行,这个真不行,桔梗是我妹呀!石光荣近乎乞求一般地望着桔父和桔母说道。

桔梗见石光荣这么一说,自觉受到了委屈,转身跑了出去。

桔母也没想到石光荣会是这种态度，望着桔梗的背影，不由得说道：石头哇，你看你，这话让桔梗听了该有多伤心。

说完，一边喊着桔梗，一边起身追了出去。

石光荣木呆呆地坐在那里，此时此刻，他感到自己的脑子里已是一片空白了。

不中，说啥也不中。桔父望着石光荣，一百个不答应，说道，当年，我是答应过你爹的，这么多年，我们桔家也一直把你当女婿养着，你不娶她，说啥也不中！叫我看，你小子是忘本了，你啥都忘了！

石光荣的心乱了，乱得一塌糊涂，他一边望着灯影里的桔父，一边坚持说道：俺没忘，俺怎么能忘了呢，你们就是俺爹俺娘，桔梗她是我石光荣的亲妹妹。

桔父颤抖着身子说道：小子，你也不用抢白，你是翅膀硬了，你就是八路军队伍上的陈世美。

石光荣的眼里一下就布满了泪水，动情地说道：我不是，我是她哥，是你二老的亲儿子呀！

这边桔父在百般劝说着石光荣，那边桔母在安慰着桔梗。桔梗哭得很伤心，她的哭声，让一旁的桔母感到一阵心酸，桔母一边拍着她的肩膀，一边劝道：孩子，不要哭了，这事有爹娘给你做主，明天就给你们圆房成亲。

桔梗听了，抬起头来，红肿着一双眼睛忙又问道：要是他不同意咋办？

桔母说道：那就让你爹打断他的腿，哪也去不了。

桔梗擦了把脸上的泪水，坚定地说道：那样的话，我就养他一辈子。

夜渐渐深了。石光荣躺在床上却无论如何都不能入睡。桔父和桔母，还有桔梗对他的不理解，让他感到十分痛苦。他翻了一个身，又翻了一个身，眼前不断浮现出小时候的一些事情，耳边回响起父亲临终前对桔父的一番交代，禁不住长叹了一声。他不知道如何才能摆脱眼前这种尴尬局面，他在努力想一条万全之策。想着想着，一个念头也就在脑子里产生了。

石光荣睡不着觉，正屋的桔父和桔母也同样睡不着。睡不着觉，桔父就披衣坐在炕上，一边和桔母说话，一边不停地抽烟袋。屋子里弥漫着一股浓浓的烟草味儿。

桔母埋怨道：你就少抽两口吧，呛死个人了。你说说，明天到底咋整？

啥咋整？桔父断然说道，把那间空房子收拾收拾，借两床被子搬过去，先让他们成了亲再谈。

桔母忙应道：那好，明天一早我去借被子。

桔父想了想，又补充道：你和邻居们说，咱们初来乍到，喜酒就免了，等以后，一定补上。

说着说着，天就亮了。

桔母做好了饭，喊起桔梗，又去喊石光荣，却怎么也听不到他回声，心里疑惑着，就把虚掩的房门推开了，一眼看到了床上放着的那件便装，心里边一下就明白了什么，慌忙朝桔父大喊：桔梗她爹，石头跑了！

桔父听到喊声，着急忙慌地跑了过来，看到眼前的情景，一时气得说不出话来了。

桔梗闻声也噔噔噔地跑过来，看到眼前的一切，立时也呆愣在了那里。片刻，待她终于反应过来，眼里的泪水吧嗒吧嗒就下来了，回身跑进自己的房间，趴在床上便哭了起来。

桔父站在地上，气得胡子一阵乱抖，骂道：这个小兔崽子，当了几天的八路，爹娘的话也不听了。

桔梗突然翻身坐起来，抹了一把眼泪，拿定主意说道：俺要到部队上找石头去！

说完，从炕上下来，拿过一个包袱皮，随手往里面装了几件衣服，便死死地系上了。

见桔梗也是铁了心，桔父犹豫了一下，便冲桔母说道：要不咱们陪孩子一起去，在家没结成婚，咱们就到部队上去结，等结完了，再把桔梗带回来。

桔母想想，点了一下头，说道：也行，这也是个好办法。

再说石光荣那天以走为上，离开了桔父、桔母和桔梗，很顺利地就找到了自己的队伍。

这天正午，石光荣带着尖刀连在野外训练结束，正兴冲冲地往回走，突然看见沈少夫骑在马上，身边还带着十几个国军，朝这边匆匆赶来。

石光荣马上意识到了什么，加快脚步迎了上去，站在路口的一棵树下，等着沈少夫打马过来。

石光荣抱膀站在那里，完全一副一夫当关万夫莫开的架势，招呼道：姓沈的，你真是来得巧哇！

沈少夫勒马立住了脚，说道：石连长，我是来领人的。

石光荣揣着明白装糊涂，抬头问道：要人，要啥人？八路军欠你人吗？

沈少夫笑了笑，说道：王军医在你们这儿可有些日子了，部队转移也没通知我一声，今天，我是来接王军医回二十四团的。

石光荣听了，突然就变了脸色，说道：姓沈的，别给你脸你不要脸，我还要管你要人呢,你把刘老炮那个汉奸放了,你就是民族的罪人你知道不知道?

刘长山是用来换你养父养母了,怎么说是我放了?沈少夫问道。

刘老炮是我们抓到的俘虏,理应由我们处理,结果你给放了。石光荣接口说道,放了也就放了,还找我们要还回王军医。那好,现在咱们交换,你把刘老炮交回来,我就给你王军医。

沈少夫头疼似的皱了一下眉头,望着石光荣说道:石连长,咱们说的是两回事,人是你借的,不是送的,说好了要还的。

石光荣坚持道:刘老炮交给你是要你处置的,不是让你放的,就是一回事。

沈少夫见犟不过石光荣,无心再和他纠缠,便开口说道:我不跟你理论,我要找你们长官,要是你们长官跟你一样讲话,我就去找你们冀中分区八路军的长官,你们这是破坏国共合作。

石光荣嘿嘿笑了一声,说道:姓沈的,你还能不能有点儿出息,咱们的事咱们了,别动不动就找爹找娘的好不好?你以为这是小时候过家家,玩不过就回家找爹妈呢!

沈少夫不耐烦地说:我不跟你讲,找你们团长去。

说完,打马欲走,却被石光荣上前一步拦住了去路。

沈少夫身后的几个士兵见状,哗啦一声就把枪口对准了石光荣,气氛立时紧张起来。

呦嗬,想动武哇?也不看这是啥地界!石光荣拍着胸膛,吼道,来,有种的往这儿打!

那几个士兵不知如何是好,一时端枪僵持在了那里。就在这个节骨眼上,胡团长、张政委带着小德子赶了过来。

沈少夫见几个人走过来,不觉松了一口气,对胡团长说道:我来领我们的王军医,你们石连长不同意,当初说好的,人借给你们几天,石连长不还人,这就不对了。要是上峰知道这事,对我们日后的合作可不好。

石光荣听不得沈少夫拿腔捏调地说话,不等他把话说完,抢白道:沈白食,你就知道上峰上峰,上峰是你爹是你娘啊!

石连长,你这么讲话就不好了。沈少夫有些厌恶地说道,你们长官也在,我不和你讲话。

胡团长见了,忙把石光荣拉开,冲沈少夫说道:沈团座,我们八路军独立团是讲理的,人,我们还。小德子,快把王军医请来。

小德子看了眼石光荣,便转身去请王军医。

石光荣心里不服，冲胡团长嚷道：团长，凭啥给他人？他把刘老炮放走了，我还没管他要人呢！

张政委见石光荣仍是一副没完没了的样子，走过来说道：石连长，办事要讲原则，要知道礼节。

政委，你这礼节冲他讲没用，咱们打仗他们卖呆，咱们抓到了汉奸，他又给放了，他们和汉奸没啥两样，和他讲啥礼讲啥节呀？石光荣看一眼张政委，又指着沈少夫的脑袋，气鼓鼓地说道。

胡团长见石光荣这样没有礼貌地说话，严厉地制止道：石光荣，不要放肆！

不大一会儿，小德子就带着王军医来了。沈少夫见了，忙紧走几步，迎上去问道：王军医，让你受苦了！

王百灵望着沈少夫，想说什么又没说出来，也便闭口站在了那里。王百灵不答话，石光荣却又听得清楚，腾地一下冲了过来，朝沈少夫责问道：姓沈的，你说啥呢，谁受苦了？我们八路军把王军医咋的了？今天你把话说清楚。

沈少夫并不理会石光荣，冲王军医一边笑着，一边充满爱意地示意道：王军医，走，咱们走吧！

说完，拱手冲胡团长和张政委说道：多谢八路长官，我们走了！

沈少夫拉过王百灵自顾自往前走去，就在这当口，石光荣突然冲着他们的背影石破天惊地大喊了一句：王百灵……

这声喊，把所有在场的人都吓了一跳，一起把目光落在了石光荣身上。

王军医，你就这么走了？石光荣恋恋不舍地望着王百灵说道。

王百灵回过身来，看了一眼石光荣，便冲几个人莞尔一笑道：谢谢八路军这些日子的关照。

说完，王百灵举手敬了一个军礼，随即转过身去，跟随沈少夫继续往前走去了。

石光荣的心里有些受不了了，他忽然感到自己的心很痛，一边望着渐渐远去的王百灵，一边问道：团长，你怎么就把人给还回去了？

石光荣在问这话的时候，脸上的表情欲哭无泪。

胡团长转身看了他一眼，叹了口气，说道：石光荣，你在八路军独立团怎么犯浑都好说，咱们现在是国共合作，你对友军犯浑，想到后果了吗？

他个沈白食有啥后果？石光荣枪筒子一样地又冒出了一句。

胡团长又看了一眼石光荣，懒得再去理他，便转身要走。张政委扭头看了一眼仍痴傻在那里的石光荣，说道：石连长，你的脑子是该洗一洗了！

说完，便和胡团长一起走了。小德子紧紧地跟随在他们的后边。

石光荣回身望着沈少夫一行人远去的方向，不知怎么，突然感到一股子热血蹿了上来，就再也顾不得许多，一面飞奔着，一面追了过去。

沈少夫和王百灵两个人下马并肩在路上悠闲地走着，十几个士兵牵马相跟在后面。二人正说着话儿的工夫，只见石光荣气喘吁吁地从斜刺里奔了过来，一下站在一行人面前，拦住了去路。

沈少夫下意识地把王百灵护在身后，望着石光荣问道：石连长，你想干什么？

石光荣喘了口气，稳了一下神，说道：姓沈的，你把王军医给俺留下，你走你的阳关道，不然……

石光荣说着，伸手摸着了腰间的那把枪。

士兵们见这情景，哗啦啦一阵乱响，枪口直直对准了石光荣。

沈少夫淡淡地笑了笑，问道：石光荣，不然怎么样？

石光荣也跟着笑了笑，一边笑着，一边一步步走过来，一直来到沈少夫的身边，突然一下子把沈少夫的脖子抱住，又顺势掏出了沈少夫腰间的那把枪，眨眼间抵在了沈少夫的脑袋上。

石光荣大喊道：不然，你们谁也别想走！

说完，用力戳了一下沈少夫。

沈少夫龇牙咧嘴，感到一颗脑袋痛得厉害，结结巴巴回道：石……石连长，咱……咱们有话好说。

姓沈的，没啥好说的，把王军医留下，你走你的，不留下王军医，你们谁也别想走！大不了，老子和你们同归于尽！石光荣仍然坚持着说道。

王百灵见这样僵持下去也不是个办法，便一步一步走过来，冲石光荣说道：石连长，你这是干什么？抢人也不是这么个抢法。

丫头，我石光荣抢的不是你，我抢的是能打仗不怕死的军医。石光荣说，你在二十四团待着有啥意思，打仗都不放一枪，你这样的人，在二十四团混太委屈你了！

王百灵抿嘴朝石光荣笑了笑，又说道：谢谢石连长的夸奖，请你先放开沈团座。

你答应留在独立团我就放开他，石光荣说。

沈少夫也趁机说道：石连长，好说好商量，你放开，放开。

她还没答应呢，我放什么放？石光荣不达目的誓不罢休。

王百灵问：石连长，只能这样吗？

石光荣说:要么你留,要么他死,只能这样。

王百灵微笑了一下,冲他点点头,说道:那好,我留下。

石光荣一面用枪抵着沈少夫,一面说道:姓沈的,你听到了,王军医可不是我抢到手的,是她主动说留下的。

沈少夫脖子被勒得喘不上气来,连连干咳着。石光荣猛地把他推了个踉跄,不由分说,拉过王百灵回身就走。走了几步,又回头冲沈少夫说道:姓沈的,你别动不动就告状,把老子惹急了,我找到你们二十四团去,我石光荣啥事都能干出来。

沈少夫无奈地立在那里,半晌,才捡起石光荣扔在地上的那把枪,无比沮丧地打马回营了。

胡团长见了石光荣和王百灵,吃惊地问道:你怎么又把人带回来了?

石光荣不无得意地回道:团长,这可不赖俺,她咋回来的你问她。

王百灵没有回答,转身走开了。

到底咋回事?胡团长不解地问道,石光荣,你把话说清楚。

石光荣望着胡团长,说道:是她主动回来的,俺又不能抢,再说了,我抢人那个沈白食也不会答应不是,他们那么多人,我想抢能抢来吗?

胡团长认真地看着他脸上的表情,无奈地摇了摇头,突然正色道:石光荣!

石光荣被这一声吓了一跳。

跟我到团部来一趟!说着,胡团长转身自顾自往前走去。

石光荣弄不明白团长的意图,怔在那里琢磨着,看到小德子冲着他又是摇头又是摆手,更是丈二和尚摸不着头脑了。

见石光荣没有跟过来,胡团长回过头来,不耐烦地大声喝道:石光荣,快点儿!

此时,桔父、桔母和桔梗已经在团部等着了。桔父坐在炮弹箱子上,在吧嗒吧嗒地抽烟袋,桔梗背着包袱扶着桔母站在一旁。见胡团长带着石光荣几个人走进来,还没等石光荣反应过来,桔父猛地就站起了身子,磕了烟袋锅子,指着石光荣生气地喊道:好你个小子,你跑了和尚还能跑得了庙吗?就你小子长腿了?

石光荣一下就明白过来,喃喃说道:爹、娘,你们这是何苦呢!

说完,一下蹲在了地上。

桔梗见了,便也跟着蹲在了石光荣面前,说道:石头哥,你看着俺。

石光荣抬起头来,不解地望着桔梗。

桔梗问道:俺长得难看吗?

石光荣摇摇头。

桔梗又问道：俺缺鼻子少眼，还是缺胳膊少腿？

石光荣又摇了摇头。

桔梗忽地就站起来，两眼里闪着泪光，追问道：石头哥，那你为啥不娶俺？

桔父这下也沉不住气了，站定在石光荣身边赌气一般地说道：俺跟你们首长汇报了，你和桔梗这婚，结也得结，不结也得结。

石光荣一下着急了，抬头说道：爹，你这是逼俺。

胡团长过来，叫了一声石光荣，问道：你说说，桔梗哪儿不好？

石光荣小声咕哝道：哪儿都好。

那你为啥不和她结婚？胡团长追问道。

石光荣认真地望着胡团长，说道：团长，她不是俺媳妇，是俺妹妹。

桔梗见状，心里头着急，突然打断了石光荣的话，问道：石头，你胡说，自打你进了俺桔家门，俺天天想着做你媳妇，都想二十多年了，咋就不是你媳妇了？

石光荣无奈地摇了摇头，起身冲桔母走过去，说道：娘，你领着桔梗回去吧，等部队打了胜仗，我就回去看你们！

俺和首长说好了，不结婚俺和爹娘谁都不回去。桔梗说道。

石光荣看看这个，望望那个，每个人的表情都坚定得像块石头。

胡团长拍了拍石光荣的肩膀，说道：石光荣，刚才我和张政委商量过了，既然你父母带着桔梗找上门来，为了队伍的稳定，也为了军民关系，这婚你必须结。

石光荣一听这话，有口难言道：团长、政委，你们这是整人。

石光荣，我告诉你，我们整的就是你这样的人。胡团长突然一下变得严厉起来，回头喊道，小德子。

小德子应声从门外跑了进来。

通知尖刀连，停止训练，让张排长带人去收拾一间空房子，给石光荣当新房用。胡团长交代完了，回头又冲一旁的张政委说道，老张，咱们石连长结婚，这可是咱们独立团的大喜事，通知队伍，放假半天！

张政委笑着答道：好，我这就去通知！

两个人一唱一和地说着笑着，把石光荣气得抓耳挠腮，像只囚在笼里的猴子一样。

张排长带着小伍子几个人果然为石光荣的新房张罗起来。他们一边擦门窗、贴喜字、扫院子，一边有说有笑地议论着新郎官和新娘子。

石光荣背着手在院子里打开了转转，见他们动了真格的，一边挥着手，一边制止道：你们别弄了，弄了也没用！

那些战士并不听他这些，一边笑着一边说道：连长，哪儿不满意你说，我们一定让你满意。

石光荣见他们这样，一屁股坐在那里，说道：好，好，你们弄，你们弄吧！

与此同时，在卫生队的一间房子里，队长白茹正和几个姐妹一起为桔梗梳妆打扮。头梳好了，白茹拿来了一块小镜子，一边递给桔梗，一边笑着说道：妹子，看漂亮不？

桔梗接了镜子，认真地朝自己看了一眼，脸上立时就飞起了羞涩的红云。

接着，桔梗从随身带来的包袱里，拿出一件大红的夹袄，几个人忙又帮着把它穿在了桔梗的身上。再去看时，桔梗完全是一个新娘子的样子了。

在胡团长和张政委的刻意安排下，正当石光荣和桔梗的婚事在紧锣密鼓进行着的时候，王佐县城里的山本大队，却在谋划着一次行动，这次行动的目标，直接指向了八路军独立团。

此刻，在日军大队部里，山本大队长正召集几个中队长和皇协军大队长刘老炮开会。

山本用一根木棍指着一张地图介绍道：八路军独立团，在后沙峪村，我们决定明天一早出发，包围后沙峪村，一举消灭……

接着，山本又给在座的几个中队长一一布置了作战任务：竹内中队长，你们的任务在这儿，抢占后山制高点。

竹内中队长起身应道：明白。

佐藤中队长，你们从正面出击，不惜一切代价，冲进村子；安源中队长，你们切断八路军的后路，绕到后面去……

最后，山本又点到了皇协军大队长刘老炮的名字。

刘老炮已经斜倚在一把椅子上睡着了，还高一声低一声地打起鼾来。刘老炮的鼾声，引起了许多人的注意，众人一起把目光集中在了他的身上。

潘翻译官见状，忙上前推醒了刘老炮，小声问道：刘大队长，你怎么睡着了？

刘老炮睁开蒙眬的睡眼，抹了一把口水，讪笑着说道：他们说啥俺也听不懂，不知咋整地就睡着了。

山本望了一眼刘老炮，用手里的那根木棍敲着桌子，厉声说道：皇协军，你们随我出发。

潘翻译官忙又把这话翻译给了刘老炮。

出发？去哪儿？啥时候？刘老炮一头雾水，不明就里地问道。

潘翻译官说道：明天一早，去消灭八路军独立团。

刘老炮站起身来，忧恐参半地问道：还去呀，要是再被他们抓住谁去救俺？

山本听了，立时恼羞成怒地望着刘老炮吼道：死啦死啦的！

刘老炮这回听懂了，一边向山本敬礼，一边在口里应着，手脚禁不住一阵慌乱，竟把身后的那把椅子踢翻了。

会议结束之后，几个人各自散去了。刘老炮和潘翻译官两个人走在王佐县城的街道上。刘老炮心里憋着一股气，刚才当着山本的面又不好发作，这会儿却大起了胆子，不由得骂道：日他姥姥，小日本干啥呀，动不动就死啦死啦的，吓唬谁呢？

潘翻译官淡淡地笑了笑，说道：端人家的饭碗，就得听人家调遣。

刘老炮听了，不觉又苦恼道：潘翻译官，再这么整下去，老子这饭碗不端了，回二龙山享福去。

潘翻译官转头望着刘老炮，宽慰道：刘大队长，别说气话了，来都来了，走，哪那么容易？

刘老炮一边和潘翻译官往前走，一边琢磨着他的话，说道：潘翻译官，我看你这人不错，还能跟我说点儿实话。要不这么的，晚上去我大队部，咱们哥俩喝两口。

潘翻译官朝刘老炮又笑了笑，爽快地应道：行，我有时间就找你去。

刘老炮拍了拍潘翻译官的肩膀，说道：那就说好了，兄弟等你了。

正这样说着，两个人来到街边的陈记杂货铺前，潘翻译官停住了步子，冲刘老炮说道：刘大队长，你先走，我去买盒烟。

说着，望着刘老炮往前走去了，这才转身进了杂货铺。

杂货铺的掌柜的——陈老板是个六十岁上下的老者，见潘翻译官打外边走进来，忙起身招呼道：潘翻译官，好久不见了，今天您想买点儿啥？

潘翻译官高声应道：买盒烟，老刀牌的。

说着，陈老板便拿过一盒烟，放在了潘翻译官的手上。

潘翻译官机警地扫视了一眼四周，随手从贴身口袋里掏出钱来，拍在掌柜的手上，又小心地按了按，说道：这是烟钱，掌柜的，你数好了。

说完，转身走了出去。

掌柜的若无其事地打开钱来，就看到了里面夹着的那张纸条，纸条上清清楚楚地写着一行字：明早日本人出城袭击后沙峪村。不觉抽了一口冷气，便向里屋走去。

此时，石光荣和桔梗的新房已经收拾妥当了，胡团长自告奋勇充当他们两个的主婚人。

婚礼很快就宣布开始了。胡团长站在院中的一张八仙桌前，清了两下嗓子，抬高嗓门说道：今天，是石连长的大喜日子，也是咱们冀中独立团的大喜日子，这婚礼由我来主持，让新郎新娘入场。

话音落下，桔梗在白茹和王百灵的搀扶下一步一步走出新房来到了院子里。可是，一院子的人等了好大一会儿，仍不见石光荣从另一间房子里走出来。胡团长一下子急了，问道：石光荣呢？

仍不见石光荣应声，胡团长又问道：王连长，你这个伴郎咋当的，石光荣呢？

王连长从队伍里走出来，冲一间偏房喊道：石光荣，快出来吧，你又不是大姑娘，害啥羞哇——

说着，仍不见有回话，王连长便吱一声推开门走了进去。屋内空空如也，并不见石光荣的影子。王连长一下子就慌了，忙跑出来，报告道：团长，石光荣刚才还在，他还让我出来等着，可这一眨眼的工夫，人就没了。

胡团长看一眼张政委，又看了一眼桔父、桔母，脸上就有些挂不住了，忙冲王连长命令道：难道他还变成了土行孙？快去找！

王连长带着几个人跑出院子，高一声低一声地喊着石光荣的名字，最后，几个人气喘吁吁地集中在了村口的一棵大槐树下，正在左顾右盼时，突然听到了一阵鼾声。几个人听到这鼾声，感到十分诧异，正要寻找时，王连长突然抬头看见石光荣已经倚在一根树枝上睡着了。

我的天哪，石光荣，你这是整的哪一出哇，还不快下来。王连长仰起头来朝石光荣喊道。

石光荣被这喊声惊醒过来，却并不下来，又接着往上爬去。

王连长见了，感到又好气又好笑，跺脚喊道：你还爬啥，快下来！

石光荣一迭声地回道：我不结婚，我不下去，就不下去。

就在这时候，胡团长和桔父、桔母也闻声赶了过来。一见这阵势，胡团长走到树下仰头喊道：石光荣你这是干啥，你跑这儿躲猫猫来了。

石光荣蹲在树上，看到树下的胡团长和桔父、桔母，一脸委屈地答道：我不结婚。不结婚，我就下去。

胡团长叉腰站在那里，想了想，突然从腰间掏出枪来，吼道：石光荣，我最后再说一遍,你要是不下来,你就是逃兵,我按军法处置你。

桔父一见胡团长要动真格的,忙奔过来,解围道:首长,这可使不得,使不得。

石光荣你听到没有,你别怪我没有耐性,再不下来我可要执行了!胡团长哗啦一声子弹上膛,冲石光荣下了最后通牒。

石光荣被逼无奈,嘴里一边嘟囔着什么,一边极不情愿地从树上溜下来。

胡团长挥手说道:把他带回去!

不由分说,王连长和几个战士七手八脚便冲了上来,扭着石光荣就向新房押去了。

夜晚不知不觉就来临了。

桔梗郁闷地坐在新房的床沿上,把胸前的大红纸花摘下来,望着面前的石光荣,发泄一般地揉搓着。

石光荣怔怔地看着桔梗,不知应该怎样向她解释这一切。

两个人这样大眼瞪小眼地沉默了半晌,最后还是桔梗说话了。桔梗说:石头,今天俺就想听你一句话,俺桔梗就那么让你讨厌?

桔梗,你听我说……

俺不想听,啥都不想听,俺就想问你一句话,你心里还有没有俺桔梗了?

我……我……

石光荣最终也没想出一句合适的话来。

桔梗见石光荣这样,内心里感到很委屈,眼里的泪水止不住地就流了下来。桔梗一边流着泪水,一边伤心地说道:从你到俺家那天开始,俺桔梗就把自己当成你的人了,虽然叫你石头哥,可俺心里知道,你是俺桔梗的男人,天天这么想,每时每刻都这么想,你离开蘑菇屯好几年了,俺天天想,日日盼。咋的,石头哥,你当上了连长就看不上俺了,心里真的没有桔梗了?

不是那样的,桔梗,真的不是那样的。面对伤心的桔梗,此时此刻,石光荣感到自己的一张嘴竟然笨拙得连一句完整的话都说不出来了。

新房里两个人这样说着话儿,不料想,却被房门外的王连长和几个战士一字一句听在了耳朵里。王连长侧耳听着里面的动静,一时有些气不过,便替桔梗感到了不平,直起身来冲身边的小伍子说道:这个石光荣,想当陈世美了。

小伍子听王连长这么一说,也一下没了主意,忙问道:连长,那咋整?

王连长略思片刻,朝地上啐了一口,说道:我来教训他。

说完，冲里面喊道：石光荣，你出来，你滚出来！

屋里的石光荣听到喊声，立时站起身来，就像突然之间获得了救星一般，匆匆忙忙冲桔梗说道：有人叫我，可能是有啥任务了。

一句话没说完，转身开门跑了出来。夜色里见王连长和几个战士站在那里，石光荣忙问道：王连长，是不是有任务？

王连长望着石光荣，咬牙说道：石光荣，我是听明白了，敢情你是个陈世美呀！

啥陈世美，老王你说啥呢？石光荣一下子糊涂了。

王连长指着石光荣的鼻子说道：你就别装了，你说，为啥不想结婚？你看这丫头对你多好哇，你这是不知好歹。今天我要替团长，还有屋里那个丫头好好教训教训你。

说着，就像一头恶狼般地向石光荣扑了过来。

石光荣猝不及防，一下子被王连长扑倒在了地上。可石光荣哪肯就范，猛地一下爬起身来，一边精神亢奋地比画着，一边说道：你小子偷袭，这个不算，咱们再来。

王连长自然毫不示弱，一边虎视眈眈地拉开架势，一边说道：不服是吧，再来就再来。

说着说着，两个人就撕打在了一起。

坐在新房里的桔梗越听越觉得不对劲，便起身开门走了出来。看到石光荣和王连长两个人个顶个地下了死力气，吭哧吭哧地较着劲，眼瞅着石光荣就要吃亏倒在地上，桔梗突然冲了过去，一把便从后面把王连长紧紧抱住了，随即一个用力，把他摔了出去。王连长倒在地上，忍着疼痛，龇牙咧嘴地朝桔梗嚷道：你这丫头，咋的了，我替你教训这个石光荣，你倒教训起我来了。

王连长想在桔梗面前讨个好儿，可谁承想，桔梗却不吃他这一套，叉腰站在那里，说道：他是俺男人，不用你教训。

王连长从地上爬起来，拍拍手上的土，望着桔梗说道：丫头，你真是狗咬吕洞宾，不识好人心呢。这小子是陈世美，当了连长就看不上你了，你还护着他。

俺愿意！桔梗抢白道。说完，拉起石光荣进了新房，哐当一声把门关上了。

王连长讨了个没趣，自嘲一声：算我狗拿耗子。接着冲几个哧哧笑着的战士吼道，你们笑啥笑，走吧！

一边说着，一边头也不回地带着几个人走了。

桔梗把石光荣拉进屋去，又担心他刚才和王连长较劲时伤着身子，不容分说,就上上下下检查起来。看见石光荣手背上划破了一道口子,有血流出来,一边不停地往那伤口上吹着气儿,一边说道:石头哥,等明天我再见到他,一定替你出这口气。

石光荣听了,苦笑了一声,望着她说道:桔梗呀,你真是个好妹妹。

桔梗的表情马上又变了,一下放开石光荣那只流血的手,不高兴地问道:啥,我就是你的好妹妹?

石光荣慌忙说道:妹子,你听哥说,听哥好好跟你说。

顿了顿,桔梗又眼泪汪汪地望着石光荣,说道:那你说吧,俺倒要听听你到底想给俺说啥!

石光荣也拿一双眼睛望着桔梗,想着小时候在一起时相互呵护的一幕幕往事,又想着今天晚上与王连长之间发生的这一切,禁不住一阵感动,叹口气说道:妹子,你以后改个姓吧,就叫石梗吧。

桔梗朝石光荣笑了笑,不假思索道:石头,从今天开始,俺就是你的人了,你说姓啥就姓啥。

石光荣听了,忙摇着头说:我说的可不是那个意思。

桔梗又不解了,问道:那你啥意思?

石光荣又望着桔梗说道:我是想让你给俺当一辈子的妹妹,以后你把我当成亲哥,我把你当成亲妹子,咱们都姓石,一辈子都是一家人。

桔梗怔住了,石光荣的话,让她终于明白过来了。她就那样一刻不停地望着坐在她面前的这个男人,刹那间,双眼里含满了泪水。

妹子,我说错了吗?石光荣看到了桔梗眼里的泪光,小心地问道。

石头哥,你真的就把俺当妹,没有别的?俺就那么让你讨厌?桔梗哽咽着说道,心里头难过极了。

石光荣内心里也感到十分痛苦,一下子也就蹲在了地上,抱头说道:妹子,我到咱们家那年才八岁,从那天起,我就把你当妹妹,这都二十多年了,在心里你就是我妹妹,你说我咋能娶你,你说这成啥事了?

桔梗坐在那里,琢磨了半晌,抬手擦掉了眼里的泪水,又断然说道:石头,你这么想俺不怪你。你现在不认,因为你心里没转过弯来,不认就不认,石头,俺桔梗现在想好了,暂时还给你当妹子。石头你记着,就是你真的是一块石头,俺也要把你焐热,让你以后心甘情愿地娶俺!

说完,抬脚上床把被子铺开,冲仍旧蹲在地上的石光荣说:石头,俺不和你纠缠,你快躺下歇吧,明天你们队伍还有任务呢!

石光荣看一眼那张婚床,难为情地问道:那你呢?

桔梗温柔地朝他一笑,说道:俺看着你睡,像小时候我害怕睡不着,你看着我一样。

不。石光荣说道，妹子，你听话，还像小时候一样，哥拉着你手睡。

石光荣一边这样说着，一边慢慢站起身子朝桔梗走了过来……

日军大队部里，刘老炮、刘二一伙人还在陪着潘翻译官喝酒。

刘老炮这时已经有些醉意了，他一边敞着怀频频与潘翻译官举杯，一边说道：潘兄弟，俺真敬佩你能在日本人身边待住，要是我天天看那山本那张驴脸，我一天都待不住。

潘翻译官淡然一笑道：老兄，端人饭碗替人消灾，这是规矩，俺也就是谋口饭吃。

刘老炮鼻子里哼了一声，说道：兄弟，不瞒你说，俺们要不是冲着这天下是日本人的，俺早就拉杆子走人了！

这话也不能那么说。潘翻译官看着刘老炮，纠正道，城外有八路军，还有国民党的队伍，也不能说这天下是日本人的。

刘老炮不同意这种看法，摇摇头说道：从关里到关外，俺看清了，还是日本人得势，人家都住在城里。八路也好，啥也好，还不是让日本人给撵得东躲西藏。俺刘长山不吃眼前亏，日本人得势，俺就跟日本人混呗！

潘翻译官想想，说道：不说这些，来，刘大队长，咱们喝酒。

喝！

几个人又喝了一会儿酒，一旁的刘二担心误了大事，就递过话来，说道：叔，你别喝了，明天一早咱们还要跟日本人出城打仗呢！

刘老炮愤愤地说道：打个狗屁仗，让俺替日本人卖命，他给咱啥好处了？满上，满上！

几个人直到很晚才散了酒场。潘翻译官从日军大队部出来，一个人走在王佐县城的街道上。走着走着，最后又来到了陈记杂货铺门前。这时候，杂货铺已经关门了，门口那只红灯笼却仍然点燃着。

看到那只红灯笼，潘翻译官不觉放心地吁了一口长气，接着也便快步离开了。

那张纸条已经转到了胡团长的手里。

胡团长看过了那张纸条，又把它递给了张政委，淡然一笑道：鬼子知道咱们在后沙峪村，明天早晨来偷袭。哼，他们的鼻子可真够灵的。

张政委问道：胡团长，你看，我们应该怎么办呢？

胡团长思虑道：通知部队，明天凌晨转移。

两个人分别通知了部队，又坐在马灯下开始研究起部队转移的路线来。胡团长指着一张冀中地图最后说道：就去老虎坡吧，几个月前咱们就在那里跟鬼子打了一仗，咱们损失的确不小，鬼子也没讨到啥便宜。老虎坡三面环山，就是鬼子来偷袭，咱们的退路也多。

张政委表示同意，直起腰来说道：老胡哇，你是不是想你的老伙计飞火流星了，那可是你的伤心地。

想起那匹名叫飞火流星的战马，胡团长不由得感叹道：是呀，我那老伙计是从长征时就跟着我，一直到陕北，又来到了冀中，没有它我老胡肯定活不到今天。你说我能不想它吗？

张政委思忖道：怪不得，这么长时间还不给自己配一匹战马。

胡团长笑了笑，十分怀念地说道：就咱们那些马，没有一匹我能看上的，和飞火流星比，它们都差远了。

张政委突然想起什么似的，从贴身口袋里掏出怀表，看了眼胡团长，说道：时间到了，咱们该出发了！

你看你看，差点儿把大事忘了。胡团长一拍大腿，说道，出发！鬼子不是要偷袭咱们吗，咱们要让他们连味都闻不到。

片刻过后，司号员吹响了紧急集合号。

军号声划破了凌晨的天空，把石光荣和桔梗从蒙眬的睡梦里惊醒过来。石光荣骨碌一下翻身起床，一边打着背包，一边忙不迭地朝桔梗喊道：队伍肯定要有大行动了，桔梗，你带着爹娘快回咱们的新家吧，等我一有时间就去看你们。

桔梗一边看着他收拾行装，一边担心地叮嘱道：石头，你可答应俺，你一个人在外一定要照顾好自己。

妹子，我记住了，你快点带爹娘走！石光荣走到门口，回头又看了桔梗一眼，想说什么，又没有说出来，便匆忙和她招了招手，转身奔着队伍去了。

这时，队伍已经在村外集合好了，并且开始快速地按照计划的路线向远处转移。

独立大队前脚刚走，一大队日本兵就开了进来。

山本带着大队人马跑了这么远的路，却扑了一个空，禁不住又羞又恼，面对着气喘吁吁跑来报告的一个军官，咬牙切齿地骂道：八嘎！

一边这样骂着，一边把战刀拔出来。

那名军官见状，忙向前问道：山本中佐，我们下一步怎么办？

山本气急败坏地挥手劈断了身旁的一棵小树，接着吼道：还能怎么办？回城！

第四章

山本大队扑了个空，一大队人马不得不又疲惫不堪地回到了王佐县城。

想起这件窝囊事，山本余怒未消，一边气得在屋里团团乱转，一边歇斯底里地吼道：城里一定有叛徒，我们偷袭八路的消息，走漏了风声，有人出卖了我们。你们说，会是谁？

几个人听了，一时间面面相觑，却又找不到一条合适的理由。

竹内中队长见状，稍思片刻，忙又上前一步报告道：山本中佐，我想一定是中国人，不会是我们皇军。

潘君，你说会是谁？山本把目光最后定在了潘翻译官的脸上。

潘翻译官不觉皱了下眉头，望了一眼山本，说道：也许，城内有八路的眼线。

山本想了想，便把目光从潘翻译官脸上移开，满腹狐疑地看看这个，又看看那个。

佐藤中队长这时也试探性地上前一步，说道：会不会是那个刘长山，他可是后来的，他的底细，现在我们也摸不清楚。

刘长山？山本中佐接着把目光又转移到潘翻译官脸上，问道，潘君，你看呢？

潘翻译官下意识思考了一番，说道：这个，这个不太好说，以前王大队长在时，也有过这种情况。

山本中佐摇着头，一副心有不甘的样子，认真地想了想。接着，冲潘翻译官说道：你去，把那个刘二给我叫来！

不多时，刘二就被带到了山本中佐的面前。

进得屋来，刘二抬眼看到了几个持枪侍立在那里的日本宪兵，见他们正虎视眈眈地盯着自己，不觉心里一阵发虚，看看这个，又望望那个，便小心地赔着笑脸，向山本中佐问道：山本太君，你叫俺干啥？

刘二没想到山本的脸色说变就变了，山本一边恶狠狠地望着他，一边大喝一声：你的，良心大大地坏了！

刘二一下神情慌乱起来,忙辩白道:没坏呀,太君,俺没做对不起你的事,不信你问潘翻译官,他可是公道人,你让他说,我这人咋样。

此刻,站在一边的潘翻译官,既不看刘二,也不看山本,脸上没有一丝表情。

山本实在不想和刘二争辩什么,挥手冲几个日本宪兵说道:把这个刘二关起来,我倒要看看他说还是不说。

几个宪兵闻声上前,不由分说拉起刘二就往外走。直吓得刘二惊慌失措地一迭声地高喊道:太君,太君,我冤枉,冤枉呀!潘翻译官,你倒是说句话呀。

芍药的病一直没见好转。自从刘老炮把她从沈少夫那里带到城里来之后,他也一直没有腾出空来带她去看医生。这天,从后沙峪村返回到县城里,刘老炮见到芍药,仍是一副痴傻的样子,想想芍药这病,都是由于自己引起的,心里头便又多了一份愧疚。立时就请了济人堂的老中医,给芍药号了脉,开了几服中药,带回来煎服。

这天正午时分,刘老炮正亲自添柴为芍药熬药,一个小匪慌慌张张地跑了进来,报告道:当家的,不好了,刘二让日本人给关起来了。

刘老炮听了,腾地站了起来,问道:啥,你说啥?

那个小匪望着刘老炮,一字一句重复道:刘二,让日本人抓了。

刘老炮不由得骂了一声:奶奶的!唰的一声便从腰间掏出枪来,瞪眼喝道,兄弟们,抄家伙!

不大会儿,刘老炮已经集合起了一群皇协军。他们得到刘二被日本人抓了的消息,一个个摩拳擦掌,嗷嗷乱叫着,发誓要和那些日本人拼了。

滚刀肉大声骂道:日他姐,这也太欺负人了!当家的,你发话吧,咋整,俺们都听你的。

磕巴说道:不……不……给他……日本……人卖命了。

众人一起喊道:大当家的,你就发话吧!

刘老炮看着这些和自己一起出生入死的弟兄,不由得一阵感动,猛地把头上的帽子摔在地上,众人见了,也一齐摘下帽子,摔了。

刘老炮接着又前前后后地打量了一遍众弟兄,说道:怕死的,站到那边去。

说着,他用手指了一指身边的一片空地,可是,却没有一个人走过去。

刘老炮放心了,接着说道:他们日本人说把刘二关起来就关起来,说我们是内奸,凭啥,咱们不跟他日本人玩了,走,找日本人算账去!

走，算账去！一帮人齐呼乱叫着，乌泱泱地就要往门外走。

可就在这个节骨眼上，传来了沈芍药尖厉刺耳的一声大叫，随后，一帮人就看见她连滚带爬地扑了过来，紧紧抱住了刘老炮的双腿，颤抖着身子一迭声地喊着：俺怕，俺害怕……

一帮人立时就变得鸦雀无声了。刘老炮低头望着哆嗦成一团的芍药，沉默了半晌，接着又缓缓抬起头来，望一眼高远的天空，不觉长叹了一声。慢慢地，他又低下头来，把枪重又放回到腰间的枪匣里，无力地说了一声：滚刀肉，去把潘翻译官请来！

滚刀肉大惑不解，眨巴着眼睛，望着刘老炮，问道：当家的，这就收兵了？

刘老炮不耐烦地大喊道：让你去你就去！

说着，弯腰把芍药扶了起来。

刘老炮一面让人去请潘翻译官，一面让手下的人各自散了，回身进得屋去，把已经煎好的药喂给芍药。

潘翻译官很快被滚刀肉请来了，刘老炮望着他，想了想，又如此这般地向他交代了一些什么，最后便拱起双手说了声：拜托了！

潘翻译官点了点头，不便久留，便匆匆走了。

此刻，刘二被绑在了审讯室的一根柱子上，浑身上下已经被打得破破烂烂了。山本站在一旁亲自督战，看着手下的两个士兵十分用力地鞭打着刘二。一鞭鞭抽在身上，刘二苦苦忍受着，不住哀求道：太君，你就是整死俺，俺也是不知道。

山本咆哮道：继续加刑！

说着，两个日本兵挥鞭又冲刘二打去。

潘翻译官这时走了过来，山本看了他一眼，鼻子哼了一声，说道：潘，你告诉他，他不说就是死！

潘翻译官看了眼有气无力的刘二，想了想，便俯首过来，冲山本耳语道：太君，我有个办法，先让他们停下来。

山本看一眼潘翻译官，举了下手，两个拿着鞭子的士兵会意地停了下来。

接着，潘翻译官把山本拉到一个角落，冲山本说道：太君，把刘二打死，那些中国人就不会给太君卖命了，他是不是出卖太君的人还不知道，我看应该放长线钓大鱼，要真是他们干的，再一起收拾他们也不迟。

说着，潘翻译官向山本做出了一个将人掐死的动作。

山本说道：我们的秘密不能让八路知道，那样我们只能失败。

潘翻译官又说道：中国的古语是放长线，钓大鱼。捉奸捉双，到那时再下手也不迟,也许还能把城外八路的情报搞到手。

山本盯着潘翻译官,认真地看了一眼,点点头,说道:潘,我就信一回你的话。

举手又朝审讯室里的几个士兵说道:放人!

刘二从审讯室里出来,便被潘翻译官领到了自己的住处。进得屋来,潘翻译官忙又取了药水,小心地给刘二擦拭着脸上的伤口。刘二一边龇牙咧嘴地忍着疼痛,一边感激地望着潘翻译官,说道:谢谢,谢谢你救了我。

潘翻译官笑了笑,说道:你别忘了,咱们都是中国人。

刘二想想,叹了一口气,说道:当初劝俺叔来投奔日本人,现在看来真是个错误,我好后悔。日本人像疯狗一样,见谁咬谁,好赖不分。

可是,刘二,你不会希望看到你叔和日本人闹翻吧?潘翻译官从床下的一只木箱子里拿出几件自己的衣服,一边递给刘二,一边问道。

刘二又想了想,说道:在这城里是日本人的天下,我了解日本人,和日本人闹,我们只有死路一条。

那你就把衣服换上吧。潘翻译官望了一眼刘二,说道:回去,别和你叔说日本人打你的事。

那,我脸上这伤,瞒不住哇!刘二说。

就说这是自己弄的。潘翻译官说。

刘二说道:潘翻译官,我明白了,我知道咋办了。

潘翻译官一边在屋里踱着步子,一边又劝道:人在屋檐下不得不低头,现在和日本人闹,对你们没有啥好结果。

潘翻译官,你是个好人,我刘二记下了。

别那么说,还是那句话,别忘了咱们都是中国人。潘翻译官说道,我做这个差事,和你们一样,还不是为了谋口饭吃。

刘二望着潘翻译官若有所思地点了点头,接着,无奈地长叹了一声。

几天来,胡团长一直在想念着那匹叫飞火流星的战马。这天上午,便与石光荣一起来到了老虎坡。两个人站在一棵茂密的大树下,望着面前的那座坟茔,禁不住泪光闪烁。

坟前立着一块木碑,木碑上写着:战马飞火流星之墓。

胡团长走上前去,摘下军帽,充满爱意地一边抚摸着那块木碑,一边喃喃说道:老伙计,老胡看你来了!

听胡团长这样一说,石光荣的眼圈也跟着红了,靠前一步,也摘下头上的那顶军帽,冲着马坟无限愧疚地低语道:飞火流星,俺石光荣没照顾好你啊!

两个人站在马坟前肃立了良久,回想着很久前的那场战斗,禁不住百感交集。

那的确是一匹好马!每一场惨烈的战斗中,战士们总能看到它矫健的身影。那身影,就像是一团火,点燃着每一个战士的激情,勇往直前,奋力拼杀。可是,老虎坡的这场战斗又实在是太激烈了,战斗到紧要关头时,敌人的炮火几乎覆盖了整个阵地。正当整个战斗接近尾声时,不料想,一发炮弹突然就落在了它的身旁,骑在马上的胡团长猝不及防被掀翻在地。只听得一声长嘶,那匹战马轰然倒在了阵地上,整个身子鲜血淋漓,就再也没有爬起来……胡团长和前来营救的石光荣,望着那匹倒在血泊里的战马,禁不住悲恸欲绝。

老伙计,从长征到陕北,又到冀中,你救我的次数数不清,你是我老胡的战友、恩人,我这辈子都会记着你飞火流星。说着,胡团长蹲下身,从坟上抓起一把土来,紧紧地攥在手里。

石光荣心疼地看着胡团长,发誓说道:团长,你放心,我一定帮你找一匹和飞火流星一样的战马。

胡团长听了,不由得感叹道:在我心里,什么样的战马也代替不了飞火流星。

团长,你和飞火流星的感情我知道,可你是团长,也不能没有战马呀!石光荣真诚地说道。

胡团长起身说道:飞火流星,它是我永远的战马。

说完,凝望着马坟,两个人缓缓举起了右手。

夜幕降临了。

山本正在翻看一份文件。连日来,日军连连扑空受挫,让他深感羞辱和郁闷,他已不知该如何向他的上级交代了。想到那些神出鬼没的八路军,山本的心里就像压上了一块石头。他要搬掉它,击碎它,把它捻成粉末。

山本一边翻看文件,一边这样想着。译电员手托电报喊了一声报告,走了进来。

山本抬头看了他一眼,说道:念!

译电员便站在那里,念道:冀中日本长官部来电,后天运输队给王佐县城驻军运送弹药物资,途经柳条沟一线,山本大队做好接应准备。

潘翻译官正要走进屋来,突然听到了这些,匆忙悄悄退了出去。

山本听完电令,若有所思地踱到一幅地图前,从那地图上寻找到了柳条沟的地名，回身便冲译电员说道：给日本长官部回电，山本大队会及时接应运输队，确保物资安全。

译电员应声走了出去。几乎同时，潘翻译官迎面走了过来，和译电员打了个照面，两人不觉对视了一眼，潘翻译官随即喊道：报告！

山本抬头把目光落在了潘翻译官的身上。潘翻译官靠近一步说道：太君，刘二那里我已经安顿好了。

山本点了点头，却并不发话。

潘翻译官接着说道：太君，早点儿休息，不打扰了！

说完，转身就走。可就在这时，山本却又把他叫住了：潘，你等一下。

潘翻译官回过身来，见山本一步一步朝自己走过来，一边走着，一边狡黠地问道：潘君，你看我给皇协军那面增加岗哨，严密监控刘长山会怎样？

潘翻译官故作认真地想了一下，望着山本回道：也好，不过，不能让刘长山有察觉，否则，他会有二心。

山本也望了一眼潘翻译官，并没有说话，接着，又意味深长地笑了笑。

第二天早晨，胡团长和张政委及时得到了这个消息。

张政委看过了手里的那张纸条，抬头向一旁的胡团长说道：城内消息，明天日本长官运输部的运输队要给王佐县城运送弹药补给，途经柳条沟。

胡团长听了，一拳打在炮弹箱上，说道：太好了，这么长时间没打过胜仗了，咱们也该补给了。这弹药都快消耗光了。

张政委也握了一下拳头，高兴地说道：这一仗，一定要打出士气。

说完，两个人又走到炮弹箱上铺着的那张地图前，仔细地查看起来。

柳条沟距离老虎坡三十华里呢！张政委扭头看着胡团长，说道。

胡团长犹豫了一下，皱着眉头说道：柳条沟按规定可是国军二十四团的防区。

张政委回道：是啊，看来，咱们独立团还不能吃这个独食了。

胡团长想了想，接着分析道：鬼子运输队，肯定有重兵护卫，说不定城里的鬼子也会有接应。和姓沈的打个招呼也好，万一咱们忙不过来，他们要是能帮把手，也是不错的。

张政委拍手说道：这也是个好办法。那就把这消息通报给二十四团，让他们也做好准备。

老张，你先别急。胡团长思考片刻，说道，鬼子运输队的事，是咱们城里内线提供的，国军的二十四团咱们不了解，鱼龙混杂，如果现在就把这消息通报给他们，万一消息走漏，我们就白忙活了。

那,你说怎么办好?张政委望着胡团长,问道。

胡团长反剪双手,在屋子里走了几步,站住脚说道:那就提前两个小时吧,国军二十四团驻地离柳条沟也就十几里路,我看,一小时路程,一小时布置足够了。

张政委同意这个方案,便望着胡团长点了点头。

我的意见是,让石光荣的尖刀连可以先埋伏过去,部队去多了动静大,让二十四团发现了,这话好说不好听。咱们可以把部队运动过去,先不要进入埋伏圈。胡团长神秘地说道。

张政委笑了起来,说道:老胡哇,都说你这人能打仗、会打仗,我看你是粗中有细啊!

胡团长也跟着笑了起来,边笑边道:我这细不都是跟你学的吗?

张政委止了笑,说道:行了行了,快把石光荣叫来吧!

一听说有仗要打,石光荣立时就来了精神,拍着胸脯说道:团长、政委,你们就放心吧,尖刀连不会给你们丢脸的,尖刀连永远都不会给你们丢脸!

按照战斗部署,在预定的时间里,石光荣带着队伍顺利地潜伏进了作战阵地。此时此刻,战士们有的依托着掩体,有的躲在石头后,有的在检查着枪支弹药,已经完全进入临战状态。

石光荣一路弯腰走过来,走到每一个战位前,生怕有丝毫疏漏,不停地交代着:做好隐蔽,千万不能暴露目标。

石光荣最后来到了张排长和小伍子身边。张排长正抱着一挺轻机枪向远处瞄着,小伍子则在一旁往子弹匣里装子弹。石光荣往山下的小路看了看道:注意观察,鬼子这回是运输队,他们怕我们伏击,汽车都没来,听说都是牛马拉的车。

张排长说道:放心吧连长,不管他们来的是啥,指定让他们有去无回。

我说的不是这个。石光荣压低声音,望着张排长说道,团长的战马飞火流星阵亡有好多日子了,团长现在连个战马都没有,鬼子这次肯定会有不少好马,绝不能放过。

说着,石光荣不自觉地把拳头握紧了。

小伍子听了,朝石光荣一笑,插话道:连长,夺马我可是好手,别忘了我可是放马出身。

石光荣也望着他笑了笑,接着严肃地道:小伍子我跟你说,抢马没你的事,等仗打起来,你和张排长掩护,马的事由我去办。

连长这可不中,你是连长,要不我和小伍子去。张排长说。

别嘚瑟了，你们知道团长喜欢啥样的马？我给团长当过警卫员，团长喜欢啥，我最清楚。石光荣瞪着一双眼睛，坚持着说道。

说完，又向前走去了。

张排长冲身旁的小伍子道：小伍子，别听连长的，到时候等连长冲出去，咱俩可得保护好连长。

排长，俺听你的，你说咋整就咋整。小伍子点着头说。

王百灵就是在这个时候跑到阵地上来的。她身上背着药箱，气喘吁吁地跑着，汗水把前额的头发都濡湿了。

石光荣一眼看见了她，先是怔了一下，接着又惊又喜道：你这个丫头咋来了，大部队还没出发呢。

王百灵抬手擦了一把汗说道：哪里有战斗，哪里就该有军医，这是军医的职责。

石光荣露出一口乱牙，专注地望着王百灵，不由得发自内心地说道：丫头，你要是个爷们儿，肯定是个好战士。

别丫头丫头的，我有名有姓。王百灵望了一眼石光荣，不高兴地别过头去，把目光转移到了山下。

石光荣憨憨地朝她笑笑，无措地摸着脑袋轻轻说道：丫头，俺错了。

王百灵突然收回目光，指着远处说道：石连长，你这伏击阵地是不是太靠后了？咱们打的这是伏击战，短兵相接，夺的是物资。太靠后了，会影响冲锋，耽误时间。

石光荣听了，认真看了一下地形，恍然明白了什么，回身一拳砸在了王百灵的肩膀上，一惊一乍地说道：王军医，你咋看出的，俺老觉得有点儿不对劲，原来是靠后了，有劲使不上。你这招在哪学的？

王百灵笑了笑，说道：石连长，别忘了我参加过武汉会战，对作战没有经验，但看多了，就攒下点儿经验。

石光荣不由得向她竖了一下大拇指，又冲埋伏着的战士命令道：听王军医的，队伍再向前五百米。

说完，冲王百灵嘿嘿傻笑起来。

王百灵侧头望着石光荣，搞不明白他为什么笑得这样开心，便问道：石连长，你笑什么？

石光荣一本正经地说道：俺不把你还给姓沈的，看来是对的！

胡团长带着小德子走进国军二十四团部来的时候，沈少夫正坐在庙内的一棵大树下拉一把胡琴，一边拉着，一边眯着眼睛，自我陶醉般地唱一段西皮流水。

感觉到身边的脚步声后,沈少夫睁开了眼睛,见胡团长和小德子已站在了那里,一边惊讶地放下胡琴,一边立起身来说道:胡团长,你怎么来了,我的卫兵怎么没提前通报一下?

胡团长说道:我都来到门口了,是我没让卫兵脱裤子放屁。

沈少夫说道:胡团长无事不登三宝殿,一定有事。

胡团长左右环顾了一下,说道:沈团长,里面说。

说着,两个人便进了团部。接着,胡团长便把敌人方面的消息和国共两方联合作战的意思说给了沈少夫。

沈少夫有些为难,望着胡团长,思虑道:两小时之内就要进入阵地,这太匆忙了吧?

胡团长也望着沈少夫说道:我们也是刚得到鬼子要途经柳条沟的消息。

那,你们部队的位置在哪里?沈少夫问道。

正在赶赴柳条沟的途中。胡团长说。

沈少夫听了,稍思忖片刻,冲门外喊道:参谋长!

谷参谋长应声从门外走了进来。沈少夫立时说道:速发电报,向师里请示,两小时后伏击日本人运输队,地点,本团防区的柳条沟。

谷参谋听了,不无忧虑地问道:两个小时,来得及吗?

沈少夫抬起手腕看了一下表,说道:你先发报,马上下令队伍开拔,这么短的时间,只能先斩后奏了。

见谷参谋长应声而去,胡团长便也和小德子一起走出了二十四团的大门。望着他们的背影,沈少夫不由得在心里骂道:妈的,这一回又让八路军抢了先,这种情报老子怎么就得不到?

怨言归怨言,国军二十四团最终还是在预定的时间里,进入到柳条沟另一侧山上的伏击地点。

此时,沈少夫已经站在了阵地上,他的手里握着一只望远镜,正前前后后地观察着地形。谷参谋长站立在他的身旁,手里边同样也握着一只望远镜观察着,一边看着,一边不满地说道:妈的,好地形都被他们抢去了。

沈少夫放下望远镜,说道:这是伏击战,也是运动战,地形没有好坏。

这可是伏击鬼子的运输队,肯定有好多洋货可捞,团座,咱可不能让八路抢了先机。谷参谋长说道。

战前的准备一切就绪,尖刀连严阵以待,只等着目标的出现。这时间胡团长带着小德子走了过来。

团长,你怎么来了？石光荣吃惊地问道。

你尖刀连是我独立团的,我怎么不能来？胡团长说。

石光荣笑道:团长你说哪去了,我是说杀鸡不用牛刀,你坐镇指挥赌好就行了。

我是不放心你小子,才来看看。胡团长接着说道,你听好了,这次咱们是冲日本人物资来的,消灭多少鬼子不重要,这是二十四团防区,离王佐县城也不远,咱们不和鬼子做过多纠缠,物资到手咱们就撤。听懂了？

团长,明白,赌好吧！石光荣说道。

胡团长又叮嘱道:记住,没打信号弹不准进攻。

石光荣点点头道:明白。

说完,胡团长这才带着小德子放心地离开了阵地。

快到正午时,目标终于出现了。山下的那条山路上,十几个鬼子在前面开路,一个小队长骑着一匹枣红马,看上去,那匹马酷似飞火流星。在那个小队长的身后,还有十几个鬼子紧紧尾随着。而这十几个鬼子之后,则是拉着物资正往前行驶着的几辆马车和断后的一小队鬼子。

鬼子运输队同时也进入到沈少夫的望远镜里。正当沈少夫拿着望远镜一五一十看清了山下的敌人,计划着下一步的行动时,谷参谋长拿着一份电报跑上前来,说道:团座,师座来电报了。

沈少夫侧头望着谷参谋长,说道:念。

谷参谋长举着电文说道:伏击行动仓促,敌人兵力布置不详,命令你部观而不战！

什么？沈少夫皱了一下眉头,问道。

师座命令,观而不战。谷参谋长又重复道。

这是到嘴的肥肉,什么观而不战？沈少夫说道,他脸上的表情显然有些愠怒了。

谷参谋长望着沈少夫,十分谨慎地说道:团座,咱们可不能因小失大啊！

沈少夫想想,举起手里的望远镜,猛地一下摔在了脚下,不明来由地骂了句:妈的！

谷参谋长见沈少夫脸上的表情十分难看,轻轻问道:团座,那我去通知部队？观而不战？

沈少夫摇了摇头,接着,极不耐烦地朝他挥了挥手,说道:去吧,去吧！

那边的沈少夫在执行着师座的电令观而不战,这边的石光荣已经捺不住性子了。山下那一队鬼子兵一步一步进入了包围圈,他的眼睛一刻不舍地盯着那名小队长骑着的高头大马，不觉自语着：乖乖，它太像飞火流星了。

张排长小声问道：连长，你说啥？

石光荣伸出一根指头，说：看到鬼子屁股下那匹马了吗？

张排长微微一笑道：那么大个东西，咋没看到，我又不是瞎子。

石光荣问道：你说，它像不像飞火流星？

张排长又细看了一眼，说：可不是咋的，像，太像了！

石光荣压低声音，回头喊道：三班长！

三班长机警地弯腰跑过来，趴在石光荣身边，问道：连长，啥事？

一会儿冲锋时你跟着我上去，目标，那匹马。说着，又伸手指了指山下的队伍。

恰恰就在这时，石光荣抬头看到三颗信号弹腾空而起。他立时振作起来，大喊一声：削！狠狠地削小日本！

霎时间，枪声四起，响成一片，尖刀连的战士们纷纷将子弹射向山下的那队鬼子兵。那队鬼子兵一时间被这来路不明的枪击声弄蒙了脑袋，很快反应过来之后，立即又寻找掩体举枪反击。这当口，石光荣挥起一枪，射向那名小队长。眼瞅着那名小队长被一枪击中了要害，翻身落下马来，石光荣高兴地大叫道：老子削上你了！

那匹枣红马也许意识到了它的主人此刻已经应声毙命，长嘶一声，撒开四蹄便落荒而去。石光荣见状，忙喊了一声：三班，跟我上！

说完，一个鱼跃跳出掩体，十几个战士跟着石光荣径直向那匹大马飞奔而去。

张排长抱着那挺轻机枪，大喊道：快，掩护连长，揍呀……

说着，将一梭子子弹，射向了山下的敌群。

不远处指挥所里的胡团长在望远镜里看到了这一切。见石光荣不管不顾地冲下山去，不由得大骂道：狗日的石光荣，他捣啥乱，不要命了！

扭头冲身旁的司号员喊道：吹冲锋号！

司号员闻令举起了军号，一瞬间，激越的冲锋号吹了起来，号声响彻了整个山谷，山上埋伏着的八路军战士应声而起，一面高喊着“冲啊，杀呀”，一面如下山猛虎一般，从四面八方冲杀了过去。

石光荣紧紧瞄住的那匹枣红色战马，此时已经闪电般地飞奔到了日军阵地的身后，石光荣正要带着一个班追过去，不料，遭到了日军的抵抗。在那一股日军密集的子弹封锁之下，有几个战士倒下了。石光荣一见，急红了眼睛，忙把追上前来的王百灵拉过来，喊道：你别动，老实待着！

说着，又回头冲三班长喊道：你们掩护我！

话音落下,弯腰向着鬼子一侧的阵地上摸了过去。

石光荣巧妙地绕过了鬼子阵地,见那匹马在一片慌乱的枪声中还在左冲右突着,情急之下,便将一根手指放进了嘴里,瞬间打出一声响亮的呼哨。说也奇怪,那匹马听到了这声呼哨,竟然意外地停在了那里,朝这边张望着,似乎在期待着什么一般。

石光荣禁不住又惊又喜,一边轻轻地呼唤着,一边向它靠了过去。而就在这个当口上,一个日军突然在扭头之间发现了石光荣的意图,掉转枪口开始向他射击,子弹噼噼啪啪像雨点一样落在了石光荣的周围。石光荣一边在地上翻滚着,一边躲避着。可是尽管如此,大腿上还是被射中了一枪,石光荣感到一阵疼痛袭来,一个踉跄便扑倒在了那里。

那匹枣红马仍是站在那里,似乎很是不解地望着他。

望着那匹马,石光荣身上的血立时又热了起来。只见他咬牙使尽了全身力气,大喊了一声,挺身而起,接着又一瘸一拐地向那匹战马奔了过去。而就在他将要抓住那根马缰时,右手臂上猝不及防又中了一枪。应声倒下去的瞬间,他看到那根马缰离他只有一尺之遥了。他努力稳了一下神,又继续往前爬行了一步,猛地伸出左手,一把抓住了那根马缰,一边紧紧缠在手上,一边冲那战马笑道:老子得到你了!

说完,石光荣感到一阵眩晕,便昏死了过去。

王百灵真切地看到了眼前这一幕,当她下意识地咬着嘴唇冲出去时,却被张排长一把拉住了,他说道:王军医,没你的事。三班长,快跟我去救连长!

不一会儿,张排长带着小伍子几个人冲了过来。

小伍子一面从石光荣的手里夺过马缰,一面哭喊着:连长,马抓到了,你不能死呀!

这时间,十几个日本兵已经朝这边冲杀过来,张排长见状,立即冲三班长喊道:掩护连长,快撤!

几个人一边背起石光荣,一边举枪还击着冲了出去。王百灵站在不远处,看到了这一切,再也顾不得许多,奋力奔跑着迎了过去……

又是一阵激战过后,最后一处负隅顽抗的日军,终于被钳制住了。鬼子兵的运输队,顺理成章地被胡团长带领的一小队人马悉数缴获到手。很快打扫完战场之后,一群人也便兴高采烈地赶着几辆载满物资的马车撤出了阵地。

眼前发生的这一场决战,被国军阵地上的沈少夫尽收眼底。

沈少夫放下望远镜,叹息一声,接着愤愤不平地骂了一句:妈的,便宜都让八路捞去了!

谷参谋长的心里头也觉得有些难堪,接了沈少夫的话说道:团座,虽然咱们没有参战,可这地界是咱们的防区,咱们不能眼睁睁让八路捞到好处哇!

沈少夫想了想,说道:通知队伍撤出阵地,警卫排跟我走!

说着,沈少夫带着一队人马,匆匆忙忙赶下山去。

不多时,沈少夫打马赶上了八路军的队伍,见了胡团长,忙翻身下马走了过去。胡团长见沈少夫走过来,问道:我们仗打完了,你们怎么才来?

沈少夫却并不回答,看了一眼车队,顾左右而言他道:胡团长,看来收获不小哇!

胡团长听了,表情立时凝重起来,说道:这都是拿战士的血换回来的,我们八路军死伤十几个人。我本以为你们国军也和我们一起出手,全歼了护送的鬼子,可是,谁承想啊……

说到这里,胡团长摇了摇头。

沈少夫的表情一下变得尴尬起来,想了想,说道:是啊,我该为你的死亡士兵致哀。

说完,便摘下头上的帽子,低下了脑袋。

石光荣已经从担架上苏醒过来,听到两个人这样说话,忙从担架上欠起身子,冲胡团长说道:团长,我说过,国民党的部队靠不住,这种人少跟他废话,咱们走!

沈少夫戴上帽子,看了眼躺在担架上的石光荣,似乎有些关心地说道:石连长也受伤了,伤势不轻,看来得养上一阵子了。

石光荣没好气地回道:我这伤和你没关系,别猫哭耗子假慈悲。

沈少夫淡淡一笑,目光从石光荣身上移开,落在了王百灵脸上,但紧接着,看着那几车军需物资,冲胡团长说道:胡团长,这些战利品,打算怎么处理呀?

这些枪支弹药,正是部队所需要的,八路军比不上国军,我们装备差,咋补充也赶不上你们财大气粗的国军。胡团长直言道。

胡团长,话不能这么说。沈少夫心有不甘地说道,虽然我们二十四团没参加你们的战斗,但俗话说得好,这意外之财,总得见面有一份吧。

呦嗬,感情沈团长这是来打土豪来了?! 一听这话,胡团长把眼睛瞪大了。

沈少夫望了一眼胡团长,又笑了笑说道:不是打土豪,胡团长你想呀,这柳条沟一带可是我们二十四团的防务地带，你们在这里把日本人劫了不假，要是上峰知道你们把这些东西从柳条沟带走，上峰肯定骂我沈少夫无能。胡团长你说呢？

躺在担架上的石光荣听不下去了，一骨碌从担架上下来，指着沈少夫的鼻子大叫一声：沈少夫你放屁，打日本人时你们二十四团的人去哪了，什么防务？你以为这柳条沟是蘑菇屯呢，都是你家的地，说咋的就咋的，敢分我们的战利品，门儿都没有！

说完左手从腰间掏出枪，往腿上一蹭，子弹哗啦上膛，枪口直对着沈少夫。

国军警卫排长见状，大喊了一声：抄家伙！就见二十几个枪口纷纷对准了八路军。那情形，大有剑拔弩张之势。

胡团长扫视了一遍那二十几个国军，又看了一眼沈少夫，轻蔑地笑了一声，说：呦嗬，动家伙了？来吧！

说着，哗啦一声也把枪掏了出来。眨眼之间，两军枪口对枪口对峙在了那里。张排长一个眼色递给了小伍子，几个人会意地点了一下头，便绕到了国军身后，切断了他们的退路。

沈少夫一见大事不好，忙挥手制止，放下软话道：胡团长别急呀，买卖不成合作在，我这不是和你们商量嘛，上峰怪罪下来我好有个交代。

国军警卫排长见团座这么说，也挥了挥手，让士兵们把枪放下了。

石光荣仍是余怒未消，听了沈少夫的话，不屑地说道：别上峰上峰的，吓唬谁呀，要物资没有，要命石光荣有一条，过来拿吧！

说到这里，石光荣身体上吃不住劲，感到又是一阵眩晕，站立不稳倒了下去，王百灵和几个人忙又七手八脚地把石光荣抬上了担架。

胡团长不想和沈少夫再多啰唆什么，便最后说道：沈团长，咱们是友军，这事我也做不了主，有啥意见咱们都向上级反映吧。走人！

胡团长朝队伍一挥手，便继续往前去了。

沈团长眼巴巴地看着八路军远去，追赶了两步，抱着最后一线希望说道：物资不给，军医得还回来吧？

石光荣忽地一下又从担架上撑起身子，咬牙瞪眼恶狠狠地望着沈少夫，说道：姓沈的，你听好了，不打鬼子，啥都没有！

沈少夫听了，像根木桩一样，一时呆在了那里。

前来接应的山本大队长最终还是晚来了一步。望着阵地上还没有燃尽的烟火和日军丢盔弃甲扔下的十几具死尸，一股无名火蹿上来，山本暴跳如雷,大声喝骂道:浑蛋,我们来晚了,又让八路占了便宜。

山本十分狼狈地站在那里,一时不知如何收拾面前的残局。

沉默了很大一会儿,山本掉转马头往回走。竹内中队长一边挥手冲手下的士兵和伪军喊道:撤,回去!一边紧紧跟在山本的屁股后面,生怕哪句话把他惹恼,大气不敢喘上一口。

那一队日本兵在前头走着,刘老炮和他的皇协军在后头跟着。这时,刘二打马从队尾追上了刘老炮,十分解气地小声嘀咕了一声:真是活该!

刘二脸上的伤痕依稀可见。

刘老炮骑在马上,望了一眼刘二,摇晃着身子附和道:日本人这是没事找事,在城里待着多好,非出来瞎折腾一圈。

刘老炮说这话时,嗓门儿有点儿把握不住,刘二紧忙扭头提醒道:叔,你小点儿声,别让日本人听见。

刘老炮哼了一声,接着说道:我他妈就是要让日本人听见,他把你抓了这账还没算呢!

刘二忙又宽慰道:叔,俺不是没事嘛,日本人就是这德行,能忍咱们就忍吧。

你能忍,我可忍不了。刘老炮说着,一马鞭抽在马屁股上,骂了声,妈了个巴子!

暮色降临的时候,在八路军驻地的一间民房里,王百灵正神情专注地为石光荣做手术。此刻,一盏马灯吊在房顶上。昏暗的灯光下,王百灵手握着止血钳,一张白皙的脸上已经沁出了汗水。卫生队队长白茹和护士小凤在一旁为她做助手。

手术进行了好大一会儿,王百灵用钳子从石光荣的身上夹出了一颗弹头,放在了小凤手中的托盘里。小凤胆小,听着那弹头放进托盘里的声响,吓得不敢去看,整个身子禁不住抖了一下。

王百灵吁了一口长气。白茹忙为她擦了一把脸上的汗水。

完了吗?白茹问道。

真悬呀!石连长的命可真够大的,两毫米,再差两毫米就伤着动脉了。王百灵余悸未消地说道。

几个人听了,几乎同时呼出了一口长气。

小凤,快去通知胡团长,石连长的手术做完了。白茹冲小凤喊道。

小凤这才睁开眼睛,放下托盘跑了出去。

此时,胡团长正在那间权当手术室的门外心急火燎地直打转,见小凤一边从屋里跑出来,一边喊他,便急匆匆地进了屋。

站在石光荣的床前,一眼看到石光荣脸色苍白,还没从昏迷中苏醒过来,胡团长声音一下变得嘶哑了:为了那匹马,差点儿要了你石光荣的命,石光荣,你这是何苦哇!

他右臂的子弹离动脉就差几毫米,要是真伤了动脉,他现在就不会躺在这儿了。王百灵望着胡团长说道。

胡团长认真地看了一眼石光荣,不无担心地问道:你看他的脸色这么差,用不用输点儿血啥的?

王百灵说道:血倒不用输,石连长身体底子好,不过吃点儿好的补补身子倒是应该的。

胡团长深深地点了一下头,说道:我知道了。

说完,转身走出门去。一眼看到小德子正和小凤在门边说着石连长,张口喊道:林孝德!

到!小德子一个立正,望着胡团长。

胡团长说:从现在起,你照顾石光荣。

小德子下意识地摸了摸自己的脑袋,问道:团长,咋照顾哇?

照顾个病人还用问我?胡团长不高兴地反问道。

小德子认真想了想,突然一拍脑门道:就是多给他整点儿好吃的,补身子呗!可是,团长,啥算好吃的呀,黄豆算不算?

胡团长训斥道:我看你脑子里进水了,就知道黄豆!

小德子觉得自己受了委屈,喃喃地表白道:咱们团就剩下点儿黄豆了,别的也没啥好嚼裹儿了。

这个我不管,反正你想办法弄点儿好吃的。胡团长说道,给石光荣补身体,补不好,我找你算账。

转天,王百灵来到病房为石光荣换药。此时的王百灵外套着一身护士服,正端庄地站在他的床前,微笑着望着他。石光荣睁开眼睛,望见了两条长辫子,紧接着,似乎被阳光刺了一下,就又把眼睛合上了。但是,也仅仅持续了两秒钟的时间,石光荣再次睁开了眼睛,那双眼睛一直紧盯着王百灵,不动了。

王百灵冲石光荣莞尔一笑道:石连长,该换药了。

石光荣盯着王百灵那两条长辫子,眼睛仍是一眨不眨。

王百灵又说道:石连长,该换药了!

石光荣终于听到了王百灵的喊声,慌忙问道:你,你说啥?

王百灵银铃般地笑了起来，一边笑着，一边问道：石连长，你是不是耳朵也受伤了？

石光荣一时没有反应过来，说道：没，没有哇，我耳朵可好好的。

说完，伸手摸了摸自己的耳朵。

王百灵一边给石光荣换药，一边说道：石连长，那次我和小凤跟伪军遭遇，还是你救了我们。

石光荣看着王百灵的两条大辫子，那两条辫子因王百灵转身换药，碰到了石光荣的身上。石光荣喃喃着说道：小事，小事。

王百灵帮石光荣缠完肩头的纱布，一边笑着一边又说道：这可不是小事，那次你要是不那么巧出现，我和小凤说不准会怎么样呢。

石光荣不说话，他看着王百灵很灵巧地把辫子甩在了身后，他的目光似乎也被牵得一飘一飘的。

药很快就换好了。王百灵收拾好药箱，挎在肩上道：石连长你先歇着吧，我去看看其他伤员。

就在她转身要走的时候，石光荣突然叫了一声：王军医……

王百灵立住身子，回头看着石光荣，不知他要对自己说些什么。

石光荣想了想，小心地问道：你是被俺赖下的，你，你还回二十四团吗？

这确实是一个严肃的问题。王百灵思忖片刻，转身又走回来。她想，她应该把心里的想法对石光荣说明白，说明白了，石光荣也就放心了。

王百灵站在了床前，正要开口说点儿什么，竟被石光荣一把捉住了右手。王百灵的心咯噔了一声，她试图挣脱掉那只大手的束缚，可是，石光荣却暗暗用了些力气。王百灵不动了。

你啥也别想了，俺石光荣指定不让你走，你要是回二十四团，俺还把你抢回来。石光荣不容分辩地说道，要是沈白食不让，老子就跟他拼命。

王百灵听了，淡淡地笑了笑，爽快地说道：石连长，我从医学院毕业，就是想投身抗日的。哪支队伍抗日，我就跟定哪支队伍。

石光荣不由得一阵惊喜，说道：真的？王军医有你这句话俺心里就有数了。二十四团你看到了，他们一枪不放，他们可不是真心抗日，俺们独立团那是打鬼子不计后果，这你也看到了。

王百灵点点头，说道：来独立团这么多天了，我什么都看在了眼里，要不然我早走了，你石连长是拦不住的。

石光荣目光不舍地望着王百灵，半晌说道：王军医，你和其他女人不一样。

王百灵慢慢抽回石光荣握着的手，侧头问道：有什么不一样？

你,有知识,有文化,还懂打仗,你这人不一般。石光荣说,俺石光荣喜欢这样的女人。

王百灵微微笑道:石连长,你休息吧,我得去看别的伤员了。

石光荣望着王百灵的眼睛,突然说道:王军医,你参加独立团的事俺跟团长说,以后你就是咱独立团的军医了。

王百灵点了点头,转身走出了病房。

石光荣兴奋地一挥手,却不小心牵动了伤口,疼出了一头的汗水。

就在这时,小德子用茶缸端了一缸子鱼汤,热气腾腾地走进来。他一边进来一边大呼小叫地喊道:连长,鱼汤,有鱼汤喝了。

石光荣望着小德子,惊喜地问道:哪来的鱼汤?

小德子说:刚才俺和团长下河摸鱼,团长说得给你补补,这样才能好得快。

石光荣使劲嗅着鼻子,说道:嗯,真香啊!

这可是俺和团长摸了一上午的鱼。小德子放下茶缸,从床上扶起石光荣,紧忙又说道,连长,那你就快趁热喝了吧!

石光荣接过缸子,正一点一点细细品味着鱼汤的滋味,胡团长走了进来,开口问道:咋样?鱼汤好喝不?

石光荣放下缸子,说道:你来得正好,团长,我正要让小德子去叫你。

叫我啥事?胡团长说道,你现在的任务是好好养伤,别的你都不用想。

石光荣说道:王军医要参加咱们独立团,你快给她弄身衣服,她以后就是咱们独立团的人了。

胡团长听了,不由心里大喜道:真的?

石光荣说道:她刚才亲口说的,她说谁是真心抗日,她就跟谁。

胡团长一下又顾虑起来,问道:那沈少夫那面咋办?

石光荣一仰脖子说:管他咋办呢?王军医有自己选择的权利,她想参加哪支队伍就是哪支队伍,管他沈少夫怎么想呢!

胡团长笑了,望着石光荣说道:石光荣,你这是给咱独立团办了件大好事。

石光荣摆摆手,说道:这好事你先不要说了,说小德子吧,别让他照顾俺了,他粗手大脚的不中,让他去照顾你和那匹马吧。

胡团长认真地说道:你没人照顾怎么行,动也不能动,走也不能走的。

石光荣忙又答道:团长你放心吧,这里不是还有医生和护士吗?

胡团长想了想,没说什么,就走了出去。

胡团长紧接着找到了卫生队队长白茹。他想让她替他想想办法。石光荣的伤这样重,没个专人照顾他实在有些不放心。既然石光荣不希望小德子留在他身边,那么,整个卫生队谁照顾他合适呢?

胡团长说话不绕弯,见了白茹,指令性地说道:我那警卫员不行,他是个大老爷们儿,照顾不了伤员,你派个护士去照顾石光荣吧!

白茹听了,面露难色地说道:团长,我知道石连长是你的爱将,到这儿养伤应该照顾,可我们的护士人手不够哇,伤病人员几十口子,比石连长伤重的就有十几个,我们这真忙不过来,没法给石连长特殊照顾。你能不能想想别的办法。

在你们卫生队我能有啥办法?胡团长说道,独立团不缺人,可都是五大三粗的男人,扛枪打仗行,这照顾人的活,他们都干不了。

白茹认真想了想,片刻,喜形于色道:石连长不是结婚了吗,桔梗那姑娘对石光荣真心实意的好,结婚那次我们都看见了,为啥不把她找来照顾石连长?

胡团长望着白茹,笑了起来,说道:白队长你说得对,我咋就忘了呢?

一边说着,一边兴冲冲地去了。

第五章

这天上午,王百灵身穿一套崭新的八路军制服,突然出现在石光荣的面前。

石连长,你看看,这一回你满意了吧。王百灵说着,转了一下身。

望着眼前的王百灵,石光荣惊讶得张大了嘴巴,一边上上下下地打量着,一边由衷地说道:好,好,还是我们八路军的衣服看着养眼,你把脱下来那身皮扔得远点儿。

王百灵说道:衣服不重要,我王百灵要的是真心抗日的队伍。

石光荣不由竖起大拇指,说道:王军医,你就不是个小子,要是个小子,俺跟你一起磕个头,成为兄弟。

王百灵开心地笑了起来,说道:石连长,算了吧,抗日队伍可不兴这个,你以为这是三国呢?

真的,说心里话,王军医,你穿上这套军装真漂亮!石光荣入神地望着王百灵,赞美道。

这是团长刚给我发的衣服。王百灵说,你看一眼就行了,我忙去了。

望着王百灵离去的背影,石光荣的心里就像抹上了蜜一样。

石光荣做梦也不会想到,就在这个时候,桔梗一头闯了进来。

此时此刻,桔梗的手里挽着一个包袱,一头一脸的汗水。当她气喘吁吁地来到石光荣的病床前时,石光荣不觉吓了一大跳,惊讶地问道:桔梗,你咋来了?

桔梗并不答话,只是望了他一眼,便呜哇一声扑了过去。可是,即将扑到石光荣身上时,她又停了下来。不由分说,就自作主张地检查起石光荣的伤势来,看了左腿,又看了右肩,声音打战地问道:石头,还伤哪了?

石光荣哭笑不得,说道:伤了两个地方还不够,还想让我全身都没好地方呀。

桔梗听了,不禁破涕为笑,道:小德子说你伤了,一路上俺吓坏了,以为你都活不成了。

石光荣想了想，说道：一定是团长干的好事，我这挺好的，回去跟爹娘说，过几天我就能下地了。

桔梗噘嘴望了石光荣一眼，说道：小德子说，团长让俺来照顾你，俺不回去。

一听这话，石光荣傻了，张着嘴巴问道：啥？你不回去了？

你都伤成这样了，俺咋能走？天下哪有这样狠心的女人？桔梗说。

石光荣一副悲恸欲绝的样子，猛地一下就抬手把脸捂住了。

桔梗俯下身子，关切地问道：石头，你是想拉屎还是撒尿，俺帮你。

石光荣痛苦万状地说道：我啥也不用你管！

日军连连受阻，连连挫败，这样的事实让山本实在难以接受。从柳条沟带着大队人马回到王佐县城后，山本无法咽下这口气，便把几个日伪军的头目叫到了大队部。他要好好地清查一下自己的队伍，毫不手软地清除队伍中的隐患。

这次运输队被八路偷袭，又是我们走漏了消息，冀中司令部让我们严查此事，是谁走漏了风声？！站出来！山本歇斯底里地叫喊道。

说着，山本中佐凶狠阴险地看着站立在他面前的几个日军中队长，刘老炮和潘翻译官也站在了一旁。几个日军中队长在山本的逼视之下，纷纷低下了头。唯有刘老炮全然一副若无其事的样子，背着双手，看看这个，瞅瞅那个。

潘翻译官抬了一下头，走过来倒了一碗茶，双手递给了山本。山本正在气头上，看也不看一眼，挥手便把那只茶碗打翻在了地上。刘老炮踮着脚看着那只被打碎的茶碗，淡淡地笑了笑。

山本气急败坏地指着众人，又一次吼道：你们谁走漏了消息？说！

几个日军中队长面面相觑，最后把目光转到了刘老炮身上。刘老炮听不懂日本人在说什么，一时不知所措，看看这个，望望那个。见众人都拿目光望他，无辜地说道：你们看俺干啥，俺脸上开出花来了？

刘老炮说完，下意识地摸着自己的脸自言自语道：这整的啥事！

几个中队长看完刘老炮又把目光落在了潘翻译官的脸上。潘翻译官想了想，点头哈腰地冲几个中队长一笑，便向山本面前靠近一步，弯腰说道：太君，消息走漏，太君怀疑我和刘大队，这很正常，因为我们是中国人。

山本坐了下来，摸着下巴疑惑地看了一眼潘翻译官。潘翻译官接着说道：太君，恕我直言，运输队是遭到了八路的袭击，可走漏的消息不一定是从咱们这里，也许从联队出发时，这消息就走漏了，城外八路军眼线多，他们无孔不入。如果你们怀疑这消息是我或者刘大队长传出去的,太君可以把我们统统处置了。

说完,十分形象地冲着山本做了一个抹脖子的动作。

山本突然哈哈大笑起来,那几个中队长不知自己的中佐为什么这样笑,也皮笑肉不笑地一起笑了起来。

刘老炮不知发生了什么,也不知他们为什么发笑,看看这个望望那个,最后也跟着一起笑了笑,问道:笑啥呢这是?潘翻译官,山本太君是不是要请咱们逛窑子呀?

几个人听刘老炮这么一说,又一齐把目光集中到了他的身上。刘老炮一头雾水,脸上的肌肉一下僵硬了,皮笑肉不笑地问道:你们又看俺,潘兄弟,他们这是咋回事呀,俺又不是大姑娘。

山本终于也大笑起来。一时间,整个大队部便莫名其妙地笑成了一片。

可是笑着笑着,刘老炮似乎觉察到了什么,突然就绷住脸不笑了,板起一张脸说道:小日本你们给老子听好了,俺知道你们怀疑俺私通八路,刘二被你们抓起来过,你们没整出子丑寅卯,可你们还怀疑俺,老子这差事不干了。

说罢,就要去解身上的皮带和枪匣子。

潘翻译官见刘老炮真的生气了,忙劝道:刘大队,太君没说啥呀,你这是何苦呢?

刘老炮解下了身上的家伙提在手里,气鼓鼓地说道:今天这样明天那样,一打败仗就怀疑我们私通八路,以后这仗还怎么打?

山本望着刘老炮,慢慢踱到了他的身边,友好地拍了拍他的肩膀,说道:刘大队,你的是良民,大大的良民,你不用多心。

刘老炮梗着脖子,也望了一眼山本,接着说道:你们以后可不能乱怀疑,俺们这是脑袋别在腰上为皇军卖命,再怀疑俺们,俺可真没法干了。

山本笑了。

这天晚上,刘老炮又约了潘翻译官在皇协军队部里喝酒。

刘老炮抓起一块鸡肉塞到嘴里,噎得直翻白眼,紧忙用手拍拍胸口,吞咽下去了,这才喘口气问道:潘兄弟,俺看日本人这帮王八蛋没安啥好心,这么多年你是咋过来的?

潘翻译官一脸严肃地叹口气道:伴君如伴虎,和这帮日本人在一起,咱们就是伴着一群狼,稍不注意,就会被咬一口。

潘翻译官,日本人是不是又怀疑我们私通八路哇?刘老炮又问道。

日本人的运输队不是让八路军劫了吗，冀中的日军司令部追查下来，山本怀疑是咱们王佐方面走漏了消息，他们当然怀疑咱们中国人了。潘翻译官说。

刘老炮恶狠狠地骂了一句：他姥姥的，这些杂种，我们怎么卖命都没用，一打败仗就拿我们出气。

骂完了，又冲一旁的刘二说道：俺说啥来的，日本人不是个好鸟，你把心掏给他们，他们还怀疑你的心坏了，这要是没酒没肉，老子早就拍拍屁股走了人。

潘翻译官，那最后日本人咋说，是不是还想拷问咱们呢？刘二望着潘翻译官说道，日本人下手老黑了，你看上次把俺打的。

说完，撸起两只袖子，胳膊上的几道伤疤清晰可见。

刘老炮抬眼见了那两只胳膊，立时就升起了一股怒火，歪过头来冲刘二说道：二小子，上次你不是说日本人没把你咋样吗，他妈的，老子找他们算账去！

说着，摸过枪来，起身就要往外走，被刘二和潘翻译官一把拉住了。

潘翻译官看了一眼刘老炮，说道：刘大队，人在屋檐下，不得不低头，谁让咱们端着日本人的饭碗呢。吃点儿亏没啥坏处。

这口气你们能忍，俺可忍不住！刘老炮仍是咽不下这口气，说道，这儿混不下去，大不了再回二龙山当胡子去，名声不好咋了，那是咱们地盘，咱们自己说了算。

想想，刘老炮又冲刘二埋怨道：二小子，你把你叔坑苦了，当初你把我们这帮人忽悠来王佐县城，早知道这样，就是日本人去八抬大轿，老子也不会来。

刘二觉得也有一肚子的委屈，便苦着一张脸说道：叔，俺就知道你要说这个，当初俺是劝你来，只想着把那个王独眼推翻，不再受王独眼的气，谁想到会有这么多事呀。

这时，沈芍药举着只鸡腿满嘴是油地走了过来。

这是谁呀？潘翻译官问道。

刘老炮把沈芍药拉到身边来，说道：俺妹子！

伤势还没痊愈的石光荣，仍在劝说着桔梗。有桔梗在自己的身边，石光荣总觉得身上不自在。可是，桔梗又生就一颗死脑袋，任凭石光荣怎么说，她就是不改初衷。

桔梗，你能不能走哇？你还是走吧！石光荣躺在床上，近乎乞求一般地望了一眼桔梗说道。

桔梗不解地看了他半晌,为难地问道:石头,你让俺去哪儿呀?

你回家,哪儿来回哪儿去。石光荣没好气地回道。

桔梗又看了石光荣一眼,眼里边就有了两点泪光。顿了顿,桔梗委屈地说道:石头,这话你都说好几遍了,俺是你女人,你受伤了,俺照顾你这是天经地义的事,你老轰俺走干啥?

桔梗也实在想不明白,她把话都说得那么透了,可是石光荣为什么还不懂她的心呢?

桔梗,你不要女人女人的挂在嘴上。我也说过了,你是我妹子,不是我啥女人。石光荣没好气地抢白道。

桔梗听了,又气又恼,泪疙瘩含在眼眶子里,说道:石头,俺不跟你争这个,这事等你伤好了再说。

说着,桔梗把头别向了一边。

这不行,反正你得走!石光荣仍坚持着自己的主见。

俺不走!桔梗也坚定地说道。

石光荣没办法了。想了好大一会儿,才缓和了口气,说道:那你去把白队长叫来吧,我有话对她说。

桔梗揩了一把眼角的泪水,爽快地应道:行,只要你不让俺走,干啥都行。

不大一会儿,白茹队长被桔梗找了过来。石光荣见了白茹,朝她身后的桔梗摆摆头说:你先出去一下,我有话对白队长说。

有话就说呗,俺又不是外人。桔梗听石光荣这么一说,立时就有点儿不高兴了。

石光荣粗声大气地说道:让你出去你就出去。

桔梗跺了跺脚,气鼓鼓地走了。白茹笑着看着桔梗出去,扭头问道:石连长,有啥事?说吧。

我不需要桔梗照顾。石光荣说,你让她走吧。

接桔梗来,是团长的命令,我可没这个权力让桔梗走。白茹想知道个究竟,接着又问道,桔梗咋了,她照顾你不好?

团长命令的,你让她照顾团长去吧!石光荣赌气一样地说道,反正我不需要。

石连长,到底咋了,你们小两口吵架了?

白队长,你别小两口的,她不是我那口子,她是我妹妹。

白茹望着很不舒心的石光荣,继续追问道:不管什么,那你得告诉我,为啥不让桔梗照顾你？

石光荣说：她不合适，我一看到她伤口就疼。

白茹感到莫名其妙，笑着说：这事怪了，怎么见到桔梗伤口还疼了，桔梗走了，你伤口就不疼了？

石光荣想了想，鼓起勇气说道：让王军医来照顾我就挺好，这样我的伤能好得快点儿。

白茹又笑了，说道：好多伤员和你一样，都喜欢王军医照顾，可她是军医，是看病的，哪有时间照顾伤员？

一听这话，石光荣的脸阴沉得更厉害了，说道：不管咋的，你得让桔梗走。

站在门口的桔梗，一五一十地听到了两个人的对话，委屈的泪水止不住夺眶而出。石光荣，这个当年的小石头，现在已经变了，变得这么冷漠，这么不理解她了，她桔梗热脸贴到一张冷屁股上，还硬是要前前后后上赶着照顾他。石光荣这样一个态度，让桔梗怎么能接受得了呢？

桔梗的心里很难过。想到石光荣，想到那个当年的小石头，她感到自己的胸膛里积压起了许多的无名怒气。她想把它发泄出来，也许发泄出来，心里边就会舒服一些了，就不会这样难过了。

这样想着，桔梗一路奔跑着，就来到了一处山坡上。四处环顾了一遍，见没有人注意她，便望定了坡上的一棵大树，三步两步冲过去，便是一顿拳打脚踢。一边踢打一边流泪，嘴里边还不住声地咒骂着：没良心的石头，你心坏了，看不上俺桔梗了。石头，俺要打你，打死你！

这样踢打着咒骂着，突然一脚踢空，桔梗扑通一声就坐在了地上，就势倚在那棵大树上，呜呜咽咽地哭了起来。一边哭着，一边抽噎着指责道：石头，你坏了良心，不喜欢俺这个农村丫头了，你喜欢长得白的了。王军医长得白，还有大辫子，你喜欢人家那样的。石头，你坏了良心了，你烂肺烂肠子了……

说完了，仍觉得不解气，桔梗又从地上爬起来，对着那棵大树拳打脚踢起来。直到把身上的力气用尽了，这才罢了手。

桔梗无力地坐在那棵树下又发了一会儿呆，突然想起什么，便站起身来，一边抹着眼泪，一边又来到了坡下的河边，挽起裤管哈腰下到了河里。她想摸几条鱼回去，给石光荣熬汤喝。摸了一会儿，又摸了一会儿，桔梗终于摸到了一条活蹦乱跳的小鱼，握在手里看了看，便奋力向岸上扔去。嘴里骂道：摔死你个石头！

接着，又弯下腰去，一边在水里寻摸着，一边念叨：石头，别以为你叫个石光荣你就光荣了,你是个狗熊,狗熊都不如!

白茹把石光荣的情况很快就说给了胡团长。

胡团长听白茹把话说完,哼了一声,说道:这个石光荣,还学会挑肥拣瘦了,他不让桔梗照顾他,他这是啥思想?

说着,转过头来望着一旁的张政委。

张政委淡淡地笑了笑,思忖道:事情不会那么简单,他是不是和桔梗闹矛盾了?

白茹说:看样子有点儿像,问石连长他不说,桔梗说没啥,石连长还说,桔梗不是他女人。

胡团长摊着两只手,说道:看看,还说没问题,问题不就出在这里吗?

接着,胡团长踱着步子说道:老张呀,我建议咱们要召开一个连以上干部党员大会,挖一挖石光荣这复杂思想。

张政委想了想,点了一下头说:咱们也好几天没开支部大会了,结合石光荣的问题,那咱们就现场召开一次党员干部会。

胡团长说:支部的会听你政委的,你就安排吧!

不一会儿,胡团长、张政委、王连长十几个人,呼呼啦啦就都拥到了石光荣的病房里。石光荣躺在床上,瞅瞅这个,望望那个,笑呵呵地问道:团长、政委,咋的,要给俺开追悼会呀,咋都来了?

胡团长沉住脸,说道:石光荣,你严肃点儿!

石光荣大惑不解,收了笑,张大嘴巴问道:咋的?俺咋的了,咋这阵势呢?

张政委上前一步,用手指了指自己的脑袋,说:石光荣同志,你是不是这里有问题了?

石光荣丈二和尚摸不着头脑,说道:没有哇,我伤在腿上还有肩上,脑子肯定没啥问题,政委,你整错了。

石光荣还要说下去,被胡团长一声断喝止住了:石光荣,你别和我们打马虎眼,揣着明白装糊涂,独立团党支部,连以上的党员、干部都来了,你今天必须说明白,交代你的复杂思想。

石光荣感觉到了气氛有点儿不对劲,立时也严肃起来,龇牙咧嘴地坐直了身子,说道:团长、政委,我石光荣负伤就躺在医院里,哪也没去,啥也没干,我真不明白,我咋就复杂了呢?

张政委还想引导引导他,正要开口,却被胡团长拉了一下,说道:别跟他绕弯子了,这种人你就得直接跟他来。

张政委说:那你来。

胡团长望着石光荣说道:你说,为啥不让桔梗照顾你,桔梗是你老婆,你为啥对她那个态度?

石光荣一下瞪大了眼睛,争辩道:首先我声明,桔梗不是我老婆,她是我妹妹,我不让她照顾我,是因为她没当过护士,不知道怎么照顾我。就这些,你们看着办,爱咋的咋的!

站在一旁的王连长听了,却忍不住了,走上前去质问道:石连长,你这话说得可不男人,你和桔梗都结婚入了洞房,这我们都看见了,咋说桔梗不是你老婆呢,这也太不负责了吧?

石光荣脖子一梗,说道:结婚是你们逼的,入洞房是不假,也是你们逼的,可俺入洞房啥也没干,穿着衣服坐了一晚上,第二天一早我就跟队伍出发了。

王连长一听这话,立时就和他争论起来:谁信呢,我为你和桔梗吵架,说了你几句,桔梗上来就把我撂倒了,她不是你老婆能这么向着你?

姓王的,你放屁!石光荣望着王连长,开口骂道,非得是我老婆才帮我,妹妹就不帮我了?你个大男人以后别嚼舌头。

你……王连长见争不过他,一下气得说不出话来了。

这件事情总得有个了结。胡团长想了想,站在石光荣面前正色道:行了,别吵了,白队长说了,卫生队护士人手不够,没人能够照顾你,我和政委研究才把人家桔梗请来。石光荣,你说这事咋办吧?

石光荣并不回答胡团长的话,梗着脖子把头扭向了一边。

石光荣,咱们是八路军,先不说桔梗是你什么人,她毕竟代表根据地的群众,要处理好军民关系,群众是水,我们是鱼,鱼是离不开水的。张政委接着又向石光荣循循善诱地开导起来。

不料想,石光荣并不识趣,抬头说道:政委,你别鱼呀水的,这关系我懂,她桔梗不是别人,是我妹妹,我想咋的就咋的。

不管谁说什么,石光荣就认准了这个理儿。

王连长突然抢过话头,发自内心地说道:桔梗这丫头多好,你咋就不知足呢,这呀那的,你也太不男人了!

不听则罢,见王连长这么一说,石光荣脖子上的青筋都暴出来了,张口说道:好你个王连长,你别跟我过不去,桔梗好,你娶她,我替她做主!

石光荣这话一说出口来,意思完全就变了。大家听了,莫衷一是地你看看我,我看看你,再也不说一句话了。

团长、政委你们听听,石光荣说的这是人话吗?王连长说完,十分无奈地一个转身,就走出去了。

石光荣见王连长走了,还不罢休,不依不饶地冲王连长的背影喊道:姓王的,我哪说的不是人话,你把话说清楚,你给我回来!

胡团长见这局面有点儿不好收拾,不得不强硬地命令道:石光荣,这事就这么定了,桔梗照顾你,以后你要是再出啥幺蛾子,别怪我和政委对你不客气。

说到这儿,紧忙冲张政委说道:政委你会说,你总结吧!

张政委清清嗓子,在每个人的脸上扫视了一遍,郑重其事地总结道:这次在石光荣病床前召开了独立团第七十二次党员干部大会,会议很成功,希望石光荣同志放下包袱轻装上阵,早日把伤养好,处理好八路军和群众关系。散会!

不等石光荣开口,大伙儿呼呼啦啦又都拥出门去。屋子里一下子变得空空荡荡了,石光荣琢磨着刚才张政委的总结,十分不解地自语着:包袱?我石光荣有啥包袱?!

大伙儿离开不多会儿,卫生队队长白茹就来到了石光荣的病床前。

望着床上的石光荣,白茹耐心地解释道:石连长,我们护士人手的确不够,桔梗来照顾你那可是团长定的,希望你能配合我们的工作。

石光荣用被单盖住脸,听完白茹的话,一把将被单扯开道:白队长,你说完了?

白茹眨着眼睛,说:说完了。

石光荣看都没看她一眼,说:那你走吧,我要睡觉了。

白茹转过身去,一边往门外走,一边回过头来小声嘀咕道:哼,有意见也没用!

石光荣听到了这话,见白茹已经走出门去,气愤地一把扯下床单,狠狠地甩在了地上。紧接着,又仰头倒在了床上。

石光荣躺在床上,一闭上眼睛,心里眼里就全被王百灵占据了。在他看来,王百灵就像一个影子,他想忘都忘不掉了。

心里想着王百灵的每一个细节,想到她那两条大辫子,想到她温和的眼神和她的柔声细语,石光荣幸福地笑了。

石光荣正这样想着,门外忽然传来了脚步声,一听便知道是桔梗来了,忙抓起被单,蒙在了头上。

果然,桔梗端着一大碗热气腾腾的鱼汤走了进来。来到床头,桔梗故意清了清嗓子,唤道:石头,喝鱼汤了。

石光荣蒙住一颗脑袋,一动不动地躺在床上,就像没有听到一样。

桔梗沉不住气，接着就抬高嗓门喊道：石头，喝鱼汤！

石光荣这一回听到了，猛地把那床单扯下来，盯着桔梗喝道：你说话声音小点儿会死人哪！

桔梗心有怨气地说道：俺不喊你，你能起来喝汤呀？

石光荣赌气地把头扭向一边，说道：你喊吧，你喊多大声，这汤我也不喝。

你真不喝？

不喝！

说完，石光荣扑通一声又倒在床上，用被单把自己蒙上了。

桔梗无奈地看了一眼石光荣，接着又向四周看了看，便把鱼汤放在一旁，冲石光荣镇定地问道：俺再问你一遍，这汤你是喝还是不喝？

石光荣闷在被单下面，没好气地说道：说过了，不喝就是不喝！

桔梗一下急了，趁石光荣不防备，挽起袖子一把扯过床单，三两下就把它撕开了。

石光荣吓了一跳，瞪大眼睛问道：桔梗，你要干啥？

桔梗自顾自地撕扯着那条床单，淡淡地说道：不干啥！

这情形被托着托盘前来为石光荣换药的小凤看到了，推门一见阵势不对，小凤转身就往回跑。

桔梗撕扯完那条床单，不由分说，三下五除二就把石光荣没受伤的腿和手臂绑在了床上。接着，从一旁取过鱼汤，说道：来，喝！

石光荣使劲地摇着头，就是不喝桔梗喂给他的鱼汤。

桔梗来劲了，问道：不喝是吧？石头，你还真有种，今天俺桔梗就不信了。

说完，又放下汤碗，拿起汤勺，一手把住石光荣的脑袋，一手用勺子撬开石光荣的嘴巴，端起鱼汤灌了进去。

白茹、王百灵、小凤三个人在门缝里看到了这一幕，竭力忍着，总算没有笑出声来。

白茹悄悄说道：桔梗这丫头还真行，挺有招的。

王百灵点了点头，笑着说：看来只有她才能对付这个石连长。

石光荣终于被桔梗降伏了。第二天，桔梗再次给石光荣熬了鱼汤送过来，石光荣看上去乖顺得多了。喝完了鱼汤，石光荣坐在床上，拿一双眼睛怪怪地望着桔梗。

桔梗被那双眼睛看得有点儿不自在，问道：石头，你干吗那样看俺？

石光荣说道:桔梗你以前挺好的,啥事都听我的,现在你咋变得这样了?

桔梗听了,突然眼圈红了,哽咽道:石头,俺没变,是你变了,你喜欢王军医照顾你,不愿意让俺照顾。

石光荣想了想,说道:妹子,既然你知道了,哥也不瞒你,你知道我为啥喜欢王军医那样的吗?

桔梗不点头也不摇头,泪水涟涟地望着石光荣。

石光荣说:人家王军医有知识、有文化,抗日的决心比天高,说话办事有水平,就连走路都跟你不一样,人家是轻轻地来,轻轻地去……

石光荣一脸幸福和幻想地说着。说着说着,眯上了一双眼睛,似乎看到了王百灵就在他的面前一样。

桔梗并不插话,坐在那里认真地听着。

说完了王百灵,石光荣又转到了桔梗的身上:桔梗呀,可你哪,先不说你有没有文化,走路离着二里地就听到了,说话像吵架,你说你咋能和人家王军医比?

桔梗一听这话,忽地一下站起来,却又差点儿带翻了那把凳子,忙小心地扶住了,又小心地直起腰来,故意清了清喉咙,轻轻地问道:石头,那俺以后要像王军医那样,是不是你就会喜欢俺了?

石光荣见桔梗这么怪里怪气地说话,怕冷似的缩紧了身子,看着桔梗问道:你?变成人家王军医?

桔梗认真地点了点头,见石光荣没有说什么,就又学着王军医的样子轻轻地在石光荣面前走了两步,样子很是扭捏,弄得石光荣哭笑不得,石光荣道:桔梗你快拉倒吧,你就是你,打死你也变不成人家王百灵那样的!

桔梗一听这话,突然又回到了本色,大声喝道:告诉你石头。

突然感到嗓门又高了,忙又低下来道:告诉你石头,俺桔梗喜欢你,生呢是你石头的媳妇,死呢,也是你石家坟地里的鬼,俺这辈子呀,就跟定你石头了!

石光荣被桔梗嗲声嗲气的表白弄崩溃了,他怕冷似的看着桔梗,皱着眉头说:桔梗呀,你该干啥就干啥去吧!

桔梗一时不知如何是好,想了想,突然站起来说道:石头,你睡吧,俺出去一下,一会儿就回来。

说着,迈着猫样的步子,一扭一扭地走出去了。看着桔梗一步一步走出去,石光荣牙疼似的叫了一声,抬手狠拍了一下脑门……

出得门来,桔梗终于在病房里找到了王百灵,见了她,却又不说什么,一边认真地看着她为伤员换药打针做治疗,一边把她的一招一式记在心里。

桔梗一回到房间,就把刚从王百灵那里学到的一切,表演式地学给了石光荣。她一边扭着身子学着王百灵的姿势,一边柔声细气地问道:石头,还发烧吗?伤口还疼不疼,来,咱们换药。

看上去,桔梗的样子,完全一个东施效颦的翻版。

石光荣怔怔地看着桔梗,他被桔梗走火入魔的样子吓住了,慌忙问道:桔梗你咋的了?你这是干啥?

俺学王百灵呢,石头,你觉得咋样?

你拉倒吧!石光荣斜看了她一眼说,看你那样子我都快吐了,人家王军医也是你学的?

桔梗听了,生气地一跺脚,噘嘴说道:石头,你说俺这也不行,那也不行,到底让俺咋做?

石光荣一下把头别过去,很不耐烦地说:你爱咋的就咋的吧!

桔梗左也不是右也不是,石光荣的一席话,又让她感到自尊心受到了伤害,一肚子的委屈不知说给谁听,一个转身,又跑到了那面山坡上,对着那棵大树撒起气来。

桔梗一边踹着那棵大树,一边骂道:削死你,你这个烂肠子的石头,俺踹死你,揍死你……

王连长打这里路过,听到大树下的声音,就背着手走了过来,看到是桔梗,吃惊地问道:桔梗,你这是干啥呢?

桔梗听到说话,回头看见了王连长,马上装出没事人似的,靠在那棵树上,抹了一把脸上的泪,强装笑颜道:是王连长啊,俺没事,脚有点儿痒痒,踹树玩呢!

王连长眨巴着一双眼睛,问道:听你一口一个揍死、削他的,说的是谁呀?

桔梗慌忙掩饰着自己,装出一副糊涂的样子,说道:没谁啊,俺说这棵树呢!

噢!王连长接着又问道,这两天跟石连长处得咋样?没再吵架吧?

桔梗忙笑着摇头,说:没,吵啥架,俺俩不吵架。

不吵架就好。王连长说,桔梗呀,我看出来了,你是个实诚人,今天碰上了,有些话呢,我对你说说。

桔梗上前一把拉过王连长,说道:坐吧,王连长慢慢说,俺爱听你们见过世面的人说话。

桔梗紧靠着王连长也坐下来,王连长不自然地往一边挪了挪,说道:桔梗呀,我也不瞒你,石连长好像对王军医有点儿想法,其实这样很不好。

桔梗点着头说:王连长你说得对,石头烂肠子了,他乱喜欢。

桔梗忽然又觉得自己的话说得太白了,忙又补充道:不过也没啥,俺和石头挺好的!

王连长很有内容地笑一笑,说道:是没啥,你可是石连长老婆,大家都知道,石光荣还能咋的,对吧?

桔梗看着王连长笑了笑,说:王连长,俺就爱听你说话,俺是石头的女人,他不能把俺咋的。

王连长想了想,又说道:你对石连长那么好,我们是看在眼里的,所以呢,你得把他看住了,不能让他有别的歪心思。

桔梗不觉叹了一口气,说道:咋看呢,王连长你说说,现在俺还能天天见到他,等他伤好了,出院了,俺又得回去了。

王连长接着问道:桔梗呀,说你实诚真没错,你是不想离开石光荣对吧?

桔梗用力地点着头。

王连长想了想,说道:那我帮你出个招。

桔梗望着王连长,急切地说道:王连长你说,俺听你的。

王连长说:我们独立团卫生队你是看到了,没几个人,伤员一多就忙不过来,你是女的,照顾伤员有优势,你可以找胡团长,申请参军,这样你不就天天看到石光荣了?

参军?桔梗犹豫了一下,说,八路军能要俺这样的吗?

王连长站起身来,说道:凭啥不要你,你桔梗也不缺胳膊少腿的,自愿抗日,我看没啥问题!

桔梗禁不住高兴起来,说道:石头喜欢抗日的王百灵,俺也要抗日。那俺找胡团长去!

桔梗气喘吁吁地跑进了团部,让胡团长和张政委吃了一惊。

咋的?石光荣又出事了?胡团长开口问道。

桔梗说:俺要参军!

参军?胡团长和张政委对视了一眼,说道,桔梗呀,这可是件大事,你说说为啥要参军。

桔梗说:石头喜欢抗日的人,俺也要抗日,就为这。

一句话,把胡团长和张政委都说笑了。

张政委说道:桔梗,你想参军抗日是个好事,可你的想法有些不对头啊!

桔梗怔怔地望着张政委,问道:政委,俺想法咋不对头了?俺参军抗日,顺便看着俺男人有啥不对头的?王连长告诉俺了,说团卫生队医院缺人,连照顾伤员的人手都不够,俺来照顾伤员还不中?

八路军是有纪律的,任务是消灭日本鬼子,肯定会有伤员,伤员也需要人照顾,要是你为了八路军抗日参军,我老胡二话不说,同意你参军,可你的想法不纯哪!胡团长听桔梗这样说,便插了一句。

桔梗想想,说:那俺就改改想法,就为了抗日参军,这回行了吧?

可你刚才还说,参军是为了看着石光荣。张政委又补充道,参军是件严肃的大事,可不是过家家。

桔梗脑袋里转不过这个弯,就直撅撅地说道:不管你们怎么说,你们八路军不收俺,俺就不走了。

说完,竟然一屁股坐在炮弹箱子上,把胡团长和张政委赖上了。

胡团长笑呵呵地走过来,不由得说道:桔梗,你还挺犟,你呀,跟石光荣一样!

张政委也走了过来,顿了顿,说道:你要参军这是件大事,我们得商量一下。

还有啥好商量的?桔梗直来直去地说,给俺一套军装,再给俺一副吃饭的筷子,不就这么简单吗?

看来,要对桔梗说明白这件事,还真是不太容易,胡团长便耐着性子启发道:你是石光荣老婆对吧?

桔梗咧开嘴笑了笑,应道:没跑,俺就是他老婆。

胡团长说:你参军得家属同意吧?我们还没征求石光荣的意见呢。

桔梗说:他要是不同意俺参军,就是怕俺看着他,他指定就烂肠子了。

张政委看着桔梗,接着说道:桔梗同志,回去看看石光荣吧,我们商量完一定给你消息。

胡团长也说道:是啊,快回去吧,别让石光荣等急了。

桔梗听了,爽快地说道:好,那俺走了。

到门口,又有些不放心,便回头叮嘱道:那俺可等消息了。

桔梗也没想到,正当她请求胡团长和张政委参军的时候,小德子已经把这消息告诉给了石光荣。

石光荣一听,立时就坐不住了,睁大眼睛问道:她要参军,你听谁说的?

小德子跟着也着急起来,说道:啥听谁说,她现在正在和团长、政委说这件事呢!

石光荣看了看拄着的木拐,一下子愤愤地扔在地上,急躁躁地说道:德子,快扶我去团部。

说着,拖着一条伤腿,一瘸一拐地就往团部赶。

没想到，到了团部，桔梗已经走了。石光荣站在那里，还没等胡团长和张政委发话，当头说道：桔梗参军，我不同意。

胡团长和张政委又对视了一眼，胡团长先自笑了起来，问道：这又来了一个，说说吧，桔梗参军你咋就不同意了？

石光荣急煎煎地说道：我养父养母年岁大了，他们刚离开东北来到冀中，人生地不熟的，家里没个人照顾怎么行？

胡团长听了，拍拍脑袋，说道：你这理由也对，我当时咋就没想起这事？

张政委望着石光荣说：我们当初没有答应桔梗，也是想征求一下你的意见。

没啥征求的，我的意见就是不同意。石光荣一根筋似的说道，她来我走！

说完，冲站在一旁的小德子喊道：德子，扶我回去！

胡团长和张政委两个人望着石光荣一瘸一拐的背影，不觉摇了摇头，又叹了口气。张政委不由说道：看着吧，又有好戏了！

小德子扶着石光荣回到病房时，桔梗正在为他收拾那张床。见石光荣回来了，忙迎上去关心地说道：石头，你出去拉屎也不喊俺一声，这要是摔倒了可咋办？

小德子实话实说道：连长没拉屎，去团部了。

石光荣气鼓鼓地一屁股坐在床上，冲桔梗说道：你要参军的事我不同意，我刚和团长、政委说完。

桔梗一下愣住了。接着，张大嘴巴问道：石头，你凭啥不同意让俺参军？

小德子抢着说道：你要看着连长，连长咋能同意？

说这话时，小德子一脸的正经。

德子，这没你事了。石光荣朝小德子一摆头说，你回去吧！

小德子一走，桔梗突然就受不了了，眼里的泪水哗啦啦地就流了下来，她一边哭着一边埋怨道：石头，你真烂肠子了，怕俺参军和你在一起，碍你事！

石光荣认真地说：桔梗，你别小肚鸡肠好不好，你是我妹妹，我这是对你好，对爹娘好。

俺不是你妹妹，俺是你老婆！桔梗大声强调道。

你小声点儿行不行？说着，石光荣抬头朝窗外看了一眼。

怎么，你怕了？桔梗说，那俺就要让独立团的人都知道，俺桔梗是你老婆。

说着，扭过头冲门外大喊道：俺桔梗是石连长老婆！

石光荣突然拿她没办法了，扯过被子躺在床上，气鼓鼓地也喊了一句：你喊吧，有能耐站到外面山坡上喊去！

桔梗站在那里，一时不知所措。见石光荣已经躺在那里赌着气不理她了，想想，觉得没趣，便又不自觉地来到了那面山坡上。

桔梗一筹莫展地坐在那棵大树下，手里抓着一把草，一边望着远处，一边不停地折着草叶。

正巧又遇到王连长骑着一匹马经过这里。看见桔梗坐在树下，王连长知道她又遇到了不快，便跳下马牵着马缰走了过来，小心地问道：桔梗，又咋了，和石连长吵架了？

桔梗噘着嘴道：让俺参军的主意是你王连长出的，俺也找过团长了，可他石光荣不同意！

他不同意？他有啥权利不同意你参军？

反正他不同意，他说代表俺家属不同意，组织上就没办法。

王连长十分同情地看了一眼桔梗，略思片刻，说道：桔梗，你不是还有爹娘吗，你爹娘同意，他石光荣也就没办法了。

桔梗抬起头来，问道：俺爹俺娘同意了，要是石光荣还不同意咋办？

只要他们同意，石光荣他没办法。王连长说，他石光荣代表不了你。

真的？桔梗半信半疑地望了一眼王连长。

王连长说：那还有假？参军的人我见多了，父母一同意立马就能参军。

桔梗忽地就站起来，一面往坡下走，一面说道：那行，俺去找俺爹娘。

王连长看着桔梗远去的背影，不解地自语道：这个石光荣，多好的桔梗，干啥不同意她参军呢？

一波未平，一波又起。沈少夫又到独立团添乱来了。

此时，沈少夫正骑在马上，带着一队人马，从一条山路上往这边走来，一边走着，一边和谷参谋长说着话。

一想到独立团，沈少夫的心里就憋气。沈少夫说道：独立团也太不讲究了，王军医让他们那儿借了这么久，黑不提白不提的，真是不够意思。

谷参谋长不无担心地侧头望着沈少夫问道：要是他们这次还不还怎么办？

沈少夫说道：我们也不用跟他们来硬的，咱们往上告，告他到冀中分区，我说他们捉了咱们的人，破坏国共合作，这就够他们喝一壶的了。

顿了顿，谷参谋长突然问道：团座，你煞费苦心把王军医从师里要来，是不是有啥想法呀？

沈少夫微微一笑，说：你说对了，我沈少夫也三十多岁的人了，上次去师里挑人，我是专门挑的王军医，她受过高等教育，父母都是教师，也算是个知识分子家庭出来的，我沈少夫是以太太的标准选的人，怎么能让独立团说借就借去呢？

谷参谋长点了一下头，说道：团座，为了这个王军医，你真是用心良苦哇！这次要回来，抓紧把喜事办了，咱二十四团也喜庆一回……

就这样你一句我一句地说着，沈少夫的人马就来到了独立团。

小德子跑过来报告的时候，石光荣正在病房里练习走路。

连长，不好了，那个沈少夫找到团部要王军医来了。小德子呼哧带喘地报告道，他说，要是不还人就告到分区去，现在，他正和团长、政委交涉呢！

石光荣张口道了一句：这个沈白食，王八蛋！

转头望见小德子愣愣地站在那里等他指示，急切地说道：快，你快把王军医叫来！

小德子眨巴着眼睛，大惑不解道：王军医？你叫她干啥？

石光荣急躁躁地望着小德子说道：让你去，你就去，你啰唆啥！

哎！小德子答应一声，就跑出去了。

王百灵急煎煎地跟着小德子来到石光荣的病房，还没跨进门来，就开口问道：石连长，出什么事了？

石光荣认真地看了王百灵一眼，问道：王军医，我问你，参加八路军是你自愿的吧？

王百灵点点头，说：我参军是为了抗日，没错，怎么了？

石光荣一下就放心了，说道：好，记住你说的话，听到没？

说着，忙又对小德子招手道：快扶着我，咱们一起去团部！

王百灵百思不解地追问道：石连长，到底怎么了？

石光荣说：沈少夫来要你。记住，到时你见了他，就这么说！

几个人很快来到了团部门外，正要抬脚迈进去，就听见了屋子里的说话声。显然，沈少夫正和胡团长、张政委理论着。

沈少夫说：今天这人呢，你们还也得还，不还也得还，反正我沈某今天不能空着手回去。

张政委说：沈团长，我跟你解释过了，王军医是自愿参加的独立团，我们没有逼她。

就在这当口，小德子扶着石光荣走了进来，身后跟着王百灵。

石光荣进得门来，突然大吼了一声：姓沈的，白话啥呢？

沈少夫的目光越过石光荣，一眼就看见了穿着八路军军服的王百灵，正要走上前去,却被石光荣举拐止住了,石光荣说:干啥,干啥,想跑到独立团抢人咋的?

沈少夫意识到自己有点儿失态了,忙说道:这人本来就是我们二十四团的,我这次来是让你们还人,不是抢人。

石光荣说:姓沈的,我问你几句话,你想明白了,有理了,不管你抢人要人的,咋的都行。

沈少夫并不回话,只是拿一双眼睛盯着石光荣。

石光荣问道:抗日自由对吧?

沈少夫点点头。

石光荣说道:王军医是为了抗日才自愿参加的八路军。她当初也是为了抗日,才参加的国军。可她自从到了你们二十四团,你们面对鬼子,放过一枪还是打过一炮?王军医看你们不真心抗日,投奔独立团参军,这有错吗?

沈少夫听了,心里边就有了一种不自在,望着石光荣,淡淡地说道:可是,王军医是我们国军二十四团的人啊!

以前是,现在不是了。石光荣笑了笑,说道,不信你问问王军医,听她怎么说。

沈少夫忙上前说道:王军医,他们逼你参加独立团,你是没办法的对吧,今天团座来了,给你做主!

王百灵望着沈少夫,微微一笑,说道:沈团长,我参加独立团是自愿的,没人逼我。

沈少夫失望了。

王百灵接着说道:我医学院毕业自愿参军,为的就是抗日,早日把日寇赶出中国,为中华民族尽一点儿绵薄之力,可自从到了国军二十四团,没见你们放过一枪,我到了独立团后,发现八路军实在真心抗日,所以,我决定,自愿参加八路军。

沈少夫听王百灵这么一说,一下子就变得张口结舌了。望着王百灵的目光,也一下子委顿下来了。

姓沈的,这回你听清楚了吧!石光荣说,我们独立团没抢没留王军医,她参加我们独立团,那是她自愿的。

沈少夫气得一时不知说什么才好,一双手微微颤抖着,扬言道:我要到冀中分区告你们,你们独立团这是破坏国共合作。

胡团长轻蔑地笑了一声,接道:沈团长,这话你说得就不对了,王军医是自愿参加的八路军,你带人要来抢王军医,我们还没告你呢,你告到分区,我们可以告你告到南京去。

石光荣有点儿不耐烦了，猛地一下拉过王百灵，说道：王军医，别听姓沈的胡咧咧，咱们走，他爱去哪告就去哪告！

说完，在小德子的搀扶下，拉着王百灵就走出门去。

沈少夫见王百灵走了，心有不甘地紧追了两步，喊道：王军医，王军医，你可是我挑到二十四团来的。

王百灵慢慢地转回头，想了想，说道：谢谢沈团座赏识，等你们真心抗日了，我会考虑的。

沈少夫没有达到此行的目的，满脸失望地看了看自己的部下，说了声：回去！招呼都不和胡团长几个人打一声，就带着一队人马离开了独立团。

再说桔梗一头热汗地奔回家去时，已是这天的黄昏时分了。见了两位老人，桔梗上气不接下气地一手拽住一个，慌忙说道：爹、娘，咱们快走！

桔父、桔母着实吓了一跳，一下子紧张起来，问道：桔梗，咋的了？

桔梗喘了口气，不知该从哪里说起，便催促道：走，晚了就来不及了。

桔父看见桔梗一副急切的样子，忙问道：是不是石头出啥事了？

桔梗说道：快别问了，咱边走边说。

说着，一手搀着一个，带着二位老人急三火四地就出了门。

桔母急得头上冒汗，边走边问道：桔梗呀，你这孩子，到底咋的了？

桔梗反问道：爹、娘，俺是石头的媳妇吧？

桔父说道：那还用说，你不是谁是？

桔梗说：石头烂肠子，喜欢上别的女人了。

桔母怔了一下，问道：孩子，真有这事？

桔梗说：俺要参军，天天看着他。团长说了，俺要参军得有你们同意才行。

桔父犹疑地问道：什么，参军？孩子，你真要参军？

桔梗说：爹，你不愿意，那俺就当不成石头的媳妇了。

桔父想想，说道：要为这的话，爹愿意。这个没良心的石头，爹找他算账去！

三个人又加快了脚步继续往前赶去，来到团部时，已经半夜了。

桔梗带着两位老人站在团部门前，想都没有细想，一边拍着房门，一边喊着胡团长。胡团长听到桔梗的喊声，披衣起来，又拧亮了马灯，把门打开，将几个人请进屋来。见她带来了桔父和桔母，深感惊诧，正要说什么，桔梗却抢先说道：胡团长，俺把爹娘带来了，石光荣的话不算数，俺爹俺娘的话才算数。

桔父这时也走上前来，真心地说道：胡团长，桔梗参军俺愿意。

一旁的桔母也点着头说道：俺也愿意。

桔梗笑了笑，说：团长，你听到了吧，这可是俺的爹，俺的娘，石光荣他说话不好使。

胡团长这才醒悟一般地拍了拍脑门儿，一边笑着，一边说道：桔梗呀，我当什么事，就这事呀，害你大半夜的让二位老人跑来。

桔父握着胡团长的手，亲热地说道：只要你同意桔梗参军，这不算啥。

桔梗说：团长你听到了吧，你要还是不同意，我指定不走了。

说完，一屁股坐在炮弹箱子上。

胡团长又笑了起来，说道：桔梗，你不用这样，快安排老人家去休息。

桔梗惊喜地站起身子，说道：团长，那你同意了！

胡团长苦笑了一声，朝她点了点头，说道：快去吧，休息去吧！

石光荣没想到桔梗会把二位老人动员来。第二天一早，当桔梗领着桔父、桔母出现在病房里时，石光荣不觉怔了一下，忙向二位老人问道：爹、娘，你们怎么来了？

桔母上前问道：孩子，你伤没事了吧？

石光荣扶住桔母，说道：娘，没事了，再过两天就全好了。

桔父这时却咳了一声道：石头，你给俺听好了，俺们这次来不是看你伤的，你的伤也好了，没啥可看的，告诉你石头，桔梗参军的事胡团长已经同意了。

石光荣冲桔父笑了笑，说道：爹、娘，你们听我慢慢说。

桔父脸一直阴沉着，望着石光荣说道：说啥？啥也不用说。告诉你石头，以后桔梗就和你天天在一起了，你们要好好过日子。

听了桔父的话，石光荣一屁股坐在了床上，不无担心地问道：爹、娘，桔梗参军，你们以后谁照料？

桔母接了石光荣的话，说道：俺和你爹身子骨硬着呢，等你们打跑小日本，再回去给俺们养老也不迟。

桔父说：你娘说得对，我和你娘一会儿就得回去，你要好好对桔梗，桔梗要有啥差错，俺拿你是问。

石光荣蒙了。他知道，面对二位老人，这个时候说什么都无济于事了。

送走了二位老人，石光荣忽然又觉得哪个地方不对劲了，便无比愁苦地躺在床上想心事。想着想着，不知什么时候，桔梗就又站在了床前。

石头，你看看，好看不？桔梗满心欢喜地穿着一身军装，一边展示着自己，一边对床上的石光荣说道，这回俺就跟王军医一样了，你喜欢不？

石光荣听了，眼都不抬一下，拉起被子就把头蒙住了。

桔梗上前掀开被子，继续说道：石头，俺问你话呢！俺也要抗日了。穿上这套军装，俺和王军医一样好看了吧？

石光荣极不耐烦地嚷道：一样一样，行了吧！

桔梗立时高兴起来，说道：这还差不多。

可是，石光荣却又有了另外的主意。等着桔梗离开房间，他又翻身下床，一瘸一拐地找到了胡团长和张政委。

石光荣开口说道：桔梗参军是你们同意的，她参军我走，求二位向上级反映，只要让我调离独立团，去哪儿都行。

看上去，石光荣是认真的，他脸上的表情十分严肃。

胡团长听了，挥手拍了一下桌子，生气地说道：我说石光荣，反了你了，桔梗参军你要调走，这是什么屁话？她碍着你什么了，人家在卫生队工作，你在尖刀连，井水不犯河水，你犯哪门子邪了？

石光荣低头不语。

张政委接着又耐心地开导道：石光荣你有这想法可不对头，她父母都同意她参军了，两位老人通情达理，参军抗日是好事，你怎么会反对呢？

石光荣梗着脖子，固执地说道：反正我不同意。

这是我和张政委定的，你有意见就向分区反映。胡团长目光严厉地望着石光荣，说道：医院你爱住就住，不住你就回尖刀连。

石光荣听了，咕哝道：我肯定不回医院，我伤好了！

说完，起身就离开了团部。

胡团长望着石光荣一瘸一拐的背影，猛然冲他骂道：这头犟驴！

张政委笑了笑，话中带话地说道：老胡，这可是你最欣赏的连长。

胡团长也跟着笑了笑，说道：骂归骂，喜欢归喜欢，这是两码事。

第六章

服过了几剂药后,沈芍药的病还是没有一点儿好转的迹象。每回望见沈芍药时,看到她一脸的痴傻样儿,刘老炮不由自主就会想起过往的那些日子,想起她对自己的一片痴情,心里头常常就会生出一种别人所无法理解的同情与愧疚。他实在不忍心沈芍药就这样生活下去,就想着快点儿把她的病治好了。治好了沈芍药的病,既对得起自己的良心,对得起沈芍药,也能在沈少夫那里有个交代。

那一天,刘老炮又打听到王佐县城有一个神医叫刘一手,曾经为许多人看好过许多稀奇古怪的病,眼睛不觉一亮,便又像押宝似的把沈芍药押在了这位神医的身上。

刘老炮牵着沈芍药的手,带着几个随从来到刘一手店里时,刘一手正端坐在桌后举着一本书看。

刘老炮走上前来,见他戴着一副老花镜,穿着一身长布衫,神情有些古怪,便张口问道:你就是刘一手?

刘一手这才拱手问道:这位官爷,您看病?

刘老炮把沈芍药推到前面,说:俺不看,这是俺妹子,你好好给扎咕扎咕,你可别留一手。

刘一手忙点头应道:那是,那是!

说着,就让沈芍药坐在他的对面,又让她伸过一只手来,接着,刘一手就将两根指头搭在了她的脉上,一双眼睛微微地闭上了。沈芍药似乎并不在意这些,或许是到了一个新的环境,觉得这里的一切都是那么新奇,一边流着口水,痴傻地笑着,一边翻弄起面前桌上的纸笔来。

好大一会儿,刘一手仍然没说一句话。刘老炮见这情形,突然急了,伸手掏出枪来,一下抵在了刘一手的脑袋上。刘一手吓得一个哆嗦,忙抖着身子问道:官爷,您这是干啥呢?!

刘老炮咬牙切齿地说道:刘一手,给俺妹子看好了,治不好,老子就要了你的命!

刘一手怕冷似的打着哆嗦，不得不实话实说道：官爷，这病久了，可、可不好治……

一句话没说完，刘老炮举枪的手又用了些力气，瞪大眼睛说道：你说啥？好治俺找你干啥？！

刘一手只好一迭声儿地应承道：好，好，我治，我治。

不大会儿工夫，刘一手就拟好了一个方子。

开了药方抓了药，刘老炮带着沈芍药回到了大队部，又命人把药煎了，好歹总算又糊弄着让她喝了，就默默地坐在那里，一边望着痴玩傻笑的沈芍药，一边七上八下地想心事。

刘老炮禁不住想到了桔梗，心里头就又像压着一块石头一样，沉重得厉害，便长一声短一声地哀叹起来。

刘二见了，忙凑上来问道：叔，咋的了又？

刘老炮说：俺闹心。

刘二问道：叔，你咋闹上心了？有啥事你就说出来。

刘老炮想了想，又连连哀叹了几声，望了一眼仍然在玩着一只花皮球的沈芍药，呼的一声就起身说道：二小子，走，你跟俺出趟城！

刘二不明白刘老炮要干啥，问道：出城？出城干啥呀，要是让皇军知道了，那可要掉脑袋的。

刘老炮鼻子里哼了一声，接着神秘地说道：俺傻呀，干啥让他们知道？

刘二点了点头，说：那就走吧！

两个人便换了一身便装，离开了伪军大队部，一边走着一边说着，不大会儿就出城来到了国军二十四团的大门前，禀报之后，两个人被卫兵带了进来。

沈少夫正坐在院内的一棵大树下面喝茶，此时，一边眯着眼睛用手指敲打鼓点一样敲打着茶桌，一边摇头晃脑地哼唱一段西皮流水。

刘老炮和刘二两个人听了几句，便趁着间歇和沈少夫打了声招呼。

沈少夫扭转头来，见是刘老炮和刘二两个人站在那里，惊惊乍乍地问道：呀，呀，怎么是你们？

接着，沈少夫冲卫兵喊道：快，给客人看座！

刘老炮很江湖地抱了拳道：大哥，你还好吧？

好，有啥不好的？沈少夫满足地笑着，说道，只要日本人不出城，我们二十四团基本上没事可干。

刘老炮也附和着笑了一声。

沈少夫望着刘老炮脸上的表情，突然欠身说道：兄弟，怎么，城里混不下去了?

刘老炮又抱了一下拳,说道:托大哥的福,还行。

沈少夫听了,不由皱了下眉头,不解地问道:那你们爷俩来找我干啥?我跟你们说,我对你们好,因为咱们有交情,咱俩也算兄弟,要是让八路,尤其石光荣发现了,他们可不会放过你。

刘二接茬说道:叔哇,俺们是化装出城的,连日本人都不知道,他们八路发现不了俺们。

小心没大错。沈少夫说,上次送你们回去,石光荣还找我大闹过,要不是国共正在合作,看那小子,能一口把我吃了。他还把我的军医扣下不还我,现在成了他们八路的人了。

刘老炮忙说道:俺们这次来,就是为他来的。

沈少夫说:他咋的了?前段时间他刚受了伤,估摸着这会儿快好了。

刘老炮说:上次我被抓,把他爹娘还有桔梗都放出来了,后来是啥情况,俺就不知道了。

沈少夫恍然明白过来,问道:你说那个桔梗呀?

嗯哪!刘二说,俺叔就是专门为打听桔梗才出的城。

沈少夫想了想,说道:你们回去不久,他们队伍给他举行了婚礼,听说第二天队伍就开拔了,到底是个啥情况我也不知道。

唉,你们问这个干什么?沈少夫说完,下意识地看了一眼刘老炮。

刘老炮低着头,一副心事重重的样子。

刘二见刘老炮这样,想了想,终于冲沈少夫说道:叔哇,你不知道,俺叔为了那个桔梗是吃不香睡不着,做梦都喊桔梗的名字,人都魔怔了。

刘老炮见刘二把实情一下都告诉给了沈少夫,再也藏掖不住了,忙接话说道:大哥,实不相瞒,当初俺们从二龙山下来,来到关里,一大部分原因为的就是桔梗。

说到这里,刘老炮小心地看着沈少夫,又保证道:哥,你放心,芍药在俺那儿待着好好的,俺给她开了药,她正吃着呢,她跟着俺,俺不会亏待她!

沈少夫叹了一口气:俺妹子的病可都是为了你才坐下的!

刘老炮又把头低了下去,喃喃说道:哥,俺知道,俺一想起这个,心里就愧得慌。谁能知道,这小丫头有那个心思。哥,俺可从来没往那方面想过。

沈少夫不觉叹了口气,紧接着,不解地问道:芍药的事不说了,你咋对桔梗动这么大心思?

刘老炮抬头说道:俺在二龙山当胡子,她瞧不起俺,俺心里也明白,俺想着不当土匪了,在城里混个差事,她不能看不上俺了吧,可好事还没开始,就让八路给捉了,到手的鸭子就这么飞了。

刘老炮这样牵挂着桔梗,刘二也跟着着急,便又冲沈少夫说道:叔哇,你帮着打听打听呗,俺叔就好桔梗这一口,城里好几家妓院,俺领叔都看过,他一个也没有看上的,天天唉声叹气,都快愁死了。

沈少夫笑了一声,接着,认真说道:兄弟呀,能为一个丫头这样也不容易,既然你这么惦记桔梗,那我就帮你打听打听。跟你说,芍药跟你在城里,你要好好待她。

刘老炮忙点着头说道:哥,芍药就是俺亲妹子,她这病要是能好,俺死上一次都行!

沈少夫望着刘老炮,淡淡地说了句:不说这个了,其实你打听到桔梗也没用,你驯不服那丫头。

刘老炮却坚定地说道:俺这是不到黄河不死心呢!

沈少夫很理解地望着刘老炮,点了一下头。

第二天,沈少夫真的就带上两个卫兵,提着一兜子礼品去打听桔梗的下落了。

到这时,石光荣的伤已经基本上痊愈了。这天的天气很好,他的心情看上去也不错,便在院子里拉开了架势打拳踢腿给胡团长和张政委看。

怎么样,你们看看,俺还行吧!石光荣说道。

胡团长说道:行了,行了,你别比画了,你这舞舞扎扎的,弄得我头晕。

石光荣收了拳脚,走过来问道:团长、政委,这回你们不用再逼我回医院了吧?

正说到这里,小德子气喘吁吁地跑了过来,报告道:团长,那个姓沈的团长来了。

石光荣不觉在心里咯噔了一下,说:是他?他又来干啥?

胡团长冲小德子说道:快请。

没料想,小德子刚要转身去通报,沈少夫已经走进来了,一边往这边走,一边笑着打招呼:胡团长,真不好意思,又来打扰了。

沈少夫和胡团长握完了手,又和张政委握,转身又看见了石光荣。石光荣却把头扭向了一边。

沈少夫一边笑着一边关切地问道:石老弟,伤好了吗?

石光荣没好气地说道:别老弟老弟的,俺可成不了你兄弟。

胡团长听了,觉得石光荣这样说话,太让人难堪,便打个圆场说道:沈团座,你这是无事不登三宝殿,快坐。

沈少夫拱手道：上次伏击鬼子运输队的事，真对不起你们，你们通知晚了，没有提示，我就不能出手哇。不像你们八路军独立团，有应急处理权力，我这个团长当的，啥事都得请示。

石光荣突然转过身道：姓沈的，你放屁，打日本人还用请示，你们二十四团干啥吃的？是不是鬼子端了你们的老窝，你们还得请示啊！

沈少夫听了，脸上挂不住，便十分尴尬地笑道：老弟，事情不是这样的，你听我解释。

石光荣说：解释个屁，我看你们国军二十四团根本就不是抗日，占着茅坑不拉屎，猪鼻子插大葱，在那儿装相。

沈少夫讪讪地，不知该说什么才好。

胡团长扭头说道：石光荣，你少说两句，听沈团长把话说完。

沈少夫想想，便把包裹从脚底下提上来，望着石光荣说道：老弟，上次伏击你受伤了，沈某深感歉意，这次来是专程来看你的，略表寸心，不成敬意呀！

石光荣走过去，接过那个礼品包，不相信地问道：这是送给我的？

沈少夫点点头，说：不成敬意，是点儿营养品，让老弟养养身子。

石光荣说：好，东西我收下就是我的了吧？

沈少夫说：看老弟说的，这点儿小东西也不值几个钱。

石光荣掂了掂，又朝沈少夫笑了笑，一扬手，就把手里的那件礼品包顺着敞开的屋门扔到了院子里。

几个人见状，都把惊愕的目光落在了石光荣的脸上。

石光荣望着沈少夫说：这东西是我的，我爱咋处理就咋处理！

见沈少夫还没回过神来，又继续连珠炮似的说道：沈白食，你是不是又奔着那个王军医来的？告诉你，她现在是我们八路军的人了，你打她的主意，可别怪我不客气！

说完，头也不回地走了出去。走到那个礼品包前，又抬起脚来狠踹了两下，这才解气一般地离去了。

张政委看着刚才石光荣表演的这一幕，有些歉意地冲沈少夫说道：沈团长，石光荣就是这么个人，你别往心里去。

沈少夫牵了牵嘴角，想朝胡团长和张政委笑一笑，可只笑到一半就僵住了。为了掩饰内心的慌乱，起身便对胡团长和张政委说道：我也该回去了！

胡团长把沈少夫送到了村口。

胡团长说道：沈团长，我们有军务在身就不多留了，石光荣就那个脾气，你别往心里去。

沈少夫摇头笑了笑，说：我们都是一个屯子长大的，他我是了解的，当初他给我家放牛时就这样。

胡团长说：这就好，希望你别往心里去。

沈少夫想到了什么似的，问道：上次石光荣结婚，那个桔梗现在怎么样了？

胡团长说：你说桔梗呀，她参军了，就在我们独立团卫生队的医院里。

沈少夫说：好事，以后石光荣也有人照顾了，不错。

胡团长突然又觉得蹊跷，问道：你问她干什么？

沈少夫说：亲不亲故乡人嘛。我们可都是蘑菇屯出来的人。

胡团长一笑，说：理解，理解。

沈团长说：留步，我走了！

说完，翻身上马，带着几个卫兵便打马离去了。

此时，桔梗正和王百灵、小凤三个人在医院外面的一片空地上晾晒床单。

透过床单的缝隙，桔梗目不转睛地看着王百灵。温暖而饱满的阳光照在王百灵的脸上，看上去，王百灵整个人立时便显得毛茸茸的，可爱极了。

突然发现桔梗在望着她，王百灵笑了声，轻轻问道：桔梗，你看我干吗？

桔梗十分羡慕地说道：王军医，你真好看，怪不得俺家石头那么喜欢看你呢！

小凤一旁听了，插嘴说道：姐，不仅石连长喜欢看，这里的伤员没有一个不说王军医漂亮的。

王百灵听了，忙制止道：小凤，你别胡说！

小凤咯咯地笑了起来，天真地说道：连我都喜欢多看你几眼。

望着王百灵，桔梗下意识地摸了一下脸颊，自语道：俺要是长成你这样，俺家石头就不会对俺这样了。

王百灵听到了，说道：桔梗你可别胡说，我看石连长对你也挺好的。

桔梗放下手来，脸上立时就有了两朵愁云，说道：他对我？拉倒吧，在家时还行，可到这儿了，不知咋的他就是不愿意多看俺一眼。

小凤望着桔梗，张口说道：那是人家石连长忙呗！

石光荣冒着生命危险，从战场上抢过来的那匹枣红马，被小德子驯了很多天，仍然没能驯服过来。只要和其他几匹马拴在一起，它就显得很不听话，对别的马又踢又咬。小德子把这件事告诉了石光荣，石光荣打心里认为这一定是一匹好马,如果驯化不了,就没办法交给胡团长,也枉费了自己的一片苦心。便跟着小德子一起来到了马棚。

石光荣站在马圈门口,看了半晌,发现那匹马确实像小德子说的那样,很不合群,不容任何一匹马靠近。于是问道:团长骑过吗?

小德子摇头说道:没有,上次你负伤,团长心疼了,把它抽了一顿,再也没有正眼瞅过它。

石光荣想了想,说:把它拉出来遛遛。

小德子说:中。

说着,走上前去,解开马缰绳拉着它就往外走。

两个人拉着一匹马来到了外面的山坡上,石光荣让小德子牵着它,自己围着它转了一圈,又转了一圈,最后,打量着它肯定地说:这匹马蹄子好,牙口也不错,应该是匹好马!

小德子却不满地说:它是汉奸,和咱们的马尿不到一壶里去。

石光荣朝小德子笑了笑,说:德子,上马骑一圈,我看看。

小德子就翻身上马,朝那马吆喝了两声。见那马紧跑了两步,接着,猝不及防,一个蹶子把小德子掀翻在地上。

石光荣见状,一下急了,上前一把抓住缰绳,说道:我就不信了,整不服你!

说完,一个翻身也跃上马去,小德子一边从地上爬起来,一边担心地喊道:连长小心哪!

石光荣在前边打马跑着,小德子紧跟在后边追着。可那匹马跑过了一段路之后,立时又转了性子,一声嘶叫,直立起两条后腿,猛地一下又把石光荣摔了下来。

小德子见状,忙跑过去把石光荣从地上扶起来。

石光荣一边咧着嘴,揉着腰,望着那匹马,一边恶狠狠地骂道:还真是个汉奸!

石光荣咽不下这口气,决定要好好教训教训这个汉奸。便让小德子把它结结实实地拴在一棵树上,不由分说,从树上折下一根树条握在手里,照着它的屁股使劲地抽打过去。那匹马受到了惊吓,一面叫着,一面乱蹦乱踢起来。

石光荣接着骂道:不服咋的,你这个汉奸。告诉你,团长以前有匹马,叫飞火流星,和你长得一样,那才是匹好马,救过团长好几次,没有飞火流星就没有团长今天,你咋的,啊,咋的,不服咋的,我要把你教训成飞火流星一样的战马,知道不?

说完,又举起那根树条,不停地抽过去。

小德子在一边看着看着,就有点儿看不下去了,心疼似的拦着石光荣,劝道:连长,别抽了,这马呀也通人性,你越抽它,它越恨你,你对它好,它才能对你好。

石光荣梗着脖子,问道:汉奸马也能这样?

小德子说:你忘了,咱小时候给沈家放牛,牛也是这个道理。

石光荣听了,就把手里的那根树条扔在了一旁,说道:德子你不知道,自从飞火流星离开团长后,团长一匹马也没看上,我着急呀,希望早点儿把这匹马调教成像飞火流星一样的战马,去保护团长,为团长服务。

小德子舔了一下嘴唇,说道:连长,团长没马还有俺呢,俺现在就是团长的马,团长让俺往东,俺不往西。

石光荣拍拍小德子的肩膀道:德子,以后团长的安全就靠你了,记住,就是搭上自己的命也不能让团长有一点儿闪失。他是咱们独立团的主心骨。

小德子深深地点了一下头,说道:这俺明白。

部队又要转移了。

在小德子的印象里,部队总在转移。转移又都是在突然之间进行的,事先连一点儿准备都没有。

傍晚时分,小德子遛完了马,把马拴在马圈里,回到了团部,见胡团长正在收拾东西,不解地问道:团长,这么晚了,你收拾东西干啥?

胡团长抬头看了小德子一眼,又掏出怀表看了看,说道:部队转移,全部东西都跟着走,小德子,你也快收拾一下。

小德子一边应着,一边又好奇地问道:团长,咱们来柳条沟也没几天呢,这屁股还没坐热呢,咋又走哇,是不是鬼子又来偷袭了?

胡团长笑了笑,说道:咱们这种主动转移叫打游击,是防止鬼子偷袭,让鬼子摸不清咱们底细,懂了吧?

说着,胡团长把捆好的一个背包放在一边,叮嘱道:小德子,我出去安排一下部队,你抓紧收拾,一小时后出发。

一小时后,队伍已经全部收拾完毕,并集合在了一个打麦场上。随着一声令下,这支队伍便走进了一片沉重的夜色里。

当队伍行进在一条山路上的时候,胡团长却突然发起烧来,时不时地还会打上一阵摆子。尽管小德子百般劝说,让他骑上马去,但他仍然坚持着自己的主意。小德子没办法,只好牵着那匹马,跟在他的身后边。

不一会儿,张政委骑马从后面赶了过来,看见了胡团长,下马问道:老胡,咱们是绕一绕,还是直接去白沟?

胡团长上牙磕着下牙道:队伍得绕哇,不绕一绕,等于没转移,一定要把小鬼子整……整迷糊了。

张政委听到胡团长的声音有些异样,马上意识到了什么,便伸过手去摸了一下他的额头,不觉惊讶地说道:老胡,你发烧了!

胡团长一边打着冷战,一边说道:没事,小毛病,出发时我啃了一块生姜了,估计过会儿就该好了。

张政委瞅瞅前边,又看看后边,突然一把拉住他,说道:你不能再走了,要走也得骑上马走。

说着,冲小德子喊道:团长发烧,正打摆子呢,快让他上马!

小德子应声把马牵了过来。

胡团长见了那马,还在执拗地推托着:老张,不用,真的不用。

张政委想了想,接着把自己的马牵过来,说道:老胡,这样吧,你不骑那匹马也行,那你骑我这匹总行了吧?

胡团长见推辞不过,说道:老张,你别大惊小怪的,这是干啥,我骑还不行?

说完,在小德子的帮助下,十分吃力地骑在了马身上,接着,不放心地冲张政委说道:老张,你去卫生队看看医院那帮伤员跟上来没有,我去前面看看去。

张政委说道:老胡,放心吧,我这就去看。你可当心着点儿!

队伍继续往前行走,胡团长骑在马上,直感到周身无力,又累又乏,随着那匹马一颠一簸地往前走,整个身子东倒西歪,不得不强打精神抓住马鞍子。

让小德子担心的事情就在这种情况下发生了。在经过一条小沟时,未料想,那匹马的身子猛地往上一蹿,胡团长冷不防就从马上一头栽了下来。见此情景,小德子一面急忙跑过来,一面吓得大叫道:团长,团长你没事吧?

胡团长的手臂上流血了,额头上也不知被什么东西擦伤了。石光荣得知情况后,很快带着张排长和小伍子赶了过来。

咋的了,德子?石光荣问道。

小德子一见石光荣,一肚子委屈地哭诉道:那个汉奸,把团长摔下来了……

石光荣抬头望着那匹枣红马,咬牙切齿地骂道:妈的,看老子怎么收拾它!

说着,冲张排长喊道:张排长,快找副担架来,把团长抬上。

张排长应声跑去了，很快扛来了一副担架，几个人七手八脚地把胡团长抬上去，这才又继续往前赶了。

天近拂晓的时候，队伍来到了一个名叫白沟的小村子。石光荣打发小德子马上找来了卫生队的王军医给胡团长看过了伤势，又进行了包扎。安顿好了昏睡中的胡团长，石光荣这才说道：团长，你歇着，我去看看那个汉奸，看我不剥了它的皮！

说着，又冲一边的小德子交代道：德子，好好照顾团长。

小德子点点头道：放心吧，连长！

石光荣转身离去，一边在嘴里咒骂着，一边把那匹枣红马牵到了村中的一片空地上，把它结结实实地拴在一棵老枣树上。

石光荣的咒骂声，立即引来了一群战士的围观。这时，石光荣从一个战士手里夺过一杆枪，哗啦一声就把子弹推上了膛，冲众人喊着：大家看好了，这是匹汉奸马，是我在柳条沟打伏击时从鬼子手里缴获来的，它自从到了八路军队伍中来，不服管教，横挑鼻子竖挑眼，对革命的马又踢又咬。虽经过我的教育和训诫，但还是不改，现在更是蹬鼻子上脸，昨天晚上在队伍转移途中，把团长摔下来，让胡团长受了伤，现在还躺在床上起不来，所以今天我决定，枪毙了这匹汉奸马，晚上全团改善伙食，吃它的肉，喝它的汤，你们说好不好？

站在一旁的战士看到这样的场景，又听石光荣这样一说，齐声喊道：好！

说着，石光荣便端起枪来，将枪口瞄向那匹马，那匹马这时却打了一个响鼻，求救般地看着众人。

石光荣就要扣动扳机，不料，就在这一瞬间，王连长一步冲了过来，猛地一把将枪筒举高了。

与此同时，枪响了。那匹枣红马一时被这声枪响惊呆了。

石光荣瞪着王连长，喝问道：你干啥，俺今天是枪毙汉奸，有你啥事？

王连长说道：石连长，这马不能杀。

石光荣说：我不是杀马，是杀汉奸知道不？

王连长说：什么汉奸，它就是匹马，日本人从中国人手里夺去的马，咱们又夺回来了，它就是我们队伍中的一员，以后打仗驮运东西都指望这些马出力，你杀它就等于杀害咱们的战友。

王连长这一席话把石光荣说笑了，他瞅着王连长，绕着王连长转开了圈子，说道：呦嗬，没看出来呀，你还上纲上线了，说啥呢，还战友？你叫他弟弟得了，你叫它，它答应吗？

王连长听了石光荣的话，一时哭笑不得，说道：石光荣你这是胡搅蛮缠。

石光荣又绕着王连长转了一圈。

王连长说:你别像疯狗似的围着我,你想干啥?

石光荣立住了脚,说道:我不想干啥,我就想看看你啥时候和汉奸穿上一条裤子了。

王连长很不高兴地回道:石光荣,你这是在骂人啊!

石光荣没把王连长放在眼里,鼻子里哼了一声,接着又推弹上膛,大叫道:看今天谁敢拦着,老子一块儿毙了他!

说着,举着那杆枪,又气冲冲地奔着那匹马走了过去。

正在这个节骨眼上,小德子气喘吁吁地从人群中钻过来,挡在马的前面大叫道:石连长,团长说了,这马不能动。

石光荣不管不顾地喊道:小德子,你让开!

小德子说:团长不放心,让俺来看看。

石光荣端着手里的那杆枪,疯子一般地吼道:小德子,你让开!

石光荣,住手! 胡团长在人群后边冷不防大喊了一声。

石光荣回头看见胡团长走了过来,一下子就蔫了,这才十分无奈地收了枪,忙迎上前去,问道:团长,你咋来了,我想杀了汉奸给你炖锅汤,让你补补身子。

胡团长沉着一张脸,责怪道:石光荣你糊涂,这马哪有汉奸的? 你也不怕人笑话!

说完,走到马的跟前,冲小德子说道:德子,把马牵走!

胡团长回头又瞪了一眼石光荣,转身走了。

见石光荣还怔怔地站在那里望着牵走的那匹马发呆,王连长走了过来,幸灾乐祸地问道:咋样,挨顿骂吧?

说完,也转身走了。

石光荣望着王连长的背影,一时觉得憋气窝火,猛地冲地上呸了一口,说道:要不是你手欠,老子现在都剥汉奸的皮了。走着瞧,看老子咋收拾它!

说完,这才把那杆枪扔给一个战士,转身走了。

回到住处,石光荣越想越觉得窝囊,便坐在房檐下的一块石头上,自个儿生闷气。

桔梗这时风风火火地找了来,见石光荣正坐在那里,大呼小叫道:石头,你们尖刀连原来住这里,让俺一路好找!

石光荣抬头看一眼桔梗,气更不打一处来,吼道:号啥号,跟你说过多少回了,说话小点儿声,现在是在队伍里,别一口一个石头的,知道不?

桔梗忙温柔下来,说道:俺不是惦记你嘛,听说昨晚胡团长被那个汉奸摔伤了,王军医现在给团长打针去了,俺也顺便来看看你。

石光荣自顾自说道:俺要收拾它!

桔梗眨巴了一下眼睛,不解地问道:你要收拾谁呀?

石光荣说:除了汉奸还有谁?

桔梗似乎明白了什么,随口说道:那俺跟你一起去,刘老炮就是汉奸,一提汉奸俺的气就不打一处来。

石光荣望了她一眼,心烦意乱地说道:你消停会儿吧,该干啥干啥去!

桔梗不明白他为什么忽然又变了口气,小心地喊了一声:石头……

意识到自己又说错了,桔梗忙又改口说道:不,石连长,你没事俺就放心了,那俺回去了。

石光荣像块木头似的坐在那里,就像没听到她说话一样,既不回答她的话,又不正眼瞧她一下。

桔梗一步三回头地走了,一边走一边回头说道:咱不生气,收拾它,汉奸该收拾!

一不小心,竟又差点儿被路上的一块石头绊倒。

夜晚终于来临了。

石光荣心里不甘,发着誓地要宰了它,心里边就有了主意。觉得时候已到,他就悄悄起床来到了马圈里。一眼瞧见那匹枣红马被拴在几匹马的中间,正有一搭无一搭地吃着草料。马圈的一边,有一个警卫战士,怀里抱着枪,已经倚在一堵墙上睡着了。

石光荣手里握着一把匕首,蹑手蹑脚地在向那匹枣红马靠近,走到枣红马身旁,冷不防挥起匕首,猛地一下就向那匹马的屁股上狠狠扎了下去。与此同时,那匹马尥起后蹄,一声长嘶,刹那间引起了众马嘶鸣。一见大事不好,石光荣转身就跑。

那名倚在墙上的警卫战士,猛地睁开了眼睛,喊道:谁?!

正要举手鸣枪,却看到了一个熟悉的背影,便十分疑惑地自语着:石连长?

说着,又起身查看了几匹马,见那些马一匹不少仍拴在槽头,心里正在嘀咕着,却无意中发现那匹枣红马的屁股上正汩汩地流着鲜血,忙慌慌张张地提枪跑去报告了。

胡团长得到警卫战士报告的情况后,立即便命王连长带人把石光荣捉到,并关押在了一间破草房里。

石连长,对不住了,我这是在执行团长的命令,你好好反省吧!说着,王连长看了石光荣一眼,接着走出那间破草房,哐当一声又把门关上,冲两个战士交代道：把石连长看好了！

石光荣心里不服，嘴里还在不停地嘀咕着什么。王连长一边往前走，一边还能听到他的喊叫声：老子不反省，俺出去还要教训那个汉奸！

王连长不觉摇了摇头，接着又笑了笑。

这天夜里，胡团长查完哨回到临时团部时，张政委正伏在一盏马灯下的炮弹箱子上面写着什么。见胡团长推门走进来，张政委抬起头来说道：这个石光荣也真有点儿意思，他竟然去扎马的屁股。

胡团长笑了笑，说道：这小子眼里不揉沙子，这点我喜欢，可他的冲动、做事不管不顾的作风，是要改改了，要不然以后要吃亏的。

张政委望着胡团长，问道：你打算关他多久？

胡团长想想，说道：就是吓唬吓唬他，让他长点儿记性，遇事要多动脑子。

张政委听了，情不自禁地笑了。

两个人没想到，这件事情竟被桔梗知道了。桔梗得知石光荣被关押的消息之后，想都没顾得上细想，就风风火火地闯进团部来了。

两个人正说着话，见桔梗闯了进来，不觉吃了一惊。还没待他们发问，桔梗竟先开口了：团长，是你下令把石光荣关起来的吧？！

看桔梗那架势，大有一种不依不饶的样子。

胡团长说道：是呀，怎么了？

桔梗说：石光荣杀汉奸有啥错了？

张政委走了过来，接过话茬说道：什么汉奸，那是匹马，咋成了汉奸了？

桔梗转脸对着张政委，抢白道：那是匹日本人使过的马，它就是汉奸。还把团长摔了，你说它罪过大不大，杀它该不该？

胡团长听了，朝她挥挥手，说道：桔梗呀，回去吧，还有那么多伤员需要你照顾呢！

桔梗说：伤员都安顿好了，团长，石光荣可是为了替你出气才去杀汉奸，你不能把他关在柴房里，那里又湿又潮的让他咋待呀？

胡团长说道：那地方我看了，不湿也不潮，还是单间，他待遇够高的了。

一句话，把桔梗说得哑口无言了：你……

说着，便转过身腾腾腾地去了。

张政委望着桔梗离开的背影，一边笑着一边揶揄道：这桔梗配石光荣真是天生的一对。

胡团长跟着也笑了起来，说道：这两个人，我都喜欢，直来直去，心里藏不住事。

桔梗离开团部后并没去别的地方，而是直接摸到了关押石光荣的那间房子前。

此时，在那间草房的门前，正有两个看守的卫兵，不停地在门口走来走去。草房里传出了石光荣响亮的打鼾声，那鼾声忽高忽低，让门外的两个卫兵听得十分清楚。

就听一个卫兵小声说道：石连长心可够大的，被关禁闭了还能睡得着。

顿了顿，另一个卫兵说道：可不是，要是把我关起来，得上老火。

桔梗就是在这个时候摸过来的。

看守的卫兵及时发现了，高声喊道：口令！

桔梗一边从容地往这边走，一边答道：苹果。

待走得近了，两个士兵这才看清是桔梗，便问道：原来是桔梗护士呀，你咋来了？

桔梗说：俺来看看石光荣。

一个卫兵听了，突然变了脸色，严肃地制止道：团长下令了，谁也不让看！

桔梗一听这话，先自急了，不由分说就推开了面前的两个人，站在那间当作了禁闭室的草房前，大声喊道：石头，咋样啊？

石光荣突然被门外传来的喊叫声惊醒过来，不满地说道：瞎咋呼啥，老子正做梦吃红烧肉呢！

桔梗一听这话，立时火了，朝那扇东摇西晃的房门飞起一脚踹过去，那扇房门轰然一声就倒了。

桔梗叉着腰站在门前，冲躺在一堆柴草上的石光荣说道：门俺踹开了，出不出来由你吧！

说完，迈开大步，竟又腾腾腾地走了。

石光荣看看两个卫兵，又看一眼走远的桔梗，忍不住嘿嘿笑了起来，不觉自语道：啥时候我上法场，你劫一把还行。

两个卫兵你看我一眼，我看你一眼，一时不知该如何是好了。

一个卫兵走过来，看了一眼倒下的房门，请示道：石连长，这门是装上啊，还是不装？

石光荣说道：随你们便。

另一个卫兵感到这倒也有些意思，便说道：我看算了，这样咱还能和石连长聊聊天。

说着，三个人一起笑了起来。

说着说着，一夜过去了，天亮了。

胡团长和张政委从远处走了过来，见两个卫兵一左一右守在已被踹开的门前，站在那里对视了一眼，接着就走了进去。

石光荣心里猜想着是他们两个人来了，便一言不发地眯着眼睛看着他们一步步走了进来，直到走近了，慌忙又把眼睛闭上了。

胡团长站在那里，喊了一声：石光荣，起来！

石光荣一派假意地揉着眼睛，起身说道：咋的了，团长，俺还没睡够呢！

胡团长早已识破了这一点，说道：你就别装相了，快牵着那匹马去卫生队。

石光荣站起来，懵懵懂懂地问道：去卫生队干啥？

胡团长说：去给它包扎一下。

石光荣一听这话，又不乐意了，一张脸立时沉了下来，说道：给它包啥呀，老子恨不能再给它来一下子！

胡团长瞪了石光荣一眼，说道：这马也是八路军装备，要爱护，纪律你都忘了？

一说到"纪律"两个字，石光荣没词了，只得乖乖地牵着那匹屁股上还在流血的枣红马，不急不慢地往卫生队方向去了。及至来到了卫生队的院子外面，石光荣停下了步子，想了一想，便扯开嗓门冲院子里喊道：王军医，王军医……

石光荣没有把王军医喊出来，桔梗却一头闯了出来。桔梗看见了石光荣，止不住又惊又喜，问道：是不是禁闭室的门被俺踹倒了，你就溜出来了？

石光荣看了她一眼，没有吱声，接着又继续朝院子里喊道：卫生队有人吗？王军医……

桔梗不高兴了，冲着石光荣说道：石光荣咋回事呀，俺不是人呀，你来干啥来了？

石光荣这才恍然醒悟过来似的，一拍脑袋说道：啊，你来也行，那啥，团长让你们把汉奸的屁股包扎一下。

说完，就要把缰绳往桔梗手里塞。桔梗不接，看看左右无人，便对石光荣说道：哎，这里没人，咱俩说说话吧！

石光荣听了，像被蜂蜇了似的，丢下缰绳转身就跑。

见石光荣不管不顾地跑走了，桔梗急得在后面一阵大喊：你跑啥？石光荣你回来！

桔梗心里知道他惦记的是王百灵，不由骂了句：癞蛤蟆想吃天鹅肉！

石光荣就像没有听到一样，自顾自头也不回地往前走，在村中的路上，迎头碰见了小德子。

小德子上前问道:连长,你咋回来了,那马呢?

石光荣说:我把它送到卫生队了。

小德子说:团长不是让你去给包扎吗?

石光荣说:反正我送去了,她们爱包不包,反正也是个汉奸。

小德子说:你这样,团长还得收拾你。

石光荣说:他爱咋收拾就咋收拾。

说完,又继续往前走去了。

那边石光荣见了桔梗一赌气便跑掉了,这边桔梗却越想越觉得心里边不痛快,就想找个人发泄一下。她心里头明白这一切的根源都在王百灵那里,便趁着一股子火气,不管三七二十一地找到了王百灵。

王百灵正和小凤准备着一些给伤员换药的东西,见桔梗一头扎进来,气咻咻地朝她瞪起了眼睛,不解地问道:桔梗,怎么了,谁招你了?

桔梗蛮不讲理地抬起一根指头指着王百灵说道:是你!

王百灵仍是不解,接着问道:我咋招你了?

桔梗说:就是你,你啥都好,俺啥都不好行了吧,俺不在卫生队干了。

说完,把护士服脱了,一把摔在地上,转身跑了出去。

见桔梗跑出了屋门,小凤也一头雾水,小声问道:奇怪了,她这是怎么了?

谁知道抽什么风!王百灵根本就没把这件事放在心上,便朝小凤说道,走,咱们给伤员换药去。

桔梗从王百灵那里出来,觉得心里的一股子气还是没有撒出来,又从另一间房子里把白茹拉了出来。

白茹一边跟着她走,一边问道:桔梗,咋的了,这是干什么?

桔梗说道:队长,俺不在卫生队干了。

白茹问道:桔梗,当初参军时你可是自愿的,这没几天,咋又不干了?

桔梗想了想,认真地说道:参军没错,俺就是不想在卫生队干,俺要调到作战部队去。

白茹见桔梗这样,笑了起来,说:桔梗,你见作战部队有女兵吗?

桔梗摇摇头。

白茹说:别说我,就是团长也没这个权力把你调到作战部队去,跟我说说,为什么想调到作战部队去。

桔梗想了想,就说道:俺要像男兵一样去打仗,不让石光荣小瞧俺。

白茹说:就为这个呀?

桔梗不满地说道:他天天想见王军医,一见王军医魂都没了,俺一见王军医就闹心。

白茹想了想,说道:桔梗,要不我找团长反映反映,让你和石光荣真正地成亲,以后你是他的人了,他就不会再想别的了。

桔梗惊喜地睁大了眼睛,猛地拉着白茹的手,问道:你能帮我吗?

白茹说道:我帮不成你,让团长帮你,石光荣再能耐,团长的话他得听吧!

桔梗听了,紧皱着的眉头一下子舒展开了。

为了桔梗的事情,白茹亲自找到胡团长和张政委,一五一十当面进行了汇报。胡团长听了,禁不住有些疑惑了,问道:咋的,还结婚,上次不都结了吗?

白茹便说道:那次俺问过桔梗,他们什么都没干,石光荣守着桔梗坐了一夜。第二天一大早队伍就出发了,两个人再也没机会在一起。

张政委说道:看来,还得给他们的婚姻加把火呀。

胡团长不觉笑了笑,说:这个石光荣,害得我给他主持两回婚礼。

白茹说道:那就多谢了,桔梗这婚要是结成了,我的工作也好做了。

张政委也笑了起来,说:看来,为了白队长的工作也得把这婚再结一次。

胡团长又爱又怨地说道:石光荣这个臭小子……

思忖片刻,又说道:行吧,那就今晚,白队长,你把你们卫生队一个房间腾出来,今天我非得亲自押着他进洞房不可。

想到石光荣,张政委十分不解地摇了摇头,转身问道:这个石光荣,你说他咋想的呢?

胡团长说:这小子,就是欠收拾!

白茹从团部回到卫生队,立即召集了几个人一起给桔梗收拾新房。不大会儿,白茹又把两床被子搬了进来,一边笑着一边冲桔梗说道:怎么样,还满意吧,我和团长在延安结婚时,连床被子都没有,你和石光荣这可是两床被子,和我们比起来,你都快成地主了。

桔梗听了,疑疑惑惑地问道:队长,你结过婚呢?

小凤在一旁插话说道:咱们队长的爱人就是咱们的团长呀!

桔梗怔了一下,望着白茹说道:那我咋没看出来,队长,你可真会装。

白茹笑了笑,说道:我装啥了,这都是工作需要,说你和石光荣结婚的事吧。

桔梗说:结婚就结婚,还有啥说的。

白茹望一眼桔梗,想了想,便有些神秘地回头冲小凤说道:小丫头,你先出去下,我有事对桔梗说。

小凤心领神会地冲桔梗扮了个鬼脸,就转身走出去了。

桔梗问道:队长,干啥这么神秘?

白茹笑着拉桔梗便坐在了床边,认真地问道:你喜欢石光荣吧?

桔梗使劲地点了一下头。

白茹便望着桔梗的眼睛说道:对付男人呀,你得主动,得让他成事,成事了男人尝到甜头了,他就离不开你了。

桔梗听了,一知半解地问道:队长,啥叫成事呀?

白茹想想,就笑了起来,忙凑到桔梗耳边,悄悄地说了些什么。桔梗一边认真地听着,一边连连点头,最后竟羞怯地把一张火烧火烫的脸捂住了。

白茹说完,又叮嘱道:记住了?

再看时,桔梗的一张脸,已经像一块红布一样了。

这边大家在紧锣密鼓地为桔梗和石光荣重新操办婚事,那边的石光荣还被蒙在鼓里。黄昏到来的时候,胡团长让人叫来了石光荣,紧接着就把他扯进了一个院子里。此刻,院子里已经聚起了独立团的一些干部,王连长也在其中。他们正兴奋地议论着什么,见石光荣被胡团长领进了院子,议论声立时小了下来。

石光荣见满院拥了这么多人,一时不解地看看这个,望望那个,问道:你们都来了,这是要干啥呀?批斗俺?俺也没犯啥错呀?

就在这时,胡团长站在中间位置大声喊道:请新娘出场。

话音刚落,穿着一身新军装的桔梗,便有些羞涩地被白茹领了出来,她的后面跟着王百灵和小凤。

接着,白茹把桔梗带到了石光荣跟前。桔梗含情脉脉地看着石光荣,脸上洋溢着无比的幸福。

石光荣却不看桔梗,他的目光不自觉地又落在了桔梗一旁的王百灵身上。这情形,让桔梗一五一十看在了眼里,便悄悄拉过胡团长说道:团长,你看石光荣烂肠子没有,他眼里只有王军医。

胡团长意识到了这一点,猛地大叫了一声:石光荣。

石光荣突然被这喊声惊醒过来,说道:团长,这么大声干啥呀这是。

胡团长接着说道:你别乱看,要看你就看桔梗。

石光荣便看了一眼桔梗,冲团长说道:她脸上也没开花,我看她干啥?

桔梗一听这话,肺都要气炸了,站到石光荣身边,压低声音逼问道:石光荣,那王军医脸上开花了?你为啥盯着她看?

尽管桔梗把声音放低了，可是王百灵还是清清楚楚听在了耳朵里，一时觉得有些难堪，便转身离开了现场。石光荣望着王百灵的背影，一下显得有些手足无措了。

胡团长见到这情形，说道：石光荣，今天这婚你不仅要结，还要结好。

石光荣一下明白过来了，有苦难言道：团长，你这是整的啥事呀，又让俺结婚，你枪毙俺吧！

石光荣你闭嘴！胡团长喝了一声，转过头去冲满院里的人说道，大家都知道，上次在后沙峪给石光荣和桔梗结过一次婚，因队伍转移，很匆忙，两人的婚结得不成功，这次队伍又来到了白沟村，卫生队队长白茹建议，再给石光荣和桔梗结一次婚。这次啊，有这么多人做证，石光荣和桔梗的婚就算结了，大家说好不好哇？

满院里的人听了，一边起劲地鼓掌，一边叫喊道：好！

好个屁！石光荣却不领这个情，冲众人说道，俺要说几句。

石光荣，这里没你说话的份儿！胡团长不知石光荣又要说什么混账话，马上截断他的话头，扯开嗓子宣布道，请新郎新娘入洞房——

石光荣干瞪着眼睛，一下子傻在了那里。桔梗却满脸高兴地在白茹、小凤和其他几个护士的簇拥下向新房走去。

这时，王连长、小德子、张排长、小伍子几个人见状，一哄而上，不由分说就推搡起石光荣也向那洞房走去。见这形势已经没办法收拾了，石光荣一下子就慌了，一边使尽全身力气挣脱着，一边大喊道：放开我，放开，团长，俺要说，哪有这样结婚的，我抗议！

可是，没有人听他这一套了。

桔梗先前一步打开了房门，石光荣一句话还没喊完，就被几个人推进了洞房里。怕生变故，张排长灵机一动关上房门，从口袋里掏出一把预先准备好的大锁，哗啦一声就把那房门锁上了。

总算把两个人拧在了一块儿，胡团长舒了一口气，便望着满院里的人，挥挥手说道：好了，都散了吧，散了吧！

突然想起什么，胡团长接着又冲小德子几个人招手道：你们几个过来。

几个人闻声走过来，胡团长如此这般地又交代道：你们几个给我听好了，今晚就在新房门前站岗，哪都不能去。

说完这话，仍不放心，便又把小德子拉到一旁，小声叮嘱道：石光荣和桔梗要是成事了，你马上找我汇报。

小德子一脸不解地望着胡团长，问道：团长，啥叫成事呀？

胡团长挥手拍了一下小德子的脑袋，说道：连这个你都不懂，二十多岁我看你是白活了。

小德子摸着脑袋,懵懵懂懂地问道:俺咋能知道他们成事不成事?

胡团长笑着说道:你不会听呀,长耳朵干啥用的!

小德子一下子就明白过来,说道:听房啊?这事俺干过,懂了团长。

胡团长这才放心地去了……

自从大伙儿强拉硬扯地把石光荣轰进新房以后,石光荣一直没消停下来。在那间狭小的新房里,石光荣坐立不安,来来回回地走动着,那样子看上去,就像是一只被困在笼里的猛兽,脸上挂满了令桔梗难以理解的无辜与无奈。

夜已经深了,新房里的那一盏马灯散发着昏昏欲睡的光芒。石光荣却一点儿睡意也没有,此时此刻,他一边烦躁不安地在屋里团团乱转,一边还不停地在嘴里嘀咕着什么。桔梗的目光自始至终地盯着他,既不说,也不动,以一种超乎寻常的耐心等着他停下来。

终于,石光荣耐不住性子了,站在了桔梗面前,问道:桔梗,你到底是啥意思?

桔梗望了他一眼,说道:石头,俺没啥意思,就想跟你结婚。

结婚结婚,你就知道结婚,你是我妹妹知道不?你怎么这点儿道理都不懂?石光荣气哼哼地说道,你跟我结婚,我看你是发昏了!

桔梗起身站到了石光荣面前,说道:俺也再说一遍,俺不是你妹子,八岁那年你就进了俺家的门,从那时起,俺心里就是你媳妇了。

石光荣一听这话,双脚离地跳开了,远远地看着桔梗说道:哎呀,哎呀,桔梗你真是疯了,八岁就媳妇,亏你说得出口。

桔梗追了过来,把石光荣逼到了墙角,咄咄逼人地望着石光荣,一字一句地说道:俺就是这么想的,信不信由你。

说完,桔梗动手就要去解石光荣的扣子。

石光荣一下急了,说:桔梗,你干啥,你要干啥?

桔梗一边微笑着,一边说道:白队长教俺了,她是过来人,告诉俺要生米做成熟饭,那样你就离不开俺了。

石光荣一边躲闪着一边喊道:桔梗你住手!

桔梗不听,仍然不屈不挠地去解石光荣的扣子,两个人就这样气喘吁吁地撕巴起来。

可是,两个人谁也没想到,屋子里气喘吁吁的撕巴声,被房门外警卫的小德子和另外两个战士听到了。小德子贴在门缝上听了一会儿,突然冲另外两个战士兴奋地说道:成事了,连长和桔梗成事了!

一个战士小声问道:那咱们咋办?

小德子说:人家都成好事了,咱们还待在这干啥,碍事,麻溜走吧。

说完,三个人回头望一眼新房门,便匆匆离去了。

小德子马上把这件事情报告给了胡团长和张政委,大功告成一般地说道:团长、政委,成事了,石连长和桔梗成事了。

胡团长半信半疑地问道:真的假的,你咋知道?

小德子说:你不是让俺听房吗,俺听了,里面弄得叮叮当当的,可厉害了。

听小德子这么一说,胡团长和张政委两个人不觉对视了一眼,一起笑了起来。

张政委又追问了一句:真的?

小德子信誓旦旦地说:那还有假,不信你明天亲自问石连长。

好了,没事了。胡团长说,回去睡你的觉吧!

小德子答应一声,便蹦着跳着跑出去了。

胡团长望着张政委,不无幽默地说道:谁说强扭的瓜不甜,叫我看,甜得很呢!

但是,胡团长失算了。

石光荣就像是一只狡猾的狐狸,最终还是从窗子跳了出来,见左右无人,撒腿跑进了夜色里。想想没有合适的地方可去,石光荣便径直向村头的哨位上走去。见一个黑影朝这边靠了过来,站岗的哨兵机警地喊了一声:谁,口令?

石光荣答道:核桃!

听到是石光荣的声音,哨兵忙问道:石连长,咋是你?

石光荣说道:回去吧,你下岗了。

哨兵疑疑惑惑地望着石光荣说道:接俺岗的是王小二,他一会儿才能来。

石光荣不耐烦地说道:让你走你就走,啰唆个啥。

哨兵应了一声,提着枪,一步三回头地离去了……

说话的工夫,一夜就过去了,东方的天际出现了一抹鱼肚白,石光荣仍一动不动地站在村头的哨位上。就在这个时候,胡团长带着小德子朝这边走了过来。突然发现了立在哨位上的石光荣,胡团长不解地问道:怎么是你?

石光荣装作没事人似的,张口说道:那啥,我替弟兄们站了几班岗,没事。

胡团长又问道:桔梗呢?

石光荣眨巴了一下眼睛,说道:睡觉呢吧!

胡团长突然感觉到事情有点儿蹊跷,转念一想,不禁心生疑窦,瞅了一眼石光荣,看到他一脸的认真,转身就又带着小德子离开了。

走,小德子,跟我去看看!胡团长想解开这道谜,便和小德子一起向石光荣的新房走去。两个人刚走进院子,就听到了从新房里传出来一阵呜咽声,胡团长站在那里怔了一下,突然意识到了什么,忙冲小德子说道:快打开房门!

房门打开了,眼前的一切,让胡团长和小德子不禁大吃了一惊。此刻,桔梗被用布单结结实实地捆绑在了床上,她的嘴里还被毛巾堵上了。

胡团长忙上前一步把毛巾从桔梗嘴里拿出来,小德子慌慌张张地又去解桔梗的手和腿,桔梗总算是解脱了。

胡团长望着大口大口喘息的桔梗,说道:这一定是石光荣干的,太不像话了!

桔梗这时已经缓过劲来,看了一眼身边的胡团长和小德子,猛然间想到什么,忽地一下就爬起来,趁着小德子不防,又从他的腰间掏出枪来,就要往外奔去,披头散发地大喊道:石光荣,俺要杀了你!

小德子见状,死死地就把桔梗抱住了。急得桔梗一边挥着枪,一边大叫道:小德子,你放开俺,俺要杀了石光荣。

胡团长上前一把将那支枪从桔梗的手里夺过来,接着冲小德子喊道:快把桔梗送回卫生队,我找石光荣算账去!

胡团长很快命人把石光荣叫到了团部。见石光荣一脚迈进门来,立时把脸沉下来,一边拍着桌子,一边又气又恼地教训道:石光荣你这是胡闹,你这么做,怎么对得起桔梗?

石光荣眨巴了一下眼睛,一脸认真地解释道:团长、政委,实话跟你们说吧,从小到大,俺一直把她当成妹妹,我们俩在一起一准儿干仗,这样的女人做妹子行,咋能当老婆,你们说,俺咋能和她结婚。团长、政委,俺知道你们是为俺好,可你们没好到点上呀,你们再这么逼俺,会出人命的。

石光荣说完,竟蹲下了身子,双手抱着一颗脑袋,眼泪在眼眶里打开了转转。

张政委望着地上的石光荣,顿了顿,问道:你和桔梗的感情真像你说的那样,不是为别的?

石光荣蹲在地上,抬起头来,泪汪汪地说道:团长、政委,俺骗你们行,可俺骗不了自己的心。

见石光荣这样一个硬汉,居然也流下了泪水,胡团长的心一下子就软了。想了想,又想了想,胡团长不觉叹了一口气,说道:罢了,这婚是不能强迫的,你和桔梗的事,你们自己处理吧,从今以后组织不再插手了。

石光荣听了,抹了一把脸上的泪水,起身问道:团长,是真的?

胡团长说道:你不是说要出人命吗?我们好心没好报,还怎么管你们的事?

太好了,有团长你这句话,俺就放心了!石光荣如释重负地望了一眼胡团长又望了一眼张政委,说道,没事俺就走了。

说完,石光荣竟像个孩子一样一蹦三尺高地跑去了。

张政委转眼望着胡团长,又不无担心地说道:看来,得让白茹好好做一下桔梗的工作了。

第七章

除了配合山本大队执行任务,刘老炮很多时候都是一副无所事事的样子。这天,在伪军大队部里,刘老炮一边摇头晃脑地在嘴里哼着二人转《小拜年》,一边看着在一旁玩耍的沈芍药。自从在刘一手那里给沈芍药看了病开了药,又亲自给她熬煎喂下之后,看上去,沈芍药似乎有些好转了,这不禁让刘老炮深感高兴。便想着等手里的药用完了,再带沈芍药去一趟刘一手那里,弄一些药回来继续服用。如果刘一手的药管用的话,也许用不上一年半载,沈芍药的病就会治好了。

这样想着,刘老炮就又禁不住继续唱了起来。唱着唱着,突然又想到什么,声音就变得不是个样儿了。

刘二坐在一旁看着他,打断刘老炮,问道:叔哇,这男愁哭女愁唱,你这都唱好几天了,啥意思呀?

刘老炮瞅着刘二,认真地说道:二小子,俺合计来合计去,想忘了桔梗,可俺就是忘不了。

刘二听了,也不知如何是好,便说道:叔哇,桔梗咱也打听了,人家都参加八路军了,俺看你还是死了这个心吧,别胡同里赶猪走到底了,你就不能换个张大麻子、王老六的想一想?

刘老炮支棱起眼睛翻着刘二,不高兴地说道:瞅瞅你说的这两个人,俺想他们干啥,这么多年了,桔梗一直在脑子里翻过来倒过去,从没消停过,二小子你说叔咋整?

刘二抓耳挠腮,刘老炮也一筹莫展。两个人就这样沉默了大半晌,突然,就见刘二一拍大腿,说道:叔哇,要不这么的!

刘老炮问道:别一惊一乍的,怎么的?

刘二说着凑近了一步,贴在刘老炮的耳边狡黠地说道:她桔梗参军了,咱拿她没办法,可她的爹娘没参军吧,咱们把她爹娘弄到手,让桔梗来交换,你看……

刘老炮一下子就兴奋起来了,忽地一下站起了身子,挥手就狠狠地给了刘二肩膀子上一巴掌，说道：哎呀，侄子呀，你可救了你叔了，这招俺咋没想出来呢？

刘二一边疼得龇牙咧嘴，一边望着刘老炮，笑着说道：叔哇，俺这可是逼急眼了才想出的招，可都是为了你呀！

刘老炮说：二小子呀，叔不会亏待你，等这个事成了，俺找皇军说说，让你当副大队长。

刘二一听这话，立时高兴得蹦了起来，问道：叔，真的呀？

刘老炮说道：俺是你叔，胳膊肘还能往外拐吗？

两个人这样说完了话，渐渐地就等到了夜半时分，刘老炮等十几个人在刘二的带领下，便悄悄摸到了黑山峪。来到村口时，这十几个人下得马来，就把马拴在了几棵大树上。

刘二走过来，一边指点着，一边冲刘老炮说道：村东头那个院子就是了！

刘老炮问道：整准没有？

刘二说：叔，俺白天踩过点了，准准的！

刘老炮点了点头，冲众人一挥手道：都麻溜的，事成马上就蹽杆子。

说着，十几个人便向村里摸去了。

这个时候，桔父和桔母还没有睡下，屋里的一盏油灯散发着昏暗的光芒。他们坐在炕上一边想着石光荣和桔梗，一边在有一句无一句地说着话。就在这时，桔父敏感地听到了大门外传来异样的动静。还没待下炕看个究竟，已听到外面有人翻墙过来的声音了，桔父、桔母几乎还没有反应过来，已经有人开始砸门了。桔父听到这动静有些不对头，回身抓过一把镰刀紧紧地握在了手上。桔母吓得哆嗦着身子，躲在桔父身后问道：这挨千刀的，啥人呢？

桔父鼓起勇气，站在门口，挥着镰刀朝门外大声喊道：啥人老子都不怕，从哪来给我滚哪去！

房门一直没有打开，没有别的办法，磕巴忙跑到刘老炮身边，问道：当家的，门……门……打……不……开，要不……不……来硬的吧？

刘老炮挥起一掌扇在了磕巴的脸上，吼道：瞅你那点儿能耐，滚一边去！

说完，刘老炮走到门前用脚踹了几下，门仍是不开，又用身子撞了几下，还是不开，门里却传来了桔父的声音：有种的你们就进来，进来一个死一个，进来俩死一双！

这边的砸门声和喊叫声，把屯子里的狗也惊动了，吠叫声一时间此起彼伏，把整个村子都搅动了。

刘二靠在刘老炮身边，担心地问道：叔哇，动静整大了，这村子人要都起来，咱就不好走了。

老东西，还挺硬！刘老炮想了想，说道，二小子你上房，掀房顶，看他们出不出来？

刘二转头又冲滚刀肉喊道：去，到房顶上去！

滚刀肉服服帖帖就应声爬上了房顶。掀了房上的瓦片，整个房子就见了天光。尽管桔父和桔母在屋子里一片叫骂，可是房上的人并不理会。

院子里突然就有了火光。与此同时，顺着洞开的房顶，几支燃烧的火把也扔了下来。几乎一瞬之间，整座桔家的院子便化作一片火海。

桔父和桔母已经听清了门外这些人，在屋里不住地破口大骂着：刘老炮，你这个胡子，老子和你们拼了！

望着愈燃愈烈的大火，刘老炮一下就傻眼了。见已经无法挽回局面，刘老炮一边退到院外，一边向火里望去，扭头问道：谁让点火的，要抓人，不是烧房子！

就在这时，忽然又听到远远地传来了鼎沸的人声，知道他们见到了这边的火势奔来救火的，刘二立即说道：叔，快蹽吧，晚了可就走不了了。

刘老炮无奈地叹了口气，说道：走！

十几个人闻令，慌慌张张就向村外跑去了。

及至来到了村外的一片小树林里休息，刘老炮问过了纵火的人，便把滚刀肉揪了出来，一面左右开弓地打着耳光，一面恶狠狠地问道：谁让你烧死他们的？

滚刀肉哆嗦着身子说道：当家的，刘二让俺上房，俺以为点把火把他们赶出来算了，谁知道他们就是死也不出来。

刘老炮把滚刀肉一脚踹到地上，不无遗憾地说道：人没抓到，死了，白出了趟城。

刘二上前一步，说道：叔哇，这都是命，咱认命吧！

刘老炮瞪圆了一双眼睛，仍不甘心地说道：老子就不信这个命了！

石光荣和桔梗两个人闻讯赶到黑山峪时，整个桔家已经变成一片废墟了。两个人站在废墟前，想着被掩埋在里边的双亲，禁不住悲恸欲绝。在乡亲们的帮助下，他们将双亲的尸体埋在了村旁的一道山坡上，到这时，石光荣的眼里已经没有了眼泪，只有怒火燃烧着。

石光荣和桔梗两个人跪倒在两座新坟前。此刻，桔梗已经哭得像个泪人一般了。她一边泣不成声地哭着，一边倾诉道：爹、娘，你们说走就走了，昨天俺和石头还是有爹有娘的孩子，现在俺们没爹没娘了。爹呀，娘呀，你们把桔梗和石头养这么大,俺都记在心里了,今生今世报答不了你们了,等下辈子吧。俺没爹没娘了,还有石头,爹娘你们就放心吧!

桔梗说完,石光荣接着说道:爹、娘,这仇俺一定要报,要不让刘老炮粉身碎骨,要不给他点天灯!

说完趴在地上磕了三个响头,石光荣便站起身来,又把桔梗扶起来,说道:妹子,咱回部队!

两个人就这样一步三回头地离开了那片坟地,石光荣在前边走着,桔梗紧跟在后面。好大一会儿,桔梗才抽抽搭搭地说道:石头,爹娘没了,以后你也没个说话人了,有啥事你就跟俺说呗!

石光荣头也不回地往前走,一边走,一边说道:妹子,以后咱们就是亲人,哥保护你!

桔梗听了这话,不觉立住了脚,看着石光荣的背影一步步渐渐远去,心里边禁不住好一阵酸楚。石光荣走着走着,突然发现桔梗没有跟上来,回头问道:咋了,妹子?

桔梗走了过来,拿一双红肿的眼睛把石光荣望了半晌,一字一句地问道:石头,俺再问你一遍,你真想一辈子把俺都当成妹?

石光荣点点头,认真地说道:以前你是俺妹,以后也是,这辈子,下辈子永远都是!

话音落下,便转过身去,大步往前走去。

桔梗再也忍不住了,她站在那里,任凭着眼里的泪水肆无忌惮地流了下来。直到把泪水流够了,流完了,这才使劲地咬着嘴唇,发狠一般地向前追了过去……

回到部队,石光荣和桔梗马上把来来去去的一切事情向胡团长和张政委一五一十做了汇报。

胡团长有些负疚地站在那里,望着石光荣和桔梗痛心地说道:根据地的群众,我们没有保护好,我们独立团有责任啊!

桔梗摇着头说道:俺不怪,咱们现在是打游击,又不能把所有根据地保护起来。

胡团长思忖片刻,便又走到了桌前的一幅地图前,指地图上的王佐县城说道:这个问题是我们目前面临的最大问题,鬼子和伪军虽然住在城里,但是他们不断地骚扰我们的根据地,我们的部队一直在运动当中,顾此失彼呀!

张政委接过话茬说道:国民党的二十四团,一直驻扎在老爷庙一带,就是个样子,几次联合作战,都没有收到合作的效果。

我早就说过,二十四团那个沈少夫根本指望不上。石光荣一听二十四团就来气,肚子里憋着一股无名火,说沈少夫,他连聋子的耳朵都不是!

胡团长客观地说道:现在全国国共两党都在谈国共合作,全民抗日。不管二十四团的沈少夫是真心还是假意,至少他们还没和日本人穿一条裤子。

石光荣听了,气哼哼地说道:还不如让他们穿一条裤子呢,搓吧搓吧一起收拾!

从黑山峪回到王佐县城后,刘老炮一直闷闷不乐,整天借酒浇愁。这天晚上,几个人在一起边喝酒边说话,刘老炮仍是一副很郁闷的样子。刘二见了,忙凑过来宽慰道:叔哇,好饭不怕晚,留得青山在不怕没柴烧,那两个老东西死也就死了,叔别上火,来,咱们喝酒!

刘老炮和刘二碰了一下碗,喝了一大口,说道:说不上火那肯定是假的,你们不知道哇,俺天天做梦,脑子里都是桔梗的影子,她就在俺脑子里这么走过来,走过去,走得俺心里跟挠痒痒似的。

滚刀肉听了,也举着酒碗凑了过来,望着刘老炮,讨好般地说道:当家的,你说吧,咋能把桔梗弄来,只要你高兴,把俺命丢了都行。

刘老炮叹了口气,说道:看来只能找沈少夫想想办法了。

刘二说:他能有啥办法?

刘老炮说:他们二十四团和独立团正在合作,他们有来往,我得去试试。

刘二说:叔,那俺跟你去。

刘老炮不说话,端起酒碗慢慢地喝了一口。

刘二一直在心里惦记着刘老炮曾经对他的许诺,话题一转,便又问道:叔,这次在皇军那儿,能给俺个身份不?

刘老炮不解地问道:啥身份,你要啥身份?

刘二不好意思地冲刘老炮笑了笑,说道:副大队长呀,到时候俺在沈少夫面前也是有面子的人。要不然他该瞧不起俺了。都是蘑菇屯出来的人,哪能没面子呢?

刘老炮猛地一下把酒碗蹾在桌上,沉着脸说道:你有啥面子?等把桔梗弄到手再说!

刘二听了,立马蔫了。

这话说过第二天,刘老炮就带着刘二来到了沈少夫的住处。沈少夫是个见过大世面的人,刘老炮相信,他一定会在桔梗这件事情上,为自己想出一条万全之策。

刘老炮和刘二被卫兵带进老爷庙来的时候,沈少夫正在院子里舞剑。

刘老炮怕打扰了沈少夫的兴致，站在那里，一直等着他把剑舞弄完了，这才小心地喊了一声。沈少夫回头盯着刘老炮和刘二，惊讶地问道：你们怎么又来了，是不是芍药出啥事了？

刘二手提着点心盒子，不把自己当外人地匆忙应道：芍药好好的，俺叔给她看了中医，都快好了，俺藏起来她都知道找了。俺们想你了，过来看看。

沈少夫抬起头来，不经意地向外看了一眼，忙说道：跟你们说过，没事别往我这儿跑，要是让八路军发现了，向冀中司令部告我一状，我吃不了得兜着走。

刘老炮听了，便识趣地说道：大哥，那屋里说，说完俺们麻溜走人。

沈少夫带着两个人进了屋，端起茶来喝了一口，这才冲刘老炮问道：说吧，又是啥事？

刘老炮示意刘二把点心盒子打开。刘二倒是机灵，一边打开那个点心盒子，一边将它推给沈少夫，赔着笑脸说道：这是俺叔对你的一点儿心意！

沈少夫看到点心盒子里装的却不是点心，一颗一颗都是白花花的银锭，忙装出没看见的样子，冲刘老炮说道：兄弟，你这是干啥，把哥当啥人了？

刘老炮见时机成熟，马上凑近一步，向他套近乎说道：兄弟虽然在城里，可心里是想城外庙里的哥哥。虽然咱们不是亲兄弟，可一个头磕在地上，老天爷都知道了，这叫啥，叫情分。哥，你说对不？

沈少夫说：兄弟，你当年从马大棒子手里救过我，我这辈子都忘不了，这情都记在心里了。

刘二上前赔着笑，也接话说道：可不是咋的，俺叔跟俺说过，俺叔要是晚一步，那马大棒子可就要撕票了。他要是撕了票，哪有叔的今天呢！

沈少夫一听这话，就有些不高兴了，眉头立时皱了起来。

刘老炮意识到了什么，慌忙打了个圆场，冲刘二说道：别胡咧咧，俺哥是啥人，福大命大造化大，别看现在是个团座，日后说不定弄个长官司令干呢！

沈少夫受用了，朝刘老炮笑了笑，说道：别的不敢说，这冀中国军的二十四团，我说话还是算数的，咋的，兄弟想好了，想过来，不在日本人那儿干了？

刘老炮于是也便望着沈少夫，直来直去地说道：大哥，不是，俺还是想把桔梗弄到手。

沈团长吃惊地望着刘老炮，问道：你对那丫头的心思我知道，她现在可是八路军的人，况且，芍药还在你那里，你这是何苦？

刘老炮想了想，说道：哥，芍药是千金大小姐，虽说她现在有病了，那也是大小姐的病，打死俺也不敢往那方面想。她是哥的妹子，那就是俺刘长山的妹子。

沈少夫不解地望着刘老炮，问道：那桔梗粗手大脚的，一个爷们儿性格到底有啥好？

刘二忙接了话说道：团座，你是不知道，俺叔就好桔梗这一口，没有桔梗他活着都没意思。团座呀，你说咋整这事，只有你能帮俺叔了。

沈少夫显出一副为难的样子，说道：她是八路军的人，又不是我二十四团的人，我咋帮这个忙？

刘老炮说：大哥，你们现在不是合作吗？肯定有来往，他们能把你们的军医整过去，你就不能把桔梗整过来？只要你能把桔梗弄到你们这里来，剩下的就不用你管了。

沈少夫吃惊地望了一眼刘老炮，说道：在我这儿下手，这怎么可能，那八路军还不得把我吃了！

刘老炮循循善诱道：大哥看你想的，哪能在你这儿动手，俺都想好了，八路军现在驻在柳条沟，离你这儿有二十几里山路，她来了，就得回去，在半路上俺再动手……

沈少夫看着刘老炮在那里比画着，一切都考虑得那么周全了，便不由得皱起眉头琢磨起来。

刘老炮继续说道：大哥，只有你才能帮俺了，看在兄弟情分上，以后再也不会劳烦大哥了！

沈少夫突然想起什么，说道：你们快走吧，别在我这儿待着，真要让八路知道了，我真就说不清了。

刘老炮和刘二忙就站起身来，拱手说道：那就拜托大哥了！

沈少夫到底还是心生一计，把桔梗骗到了二十四团。

这天上午，二十四团的谷参谋长打马来到了独立团所在地。谷参谋长的突然到访，让石光荣深感意外。面对石光荣的问话，谷参谋长闭口不言，只说是等见了胡团长和张政委之后再说。石光荣没有办法，便带着他来到了团部。

胡团长抬头见石光荣把人带了进来，便认出了是谷参谋长，说道：在你们二十四团咱们见过面，请坐！

谷参谋长坐在那里，左左右右打量着简陋的团部，正要说什么，石光荣却抢过来说道：不用看，俺们团部可不比你们二十四团驻地，我们独立团是打一枪换一个地方，走到哪儿，哪儿就是家。

胡团长笑笑，冲谷参谋长问道：谷参谋长，大老远跑来，有啥事就直说吧！

谷参谋长随着淡然一笑，就说道：胡团长，我们团座病了，在床上躺了两天了。

胡团长狐疑了一下，不解地问道：沈团长病了，给他找军医看病啊，大老远到我们独立团有什么用？

这不是向你们独立团求救来了吗？谷参谋长接着说道，我们二十四团原来有两个军医，王军医到你们这儿了，这你们清楚，前几天三十八团有一些官兵得了伤寒，我们那个军医又去三十八团出诊了，这不，我们团座才向你们独立团求援来了。

站在一边的石光荣突然插了一杠子，说道：亏那个沈少夫想得出，我们独立团咋能和你们国军比，你们用的药都是美国人给的，我们这儿啥也没有。

胡团长瞪了石光荣一眼，又把目光转到谷参谋长身上，说道：我们石连长说话虽然不好听，但他说的可是真心话，我们独立团也是缺医少药，别给沈团座的病耽误了。

谷参谋长便说道：胡团长你客气了，我们团座说了，王军医不用说了，他和你们卫生队的护士桔梗是乡亲，让她们俩去就行。

石光荣一听这话，立时急了，横眉立目地说道：不能去，我看他沈白食没安啥好心。告诉你谷参谋长，王军医参军八路那是她自愿的，要是你们打啥歪主意，别怪我不客气！

胡团长又瞪了石光荣一眼，说道：你少说两句能把你当哑巴呀？！

接着又冲谷参谋长说道：谷参谋长，石连长话糙理不糙，你可千万别打我们八路军的歪主意。

谷参谋长保证道：我们团座说了，就是看病，别的真没什么，安全是没问题的，我们怎么接去，就怎么送回来。

胡团长听了这话，也就放心了许多，起身说道：好吧，我找政委商量一下。

胡团长找到了张政委，把这来龙去脉一说，张政委思忖片刻，说道：团长你的决定是对的，怀疑人家沈团长咱没凭没据，咱们姿态高点儿，以后让他姓沈的自己琢磨吧！

胡团长一边和张政委往卫生队方向走，一边又有所顾虑地说道：石光荣的担心也不是没有道理。

张政委望着胡团长，想了想，说道：要不派石光荣在回来的路上接应一下，有情况也好处理。

胡团长点点头，说道：这样也好。

说着,两个人就来到了卫生队的小院,并把这件事情向几个人进行了说明。

桔梗一听这话,马上就反感地说道:让俺去给他沈少夫看病,亏他想得出来,俺不去!

看上去,桔梗的态度很坚决。

胡团长笑了笑,走过来说道:桔梗你和沈团长个人的恩怨我理解,可人家很大度,相信你是他的乡亲,才点名道姓让你去帮忙看病的。

桔梗哼了一声,说道:看病俺不会,给他吃耗子药他吃呀?

张政委见桔梗这个样子,便严肃地说道:桔梗,怎么说话呢,你现在是个军人,军人就得服从命令,我和团长研究了,让你和王军医两人一起去二十四团。

桔梗一听这话,一双眼睛干瞪着,就再也不说什么了。

胡团长转头冲白茹说道:白队长,把咱们独立团最好的药都带上,别让人说咱们独立团的人小气。

胡团长接着又冲桔梗和王百灵说道:人家谷参谋长还等着你们俩呢,快收拾一下,准备出发!

尽管桔梗有一百个不情愿,但还是被王百灵拉走了。

此时,刘老炮带着刘二等十几个人,早已经埋伏在了山路旁的一片树丛里。天已过午的时候,他们终于等来了桔梗的影子。谷参谋长骑马走在前面,桔梗和王百灵在两个国民党兵的护卫下走在后面。

刘二看到了路上走过来的这几个人,忙伏下身子兴奋地说道:来了,叔,他们来了。

磕巴也悄悄爬过来,结结巴巴地问道:当……当……家的,抄……抄家伙不?

磕巴的头被刘老炮重重地拍了一下,磕巴就闭住了嘴巴不再说啥了。十几个人一直睁着两只眼睛目送着桔梗一行人一步一步走了过去。直到走得快没影了,刘二慢慢直起腰来,不解地冲刘老炮问道:叔,咋不下手?

刘老炮训斥道:你们傻呀,脑子被驴踢了?咱们现在下手,沈团长那儿咋交代,这不明着告诉八路军,咱们这是和沈团长设的套吗,得等她们回来再下手,让八路军哑巴吃黄连。

磕巴一下明白过来刘老炮的意思,凑过来溜须道:高,当……家的,这才高人一等。

滚刀肉不屑地冲他嚷了一句:磕巴你滚一边去,好事坏事都有你。

刘二仍盯着桔梗走远的方向，咽了口口水，无限神往地冲刘老炮说道：叔，看见桔梗身边那个丫头没有？真俊！要不这样叔，桔梗指定得给你，那个丫头归俺，俺马上就是副大队长了，也得配个夫人，叔你说是不？

刘老炮听了，急赤白脸地冲刘二说道：少磨牙放屁，别整那些用不着的，等俺把桔梗弄到手再说。

刘二爽快地应道：好了叔，你就瞧好吧，桔梗这回她是跑不出咱们爷们儿的手心了！

说话的工夫，谷参谋长已经带人来到了老爷庙里。在一间偏房里，沈少夫懒懒地躺在床上，头上还若有其事地搭了一条湿毛巾。

王百灵看了一眼床上的沈少夫，取出温度计，递给了他。桔梗不耐烦地看都懒得看他一眼，便背对着屋门，一屁股坐在了门槛上。

等时间差不多了，王百灵从沈少夫手里接过温度计看了一眼，淡淡地说了句：沈团长，看温度你不烧。

沈少夫抬手拿下头上的那块湿毛巾，坐起了身子，说道：昨天晚上烧得厉害，可能今天一折腾温度又下来了。

王百灵望了一眼沈少夫，便征求他的意见，说道：沈团长，用不用打一针？

沈少夫听了，忙摆了一下手，说道：打针不必了，给我点儿退烧药就行。

说着，王百灵便从医疗箱里拿出几片药用纸包上放在了沈团长床头，说道：沈团长，既然没什么事，那你歇着，俺们该回去了。

沈少夫一听这话，忙又走过来，望着王百灵说道：怎么能这么就让你们走呢，如果这样的话，你们胡团长该说我们二十四团不懂礼数了。

接着，沈少夫热情地说道：来，来，来，今天我请客，我得好好宴请一下两个姑娘。

沈少夫一边这样说着，一边就让人把一桌的酒菜摆好了，随即连拉带拽地把桔梗和王百灵引到了一间餐厅里。

走进了餐厅，桔梗不觉打量了一下房间，又看了一眼一桌的酒菜，说道：把我们请来就为吃你一顿饭？

沈少夫一边赔着笑脸，一边说道：姑娘们，辛苦了，来，请坐吧！

谷参谋长这时也附和着对桔梗说道：这可是沈团长的一点儿心意，还望姑娘们笑纳。

笑纳个屁！桔梗转眼望着沈少夫怒斥道，姓沈的，你根本没有病，骗俺们到这儿来就为吃顿饭？俺桔梗不吃，王军医也不吃。

话音落下，桔梗弯身就将面前的那张桌子掀翻了，不由分说，拉起王百灵就要往外走。走到门口，桔梗回头望一眼满地的杯盘狼藉，又望一眼沈少夫，镇定地说道：这种事以后不要再发生了！

桔梗拉着王百灵，又要往外走时，沈少夫发话了：慢，桔梗，你走可以，王军医必须得留下。

桔梗一听这话，马上意识到了什么，下意识地一边用身体保护着王百灵，一边喝道：咋的，想抢人？

沈少夫一笑，说：桔梗姑娘，这你可说错了，不是我抢人，是八路军抢了我的军医，这次我们把她留下，那是名正言顺的。

桔梗气咻咻地辩驳道：王军医已经参加了八路军，你抢王军医就是抢八路军，知道不？

沈少夫有些听不下去了，显然，他已经有些不耐烦了，说道：我不和你一个丫头理论，来人，把王军医请走。

外面闻声进来三个卫兵，二话不说，把王百灵拉起就走。

桔梗见状，急忙去抢王百灵，却被一个卫兵死死抱住了，尽管桔梗拼尽了全身的力气挣扎，仍然无济于事。

沈少夫走过来，有些遗憾地说道：桔梗姑娘，客我也请不成了，你要是还想吃，我就吩咐人再做一桌，不想吃的话，桔梗姑娘就请便吧。

桔梗很想啐他一口，便狠狠地盯了沈少夫一眼，说道：姓沈的，你们等着，俺会告诉胡团长的。

沈少夫冷笑了一声，说道：那就请便吧！

桔梗走出了老爷庙的大门，心里着急要把王百灵的消息告诉给胡团长，便撒开两腿在山路上奔跑起来。而当她气喘吁吁跑到半路时，却无论如何也不会想到，自己早已经成了刘老炮捕获的目标。

刘老炮已经等待多时了，他甚至等得都有些不耐烦了。

看到回来的只有桔梗一个人，刘老炮先是一惊，但很快他就被欲火燃烧了，向一边的几个人交代道：都给俺听好了，一定抓活的。

接着，见桔梗越来越近，已经快来到跟前了，刘老炮猛地一声断喝：给我上。

十几个小匪在刘二的带领下，纷纷从树丛里蹿出来。一面兴奋地吆喝着，一面拦住了桔梗的去路。

桔梗抬头看到了刘老炮几个人，突然意识到大事不好，转身就跑。一边跑着，一边从怀里掏出枪来，回身瞄准一个小匪正要开枪，却无论如何都扣不响扳机，愤愤地骂了句：这啥破枪，都打不响。

桔梗扬手扔掉了那把枪，刘二已经带人快要追到跟前了。刘二一边在后面追着，一边还扯着嗓子不住地喊着：桔梗你跑不了了，你给老子站住！

经过了一番追赶，刘二他们终于把桔梗团团围住了。

跑，你倒是跑哇！刘二狞笑着喝道，给俺绑了！

说着，几个小匪就靠上前来。桔梗站在那里，望着眼前的几个人，突然从怀里掏出一把匕首来，吼道：来吧，你们来吧，你们谁敢来，不想活的就上来！

那几个小匪看到了被桔梗紧握在手里的那把亮闪闪的匕首，不觉愣了一下。刘二接着挥手又喊了一声：上！

那几个小匪便又小心地靠了过来。

正在这进退两难的紧要关头，忽听得一阵急促的马蹄声响，由远而近传了过来，桔梗和刘二等人不觉抬头朝马蹄声传来的方向望去，见石光荣和张排长、小伍子三个人正飞驰而来，刘二见状，立时惊呆了。

躲在远处的刘老炮一边朝石光荣三个人射击着，一边慌慌张张地喊叫道：蹽杆子，他妈的给俺蹽杆子！

一句话还没说完，一颗子弹击中了他的手臂，刘老炮哎呀大叫了一声，继续喝唤道：快点儿，都他妈快点儿！

刘二等人一边回头射击一边准备撤离，几个小匪应声毙命，刘老炮便带着剩余的一些人仓皇逃脱了。

石光荣从马上跳下来，从地上把桔梗拉起来，上上下下地打量了一番，问道：没事吧？

俺没事，这一定是那个姓沈的和刘老炮搞的鬼。桔梗此刻已顾不得许多，望了一眼石光荣，匆忙说道，石头，王军医被姓沈的抓去了，你们快去找那个姓沈的算账去！

石光荣回头冲张排长说道：张排长，你带人把桔梗送回去，小伍子跟我走，找那个姓沈的算账去。要不回王军医，我就和他死磕到底！

说完，飞身上马，和小伍子一起向老爷庙方向去了。

望着石光荣的背影，桔梗大声喊道：石头，别饶过那个姓沈的王八犊子，就是他使坏。

沈少夫做梦都想不到，石光荣和小伍子会这么快就找上门来。此时，沈少夫正坐在桌前，饶有兴致地自斟自饮着。一边斟着饮着，一边还摇头晃脑地哼着二人转的小曲儿，全然一副自得其乐的样子。

不料想，就在这个时候，石光荣和小伍子闯了进来。还没待沈少夫反应过来，石光荣用手指着他的脑袋喝问道：姓沈的，你把话说清楚，你和刘老炮那个汉奸勾结在一起都干啥了？王军医呢，你把她交出来。

沈少夫虽然心里边已有盘算，但还是被石光荣的气势惊着了。端着酒杯的手不觉颤抖了一下，杯子里的酒立时洒了出来。

为了掩饰自己的慌乱，沈少夫慢慢放下了酒杯，故作镇静地问道：石连长，发生什么了？怎么回事？

姓沈的你别装蒜了，那个刘老炮在半路上要打劫桔梗，这事你不知道？石光荣愤怒地指责道，先不说这个，你先把王军医交出来！

沈少夫稳了稳神，立即又装出一副无辜的样子说道：石连长这话严重了，我发烧有病，请贵部的医生来给我看病，她们已经走了，我这儿没什么人了，她们是不是被日本人劫去了？

姓沈的，你少来这套！

石光荣说完，猛地扑向了沈少夫，一把将他从背后抱住，掏出手枪抵在了他的脑袋上。

沈少夫神色慌张起来，问道：你，你要干什么？

石光荣喝道：别说没用的，这人你是交还是不交？

沈少夫还在抵赖着，说道：人没在我这儿，被人劫走我可就不知道了。

石光荣点了点沈少夫的脑袋，接着说道：好吧，姓沈的你给我听好了，不交人，那你就跟我走一趟，到我们团部再说。

说着，挟持着沈少夫就要往外走。几个卫兵见状，紧忙端着枪围了过来。石光荣瞪圆一双眼睛望着面前的几个卫兵，大喝一声：你们都放老实点儿，我找你们沈团长有公干，你们谁要是不识相，我就一枪打死他！

那几个卫兵听了，面面相觑，一时不知如何是好了。

在小伍子的护卫下，石光荣接着又勒起沈少夫的脖子往外走去。沈少夫见石光荣已经你死我活地横下一条心，只得无奈地说道：慢，慢，石连长，我把王军医还给你们。

接着，沈少夫冲身旁的一个卫兵喊道：快，把王军医带出来。让她走，让她走吧！

刘老炮打错了算盘，没有把桔梗弄到手，只得带着十几个人落荒而逃回到了王佐县城。这件事情很快就传到了山本的耳朵里。山本中佐冲刘老炮和刘二等人大发了一通脾气，嘴里不停地骂道：浑蛋，出城不向皇军报告，打了败仗。浑蛋，统统地该杀！

刘老炮虽然不服，但还是被山本的暴怒震慑住了。

潘翻译官看了眼刘老炮和刘二，上前赔着笑替刘老炮说情道：太君息怒，刘大队长本来是好意，想为皇军立功去偷袭八路的小分队，这次他没有做好,来的路上刘大队长已经跟我说了,以后他一定按照皇军的命令办事,再也不会擅自行动了。

刘老炮在潘翻译官说话时,翻着眼睛偷偷观察着山本的脸色,待潘翻译官把话说完,忙又低下了眼睛。

山本余怒未消地冲刘老炮说道:浑蛋,你们皇协军三天内不许乱动,不能迈出你们驻地大门一步,如有违抗,格杀勿论。

潘翻译官冲刘老炮翻译道:山本说了,三天内你们谁也不能出驻地院门一步,如有违抗,统统处死。

刘老炮冲潘翻译官道:你跟他说,要是老子不伺候他了呢?

潘翻译官一听这话,忙把刘老炮拉到一边,劝道:刘大队,好汉不吃眼前亏,这城里可是日本人的天下,他们要是想灭掉你们,就跟踩死一只蚂蚁那么简单。

刘老炮打算破罐子破摔了,继续说道:老子还真不服了,老子拉着队伍出城,看他能咋样?

潘翻译官看了一眼刘老炮,安慰道:刘大队长,这是后话,还是那句话,人在屋檐下,不得不低头,消消气。

说完,潘翻译官回头又冲山本说道:太君,你的话刘大队长都听进去了,他同意皇军的安排。

山本又骂了句:浑蛋!

潘翻译官冲刘老炮道:刘大队长,我送你回去。

说完,拉着刘老炮和刘二两个人就离开了日军大队部。

可是,几个人谁也不会想到,在山本的直接授意下,一队荷枪实弹的日本兵,很快就接管了伪军大队的岗哨,与此同时,加强了对伪军大队的看管。

这天晚上,刘老炮和刘二正在房间里愁眉不展,刘老炮一边扶着受伤的那只胳膊,一边哎哟哎哟地直叫唤。

刘二在一旁愤愤地骂道:妈的,这人没抓着,在日本人这儿还惹了一身骚。

听刘二这么一说,刘老炮心烦意乱地停了叫唤,不耐烦地埋怨道:你闭嘴,让我耳根子好好清静会儿。

刘二却继续说道:叔哇,这可都是你的主意。

刘老炮不高兴地看了刘二一眼,满肚子怨言地说道:你的主意就好了?要是当初你不去劝俺来王佐县城,俺在二龙山啥时候受过这个窝囊气,照样吃香的喝辣的。

刘二辩解道:叔,当初你下山,说当上大队长,桔梗就会看上你,你不是为这个来的吗，咋又怪俺了？！

刘老炮瞅了刘二一眼，不耐烦地嚷道：行了，行了，别跟个娘儿们似的磨叽了。

就在这时，滚刀肉和磕巴急三慌四地跑了进来。滚刀肉一边跑到刘老炮跟前，一边惊惊乍乍地报告道：当家的，不好了，日本人把咱们的岗哨接了，他把咱们围起来了。

刘老炮不觉吃了一惊，说：妈的，还真看上老子了？

磕巴忙凑过来请求道：当……当家的，你……你……说咋整，咱……咱就咋整。

整个屁，咱们能跟日本人整吗，这事俺们见多了，他们看就让他们看。刘二赌气似的望了一眼磕巴，又转身望着刘老炮，说道，王独眼当大队长时，也经常遇到这事，那是日本人对咱们中国人不放心。

刘老炮听了，突然咬牙切齿地抓过一个茶杯啪的一声摔在地上，吼道：别吵吵了，该干啥干啥去！

磕巴和滚刀肉对望了一眼，一时不知到底应该去干啥。

刘老炮开始在屋子里踱开了步子，一边踱着步子，一边唉声叹气着，就像是一只受伤的困兽。

就在刘老炮感到万般无奈的时候，潘翻译官突然在门外喊了一声，便提着酒和一些吃食走了进来。

刘老炮见到潘翻译官，像见到了救星似的迎过来，一边望着他，一边就急不可待地问道：潘翻译官，你说这日本人想干啥，他们是不是想下手哇？

潘翻译官把酒和吃食放在一旁，淡然一笑，说道：刘大队长，日本人对你不会咋样，他就是想给你个下马威，想让你刘大队长心里以后要有日本人。

刘老炮说道：那俺也不能拉屎放屁都通报他们吧！

潘翻译官又忍不住冲刘老炮笑笑道：有日本人站岗还不好，省得让弟兄们辛苦了。来，刘大队长，咱们不说他们，咱们喝酒，喝酒！

第八章

刘老炮终于还是惹下了麻烦，他带着皇协军私自外出又连连碰壁，不能不引起山本的怀疑。这天，山本召集竹内几个军官开了一次紧急会议。针对刘老炮的问题，军官们各自发表了自己的看法。一提到刘老炮，山本把肺都要气炸了：皇协军这群中国人，现在是我们大日本皇军的头号敌人，刘长山几次带人私自出城，打乱了我军的部署，也许私通八路军的就是他本人。

毫无疑问，山本的这番话，把矛头直接对准了刘老炮。

你们说说，我们该如何处置他？山本环视了一下在座的几位军官，在征求他们的意见。

竹内想了想，起身说道：山本中佐，我建议把他杀掉，就让大日本皇军指挥这群支那猪。

听竹内这么一说，另一个中队长也跟着站了起来，义愤填膺地说道：杀死他！

话音落下，愤怒的情绪一下就被点燃了。

杀死他，杀死他！几个人一个个都站了起来，异口同声地喊道。

山本狰狞地朝众人笑了笑，点了点头，但紧接着又挥了一下手，说道：杀他还没到时候，那群中国猪都是他的人，他死了，那群猪不会听咱们的。

竹内问道：中佐君，你想怎么样？

把他抓起来！山本一边踱着步子，一边说道，他要真是私通八路，他招了，那群中国猪也无话可说，咱们就杀了他。就是他没私通八路，也给他一个教训。

竹内说道：中佐君，就让我去执行吧！

竹内带着几个日本兵冲进伪军大队部的时候，刘老炮正用绷带吊着那只受伤的胳膊，坐在一把椅子上晒太阳。滚刀肉端着一只药碗在耐心地给沈芍药喂药，面对那只药碗，不知怎么，沈芍药就是不肯张开嘴巴，挥手打翻了滚刀肉手里的那只药碗。药泼了滚刀肉一身，那只碗旋即摔到了地上，打碎了。望着一地的碎碗片，沈芍药傻傻地笑了起来。刘老炮见状，冲滚刀肉责怪道：说你笨你还逞能，连个药都喂不好，快去再端一碗来。

说着，刘老炮站起身来，走到芍药面前，无比温柔地说道：芍药，咱得喝药，喝了药就好了。

沈芍药望着刘长山，突然悲泣地喊道：刘长山，刘长山……

沈芍药似乎有满腹的话要对刘老炮说，却又不知该怎么说起。

刘老炮望着沈芍药，心里边一下就难过起来。他想去为沈芍药擦掉眼角的泪水，可是，手伸到一半又缩了回来。接着，刘老炮叹了口气，挥手打在了自己的脑袋上。

滚刀肉端着碗走了过来，刘老炮接了，朝沈芍药努力地笑了笑，哄道：芍药，咱喝药，喝药。

这一次，沈芍药没有拒绝，她十分听话地把刘老炮递过来的药碗接了，一仰头，便喝了下去。

望着沈芍药，刘老炮眼里的泪水终于涌了出来。

苦……沈芍药咧着嘴巴，让刘老炮看了一下空药碗，说道。

刘老炮忙从口袋里掏出一颗水果糖递了过去。沈芍药正要伸手去接那颗水果糖，不料想，就在这时，门哐啷一声打开了，竹内带着几个日本兵气势汹汹地闯了进来。

刘老炮吃了一惊，回身立起，不高兴地看了一眼，张口骂道：他妈的，也不敲个门，你以为这是你家呢。

可是，还没容他再说下去，竹内便冲身后的几个日本兵一挥手，说道：带走！

几个日本兵闻令，猛地一下扑上来，押起刘老炮就要往外走。

干啥，干啥，整啥呢？刘老炮一边挣着身子，一边问道。

滚刀肉见状，嗖的一声拔出枪来，大喊一声：站住，放开俺们当家的！

沈芍药没见过这样的场面，吓得大叫了一声，赶紧捂住了一张脸，浑身像筛糠一样地哆嗦起来。

刘老炮看见芍药这样，回头冲滚刀肉吼道：别大惊小怪的，照顾好芍药，俺走一趟，有啥呀！

滚刀肉听了，便收了枪，一时间怔在了那里。

沈芍药看到刘老炮被几个日本兵押着，意识到大事不好，突然呜哇一声奔了过去，声嘶力竭地喊道：长山，长山……

一个日本兵见状，忙拉过她，猛地一下把她甩在了地上。

这一下不要紧，刘老炮却急眼了，暴怒地吼骂了一声：我×你瞎妈……

说着，刘老炮拼尽了身上的气力，甩开了两个日本兵，不顾一切地奔到沈芍药身前，一边把她扶起，一边问道：妹子，摔疼了吗？

沈芍药爬了起来，一下子抱住刘老炮的胳膊，禁不住泪水涟涟，喃喃说道：长山，俺害怕……

刘老炮听了，慢慢直起腰来，放开沈芍药，猛然从腰间掏出枪来，枪口直逼着一个日本兵，说道：你们他妈的给老子听好了，咋对俺刘长山都行，对俺妹子，老子就跟你们玩命！

说这话的工夫，几个日本人的枪口同时指向了刘老炮。刘老炮笑了笑，突然把手上的那把枪扔在了地上，说道：你们不是要抓我吗，俺跟你们走……

回头又冲滚刀肉叮嘱道：看好芍药，她要是受了一点儿委屈，老子剥了你们的皮。

滚刀肉点头应道：当家的，你就放心吧！

刘老炮就这样被带进了日本大队部一个狭小的房间里。他实在有些想不明白这些日本人的用意何在，一边在房间里焦灼不安地来回走动着，一边冲门外大喊道：放俺出去，狗日的日本人，你们这是整的啥事，听到没有，放俺出去！

门已经被人从外面锁上了。

不知过了多久，山本带着竹内和潘翻译官打开房门走了进来。

刘老炮直愣愣地望着山本道：啥意思，关俺干啥，你今天给老子整清楚。

山本不说话，阴沉地望着刘老炮，看得刘老炮有些发毛。刘老炮看了看自己，又抬头冲潘翻译官问道：他这是啥意思呀？

潘翻译官说道：刘大队长，山本太君怀疑你几次三番出城，是私通城外的八路军，今天请你来，是让你说清楚的。

刘老炮一听，立马就火了：整啥呢？八路军是啥人，俺是啥人，俺通他们干啥？整屎盆子往俺脑袋上扣，老子不干了，这就回二龙山。

说完，拍拍屁股就要往外走。

竹内一步上前拦在了他的面前，摆出一副威严的架势。刘老炮下意识地去摸腰间的那把枪，这才忽然想起，枪匣里已经空了。刘老炮一下就没了底气，忙冲潘翻译官说道：兄弟，你把话跟他们说清楚了，俺没有私通八路，八路那面俺谁也不认识，通啥通？

山本并不能轻易相信刘老炮的话，便开口问道：刘长山，你私自出城，给皇军作战带来了很不好的影响，你说清楚，这两次出城都干什么去了？

刘老炮看了一眼山本，又看了一眼潘翻译官，说道：说啥呢，是不是让老子交兵权呢，老子不干了还不行！

潘翻译官耐心地解释道:刘大队长,山本太君让你说清楚这两次出城都干什么去了。

干啥俺也没私通八路,你告诉他,俺去见俺的女人了,咋的?刘老炮说道。

潘翻译官回身便把刘老炮的话一五一十对山本说了。

女人?山本皱着眉头问道,什么女人?

俺的女人,跟俺一个村的。刘老炮说,见俺女人也不中啊,这也太不讲理了。

潘翻译转身冲山本说道:太君,看样子他真的去见女人了。

山本没再说什么,蔑视地看了刘老炮一眼,转身就走,潘翻译官正要跟着往外走,却被刘老炮一把拉住了,问道:潘兄弟,啥意思呀,问也问完了,俺就去见女人了,他们啥时候放俺呢?

日本人葫芦里卖的是啥药,俺也搞不清。潘翻译官望着刘老炮说道,你先别急,一会儿我给你问问。

刘老炮认真地说道:潘兄弟,这日本人只有你能说上话,你可得替俺说几句公道话,俺真的没私通八路。

潘翻译官笑了笑,接着又拍了拍刘老炮的肩膀,说道:放心吧兄弟,亲不亲中国人,我知道在日本人面前咋说。

潘翻译官一直跟着山本回到日军大队部,刚才刘老炮的一席话到底是真是假,山本的心里还是没有一个底数,便坐在那里仔细推敲起来。

潘翻译官见山本一副冥思苦想的样子,便递上话来,说道:太君,看样子刘大队长真没私通八路,也许真的为了一个女人。

山本望着潘翻译官,却没有说话。

潘翻译官的心里一下子也没了底,不知性情善变的山本要对刘老炮如何处置,接着便小心地问道:太君,你看这人是放啊,还是……

山本缓缓抬起头来,说道:把他抓起来,就是给他个教训,现在正是用人之时,我不会把他怎么样的。

听山本这样一说,潘翻译官也便放下了一颗心,朝他笑笑,说道:太君,那,我就把他放了。

山本一抬手,有些心烦意乱地说道:去吧,去吧!

石光荣发现自己竟是越来越喜欢王百灵了。自从把她从沈少夫手里又一次“抢”出来之后,有事没事的,石光荣总爱和她打个照面说句话。只要一见到她,他的心里就有说不出的高兴。在他看来,王百灵无异就是他生活中的阳光，有了阳光的照耀，即便是再寒冷的日子，也能够让他感觉得到温暖。

这一天，王百灵背着药箱刚刚走出卫生队的大门，偏巧赶上石光荣从别处打马过来，一眼瞅见王百灵，石光荣不觉一阵兴奋，紧忙前行了几步，不声不响地立马横在了王百灵面前。

王百灵猛一抬头，发现是石光荣，招呼道：石连长，这要去哪儿呀？

石光荣不说话，他只是骑在马上，歪着头，就像是欣赏一朵花儿般，无声地望着王百灵发笑。

王百灵淡淡地对他笑了一下，开口说道：我还要去三连出诊，我可没时间看你笑。

说完，背着药箱就要走。

石光荣见状，翻身从马上跳下来，顺手从包里抓出几颗枣，递给王百灵，笑着说道：是老乡给的，专门送给你的。

王百灵望着石光荣手里的那几颗枣，既不说话也不接，石光荣笑道：你就尝尝呗！

说着，石光荣上前拉起王百灵的一只手，说道：这又不是啥大事，不就几颗枣吗？

王百灵还是不接，望了他一眼，说道：你还是留给桔梗吧！

石光荣说道：她是她，你是你，俺这是专门给你留的。

说完，强行塞到了王百灵随身携带的挎包里。

王百灵无奈地朝石光荣笑了笑，说道：石连长，这没事了吧？

石光荣摸了一下自己的脑袋，笑道：啊哈，那啥，你慢走哇王军医！

王百灵头也不回地走了。石光荣望着王百灵的背影，很舒心地笑了。

可是，王百灵并没吃那几颗枣，出诊回来，她把它们送给了桔梗。王百灵一边从挎包里掏出那几颗枣递给桔梗，一边说道：这是石连长的枣，给你。

桔梗怔了一下，问：啥意思呀，他给俺枣，咋跑到你这儿来了呢？

见桔梗望着那几颗枣并不伸手去接，王百灵便把它们放到一旁的桌上，说道：我哪知道？

桔梗拉过王百灵，急切地问道：王军医，啥意思，你还没说呢？

王百灵说道：我说了，我不知道！

桔梗百思不解，望着王百灵，自言自语道：这个烂石头，啥意思，俺得问问他！

王百灵笑了笑，说道：不用问了，不就几颗枣吗，给你你就吃呗！

桔梗没心没肺地说道：也是！

说完，拿起一颗塞进嘴里，一边咀嚼着，一边笑道：王军医你尝尝，可甜了。

此时此刻,桔梗感觉到,她还从来没有这样幸福过。

山本大队又要有行动了。

这天,山本大队接到了一份来自冀中司令部的急电。山本意识到这份急电非同小可,便立即召集了部分日军军官,以及刘老炮、潘翻译官等,开了一次紧急会议。那一份急电,是山本亲自宣读的:美国已对我大日本帝国宣战,德意两国和大日本帝国联手向美英法联军宣战,奉冀中战区最高长官板垣联队长命令,我部抽调第二大队支援华东战区。特此军令!

电文宣读完毕,山本啪地一个立正,在座的日本军官也一起直挺挺地站在那里。刘老炮一下子显得无所适从,下意识地也学着那几个日本兵的样子,微微腆了腆肚子。

山本环顾了一遍众代表,命令道:二大队立即整装,明日凌晨出发。

众军官齐声答道:是!

山本一方面派兵前往华东战区,一方面还不得不加紧对皇协军的看管,这样一来,刘老炮手下的那些人,即便出出进进伪军小院,也都不再那样随意和自由了。这天上午,刘二提着个空酒壶要去门外的酒铺里打酒,刚打开大门出来,就被几个值勤的日军十分粗暴地推了回去。

刘二一边提着空酒壶回来,一边在嘴里不住地嘀咕:妈的,前些日子打个酒买只鸡吃啥的还让出去,现在连酒都不让出去打了。

刘老炮哼了一声,说道:王佐县城空了,日本兵被派到华东去了,他们这是心虚了。

刘二愤愤地说道:咱们喝酒就是补虚的,妈了个皮的,这小鬼子做事太缺德,不明不白地抓了俺又放了俺,他们该虚,酒都不让喝。

刘老炮一边用手指敲着桌子,一边琢磨着,说道:俺看呢,小鬼子快完犊子了,听潘翻译官说,美国人冲日本人宣战了,美国是啥呀,那是大国,听说有老鼻子钱了,现在国军的装备,那都是美国人给的,飞机大炮啥的,人家要啥有啥。还听说美国人用飞机在日本人头顶上扔了一个啥原子弹,都把日本天皇给炸蒙了,俺看呢,这回日本人非完犊子不可。

刘二突然靠过来,不无担心地问道:叔哇,他完犊子了,也不能不让咱们喝酒哇。叔,那他们真完犊子了,咱们咋办呢?

刘老炮一梗脖子说道:他就是不完犊子,咱也不定伺候他们了。俺不是正合计这事呢吗?

刘二望着刘老炮,问道:整出眉目没有?

刘老炮一拳砸在了桌子上，这一拳，吓了刘二一跳。刘老炮接着说道：沈少夫呢，是咱们的靠山，看来，只能去他那儿了。

叔哇，还是你能，走一步看两步，把后面的路都想好了，侄子没白跟你干。刘二一下子眉开眼笑了，急切地问道，叔，那咱啥时候去呀？

刘老炮说道：这事不忙，咱得骑驴看唱本走着瞧。二小子呀，这事只能咱俩知道，第三个人都不能说，要是让日本人知道了，后果不用想。

刘二点头应道：俺知道，这事都整不明白，那不成猪头了吗！

日本兵不但封锁了伪军大队，即使潘翻译官也受到了一定的限制。

这天，潘翻译官背着手从日军大队部走出来，刚走到两个站岗的哨兵旁边，就被两个哨兵喝住了。

潘君，你不能出去。一个哨兵看了他一眼，说道。

潘翻译官立住脚，朝他笑了笑，说道：我去杂货店买盒烟，烟抽没了。

哨兵又看了他一眼，说道：山本中佐有令，你不能出去。

潘翻译官听了，忙退后一步，一边笑着，一边冲哨兵说道：林木君，那就有劳你帮我跑一趟，去中街的陈记杂货铺帮我买几盒老刀牌香烟。有劳了，谢谢！

说着，潘翻译官忙又掏出钱来递给他，说道：林木君，这是给你的，和老板那儿赊账，不用给钱。

哨兵会意地点点头，说道：你回去等吧！

潘翻译官转身回到了日军大队部，见山本中佐正站在墙边看一幅地图，忙靠前几步，笑脸迎上去招呼道：山本太君。

山本漫不经心地回过头来，望着潘翻译官，问道：潘君，你找我有事？

潘翻译官想了想，问道：太君，我这人对太君是不是忠心？

山本疑惑地看了他一眼，说道：潘君，你是我到中国后，认识的第一个中国人，咱们是朋友，怎么了？

潘翻译官摇着头说道：太君，我看不是这样，卫兵都不相信我，不让我出门。

山本听了哈哈大笑，摇着头道：不，不是这样的，你知道，佐佐木君带着大队人马走了，咱们城内兵力不足，为了封锁消息，城门是只准进不许出，刘大队长那儿我已安排人看好了，这里你是唯一的中国人，自然也要守规矩，等过了这些日子，你想去哪都行。

山本说完拍了拍潘翻译官的肩膀，潘翻译官只得无奈地朝他笑了笑……

那个日本哨兵不但没有从陈记杂货铺里把烟买回来，反而惹得陈老板一股怒气找上门来。来到日军大队部门口后，陈老板忍不住还在冲那个哨兵大声喊叫着：潘翻译官的账俺不能赊了，他都赊俺半年烟钱了，俺可是小本经营，你们把姓潘的叫出来，给俺烟钱！

那名哨兵使劲把他推搡着，可是，他的态度很坚决，非要见到潘翻译官让他把烟钱还了不可。

听到大门口的喊叫声，潘翻译官走了出来，一边往这边走着一边说道：咋的了陈老板，不就是几包烟钱吗，看你小气的。

陈老板见到潘翻译官，忙说道：潘翻译官，你是吃皇军饭的人，不缺钱，俺可是小本经营啊，你今天得把账结了，你不结账，我今天说死也不走了。

潘翻译官看了一眼身边的几个日本哨兵，最终把目光落在陈老板的身上，说道：我欠你多少钱，你先算算账。

账本俺带来了。陈老板说着，便从怀里掏出个小本子，一边翻开账本，一边一五一十地算起来。账很快算完了，抬头说道：总共五万八千六百三十五元整。

潘翻译官下意识地翻了一遍自己的几个口袋，好歹凑了一些钱，数了数，正要递给陈老板，一个哨兵却接了过去，一张一张翻看了，这才交陈老板的手里。

陈老板接过钱来，也认真地翻了一遍，却沉下脸来说道：这才五千呢，还差那么多，不行，我还不能走，你就说给不给吧？

潘翻译官忙又说道：陈老板，今天我身上真没带那么多钱，要不我给你打个欠条？

说完，从身上摸出纸笔写了起来。

写完了，潘翻译官把那张纸条先是递给了身边的那名哨兵，哨兵拿着那张纸条翻来覆去地又看了一遍，看到上面明明白白写着：欠陈老板烟钱，五万三千元。

见哨兵不明白纸条上写着的汉字的意思，潘翻译官接着用日语说道：这是欠条，五万三千元。今天没钱给他了。

哨兵明白了，朝潘翻译官点了点头，接着，一边把那张欠条递给陈老板，一边大骂了一声：滚！

陈老板做出害怕的样子，下意识地后退了两步，继续说道：潘翻译官，今天俺信你一回，半个月内可得把烟钱给俺结了，要不小铺该黄摊了。

潘翻译官摇摇头，说道：我凑够钱一定给你送过去，陈老板，对不起了。

说完，冲陈老板拱了拱手，脸上流露出一丝不易察觉的笑意。

陈老板揣走的那张欠条,正是一条重要的消息。

回到杂货铺后,陈老板把那张欠条放在了药水里,一行字迹渐渐地显现出来:一个大队鬼子调离,城内鬼子兵力不足,攻城时机成熟。

接着,这条重要消息就及时送到了八路军冀中指挥部。当胡团长从指挥部那里获知这个消息之后,立即组织召开了一次连以上干部会议。

尽管胡团长一直在努力克制着自己激动的心情,但是,从他脸上表露出来的兴奋劲儿,仍然无法掩饰。他站在那里,迅速环视了一遍在座的各位,接着,郑重说道:八路军冀中指挥部得到内线情报,驻守在县城里的鬼子,前几日抽调走一个大队,现在城内的鬼子不过一个大队,加上皇协军,也就是几百人,指挥部已经把这一情报通报给了国军冀中行署专员,指挥部指示,让我们和二十四团联手攻打王佐县城,拔掉冀中这个最大的据点。

听说要打仗,石光荣立马来了精神,不由说道:团长,你就别说那些绕弯子的话了,你就说咋打吧。

胡团长望了石光荣一眼,接着说道:今天召集连以上干部大会就是先通个气,具体咋打,等我和政委见过二十四团沈团长之后,整体作战方案确定下来,咱们再讨论具体打法。

石光荣一听二十四团的沈少夫,立时就有了一肚子的火气,说:团长,你别剃头挑子一头热呀,那姓沈的吃里爬外,指定不行,跟他联合啥,咱打咱的,让他们喝西北风去吧!

张政委笑了笑,说道:石连长,仗还没打呢!是上级让我们联合作战,也是出于种种考虑的,只我们独立团吃不下王佐县城。

石光荣心里不服,说道:那姓沈的啥时候长过脸?政委你说,哪怕他有一次,都算我白咧咧。要不这么的,你俩和姓沈的见面带上我,看我咋收拾那姓沈的!

石光荣你待着吧,你还不够添乱的。胡团长瞪了石光荣一眼,一挥手说道,散会!

众人闻声站起身来,鱼贯着往外走。石光荣趁机拉了一把胡团长,问道:团长,你还真去找那姓沈的呀?

这是八路军冀中司令部的指示,要联合攻打王佐县城,怎么,你想违抗呀?胡团长又瞪了他一眼。

石光荣笑着说道:团长看你说的,我高兴还来不及呢!城里的鬼子和刘老炮的末日到了,别忘了我爹娘是咋死的。我是不相信那个姓沈的,他几次三番地弄那些不是人的事,我是不敢相信他了。

正这样说着,张政委接了话茬说道:出水才看两腿泥呢!石连长,关于二十四团那个沈少夫，我和团长心里有数。

石光荣说：我这不是怕你们瞎耽误工夫嘛！

政委咱走，和你磨牙才耽误工夫呢！说着，胡团长白了一眼石光荣，和张政委一起走了出去。

石光荣站在那里笑了笑，摸着脑袋自语道：我还说错了？我要说错了那才怪呢！

从团部走出来，石光荣带着小伍子兴冲冲地往尖刀连走。路过卫生队，偏巧被桔梗发现了。桔梗一边在后面追，一边大呼小叫地喊道：石头，石头——

石光荣停下了步子，听到桔梗的脚步声走近了，头也不回地说道：喊啥喊，叫魂呢！

桔梗气喘吁吁地说道：俺不是怕你听不见吗？

石光荣回过头去，不耐烦地说道：桔梗你能不能长点儿记性，我叫石光荣知道不？

桔梗认真地看着周围，小声说道：这不是没外人吗？

石光荣看了一眼小伍子，说：小伍子不是人哪！

小伍子站在一旁忙说：你们说，你们说，连长俺先走了。

说完，就向前跑去了。

石光荣说：啥事，说吧。

桔梗想了想，问道：听说要攻打县城了？

石光荣说：是，怎么了？又不让你去打，你们顶多就是往下抬抬伤员啥的。

桔梗的眼里一下子就有了泪水，望着石光荣说道：县城要是一破，抓到刘老炮，爹娘的仇也该报了。

石光荣听了这话，感到自己的内心忽然一下子被什么东西触动了，动情地望了一眼桔梗，说道：妹子，你放心，只要攻进城里，我第一个要找的人就是他刘老炮，当然，那些小鬼子也不会让他跑掉一个。

桔梗说道：俺早就盼着这天了，俺做梦天天梦见爹娘在俺面前哭。

石光荣又望了桔梗一眼，顿了顿，说道：报了仇，爹娘的魂就安宁了。桔梗，我还要去训练队伍，有啥事以后再说吧。

说完，石光荣转身就走。桔梗却又喊住了他。

石光荣立住脚，回头问道：还有啥事？

桔梗低声地说道：石头，你以后能不能对俺好点儿？

石光荣梗了一下脖子，说道：咋，我对你不好吗？

桔梗忸怩着说道：俺是说再好点儿，以后给俺东西，别让王军医转，直接给俺就行了。

石光荣怔了一下，问道：俺啥时候让王军医……

话说到一半，石光荣看见桔梗疑惑的眼神，突然领悟到了什么，忙改口道：噢，知道了。

为了打好王佐县城这一仗，这天夜里，独立团又召开了一次连以上干部会，针对攻城方案进行了详细的布置。

此刻，胡团长站在王佐县城地图前，一边挥动着手里的一根柳条棍，一边说道：经和国军二十四团协商，我们八路军独立团攻县城北门，二十四团负责攻打南门。部队攻进城里后，以中街为分界线，国共两团在中街会师。

石光荣听到这里，心里边又有疑问了，站起来说道：团长，怎么打我没意见，我想问一下，谁先打攻城的第一枪？

当然是我们八路军独立团。胡团长望着石光荣说，国军二十四团以我们攻城枪声为信号。

那好！石光荣说道，既然八路军打响攻城第一枪，现在我申请，这第一枪得由我们尖刀连打响。

石光荣这样说，王连长在一旁不愿意了，急赤白脸地也站了起来，望着石光荣说道：石光荣你咋啥好事都往自己身上扯呢，你尖刀连打第一枪，好像我们三连比你们差多少似的，告诉你，我们三连可是红军时期的老底子，是从瑞金走出来的。

你别老跟我提瑞金，瑞金出来的不就剩下你一个吗？石光荣说，你们三连一百多号人，你一个人能代表瑞金的红军吗？

一句话，把王连长说得红头涨脸的，王连长说：石光荣你给我少扯，一个咋了，我一个人顶俩，不服拉出来遛遛。

石光荣一听，立马撸胳膊挽袖子，说道：遛遛就遛遛，我石光荣让你俩，不信整不服你个王小六子。

胡团长见两个人一个不服一个，大声制止道：够了，仗还没打呢，你们两个吵吵的，有劲朝城里的鬼子使去。

两个人看到胡团长发火了，就大眼瞪小眼地不作声了。

胡团长紧接着说道：下面我宣布，一营正面攻击，二营三营从东西两侧同时攻打。尖刀连和三连作为预备队。

石光荣和王连长一听这话，立时傻眼了，两个人群起而攻之，把矛头直接对准了胡团长。

石光荣说道：团长，凭啥呀，咋让尖刀连做预备队了，尖刀连那是冲在最前面的连，要不然还叫啥尖刀连！

王连长也说道：我们三连咋的了，这不是欺负人吗？

胡团长瞪了两个人一眼，说道：你们两个不服哇，这是战前动员，和战斗时一样，要是不服，按战时纪律处理！

一时间，石光荣和王连长蒙在了那里……

按照团里的作战计划，大部队很快就全副武装地向指定的地点开进了。这时间，石光荣坐在村口的一块石头上，眼巴巴地看着一列列队伍从自己的眼前走过去，心里边就像蚂蚁爬着一样，没着没落的。就在这时，石光荣看到卫生队里的医生和护士在白队长带领下，扛着担架走了过来。桔梗正往前走着，突然扭头看到了石光荣，忙奔了过来，刚想叫一声石头，马上又意识到了什么，忙捂住嘴巴，左右瞅瞅，谨慎地问道：你咋在这儿呀，俺们卫生队都上去了，你们尖刀连咋还不出发？

石光荣瞥了她一眼，没好气地说道：你走你的，我们上不上的，碍你啥事了？

桔梗望着石光荣，见他愁眉不展的样子，不解地问道：你是不是犯啥错误了，让团长把你连长给撸了？

石光荣听了，把头别向一边，嚷道：别烦我！

桔梗突然着急起来，又看了一眼石光荣，说道：俺还想指着你杀了刘老炮呢！那好，那你待着吧，俺攻进城里找刘老炮算账去！

说完，桔梗摸了摸腰上挂着的两枚手榴弹，一步三回头地追赶队伍去了。

石光荣悻悻地回到尖刀连，连里的战士已经炸了锅了。一群战士知道了尖刀连被列入预备队，就再也坐不住了，开始在院子里吵嚷起来。就听一个战士满腹怨言地嚷道：咱们这是啥尖刀连呢，以后干脆叫殿后连算了！

一个战士接着话茬说道：等打完这一仗，咱们干脆调出尖刀连，不在这儿窝火受气了。

一旁的张排长听了，很替石光荣着想，插话说道：你们别在那儿说风凉话了，石连长听到会伤心的。

我们才伤心，尖刀连，尖刀连，现在屁也不是。几个战士七嘴八舌地回道。

就是，伤心的是我们！一个小战士说着，一屁股坐了下来。

小伍子扭头看到了石光荣，叫了一声：连长回来了。

战士们忙转过身来，所有人的目光齐刷刷地望向了石光荣。石光荣瞅瞅这个,看看那个,一句话没说,转身就钻进房间里不出来了。

战士们面面相觑,一时不知如何是好。

张排长觉得有点儿不对劲,拉了一下小伍子,两个人便悄悄地走进了房间。见到石光荣正躺在床上,用一床被子没头没脸地把自己盖上了。

两个人立在床前,沉默了一会儿,张排长这才开口,小声唤道:连长,连长?

石光荣一动不动地躺在那里。

张排长知道石光荣也是因为预备队的事情想不开,接着,耐心劝解道:连长,咱们尖刀连没当上尖刀,俺们不怪,谁爱当尖刀就让他们当去,三连不是也没上去吗,好赖咱们还算有个垫背的,俺刚才去三连看了,王连长也不嘚瑟了,在院子里正踹树呢,他的鞋都踢掉了。

小伍子见状,也帮腔说道:三连也乱套了,他们集体往脸上抹灰呢,他们觉得丢人现眼了。

石光荣不想再听下去了,突然一把掀开被子,坐直了身子冲两人吼道:你们别烦我好不好,我现在要睡觉!

这一声大吼,把两个人立时吓了一跳。两个人愣愣地站在那里,一时有些不知所措地望着石光荣。

接着,石光荣没好气地又吼了一句:你们没事干,也回去睡觉去!

张排长一迭声地应道:连长,好,我们都睡,都睡。

说完,拉着小伍子跑了出去。

攻城的时间就要到来了。

在团部指挥所里,胡团长眼睛一眨不眨地看着手里的那块怀表,站在一旁的张政委、小德子和两个参谋,一齐望着胡团长。突然,胡团长挥起拳头嘭的一声砸在了面前的一只炮弹箱子上,命令道:攻城开始!

刹那间,三颗绿色信号弹在阵地之上腾空而起。

与此同时,北城门外,独立团先头部队在机关枪的掩护下,开始向麻袋工事里的敌人连连射击。一枚枚迫击炮,在敌人阵地前沿不断地爆炸。一队士兵一边持枪呐喊着,一边冲杀过去……

枪炮声和呐喊声不绝于耳,一时间覆盖了王佐县城。

守卫在北城门外的刘老炮握着枪,趴在掩体里向远处张望着。眼见着形势不好,心里正盘算着退路,刘二从一边爬了过来,问道:叔,八路这回看来是动真格的了,咱们咋个打法?

话音未落,一排子弹噼噼啪啪扫了过来,刘老炮忙缩回脑袋,骂道:妈了巴子,看来这回八路来者不善,日本人躲在城里,让咱们当炮灰,妈的,咱们也撤!

刘二问道:那要日本人找咱们秋后算账咋办?

刘老炮望着刘二几乎咆哮起来:他们算啥帐,城里还有几个鬼子了,说不定这次就让八路端了老窝,还不知谁找谁算账呢!

刘二听了,忙点头说道:叔,听你的。

刚要拔腿离开,一发炮弹轰的一声在身边不远的地方爆炸了。刘老炮趴在地上,吐了一口沙子,冲身边的人喊道:撤,撤到城里去。

守城的伪军听到了刘老炮的命令,立即弯着腰,一边回身射击着,一边向城门里跑去了。可是,谁也没有料到,就在这个时候,竹内队长发现了他们的企图,一边从城内设置的掩体内冲了过来,一边拔出战刀声嘶力竭地喊道:中国猪,你们出城,出城!

竹内想阻止那些伪军的溃逃,然而,兵败如山倒,伪军们哪里肯听,尽管竹内已经用手里的那把战刀劈死了两个临阵逃脱的伪军,却不能完全阻断伪军们的退路。他只能眼巴巴地看着他们向城内防守的阵地后面跑去。

八路军的攻城部队,这时已经攻到了城外的工事旁,但遭到了城内工事里日军的抵抗。霎时,战斗进行到白热化程度,敌我双方噼噼啪啪的枪炮声连成了一片。

此时此刻,胡团长和张政委正举着望远镜,站在指挥部外面,向战场方向观望着。正看到紧张处,李参谋突然跑过来报告道:团长,咱们北门已经攻到城下,二十四团在南门还没有动静。

胡团长放下望远镜,淡淡地笑了一声,说道:这个沈少夫,又当缩头乌龟了,我早就料到他会有这一手了。

张政委思忖道:团长,他们迟迟不行动,万一日本人把南门的守军调过来,咱们北门攻城的队伍压力可就大了。

胡团长望了一眼前来报告的李参谋,不假思索地命令道:李参谋,通知尖刀连和三连马上攻打南门。

李参谋闻令,抱拳跑出了指挥部。

张政委扭头望着胡团长,恍然明白了他的用意,一边笑着,一边说道:老胡,原来你还留着这一手呢!

胡团长说道:别看和沈少夫说得好好的,有了前几次的教训,咱们不敢轻信他们了。

说到这里,胡团长又命朱参谋通知队伍向北门冲锋。朱参谋也抱拳去了。

此时，南门城外，二十四团指挥部里，沈少夫和谷参谋长两人也正举着望远镜往远处看着。远处，枪声、炮声隐隐地传来。

谷参谋长觉得时间已到，问道：团座，八路军在北门打得很胶着，咱们是不是该出手了？

沈少夫放下望远镜，说道：慌什么，让他们打，要是八路军攻到城里，日本人抵抗不住了，咱们再从南门杀进去，来个渔翁得利；要是八路军吃不掉这城里的鬼子，咱们也不去费那个力气。

谷参谋长有点儿担心地望了一眼沈少夫，说道：团座，这样不好吧，战前可是说好的，咱们负责攻打南门，要是咱们不出去，守南城的鬼子势必得去增援北门，这样的话，凭八路军的独立团，吃掉城里一个大队的鬼子，恐怕有点儿悬。

沈少夫说道：悬不悬和咱们有什么关系，别忘了，这个团可是我自掏腰包组建起来的，死一个伤一个，那可是我沈少夫的血汗，咱们二十四团可是国军中后娘养的，冀中战区啥时候把咱们团当回事过。

谷参谋长点点头，说道：团座，我明白，咱们这叫坐山观虎斗，看准时机再出手，捡点儿日本人的便宜。

沈少夫笑了笑，没说什么。

说话的工夫，八路军已经冲进北城门内，和日军展开了白刃战。

北城门内的枪炮声，清晰地传进了山本的耳朵里，山本正焦灼不安地在日军大队部里踱着步子，突然，竹内中队长一身烟火地闯了进来，气喘吁吁地冲山本大叫道：山本君，北门快顶不住了，是不是让南门的佐藤君来支援北门？

山本惊恐地睁大眼睛看着墙上的地图问道：南门为什么没有动静？

竹内望着山本茫然地摇了摇头。

性情多疑的山本继而又猜测道：有可能是八路军的计策，佐藤不能离开南门。让预备队加熊君支援北门。

竹内说道：是！

为了便于及时抢救伤员，卫生队在白茹的带领下，于城外的指定位置迅速搭起了几顶帐篷。

白茹、王百灵、小凤、桔梗等人正忙碌地指挥着担架队把伤员抬进来，石光荣带着小伍子走了过来，石光荣站在白茹面前，请求道：白队长，我们尖刀连和三连要去打南门了，让王军医跟我们去吧！

白茹看了他一眼，正要开口说话，桔梗却听到了耳朵里，腾腾腾几步跑了过来，激动地望着石光荣说道：石光荣，你们要上去了？别让王军医去了。俺跟你们去就行！

石光荣白了桔梗一眼，不高兴地说道：你又不是军医，遇到大伤你咋能行，我就要王军医去，别人谁也不行。

白茹扭头叫道：王军医，你随尖刀连去南门，小凤你也去。

王军医和小凤闻声跑了过来。王军医站在那里，眼睛一直不瞅石光荣。石光荣并不觉得什么，一边拉过王百灵，一边说道：白队长都发话了，走吧！

王军医忙甩开石光荣的手，说道：我会走。

石光荣回头说道：伍子，把两人带走！

看着王百灵和小凤被他们带走了，桔梗心里着急，问道：石光荣你真的不让俺去呀？

石光荣不耐烦地扔下一句：这就够你们忙的了，别添乱了！

说完，石光荣已经转身走了，桔梗还站在那里频频向他张望着。

不大会儿，石光荣和小伍子就带着王百灵和小凤来到了南门城外的一片树林子里。石光荣环视了一遍周围，朝远处看了看，认真地对王百灵说道：这就是你们待的地方。

说完，把望远镜往王百灵手里一塞，道：听好了，老实在这儿看着石光荣打仗。

王百灵抬头说道：我们是来救护伤员的，可不是来参观的。

石光荣说道：抢救伤员有担架队，你们负责在这里包扎就行。

王百灵还想说什么，却被小凤拽了一下衣襟。王百灵看了看小凤，又看了看手里的望远镜，一把将它塞到了小凤手里。石光荣见了，一把就从小凤的手里夺过来，硬塞到王百灵手里，命令一般地说道：让你看你就看，走，伍子。

说完，带着小伍子就向阵地走去了。

小凤不明就里地望着石光荣的背影，问道：王军医，这石连长是啥意思呀？

管他啥意思呢！说着，王百灵就举起了手里的望远镜，朝远处看了起来。王百灵看到，石光荣率领的尖刀连很快进入了南门城外的阵地，王连长率领的三连也进入到了阵地。三连战士的脸上果然都抹了黑灰，汗水一流，变成了一道道的黑泥糊在了脸上。

石光荣前后左右观察了一下地形，便向王连长走了过去，笑了笑说道：王连长，你是打头炮还是我们打头炮，团长可没有交代。

王连长明白石光荣话里的意思，淡淡一笑，爽快地说道：都这时候了，咱俩还争啥,一起打吧,晚了,都没仗打了。

石光荣一下就来了精神,说道:那好,让咱们两个连的机关枪都叫起来,咱们合伙来个冲锋。

王连长说道:好!

说着,不知两个人是谁喊了一声,四挺机枪立时嚣叫起来,与此同时,另外的四门迫击炮也连连射出了炮弹。炮弹落在南门城下,轰轰隆隆就炸响了。

掩体里的石光荣突然大喊一声:冲啊,把南门拿下来!

战士们闻令而起,一面跃出掩体,一面持枪射击着朝前方冲了过去。

三连阵地上的王连长见状,一挥枪喊道:三连的,别落在尖刀连后面,看看谁是尖刀连,冲!

一个连的战士应声跃出掩体,便紧随着尖刀连往南门奔去了。

就在这个时候,南门城头下,日军的枪声突然响了起来,在日军密集的火力网覆盖下,冲在最前面的八路军战士纷纷倒了下来。

南门阵地的情况,让国军指挥部里的沈少夫和谷参谋长尽收眼底。谷参谋长放下望远镜,大出意外地冲沈团长说道:八路军在咱们南门也开战了。

沈少夫犹疑了一下,问道:那北门的情况怎么样?

谷参谋长猜测道:从枪声判断,正胶着,估计是肉搏战。

沈少夫哼了一声,轻蔑地说道:独立团就那点儿兵力,他们抢咱们风头攻南门就让他们攻去,咱们省点儿力气,看情况再说……

一时无法冲进南门,石光荣和王连长的队伍被压制在城门外的一片沟地里,日军纷纷射来的子弹让他们抬不起头来。

石光荣一时不知如何是好,便和王连长凑到一起,商量着如何才能在最短的时间里解决攻城的办法。

石光荣往城门方向看了一眼,着急地说道:老王,咱们都成缩头乌龟了,得想办法把南门炸开,咱们才能冲锋,城门不开,咱们冲不进去城门,这就得白白送死。

王连长不由问道:鬼子把城门当亲爹一样护着,咱们人上不去,够不着,咋个炸法?

石光荣说道:实在不行,把炮调上来,用炮轰!

王连长一拳砸在地上,说道:好,就用炮轰它!

说着,不一会儿,两门迫击炮便调了上来。炮手在做调试,石光荣走过来,问道:咋样,能轰不?

炮手说道:连长,这炮炸城楼可以,打城门没角度。

石光荣想想,说道:那就平射,把炮当枪使。快,给老子装炮弹。

说着,石光荣两手抱着炮筒,把炮平端着,一个炮手把一枚炮弹扔到炮口里,炮弹射了出去,落在城门外炸响了。

石光荣大叫道:好使,就给我这么打。

几个炮手一听这话,立时长了精神,端着两门迫击炮便照着刚才的样子平射起来……

小树林里的王百灵举着望远镜,清清楚楚地看到了石光荣射出的炮弹,不觉惊叫了一声。

小凤忙凑过来问道:打咋样了,让我看看。

王百灵仍是抓着望远镜,很投入地朝阵地方向看着。

小凤不高兴了,急切地说道:刚才还说不看,咋的又看起来没完了。

王百灵一边看着,一边说道:别说话,我在看石连长怎么炸城门。

说着,王百灵就从望远镜里看到一连几发炮弹射出去,几乎是一眨眼间,南城门轰然倒塌了。石光荣一下兴奋起来,冲着倒塌的南城门大声喊道:尖刀连的,冲进城里去!

王连长也跟着大叫道:三连的,杀呀。

两个连的士兵一边呐喊着,一边蜂拥向前奔去。尽管在冲杀的途中不断地有士兵倒下,但是,战士们最终还是冲进了城门。冲进城去的石光荣提着大刀,带领战士们在和日军奋力拼杀着。敌我双方不断有人倒了下去,肉搏战中的刀光剑影,悲壮异常。

王百灵见状,突然放下望远镜,一把抓起小凤说道:快走,咱们也上去!

说着,王百灵拉起小凤便向南城门跑去。

南城门的情况,同时也悬着胡团长的心。在指挥所里,胡团长和张政委一刻不停地在观察着前方的战况,张政委见到石光荣已经带着队伍冲进城去,看了胡团长一眼,又有些忧虑地说道:老胡,南门也打起来了,咱们可没预备队了,成败可是在此一举了。

胡团长也看了张政委一眼,突然喊道:德子,小德子!

小德子应声跑了进来,说:团长,啥事?

胡团长的目光又转向了前方,说:跟我上去。

说着,从腰间掏出手枪,就要离开指挥所。小德子一下明白了胡团长的用意,赶忙拦道:这可不行,团长,你不能上去。

少废话,你是团长我是团长?胡团长回头呵斥道,你不去拉倒,我自己上。

话音落下，便持枪闯出了指挥所。小德子见无法阻止，也紧紧跟了上去。张政委见胡团长带着小德子向南门方向奔去，也立即带着几个人，二话不说，一路冲杀着往前赶去了。

此刻，南门城内血肉横飞，敌我双方已经混战成一片了。

胡团长、小德子、张政委，还有炊事班的十几个人，有的扎着白围裙，手握着菜刀冲了上来，很快加入到了拼杀的队伍里。

石光荣手舞着那把大刀，已经满脸是血，看到胡团长带着一部分人冲了过来，担心着他的安危，嘶哑着嗓子喊道：团长，你咋上来了，你快下去！

我是独立团的人，为啥不能上，杀！胡团长吼道。

石光荣似乎一下子又长了精神，挥刀上前冲身边的战士们大喊道：团长来了，把小鬼子压下去！

战士们在这喊声里受到了鼓舞，跟着石光荣，又继续投入到了更加残酷的拼杀中……

可是，鬼子兵明显地又多了起来。

石光荣挥刀砍倒一个，正提刀寻找新的目标，小伍子满身是血地跑了过来，报告道：连长，鬼子比咱人多，三班就剩我一个了。

石光荣一听这话，一双眼睛又瞪圆了，喊道：尖刀连就算还剩一个人，没有撤退命令也得坚守。

是，连长！小伍子应声答道。接着，便转身冲进了敌群。

石光荣杀红了眼睛，转眼看到王百灵拉着小凤也冲了上来，不觉喊了一声：这丫头！着急地问道，你们咋上来了，快回去！

王百灵匆忙中看了他一眼，说道：炊事班都上来了，我们为啥不能上来。

你们不一样，快回去。石光荣喝道。

王百灵猛地拉了一把小凤，说道：咱们不和他磨牙，咱们到别处去。

就在这节骨眼上，石光荣看见一个日本兵端枪向王百灵刺了过来，说时迟那时快，他一个箭步便冲了过去，随着一声大喊，把那个日本兵扑倒在地，旋即又展开了一场你死我活的格斗。

王百灵端枪瞄准了正在与石光荣格斗的日本兵，扣动扳机的瞬间，突然发现枪里没子弹了，匆忙把枪丢下，向那个日本兵的身后扑过去，拦腰死死地抱着他，小凤见状也扑了过来，死死抱住了那个日本兵的一条腿，那个日本兵猝不及防，一跤跌倒在地上，眨眼间，石光荣上前给他补了一刀，血溅在了石光荣脸上。

石光荣望着王百灵笑了一下。

黄昏来临了。

逃进伪军大队部里的皇协军,一时之间惊慌失措。刘二此时正哆嗦着身子趴在桌子底下,支棱着两只耳朵谛听着外边的动静。刘老炮在屋里团团乱转,拍着脑袋想主意。刘二看着刘老炮的两条腿在屋里走来走去,心急火燎地探头问道:叔哇,八路军眼瞅着就攻进来了,你主意想好了吗?咋整啊?!

刘老炮烦躁不安地回道:你消停会儿行不?我这不在想招呢吗,我这脑袋瓜子都快想炸了。

就别委屈你那脑袋了,叔哇,干脆咱们就投奔沈少夫去吧。刘二接着说道,我听他说过,他是要收留咱们的。

刘老炮恼怒地说道:待着你的,现在还不是时候,现在去他那儿,要是八路军找上门来咋整?

这也不行,那也不行,兄弟们只能给八路军喂枪子了。刘二咕哝道。

正在这时,山本带着十几个日本兵一脚踹开房门冲了进来,刘二瞅见他们手里端着枪,一副气势汹汹的样子,忙从桌子下边蹿出来,躲到刘老炮的身后,哆嗦着身子小声说道:叔,日本人来了。

山本冲刘老炮狞笑了几声,突然暴怒起来,骂道:中国人,吃皇军,喝皇军,打仗了,你们统统躲起来了,死啦死啦的!

说完,把手里握着的那把明晃晃的战刀,嗖的一声递到了刘老炮的鼻子前。

刘老炮见势不好,转了转眼珠子冲山本笑道:山本太君,我们刚回来喘口气,正准备出去呢!

山本打量了刘老炮一眼,吼道:上战场,否则,死啦死啦的!

刘老炮忙从腰里掏出双枪,说道:太君,我这就组织人,马上出去。

潘翻译官站在山本身后,此时此刻,他的脸上没有任何表情……

夕阳残红,战场如血。

那场恶战不知进行到了什么时候,大街之上,到处是战死的士兵尸体。到这时为止,敌我双方也都已拼尽了身上的气力。

阵地上,暂时出现了难得的安静。

日本兵已经退守到了一定距离,躲在沙袋后面,架起了机枪。但是,尽管这样,他们已没有能力继续战斗下去了,剩下来的,就只有防守了。

八路军这边的阵地上,也重新筑起了日军遗弃的掩体。沙袋垛起的掩体后面,张政委摸到了胡团长身边,小声地说道:老胡,我刚才统计了一下人数,咱们团伤亡过半了。

胡团长咬咬牙,说道:再来个冲锋,天黑前拿下县城。

老胡,我看,别拼了,给独立团留点儿家底吧,尖刀连和三连在南门那边也没动静了,也不知咋样了。张政委不无担忧地望着胡团长说道。

政委,你的意思是撤?

张政委点了点头,无奈地说道:撤吧,老胡,二十四团早就没影了,根本指望不上,万一日本来了援兵,咱们就成了肉馅了。团长,留得青山在,不怕没柴烧。

胡团长思忖片刻,眼睛一下潮湿了,说:老张,在咱们独立团的口令里,从来就没有“撤退”两个字。

张政委十分理解他的心情,望了他一眼说道:老胡,咱们现在撤,是为了以后的进攻!

胡团长把头别向了一边,迫不得已地喃喃道:撤!

三颗红色信号弹在灰蒙蒙的天际里腾空而起,看上去,就像是三道流血的伤口。胡团长回身看着那三颗信号弹,禁不住泪水纵横。与此同时,石光荣推开了压在身体上的尸体,拖着疲惫不堪的身体摇摇晃晃地站了起来,哑着声音喊道:尖刀连,撤!

王连长的精力也到了极限,这时正怀抱着一挺机枪,似乎已经睡着了。听到了石光荣的喊声,接着也站起来,沙哑着嗓子喊道:三连的,撤了!

战士们听到撤退的命令,纷纷从死人堆里爬出来,集结着队伍,有序地离开了战场……

望着八路军战士向后撤去,竹内中队长手里拎着指挥刀,望着横陈在眼前的尸体,大声咆哮道:起来,都给我站起来!

话音落下,一群日本兵烟熏火燎地从死人堆里站了起来,茫然地望着竹内。一个伤兵,摇晃了一下身子,站立不稳,又一头倒了下去。

没人说话,每个人的表情都如死灰一般。

战场之上,敌我双方战至极限状态之后,纷纷撤离了阵地。但是,二十四团阵地指挥部的帐篷里,此刻已是马灯高悬,气氛平静得令人心悸。

沈少夫背剪着双手,有些激动地正在空地上走来走去,谷参谋长走了进来,小声报告道:独立团撤了。

沈少夫抬起头来,长长地舒了一口气,说:我都看到了,他们打了一天,日本人和独立团他们谁都打不动了。

谷参谋长望着沈少夫,由衷地说道:真没想到,八路军会和小鬼子死磕。

沈少夫接着又叹了一口气,说道:我这个团座,还不如独立团那个胡团长。

谷参谋长眨着眼睛,不解地问道:团座,你说什么?

沈少夫挥挥手，无力一般地说道：撤！

说着，沈少夫带着自己的队伍很快就撤回到了老爷庙里。队伍顺利地撤了回来，可是沈少夫的精神却明显地压抑起来。他能够预感到，随之而来，独立团就会找他的麻烦了。果然，第二天上午，沈少夫正满脸抑郁地坐在屋里发呆，谷参谋长匆匆地走了进来，说道：团座，独立团的人在门外要进来。

沈少夫闻听这话，慌张地站起来，问道：他们来了多少人？

谷参谋长说：胡团长带了三个人。

沈少夫松了一口气，说：我就知道他们会来，让他们进来吧。

说着，沈少夫下意识地整了整衣领，又摸了摸腰间的那把枪。

胡团长、张政委、石光荣和王连长四个人走了进来。看上去，这四个人衣衫不整，军装上还有弹孔和烧焦的痕迹。石光荣和王连长的手臂和腿上缠着纱布，一片片的血迹就从缠着的纱布里渗了出来。显然，他们的装扮和沈少夫形成了鲜明的对比。

沈少夫抬眼看见了几个人，马上心虚地招呼道：胡团长你们来了，快请坐。

几个人并不回话，也不落座，直挺挺地站在那里，拿一双眼睛怒视着沈少夫。沈少夫被这几双暴怒的眼睛盯视着，一时就显得手足无措了。

半晌，胡团长稍稍平稳了一下自己的情绪，终于说道：沈团长，攻打王佐县城咱们事前商量好的，独立团攻打北门，你们攻打南门，在中街会师，你们为啥不出兵，让我们独立团孤军奋战？！

胡团长说完，从腰间掏出枪啪的一声拍在了面前的桌子上，这一声响动，把沈少夫吓了一跳，脸色一下就变得蜡黄了。

谷参谋长见状，忙走了出来，解围道：胡团长，你们不知道，沈团座也有难处啊！

什么难处，本来咱们两个团是协同作战，冀中八路军指挥部和你们国军指挥部也是这么指示的，你违抗命令，是要上军事法庭的。和胡团长站在一起的张政委严厉地说道。

沈少夫低下头来，但紧接着，又缓缓抬起头来，真诚地说道：我承认我以前和你们合作有私心，对你们不信任，想保存自己的实力，昨天王佐县城一战，你们八路军独立团给我上了一课。

石光荣一听这话，从后面一步冲了过来，指着沈少夫大骂道：姓沈的，你别说得比唱得好听，你就是个少爷，书读多了，脑子里灌屎了，说白了，你就是贪生怕死，吃里爬外，私通日本人。

谷参谋长难堪地笑了笑，插话说道：石连长，话不能这么说。

那让我咋说？石光荣瞪着一双眼睛，望着谷参谋长说道，说你们二十四团是抗日英雄？你们不私通日本人，为啥对日本人宣而不战，昨天那一战，哪怕你们派出一个营，助我们一臂之力，王佐县城这个钉子也就拔掉了！

谷参谋长忙又含混地说道：我不是说了嘛，我们也有难处。

石光荣实在不想再和他们纠缠下去了，禁不住火冒三丈，突然拔出手枪冲着沈少夫吼道：沈少夫你就是私通日本人，这样的汉奸留你干啥，老子替中国人毙了你！

石光荣这么一声大吼，一下子惊动了警卫排的人，眨眼间，五六个国民党士兵端枪冲了进来，枪口直对着这四个人。眼见着形势不妙，王连长迅速从腰间掏出一颗手榴弹，抠开弹弦，举在手里喊道：我看你们谁敢动，轰死你们！

沈少夫看这架势不好收场，忙冲端枪站在一旁的几个卫兵怒吼道：谁让你们进来的？出去，都给我出去！

几个卫兵听了，忙收了枪灰溜溜地撤了出去。

胡团长见石光荣仍举枪对准沈少夫，说道：石连长，把枪放下。

石光荣不情愿地收起枪来，怒视着沈少夫，不依不饶地说道：姓沈的，今天你把话必须给我说清楚。

沈少夫无比愧疚地抬头望着胡团长和张政委，发自内心地说道：你们独立团给我上了一课，我沈少夫不是贪生怕死之辈，只因为我们二十四团不是人家正规军的嫡系部队，这个团是我沈少夫自己花钱组建起来的，我怕打光了，我连个家底也没有了。

石光荣心里的一股怒气还没有释放出来，接着抢白道：你爹沈老六有的是钱，蘑菇屯方圆几十里的地都是你家的，你打光了花钱再买一个团不就得了，还说那些没用的，你就是怕死。

沈少夫抬起头来，望着石光荣，突然说道：这样吧，你们给我一个机会，下次再攻打王佐县城，我沈少夫要是不出兵，我都不是人生人养的。

石光荣问道：啥时候？

沈少夫说道：听你们的，下次攻打时，给我留一个城门。

石光荣盯着沈少夫说道：好，我石光荣记下你这话了！

离开老爷庙后，胡团长几个人马上又来到了卫生队搭起的几顶帐篷里。此时，那里已经躺满了作战负伤的战士。

听到胡团长和石光荣的说话声，一个双眼被缠上了纱布的战士呼的一声坐了起来，情绪激动地喊道：团长，石连长，鬼子这仇得报哇！

另一个被炸断了一条腿的战士，这时爬过来一下抱住了石光荣的腿，一边流着眼泪，一边乞求般地说道：连长，咱们尖刀连没丢人，以后可别丢下俺，俺腿没了，还可以给你们压子弹。

石光荣蹲下身来，拉住这个战士的手，心如刀绞，说：王小山，你是好样的，我不会丢下你，尖刀连也不会丢下你。

王小山放心了，抹了一把脸上的泪水，说道：谢谢了连长，俺离不开尖刀连。

一个一个看过了这些伤员，胡团长心情沉重地站在那里，说道：同志们，你们都是好样的，是独立团打日本人的功臣，独立团不会忘记你们，八路军也不会忘记你们，你们好好养伤，等你们归队。

说完，啪地一个军礼，眼里边竟流下了热烫的泪水。

山本对这次作战情况并不满意。尽管用尽了心力，但整个日军大队死伤惨重，为此付出了很大的代价。战斗结束后，山本召集几个中队长详细了解了此次作战的情况，看到四个中队长一个个都哭丧着脸，死气沉沉地坐在那里，每个人又都挂了彩，身上横七竖八地缠着绷带，心里也不是滋味。

佐藤中队长站起来报告道：中佐，佐藤中队死伤只剩下三十多人了。

竹内中队长说道：中佐，竹内中队只剩下五十六人。

另外两个中队长也站了起来，相继报告了自己中队的伤亡情况。

山本听了，沉思良久，突然起身望着墙上的日本国旗，冷冷地说道：没有联队长的命令，山本大队就是剩一兵一卒也要和王佐县城共存亡！为天皇效忠。

说完，同四个中队长一起，面向国旗低下头去……

刘老炮自然有刘老炮的打算。这天上午，几个人吃饭的时候，滚刀肉把话题打开了：当家的，咱们白白死了十几个弟兄，要是八路军不撤，估计咱们都得完蛋。

刘二听了，把头从碗里抬起来，一边满嘴流油地咀嚼着，一边望着刘老炮问道：叔，听潘翻译官说，这次日本人死伤大半，城里的鬼子也就剩三百来人了，到底咋整，你该拿个主意了。

刘老炮喝了一口酒，瞟一眼刘二，说道：别吵吵，这事俺心里有数，估摸着八路军还得攻城，那个山本说有援军过来，再看两天，要是援军还不到，咱们就蹽他妈杆子，咱咋能给日本人当炮灰呢？

磕巴说道:当…… 当家的,说得是,蹽他妈杆…… 杆子! 不…… 不扯它了。

刘二又追问道:叔,咱们去哪儿呀,想好了吗?

刘老炮想了想,一下就变得胸有成竹了,说道:沈少夫那儿能待咱们就待,待不了就回关外的二龙山,再当回胡子也没啥。

磕巴张着嘴巴,望着刘老炮,说道:咋……咋整呢,日……日本人……看得可紧。

刘老炮埋怨道:你个磕巴死心眼呀,打起仗来,谁顾得上谁呀,到时候听俺的,俺说蹽就都跟着俺蹽。

放心吧叔,到时候我们都听你的。刘二挺了挺腰,向刘老炮保证道。

为了鼓舞士气,不给敌人喘息的机会,独立大队很快又制订了再一次作战的方案,石光荣、王连长带着人马继续攻打南门,国军二十四团协同作战。

这日天近拂晓,各队人马都已经做好了战斗准备。攻城时间一到,进军号突然就从阵地上吹响了。随着激越的进军号声,各队人马直朝城门席卷而去。枪炮声和喊杀声立时又响成了一片。与此同时,谷参谋长指挥着国军二十四团,和守城的日军展开了激烈的对攻战。掩体里,二十四团的机枪疯叫着,密集的枪声压得对面的日军没有一刻喘息的机会。

看到时机已到,谷参谋长挺起身来,挥枪向着掩体里的士兵喊道:团座说了,杀一个日本人奖十块大洋,冲啊!

片刻之间,一群国军冲进城去,和日军展开了白刃战。

战场一角的刘老炮低头缩在工事里。看到石光荣远远地带人飞奔着杀将过来,意识到日军大势将去,接着高喊一声:传我的命令,开蹽。

话音落下,十几个人七零八落地便转身跑离了工事。及至跑到一墙角处,刘老炮突然发现了潘翻译官,见他正躲在那里向迎面跑来的两个日本兵射击,猛地把他拉到身边,说道:兄弟,算你命好,跟俺一起蹽吧,日本人完犊子了。

说着,不由潘翻译官说话,一手拉着他,一手拉着芍药,头也不回地溃逃而去……

战斗大约进行了两个时辰,独立团与二十四团所有人马会师在了中街的一片开阔地上。霎时间,两支队伍山呼海啸一般欢呼成了一片。

石光荣带着一队战士冲进日军大队部时,山本已经面对着那面日本国旗剖腹自杀了。

紧接着,石光荣又带领士兵四处寻找刘老炮的踪影。当他面对一具具战场上的日军死尸时,不觉心生疑问:这里咋没有伪军?

小伍子这时跑了过来,报告道:连长,刘老炮带人跑了。

石光荣不觉一怔,问:跑了?跑哪儿去了?

小伍子气喘吁吁着指着城南说道:迂回到南门了,我带人没追上。我看方向,他们兴许是奔二十四团指挥所方向跑的。

石光荣想了想,咬牙说道:又是沈少夫。走,找沈少夫要人去!

说完,带着十几个战士直奔老爷庙而去。

果然不出石光荣所料,刘老炮带着几十个伪军狼狈不堪地逃到了老爷庙。见了沈少夫,刘老炮忐忑着的一颗心,略略放松下来。

沈少夫看着刘老炮和他带来的这些人,不觉笑了起来。接着,一眼望见沈芍药,便走了过来。此时的芍药似乎比从前好多了,看上去不再那样痴傻了,但她的目光里仍然没有一点儿神采。

沈少夫轻轻唤了一声:芍药,芍药。

沈芍药听了,一双眼睛呆呆地望着哥哥。

刘老炮忙凑过来说道:大哥,要在城里住些日子,妹子的病就差不多能治好了,日本人完犊子了。大哥,你看这些兄弟咋整?

沈少夫拍拍手道:兄弟,俺早就说过让你带人马过来,现在来也不晚,从今往后,你就是我们二十四团的人了。

刘老炮突然想起什么,便把潘翻译官拉过来,介绍道:大哥,这是潘翻译官,在城里的时候没少照应俺,这人够交情,俺把他也带来了。

沈少夫笑逐颜开道:他是你老弟的朋友,就是我的朋友。欢迎欢迎。

沈少夫正说到这里,一个哨兵突然气喘吁吁跑了进来,报告道:团座,那个石连长又带人来了。

刘老炮听了,脸上的神情一下子慌张起来,望着沈少夫问道:大哥,一定是冲着俺们来的,咋整?

沈少夫马上说道:快去,你们去后院躲躲。

说完,刘老炮和沈芍药等人便跟着一个士兵去了后院。

沈少夫这才向庙门外走去,可是,没等他双脚站定在大门外的台阶上,石光荣的枪口就已经对准他了,说:姓沈的,把人给我交出来。

一句话出口,两军双方哗啦啦一阵声响,便举枪对峙在了那里。

第九章

沈少夫先是一个愣怔，但是紧接着，他就故作镇静地向警卫排那些端枪的士兵挥了挥手，士兵们明白他的意思，便很不情愿地把枪放下了。可是石光荣的枪仍然指向沈少夫。

沈少夫淡淡地望了一眼枪口，这才不无炫耀地说道：石连长，我们二十四团这仗和你们独立团配合得不错吧？

石光荣说道：姓沈的，你别打岔，我在说汉奸，你把刘老炮交出来，他指定跑到你这儿来了。

沈少夫从容地一笑，冲着手下的士兵们说道：我们的队伍都去攻打王佐县城了，到现在还没回来，你们留守的这些人，看到有别人来我们营区了吗？

一个士兵听了，答道：没人来，连个苍蝇都没见过。

另一个回道：团座，我们警卫排看得紧，啥也没有。

石光荣有些犹豫，但还是用枪指着沈少夫道：王佐县城鬼子失手了，刘老炮跑了，他不到你这儿，你说他去哪儿了？

沈少夫又一笑，说：石连长你说得对，王佐县城是我们二十四团配合你们独立团攻下来的，我们没有功劳还有苦劳吧，你这样对我可不够友好，咱们可是友军，我是放过刘长山，那次因为交换，两军交战，我们是敌人，他咋能跑到我这儿来？

正在这时，胡团长和小德子飞马赶到了老爷庙。

沈少夫见到胡团长似乎见到了救星似的拱了拱手道：胡团长，你来得正好，我们二十四团的将士还没从前线撤下来，石连长就拿枪对着我，这太不友善了吧。

石光荣望着胡团长说道：团长，你别听他胡咧咧，他把刘老炮那拨汉奸藏起来了，我在让他把人交出来。

沈少夫说：刚才我们士兵都说了，没见到人，胡团长不信你问我的士兵。

胡团长看了一眼士兵们，士兵们都纷纷摇起头来，便走过来，把石光荣的枪压下去道：沈团长，汉奸的事先放一放，王佐县城咱们都攻下来了，还差几个汉奸吗？我来是和你商量接收王佐县城的大事，山本大队全部被歼，整个王佐县城已经完全被独立团和你们二十四团掌控，下一步就是如何接收的问题了。

沈少夫一听这话，心里立时高兴起来，忙把他让进了屋里，却把石光荣一下子晾在了院子里。

石光荣正百无聊赖地站在院子里左瞧右看着，不料想，沈芍药这时候走了出来。看到沈芍药，石光荣禁不住吃了一惊。与此同时，沈芍药也在打量着石光荣。片刻，认出他来，喊道：石头，你是石头？

石光荣讶异地问道：芍药，你怎么在这里？

沈芍药目光呆滞地望着石光荣，自言自语般叨念着：鬼子完犊子了。

说着，突然间发现了什么，就匆忙蹲下身来，一边痴笑着看一群蚂蚁搬家，一边惊喜地自语道：蚂蚁，蚂蚁。

说完了事情，胡团长很快也便从屋子里走了出来。一行人告辞了沈少夫，离开了老爷庙，两个人一边往前走着，一边说着话儿。就听石光荣说道：团长，那个姓沈的不是个东西，谎话连篇，你别信他的，他指定把刘老炮藏起来了。还有，他妹妹，那个沈芍药怎么跑到他这儿来了？

石光荣百思不得其解。

胡团长说道：他藏不藏刘老炮不是啥大事，日本的山本大队咱们都干掉了，那几个伪军还能咋的，他们跑不了，他妹妹来，那是他的家事，咱们管不着。

石光荣问道：团长你和他谈接收王佐县城干啥？王佐县城是咱们独立团打下来的，咱们想咋接收就咋接收，和他商量啥。这不是脱裤子放屁吗？

胡团长笑了笑，说道：话可以这么说，理也是这么个理，可咱们毕竟是和国民党合作，这次攻打王佐县城二十四团也参加了，不征求人家意见，说不过去。

石光荣哼了一声，说道：就他们二十四团放那几枪也算攻打呀，他们早干啥去了，要是第一次就真打，咱们也不会牺牲那么多弟兄。

胡团长扭头望着石光荣，说道：石光荣你也别啰嗦了，你一肚子牢骚，我还有一肚子苦水呢，啥也别说了，把县城这一接收战打好，比啥都强。

石光荣望着胡团长，一边思忖着，一边点点头，问道：团长，我明白，你就说咋整吧。

胡团长想了想，说道：马上回去，布置任务。说着，招手让小德子牵马过来，便和石光荣飞身上马，直往独立团方向去了。

独立团马上就接收县城的事情召开了一次连以上干部会议。胡团长开篇说道：同志们，王佐县城终于被我们拿下了。为了这个县城，我们独立团死了一百多个弟兄，现在小鬼子终于完蛋了，下一步我们就要把小鬼子留在城里有用的东西搬回来，变成我们独立团的家底儿，鬼子的枪好使，炮好用，以后我们就用小鬼子的家伙揍小鬼子。

胡团长的话，很振奋人心。石光荣听了，憋不住了，站起来说道：团长，啥都不用说了，你就说咋整吧！

胡团长提醒道：石光荣我话还没说完，你别打岔。

顿了顿，便又说道：我们独立团有了装备，牛了，咋整呢，我和政委商量了，也报了冀中八路军总部批准，我们的连变成营，排升为连，有了打鬼子的家伙，我们这才叫真正的牛。

石光荣听到这里，又忍不住带头喊道：营啊，连的，都没用，有了家伙才是硬道理。

王连长发自内心地说道：石光荣说得对，手里的家伙不硬，说话都怕呛了，有了硬家伙，咱啥也不怕了。

那边等着胡团长和石光荣一走，刘老炮便带着一行人从后院里走了出来。一见到沈少夫，刘老炮立时哭丧着一张脸说道：大哥，你拿主意呀，八路军独立团饶不了俺，那个姓石的更饶不了俺，你千万别把俺们交出去呀。俺可是带着弟兄们投奔你来的。

沈少夫背着手，若有所思地踱着步子，半晌，心里边似乎就有了主意，在几个人的面前停了下来。

刘二忙上前说道：刚才俺叔说得对，在关里俺们没啥亲人了，沈叔，你可就是俺们的亲人，到底咋整，沈叔你给个话，让俺们好把这心放到肚子里。

沈少夫朝刘二摆摆手道：我问你们一句话。

刘老炮眨着眼睛，说道：大哥你说吧，别吊着俺们了。

沈少夫问道：想不想跟着我沈少夫干？

刘老炮说：大哥，俺们现在是走投无路了，那个山本是个瘪犊子玩意儿，这么不禁打，我们不跟你跟谁呀。

沈少夫点点头说：那这事就好办了，你们这些伪军编入我沈少夫二十四团序列，我现在任命你为二十四团副参谋长。

对于刘老炮来说，这真是天上掉馅饼的一件好事情。可是，刘老炮转念一想，又忧虑起来，问道：大哥，这样行吗，姓石的还要人咋整？

沈少夫胸有成竹地说道：你现在是我们二十四团的副参谋长，他能拿你咋样？

刘老炮忙点头，笑道：嗯哪，还是俺大哥高。大哥，俺以后跟着你干定了，以后指定好好帮你整。

沈少夫朝刘老炮摆摆头，说道：你们下去换衣服吧，把你带来的人，编入到队伍里。刘二，你现在就是连长了。

刘二看看这个，望望那个，激动地弯着身子一下子给沈少夫跪下了，一边磕头一边说：叔哇，你真是俺亲叔，俺刘二以后替你卖命，替你挡子弹俺都不怕。

刘老炮用脚踢了一下刘二，拉过潘翻译官道：团座，这是潘翻译官，在城里那会儿，他对俺们这些人不错，要是没有他帮忙，俺们在日本人那儿得遭老鼻子罪了，这人你得给安排了。

沈少夫看了看潘翻译官，潘翻译官冲沈少夫点点头。沈少夫便问道：读过书？

潘翻译官点头说道：上过私塾，在日本留过几年洋。

你我都是读书人，干行伍委屈你了。沈少夫又望了他一眼，说道，这样吧，你以后就给我做副官。

潘翻译官听了，上前一步，说道：谢谢团座。

刘老炮心满意足地望着沈少夫，发自肺腑地说道：团座，你对我们真是太好了，以后你就瞧好吧，你指东俺们不会奔西。

沈少夫突然想起什么，忙又对刘老炮说道：闲话少说，快去换衣服，城里你们熟，现在咱们要去接收县城，别让独立团抢占了先机。

刘老炮眉开眼笑地说道：日本的军火库俺们都知道在哪儿，老子把日本人的军火都搬来。

沈少夫朝刘老炮笑了笑，说道：那就快去吧，把有用的都给我搬回来。

刘二也上前说道：团座，你瞧好吧，别的不行，抢东西这事，可是俺叔最拿手的。

刘老炮听了，突然觉得有点儿不舒服，就一把扯过了他的衣领，瞪眼说道：别胡咧咧了，还不快走！

拖着刘二就去换装了。

说话间，石光荣率先带着一连的战士跑步赶到了日军的军火库门前。见那门上有一把大锁死死地锁着，石光荣便冲一旁的张排长说道：把它给我砸开！

说着，张排长从一个战士手里接过大铁锤，三下两下就把锁着的大铁门砸开了。进得库来，石光荣看到里面摆满了弹药箱和军火箱子，禁不住笑了起来。接着，又用一把刺刀挑开了身边的一只炮弹箱，看到满满一箱的手榴弹，不由得说道：咱们独立团啥时候见过这么多好玩意儿，这些东西都够装备一个营的了，咱们来得这叫又早又巧。

面对着这么多好东西，张排长一下竟犯难了，问道：连长，不，营长，咱这东西咋弄走？

石光荣说道：等王营长的运输队过来，让他拉，你在这里把东西给我看好了，我带人到别处再去看看还有啥好东西没有。

张排长说道：放心吧营长！

说着，就安排下小伍子带着一个班的战士守在这里。

转身离开军火库时，石光荣望了一眼张排长，又叮嘱道：你可得把东西看好，要是有啥闪失，老子可拿你是问。

张排长一边笑着，一边回答道：营长，这点儿小事俺还干不好，那不成饭桶了吗，营长你赌好吧，这可是咱们尖刀营组建最好的礼物。

石光荣听了，也便挥手带着其他人到别处去了。

事不凑巧，石光荣前脚离开了军火库，后脚刘老炮就带着队伍赶到了。此时，刘老炮已经换上了一身笔挺的国军少校军服，刘二则穿了一身上尉军服。两个人一边耀武扬威地说着话儿，一边带着队伍吆五喝六地走了过来。

可是，刘老炮还是来迟了一步。

刘老炮和刘二在军火库门前不远的地方下了马，看到张排长正带着十几个战士持枪站在门口，不觉一个愣怔。

张排长看到了迎面走来的一队国军，心里一下便明白了什么，上前说道：你们是二十四团的人吧？回去告诉你们沈团长，这弹药库被我们独立团接收了，你们该干啥干啥去吧！

刘老炮见八路军只有十几个人，底气一下子壮了起来，笑笑说道：谁说这军火库就是你们独立团的了，这叫啥来着，见面分一半。弟兄们，进去，扛东西！

刘二回头传达命令道：副参谋长说了，扛东西，走！

说完，挥手便带着人往里冲。

张排长一见大事不好，哗啦一下把子弹顶上膛，喊道：你们谁敢动！

就在这时，小伍子听到门口的争吵声，忙从仓库里跑出来。一眼看到了一身国军军装的刘老炮，张口骂道：刘老炮，你这个狗汉奸，以为你穿上这身皮，俺就不认识你了？我们营长正到处找你呢，你还敢要东西？

刘老炮不觉颤抖了一下身子，接着又冲刘二说道：别听他瞎咧咧，抄家伙，动手！

刘二回身传令道：弟兄们，抄家伙！

不由分说，几十号国军士兵一拥而上，就把张排长等一个班的战士团团围住了。紧接着，两伙人便撕打成了一团。显然，独立大队的战士由于人少，寡不敌众，明显处于下风。

张排长见状，一下急了，举枪对准了刘老炮，吼道：你这汉奸，我毙了你！

恰恰就在这时候，刘二眼疾手快，一下就将张排长扑倒在地。张排长枪里的子弹扫向了空中。

与此同时，小伍子冲上前来，试图把张排长解救出来，不料，被猛然扑上来的三个国军士兵摁倒了……

过了很大一会儿，石光荣才从别处带着队伍走回来。远远地看到库门大开，石光荣马上就感觉到了气氛有些不对劲儿，一边奔跑着，一边喊道：张排长，小伍子！

进得军火库，里边的弹药已经被人清空了。此刻，张排长和小伍子等一个班的人都被反绑在了那里，同时，他们嘴里还被塞进了一团烂布。

石光荣见状，不觉大吃一惊。忙弯腰从张排长和小伍子嘴里掏出那团烂布，大声问道：这是谁干的？

张排长满面沮丧地说道：他们二十四团。

小伍子说道：就是那个汉奸，刘老炮他穿上了国民党军服，把东西抢走了。

刘老炮？

就是他干的。

人呢？

小伍子说道：刚走，奔南门了。

石光荣忙集合好队伍，急促地命令道：快，轻装前进，夺回军火。

说着，石光荣便打马在前，带着队伍飞奔而去。

不大工夫，石光荣带着队伍终于追赶上了刘老炮装运弹药的车队，把三辆马车和刘老炮所带着的一队人马严严实实围了个水泄不通。

刘老炮有些胆怯地望着石光荣，忙低下头来，正要策马躲开，石光荣上前一步挡住了去路。

石光荣举起马鞭指着刘老炮说道：别以为你换了身皮俺就不认识你了，刘老炮，你胆儿肥呀！让沈少夫藏起来就藏起来了，还敢出来嘚瑟？！

刘老炮不自然地笑了笑，说道：石连长，咱们现在是友军，俺是国军二十四团的副参谋长，你要咋的？

咋的？把东西留下，汉奸就得伏法。石光荣逼视着刘老炮，说道。

一个国军连长见状走过来，说道：石连长，我们是二十四团的预备连，奉命来接收军火，军火是我们的，让你的队伍让开，我们回去复命。

石光荣瞅了他一眼，骂道：放你妈了个屁，谁让你们接收军火的！

一边说着，石光荣举枪在手，啪的一声扣动了扳机。那名国军连长哼都没哼一声，扑通一声便倒在了地上。

我看谁敢动？！石光荣接着断喝道。

眨眼间，独立团的战士一齐将枪口冲向了刘老炮一伙。望着黑洞洞的枪口，没有人再敢多说一句话了。

石光荣命令道：把拉军火的车赶走，把汉奸给我绑了！

说着，战士们一拥而上，便把他们的枪下了。小伍子上前一把将刘老炮从马背上拽下来，一边汉奸汉奸地骂着，一边取过一个战士递来的麻绳，将他绑了。刘老炮又惊又吓，在地上一阵大喊：俺是国军副参谋长，你们不能动俺。

可是，并没有人理会他。

石光荣骑在马上，看着眼前的一切，笑了……

沈少夫得到这个消息时，正在老爷庙里陪着沈芍药玩皮球。看上去，沈芍药对那只皮球很感兴趣，那只皮球给她带来了无与伦比的快乐。只要沈芍药快乐，沈少夫自然也是快乐的。

两个人正玩到高兴处，只见一个国军排长灰头土脸地跑了过来，气喘吁吁地跑到沈少夫面前，报告道：团座，大事不好了，刘副参谋长被八路给抓走了！

什么？他们把人给抓走了？说着，沈少夫脸上的表情一下子就僵硬了。

他们还抢走了军火弹药。那个国军排长又补充道。

沈少夫不禁皱了一下眉头，问道：是不是又是那个姓石的连长干的？

没错，就是他。国军排长说道，他还把白连长一枪给毙了。

沈少夫听了，一下变得面目狰狞起来，咬牙切齿地说道：石光荣你等着，这回我让你吃不了兜着走！

说完，走到电话机旁摇通了电话，说道：给我接冀中指挥部！

石光荣带着队伍满载而归。但是，就如何处理刘老炮的问题上，他却和其他几个干部产生了分歧。

团长、政委，别犹豫了！石光荣终于沉不住气了，说道，那个汉奸刘老炮已经抓起来了。我的意思是马上召开公审大会，一枪毙了那个狗汉奸，啥事都一了百了。

胡团长在用手指敲着脑门思考着。

张政委慢条斯理地说道：我说两句，这个刘长山如果在我们攻城时抓到他，就地正法，我看不过分，可是他现在身份变了，变成了国军二十四团的副参谋长。我们正法他，等于正法了一个国军，弄不好会出大乱子。

有啥乱子，毙了再说，看他姓沈的能怎么样？石光荣瞪圆了眼珠子说道。

胡团长见几个人争执不下，终于站起来说道：别争了，争了也没用，政委呀，你马上给冀中八路军总部报告，如何处理刘长山，咱们得听上级的。

王营长拍了拍石光荣道：石营长，这事你不能急，得听总部的。

石光荣不耐烦地说道：这报告送来送去的，得拖到猴年马月，再晚黄花菜都凉了。

胡团长瞅了石光荣一眼，说道：我说石光荣，你现在可是营长了，有点儿觉悟好不好，不管凉了热了，总得等上级一个说法。

啥营长啊？石光荣丝毫没把这个营长的头衔放在眼里，说道，团长，你这是开的空头支票，俺这人没多一个，枪没多一支，狗屁营长，攻城这一仗打下来，俺可只剩下半个连了。

石光荣你是猴子呀，急啥呀？胡团长接着说道，枪支弹药不是有了吗，这冀中根据地想参军打鬼子的年轻后生多的是，用不了两天，你就是真正的营长了。

石光荣认准了一条道，态度坚决地说道：只要杀了刘老炮，俺还当连长。

张政委摆摆手，说道：你们都别嚷嚷了，等我写报告请示了冀中总部再说吧！

关于刘老炮的问题，没有讨论出一个结果，这件事情也便搁置下来了，只等着冀中总部拿出最后的意见。

可不知怎么，这个时候，桔梗却得到了刘老炮被关押的消息，便在这天傍晚时分，手里举着一枚手榴弹，风风火火地寻到了关押的地点，一边走着一边不住地喊着：刘老炮在哪儿呢，他在哪儿？

站岗看守的两个战士见桔梗气冲冲走过来，忙说道：抓来的人都关在这里呢！

桔梗看了一眼两个战士，说道：那好，你们俩起开，让我轰死这个狗汉奸。

说完，拉开架势就要往屋里投手榴弹。

一个战士见状，忙上前阻止道：桔梗护士，这可不行，没有石营长的命令，你可不能动手。

桔梗听了，一把将他推开了，说道：咋的？弄死个汉奸还得等命令？这是拉屎挖坑多道手续，俺就不信了，轰死他们俺不要功不就得了，你起开。

说完，又要往屋里闯。

情急之中，两个站岗的战士一拥而上，把那枚手榴弹夺了下来。

桔梗护士你回去吧！一个战士说道，啥时候弄死他们，得等命令。

桔梗气得盯着两个战士望了一眼，喘着粗气说道：你们俩是胆小鬼，俺桔梗不怕犯错误。

说完，又要上前去夺枪。

战士紧紧地把枪护住，说道：这可不行，真的不行，你要真想弄死他们，你得找团长去，团长要说行，俺立马帮你把汉奸拉出去。

桔梗见无法发泄心中的怒气，便飞起一脚踹在那道房门上，大声喊道：刘老炮你听好了，让你多活一个晚上，看明天俺咋给你点天灯。

说完，腾腾腾就离开了关押的地方，突然又想起了什么，回身从一个战士手里夺过手榴弹，这才气哼哼地迈着大步去了。

桔梗在门外与两个战士的说话声，被关押在房子里的刘老炮清清楚楚听到了耳朵里。此时，刘老炮被反绑着双手倚在墙角，刘二、滚刀肉、磕巴等人也都被捆绑着双手散坐在那里。听到桔梗离开的脚步声，刘二偎过身子，对刘老炮说道：叔哇，这回够呛能活着出去了，姓石的不会放过咱们了。再加上那个傻桔梗，她要跟咱玩命呀。

刘老炮闭着眼睛不说话。

滚刀肉也凑了过来，说道：当家的你别上火，别忘了咱们现在的身份，你是国军团副参谋长，沈团座不能不管咱们。咱们现在是国军的人。

滚刀肉的一番话，似乎提醒了刘老炮，刘老炮突然就把眼睛睁开了。

刘二说：对呀，咱们被石光荣抓起来，沈团长不能坐视不管。咱们现在是国军的人。

磕巴一旁说道：这……这都……大……大半天了，咋还没动静呢。

刘二用脚踹了一脚磕巴，说道：待着你的，你以为沈团座是你呀，那不得拿点儿身份，想点儿外交词啥的才来领咱们吗，告诉你，团座那不是一般人，得端着点儿。

磕巴说：他……他端……端着，万一八路一急，弄死……咱们就晚了。

滚刀肉看了磕巴一眼，忙说道：你就说点儿好听的吧，听当家的。

刘老炮挣歪了一下身子，冲刘二小声问道：二小子，你说桔梗那丫头，真的那么恨我？

刘二琢磨着刘老炮的话，说道：咱们上次把桔梗的父母都给烧死了，她能不恨咱们吗?

听了刘二的话,刘老炮不觉点了点头,又摇了摇头,长长地叹出一口气来。

桔梗离开了关押刘老炮的那间房子,并没有回到卫生队,她先是找到了王营长,把自己的想法说给了他。王营长听桔梗把话说完,心里转不过那道弯儿,不解地问道:我说桔梗,你找石光荣非得拉上我干啥?

桔梗说道:要是石光荣不听俺的,你替俺杀了刘老炮行不?

王营长不解地摇摇头,说道:你这人咋不听劝,团长都说了,要等上级指示。

可是,桔梗哪里听得下王营长的话,强拉硬扯地便拽着他来到了石光荣门前,一句话不说,就把屋门踹开了。

石光荣不觉吃了一惊,抬头看见桔梗拉着王营长站在门口,正要说什么,桔梗却抢了话头怒冲冲地问道:石光荣你草鸡了,那个汉奸刘老炮都抓到了,你咋还不下手?

石光荣望一眼桔梗,不耐烦地说道:这事俺说了不算,你找团长去说吧!

桔梗一下就来了火气,逼视着石光荣说道:俺找啥团长?就找你,石光荣,父母是咋死的,你忘了,你的心让狗吃了,这样的仇人让他多活一秒,你石光荣都有罪。

石光荣突然把枪拍在炮弹箱上,大声说道:枪在这儿哪,你拿去吧!

桔梗不管三七二十一,三脚两步冲上来,说道:你以为俺不敢!

说着,就要把那把枪夺在手里,却被王营长拉住了。

桔梗见状,马上又把矛头对准了王营长,蔑视地说道:瞧瞧你们这些大男人,都草鸡了。好吧,俺不求你们了,俺找团长去!

说完,腾腾腾又冲了出去。

王营长看一眼石光荣,又看一眼桔梗的背影,一时不置可否。想了想,最后还是向桔梗追了过去。

关于刘老炮的事情,终于还是惊动了冀中总部。

这天上午,牛特派员一行三人骑马来到了独立团。一进院子,牛特派员就大声喊道:胡刚,你给我出来。

胡团长和张政委听到院里的喊声,忙放下手里的东西,推门走了出来。见来人是牛特派员,忙又招呼道:牛特派员,你咋来了,快进屋里说话。

牛特派员并不回话,黑沉着一张脸便向屋里走去。没等让座,就一屁股坐在椅子上张口问道:二十四团的副参谋长让你们给扣起来了?

胡团长犹豫了一下，紧接着恍然说道：特派员，你是说那个刘长山呀，他本来不是什么副参谋长，他是汉奸。

牛特派员说道：这事我知道，你们的报告写得也很清楚，马上放人，给人家二十四团送回去。

听牛特派员的口气，独立团没有一点儿回旋的余地。

胡团长睁大眼睛问道：咋，真让我们放了？

人家都告到冀中行署去了。牛特派员看了胡团长一眼，说道，昨天夜里行署的人召见了咱们八路军办事处的代表，提出了严正抗议，说你们这是破坏国共合作。冀中总部首长让我连夜出发，就是来处理这件事的。

胡团长听了，着急地说道：可他真的是汉奸哪！

他以前是汉奸，以汉奸的身份处理怎么都不过分，可现在人家身份变了，还给咱们扣上了破坏合作的帽子。牛特派员顿了顿，继续说道，总部首长指示，不能因小失大，让对方抓住把柄，马上放人。

要是不放呢？

屋子里的人谁也没想到，话音落下，石光荣走了进来。

牛特派员打量了一眼进来的这个人，突然严厉地问道：你就是那个石光荣吧？

石光荣一个立正，答道：独立团尖刀连连长石光荣。

胡团长忙拉了下石光荣，修正道：现在已经是营长了！

石光荣说道：那是假的，连俺自己都不信。咱不说这个，特派员，凭啥放了刘老炮呀，他可是罪大恶极的汉奸。

牛特派员听了，向石光荣摆摆手，说道：我没时间给你解释，让你们团长、政委和你说吧。

石光荣一听这话就急了：刚才俺在门口都听到了，破坏合作咋的了，他们二十四团啥时候真心抗过日，多他一个少他一个没啥了不起的。

胡团长正色道：石光荣，我命令你立即放了刘长山，有什么意见等特派员走了，你再和我提。

说完，冲石光荣暗暗地使了个眼色。

石光荣一下没有领会过来，冲团长埋怨道：把刘老炮放了，俺再想提意见还有啥用啊，我又不是三岁孩子。

张政委也急了，说道：让你放你就放！少啰嗦，执行命令！

石光荣看到胡团长和和张政委都是一脸的严肃，就不再说什么了，白了一眼牛特派员，便转过身去气哼哼地走了。

石光荣带着小伍子和张排长几个人来到关押刘老炮的那间房子里，冷眼看着倚在墙角的刘老炮和另外几个小匪，着实想给他们点儿颜色看看，便大声命令道：来人，都给我绑紧点儿！

说着，张排长几个人便冲了过去，一个一个重新绑紧了绳子，直把刘二几个小匪勒捆得咧嘴直叫，全然一副痛不欲生的样子。

刘二一边叫喊着，一边胆怯地问道：你们想干啥？

小伍子吼道：干啥？去挨枪子！

刘二信以为真，立即哭丧起一张脸，喊道：叔哇，这姓沈的真不管咱们了。

刘老炮却壮着胆子呵斥道：号啥，早死早托生，号有个屁用。

说完，刘老炮几个人就被推搡了出来……

石光荣带着几个人把刘老炮一伙一直带到了能看得见国军哨兵的地方停了下来。顿了顿，就把他们头上的蒙脸布摘掉了。刘二一下子见到了阳光，又看到了不远处的国军哨兵，不由得兴奋地喊道：叔，咱得救了！

磕巴跟着说道：俺……俺就说……八……八路……不敢杀咱们。

小伍子听了，照着磕巴就是一拳。

刘老炮梗着头，仍是一脸不服的样子。石光荣走过来，咬牙切齿地说道：姓刘的，你听好了，老子早晚有一天会给你点天灯的。

说完，狠狠地踹了刘老炮一脚，骂道：滚！

刘老炮差一点儿被踹倒在地上，站直了身子，回过头来狠狠地瞪了一眼石光荣，接着便冲手下的几个人说道：走！

慢！石光荣挥手喊道。

刘老炮像被钉子揳在那里一样，一动不动地又站在了那里。

石光荣猛地走上前去，伸手拧着刘老炮的一只耳朵，说道：你这汉奸，穿上国军衣服你也是汉奸，今天，我石光荣要给你留点儿念想。

说完，嗖的一声从腰间拔出一把刀来，照着刘老炮的耳朵一刀砍去。刘老炮大叫了一声，忙抬起手来把耳朵捂住了，一刹那，一道鲜血顺着指缝就流了下来……

放了刘老炮一伙人，可是，没法放过石光荣。如何处理石光荣，又成了摆在牛特派员和胡团长、张政委面前的一件大事情。

对石光荣的处理必须要有，否则没法给国民党冀中行署交代。牛特派员望着胡团长和张政委认真地说道。

胡团长和张政委两个人一时拿不定主意，你看我，我看你，半天不说一句话，谁也难表这个态。

护犊子是吧！牛特派员笑笑，说道。

胡团长忙说道:不,特派员,这事怪不得石光荣,他抓刘老炮夺回军火,这有啥错呀?

牛特派员说道:那要是他没错,就是你们俩错了。

胡团长站起身来,望着牛特派员,慨然说道:这样吧,特派员,你和冀中总部反映一下,撤了我和张政委的职吧!

说完,从腰里掏出枪来,放在了特派员眼前。

特派员望着那把枪,又望一望胡团长,一时急躁得不知该如何表述,说道:我说你们俩咋这么死脑筋呢,你们不会来点儿虚的?

胡团长一时有些糊涂,小心问道:虚?咋虚呀?

你们不会先把他职务撤了,做个姿态,等过一段时间,再重新任命不就完了吗?说着,牛特派员抬手点了点胡团长和张政委的脑袋。

张政委不由得说道:这也够重的了。

胡团长想想,说道:那就这么的吧,石光荣现在虽然是口头的营长,还没有得到总部任命,那就再把他降为连长,缓缓再说。

特派员笑了,说:我说你们俩护犊子还不承认,行了,你们忙吧,我回总部汇报。听好了,我可告诉你们,这段时间千万别再让石光荣捅娄子了。

张政委说道:放心吧特派员。

胡团长笑了起来,一下子觉得牛特派员这个人还是挺和蔼可亲的,便拉着他的手,真诚地说道:牛特派员,你来回也不容易,要不整两口?我那儿还有一瓶地瓜烧呢!

还是留给你们自己喝吧,我真得走了。牛特派员说道,我回去还要马上汇报,别让他们抓住咱们啥把柄。

胡团长握着牛特派员的手,说道:那就给你添麻烦了,咱们后会有期。

说完,牛特派员一行三人,便打马而去了。

沈少夫和刘老炮也在没滋没味地喝酒。刘老炮那只被石光荣一刀砍下的耳朵,此时已经被厚厚地包扎上了一层纱布。一阵又一阵的疼痛袭上来,让他禁不住一口一口倒抽着冷气。

半晌,刘老炮望着沈少夫,忍着疼痛问道:大哥,你说这日本人说不行就不行了,俺带着弟兄们投靠你,那也是天经地义的,下一步咋打算呢?

沈少夫不自觉地叹了一口气,说道:昨天晚上,我去冀中行署开了一个会,上面的精神我明白了,日本人没投降时,我们和八路合作算是一致对外,你想这日本人没了,国共还能合作吗?按上面的话说,这叫一山不容二虎。

刘老炮不解地问道:大哥,你是说,以后咱们要和八路军开战?

沈少夫点了点头，说：就是那个意思，看样子，咱们二十四团在这里驻扎不会太久了。

沈少夫端起面前的那只酒碗，说道：来，兄弟，喝酒，咱们就是听唱的，上头让咱们去哪儿就得去哪儿。

刘老炮接着又问道：咱们会去哪儿呢？

沈少夫摇了摇头，说道：有的师已经向山东开拔了，也有的去了北平，咱们去哪儿还真不好说。

刘老炮听了，忠心耿耿地说道：大哥，你放心，俺跟着你了就不会说后悔，你去哪儿，俺跟你去哪儿！

说到这里，刘老炮感觉到那只耳朵又疼了起来，一边抽着冷气下意识地捂着它，一边咧着嘴说道：石光荣这一刀，差点儿要了老子的命。

两个人就这样一边喝着酒一边说着话的工夫，潘翻译官身着便装，来到了陈记杂货铺的门前，看看左右无人，便一头走了进去。

陈老板抬头见他走了进来，象征性地招呼了一声，紧接着，向他使了一个眼色，就带着他来到了一个房间里，随手便把一个信封递了过来。

潘翻译官打开信笺，快速地看了一眼，抬头问道：组织让我在国民党队伍里继续潜伏下去，可是要是队伍开拔了，我去哪里找联络点？

陈老板急促地说道：组织交代过，到时会有人联系你。

潘翻译官点了一下头，接着，一下子握住了陈老板的手，充满感情地说道：老陈，咱们合作得很愉快，不知我们什么时候能再见面。

听了潘翻译官的话，陈老板心里一下子也不是滋味了，张开双臂便和他紧紧拥抱在了一起，说道：会有新战友联系你的，再见了！

自从把刘老炮送回国军二十四团，回到独立团后，石光荣的心里一直就窝着一股火，又得知自己因此而降了职，着实感到十分郁闷，没有事情可做，便躲在自己的房间里，躺在床上蒙头大睡起来。

这天中午吃饭的时候，桔梗知道石光荣正躲在自己的房间里生闷气，左手提着两瓶酒，右手提着几听东洋罐头，一脚就把他的房门踹开了，见石光荣一动不动地蒙头倒在床上，二话没说，咣当咣当就把手里的酒和罐头放在了炮弹箱上，紧接着，一把掀开了石光荣的被子。

石光荣吃了一惊，睁着眼睛愣怔怔地看着桔梗。

桔梗说道：石头，俺找你喝酒来了，这酒和罐头都是从日本人那儿缴获过来的。

石光荣听了，并不答话，猛地一把扯过被子又蒙在头上。桔梗见状，一咬牙，又把那床被子扯开了，石光荣便和她你来我往无声地撕扯开来。

桔梗趁石光荣不留意，猛地一下把被子丢在地上，望着他大骂道：石头，俺一直认为你是个男子汉，原来你是个完犊子玩意儿，这么点儿小事就把你整趴下了！

石光荣一下子坐直了身子，瞪着一双眼睛冲桔梗嚷道：谁趴下了？桔梗你不要睁眼说瞎话。

桔梗接着说道：是日本人完犊子了，多高兴啊，你看独立团上下都在庆祝，你不趴下，大白天睡啥大觉？

石光荣从床上下来，不咸不淡地说道：俺没睡觉，睡觉干啥。

桔梗看了石光荣一眼，笑了笑，张嘴用牙咬开了两瓶酒，蹾在另一只炮弹箱上，说道：石头，你要是真高兴就陪俺喝顿酒。咱俩一人一瓶。

石光荣看看那酒又看看桔梗，嘟哝道：喝啥酒，这酒喝得不明不白，俺不喝。

桔梗瞅着石光荣，问道：你想咋的就喝明白了？

石光荣说：别人是因为日本人完蛋了高兴才喝酒，人家那是战友，为了生死才喝的酒，你这是整的啥景啊？

桔梗也把眼睛瞪大了，说道：石光荣，你和俺都是独立团的人，你说是不是战友？别的战友能喝酒，咱们这个战友就不能喝了？

石光荣听了，一下子就受了感动，有些激动地看着桔梗，坐过来说道：桔梗，你终于整明白了？咱们是战友，对不？

桔梗点点头，说道：不是战友还是敌人哪，少废话，是爷们儿就喝酒！

说完，自己先拿起瓶子，咕咚咕咚就喝下去几大口。

石光荣看着桔梗喝了，也举起了酒瓶，喝了几大口。

石头，你这就对了！桔梗看着石光荣说道，男子汉大丈夫能屈能伸才是真男人。

石光荣突然觉得桔梗话里有话，慢慢放下瓶子，问道：桔梗你这话啥意思，俺屈也屈了，让俺往哪儿伸？

桔梗说道：刘老炮让人放了，你刚提拔的营长也让人给撸了，石头俺知道你心里不痛快，憋屈。来，咱不说那个，喝酒！

两个人一边这样说着，一边就喝下去大半瓶子白酒。喝到最后，石光荣和桔梗就都有些喝高了。

桔梗一边摇晃着脑袋，一边拍着石光荣的肩膀说道：石头，刘老炮的耳朵你弄得痛快，俺知道队伍上有纪律，没啥大不了的。咱们这仇以后有机会报，你的营长还能当，你可千万别上火呀。

石光荣喝了这么多酒,一下也想开了,说道:桔梗,营长不营长的俺不寻思,干啥都是打仗,俺就是想早日把刘老炮点天灯,给咱爹娘报仇。

桔梗看了看所剩无几的酒瓶子道:石头,这话不说了,说多了闹心,咱说点儿别的。

石光荣怔怔地望着桔梗,眼前却幻化出了王百灵的样子,他下意识地揉了揉眼睛,大着舌头说道:说点儿别的,那就说点儿别的。桔梗呀,俺说句话你别生气行不?

桔梗说:石头,咱俩谁跟谁,俺不生气,你说吧。

石光荣吧唧吧唧嘴巴,说道:你……你要是王百灵就好了!

桔梗一听"王百灵"三个字,立马就清醒过来,追问道:啥,石头,你说啥?

俺说,你要是王百灵俺就娶你了。石光荣说道。

桔梗一字一句问道:石头,你真惦记人家王百灵,那俺算啥?

石光荣蒙眬着一双眼睛,说道:你是妹子,是战友呀!

桔梗听罢,一股火气腾地一下冲了上来,顺手抓起一只酒瓶子就向石光荣头上砸去。瓶子哗啦一声碎了,一瞬间,血从石光荣的头上流了下来。桔梗摇晃着身子站起来,气愤地吼道:告诉你石头,你是俺的男人,不许你打别的女人的主意,今天喝酒高兴俺饶了你,下次你再这样,俺好好收拾你。

说完,手里抓着那半截酒瓶子,踉踉跄跄就走了出去。

不多会儿的工夫,小伍子气喘吁吁地从外边跑了进来,一脚跨进门里,正要说什么,突然闻到了一股浓烈的酒味儿,又发现石光荣正捂着一颗脑袋木呆呆地坐在那里,血顺着手指缝止也止不住地往下流,立时就慌了,二话没说,转身又跑出屋门,一直跑到卫生队,把这情况急三火四地告诉了白茹队长,马上又带来了王百灵进行包扎。

小伍子的话,让白茹很快意识到,这一定是桔梗闯了祸,紧接着就找到了桔梗。这时,桔梗已经一头扎在宿舍的床上呼呼大睡起来了。

宿舍里酒气熏天。白茹看到床上的桔梗,喊了两声,不见应声,便死拉硬扯地把她从床上拽了起来,厉声问道:桔梗,你说你都干什么了?你把石连长咋的了?

桔梗揉着眼睛,迷迷糊糊地说道:俺没把他咋的,就收拾了他一下,让他以后长点儿记性。

白茹严厉地说道:桔梗,你知道自己这是犯的什么错误吗?石连长受伤了,王军医都去给包扎了你知道不知道?

桔梗挣扎着站起身子,懵懵懂懂地问道:他受伤了?要去包扎也是俺去,她王百灵干啥去?

说完，踉踉跄跄就要往外走，却被白茹一把拉住了，厉声说道：你就消停会儿吧，要是石连长有个好歹，桔梗我告诉你，团长不会饶过你。

桔梗稍稍清醒了一些，听明白了白茹的话，煞白着一张脸说道：团长凭啥收拾俺，石头是俺男人，俺想咋的就咋的！

桔梗我看你是昏头了，这儿不是蘑菇屯，你也不是家庭妇女，你现在是名八路军战士，你怎么这么说话？一见桔梗这样的态度，白茹气愤地说道。

桔梗歪着脑袋，顿了顿，说道：白队长，俺咋说话了？石头是俺男人，他心里惦记着别人，俺就收拾他了，你们这是欺负俺，俺不干行了吧？！

说着，就把身上的那套军装脱了下来，又从床下的一个包袱里拿出自己以前穿过的衣服换上。

白茹看着她在收拾包袱，便在一旁说道：桔梗你这么做就是个逃兵，你要是当逃兵我也不拦你，那你永远也别回来了。

桔梗听了，却赌气般地回道：不回就不回！你们都欺负俺，俺走了，看你们以后欺负谁去。

说完，背起那只收拾好的包袱转身就走出了房门，白茹一见桔梗真的任了性子，便赶紧追了出去……

此时，石光荣受伤的头部已经被王百灵包扎上了，小伍子望着石光荣，焦急地在一边直跺脚，忍不住埋怨道：营长，人家王营长都分武器去了，还挑了一匹马给自己骑，你可真能沉得住气，大白天喝啥酒哇？

石光荣听小伍子这么一说，立即清醒了起来，抬头问道：你说王营长分武器了，还挑马？

小伍子说道：可不咋的，王营长刚把马牵走，老高兴了，说是晚上还要喝酒庆祝。

石光荣一激灵起来了，说：伍子，快带俺去！

小伍子犹豫了一下，指着他的脑袋欲言又止：可你……

哎呀，你快带俺去吧，晚了黄花菜都凉了！说着，石光荣拉扯着小伍子就奔了出去……

桔梗最终被两个战士“押”进了团部。

胡团长听白茹把来龙去脉说完，气咻咻地望着桔梗，问道：还真当逃兵？

白茹说：我追了她二里地，说了二里地，可她就是不听，非要回蘑菇屯。

桔梗你这么做知道是啥意思吗？胡团长接着又问道。

桔梗梗着脖子，说道：知道，是逃兵，俺不干了还不行吗？俺要回家当个家庭妇女去。

可是，胡团长哪里知道，桔梗醉翁之意不在酒，她之所以决意回家，只是因为王百灵。有王百灵在这里,就没有她跟石光荣的好日子。她实在受不了石光荣的这份冷落,受不了这个窝囊气。

胡团长挥着手皱着眉头,问道:你喝酒不说,还打伤了石光荣,现在又当逃兵,想来就来,说走就走,你以为独立团是你家呀?

胡团长突然发起了脾气,冲两个卫兵喊道:押下去,关禁闭!

站在一旁的两个卫兵走上来就要执行军令,桔梗见状,挥手打开伸过来的两双手,气哼哼地说道:俺自己会走,不就是关禁闭吗,枪毙俺也不怕。

说完,率先走出了团部的房门。

团长,你看这个桔梗,脾气多像石光荣!白茹望着桔梗的背影不由得说道。

胡团长笑了笑,说道:这回得让她长点儿记性,好钢也是人炼出来的。

桔梗被关禁闭的当儿,石光荣和小伍子一起已经风风火火地来到了村头的一片打麦场上。石光荣抬眼看到小德子正把一匹马拴在一个马桩子上,精心地给它梳理鬃毛。另外还有几匹马被拴在一旁。有个干部在那几匹马前走来走去,似乎最终也没有挑到让自己中意的,便不无遗憾地摇着头走开了。

马呢,马哪儿去了?石光荣喊道。

小伍子指着那几匹剩下的马说道:在那儿呢,就剩这几匹了,好的都让人挑走了。

石光荣冲那几匹剩下的马走过去。

就在这时,王营长骑着一匹马跑了过来,来到石光荣面前,不无炫耀地说道:石光荣,你看俺这马咋样?这叫草上飞,跑得跟飞机差不多,要多快有多快,你别说,这小日本真给咱们留下不老少好东西。

石光荣歪着头看了一眼骑在马上的王营长,啧着一张嘴说道:还飞机呢,你见过飞机咋的,飞机长啥样?

王营长说道:咋没见过,红军过湘江,敌人的飞机来轰炸……

一句话没说完,石光荣就打断了,说道:别提你那湘江了,过湘江时你还尿炕呢,啥飞机呀,别老提那事!

王营长看了一眼石光荣头上的那块纱布,说道:石光荣你这叫点背,营长被人撸了,脑袋听说也让人给开了,挑匹马吧,也来晚了,你说你,能干点儿啥呢?不和你扯了,我得遛马去。驾!

说完,策转马头,打马而去。

石光荣望着王营长的背影,狠狠地啐了一口。回身看到小德子还在认真地梳理那匹马的鬃毛,眼睛不觉一亮,便走了过去。走到那匹马的跟前,就开始一圈又一圈地绕开了圈子。把个小德子看得直笑,一边笑着一边问道:这马好吧?

石光荣点点头,发自内心地赞叹道:你看这蹄子,看这马的身段,还有这腿,和当年团长的飞火流星差不多,好马,真是好马呀!

接着,不由分说,冲一边的小伍子说道:谁说好马被人挑走了,老子就要这匹马。伍子,给俺牵走!

小伍子知道这是为胡团长挑下的那匹马,一下子就左右为难了。

石光荣见小伍子站在那里犹豫,上前说道:你不牵俺牵!

说完就要从马桩上解缰绳,却被小德子一把按住了,小德子说:连长,你挑哪匹都行,这匹你不能挑。

石光荣一下把眼睛瞪大了,问道:咋的,它不是马呀?

小德子朝石光荣笑笑说:这是团长的,团长亲自选的,俺在这儿给马梳毛呢。

石光荣两手抱在胸前,歪着脖子问道:这也有主了,那也有主了,小德子,你说,让俺挑啥?

小德子说:你挑啥俺管不着,这匹你不能挑,这是团长的。

石光荣见小德子这么执拗,一下子便来劲了,说道:团长咋的了,他是人俺就不是人了?真是跟啥人学啥样!小德子,当年咱们在一起放牛时,你可不这样,现在咋学成这样了,早知道这样,俺就不推荐你给团长当警卫员了。

正这样说着,胡团长已经走到了石光荣身后。小德子看见了胡团长,不便告诉石光荣,又担心他说错了什么,心里着急,便站在那里一个劲儿地冲石光荣挤眼睛。

石光荣不明白小德子为什么一个劲儿地挤眼睛,继续说道:你挤啥眼睛,小德子,俺告诉你,你就是跟团长学小气了,心就跟针鼻儿一样大,一匹马咋的了,老子今天就要这匹了!

胡团长笑了笑,猛然在后边说道:石光荣,我看你是被桔梗打傻了,说啥呢?

石光荣一个愣怔,回过头来,见是胡团长到了跟前,立时嬉笑道:团长啊,俺没说啥,说马呢!

马咋的了?马心眼也小是不是,你看这马的心有针鼻儿大吗?胡团长说。

石光荣一下子就不好意思了,说:团长既然你都听到了,就听到了,俺这马不要了还不行吗?好的都被人挑走了,俺真的不要了!

说完,拉起小伍子就要离开。却又被胡团长叫住了。

石光荣立住脚,不自然地说道:俺说的那些话就当放屁了,团长,俺真的不要了。

胡团长看了他一眼,问道:你真喜欢这匹马?

石光荣忙说着:那当然,一匹好马在战场上那可是左膀右臂,这谁不喜欢,傻瓜才不喜欢呢!

胡团长笑了笑,抬头看着小德子说道:德子,这马让石光荣牵走!

团长,这可是给你选的。小德子忙说道。

胡团长指了指一边的几匹马,说道:那不还有几匹吗,我骑啥样的都行,给石光荣牵走吧!

石光荣一下子就有点儿慌了,望着胡团长说道:团长,俺不牵,俺咋能夺人所爱呢,你是一团之长,没匹好马怎么行?

胡团长半真半假地说道:你别跟我虚头巴脑的,让你牵你就牵。

石光荣听了,实在不忍放弃,犹豫了一下,便又惊又喜地道:团长,俺真牵了,你可别后悔呀团长!

我心没有针鼻儿那么小。胡团长说道,让你牵你就牵。

石光荣终于找到了台阶,几步奔过去从小德子手里夺过缰绳拉着马就跑,小伍子紧紧跟在后边。

那匹马被石光荣牵走了,小德子一下感到十分失落,哭丧着脸说道:团长,你咋让给他了,这可是匹好马!

胡团长顿了顿,禁不住感叹道:石光荣骑上它比我有用啊!

从小德子的手里夺得一匹好马,石光荣自然是喜欢得不知如何是好,和小伍子一起牵着它回到住处后,便左看右看地在院里转开了圈。

小伍子说:连长,给它起个名字吧。

石光荣咧着嘴,看着马,寻思了半天,说道:这马是蒙古马的种,你看这身上的毛色,就叫草原青吧,咋样?

小伍子一边琢磨着这名字,一边自言自语道:草原青?这名字不错。

石光荣一拍大腿,说道:对,就叫草原青。

一边咧着一张嘴笑着,一边又解开了马缰,翻身上马道:俺得遛遛去,驾!

一句话还没说完,一溜烟似的便蹿出了院子。

刚刚骑马来到了村口,迎面竟看到了骑马过来的王营长。只要两个人遇到一起,就如同好斗的一对公鸡,总是会对掐上几句。两人靠近了之后,便把马勒住了,上上下下地相互打量起来。

王营长突然觉得石光荣骑着的那匹马有些眼熟,便问道:这不是团长那匹马吗,咋让你骑来了?

石光荣举着马鞭笑笑,趾高气扬地说道:现在它是俺石光荣的马了,它叫草原青知道不?

行啊,团长对你不薄哇,把自己的马都给你了。王营长有些羡慕地说道。

石光荣说:咋的吧,你有意见呢?

王营长说:我没意见,可有人有意见!

谁有意见?

石光荣一句话还没说完,就见王营长犹疑地问道:桔梗的事你还不知道吗?

一听桔梗,石光荣马上也变了脸色,匆忙问道:桔梗咋了?

王营长说:她被团长下令关起来了,要开除了。

说完,王营长便急匆匆地打马而去了。石光荣歪头望着王营长远去的背影,这才突然意识到了什么,立即回转马头,举鞭追了上去……

石光荣推开禁闭室的房门时,桔梗正香甜地躺在屋内一角的那堆干草上睡着了,还响起了轻微的鼾声。

石光荣悄悄走过去,蹲在那里,怔怔地看着桔梗,片刻,终于还是心疼地把她摇醒了。桔梗睁开眼睛,一眼看见石光荣,一下子就把他抱住了,失声痛哭起来。

石光荣拍着她的肩膀问道:桔梗,你这是咋的了?谁把你关在这儿的?

桔梗一边抽泣着,一边说道:石头,俺受欺负了,俺不想干了,俺要回蘑菇屯。

石光荣看着身着一身便装的桔梗,突然明白了,正色道:桔梗,你这是要当逃兵呀,要是碰到我,也会下令把你关起来。

桔梗一边哽咽着,一边不解地问道:石头,你也这么认为?

石光荣急切地说道:桔梗,你干啥都行,就是不能当逃兵,要是在战场上,枪毙你都不过分。

听了石光荣的一番话,桔梗立时便惊住了,一时间感到六神无主,再也不知该说什么了,只拿一双眼睛怯怯地望着他。

你在这里好好反省吧,啥时候想通了啥时候再出去。石光荣望着桔梗扔下这句话,就转身走出了禁闭室。心里知道到现在已经没有人能够挽救她,桔梗一下子傻眼了。

这天傍晚时分,老爷庙里弥漫着一种山雨欲来的气氛。而就在此时,谷参谋长手里拿着一份电报,匆忙走进了沈少夫的办公室,兴高采烈地报告道:师座,恭喜你了!

沈少夫觉得有些奇怪,侧头问道:你叫我师座,什么意思?

谷参谋长一边笑着,一边把那份电报递了上去,说:冀中指挥部电令,委任您为新国军独立集团军八师师长。

沈少夫朝那份电报看了一眼,嘴角上露出一缕笑意,但旋即便消失了,问道:这会不会又是一纸空头支票,给个师长,那部队呢?

谷参谋长这才突然又想起什么,把另一份电报递过来,说道:师座,看来这次不是空头的,你再看看这份电报,国军冀中原二十五团、二十六团,已经归咱新八师管辖了,委任状随后就到。

沈少夫看着那份电报,突然高兴起来了,扬眉吐气地说道:二十四团是我沈某自掏腰包组建起来的,说白了,这个团长是我买来的,看来这个师长是国军编制下的,他们终于承认我沈某了,从此,我沈某在国军中也算有名有号了。

谷参谋长一笑,说道:师座你说的是,可塞翁失马焉知非福哇,你再看看这份电报。

谷参谋长取过文件夹,又从里面抽出了第三份电报。沈少夫只是粗略一看,便倒抽了一口冷气,不禁大惊道:让队伍即日开拔,赶赴东北,谷参谋长,这是什么意思?

谷参谋长思虑道:日本人投降,东北一直是苏联军队说了算,国军到处在接收地盘,肯定和接收东北有关吧!

沈少夫托着下巴,在房间里踱开了步子,过了好一会儿,说道:看来这国共是合作到头了。

说到这里,沈少夫旋即又认真看了一遍电文,说道:明天凌晨集合队伍出发,这时间也太仓促了吧!

谷参谋长点着头,说道:从时间上讲是仓促了一些,不过,冀中总部肯定有他们的想法,否则不会这么紧急,跟催命似的。

沈少夫听罢,下意识地整了整军装,冲谷参谋长说道:传我的命令,三小时内集结队伍,凌晨出发!

沈少夫的命令下达到了刘老炮那里,刘老炮立时便进行了行军前的准备。在替刘老炮收拾行李时,刘二发现了一包嫁衣,便随口问道:叔,这东西还要吗?

刘老炮抖开一件大红的嫁衣,一边留恋地欣赏着,一边说道:这是给桔梗备下的,可惜呀!

叔,要还是不要?

当然要。刘老炮说,俺刘老炮没死,她桔梗也好好的,这新娘子的衣服迟早会穿在她的身上,凭啥不要?

叔,俺明白了。

说完,刘二便把那包嫁衣放进了一只箱子里。

就在这时,潘翻译官身穿一身国军军装推门走了进来。

刘老炮抬眼见是潘翻译官,问道:潘副官,东西收拾妥了?

潘副官笑笑,轻松地说道:我就一个人,有什么可收拾的。说走就走,这叫无家一身轻啊!

刘老炮接着问道:潘副官,听说没,咱团座提拔师长了,咱们兄弟也都各自官升一级了!

潘副官笑道:我潘某能谋到这份差事,还不是全仰仗你老兄罩着吗?

刘老炮说道:这话说远了兄弟,在日本人手下那会儿,你不也是经常罩着我们吗,这次去东北,那是我刘长山的地盘,以后有事说话,兄弟不会让你受委屈的。

潘副官笑道:那就多谢了!

几乎在同一时间内,独立团也接到了一份重要命令。那份命令是牛特派员骑马带着两名警卫,专程送到独立团的。把所有连以上干部连夜召集到一起之后,牛特派员当即宣布道:咱们八路军现已正式更名为中国人民解放军,冀中解放军总指挥部奉延安的命令,独立团三日内完成整编,第四日出发,接收东北。

随即,他抬起头来,环视了一遍,宣读道:中国人民解放军总部命令,任命胡刚为中国人民解放军独立师师长,张达生为师政委。石光荣为尖刀营营长,王长贵为三营营长……

按照既定的计划,一切准备就绪后,刚刚调升为独立师的八路军冀中某独立团便在第四天夜里,踏上了去往东北的行程。届此,国共第二次合作破裂,内战全面爆发!

第十章

独立师正夜以继日地往前行进，不日后进入了一片苍茫的东北大地。当队伍即将行至东辽城时，突然接到了纵队的急电，电令迅速抢占东辽城外的打虎山。

打虎山？胡师长不觉皱了一下眉头，便与张政委一起下马，马上又让小德子拿过一张地图来。一边看着地图上现在所处的标示位置，一边寻找着那个叫打虎山的地方，片刻，抬头说道：打虎山距离东辽城三十公里，离我们现在的位置六十公里。

说着，胡师长望了一眼张政委，又转头向小德子命令道：传我的命令，让尖刀营火速前进，占领打虎山。

小德子一个立正，答道：是。

说着，小德子牵过马来，飞身上马，便向部队前方寻找尖刀营去了。

小德子追赶上尖刀营的时候，尖刀营营长石光荣正骑在马上，一边带着队伍往前行走，一边兴致勃勃地介绍自己的家乡：过了打虎山再往北走不远，就是俺的老家蘑菇屯了。

一侧的张连长听了，说道：营长，可惜你父母都不在了，养父养母也让汉奸给杀了，要不然，你让师长给你放几天假，回蘑菇屯看看。

想起养父养母的被害，石光荣禁不住又是气愤又是悲伤地说道：要说亲人，俺现在就剩桔梗这个妹子了，不过蘑菇屯还有许多老乡，于三叔、三婶、石墩子。石墩子是俺本家，那小子淘气，上树掏鸟，偷人家的李子，啥事都干。

张连长听了，笑了起来。

就在这时，小德子一边高喊着石营长，一边远远地从后面打马追了上来。石光荣听到喊声，忙勒住马缰，回头望着小德子，还没待问话，小德子已经疾驰过来，急促地说道：石营长，师长命令你们尖刀营火速前进，抢占打虎山。

奔打虎山哪？明白了！说着，石光荣接着冲队伍高声喊道：尖刀营，目标打虎山，跑步前进！

一句话说完，挥动马鞭，便往前奔驰而去了……

谁也没有想到，当石光荣带领尖刀营正往打虎山方向火速前进时，刘老炮已经带人率先抢占了打虎山有利地形，正指挥着新国军独立集团军八师的一帮士兵在那里修筑工事了。

解放军独立师正朝打虎山席卷而来的消息，刘老炮在这个时候已经获知了。看眼下的形势，解放军与新国军在打虎山这个地盘上要打上一仗，已经是不可避免的事情了，想到与解放军作战，一时间，刘老炮又是兴奋又是紧张，他一边挥舞着手枪吆喝着，一边动员道：快，快，共军马上就上来了。守住打虎山，就守住了东辽城，等这一仗打完，俺带你们进城吃香的喝辣的去。

滚刀肉和磕巴正弯着身子修筑工事，回过头冲刘老炮道：当家的，东辽城有窑子没有？这阵子可给咱们弟兄们憋出火来了。

刘老炮听了，上前一脚踹在了滚刀肉的屁股上，说：守住打虎山再说，师长说了，要是守不住打虎山，脑袋都得搬家。

磕巴抬头望着刘老炮说道：当……当家的，有这么邪乎吗？干……干啥……老……老吓唬我们。

吓唬你们？刘老炮看了磕巴一眼，转眼冲着整个阵地大声喊道：你们都听好了，现在可不是跟日本人混的时候了，咱们现在是国军，国军，知道不？

说完，举枪冲着磕巴吼道：磕巴，你要是打起仗来草鸡了，你信不信老子一枪能把你崩了？！

磕巴脸色一下就变得煞白了，一边赔着笑脸，一边点头应道：当……当家的，俺和你混……混到死了，俺……俺听你的，你说咋……就咋……

石光荣在最短的时间里，带着队伍来到了打虎山下，驻足举着望远镜向山上观察着。片刻，张连长跑来报告道：营长，让敌人抢先了一步，我们来晚了。

石光荣有些疑惑地看着张连长，放下望远镜问道：是什么部队？

张连长气喘吁吁地说道：侦察排还没摸到具体情况，只估摸着山上有一个营的兵力，他们也是刚上山。

石光荣思忖道：通知各连，马上准备投入战斗。

营长，情况还没摸清，这么打行吗，用不用向师长汇报？张连长犹豫着问道。

师长命令我们抢占打虎山，现在被敌人占了，我们的任务就没完成，现在不攻等敌人站稳脚跟再攻啊？说着，石光荣就把两个连长喊到了身边，一边指着打虎山两翼，一边命令道：听好了，你们都准备好，等我发令后，二连从左侧攻，三连从右侧攻。

说完，回头又冲张连长安排道：你们尖刀连跟我从正面攻上去！

说完这话，石光荣突然发现王百灵带着小凤走了过来，石光荣一下直了眼睛，直勾勾地望过去，不解地问道：你们咋来了？

报告石营长，白院长命令我们跟随你们尖刀营。王百灵敬礼答道。

石光荣望着王百灵，不自觉地笑了，立马便兴奋起来，冲一边的战士说道：看到没有，医院都派人来了，咱就没啥后顾之忧了，不把打虎山整下来，咱们尖刀营就没脸见人。

小伍子听了，紧忙拉着石光荣说道：营长，你说啥都行，但你不能上去。

说啥呢，别吵，弄得我耳朵根子嗡嗡的。石光荣望了一眼小伍子说道，伍子，你听好了，保护好王军医和小凤护士，她们要是有啥事，我拿你是问。

小伍子回头望着王百灵和小凤，不情愿地答道：知道了，营长。

石光荣掏出怀表看了看，转身对三个连长命令道：半个小时后，队伍发起冲锋。

与此同时，胡师长带领大部队也在朝打虎山脚下加速行进着。关于打虎山的情况，纵队已经得到了相关情报，又将这情报电令到了独立师胡师长这里。

胡师长听到这消息，立时火了：什么，被敌人占领了？他尖刀营干啥吃的，怎么能让敌人抢了先？

前来报告的参谋听了，望着胡师长解释道：据从敌人内部得来的情报通报，这伙敌人是沈少夫的部队，比我们提前两天开赴的东北，他们只比我们早到一个时辰。

张政委在一旁问道：那纵队怎么说？

纵队命令，趁敌人立足未稳，攻下打虎山。

胡师长扭头望了张政委一眼，说道：老张，通知队伍火速前进。

说完，挥起马鞭，打马便向前面奔去了……

此时此刻，打虎山山头已是狼烟四起了，震耳欲聋的枪炮声喊杀声响成了一片。石光荣嘶喊着指挥队伍向山头冲锋，眼见着一次次冲锋的士兵倒了下去。由于敌人占领了有利地形，加之火力封锁十分密集，战士们攻不上去，只能趴在半山坡上寻找掩体向山上射击。

看到了眼前的情形，石光荣急得直砸大腿。

胡师长带领大部队终于赶到了打虎山下，当胡师长从望远镜看到了山上的战情后，不觉吃了一惊，放下望远镜便冲张政委说道：敌人的火力很猛，看来山上敌人的兵力不止一个营，通知炮连冲山头打光所有的炮弹，二营、三营、预备营准备发起冲锋。

张政委说道：我这就去安排。

很快，在敌人疯狂的射击之下，十几门迫击炮在山脚下支了起来，将一发发炮弹接二连三地往山上发射过去。山头阵地一片火光冲天，在迫击炮不断的轰炸之下，敌人的火力明显减弱下来。

已攻到半山腰的石光荣见时候已到，回头冲王百灵一笑，说道：丫头，你看好了，看我石光荣是咋冲锋的！

说着，石光荣举枪站起身来，大喊一声：尖刀营的，大部队到了，冲啊！

说时迟那时快，草丛里、树后、石头边一下子冒出一大片的战士来，一边嘴里嘶声喊着冲杀，一边便向山头冲上去了。

守在国军阵地上的刘老炮眼见着形势不好，仍在做最后的抵抗，一面丁零当啷地敲一面铜锣，一面在阵地上奔走着，嘶哑着嗓子喊道：都他妈的给我顶住了，脑袋掉了是英雄，退后一步是狗熊。

突然一颗子弹飞过来，刘老炮下意识地缩了一下脖子。接着，又起身喊道：妈了个巴子，师长说了，顶住了每人十块大洋，顶不住就地放倒。

也许是刘老炮的喊声起到了一定的蛊惑作用，阵地上旋即又发出了一阵紧似一阵的射击声。然而，这枪击声尽管猛烈，毕竟敌不过山脚下飞来的一发发炮弹的狂轰滥炸，不大工夫，手下的人已经死伤过半了。

刘老炮见状，趁机跑到了山头另一侧的国军指挥部里，冲沈少夫大叫道：师座，共军攻上来了，山头要守不住了。

沈少夫见刘老炮满脸是血地冲进来，不禁咬着牙齿，铁青着一张脸说道：通知炮营，目标山头，给我轰。

师座，山头上还有咱们弟兄呢！刘老炮瞪大眼睛望着沈少夫说道。

沈少夫阴鸷地说道：这叫舍不得孩子套不住狼，无毒不丈夫。快传我的命令！

接着，沈少夫又冲一旁的谷参谋长安排道：参谋长，你带领预备团等炮火结束，给我顶上去。

谷参谋长提枪在手，应道：是，师座。

转身跑出了指挥部。

这时间，石光荣已经率领尖刀营冲到山头阵地上，与敌人战到了一起。他一边举着大刀，一边拼力砍杀着，当看到从山脚下源源赶来增援的队伍时，又陡然增加了一份精神。

突然，一排炮弹落在了阵地之上，旋即在敌我双方之间炸倒了一片，与此同时,血肉横飞的阵地上,弥漫着一股浓烈的血腥气息。

转眼间,石光荣看见王百灵和小凤正在山顶上的人群中与敌人拼杀,恰恰这时候,一发炮弹呼啸过来,情急之下,石光荣一个跳跃奔扑过去,把两个人推倒在地上,下意识中将王百灵护在了身下。

石光荣吼道:这不是你们待的地方,你们下去!

不等王百灵回话,石光荣扭头朝小伍子喊道:伍子,快拉她们下去!

话音落下,石光荣抖抖身上的泥土从地上爬起来,一面挥着大刀冲向敌阵,一面血红着眼睛大喊道:尖刀营的,杀,杀!

胡师长举着望远镜看到了这一切。张政委放下望远镜说道:老胡,敌人这是疯了,连自己人都不要了,这伤亡太大了。让队伍撤下来,咱们再想想办法。

胡师长也不忍再看下去了,不自觉地叹了一口气,放下望远镜说道:通知司号员,吹号,撤退。

阵地上进行肉搏的战士们,突然都听到了撤退的军号声。石光荣听了,不觉一愣,冲小伍子疑惑地问道:伍子,这是啥号你听听。

小伍子把手放到耳边,片刻说道:营长,这是让我们撤退,撤退号。

都这时候了,咋还撤了?石光荣嚷道。

说话间,又是几发炮弹落了下来,又有一群拼杀的敌我士兵应声倒了下去。

石光荣望了一眼,紧闭了一下眼睛,大声喊道:撤!

阵地一角的张连长听到撤退号时,正与磕巴拼杀着。磕巴的枪这时间已经被张连长砍断了。磕巴一见不妙,转身就要往回跑去,却被张连长一把揪住了衣领。

接着,张连长也大叫了一声:尖刀连,撤!

战士们闻令,一边回头射击着,一边就撤下了阵地。

队伍扎营在打虎山下的黑山屯里。黄昏的时候,张连长把磕巴捆绑在村中一片空地旁的一棵大树上,惹来许多人围观。磕巴睁着眼睛,胆怯地看看这个,望望那个,身子不停地哆嗦着。突然,他的眼睛一亮,目光落在了石光荣的身上。见石光荣正用一双仇视的眼睛望着他,磕巴立马挤出一缕笑来,求救般地喊道:石头哥,你……你不……认……认识俺了,俺……是蘑菇屯……老苏……家的大……大小子!

石光荣冷笑了一声,说道:我怎么会不认识你,你叫小磕巴,打小就不学好,烧成灰俺也认识你。

磕巴说:亲……亲不亲……故乡人,石头哥……哥,你……别伤俺……

胡师长走了过来,逼视着磕巴问道:你说,山上是什么部队,有多少人?

磕巴神色慌张地回道:俺……俺说,山……山上……师长叫沈少夫,石头哥……哥认识。

原来是沈少夫的部队,他不是二十四团的团长吗?石光荣转身望着胡师长,有些疑惑地问道。

磕巴却抢了话茬,道:他……他……现在是师……师座了。

这么说刘老炮那个汉奸也在山上?石光荣接着问道。

磕巴说:当……当家的是,是……副参谋长……他指挥……俺……俺们打仗。

石光荣咬牙切齿地说道:这个汉奸,怪当初没有斩草除根。

就在这时,桔梗风风火火地冲进人群,来到磕巴跟前,不由分说照着磕巴就是两个耳光,大骂道:你这条汉奸狗,当初是你抓的俺,俺爹俺娘是不是也是你杀害的?

磕巴一边忍着疼痛,一边可怜巴巴地看着桔梗,说道:妹……妹子,不……不是的,是……是刘二干的。

望着磕巴,桔梗的眼里已经喷出火来了。接着,再也顾不得许多,一边大骂着,一边就扑将上去,双手紧紧地掐住了磕巴的脖子。

胡师长见桔梗又要动粗,大吼了一声:桔梗,住手!

张连长和小伍子马上跑上来把桔梗拉开了。可桔梗哪里肯就此罢手,一边刨脚蹬地被两个人拉拽着,一边不住地喊着:你这个狗汉奸,早晚得整死你!

磕巴半天才缓过气来……

夜深了。接连几日的行军过后,又经历了一场血战,疲劳过度的独立师的战士们很快就进入了梦乡。黑山屯陷入了空前的寂静里。

磕巴还被绑在那里。站在他身边的哨兵在一旁不停地踱着步子。磕巴骨碌碌地转动着一双小眼睛,看了一眼哨兵,想了想,接着又闭上了眼睛,片刻,竟然低头打起了鼾。

许是受了鼾声的传染,不知到了什么时辰,那名踱着步子的哨兵不自觉地竟也打起了哈欠,一阵难以克制的困意袭来,便抱枪坐在了树下的一个石礅旁,眼皮子挣扎了几下,就不知不觉地打起盹来。

就在这时,磕巴挣动了几下身子,就悄悄磨开了捆绑着的绳子……

天色微明的时候,哨兵突然发现被捆绑在树上的磕巴不见了,立时傻眼了。待他反应过来之后,立马慌慌张张地报告了王营长。

胡师长、张政委和石光荣听说了这件事情,很快赶了过来。

石光荣见到被磕巴扔在树下的绳子，立马火了，不由得大骂道：那个卫兵就该枪毙，连个人都看不住，不是废物是啥？！

骂完了，又扭头冲王营长发起火来：兵是你们营的，你也该受处分，别站在这儿跟没事人似的。

王营长也憋着一肚子气，瞪眼望着石光荣说道：你别跟个疯狗似的见谁咬谁，那个赵卫东是有责任，我不是把他关禁闭了吗？怎么处理我也不是你说了算，有师长、政委呢！

石光荣一边在那里转圈子，一边说道：为了抓那个小汉奸，俺们营死了多少战士，你知道吗？你姓王的别站着说话不腰疼，跑就跑了，啥态度哇你……

王营长还想说什么，却被胡师长一嗓子打断了：你们两个别吵了，卫兵看丢了俘虏自然会受到军纪处分，你们两个瞎呛呛一通就解决问题了？！

两个人听了，不说话了。胡师长接着冲张政委示意道：老张，上级的命令你宣读吧！

张政委手里拿着一张电报，看了一眼石光荣，又看了一眼王营长，说道：这是纵队的命令，既然你们两个先到了，我就传达一下纵队指示，其他营我和师长过一会儿再去传达。

石光荣眨巴着眼睛，问道：是不是全力攻打打虎山，一举灭了那个姓沈的？

张政委看了眼石光荣道：纵队命令我们，队伍就地休整，寻找战机再攻克打虎山的守军。

石光荣一听这话，又急得火上房一般，跺脚说道：打铁得趁热呀，这刚热乎咋就撤火了你说，王营长你说是不是这个理？

王营长白了石光荣一眼，气哼哼地说道：我服从命令，你别拿我说事。

说完，转身走了。

石光荣看看胡师长又看看张政委，一脸茫然地问道：这事就这么定了？

胡师长说道：有意见到纵队反映去，定了就是定了，你在这还磨啥牙呀！

攻打打虎山，石光荣没有决定权，只得转身带着小伍子，牵着那匹草原青，悻悻地来到一道山坡上。石光荣想要好好地驯化一下它。

小伍子站在一旁，不断地为他加油助威：营长，你来个冲锋，看它听不听指挥。

石光荣说道：好，那就来个冲锋。

说完，手举着马鞭冲前方大喊一声：草原青，冲锋！

可是，草原青就如同没有听到一样，仍然一动不动地站在那里，茫然地看着远处。石光荣无奈地摇了摇头。

营长,我说这马不行就不行,还不如换一匹去呢!小伍子说道。

石光荣听了,仍不甘心,接着就朝草原青的屁股上抽了一鞭。草原青似乎受到了一时的惊吓,猛地一下蹿了出去,把石光荣扑通一声就从马背上摔了下来。

小伍子见状,大呼小叫地冲过去,把石光荣从地上扶起来,关切地问道:营长,你没事吧?

石光荣龇牙咧嘴地捂着被摔疼的屁股,一时不知如何是好。

小伍子在一旁说道:这也是从日本人那儿缴获来的马。它也是个汉奸,营长,它对咱们有仇哇!

石光荣听了,皱着眉头嚷道:去,一边待着去!

说着,又一瘸一拐地向草原青走过去,猛然间,石光荣又像换了一个人似的,一跃而起爬上马背,一鞭挥起,又打马远去了。

小伍子望着石光荣远去的背影,自言自语地道:营长,俺一定要给你弄匹好马!

说话的工夫,就到了第二天上午,趁着石光荣不在,小伍子果然就牵着那匹草原青,换回了一匹高头大马。

石光荣一见,立马急了,大叫道:草原青你给俺弄哪儿去了?

小伍子眨巴着眼睛,望着石光荣,说道:俺刚才到后勤处李处长那儿给你换了一匹。俺看了,它比那匹啥草原青强,你看这腿,这腰身,准是匹好家伙。

可是,石光荣对这匹刚刚换回的高头大马并不感兴趣,看都懒得看上一眼,便又喝令道:胡闹,快把草原青给我换回来!

小伍子还站在那里坚持着:这家伙俺看错不了,营长。

石光荣不听,接着又朝小伍子喝了一声:少废话,俺就要草原青,还不快去?

小伍子怏怏不快地牵过马绳,一边应着,一边又返回到后勤处了。

直到望见小伍子把那匹草原青重新又换了回来,石光荣这才把一颗心放下了,看着牵马走在身边的小伍子,石光荣发自肺腑地说道:伍子呀,有些事你不懂,你就说这马,它跟人一样是懂感情的,草原青是匹好马,就是没驯出来。师长以前的那匹飞火流星听说过吧,那会儿俺还给师长当警卫员……

一时间,石光荣沉浸在久远的往事里。

听着听着,小伍子突然发现,石光荣的眼角湿润了。

小伍子望着石光荣，喃喃道：营长，俺懂了，你是喜欢这匹草原青。

石光荣闪动着泪光，继续说道：伍子呀，这马跟人一样，你对它好，它就对你好。到了战场上它就是你的战友，和你一起出生入死。

小伍子使劲点了一下头，说道：营长，俺懂了，以后俺一定对草原青好，再也不骂它汉奸了。

石光荣满意地笑了，陡然又来了精神，说道：走，伍子，咱再遛遛它！

纵队终于下达了作战命令。接到命令后，胡师长、张政委立即召集独立师营以上干部进行开会，精心布置了这次作战各自承担的战斗任务。几个营长坐在一起，目光集中在胡师长身上。胡师长站在悬挂在墙上的一幅地图前，环视了一遍大家，说道：打虎山是东辽城的门户，也是通往四平、锦州的交通要道，拿下打虎山，是纵队交给我们师必须完成的任务。它的意义非同小可。

说完，张政委起身补充道：这次纵队命令我们，要不惜一切代价，拿下打虎山，把四平和锦州这条战略要道连通起来。同志们有没有信心？

在座的几个营长一起答道：有。

石光荣忽地就来了精神，站起来说道：师长、政委，别的俺不敢说，只要把最难啃的骨头交给尖刀营，就没有啃不下来的，尖刀营就是剩最后一个人，也要把红旗插到打虎山头。

三营长听罢，也接着站起来，说道：别光说你尖刀营，俺们三营也不是看热闹的，我们的口号是，硬仗用我，用我必胜。

二营长说：还有我们二营。

四营长说：还有我们四营。

五营长说：还有我们五营。

…………

胡师长笑了笑，说道：好了，你们的决心日月可鉴，我们只有一个选择，拿下打虎山，完成纵队交给我师的任务，下面我就来安排一下攻击路线……

任务安排完之后，各营立即集合队伍，迅速进入到作战位置。

尖刀营率先进入到指定位置后，石光荣就再也沉不住气了。他一边在掩体后面的一块空地上踱步，一面不停地掏出怀表观看着。

小伍子说道：营长，你别急，离总攻的时间还差半小时呢。

石光荣问道：伍子，马备好了吗？

小伍子说：马是备好了，不过师长说了，你不能离开你指挥位置，让我看住你。

哦,师长让你看着我?

保卫你的安全,是我的责任,师长就是这么说的。小伍子十分认真地望着石光荣说道。

石光荣笑一笑,拍了拍小伍子的肩膀,说道:那你就好好看着我。

小伍子也跟着笑了。

时间一分一秒地过去,三颗绿色的信号弹按时腾空而起。

一刹那,打虎山变成了一片火海,枪声四起,与振聋发聩的爆炸声连成了一片。埋伏在山下与山腰处的战士们,随着此起彼伏的枪炮声,一边呐喊着,一边如同狂风巨浪一般向山顶处冲了上去。

石光荣站立在自己的指挥位置上,手举着望远镜,正专注地观察着山顶的动向,突然间,透过望远镜,他看到尖刀营在攻击的途中,受到了阻碍,几十人被敌人猛烈的火力压制得抬不起头来……

眼前的这一切,让石光荣看在眼里,急在心里。

毫无疑问,国军吸取了上一次作战的教训,投入了更多的兵力和武器弹药。自然,他们在火力点上的部署也更加周密完备。

石光荣再也忍不住了,放下望远镜,大喊道:小伍子,牵马来。

小伍子惊愣了一下,意识到石光荣就要有所行动了,下意识地问道:营长,牵马干啥?

石光荣看见小伍子一副揣着明白装糊涂的样子,突然又泄了气般地说道:噢,对了,你是看人的。

说完,又举起望远镜,一边观察着阵地情况,一边自言自语:这个三营的王营长,他前头有暗堡哇,得让部队绕过去。

说着,又放下望远镜,说道:伍子,你去趟三营,通知一下王营长,绕过半山腰的暗堡,那里的火力点至少有四挺机枪,别让他们吃亏。

小伍子听了,刚要动身,却又犹豫起来。

还愣着干啥呀,三营可死了不少人了。石光荣急赤白脸地吼道。

小伍子见石光荣急了,不放心地叮嘱道:那你可不能离开这儿。

我不离开,等你。快去!

说着,小伍子一步三回头地跑出去了。

当石光荣再次举起望远镜的时候,又一次看到了几个正在往山头冲锋的战士,被敌人从暗堡里射出的子弹击中倒了下去。看到这些,石光荣似乎已经忘掉了一切,随手扔掉手里的望远镜,提起马刀便冲出了掩体。

石光荣飞马赶到阵地上,正巧看到身边一个机枪手正在向敌人扫射,灵机一动,勒马立住,大喊道:大个子,把机枪给我。

机枪手惊愣了一下,扭头问道:营长,你要机枪干啥?

快给我,服从命令!石光荣火急火燎地喊道。

大个子不情愿地把机枪递给马上的石光荣,石光荣一手接着,旋即便抱着那挺机枪,一边打马向前,一边疯狂地扫射着,直奔敌阵而去。

张连长见石光荣单枪匹马杀出来一道缺口,立时便冲掩体里的士兵大喊道:冲,跟着营长冲啊!

可是就在这时,石光荣射光了机枪里的子弹。转眼间,石光荣把机枪扔给一个冲过来的战士,嗖的一声又抽出马刀,逼向敌阵中一个正在疯狂射击的机枪手。那个机枪手被石光荣一阵旋风般冲杀过来的样子一时吓傻了,丢下机枪抱头便向后面跑去,石光荣紧追几步,手起刀落,只听得那个人扑通一声便倒在了一片血泊里。

到这时为止,石光荣已经杀红了眼。远远看上去,他就像一个飞奔在阵地上的精灵,一边左冲右突着,一边连连砍杀着。

此刻,滚刀肉正躲在暗处,看到石光荣如同疯魔一般的样子,悄悄地便将枪口瞄向了他。紧接着,一梭子子弹扫了过去,没料想,那子弹却射到了草原青的后腿上,草原青一个踉跄,便将石光荣从马背上摔了下来,而后,受到了惊吓的草原青跛腿便冲出了敌群。

眨眼间,十几个国军端枪冲了过来。只听得磕巴躲在人群后面高声喊道:弟……弟兄们,抓……抓活的,回、回去……领、领赏。

石光荣循声冲了过去,和那十几个国军拼杀到了一起。与此同时,阵地的那一侧,张连长带着的队伍也已和敌人混战成了一团。

石光荣砍死一个,又砍死一个。滚刀肉的枪口一直跟踪着瞄向石光荣,正当他再一次准备射击时,不料想,磕巴冲过来,一把拨拉开滚刀肉手里的枪支,吼道:你……你傻呀,当家的说了,抓住……这……这个石头……给五十两。

抓不住活的,死的也行。滚刀肉说着又抬起枪口,瞄向了石光荣。

你……你真傻。磕巴一边埋怨着,一边拿枪和一群士兵向石光荣扑了过去。

就在这千钧一发之际,草原青突然嘶叫着冲进了敌群,此刻,它的大腿上已经沾满了鲜血。身边的一群国军见了这庞然大物,不觉一个愣怔,这当口,石光荣猛然间翻身跃马,举着马刀冲杀开来,那群国军见势不妙,仓皇躲开了。随后,石光荣一边喊杀着,一边骑马向张连长那侧冲了过去。

这一刻,敌人已经彻底乱了阵脚,一群被打退的国军,四散逃开了。石光荣忙从怀里掏出一面红旗,挑在马刀上,大喊一声:冲啊!

话音落下,便率领尖刀营势如破竹向山顶冲杀过去……

一面红旗终于插在了打虎山的顶峰。枪声已经远去,浓烈的硝烟仍然在阵地之上弥漫着。而此时此刻,仓皇逃窜的敌人,正行走在通往东辽城的路上。

石光荣在山顶的一块石头上坐了下来。眼望着草原青屁股上的那片血迹,石光荣心如刀绞,眼睛里充满了泪水。小伍子和张连长几个人默默地守在一旁,内心深处悲喜交加。

小伍子抚摸着草原青,哽咽着说道:营长,草原青废了,它大腿中了三枪。

石光荣喃喃说道:它中了这么多枪,还把俺送到山顶,插上了红旗。

张连长望着草原青,一边唏嘘着,一边叹道:真是可惜这匹好马了。

石光荣忽然想起什么,腾地一下就站起身来,说道:俺要救它。伍子,快,咱们下山去医院。

伍子眨眼问道:医院是救人的,能救马吗?

能救也得救,不能救也得救。说着,石光荣从小伍子手里夺过马缰,牵马便朝山下一瘸一拐地走去……

独立师医院的帐篷里躺满了受伤的战士,白茹带领几个医生和护士在不停地忙碌着。白茹见石光荣和小伍子牵着一瘸一拐的草原青走过来,忙迎上来问道:怎么了,石营长,你受伤了?

石光荣指着草原青急促地说道:是它受伤了,快救救它!

白茹看了眼草原青道:石营长,我们现在连人都救不过来,哪有工夫救它?况且,我们医生护士会救人,可从来没救过马呀!

石光荣望着白茹着急地说道:这可是一匹立了战功的马,没有它,俺石光荣早就报销了,你们今天救它也得救,不救也得救。

石光荣的态度有些强硬,这让白茹一下子觉得有些为难了。

石营长,你这不是难为我们吗,没人给马动过手术哇!白茹面露难色地望着石光荣说道。

桔梗这时愣头愣脑地跑过来,开口说道:俺给马做手术!

几个人听了,一起用惊讶的目光望着桔梗。

桔梗说:俺救,因为它救了石头。

白茹望着桔梗,认真地说道:桔梗,这可不是逞能的事,你可连手术刀都没拿过。

那俺也救。桔梗说。

石光荣朝桔梗笑了笑,说:好,桔梗,我和伍子给你打下手,咱们给草原青取子弹。

桔梗说道:你们等着,俺拿家伙去。

桔梗取来了给草原青做手术的家伙,又吩咐着把草原青拴在就近的一棵树上,就开始撸胳膊挽袖子地一五一十忙活起来。石光荣和小伍子伸长脖子聚气凝神地看着桔梗的一招一式,一颗心悬在嗓子眼里。草原青看上去很听话,一动不动地站在那里,任凭桔梗从自己的身体里把一颗一颗的弹头取出来。

此时,草原青的大腿上已经是一片血肉模糊了。

一共三颗。

当取出最后一颗弹头时,桔梗不禁长舒了一口气,抹一把头上的汗水,说道:没了,包上就没事了。

说着,便从小伍子手里取过一大块纱布,顺着马腰包扎好了伤口,拍拍手说道:妥了!

这一切的动作,既干净又利索。

石光荣望着草原青,又望着桔梗,一下高兴了,猛地一下把桔梗抱了起来,一边转着圈子一边兴奋地喊道:草原青没事了,草原青没事了!

桔梗在石光荣的拥抱中,幸福地闭上了眼睛。

片刻,石光荣放下桔梗,大大咧咧地拍拍手说道:谢谢呀桔梗,改日请你喝酒。走,伍子。

说完,一转身,便带着小伍子,牵着草原青走了。

桔梗望着远去的石光荣,突然眼里就有了泪光,咬着嘴唇,自言自语道:好你个石光荣,俺在你心里,还不如一匹破马!

攻克打虎山的庆功大会是在第二天上午举行的,石光荣和十几个人都戴上了大红花。立功受奖的人都咧着嘴在那里笑着,可是唯有石光荣满怀心事地既没有笑容,也不举手鼓掌。

回尖刀营的路上,石光荣一边牵着草原青往前走,一边从身上把耀眼的红缎带和大红花解下来,随即系在了草原青的脖子上。

王营长胸前戴着红花从后面跟了上来,张口问道:石光荣,师长把这红花是奖给你的,你咋弄到马脖子上去了?

石光荣看了王营长一眼,突然正色道:没有草原青就没有俺石光荣,知道不?俺要是没有草原青能把敌人的阵地撕开?没有草原青俺能活着站在这儿?

王营长笑了笑,不解地摇摇头,说道:石光荣你都把马整成神仙了,俺不和你说这些没用的了,俺要喝庆功酒去了。

说完，乐呵呵地往前走去了。石光荣望着王营长的背影嚷道：你个王大喇叭，懂个屁！

这时间，东辽城内的国军师部里，充满了一片紧张的气氛，空气似乎一下子凝固了。戴着一副白手套的周副军长，军装笔挺地在偌大一间会议室里，一边踱着步子，一边在朝站在一侧的沈少夫和谷参谋长以及刘老炮一些人发着脾气：堂堂国军一个师，四个团十六个营，连一个打虎山都守不住。共军有什么呀，说是一个师，其实就是八个营的兵力，我们守，他们攻，竟让人打得丢盔弃甲，要是没有这个东辽城，连个逃跑的地方都没有了……

一干人大气不敢出小气不敢喘地低头站在那里，任凭军部的周副军长大为光火地在那里发落。

顿了顿，沈少夫上前一步，说道：周副军长，都怪沈某人无能，愿受处罚！

周副军长看了沈少夫一眼，思忖片刻，努力平息了一下自己的情绪，接着说道：东北战局吃紧，北满、南满国军和共军正两线作战，国军正是用人之时，杜总指挥命令你部抓紧休整，伺机夺回打虎山，抢占这条连通四平和锦州的交通要道。

沈少夫一个立正，应道：谢周副军长，替沈某转告杜总指挥，沈某等时机成熟一定夺回打虎山，让杜总指挥安心。

周副军长又看了沈少夫一眼，说道：好吧，你们抓紧调整部队，我还要去锦州亲自向杜总指挥汇报。

说着，周副军长转身便带着副官走了出去。

一干人忙向他举手敬礼，直到门外传来了汽车发动驶去的声音，这才长长地舒一口气，把手放下了。

打虎山一战，虽然敌人以失败告终，但独立师也因此损失了不少兵力。为了弥补空缺，一方面从地方上就近招收了一批新战士入伍，一方面在各营之间进行了调整。

这天上午，石光荣正带领一群新战士在村头一片空地上练习射击。那些新战士有的跪着，有的趴着，姿势很不规范，石光荣一边进行检查，一边进行示范。来到一个战士身旁，见那战士歪歪斜斜地趴在那里不得要领，轻轻踢了一脚，说道：你这是老母鸡抱窝呢，身子放平，气要喘匀，知道不，这才能打得准！

正这样一招一式地指导着，胡师长带着小德子远远地走了过来，石光荣抬头看见，忙跑过去敬礼道：师长，你咋来了？

胡师长笑眯眯地把小德子拉过来说道：石光荣，我来给你送礼来了。

石光荣看看胡师长空着的两手，又看看小德子也是两手空空，笑起来，问道：师长，你诓俺，都空着手，有啥礼呀？！

胡师长把小德子往石光荣身前推了推道：他就是送给你的礼物。

石光荣笑得更厉害了，说：师长你就别忽悠俺了，他是小德子，他咋成了礼了？

胡师长正色道：把小德子送给你，在你们尖刀营当一名排长行不？你们尖刀营打虎山一战损失了不少主力，我合计着给你增加点儿骨干，让你这个尖刀营的矛更利。

石光荣这才反应过来，说道：哦，是这么个礼呀，把小德子给俺俺当然高兴，不过，小德子走了，师长那你咋整？

胡师长说道：你当初给我当警卫员，我也把你送到了连队，我也没光脚行军，放心吧，已经让小李子准备接替小德子工作了。

说到这里，小德子上前一步，给石光荣敬了一个军礼，说道：营长，我和新警卫员交接完工作，立即向你报到！

石光荣点点头，说道：去吧，德子，交代仔细点儿，别忘了啥啊！

小德子一边应着，一边就转身跑了。

胡师长望着小德子的背影，一边笑着，一边自言自语地道：小德子可是块好钢，跟你当年一样。

石光荣也说道：德子跟俺一起放牛，他是啥人俺清楚，要不然也不会把他介绍给您当警卫员。

胡师长收回目光，望着石光荣，说道：走吧，带我看看你们的训练。

胡师长检查完战士们的训练，很快也就回到师部去了。随后，上午的训练也就结束了，石光荣带着队伍喊着口号回到了驻地。刚在一个大院子里落下脚，还没来得及解散，石光荣抬头看桔梗、王百灵、小凤几个人在小伍子的带领下从院门外走了进来。石光荣一眼看到王百灵，目光不由得就直了。

小伍子报告道：营长，白院长让医院的医生和护士到尖刀营给战士检查身体来了。

石光荣似乎还没反应过来，听到小伍子在跟自己说话，忙把目光从王百灵身上移开，张着嘴问道：伍子，啥身体呀？

桔梗走了过来，说道：我们想利用午饭前休息的这段时间，给战士们检查一下身体，看你们有没有毛病。

石光荣这回听懂了，拍着手道：好哇，好哇，欢迎，欢迎。

说着，石光荣向王百灵伸出手去，可是王百灵却并没有把自己的手伸过来。

王百灵一副公事公办的样子，说道：石营长，那我们开始了！

石光荣收回手去，一脸堆笑地说道：开始，听王军医的。

桔梗把石光荣的一举一动都记在了心里，小声说道：你瞎热情啥？

说完，王百灵和桔梗等几个人便向战士们走过去，从卫生箱里拿出听诊器，听听这个，看看那个，间或还要问些什么，看上去十分仔细。

石光荣见状，把小伍子喊了过来，说道：去，伍子，通知炊事班，整点儿好嚼裹儿，招待师医院的医生和护士。

桔梗听到了，歪过头来，一边笑着，一边说道：最好整瓶酒啊！

很快就到了午饭的时间，石光荣想着马上就要和王百灵一起用餐了，心里边既紧张又兴奋，双手不停地收拾收拾这个，摆放摆放那个，最后又亲自在房间里安放了一张桌子，摆上了四碗农家菜，外加一瓶老烧酒。一边这样仔细地做着，一边在嘴里哼开了二人转小调：大姑娘美来大姑娘浪……

哼着哼着，小伍子领着桔梗走了进来。

石光荣不哼了。朝门外望望，问道：伍子，人呢？

桔梗不拿自己当外人，看一眼石光荣，说道：俺不是人哪，俺来了。

小伍子汇报道：营长，王军医说，她们还要去二营给战士们检查身体去，她说啥也不来，带着两个护士走了，只有桔梗护士听俺的，俺把她请来了。

石光荣望望小伍子，又望了一眼桔梗，不觉摇了摇头，有些失望地自语道：这事整的，该来的不来……

桔梗一听就恼了，双手叉腰冲石光荣说道：石头，你说啥呢，你那意思俺就不该来是吧，敢情这请的不是俺，是另有别人呢。那好，这饭谁也别吃了！

说完，还没等石光荣和小伍子反应过来，一脚就把面前的那张桌子踹翻了。桌上的碗筷菜汤稀里哗啦就洒了一地。

第十一章

王百灵果然在二营驻地给战士们检查身体，当她拿着听诊器正在准备给一个新战士检查时，不料想，桔梗气冲冲地走过来，不问青红皂白，拉起她就要往外走。

王百灵不高兴了，甩开桔梗的手问道：桔梗，你干什么？没看见我给战士检查身体呢吗？

桔梗立住脚，望着王百灵，气哼哼地问道：王百灵，你跟俺说实话，你和那个烂肠子的石光荣到底咋回事？

王百灵一头雾水，眨着眼睛说道：我跟他有啥事，桔梗你吃错药了，问的这是啥话呀！

桔梗倔强地说道：俺不管，烂肠子的石光荣喜欢你，说实话，你是咋想的？

王百灵笑了一声，接着认真地说道：他咋想的我管不着，我跟你说桔梗，我跟石光荣可是一点儿关系也没有。

啥没关系？你们俩眉来眼去的，他对你那点儿意思俺早看出来了。桔梗一副不罢休的样子。

石光荣是你男人，你没看好他关我什么事？王百灵说着，又嘀咕道，我可没时间和你磨牙。

说完，转身就走。

桔梗又一把拉住她，不依不饶地说道：你说俺没看好自己男人，这是你说的，告诉你王百灵，苍蝇不叮无缝的蛋，你假了吧唧的，装风情，勾引男的，你们读书人一肚子花花肠子！

王百灵不干了，反手揪住桔梗，追问道：说啥呢，桔梗你今天不把话说清楚，我跟你没完。

小凤见两个人不知因为什么忽然就面红耳赤地吵了起来，忙跑过来劝道：我说你们俩这是怎么了，怎么还动起手来了？

一群战士不明原因，也接二连三地围了过来。

桔梗看了看身边围着的战士，又看了一眼小凤，说道：你躲开，这里没有你的事。

王百灵实在有些下不来台，说道：桔梗，咱们去找师长评理去，你无中生有，也太诬蔑人了。

桔梗听王百灵说要去找师长，马上泄了气，说道：找啥师长，俺跟你讲啥理，告诉你王百灵，以后收起你的骚劲，别一见了男人就说话像蚊子叫似的，看在咱们都在一起工作的分儿上，俺今天就是警告你一下。

说完，转过身去大摇大摆地走了。

王百灵望着她的背影，一时气得不知如何是好，说道：这桔梗发什么疯，也太不讲理了。

小凤扶着王百灵，劝慰道：王军医，别跟她一般见识，咱忙咱的。

桔梗和王百灵闹过了一场，接着又找到了石光荣。这时，石光荣正带着小伍子在一片山坡上遛马。远远地看着桔梗走过来，石光荣不觉愣了一下，接着，就把头扭向一边了。

桔梗一边走着，一边高喊道：石光荣，石头，你给俺过来。

听到桔梗的喊声，石光荣的头一下子就大了，骑在马上，不耐烦地冲桔梗嚷道：你没看俺在遛马吗，又啥事呀？

桔梗说：遛个破马就是理由了，你过不过来？

说完，弯腰从地上捡起一块石头，就要向石光荣投去。

石光荣担心草原青受惊，大惊道：桔梗，你别胡来。

一边说着，一边也就下马走过来，问道：啥事呀，又找俺吵架是不是？没完了？

桔梗看了一眼旁边的小伍子，猛地一把把石光荣拉到一边，指着石光荣的鼻子低声吼骂道：你个烂肠子的石头，父母是咋死的，你忘了？

石光荣眨巴着一双眼睛，问道：咋的了桔梗，说这个干啥，俺咋能忘呢?!

桔梗望着石光荣，眼睛一下子就红了，泪光闪烁地说道：你个烂肠子的货，没忘记爹娘，那爹娘以前说过的话呢？

他们说啥了？石光荣说，他们说那么多话，你是指哪一句呀？

桔梗抬起胳膊抹了一把泪水，说道：石头，爹娘让你娶俺，你娶了吗？你还说没忘爹娘，俺看你是早就把他们忘了！

石光荣不由蹲下了身子，为难地抱住自己的脑袋，万分纠结地说道：妹子，别的啥都依你，就是这事，俺从小就把你当妹子看，你说俺咋能娶你呢？

桔梗把蹲在地上的石光荣拉起来，说道：俺知道，你心里惦记人家王百灵，俺刚才骂了她一顿，告诉她再也不能犯骚了。你还剃头挑子一头热，你傻呀你?

石光荣听桔梗这么一说,瞪眼问道:桔梗,你找她吵架干啥,这事跟王百灵有啥关系?你是俺妹子,你说俺咋娶你?

先不说娶不娶的事。桔梗说,爹娘的仇你不报了?杀咱爹娘的凶手就在东辽城内,你咋不去报仇?

石光荣为难地望着桔梗,说道:啥时候攻打东辽城,那得听师长的,你让俺去做违反纪律的事,俺做不到。话说回来了,这东辽城都让咱们师围上了,他刘老炮还能跑了不成?

你就是个胆小鬼,俺算看错你了。桔梗一听,一下就撂起了脸,一边转身往回走,一边嘀咕道:给父母报仇,俺看是指不上你了!

这日黄昏时分,退守在东辽城里的刘老炮和刘二两个人约好了潘副官喝酒。潘副官手里提着两瓶酒,走到了刘老炮的住处,刘老炮一见,忙起身招呼道:潘副官,这是干啥,俺刘长山约你喝酒咋还让你拿酒?

潘副官笑了笑,说道:我不能总吃白食,带两瓶酒,应该的。

说着,三个人坐了下来,刘二把几样小菜端到了桌上,就把酒开了瓶各自倒满了。

顿了顿,刘老炮端起酒杯,望着潘副官说道:潘副官,你是识文断字的人,俺刘长山愿意和有文化明事理的人说话,今天请你喝酒没别的意思,就是想把心里的不痛快跟你唠唠。来,喝!

说着,三个人就各自把杯里的酒喝干了。

潘副官放下酒杯,望了刘老炮一眼,问道:刘副参谋长,你这不挺好吗,还有啥闹心事?

刘老炮一副愁肠百结的样子,思忖片刻,说道:兄弟,你是不知道哇,俺刘长山命不好,本来想跟日本人过几天好日子,好日子没过上,日本人说败嘎嘣就败了,跟了俺大哥,一转腰子回了东北,回东北也行,这第一仗你说就让人家给打回到东辽城了,以后还不知咋样呢!

潘副官并没说话,一边听他这样说着,一边端起酒杯琢磨着什么。

刘二接了刘老炮的话茬说道:叔哇,你就别老说走麦城的事了。沈师长不是说了嘛,胜败乃兵家常事。

刘老炮不想不生气,一想火就不打一处来,说道:你个兔崽子就别转了,没你撺掇,老子能去王佐县城呀?要是当初不让你忽悠去干啥皇协军,说不定老子早就把桔梗弄到山上,说不定孩子都满地跑了。

刘二心里头也有怨言,便说道:叔哇,不是俺说你,你就别做梦了,你不跟俺去关里，桔梗那丫头就能跟你呀。你一生气就老拿俺说事，俺耳朵都听出茧子了。

刘老炮听了，禁不住怒火中烧，说道：俺的命就是被你小子搅坏了，不愿听拉倒，你给俺滚！

刘二见刘老炮脾气变得这样坏，心里头一时装不下，便把酒杯一摔，嘟囔道：滚就滚，以后你别跟俺嘚嘚就成。

说完，气哼哼地走出了刘老炮的房间。

潘副官转眼望着刘老炮打着圆场说道：你看你们爷儿俩，这事弄得多不好？

刘老炮把杯里的酒一饮而尽，生气地说道：别管他，都是有奶就认娘的主，当初说日本人这么好那么好，还不就是欺负中国人，好个屁！

潘副官望了一眼刘老炮，说道：老哥，日本人这一篇翻过去了，咱不提了，说说，以后是咋打算的？

两个人碰了杯子，刘老炮不禁又叹了口气，说道：俺跟沈师长干，这也是走投无路，当初上山当胡子就是为那个桔梗，下山投奔日本人也是为桔梗，这一遭转下来，越整离桔梗越远了。

潘副官望着刘老炮说道：听刘二说，桔梗早就参军了，是人家那面的人了，怎么，你还没死心？

刘老炮说道：兄弟呀，不知道你稀罕过女人没有，俺在蘑菇屯时，打小就喜欢桔梗那丫头，俺当胡子时，有的是机会来硬的，可俺因为喜欢她，不能来硬的呀，俺稀罕她冲俺笑，跟俺生孩子过日子，俺就等，这一晃又一晃的，桔梗离俺越来越远。俺只能在梦里见她冲俺笑，陪俺说话。潘老弟，你说俺这个大男人被一个女人捏咕得是不是没出息呀？

潘副官听了，笑了起来，点点头，说道：刘兄，你的心思我能理解。

刘老炮接着说道：俺一直在心里冲俺自己说，忘了桔梗那丫头吧，俺也想忘了她，可俺就是忘不了哇！

潘副官举起酒壶又朝两个人的杯里倒满了酒，说道：刘兄，来，咱喝酒，俗话说一醉解千愁哇！

说完，两个人就又把杯里的酒喝干了。

喝来喝去，不知不觉间，刘老炮就喝多了，送走了潘副官之后，便四仰八叉地躺在了地上。

也不知过了多少时间，沈芍药抱着那只花皮球走了进来。看见刘老炮一动不动地躺在那里，沈芍药知道他是喝多了酒，忙就把那只花皮球扔掉了，奔到了刘老炮身边，张开两只胳膊就抱住了他。可是，任她怎么去抱，就是抱不起来,想了想,便一步一步拉着他的两只胳膊往炕旁拖去,嘴里不住地喊道:长山你起来,刘长山你起来……

刘老炮终于在半睡半醒中被沈芍药拖上了炕,躺在了炕上,刘老炮竟睁开了眼睛,一眼看到了沈芍药在朝自己痴笑着,一下子也便清醒了许多,喃喃道:芍药,是你?!

沈芍药望着刘老炮,说道:地下凉,炕上热。

说完,似乎一下想起了什么,丢下刘老炮,便又碎着步子捡那只花皮球去了。

刘老炮望了一眼沈芍药,突然觉得心里承受不住了,一边百感交集地流着泪水,一边说道:俺刘长山这是啥人啊,还不如个傻子。

说着,一下一下地又举起拳头拼命地向自己的头上打去。

滚刀肉和磕巴一些人听到了刘老炮的哭声,不知发生了什么事情,赶忙也走进房间里来。滚刀肉立在那里劝道:当家的,你别这样,你一这样俺们心里都不好受。

刘老炮头也不抬,鼻涕一把泪一把,痛心地说道:你们不知道,俺这心里头乱糟糟的,想桔梗俺这心里突突,看见芍药这样俺又心里疼。

磕巴说:让……让芍药吃……吃药,这……这病一准儿能……能治好,别……伤心了,当家的。

几个人这样一声声地劝着,竟劝得刘老炮更加伤心地号啕起来,一时之间,让站在一旁的滚刀肉和磕巴不知如何是好了。

父母的仇报不了,石光荣对王百灵又是那个样子,桔梗心里觉得憋屈,便想着,那个石光荣算是指望不上了,倒不如自己先想个办法,把父母的仇报了再说。于是,心生一计,便在这天的傍晚时分,趁着石光荣不在,换了身便装,来到了他住的小院子里。看见小伍子正在马棚里给草原青拌草料,桔梗便大大咧咧地走了进来。小伍子抬头看到桔梗,问道:桔梗护士呀,咋的,把军装洗了?

桔梗嗯了一声,便又向石光荣的房间走去。

小伍子一边拌着草料,一边说道:营长去河里洗澡了,他不在。

桔梗说道:他在不在怎么了,俺看看还不行啊?

说完,桔梗走进了屋内。驻足观察了片刻,目光一下就落在了墙上挂着的那把枪和手榴弹袋上。见小伍子仍在马棚里喂马,她手疾眼快地把那枪摘下来,又伸手从手榴弹袋里取下四枚手榴弹,一枚枚地装在怀里,四顾左右,觉得再也没啥东西可带了,这才大摇大摆地走了出去。

进了马棚，桔梗看了一眼草原青，伸手就要去解马缰，却被小伍子拦住了：你要干啥？营长说了，让俺把马看好。

桔梗一边笑着，一边拍了拍小伍子的肩膀，说道：都说这马好，俺遛一圈就回来！

小伍子梗着脖子，认真地说道：那可不中，没有营长同意，谁也不能动他的马。

桔梗听了，一下朝小伍子瞪起了眼睛，吼道：俺是谁呀，小伍子你好好看看！

小伍子果真瞪大了眼睛从上到下把桔梗看了一遍，说道：你是桔梗啊！

桔梗咬着嘴唇，望着小伍子，思忖片刻，又伸出一只手去在小伍子的脸上拍了拍，说道：俺是石光荣你们营长的老婆，他这马再娇贵，让老婆骑一圈还不行？

说完，不等小伍子反应过来，一把夺过缰绳，翻身上马去了。

小伍子被桔梗刚才的一句话给整迷糊了，一边摸着自己的脑袋，一边自语道：老婆？营长没说过呀。她还要遛一圈，你说这事整的。

夜色渐渐降临了，石光荣手里端着脸盆，一边整理着湿漉漉的头发，一边走进了小院，见小伍子还在马棚里整理着草料，却唯独不见那匹草原青，忙问道：伍子，草原青呢？

小伍子抬头答道：营长，桔梗护士说，她要去遛遛马。

她遛啥马？石光荣一下着急了，问道，你咋让她去遛马？

她说是你老婆，俺不好说啥呀！

她说她是俺老婆就是呀？伍子，你傻呀，你小子脑袋一定是让马踢了。

石光荣叽叽歪歪地说着，转身进了屋，摸黑点亮了一盏油灯，猛地发现墙上挂着的那只手榴弹袋已经空了，那把挂在手榴弹袋一旁的手枪也不在了，失声大叫道：伍子，伍子——

小伍子应声跑进屋来，一脸惊慌地问道：咋的了，营长？

石光荣四处看着，问道：刚才谁进屋来了？

小伍子说道：就桔梗进来转了一圈，出门就把马牵走了，别人没来过呀。

石光荣一听，立马就意识到大事不好了，说道：坏了，快去通知小德子，带上他们一排跟俺走！

小伍子不解地问道：去哪儿呀，营长？

石光荣说：去抓桔梗。

抓桔梗？

石光荣急促地说道：快，让你去你就去！

小伍子还没琢磨过味儿来,就一边应着,一边反身跑出门去找小德子了。

此时此刻,桔梗已经打马来到了东辽城门口,偏巧赶上滚刀肉和磕巴在城门口站岗。见一个人影急匆匆骑马过来,滚刀肉哗啦一声子弹上膛,冲桔梗喊道:谁,别动,再动老子就开枪了!

桔梗下马,牵着马又向前走了两步道,看清了大喊大叫的滚刀肉,骂道:滚刀肉,连你姑奶奶都不认识了?!

滚刀肉仔细打量着站在暗影里的桔梗,半晌问道:是桔梗啊,你咋来了?

桔梗懒得理会他,便说道:俺要见刘老炮,你去告诉他一声,桔梗想见他。

听了桔梗的话,一旁的磕巴插过话,说道:俺们……当家的……你想见,就见啊?

磕巴的话一下也提醒了滚刀肉,滚刀肉便附和道:就是,你是共军的人,俺们参谋长咋能见你?

不想传信是吧?桔梗想了想,朝滚刀肉两个人喊道,晚了,你们可别后悔!

两个人觉得桔梗的话里有话,忙举着枪朝桔梗的身后看去,却什么也没有看到。

桔梗笑了起来,说道:看啥看,被打怕了?告诉你们,今天就俺一个人,刘老炮不想见俺,以后他可就没机会了。

滚刀肉认真想了一下,终于犹豫着答道:那你等着,俺去一下。

说完,就要去禀告刘老炮,临走前,又暗暗地踢了磕巴一脚,示意他别放松了警惕,磕巴立马明白了滚刀肉那一脚的意思,举枪冲桔梗喊道:你……你……别乱动,一动俺就开……开枪。

桔梗轻蔑地笑了一声,说道:瞧你这个胆。俺不动,就在这里等他!

滚刀肉急三火四地跑到刘老炮处,把刘老炮从一片酒意中喊醒过来。刘老炮睡眼蒙眬地问道:干啥?睡一觉都不让老子消停,天塌了还是地陷了?

滚刀肉说:参谋长,都不是,是桔梗来了。

桔梗?刘老炮揉了揉眼睛,半信半疑地问道,你说啥?你小子说胡话呢?

滚刀肉说:真的,就她一个人,在城门外呢,她说她要见你。

刘老炮忙站起来,又问了句:真的?

滚刀肉说:俺咋敢骗你呢!

刘老炮嘴里边一迭声儿地说着好好好，不管不顾地对滚刀肉说道：快，快带俺去见她。

这时间，桔梗已经等得有些不耐烦了，正要向着磕巴发火，抬头看见刘老炮骑在马上，身边跟着几个小匪，朝这边走了过来。

刘老炮似乎还没有从酒劲里醒过来，一眼见了桔梗，仍是一副喜出望外的样子，不由得便打马过来，站到桔梗不远处，如同正在做着一场梦似的望着她说道：桔梗？桔梗，你又想咋捉弄俺？

桔梗说：刘老炮，俺有话对你说。

刘老炮打量着桔梗，又听到她真真切切地在那里说话，一下子就清醒了许多。磕巴见刘老炮没说话，忙警惕地接茬道：你……你有话……就说……有屁……就放。

刘老炮吼道：磕巴，你闭嘴！

说着，冲桔梗抱拳道：俺真的不是做梦，你来了就好，俺住在城里，当然比你们共军好多了，如不嫌弃，到舍下一叙。

桔梗说：刘老炮，俺是有话对你说，也想和你一叙，不是进城，也不在这里，要是你还是个男人，我找个地方。

说完，掉转马头便打马而去。

刘老炮一下愣在了那里，不知是不是应该紧随着她一起而去。见刘老炮还站在那里犹豫，桔梗往前紧跑了几步，便回过头来喊道：刘老炮，你要是连姑奶奶都害怕，你就滚回城里去，就算姑奶奶没来找过你！

刘二眨巴着眼睛，走过来对刘老炮说道：叔，你千万别去，她肯定又在耍花样。

刘老炮望着桔梗不远处的背影，想了想，说道：她就一个人，她耍花样又能咋，俺就不信这个邪了，驾！

不由分说，就朝着桔梗打马过去了。

刘二仍担心着刘老炮的安危，便带着滚刀肉和磕巴十几个人一溜烟地跟了过去。

一直把刘老炮带到了东辽城外的一片树林里，桔梗回身把马拴在一棵树上，又向前迎了几步。刘老炮拉住了马缰急三火四地说道：桔梗，有话你就快说吧，这里没别人。

说着，下马走了过来。

桔梗冷冷地看着刘老炮，却一下又不说什么了。刘老炮说道：桔梗，你想通了，要嫁给俺了？桔梗，你可把俺刘长山害苦了，俺吃不下睡不着，做梦都是你呀，这回俺说啥也不能让你走了。

一句话说完,便扑了过来。

说时迟那时快,桔梗不躲不闪,却眼疾手快地伸手从怀里摸出了一颗手榴弹,举在那里,吼道:刘老炮,你去死吧!

说着就要去拉弹弦,不料,刘老炮大叫一声,便死死抱住了桔梗,惊恐地说道:桔梗你这是干啥!

接着,两个人便撕扭在了一起。

这节骨眼儿上,刘二等十几个人及时赶了过来。众人见状,立即一拥而上,死死摁住了桔梗,几枚手榴弹当当啷啷便从桔梗的怀里落到了地上。

桔梗被几个人死死摁住,动弹不得,禁不住破口大骂道:刘老炮你不得好死,俺就是做鬼也不会放过你!

刘老炮心有余悸地望着桔梗,半天才回过神来,接着便冲刘二等十几个人喊道:回城,看俺咋收拾她!

桔梗被捆绑住了双手,死拉硬扯地又被架到了马上。

桔梗的想法没有实现,仍是余怒未消,一边走一边仍是不住地朝身边的刘老炮骂道:刘老炮,有本事你就杀了俺,你只要给俺留口气,咬也要把你咬死!

刘二听不下去了,便凑了过来,冲刘老炮小声嘀咕道:叔哇,不是俺说你,啥娘儿们没有,非得找这个败家娘儿们,你就是真娶了她,咋消受哇?

刘老炮听了这话气不打一处来,心烦意乱地嚷道:你少说两句行不行,待着你的吧,俺娶不娶的关你啥事,你就不能当会儿哑巴?

刘二立时便住了口。

滚刀肉趁机讨好地说道:当家的就好桔梗这一口,女人一进入男人的心,那就是百爪挠心,知道不?

刘二听了滚刀肉的话,心里觉得不舒服,便白了他一眼,低声吼道:你别咧咧了,没人把你当哑巴。

桔梗仍在那里大骂着,声音渐渐就变得嘶哑起来了。

此时此刻,石光荣正带着小德子等十几个战士往东辽城飞马而来。走着走着,隐隐约约便听到了前方的叫骂声,待放慢马步认真听了片刻,听到那骂声确实是桔梗的,便又循声朝着桔梗喊叫的方向奔了过去。

刘老炮一行人押着桔梗正在山路上往东辽城方向走着,忽然听到侧面不远处响起了一声呼哨,草原青不觉住下了步子,嘶鸣了一声,旋即便驮着桔梗向呼哨传来的那一片树林里奔了过去。

刘老炮一时还没有反应过来,石光荣已经带人从草原青跑去的方向赶了过来,抬眼发现了刘老炮一伙人,举枪便是一阵射击。

刘老炮恍然意识到情况不妙，一边大喊道不好，快跑，一边慌乱中跳下马来，跑进了路旁的一片树林里。

石光荣见状，一边连连射击着，一边就追了上去。

枪声划破了寂静的夜空，同时也惊动了东辽城门口正在哨岗的谷参谋长，听到枪响，谷参谋长不觉一怔，问道：哪里打枪？

正在站岗的一个哨兵忙走上前来，汇报道：刚才刘副参谋长带着几个人出去了。

谷参谋长思虑片刻，脸色立时大变道：快通知警卫排，跟我走！

说着，哨兵便吹响了紧急集合的哨子……

桔梗终于被石光荣解救了。也就在这时，猛听到从另一边的树林里，传来了一片嘈杂声，眨眼间，谷参谋长已经带着一队人马掩杀过来。

小德子一下预感到了什么，忙冲石光荣说道：营长，敌人来援军了，这里离城里近，再打下去咱们可就要吃亏了。

石光荣没能捉住刘老炮，觉得有些遗憾，略思片刻，终于说道：撤！

说着，便带着人且战且退，迅速离开了那片树林……

桔梗又被关了禁闭。

午饭的时候，小伍子把饭送到了禁闭室，见桔梗正坐在屋角的一堆杂草上生闷气。便走过去劝道：桔梗，吃点儿饭吧，从昨晚到现在，你连一口饭还没吃呢！

桔梗看也不看一眼，气鼓鼓地说道：俺不吃，仇没报上，俺就死给那个烂肠子看！

小伍子知道这是在说石光荣呢，不觉笑了笑，接着解释道：你看你，咋跟营长干上了，昨晚是他带人救的你，关你禁闭是师长下的命令，这事跟他有啥关系？

桔梗仍是气鼓鼓地说：俺不管，俺绝食，俺要饿死，看那没良心的烂肠子动不动心！

桔梗同志，你就吃一口吧。小伍子说着，把碗端了过来。

桔梗并不领情，挥手打翻了小伍子手里的饭碗，米饭和汤菜立时撒了一地。

小伍子见桔梗这样，叹了一声，无助地望着那只被她打翻的饭碗，一时不知该如何是好，便回身把桔梗绝食的事情告诉了石光荣。

石光荣也没办法，把这事又转告了胡师长。

胡师长一听，一股火气也冲到了脑门子上，挥手重重地拍了一下桌子，吼道:反了她了,她用绝食的办法对待禁闭,她这是威胁组织,这次一定把桔梗的野性扳过来。石光荣,我命令你把桔梗一定要看好,但不能出啥意外。

石光荣有些为难地望着胡师长,说道:师长,让俺看她?要不你换个人吧。

站在一旁的张政委接茬说道:这解铃还须系铃人,你最合适了。

石光荣说道:桔梗这个人,那是腰里揣副牌,逮谁跟谁来呀。说实话,俺还真有点儿怕她。

胡师长一下就把眼睛瞪大了,吼道:石光荣,你打仗连死都不怕,还让一个女人给吓住了?告诉你,你去也得去,不去也得去,这是任务!

石光荣望了一眼胡师长,又望了一眼张政委,见两个人谁也不会再替自己说一句话,只得无奈地答应了。

石光荣硬着头皮来到了禁闭室,见桔梗正盘腿坐在草堆上。先是打量了她半天,接着开始在房子里背着手踱开了步子。

桔梗头也不抬地说:你别转了,转得人心烦。

石光荣就站住了步子,努力让自己耐住性子,说道:妹子,你给咱爹咱娘报仇这没错,可你是个军人,军人就得有军人的纪律,你擅自这样,出了事咋整?

桔梗不听则已,一听这话,立马就又有了火气,抬头说道:石光荣你别站着说话不腰疼,你懂纪律,你是营长,你觉悟高行了吧,你高得连咱爹咱娘的仇都忘了,这仇你不报俺报还不行。俺仇没报上,还被关在这里了,石光荣这回你开心了吧!

石光荣说:妹子,你听俺说。

桔梗歪着头说:石光荣你说啥?叫俺妹子?俺可是你老婆,咱们的亲事可是爹娘活着时定下的,爹娘一死,你就不认了?

石光荣叹了口气,一步步走过来,蹲下身子,望着桔梗说道:桔梗,俺跟你说过,自从俺到了你家那天起,俺就把你当成了妹妹,就你这样,俺很欣赏你,可不是喜欢,要是咱俩结婚过日子,那还不把房顶整得塌下来。

桔梗说:俺知道你看不上俺,就是因为你眼里有那个王百灵。

说着说着,桔梗又觉得自己受了极大的委屈,眼角里忽然就有了闪闪烁烁的泪光。

石光荣不觉笑了一声,说道:桔梗,你别瞎说。

桔梗说:俺咋瞎说了?王百灵比俺哪儿好了?她不就是有两条大辫子,脸白一点儿,读过书,喝过洋墨水,除了这个,她还有啥?

听桔梗这样评价王百灵,石光荣忽地一下站起来,说道:桔梗,实话告诉你,人家王百灵就是比你好,人家那样的才是女人,你说你像个女人吗?

桔梗不干了,盯着石光荣追问道:俺咋就不像女人了,王百灵身上有的零件俺一样也不少,你说,俺咋就不像女人了?

说完,真的像受了天大的委屈一样,呜呜咽咽地哭了起来。

正在这时,王营长推开房门走了进来,一下觉得气氛有些不对头,看一眼石光荣又看一眼桔梗,问道:咋的,两口子跑到这儿吵架来了?

石光荣白了一眼王营长,不满地说道:老王,说啥呢?你说话可得负责任,别满嘴瞎咧咧!

咋的了,我哪儿说得不对了?王营长说道,我说石光荣,你一个大男人咋欺负一个女同志,你看把桔梗整成这样,她关禁闭就够上火的了,你咋还对她这样。

石光荣就像一只斗急了眼的蛐蛐,生气说道:俺咋样了?你王营长站着说话不腰疼,师长让俺做桔梗的思想工作,俺做不来,你做!

说完,转身就走,却被王营长一把拉住了。王营长说:你别走哇,俺就是过来看看桔梗,俺觉得桔梗没做错啥,报仇杀敌人有啥错,在俺眼里桔梗是英雄!

桔梗听了,受到了鼓舞一样,腾地一下站起身来,冲石光荣说道:石光荣你听听,人家王营长说的才是人话,你鼻子不是鼻子脸不是脸的,说俺这也不是,那也不好的,你啥意思?

石光荣看一眼桔梗,又看一眼王营长,片刻说道:那你们能唠到一起去,你们唠吧,最好吃饱喝足唠,俺出去给你们站岗去。

说完,又要往门外走。桔梗却一下扑了过来,紧紧抱住石光荣,说道:你想走,没门。王营长,帮俺把石光荣捆上,让他陪俺关禁闭。

王营长一拍脑门,不觉笑道:桔梗,你这主意俺看中!

桔梗向一边摆着头说道:王营长,草堆里有绳子,俺是准备上吊用的,快,抄家伙。

石光荣知道桔梗这是要动真格的了,一边在她怀里奋力挣扎着,一边说道:你们别胡来,放开俺!

王营长从草堆里摸到那根绳子,说道:看看,都逼得桔梗要上吊了,这出了事可就大了。石营长,你不陪谁陪?对不起了,今天俺得听桔梗的。

说完,两个人齐心协力把石光荣扳倒在那里,费了很大的劲儿,才把他紧紧捆住了。二话不说,架起来把他扔在了草堆里。

桔梗坐在一旁气喘吁吁地说道:石光荣你老实待着吧,俺在禁闭室里待到啥时候,你就陪俺待到啥时候。

石光荣望着站在一边发笑的王营长,吼道:姓王的,你敢捆老子,老子要到师长那里告你去!

王营长幸灾乐祸地说道:石营长,捆你可是桔梗的意思,俺就是帮个忙,忙俺帮完了,你们两口子的事和俺没关系,俺得走了。

说完,王营长转身就走出了禁闭室。急得石光荣一阵大叫:放开俺,你们放开老子!

桔梗起身踢了石光荣一脚,低声吼道:喊啥喊,消停待着吧,想想你烂肠子的事。

说完,又一屁股坐了下来。

看禁闭室的那个哨兵把这个消息很快告诉给了小伍子。小伍子正在给草原青梳理鬃毛,一听石光荣被捆,立马撂下梳子,向禁闭室跑去。跑到门口,想都没想,一脚就把房门踹开了,接着,端枪冲进来,大喊道:谁捆的营长?

桔梗起身大摇大摆地走过去,看着小伍子,满不在乎地说道:咋呼啥,俺捆的,咋的了?

小伍子扭头见石光荣不仅被捆住了手脚,嘴里头还被一块破布堵上了,呜呜噜噜地不知在说着什么。正要上前救他,却被桔梗拦住了,小伍子瞥了桔梗一眼,再也顾不得许多,一把便把她推开了。

小伍子给石光荣解开绳子,石光荣总算获得了自由。他气哼哼地一边带着小伍子往外走,一边回头大叫:好你个桔梗,你就在这里待着吧,没人来救你!

桔梗见石光荣扔下一句话走出了禁闭室,不禁大喊大叫道:石光荣,你八抬大轿抬俺,俺也不出去了,看你能把俺咋样?!

不料,石光荣听了这话,又停下了步子,双手叉腰站在门前,猛地喊了一嗓子:伍子,把窗子给我钉上,关她一辈子。

小伍子眨着眼睛,一下蒙在那里,问道:营长,真钉啊?

石光荣说:让你去你就去。

小伍子得令,应声跑去了。不一会儿工夫,真的就找来了石光荣所要的东西。二话不说,两个人叮叮当当就把禁闭室的门窗都钉死了。见石光荣真和她较上了劲,急得桔梗在房子里一阵大叫:石光荣,有种的你把这房子一把火给点了!

石光荣不理她,直到把最后一根钉子狠狠地钉下去,就要转身离开,听到一旁的卫兵怯怯地问道:营长,这都钉死了,俺还用站岗吗?

石光荣想了想,恶狠狠地吼道:站,你要在这里站到死!

卫兵紧忙一个立正,答道:知道了,站到死!

说着,望着石光荣带着小伍子离开了院门,又回头看着被钉死的门窗,摸着脑袋笑了起来。

自从白茹得到桔梗被关了禁闭的消息,心里头一直十分着急,觉得这样关下去,会耽误医院里的许多工作,就想着应该替她到胡师长那里说说情,于是便把王百灵找了过来,叹口气说道:桔梗闯了这么大祸,被师长下令关了禁闭,桔梗是咱们师医院的人,出了这么大事,咱也有责任。

王百灵见白茹这样心软,想了想说道:院长,你别心疼她,桔梗也是,逮谁跟谁来,这次好好教训教训她,让她长点儿记性也好。

白茹说:她一被关起来,那么多伤员谁照料?你去找找师长,替她求个情吧!

我不去。王百灵说,还是你去吧,石光荣在她心里是个宝儿,以为大家都稀罕。

白茹心里明白王百灵的想法,就说道:桔梗就是这么个人,心眼是实了点儿,可她的动机还是好的,总得找师长给她个台阶下。

王百灵说道:你去吧,我还要给伤员换药去呢。

说完,王百灵转身走了。

过了一会儿,白茹从胡师长那里回来,又找到了王百灵,二话不说,风风火火拉着她便走,一边走一边说道:师长说了,得让桔梗写检查,认识深刻了才放她出去。

王百灵很不情愿地跟着白茹往前走,说道:让她写检查你拉着我干什么?

白茹说:咱们医院就数你有文化,你不帮她,她怎么过关?

上次我都帮她写一回检查了。王百灵一边想着,一边说道,院长,这可是最后一次了,下次打死我,我也不会帮她了。

白茹扭头说道:都是一个战壕里的战友,帮她也是应该的,王百灵同志,你有这想法可不应该。

王百灵噘嘴嘟囔道:本来嘛,祸是她闯的,又不是我。

白茹又拉了一把王百灵,说道:行了,行了,快走吧!

两个人来到了已经被钉死了门窗的禁闭室门口,白茹朝房子里喊道:桔梗,你听我说,现在我以院长的身份命令你,你必须得好好写一份检查,王百灵我都给你带来了,你说,她写。师长说了,你这检查不过关,就没法放你出去。

桔梗在屋里听了,满不在乎地朝门外喊道:石光荣把门和窗都钉死了,俺不出去了,俺在里面一直待着到头发花白,长出胡子。

白茹想了想,说道:桔梗,你要是不听组织的话也可以,那你就在里面待着吧,过两天队伍执行任务,你也别出来,你就永远待着吧!

没想到,桔梗一听这话,立时着急起来,忽地就从草堆里站起身,接着就奔到窗前,心急火燎地问道:院长,队伍啥时候走?你可别丢下俺不管啊!

白茹说道:你先别管队伍啥时候走,你这检查写不好,哪儿也别想去!

桔梗一下老实了,说道:俺写,俺写还不行吗。可是,可是这检查咋写呀?

白茹说:你说,王百灵写。

桔梗无奈地说道:好吧,我说,我说……

桔梗在向白茹口述检查的时候,石光荣正带着小伍子坐在山坡上的一片草地上,看着草原青在那里啃草吃。

阳光照得身上暖洋洋的,石光荣眯着眼睛,晒着太阳,感到无比惬意,就想和草原青说说话,心里这样想着,也便不由得说道:草原青,还是咱俩好哇,俺的心思你懂,你比某些人强。

说到这里,石光荣想了想,便顺手拔了一把青草,接着道:你说那个桔梗吧,明明是俺妹子,可她非得死皮赖脸地让俺娶她,你说这事整的,这不是往死逼俺吗?!

草原青似乎听懂了石光荣的话,突然抬起头来,同情地望着石光荣。

石光荣望着草原青,就又说道:草原青啊,这些话俺只能冲你说说,别人俺不能说,没人理解呀,连桔梗俺妹子她都不懂,你说这可咋整?

听上去,石光荣的声音有些感伤。

石光荣的话被躺在一旁的小伍子听到了耳朵里,听着听着,小伍子掀开盖在头上遮阳的军帽,眼圈红红地起身来到石光荣面前,声音嘶哑着说道:营长,你别说了,说得俺心里呼踏呼踏的,可难受了。

石光荣愣神瞅了眼小伍子,问道:你小子不是睡觉呢吗,你心里呼踏啥?

小伍子却止不住一边抽泣着,一边说道:营长,没人懂你,俺和草原青都懂你。

石光荣望着小伍子说道:嘿呀,俺就是那么一说,你别吭唧了。

小伍子一边抹着泪水一边说道:俺是替你难过,还让桔梗把你给绑了。她非缠着嫁给你,你又看不上她,你说这得多难受!

石光荣被小伍子一句话点醒了,猛地起身说道:对了,捆我是王营长干的好事,俺还没找那小子算账呢!

营长,你找他算账呀,俺帮你。说着,小伍子就要去牵马。

石光荣说道:没你的事,你把草原青遛好,让它多吃两口。

小伍子应道:嗯哪!你要是削不过他,可得告诉俺一声啊!

石光荣听了,头也不回地往山坡下走去了。

偏也凑巧,来到山下的一片树林边上,石光荣一眼就看见王营长正弄了块小石子吊在树上,举枪朝着那块小石子瞄准,便背着双手一耸一耸地走过来了。

王营长突然看到石光荣,禁不住心里有些紧张,收枪就要往回走,却被石光荣喊住了:老王,别走哇,练枪法呢?瞄得不错呀,打一枪让我看看!

王营长犹犹豫豫地把枪插在腰间,说道:不能乱放枪,师长说了,这子弹可珍贵!

石光荣笑了一声,嗖的一声便从腰里拔出自己的那把手枪,瞄都懒得瞄上一眼,砰的一声,便把吊着的那块小石子打飞了。这才说道:你不打,老子替你打。

王营长怯怯地走过来,小心地问道:老石,禁闭室那事,可是桔梗让俺弄的,后来俺想明白了,你们两口子的事俺不该瞎掺和。

石光荣拍拍王营长的肩膀,十分大度地笑笑道:不说这事,咱们今天不提那件事。

行,那你想说啥,你说吧!王营长望着石光荣应道。

石光荣示意王营长坐下来,两个人旋即便盘腿坐在了地上。

石光荣突然笑眯眯地问道:老王,刚才你说谁跟谁是两口子呀?

你和桔梗啊!王营长说,你们婚都结了,这事谁不知道?

石光荣听了,一下又严肃起来,说道:王营长,俺告诉你,桔梗不是俺老婆,她是俺妹妹,知道不?婚是结了那么两次,可都没结成,俺跑了,这事你不知道?

王营长想了想,也是。可是这到底为什么,却一直蒙在鼓里,便张口问道:俺一直不明白,你跑啥呀,结婚是好事呀!

因为桔梗是俺妹子,你听说过有哥哥和妹妹结婚的吗?石光荣反问道。

王营长摇了摇头,又道:不过,你和桔梗,桔梗对你多好,你咋能把她当成妹妹呢?

老王,这事我不跟你掰扯,掰扯也掰扯不清。说着,石光荣往王营长身边靠了靠,认真地说道,俺最近一直觉得你和桔梗很般配,俺看出来了,你对桔梗印象也不错,要不然俺和妹妹说说,你们俩谈谈咋样?

王营长一听这话，腾地便站了起来，惊讶地问道：石光荣你说啥呢，桔梗可是你老婆，你咋能说这种话呢？

石光荣笑了起来，可接着便郑重其事地说道：告诉你王营长，再提醒你一次，她不是俺老婆，俺要把她介绍给你当老婆。

王营长真的被石光荣的话吓住了，说什么都不敢相信这些话都是从石光荣的嘴里说出来的。王营长一边惊恐不安地望着石光荣，一边说道：我不跟你说了，石光荣你自己说吧！

说完，就跌跌撞撞地撒腿跑去了。

望着王营长的背影，石光荣心里着急，便大声喊道：老王，跑啥，跟你说正经的呢，俺这就找俺妹子说合说合去……

此刻，桔梗费了九牛二虎之力，好不容易隔着窗缝把自己的检查说完了。胡师长从别处走了过来。一眼看到禁闭室的门窗已经被钉死了，知道这是石光荣干的好事，心里暗暗地笑了一声，一句话没说，便走了过去。

见胡师长走过来，白茹便把桔梗的检查递了过去。胡师长拿过王百灵替桔梗写好的那份检查很快看了一遍，问道：这是她自己的真心话？

白茹冲王百灵使了眼色，王百灵便接着说道：报告师长，是桔梗说，我替她写的。

胡师长看了一眼王百灵，又看了一眼那份检查，随手折起来放到了口袋里，想了想，便走到窗前，冲里面问道：桔梗，你认识到错误了？

桔梗到这时已经没了半点儿脾气，应声答道：嗯哪！

胡师长又问：你知道错哪儿了？

桔梗说：俺犯纪律了，不应该为报仇不顾大局。

胡师长笑了，说道：这就对了嘛，犯错误不怕，改正了就是好同志嘛！

说着，回头冲哨兵说道：开门，放桔梗同志出来。

哨兵眨巴了一下眼睛，轻轻说道：师长，这可是石营长亲自钉上的。

我是师长还是石光荣是师长，听谁的？胡师长望着哨兵厉声问道。

哨兵立即意识到什么，紧忙一个立正答道：听师长的！

说完，一阵手忙脚乱，就把钉在门窗上的那些木板子拆下来了。

自从被桔梗骗过了一回，又接着和石光荣带着的人打了一仗之后，刘老炮回到东辽城就病了。

刘老炮有气无力地躺在床上，满嘴是泡，头上还敷上了一块湿毛巾。床下的刘二和滚刀肉几个人小心地伺候着。

刘老炮一边病痛地哼唧着，一边魔魔怔怔地念叨道：俺这是命里没有桔梗这个人啊，眼看着要到手了，这又飞了……

刘二听了，望着刘老炮抢白道：叔哇，别说了，你都说一百八十遍了，俺看你这是鬼迷心窍了，你就消停会儿，好好养病吧！

刘老炮心里着急，瞪了刘二一眼，嚷道：滚犊子，俺就要说，不说俺憋得慌。

磕巴看着刘二，埋怨道：你……你就让当……当家的说吧，弄……弄……不……到手……说说……还不行……啊……

刘二没好气地说道：好，说吧，说吧！

刘老炮说：俺知道你们瞧不起俺，俺是被桔梗那小妖精拿住了，出不来了。俺就是想她、念她，你们说咋整？

刘二听着听着，就把脸背过去了。

滚刀肉和磕巴自然也替刘老炮想不出办法来，便一边叹着气，一边摇着头，一副无可奈何的样子。

沈少夫就突然推门走了进来，刘二等几个人见了，忙站起身招呼道：师座。

躺在床上的刘老炮欠了下身子，瞅着沈少夫说道：大哥，你来了！

沈少夫站在床头，嘘寒问暖道：兄弟，这病好点儿没？

刘老炮又哼唧道：大哥，俺这是一天不如一天了，八成好不了了。

说着，竟然从眼角挤出两滴泪来。

沈少夫望着刘老炮，想了想，说道：那兄弟你好好养着，锦州司令部来人了，我还得开会去。

刘老炮说道：俺现在啥心思都没有了，大哥，你忙去吧！

沈少夫转身便冲刘二几个人叮嘱道：你们几个可要照顾好刘参副。

几个人一声声地答应着，也就把沈少夫送走了。

主持会议的是锦州司令部的一个副军长，由此可见，这次团以上军官会议，对他们来讲该有多么重要。沈少夫、谷参谋长以及潘副官等人正襟危坐在会议室里，专注地听这位副军长部署作战计划。

只见副军长一边手持着指挥棒，一边指点着墙上的那幅地图，严肃地说道：打虎山这条交通要道不打通，四平、锦州、盘锦就成了孤立之势，杜总指挥命令你部，三日后从正面攻打打虎山，四师、五师从两翼策应你们，以三个师的兵力合围打虎山共军的独立师……

在座的军官们屏声静气地听着,使得会议室里的气氛一下子紧张起来。

潘副官一脸认真地望着副军长,此时此刻,他的心情在随着那根指挥棒沉浮着。

会议开了很久终于结束了,潘副官不慌不忙地从师部里走出来,紧接着便向不远处的那一间茶馆走去……

第十二章

国军合围打虎山的行动计划,被纵队获悉后,很快制订了有力的反击对策,随即又把这一艰巨的任务,交付于独立师,令其将计就计,将企图合围之敌一举歼灭。为了详尽周到地把这次作战的计划和各自承担的任务部署到每个营身上,胡师长和张政委当即召集独立师营以上干部,通报了敌人合围打虎山的战情。

显然,领受这样一次庞大的作战任务,胡师长从内心感到十分振奋,此时此刻,他的情绪已经明显地激动起来了。他一边望着墙上的那张作战图,一边望着在座的各位,说道:纵队得到敌人情报,驻扎在东辽城的沈少夫师、北票的十一师和张北的十六师,共三个师的兵力,要对打虎山进行围攻,要一举夺回打虎山,打通南满和北满的交通要道,纵队指示我们诱敌深入,给敌人织成一张大口袋,等敌人钻进来,二纵队协助我们纵队,把敌人三个师吃掉……

胡师长目光坚定地望着大家,众人在他情绪的带动下,一时间激昂起来,克制不住内心的兴奋,禁不住交头接耳起来。

张政委看了一眼大家,补充道:我们这次撤退布下口袋阵是以撤为攻,但不能让敌人看出破绽,如何不让敌人怀疑,由胡师长布置,大家不要开小会,都认真听。

胡师长严肃地指示道:三营负责在打虎山主峰阻击敌人,不是假打一定要真打,目的有二,一是阻击敌人给大部队撤退赢得时间;二呢,就是要让敌人感觉到我们真的顶不住了,部队才撤退下来,这样他们才会放心地长驱直入钻进我们布好的口袋阵。

说到这里,他看了一眼三营长,问道:三营王营长,有困难没有?

王营长的脸上已经乐开了一朵花,起身说道:感谢师党委交给我们这次光荣的任务,三营保证完成任务!

说这些话时,不经意间瞟了一眼坐在身旁的石光荣。只见石光荣的一张脸立时阴沉起来,待王营长话音落下,腾地一下也站了起来,脸红脖子粗地嚷道：俺有意见，他们三营打阻击，啃硬骨头，那俺们尖刀营是干啥吃的！

胡师长瞥了一眼石光荣，厉声说道：我说石光荣，你别事事的，啥事都想拔尖，谁规定每次任务都得交给你们尖刀营，条例上写着呢吗？

石光荣仍是一副愤愤不平的样子，说道：没写是没写，可俺们尖刀营就是比他们三营强，就凭这个，这个任务也该交给我们。

我还就不信邪了，每次分派个任务都是你石光荣耍横。胡师长的声音明显抬高了一些，接着说道，我宣布尖刀营为阻击的预备营，命令是我和政委研究过的，谁也不能改，有意见也不能提，大家听清楚了没有？

在座的各位营长齐声响亮地答道：明白了。

石光荣没有吭声，梗着脖子立在那里，看看这个，又望望那个，脖子上的青筋都暴出来了……

会议结束之后，各营按照独立营的作战部署，马上投入到紧张的战前准备中去了。石光荣回到尖刀营，心里边窝着一股无名火，却又无处发泄，便一屁股坐在门口的一级台阶上，一言不发地望着小伍子在那里给草原青梳理鬃毛。不一会儿，却见王营长手提一把日本人的战刀一耸一耸地走进院里来，看了一眼石光荣，看了一眼草原青，还走过去，不由自主地伸出手去，十分友好地拍了拍草原青的脖子，正要说什么，却被小伍子截住了话头：王营长，你下手轻点儿，别把草原青弄坏了！

王营长听出来了，小伍子的话里充满了对他的不满，便笑了笑，说道：呦嗬，你个小伍子也太小心眼了，我拍拍它就能坏呀，它又不是大姑娘。

小伍子说：俺营长说了，它可比大姑娘娇贵。

王营长讨了个没趣，转身望了一眼石光荣，石光荣把脖子扭向了一边，并不理会他，王营长便冲他说道：你别跟我梗脖子，任务是师长下的，你们尖刀营不也成了预备营了吗，不错了，你还想咋的？

石光荣听了，把头转过来，不高兴地说道：姓王的，有屁就放，有屎就拉，没事你快点儿走人，别烦我！

王营长想了想，把手里的那把刀举了举，突然问道：老石，还认识这把刀不？

石光荣不觉朝那把刀看了一眼，眼睛立时亮了一下，却又假装不在意地说道：不就是黄泥岗战斗，你从日本板田手里缴获的那把指挥刀吗，你把它当成宝贝似的藏着，咋的，今天你来是嘚瑟呀，还是要送给我？

王营长说：石头，算你说对了。

石光荣咧着嘴站起来，跃跃欲试地问道：真的吗？

你先不要着急呀！王营长说着，瞄准了身侧的一根胳膊粗细的木棍，突然走上前去,飞起一刀,嚓的一声,那木棍眨眼间竟断成了两截。

怎么样,这刀快吧!王营长一边说着,一边举刀看了看刀刃,又抬起大拇指小心地试着锋芒。

石光荣眼馋了,受到诱惑一般下意识地舔了一下嘴唇,说道:俺早就知道它是把好刀,上次俺拿两瓶酒还有十块香胰子跟你换,你不换,现在咋的了,真送给我?

王营长笑了笑,欲擒故纵地看了眼草原青,说道:石头,想啥呢,我不能白送给你,你得拿一样东西跟我换。

你,你想要啥?石光荣从上到下看了一遍自己,说道,俺可是光棍一条,啥都没有。

王营长不得不把话挑明了,便笑着说道:我还不知道你石光荣,跟我一样就一身军装,你还能有啥,我是想用我的刀换你的马,咋样?你要说行,咱们马上就成交。

石光荣一听这话,立时就炸了,跳脚说道:嘿,你个王长贵想啥呢,脑袋让门夹了,想用你的破刀换我的草原青,你说你是咋想的呢!

说完,又冲小伍子问道:伍子,你听清了吧,他王营长是不是发癔症了?

小伍子接口附和道:可不是咋的,王营长,要不俺陪你去医院瞧瞧病去吧?

王营长望着石光荣呸了一声,悻悻地说道:你们才有病了呢,不换拉倒,我还不稀罕呢,就你这破马,咋能跟我这宝刀比?!

工营长的如意算盘没有打好,又要给自己找个台阶下,便假模假式地把那把刀扛在肩上,耀武扬威地走出了小院。石光荣目送着王营长出了院门,不由得来到草原青跟前,忍不住伸过手来,一边无限温柔地抚摸着它,一边自言自语道:给老子俺一座金山,俺也不换!

石光荣正这样和草原青亲昵着,小李子却突然鼻尖冒汗地跑了进来,向石光荣汇报道:石营长,师长让我传达命令,让各营把马匹集合起来,送到医院去。

石光荣眨着眼睛,一时没反应过来,问道:为啥呀?

小李子说:医院伤员多,医生护士人手少,部队马上就要转移,这些马能派上用场。对了,胡师长还说,另外再让每个营派三个人去支援医院转移。

石光荣听了,望了一眼草原青,不觉神情慌乱道:哦,我知道了,你去吧!通知他们去吧!

小李子正要转身,突然又说道:石营长,俺可是传达师长的命令,别的营的马都送到医院去了,就差你这匹了。

石光荣望着小李子，想了想，说道：你回去跟师长说，医院不差俺这匹马，别人不送去了吗，我这匹就算了吧。

小李子却认真起来，看着石光荣说道：白院长刚才也说了，伤员都是按人头算的，马也是算出来的，你这匹要是不送过去，伤员就没办法解决。

小伍子站在一旁一直没说话，见小李子这样说，立时着急地嚷道：小李子，你咋这么死心眼呢，一个伤员不骑马，弄个担架抬着不就完了吗，要是没有马还不撤退了咋的？

小李子摸着自己的脑袋，半晌，吭吭唧唧地说道：俺说不过你们，你们要是不给马，俺只能给师长汇报去了。

石光荣不耐烦地挥挥手，说道：汇报去吧，就说俺石光荣这匹马不给了，他爱咋的就咋的，大不了把俺这个营长撤了，轮不上打硬仗，当不当的也没啥大意思。

小李子犹豫着，问道：石营长，那俺可真去了。

石光荣望着小李子，突然想踢他两脚，想了想，最终还是没有把脚抬起来，便努力压低声音说道：没人拦着你呀，去呗！

小李子便颠儿颠儿地跑去了。

小李子一走，石光荣禁不住也着急起来了，一边在院子里转圈子，一边问道：伍子，咱得想个办法，把马藏起来，不然，把它送出去，我不放心哇！

小伍子冥思苦想道：营长，你看看，咱哪有个藏马的地方？再说，这么老大个东西，也藏不住哇！

纸里终究是包不住火的。石光荣意识到这件事确实有点儿为难，便打定主意说道：那就不藏了，爱谁谁，师长亲自来也没用。

正说到这里，猛听到腾腾腾一阵脚步声，一抬头，石光荣看见了风风火火跑来的桔梗，不觉皱了一下眉头。桔梗一见人和马就大着嗓门说道：咋的，连匹马都舍不得呀，俺们医院转移，可是配合行动的大任务。

石光荣斜了一眼桔梗，不高兴地嚷道：怎么哪儿都有你，小李子刚走，你又来嘚瑟。

桔梗说：白院长让俺来牵马。

石光荣说：你凉快去吧，这里没你的事。

桔梗不听，白了他一眼，闯过来就要伸手去夺石光荣手里的马缰，说道：石光荣，俺知道这马是你的宝，俺会替你照顾好的，给它喂鸡蛋。

石光荣一把把她扒拉开，说道：你就是喂金子也不行，这草原青一离开我的视线，我心里就不踏实。

桔梗看着石光荣，见他这样执拗，知道他的脾气，态度缓和了许多，说道：白院长让俺来，俺就知道你会这样，石光荣你这狗脾气别人不了解，我还不了解？那啥，你不给拉倒，你留着好好骑吧，说不定打仗时，还能帮你一把。

石光荣这一回笑了，说道：妹子，还是你了解你哥。

桔梗伸出手寻了半晌，突然发现石光荣胸前的一颗扣子没有扣上，便靠过去，一边帮他系上扣子，一边做出一副温柔体贴的样子，说道：石头，打仗时多留个心眼，啊？

石光荣突然又有点儿接受不了，说道：桔梗拉倒吧，你啥时候学会磨叽了，快忙你的去吧！

桔梗转身冲石光荣笑了笑，眼里却一下子就有了泪光。石光荣见了，心里咯噔了一声，假装没有看见，便迅速别过头去，伸手拍着马脖子。

桔梗走了。听到腾腾腾的脚步声渐渐地远了，小伍子转身问道：营长，桔梗护士对你不赖，你干吗这个态度？

石光荣笑笑，说道：她对俺好是应该的，因为她是俺妹子，哪有妹子不对哥好的。

两人正这样一句一句说着话，不料想，王百灵又带着小凤赶过来了。

石光荣一眼看见了王百灵，一双眼睛不由自主又发直了。石光荣一边直勾勾地望着走进院里来的王百灵，一边嗫嚅着嘴唇，问道：王军医，你咋来了？

王百灵说道：石营长，白院长让我和小凤来牵马了，别的营的马都送到了，就差你这匹了。白院长还问呢，石营长咋这么小气，这么磨叽。我说不能。这次队伍转移，我们医院是老大难，别人可以看笑话，你石营长怎么能呢？

石光荣听了，很受用地咧嘴笑了起来，一边点着头，一边说道：还是王军医会说话呀，俺天生的就不是小心眼，不磨叽，磨叽啥？！

说着，石光荣便中魔一般地把手里的马缰绳交到了王百灵手里。王百灵接了马缰绳，朝他笑了笑，说道：这就对了，所以我和小凤就来牵马了。

说完，牵着马就要往外走。

见草原青真的就要被牵走了，不料，石光荣突然又反悔了，上前一步夺过马缰绳，犹豫着说道：这，这马你们还是不能牵走。

王百灵瞪大眼睛，说道：刚才你还说不磨叽，咋，这又磨叽上了？

石光荣望着王百灵，问道：我磨叽了吗？你说我磨叽？

小凤在一旁听了，帮腔说道：石营长，王军医亲自来取马，你都不给，不磨叽是啥？

王百灵叹了口气，说道：石营长，你要是真小心眼，我们也不勉强，伤员大不了背着走。

石光荣听王百灵这么一说，心一下又软了，牵着马缰绳的手便松了下来。

小凤走过去，弯腰拾起马缰绳，紧接着说道：石营长同意了，谢谢石营长。

王百灵冲石光荣粲然一笑，轻轻地说道：谢谢石营长了！

石光荣如同梦游一般，眼睁睁地看着草原青被王百灵和小凤牵走了，下意识地跟着向前走了几步，终于还是停了下来。

直到王百灵和小凤牵着草原青在目光里消失了，石光荣这才反过来，喃喃说道：马被牵走了？

小伍子心里也有些恋恋不舍，埋怨道：可不嘛！你咋就让她牵走了，你刚才还说，谁来也不给。

石光荣突然又想起什么，说道：伍子，你快把小德子给俺叫来。

小伍子不解地问道：叫他干啥？

石光荣说道：我得让他去医院，帮着他们转移，看好我的草原青。

小伍子一下子就明白了。

此时，在村头的一片空地上，王营长已经集合起了三营的队伍，等待胡师长做战前动员。胡师长威严地走到队伍前面，一面扫视着全副武装的队伍，一面有力地说道：你们三营，即刻奔赴打虎山主峰，没有我的命令，就是战到最后一兵一卒也不能撤退，听清楚了吗？

众人听了，齐声高呼道：保证完成任务！

胡师长满意地笑了笑，接着便冲王营长叮嘱道：三营长，我再交代一句，这一仗一定打真喽，狠狠地打，虽然你们只有一个营，但要让敌人感觉到，我们参战的是一个师。

王营长利落地答道：师长，明白，我们是代表一个师在打。

说完，王营长回身冲战士们喊道：人在阵地在。

众人相跟着异口同声高喊道：人在阵地在，人在阵地在……

即将奔赴战场的战士们，满怀的激情一下子便燃烧起来了。

黄昏时分，集合待发的队伍，听到号令之后，陆续离开了村庄，胡师长和张政委站在村口正目送着队伍向村外转移，石光荣再也沉不住气了，急匆匆跑到胡师长身边，请示道：师长，你让俺们尖刀营做预备队，我们咋预备呀，队伍可都集合好了。

胡师长扭头看了他一眼，说道：让你的队伍马上解散，回驻地睡觉。

睡觉？石光荣感到莫名其妙，接着说道，我们睡啥觉哇，这都啥时候了！

让你们睡，你们就睡。胡师长说道，一会儿我和政委去检查你们睡觉情况，如有违抗，马上取消你们预备队的资格。

石光荣有些摸不着头脑，低声埋怨道：连个预备队也要取消哇，还不如把我们营解散了呢！

胡师长不想过多解释什么，说道：少说怪话，马上执行。

石光荣立正答道：是！

石光荣转身回到尖刀营，将睡觉的命令传达下去，战士们一听，立时就如同炸窝了一般。张连长满腹怨气地说道：营长，人家三营上阵地了，打硬仗去了，大部队该转移的也都转移了，就咱们尖刀营，上不上下不下的，还睡什么大觉，你说这是啥事？

让你睡你就睡，话那么多干啥？石光荣抢白道。

俺不是话多，俺是想不明白，战士们也想不通。张连长说。

张连长的一把火，把战士们肚子里的怨气一下子就点燃了，他们纷纷说道：对，营长，俺们想不通。

石光荣瞪眼望着大伙，想发一顿火，却又觉得没有道理，便竭力平息了一下自己的心情，说道：想不通就睡觉，一会儿师长政委来了，你们跟他们说去。告诉你们，你们的任务就是睡觉，知道不？

战士们虽然心里有怨言，但也只好乖乖地执行命令，躺倒在各自的床上。可是，即便是躺在了床上，一时半会儿，谁又能睡得踏实呢？

也就在尖刀营的战上们渐渐进入梦乡的时候，打虎山前沿阵地上，三营长带领战士们，已经与从四面八方向山坡上摸过来的敌人交上了火。

王营长带着两名战士把几箱子弹放在机枪手身旁，冲机枪手喊道：大彪子，给我狠狠地打，子弹多的是，这都是给你的。

一时间，众枪齐鸣，山上山下响成了一片，双方攻守惨烈异常，拼尽了性命往山上攻来的敌军，接二连三倒了下去。

正在指挥作战的刘老炮见眼前的形势如此严峻，心里一时没了底数，便提枪跑进了指挥部，向沈师长求救道：师座，共军的火力很猛，估计他们整个师全上来了。

沈少夫思忖片刻，突然转身说道：通知炮营给我轰，我沈少夫倒要看看，是共军的骨头硬，还是我的炮弹硬！

不多时，三营阵地就变成了一片火海。敌人发射的炮弹呼啸着在阵地上炸开，遍布的炸点，让三营损失了不少兵力，眼瞅着再这样坚守下去，很可能就会导致全军覆没，王营长猛地从一股气浪里爬起来，朝山下望了一眼，说道:敌人这是欺负我们没炮兵,得冲出去和敌人缠在一起打。

说着,大喊一声:冲啊……

王营长率先跳出战壕,带着战士们便朝冲上来的敌人冲杀过去。

战斗持续了约莫两个小时,仍是没有一点儿停息的迹象。可是,不管敌人动用多少兵力,发起多少次冲锋,阵地寸土未丢,一直坚守在三营手里。

刘老炮又一次坚持不住了,灰头土脸地再次跑到指挥部,报告道:师座,已经冲了五次了,还是冲不上去,共军那帮小子打疯了。

沈少夫鼻子里哼了一声,下定了决一死战的决心,命令道:让一团下来,二团接着上,我就不相信,一个小小的打虎山,我就攻不上去。

这当口,夜已经深了,在苍茫的夜色里,敌我双方士兵都已筋疲力尽。趁着战斗间歇,王营长扫视了一遍阵地,命令道:各连报下人数。

几十个人呼啦啦站在了王营长面前,此时此刻,每个人烟熏火燎得就像是刚从煤堆里扒出来一样。

一连长回道:一连还剩八人。

二连长回道:二连还剩十二人。

三连长说道:连长牺牲了,一排长二排长也牺牲了,我是三排长接替连长职务,我们连还剩七人。

王营长沉默了半晌,坚定地说道:师长命令我们,就是战斗到一兵一卒也要守住阵地。

几十个人听了,重新抖擞起精神,齐声喊道:人在阵地在!

王营长受到了感染,嘶哑着嗓子继续说道:全营加上我,咱们一共还有二十八人,二十八人要打出八十二人的气势,告诉敌人,我们不是二十八人,而是一个师在和他们战斗。

几十个人一边听着,一边异常悲壮地望着王营长。

王营长望着夜色里的战士,顿了顿,喊道:进入各自阵地,准备战斗!

话音刚刚落下,只听到山下传来一阵密集的枪声,敌人的又一次冲锋开始了。但是,这次的冲锋仍如前几次一样,经过一番艰苦惨烈的搏杀之后,敌人再次败落退回了阵地。

沈少夫做梦都没有想到,解放军的独立师竟然这样顽强。形势越来越严峻,这使得他不得不向他的上级寻求救援了。终于接通了司令部的电话之后,沈少夫急切地问道:军长,我们师已经发起第七波攻势了,已经有一个团打光了。那两个师什么时候到位?

片刻,电话里传来了一个声音:他们已经在路上,凌晨就能投入战斗,我命令你们师,一定要拖住共军的主力,不能把他们放跑。

说完,电话挂断了。沈少夫怔怔地握着电话,半天才回过神来。

紧接着,又一场交战开始了。一阵猛烈的枪战之后,王营长带领三营的战士和已经攻入到阵地上的敌人拼杀在了一起,由于敌众我寡,这一场肉搏战,几乎损失了三营所有的兵力。尽管如此,三营战士拼死一战,誓与阵地共存亡。面对凶顽的敌人,拼尽了全身的气力,嘴咬,手抠,石头砸,在一片血泊的战场上,硬是坚守住了阵地,坚守到了预备队到来。

但是,敌人仍没有就此罢手的迹象。

夜渐渐深了。

这时间,早已按捺不住的石光荣,带领尖刀营已经做好了充分的作战准备。尖刀营是在黎明之前接到命令集结在村口的。胡师长站在高处,向尖刀营交代道:三营已经完成了阻击任务,你们尖刀营接替三营守住阵地,坚守的时间是到中午时分撤出阵地。

石光荣上前一步道:师长,三营已经打了差不多一夜了,俺们尖刀营不比他们差,让俺们营坚持到明天这时候也不会有啥问题。

胡师长继续说道:你们的任务就是中午前撤出阵地,这次阻击战不是比英勇,是要把敌人引进来。

石光荣立刻答道:是,坚决完成任务。中午撤出阵地。

出发!胡师长望了一眼石光荣,转眼朝尖刀营喊道。

尖刀营在石光荣的带领下,闻令而动,转身便奔进了沉重的夜色里,一直向打虎山方向奔去。

当东方的天际出现了第一抹鱼肚白的时候,尖刀营冲上了阵地。此时此刻,阵地上青烟弥漫,一片狼藉。

站在废墟般的阵地上,却见不到一个人的影子。石光荣不觉倒抽了一口冷气,忙不迭地喊道:王营长。

片刻,石光荣终于听到了从身侧不远处传来的微弱的答应声,这才发现,此刻,王营长竟像一个炭人一样,手里拄着那把日本刀,正一动不动地站在那里,而在他的身后,还有仅剩下的两名战士,一个被炸断了腿,一个被打断了胳膊,却仍然同王营长一样,拄着上了刺刀的步枪,像一尊雕塑一样地挺立在那里。

石光荣一步一步靠了过去,惊骇地立在他的面前,问道:你们三营呢?

我的身后就是三营,脚下就是打虎山阵地。王营长说道,他的声音嘶哑得厉害。

石光荣不禁肃然起敬,上前一步敬礼道:师长命令,你们三营完成了任务,撤出阵地,我们尖刀营接替你们。

王营长听了，微微一笑，接着便嘶哑地喊道：三营，传我的命令，撤！

说完，王营长向前迈了一步，一个踉跄竟摔倒在那里，跟在他身后的那两个战士，也像一摊泥一般摔了下去。

石光荣忙喊道：担架，快，把他们抬下去！

石光荣和尖刀营的战士们一直眼含热泪目送着王营长几人消失在远处的一片黑暗里，这才回身走到队前，说道：三营没丢一寸阵地，现在尖刀营接管了阵地，我们尖刀营在没完成任务前，不能把阵地丢掉一分一厘。

众战士听了，齐声呐喊道：人在阵地在，誓与阵地共存亡！

好！石光荣一边说着，一边挥手命令道，进入战斗位置。

紧随而来的一场恶战，由此也就拉开了序幕。

且说小德子被石光荣派送到师医院，帮着他们一同往另一处山坳里转移，一路上，对草原青细心照料，生怕有一丝一毫的闪失。

这天早晨，队伍正走在一条山路上，桔梗悄悄来到小德子身边，郑重说道：德子，这马可是石头的命，他让你来看马，你可得给看好了，不兴给弄没了。

小德子说道：桔梗你放心吧，俺在营长面前立了军令状，人在马在。

桔梗说：这马通人性，它救过俺，也救过石头。

小德子保证道：桔梗你放心吧，就是俺把命丢了，也不会丢了马。

桔梗听了，便十分放心地望着小德子笑起来。

见王百灵从后边赶上来，桔梗稍稍慢下了脚步，说道：王军医，你在石头面前面子真大，这马别人都要不来，你说牵马真给牵来了。

王百灵说道：这是人家石营长顾全大局，都是为了咱们师医院的转移。

桔梗撇了撇嘴，说：说的比唱的好听，你那点儿心思、石头那点儿心思我还不知道？

王百灵十分敏感，扭头问道：桔梗，你把话说清楚，不就是匹马吗，怎么弄得这么复杂？

桔梗自觉也是讲不出什么道理来的，鼻子里哼了一声，说道：俺没工夫和你掰扯！腾腾腾就又向前走去了，直把个王百灵气得在后边直跺脚。

坐镇在敌八师指挥部的沈少夫，在这天早晨到来之后，心情无比舒畅，便把刘老炮和谷参谋长叫到了身边，一边下达着新的作战任务，一边得意地说道：昨天打了一夜，共军的阵地快哑火了。现在我决定，我们在援军到来之前，先把预备团调上去，一举拿下打虎山，咱得让杜总指挥看看，我沈少夫的师在没有援军的情况下，是怎么消灭共军一个师的。

沈少夫的一席话，让刘老炮一下子受到了鼓舞，忙说道：师座你瞧好吧，这回俺亲自督战，把打虎山拿下，要是那个石头命大，俺提个活的来见你。

沈少夫说：记住，要一鼓作气，把共军彻底消灭在打虎山。

刘老炮嗖地从腰间掏出枪来，挥手说道：师座，你就睛好吧，中午吃饭前俺再来见你。

说完，就跑出了指挥部，一直往阵地上奔去了。

不大会儿，在刘老炮的指挥下，新一轮更加凶猛的攻势开始了。敌人一边叫嚣着，一边就像一道又一道潮水一般地从山下往山顶漫了过来。

石光荣见那么多的敌人拥上来，一下子兴奋起来，伸手抱过一挺机枪，和众战士一起拼命地向敌群射击着。

手榴弹不断地在敌人中间炸开，在一声声哀号声中，试图冲上前来的敌人纷纷倒了下去。在山脚下督战的刘老炮，一声连着一声地挥枪高喊着：共军快完蛋了，给俺冲，中午我请大家伙喝酒。

就在这时候，一个连长带着几个身负重伤的士兵一瘸一跛地跑回来，气喘吁吁地报告道：副参座，攻不上去，共军的火力太猛了！

刘老炮朝山上望望，说道：他们猛还能猛哪去，昨晚共军阵地都快哑火了，他们这是回光返照，嘚瑟不了几下了，再来个冲锋就到山顶了。

这连长顿了顿，不得不答应道：是！

转身督着几十个国军硬着头皮继续朝山上冲去了。一边往上冲，一边挥枪喊着：共军快完犊子了，冲啊弟兄们。

可是一句话没有喊完，一颗子弹便击中了他的脑袋，这连长哼都没哼一声，扑通一声便栽倒在那里。紧接着，又有几颗手榴弹从高处扔下来，轰然在队伍中炸响了，这几十个国军接二连三地一边惨叫着，一边扑通扑通地倒了下去。这情形，让山脚下的刘老炮看了个清楚，突然，他放下望远镜，撒腿便朝指挥部跑去。

沈少夫已经听出了今天的枪声有些不对劲儿，噼噼啪啪地跟炒豆子似的，从这声音上判断，比昨天的火力还要猛。谷参谋长正要亲临阵地看一看，正赶上刘老炮提着枪一头闯了进来，大呼小叫道：妈的，共军又活过来了，咱们冲了两次冲不上去。

沈少夫不觉皱了一下眉头，抄起电话说道：要军部。

刘老炮站在一侧，望着沈少夫，几乎乞求一般地说道：让他们快派援军啊！

电话终于接通了，沈少夫一个立正，微微颤动着声音请求道：军座，我是沈少夫,打虎山上共军火力太猛,请求援军快点儿增援。

只听电话里回道:两个师的援军正向你方靠拢,中午前一定能投入战斗,你再耐心点儿。

说完,对方似乎有些不耐烦地把电话挂断了。

沈少夫十分生气地把电话摔在那里,说道:昨天说今天早晨援军就到,现在又说中午才能到,这两个师是干啥吃的!

刘老炮眨巴着一双眼睛,问道:那,师座,咱们现在咋整?

沈少夫斜眼望着刘老炮,气呼呼地说道:咋整,还能咋整?打虎山又不是俺沈少夫一个人的。通知队伍,暂停进攻,等那两个师到了再说。

刘老炮一听,心里便踏实下来了,说道:师座,这就对了,这可是咱们的家底,拼光了,咱们能捞啥好处?他不仁咱也不义,俺这就通知队伍撤下来……

越是担心的问题,越是发生了。

小德子正随着转移中的队伍牵着草原青在山路上行走,突然抬头发现一群国军队伍匆匆忙忙从远处向这边赶过来,几个骑着战马的军官正冲在最前面。形势十分危急,小德子忙冲身边的一个战士低声喊道:快通知白队长,前面有敌人。

与此同时,敌人也发现了这支转移的队伍,只听得一个军官在马上大喊道:共军!

国军队伍随着这声大喊,立时散开队形,持枪向这里拥过来。小德子不等对方彻底反应过来,端枪便是一通射击。刹那间,敌我双方难分难解地交战在一起,小德子一边朝前方敌人射击着,一边喊道:虎子,快掩护草原青撤退。

虎子闻声奔跑过来,正要去拉草原青,不料,从不远处飞来了一颗子弹,正巧打在他的胸口上,鲜血立时把半个身子染红了。草原青猛然间受到了惊吓,不知怎么,突然扬开四蹄,一片茫然地向着敌人方向疯狂地跑去,身上驮着的东西立时散落下来。

小德子望着草原青,高喊道:草原青,你快回来。

正要向前追去,不料,一发炮弹落在了身旁不远的地方,小德子当即被炸晕过去了。

就在这节骨眼儿上,警卫排的战士听到枪声,从后边冲了上来,与迎面的敌人展开了交战。

医院队伍在警卫排的掩护下,来到附近的一道山坳里。此时,白茹和桔梗几个人正围在小德子身边。小德子满脸是烟灰地躺在那里，哭号着声音愧疚地说道：草原青丢了，俺咋见营长啊！

说完，掏出枪来对准了自己的脑袋。

桔梗上来一把夺过小德子的枪道：德子，你这是干啥？

小德子说：俺跟营长保证过了，人在马在，现在草原青不在了，可俺还在。

桔梗说：马让敌人夺去了，咱还能夺回来，你把自己毙了，命就回不来了。

桔梗，你让俺跟马去吧，俺没脸见营长了。小德子十分执拗地又要欠身去夺桔梗手里的枪，不料想，夺来夺去，枪在桔梗的手里砰的一声就响了，枪声让两个人同时停住了手。

白茹看了看小德子，又看了看桔梗，突然想到什么，回头冲警卫排长交代道：你们要看好林排长，咱们还没撤出敌人的包围圈，我们必须抓紧走。

警卫排长朝白茹点一下头，冲两个战士命令道：你们俩看好林排长，其他人掩护，撤！

接守打虎山阵地的石光荣，突然听不到山下的枪声了，心里感到十分疑惑，环顾了一遍阵地，自言自语地问道：敌人怎么不进攻了？

一旁的张连长抬起头来，也朝前方望过去，仍没发现任何情况，张口说道：敌人一定是让咱们干趴下了，害怕了。

石光荣离开机枪位置，转头征求张连长的意见，问道：尖刀营还想给三营报仇呢，这算啥事，要不咱们来个冲锋？

张连长说道：营长，师长让咱们阻击，可没让咱们冲锋啊！

这打的是啥仗，刚打得来劲，敌人又当缩头乌龟了。石光荣觉得仗打得很不过瘾，泄气地说道。

张连长抬头望了眼天空道：营长，快到中午了，咱们也该撤了。

石光荣下意识地掏出怀表看了看，说道：还有四十分钟呢！

把那块怀表揣回怀里，石光荣突然心里生出一股怒气，望着山下扯开嗓子骂道：沈少夫，你这个缩头乌龟，有能耐你攻上来，老子都等得不耐烦了！

但是，任凭石光荣怎样在阵地上发脾气骂娘，山下就是没有一点儿反应。阵地一下子便沉寂下来，沉寂得让人感到有点儿心情烦躁。就这样在一片沉寂中度过了难熬的四十分钟之后，石光荣再次从怀里掏出那块怀表看了看，心有不甘地冲张连长命令道：撤退时间已到，通知部队撤出阵地。

张连长站起应道：是。

石光荣拍了拍两手,站起身来,仍是一副不甘罢休的样子,便望着山下大喊道:沈少夫,俺石光荣不陪你玩了,你等着看俺咋回来收拾你!

喊完,跳出战壕,随队伍一起撤下山去。

待石光荣带着队伍撤出阵地之后,紧跟着,沈少夫在刘老炮和谷参谋长的陪同下走上了阵地。沈少夫站在制高点上,正四处打量着,谷参谋长凑上一步,讨好般地说道:师座,还是您福大命大,您一出马没费一枪一弹,打虎山踩在脚下了。

沈少夫没有看他,也没有说话,一直举目四处观看着,似乎想从这里看出什么破绽一样。

见谷参谋长这样讲,刘老炮也靠前一步,赔着笑脸附和道:师座,共军一见你就吓得蹽杆子了。

沈少夫仍是没有接话,不禁皱着眉头思忖道:早晨那会儿共军还拼死抵抗,这会儿咋说撤就撤了?

刘老炮说道:师座,俺说过,那是共军的回光返照,最后还是完犊子了,共军这是拉了胯了,不经打。

沈少夫突然就不再费力琢磨了,一下子竟有点儿飘飘然起来,自言自语地说道:打虎山,你是块宝地呀,该我沈少夫露脸。

再说丢了草原青之后,身负重伤的小德子被两个战士架着,跟随医院的队伍往前转移,不住地在那里哭天抹泪。王百灵感觉到自己也有一定的责任,便悄悄把小凤拉到一边,低声说道:马是咱俩从石营长手里牵走的,现在马被敌人抓去了,你说怎么办?

小凤扑闪着一双眼睛,一副没有主意的样子。

王百灵咬了一下嘴唇,说道:走,咱们把马夺回来,否则,咱怎么和石营长交代啊!

小凤甩头,说道:去就去,俺不怕。

说着,王百灵便和小凤一起悄悄离开了队伍。

两个人顺着来路往回走,最后竟然走进了一片树林里,听到不远处有说话声儿,便神不知鬼不觉地摸了过去,抬头正看见一队国军围坐在一起休息。与此同时,他们清楚地看到了草原青就在这里。王百灵不觉一阵大喜,看好了地形,说道:小凤,一会儿我冲过去,把敌人引开,你去牵马,听明白了吗?

小凤望着王百灵,坚定地点了点头。

两个人正要开始行动的时候,没料想,警卫排长和桔梗几个战士一路奔跑着赶了过来。王百灵吃了一惊,问道:你们怎么来了?

桔梗说道:见不到你们的影子,寻思着你们就是找马来了。白院长不放心,就让我们追过来了。

警卫排长说道:王军医,院长命令你马上回去。

不由分说,警卫排长一把拉住王百灵就要往回走。王百灵不甘心,心急火燎地甩着胳膊说道:草原青就在那儿,咱们把马夺回来就走。

桔梗瞪眼说道:王军医你傻呀,敌人那么多,就咱们几个人,你要送死呀!

王百灵说道:马是我借来的,不能这么对不起石营长。

桔梗也一把拉住王百灵,粗鲁地说道:拉倒吧,当初你干啥了,现在才想起对不起,走!

说着,几个人便死扯硬拉地把王百灵和小凤拽走了。

这时候,石光荣已经带着队伍从打虎山阵地下来,追赶上了师医院的队伍。他和小伍子一边走着,一边问道:林排长呢,俺的草原青呢,转移任务完了,草原青该还俺了。

小德子一眼看到了石光荣,一瘸一拐地忙跑过来,话还没有说上一句,就已经有些泣不成声了:营长,营长啊……

石光荣疑惑地问道:咋的了,德子你哭啥?

小德子收住了哭声,报告道:营长,俺没看好草原青,俺被炮弹炸晕了,草原青被敌人的援军给夺走了。

石光荣听了,瞪大眼睛问道:德子,这是真的?你再说一遍!

小德子便天塌了样地说道:草原青丢了,丢了呀……

石光荣不禁大怒,抓住小德子的衣领,声嘶力竭地吼道:德子,走时俺咋交代的,你忘了?!

小德子睁着泪眼,一抽一搭地说道:营长,俺没忘,人在马在,俺被炸晕了,马就丢了,等俺醒来,敌人都撤了。

石光荣把手松开了。小德子深感愧疚,伸手又要去腰间摸枪,可是枪盒已经空了。桔梗恰恰这时提着小德子的枪走过来道:这事不能怪德子,他去追马被炮弹炸晕死过去了。一醒过来,他就要毙了自己。喏,枪在这儿呢,你收好。

说着,把枪给石光荣递了过来。石光荣傻了似的立在那里没有接,小伍子接了过去。

桔梗望着石光荣,说道:石头你记着,马丢了还能找回来,人要是没了,就再也不能回来了。

石光荣喃喃着道:草原青丢了,丢了?

那匹草原青被那帮国军送到了沈少夫的手里。

这天傍晚,刘老炮颠儿颠儿地跑到沈少夫的军帐内,喜不自禁地汇报道:师座,十一师那帮小子还算有良心,他们从共军那儿夺过来一匹马,说是要孝敬你,专门派人送过来了。

沈少夫一边笑着,一边问道:我沈少夫收复了打虎山,他们就孝敬一匹马?

刘老炮说:嘉奖你那是杜总指挥的事,他们十一师管不着。师座,俺看了,这可是匹好马,一定是共军大官骑的,说不定是他们那个胡师长的马。

沈少夫听了,不屑地说道:他们共军那帮穷光蛋,会有啥好东西!

刘老炮说道:师座,万一要真是那个胡师长的马,说不定那个胡师长都被咱们击毙了,到那时,说不定杜总指挥会奖你个副军长干干,到那时,俺们可都官升一级了。

听刘老炮这么一说,沈少夫立马高兴了,起身说道:走,带我看看那匹马去!

那匹马这时已经被拴在了一棵树上。沈少夫慢慢走过去,转着圈子看了半晌,不由得连连咂舌赞道:不错,果然是匹好马,比我那匹强多了。

说着,沈少夫上前拍了拍草原青,草原青警惕地看着他,猛地把头扬了起来。

石光荣一下子就病了。他躺在床上,两眼直勾勾地望着屋顶,一言不发。胡师长和张政委等许多人立在床前,一边望着一动不动的石光荣,一边说着一些宽慰的话儿,希望他想开一些,不要认准一条道儿走到黑。

胡师长就说:石光荣啊,马丢了,那是匹好马,是挺让人心疼的,不过呢,战马以后还会有的,等我们把口袋布好,反攻打响,敌人这回可来了三个师,马也不会少,等把敌人都收了网,缴获的马让你石光荣随便挑,咋样?

石光荣听了,眼珠稍稍动了动,轻轻说道:俺就要草原青。

说完,双眼又发直了。

张政委接着说道:石光荣,咱不能一条道走到黑,不就是匹马吗?你说是不是?

石光荣就像没听见一样。

小德子一边抹眼泪一边哽咽着说:营长,你起来,你把俺毙了吧!

几个人又对他说了一会子话,石光荣吭都没再吭一声。

胡师长看了一眼石光荣，便冲小伍子叮嘱道：你看好你们营长，有什么事及时汇报。我和政委还有事情要研究，大家都早点儿休息吧。

说着，胡师长和政委就离开了房间。两个人出了大门朝师部走，张政委叹了一口气说道：真没想到，石光荣为了一匹马，竟然那么认真。

胡师长扭转头来看着张政委，喟叹道：老张，你是不懂啊，当初我那匹飞火流星牺牲了，就像从我胸口挖掉一块肉，那滋味真不好受哇！一个指挥员和一匹战马，感情能处到这个份儿上也不容易。从这点上可以看出，石光荣太重情义了。

张政委点着头说：老胡你这么一说我倒是明白了，可惜呀，他要是能对桔梗这样就好了。

胡师长说：那是两码事，两码事。我可说过了，石光荣感情的事咱不再掺和了，咱就说马，说石光荣的那匹马。你说该怎么办？

张政委想了想，终于还是摇摇头，一时不知如何是好。

胡师长和张政委两个人刚走了不大会儿，王营长就来找石光荣了。两个人见面就掐，不见面就想，谁也离不了谁，谁也容不下谁。一时不见石光荣，王营长竟觉得心里空落落的，就想找个说话的人，没料想，刚走进石光荣住着的小院，正看见小伍子坐在门口的台阶上抹眼泪。王营长不觉怔了一下，拄着那把战刀一拐一拐地走过来了。

见王营长朝自己走过来，小伍子忙立起身来，刚喊了一声王营长，眼里的泪水又止不住流下来了。

王营长问道：咋的，你们营长又训你了？他不好你就去我们三营，我们随时欢迎你。

小伍子使劲摇摇头说道：王营长，俺们营长都一天一夜没吃东西了。

不吃东西？王营长说道，这个石光荣不就是丢了一匹马吗，净整景，带我看看去。

说着，就让小伍子搀着他一起进了屋。果然，进得屋来，王营长一眼就看见了石光荣直挺挺地躺在那里，床头上还放着一动未动的粥和咸菜。

王营长站在床前，用那把刀戳着地面，叫道：石光荣，石光荣……

石光荣躺在那里，就像没听见似的动都不动一下。

王营长说：石光荣你这是整啥呢？当初俺用这把刀换你的马你不干，这回好了，马丢了吧，你不嘚瑟了吧？!

说着，王营长举起刀来，说道：你瞅瞅，俺这把刀真是好家伙，在阵地上砍了多少敌人，你看这刃都没卷过。

王营长看到，此时，石光荣的眼角慢慢淌出两行泪来。

嘿呦,还哭了,咋跟个娘儿们似的,要不俺把这刀送给你,就当俺老王把马丢了,不是你的,咋样?王营长望着石光荣说道。

石光荣依旧不动。

王营长转头看了一眼小伍子,小伍子的眼圈红红的,望着他直摇头。

王营长又把头转回去,接着说道:老石呀,跟你说,俺心里也要死要活,打虎山这一仗,俺们三营全拼光了,就剩俺一个光杆司令了,你说俺难受不难受?

说到这儿,王营长哽咽了,眼圈也随着红了起来。

小伍子不忍心去听这些,便走过来,拉拉王营长,小声地说道:王营长,你别说这些,一说这些俺营长更受不了。

王营长突然醒过神来,说道:对,不说这些,打仗嘛,哪能没有牺牲,师长现在正为俺们三营招兵买马,用不了几天,俺们三营又会组建起来,打起仗来还嗷嗷乱叫,还和你们尖刀营比,咋样?

石光荣依然一动不动地躺在那里,眼角里依旧还有眼泪溢出来。

王营长着急了,说道:石光荣你倒是说话呀,你不说话整得吓人吧啦的,你啥意思呀?

就在这时,王营长看到石光荣的嘴唇嚅动了一下,似乎想要对他说些什么,忙把耳朵贴上去,就听石光荣小声念叨道:草原青,草原青……

王营长起身冲小伍子耳语道:你们营长这儿有毛病了。

说完,抬手指了指脑袋,一拐一拐地拄着那把军刀走了。

小伍子怔了一下,接着便反应过来,突然就咧开嘴大哭起来。

王营长从石光荣那里走出来之后,一拐一拐地又走进了师部。胡师长听出是王营长来了,头也不抬说道:你不老实歇着到处跑啥,你们营重组方案我和政委商量了,从各个营给你们调一些班排长,作为骨干,新兵只能在附近几个屯子招了。

张政委接着说道:招兵的人已经下到各个屯子里去了,明天这时候,你们三营人马就会配齐了。

王营长说道:师长、政委俺说的不是这个。

那你要说啥?胡师长转身问道。

王营长说:俺想调到尖刀营去。

张政委一笑,说:王营长,你别说笑话了,那样的话,石光荣还不得把师长和我吃了。

王营长说:他现在谁也吃不下了,他这儿出毛病了,这人废了。

说着,又指了指自己的脑袋。

胡师长和张政委一下就明白了他的意思,相觑了一眼。胡师长说道:别说那些没地没天的话,他就一时受了打击,过个一天半天的,他又是石光荣了。

师长、政委,不信你们再去看看,他石光荣就是脑子出了问题。王营长说,俺分析,他是得了精神病了。

胡师长看了一眼张政委,半信半疑道:真的?

王营长说:你们去看看就知道了。

说着,胡师长和张政委戴上帽子,急匆匆地就往石光荣的住处去了。进得屋来,两个人正看见王百灵和小凤泪眼婆娑地站在床前,向石光荣做检讨。

王百灵说道:石营长,都是我王百灵的错,我不该到你那儿去牵马,不牵马就没这事了。

小凤说:石营长,还有我。

石光荣眼珠子错都不错一下,仍是目光痴痴地望着天棚。

王百灵说:我和小凤想去夺马,可让人又拉回来了,他们说敌人多,夺不回来。

石光荣听了这话,下意识地动了一下眼珠子。

小凤说:石营长,我和百灵姐不怕死,能为你换回马就行!

石光荣又不动了。

小伍子在一旁见了,忙接过话来,情绪低落地说道:二位别说了,说啥也没用了。你们忙你们的去吧!

王百灵听了,便把小凤拉过来,望着小伍子,无比歉疚地说道:伍子,有什么事就去医院叫我们,石营长这样我们心里也很难过,都怪我们。

小伍子叹了一口气,说道:你们忙去吧,这事谁也不怪。

王百灵和小凤两个人便慢慢转过身去了。

胡师长和张政委两个人一见这情况,二话没说,一边摇着头,一边也从屋里走出来。王营长拄着那把军刀站在院门口,见两个人走出来,忙问道:咋样,石光荣咋样?

胡师长一句话没说,径直从他身边走了过去。王营长一把拉住张政委,追问道:到底咋样?

张政委看了他一眼,无奈地摇着头,说道:得让医院的人来看看,这事还真不好说。

边这样说着,边向院外走去了。

王营长心里边仍放不下尖刀营那件事,便拄着那把军刀紧追慢赶地一边往前走,一边提醒道:师长、政委,俺调尖刀营的事你们再考虑考虑。

不一会儿,桔梗便带着一个男军医来了。那名男医生翻看了一遍石光荣的眼皮子,又敲了敲石光荣的脑袋。一旁的桔梗见了,急迫地问道:咋样张医生,你可得给看仔细了。

张医生抬起头,接着又摇了摇头,说道:还真不好说。

桔梗说:没别的法子了,你给他打针吃药。

张医生想了想,说:这不是打针吃药的事,我得向师长汇报去了。

说完,背起药箱就走了。

桔梗见石光荣这样,心里边难过得就像被一把刀绞着一样,再也承受不住了,一下就扑到了石光荣的身上,一边扳着他的身子摇着,一边哭喊道:石头,你还认识俺不?俺是桔梗啊,石头,你看俺一眼。

可是,说了半天,摇了半天,石光荣仍是没有一点儿反应。

桔梗不得不把两手放开了。小伍子小心翼翼地把一碗面端过来,抽泣着说道:桔梗护士,你劝劝俺们营长吃两口吧,他都两天两夜水米没进了。

桔梗望了一眼小伍子,便接过他手里的那只碗,端到石光荣面前,挑起一筷子面条,又在唇边试了试,说道:石头,这是你爱吃的手擀面,你吃一口吧,这里面还放了葱花,可香了,不信你尝尝。

石光荣紧闭着一张嘴,依然一动不动。

桔梗无奈地把那只碗又递给小伍子,突然抱住石光荣,禁不住大哭起来,说:石头,石头哇,你这样了,可让俺咋整啊……

小伍子见桔梗这样,在一旁也悄悄抹开了眼泪,一边抹一边说道:桔梗你就别哭了,你一哭俺也想哭。

一句话没说完,蹲在地上放开嗓子号啕大哭起来。

桔梗突然止住了哭声,一下子想起什么似的,撒开两腿噔噔噔便跑出去了。

桔梗一口气跑到医院,见了王百灵,拉起就走,把个王百灵搞得丈二和尚摸不着头脑。王百灵一边不明不白地跟着桔梗跌跌撞撞往前走,一边问道:桔梗,这是要去哪儿呀,就是上刀山下火海你也得把话说清楚哇!

桔梗喘着气说道:俺哥疯了,这会儿只有你能救他了。

王百灵一下停住了步子,望着桔梗,难过地说道:桔梗,石营长的事怪我,我和小凤都去看过了,没用。

王军医,石头喜欢你,这事全师的人都知道,你不能简单看一下就完事。桔梗几乎乞求般地说道。

桔梗最终还是把王百灵拉到了石光荣的面前,轻轻说道:石头,你看谁来了？

石光荣的眼珠动了一下，瞟了一眼王百灵，似乎想朝她笑一下，但紧接着，又恢复到了原来的样子。

桔梗下意识地捅了一下王百灵道：你倒是行动啊！

王百灵向前动了一下，看着桔梗，懵懵懂懂地问道：我咋动啊？

桔梗俯身把石光荣抱在胸前呼喊道：石头，石头，俺是桔梗，你看看俺！

回头又冲王百灵说道：就这么行动，你得喊他，光说不行。

王百灵犹豫起来。

桔梗着急了，说道：磨叽啥，抱哇，喊呀！

王百灵试着抱起石光荣，一句话却又说不出来了。

桔梗说：你哑巴了，喊呀！

王百灵便学着桔梗的样子小心地喊道：石营长，石营长，我是桔梗。

桔梗一跺脚，说道：你是王百灵，啥桔梗？

王百灵恍然明白过来，看一眼桔梗，摇晃着石光荣轻轻喊道：石营长，我是王百灵，你醒醒。

就这样接连喊了几声，见石光荣仍然没有一点儿反应，桔梗绝望地蹲在了地上，痛苦地说道：完了，完了，石头这回是真完了。

王百灵不知如何是好地放下石光荣，说道：我说不行就不行，桔梗我也没办法了。

桔梗突然捂着一张脸无限悲伤地大哭起来。她这么一哭，把身边的小伍子和王百灵也带动了，抽泣声和呜咽声响成了一片。

就在大伙儿都在为石光荣的病情万分担心的时候，独立团又接到了作战任务。胡师长和张政委两个人在制订作战计划时，一时间显得左右为难。

张政委坐在椅子上一筹莫展地说道：反攻马上就要打响了，这次战斗咱们是整个纵队的行动，石光荣这一病，尖刀营还真成了问题。

石光荣啊，石光荣，早不疯晚不疯，怎么偏偏这时候疯？胡师长在师部里一个劲儿地转腰子，一边转着一边说道：尖刀营是咱们师的拳头、脸面，没有石光荣，尖刀营的战斗力肯定会受到影响。

张政委犹豫了一下，抬头说道：要是反攻打响，就让三营王营长带尖刀营吧，把三营交给别人带。

胡师长不觉叹了口气，说道：要是反攻打响，石光荣还这样，也只能如此了。

自从草原青最后落入沈少夫手里之后，沈少夫竟对那匹马喜欢得不轻。

这天上午便想试一试它的脾性，于是带着谷参谋长和刘老炮等人在一片草地上遛马。

沈少夫翻身上马，吆喝了几声，没想到那马竟是纹丝不动地站在那里。沈少夫心里边不由得紧张了一下，接着便小心地举起马鞭，轻轻抽打在了草原青的屁股上。草原青领会了沈少夫的意思，便抬动四蹄往前跑去了，可是，没跑几步，突然就像受了惊吓一般地一边嘶鸣着，一边跃起身子，猛地一下就把沈少夫从马背上掀翻在了地上。

刘老炮急忙跑过去，扶起沈师长，问道：大哥，摔坏没有？

这一下把沈少夫摔得不轻，沈少夫捂着受伤的胳膊，一边痛苦地咧着嘴，一边在嘴里狠狠地骂了一句。

刘老炮看了一眼沈少夫又看了一眼草原青，说道：大哥，俺说过，这马姓共，不是啥好东西，让俺一枪崩了它。

说完，掏出枪来，便一步一步朝草原青走过去。

回来！沈少夫咬着牙喝道。

刘老炮一下立住脚道：咋的了，大哥，崩了它咱吃马肉。

沈少夫想了想，忍着疼痛说道：好马都有性格，留下它。

说完，一瘸一拐地便带着几个人回去了。

当夜晚到来的时候，石光荣似乎进入到沉沉的梦乡里。在梦里，他突然听到了草原青的嘶鸣声，嘶鸣声在空旷的原野和山峦上回响着，迷茫而又凄厉，一声一声直捣他的心扉。石光荣惊出了一身汗水，从那一声声的嘶鸣声中醒了过来，起身喃喃唤道：草原青……

一边这样唤着，一边直愣愣地走下地来，一直朝院外走去。

夜色空茫。石光荣在无尽的夜色里，一路循着马嘶声漫无目的地向前奔去。马嘶声越来越近，石光荣也越走越快。在夜色的掩护下，他似乎一下子又回到了从前，翻腾，跳跃，如走平地，机敏异常。

草原青的叫声，最终把他带进了敌人的阵地上。石光荣抬头看见一个哨兵正端着枪在那里来回走动着，便弓着身子悄悄摸了过去。

那个哨兵似乎觉察到了什么，突然间大叫一声：谁？

紧接着，哗啦一声拉动了枪栓。

石光荣灵机一动，弯腰从侧面向那个哨兵迂回过去。

只听到那个哨兵又虚张声势地喊了一句：出来，不出来我开枪了。

话音未落，石光荣绕到那个哨兵的身后，一个饿虎扑食，将他扑倒在地，旋即，一双手狠狠地掐住了他的脖子，只听那个哨兵哼唧了一声，直挺挺地就躺在了那里。石光荣正要离开，突然又想起什么，转身便把那个哨兵的军装扒了下来，换到了自己的身上，提枪就向村子里跑去了。

石光荣跑着跑着，远远地就看到了一堆火光，同时听到了几个人的说话声，便小心翼翼地靠了过去。

果然，就看见了刘老炮和刘二几个人。他们的手里正举着几支火把，火光照亮了他们面前的一口大锅，大锅里已经添满了水，此刻正被一堆木柴噼噼啪啪地燃烧着。

就在这时，两个士兵牵着草原青走了过来。草原青似乎预感到了某种不祥，一边不停地刨着蹄子，一边不住地嘶叫着。

刘老炮笑了笑，便朝几个人说道：这马姓共，把师座摔伤了，今天俺好说歹说才把师座说通了，改天再给他弄匹听话的好马。现在老子要崩了它，给大家伙煮肉吃，打打牙祭。

几个人听了，立时兴奋起来。

磕巴上前说道：当……当家的，让……俺动家伙。

刘老炮急三火四地督促道：烧火的，快点儿把水烧开，老子都等不及了。

说完，便从腰里掏出枪来扔给了磕巴。磕巴接了那把枪，乐颠颠地向草原青走过去。磕巴一边假模假式地撸胳膊挽袖子，一边喊道：都……都远点儿，别……别崩一身血。

说着，举枪对准了草原青。

枪响了。那声枪响却不是从磕巴的枪口里发出来的。

磕巴哎哟惨叫了一声，狗咬似的把枪扔了出去，紧接着便捂住了流血的手腕。几个人不觉大惊失色，就在这愣怔的工夫，猛地传来了一声呼哨声，草原青一个抖擞，扬起头来，还没待几个人彻底反应过来，便挣脱缰绳，向着呼哨声飞奔过去。奔到石光荣面前，尚未站稳脚跟，石光荣一个跃起跨上马背，狂奔而去。刘老炮这才从一片惊骇中醒过神来，急煎煎地冲刘二叫喊道：快去备马，追！

可是，刘老炮哪里还能追得上影儿。

草原青带着石光荣闯出村庄，又风驰电掣般闯过了敌人的阵地，正巧迎面碰上小德子和小伍子带着十几个战士奔跑过来。

小伍子远远听到了熟悉的马蹄声，惊喜地喊道：是营长。

说着，十几个人便一起迎了上去。

石光荣勒住马缰停了下来。小伍子一下抱住了石光荣，激动地说道：营长，你可回来了。

石光荣呵呵笑了两声，说道：俺做梦去找马，真的就找到了。

说着，又推开小伍子，冲他说道：伍子，你掐俺一下，不是在做梦吧？！

小伍子喜极而泣道：营长，你没做梦，这是草原青，是你把草原青找回来了！

小德子靠过来，一边笑着一边说道：营长，马要是找不回来，俺死的心都有了。

说完，竟又蹲在地上，抱头痛哭起来。

石光荣望着地上的小德子，呵呵地笑着，说道：德子，起来，别挤你的猫尿了，我不是回来了吗？

转头又冲小伍子说道：快回去，弄点儿吃的，俺都要饿死了。

小伍子兴奋地应道：嗯哪！

十几个人一边说笑着，一边就高高兴兴地回到了尖刀营。

这一夜很快就过去了，第二天早晨，石光荣夜游夺马的事情一下子就在部队里传开了。一传十，十传百，人们呼啦啦一下就拥进了石光荣的小院里。

石光荣正在小院里亲自给草原青喂料梳理，见胡师长和张政委带着王营长等人走进来，一下子又把他团团围住，上上下下地打量着，竟然有些不自然起来，一边眨巴着眼睛跟着看了眼自己，一边迷糊着问道：你们看俺干啥，俺是长犄角了还是长尾巴了？

王营长一边笑着，一边上前给了石光荣一拳道：你小子早不醒，晚不醒，偏偏这时候醒，害得老子尖刀营营长泡汤了。

石光荣看着王营长，说道：你小子想啥呢？老子又没死，你还惦记上俺的位子了，你小子做梦哪！

胡师长走过来，抑制不住内心的喜悦，说道：是你小子做了一场梦，吓了我们一大跳。你没事就好，赶上今天傍晚大反攻了。

石光荣一听要大反攻，马上又提起了精神，惊喜地问道：今天就大反攻？兄弟部队布置好了吗？

张政委挥手说道：大网已经撒开了，明天早晨，打虎山又会是我们的了。

石光荣激动地说道：太好了，老子睡了这几天，可攒够劲了！

说着说着，就到了这天的黄昏时分，三发绿色信号弹从打虎山前沿阵地上腾空而起。霎时间，战斗打响了。敌人阵地上火光四溅，战士们从四面八方一拥而起，喊杀声震天，直向着敌人阵地冲去。

石光荣手举马刀一马当先，带着尖刀营一路冲杀过来。

刘老炮骑在马上，正在指挥队伍冲锋，声嘶力竭地喊道：给老子顶住，顶住！

可是,眼见着解放军的队伍如洪流一般势不可挡,阵地上的国军士兵纷纷向后逃去。

刘老炮见石光荣骑马飞奔过来,打马欲逃。只听到石光荣大喊一声:刘老炮,往哪里逃!

说着,举起手里的军刀就向着刘老炮狠狠地砍去,刘老炮下意识一个闪身,刀落在了他的左肩上。刘老炮不禁大叫了一声,见势不妙,慌忙把枪扔下,伏在马背上转身跑去了。

石光荣策马欲追,却被迎上来的刘二和滚刀肉几个人拦住了去路。情急之中,石光荣挥刀向几个人的头上砍去。几个回合之后,那几个国军士兵见刘老炮已经跑远了,只听得刘二叫喊一声:快撤!

几个国军士兵听到令下,不管不顾地丢下石光荣,便四散逃去了……

第十三章

部队打了胜仗,战士们打扫完战场,抬着从敌人那里缴获来的枪炮,牵着几匹高头大马,有说有笑地返回到驻地。

石光荣打马回来,一边坐在草原青面前烫着脚,一边跟小伍子说着话。小伍子拿着一个水瓢一边给石光荣往盆里续水,一边快意地问道:营长,热不热乎?

石光荣眯着眼睛,一副很受用的样子,忙不迭地应道:妥了,妥了,舒服死了!

把个小伍子乐得提着瓢在一旁咧嘴直笑。

石光荣看着草原青道:这次多亏了草原青脚快,要晚一步,主峰阵地就让三营抢先一步去插旗了,伍子你说要是那样,咱这尖刀营得让人笑掉大牙了。

小伍子边笑边道:可不是咋的,俺玩命地追你和草原青就是追不上。

说着,石光荣便伸过手去,十分疼爱地摸了摸草原青的脑袋。

这时,桔梗端着一碗热乎乎的大肉气喘吁吁地从门外跑了进来。

小伍子抬头问道:桔梗,你咋来了?

桔梗抑制不住地笑着,说道:俺们医院给伤员分肉吃,石头,俺给你送来一碗。

石光荣一边擦脚一边穿鞋,问道:俺又不是伤员,给俺干啥?

桔梗说:你比伤员更需要补,打虎山主峰你第一个插的旗,你是大英雄。听说你差点儿没把刘老炮劈死,也算给咱爹咱娘报了仇,这肉给你吃。

小伍子伸手把那碗肉接了过去。

石光荣看了桔梗一眼,说道:妹子,刘老炮躲过初一,躲不了十五,咱爹咱娘的仇早晚能报上。

桔梗把目光移到草原青身上,忍不住爱抚地摸着它的脑袋说道:这马可找到了,要不你的魂都回不来了。

石光荣呵呵地笑起来,说道:这草原青就是俺的腿,俺的胳膊。没有它,就没有俺石光荣。

石光荣的话，让桔梗一下想起了什么，突然便从自己的脖子上摘下一把长命锁，认真地看了一眼，接着便回身系在草原青的脖子上，说道：石头，这把锁是俺娘留给俺唯一的念想，俺戴着它十几年了，今儿个俺给草原青戴上，戴上它就再也不会丢了。

石光荣望着桔梗，听她这样说着，禁不住有些动容，一下拉过桔梗的手，有些伤感地说道：妹子，想爹想娘了对不？

一句话说完，桔梗的眼睛便湿了，缓缓说道：想也没用，他们已经是另一个世界上的人了，在这个世界上，石头你是俺桔梗唯一的亲人了。

石光荣用力攥了攥桔梗的手，正色道：俺是你哥，只要有哥在，你就有亲人。

桔梗听了石光荣这句话，不觉又一次感到了失落。她望着石光荣，张了张口，又张了张口，最终什么也没说出来，转过身去便默默离开了。

石光荣张着嘴巴，望着桔梗走出大门，这才反应过来，喊道：妹子，你走了？

听到石光荣在后边问她，桔梗不觉停了一下步子，但紧接着，便头也不回地跑了起来。

石光荣久久地望着桔梗的背影，自语道：桔梗，你真是俺石光荣的好妹子。

小伍子端着那碗大肉还在院里等着，见石光荣返回身来，忙招呼道：营长，趁热乎快吃吧！

石光荣接过那碗大肉，说道：伍子，再拿一个碗来。

小伍子应了一声，从屋里又拿了一个碗来。石光荣便把肉分到了两个碗里，接着把一碗肉递给小伍子，说道：伍子，咱一人一半。

小伍子不接，说道：这是桔梗给你的，俺不吃。

石光荣把碗往小伍子怀里一塞，说道：让你吃你就吃，来，咱俩来个比赛，看谁吃得快。

小伍子立时兴奋起来，说道：嗯哪，营长！

两个人埋下头来，眨眼的工夫，就把碗里的肉吃了个一干二净。石光荣把那只空碗放在一边，一边舔着嘴唇，一边打了个嗝儿，满足地说道：好久没吃过这么香的肉了。

正在这时，小李子匆匆忙忙从门外跑了进来，一边跑着一边喊道：石营长，石营长，南山脚下，发现敌人小股部队，师长命令你们尖刀营把这小股队伍吃掉。

石光荣听小李子把话说完，二话不说，牵过草原青就要往外走，不料想，却被小伍子一下拦住了去路，小伍子说道：营长，俺这就去通知队伍。

石光荣望一眼小伍子，说道：没听说吗，这是小股队伍，去晚了他们就跑了。俺先去，你去通知人。

说着，石光荣已经跨上马去，可是，小伍子死死抓住马缰绳就是不肯放手，说：你是营长，你不能一个人去。

石光荣见小伍子那么执拗，抽出马鞭吼道：放手，伍子你放手。

俺不放！小伍子固执地说道。

石光荣心里着急，一马鞭抽在小伍子手上。小伍子不得不松开手，眼睁睁地看着石光荣打马而去。

突然想起什么，小伍子一边眼泪汪汪地往门外跑去，一边急三火四地喊道：尖刀营集合啦……

尖刀营的战士们听到呼喊，很快集合到了村口。小伍子一眼看见张连长，哭咧咧地跑过去说道：营长一个人先骑马去追了，他一个人咋行？

张连长听小伍子这么一说，忙冲队伍中几个牵马的战士喊道：快把马匹集中过来，我带几个人先出发，林排长，你带人随后增援。

小德子一个立正，答道：是！

张连长带着小伍子等三四个人骑马来到山脚下，远远地看到石光荣正骑在马上朝这边走来，立刻迎了上去。

此时，石光荣的马前正走着十几个举着双手的俘虏兵。一见张连长带着几个人打马过来，石光荣把举着的两枚手榴弹揣到怀里，说道：你们来干啥，这几个小崽子跑迷路了，老子一个人就把他们收拾了。

张连长不无担心地说道：营长，你这么干，让俺们都揪了一回心。

小伍子这时靠了过来，望着石光荣说道：营长，这个警卫员俺不当了。

石光荣大大咧咧地说道：啥当不当的，说啥呢，走，咱们回去。

张连长带人押着十几个俘虏在前面走着，石光荣和小伍子骑在马上走在后面。石光荣瞅一眼小伍子，心里知道小伍子为什么那样说，便试探地问道：伍子，生气了？

小伍子噘着嘴，不理石光荣。

石光荣说道：别价呀，啥大事呀，俺打你一鞭子不对，可俺没别的意思呀！

小伍子一边哭咧咧地望着石光荣，一边说道：你说啥也没用，反正俺不给你当警卫员了。

石光荣想了想，说道：伍子，要不这么的，你也抽俺一鞭子，用劲打，俺指定不说啥。

说完，真的就把手里的马鞭子递过来。小伍子推开石光荣的手说道：不是鞭子的事，你老不听话，要是出点儿啥事咋整？

石光荣笑了笑，讨好般地向小伍子说道：伍子，俺给你承认错误，下次一定听你的，咋样？

小伍子终于笑了起来。

吃了败仗逃回到东辽城里的刘老炮，膀子上被缠上了厚厚的绷带，此刻，他正哭丧着个脸坐在床上。

沈芍药看到了受伤的刘老炮，小心地端过来一碗水，冲刘老炮说道：长山，你吃药，吃药就不疼了。

刘老炮接过那碗水，不喝，却放在了床边，望了沈芍药一眼，举起手来拍了拍她的头，说道：妹子，哥没事了，你玩去吧！

沈芍药望着刘老炮痴痴地一笑，便走了出去。

刘老炮望着沈芍药的背影，突然叹了口气，感叹道：这个世界上，也就剩下这个妹子疼俺了。

说完，一双眼圈竟然红了。

刘老炮正这样有些伤感地感叹着，刘二带着滚刀肉和磕巴走了进来。

刘二没话找话地说道：叔哇，打虎山这一仗，三个师都完犊子了，要不是咱们跑得快点儿，这东辽城也被共军给拿下了。

刘老炮听了，一张脸又哭丧起来，望着刘二说道：你们说，这国民党队伍咋就这么不禁打，蹽得比兔子还快，要不是他们跑得那么快，俺还挨不了这一下子。

说着，刘老炮下意识地摸了一下受伤的那只膀子。

滚刀肉接口说道：当家的，沈师长这个师，进城时俺数了数，也就剩几百人了，那共军灭咱们还不像捏死一只蚂蚁一样容易？

刘二说：叔哇，这时候了，你得拿主意了，俺听说锦州那面也打起来了，锦州再一完犊子，咱们可真就让人扎上脖子了。

磕巴眨巴着眼睛，急赤白咧地望着刘老炮，说道：咱……咱们蹽杆子吧，蹽……蹽远远的。

滚刀肉白了磕巴一眼，接茬说道：蹽也得想好地方，瞎蹽不还得让共军给削喽！

刘老炮龇牙咧嘴地从床上下来，站在地上，顿了顿，说道：俺想好了，咱们回二龙山，还当咱们土匪去，那是咱们的地盘。

刘二几个人一听要回二龙山,立马高兴起来。

磕巴张口说道:太……太好了! 当……当家的,你一人说了算,……俺们都……都听你的。

刘二侧过脸来,问道:叔哇,现在去二龙山也许是对的,可师座咋办?

刘老炮在地上踱开了步子。

滚刀肉说道:都这时候了,爹死娘嫁人,各人顾各人吧。

刘老炮似乎一下子便把决心下定了,站住脚说道:师座那里,俺去说。

这时间,沈少夫正像一头困兽一般躲在师部里冲着谷参谋长发脾气:给锦州的杜总指挥发报,就说我部被困在东辽城,请求增援。

谷参谋长面露难色地望着沈少夫,半晌说道:师座,电报已经发过去了,锦州方面也回了电报,杜总指挥说,锦州也被共军围住了,还让咱们去增援。

沈少夫听了,遏制不住心里的怒火,一掌拍在桌上,责问道:笑话,我沈少夫手底下就剩下区区几百人,怎么突围,怎么增援?!

谷参谋长想了想,小心地凑上一步,问道:师座,杜总指挥那面看来是指望不上了,要不咱们直接给南京方面发报,请委座定夺?

沈少夫犹豫了一下,接着说道:这会儿真是爹死娘嫁人了,那就给南京发报,看他们怎么说。

谷参谋长应了一声,便走出去了。

这天晚上,刘老炮怀里揣着一壶酒,来到沈少夫的住处,两个人说了一番话后,便开始喝起酒来。

刘老炮执壶把两个杯子满上,突然问道:大哥,南京方面有消息了吗?

沈少夫摇摇头。

刘老炮心里便明白了,望着沈少夫说道:俺听说锦州那面打得正紧,从海上增援部队连塔山都拿不下,可死了老鼻子人了。

看上去,沈少夫的心情十分糟糕,听了刘老炮的话,沈少夫默然地端起酒杯,却没说一句话。

刘老炮接着说道:大哥,要是锦州再完犊子,就剩下沈阳了,沈阳根本没啥重兵,锦州一没,共军把咱们脖子一扎,沈阳那是不攻自破,哈尔滨、长春、四平都在共军手里了,整个东北可都是共军的天下了。

沈少夫慢慢把酒杯放了下来,抬头望着刘老炮,问道:兄弟,那你有啥好主意?

刘老炮不假思索地说道:要是大哥不嫌弃,就跟俺去二龙山,那地方险要,把咱们这几百人拉上去,别说共军一个师,就是一个纵队也休想拿咱们咋样!

沈少夫听了,怔了一下,立刻沉思起来。

刘老炮望着沈少夫,继续说道:大哥,俺知道你是个胸怀大志的人,读过书喝过墨水,在外面闯荡这么多年,就是想弄出个人样来,这些俺都懂,可眼下不是时候哇,杜总指挥都顾头不顾腚了,你给南京发电报,人家也没搭理咱们呢。要俺说,咱们现在是姥姥不疼舅舅不爱了,是没人疼的孩子了。大哥,咱们东辽城都不值得共军一打了,咱们在这里躲不了几天了,你可把主意拿好了。

说到这里,刘老炮看到沈少夫暗暗地咬着牙齿,猛地一把将酒杯摔在了地上。

刘老炮见沈少夫发怒了,慌忙说道:大哥,俺知道你闹心,不说了,咱们喝酒。来,喝酒。

刘老炮重又斟满了酒,自顾自地喝了一口,顿了顿,试探地说道:大哥,不管你是咋想的,到时候俺该蹽就得蹽,没法顾你了。

想了想,又道:芍药俺带上,有俺一口吃的,就有她吃的,这个,你放心……

南京城终于回电了。

电报是在这天上午发来的,谷参谋长接到这封电报,紧忙送给了沈少夫。

念吧!沈少夫头也不抬地说道。

谷参谋长便打开电文念道:南京总部命令我部,就地隐藏,保存实力,等待反攻。特任命沈少夫为东北东辽地区救国军总司令,中将军衔。

电文念完了,沈少夫半天没说一句话。

刘老炮突然大骂道:师座,这南京不是糊弄小孩吗?兵没派来一个,枪没多一支,给个空头衔糊弄咱们,大哥,咱不能让他们把咱们当猴耍呀!

沈少夫又踱开了步子。几个人的目光一齐追踪着他的脚步,等待着他最后的决断。正当几个人沉不住气的时候,沈少夫突然转过头来,冲谷参谋长说道:通知队伍,准备突围。

几个人同时愣在了那里。谷参谋长下意识地问道:去哪儿?

沈少夫一字一顿地说道:二龙山!

刘老炮一下高兴起来,说:大哥,这就对了,到了二龙山,当家做主的人还是你,兄弟给你跑龙套!

潘副官面无表情地看着眼前发生的一切,毫无察觉地皱了一下眉头。

几个人从沈少夫的房子里走了出来,各自去准备突围的事情去了。潘副官却若无其事地向不远处的那间茶馆走过去。

事不凑巧,潘副官一脚迈进茶馆里,正碰上几个伤残的国军士兵倒提着枪支在茶馆里和茶馆老板纠缠。

茶馆老板一边向他们抱手作揖,一边乞求道:各位老总,求求你们了,你们的人已经来了三拨了,该拿的都被拿走了,店里真的啥也没有了。这些桌椅你们要有用,就拿走好了。

一个瘸腿的伤兵听了,气势汹汹地揪住茶馆老板的衣领道:俺要的是钱,拿钱来,不拿钱就烧了你这个铺子。

另几个伤兵一起跟着起哄道:烧,烧了它。

潘副官见状走上前来。茶馆老板抬头看到潘副官,就像见到了救星似的,忙说道:这位官爷你给评评理,俺真的没钱了。

潘副官冲几个伤兵问道:哪个团的?你们团长呢?

一个伤兵瞟了潘副官一眼,说道:俺们团长早蹽了,俺们现在没上司,谁也管不着。你个副官更管不着。

潘副官听了,一下来了火气,掏出枪来,便冲房顶打了一枪,喝道:放肆,滚!

可是,那几个伤兵并不买账,呼啦一下把枪口对准了潘副官。

干什么?你们要造反吗?!潘副官声色俱厉地说道,这东辽城还是国军的天下,你们要干什么?

一个伤兵往前迈了一步,口气强硬地回道:俺们不干啥,这东辽城马上就要失守了,俺们几个也得弄几个小钱回家吧,你少管。

潘副官望着他,不觉冷笑了一声,挥手一枪便把那伤兵击毙在地上,接着又喝问道:我看谁还敢胡来?!

那几个伤兵见领头的眨眼间已被打死在那里,不禁有些犹豫。潘副官借机说道:谁说东辽城不行了,告诉你们,增援的部队晚上就到,你们敢胡来,就地正法!

听了这话,几个伤兵一时不明真假,你看看我,我看看你,觉得和这位副官纠缠下去也是无趣,便收起枪来走了。

见那几个伤兵走出门去,茶馆老板猛地一把将潘副官拉到茶馆里面,反身关上房门,问道:你怎么来了?

潘副官急迫地说道:沈少夫师残部,要在今夜突围出城,你马上把这消息传递出去。

茶馆老板点点头,说道:你这消息很重要,我现在就出城。

潘副官转身就要离开,突然又想起什么,便说道:顺便请示一下上级,我是继续卧底还是留在城内。

茶馆老板紧紧握了一下潘副官的手，说道：潘天阳同志，请等我消息。

茶馆老板从潘副官手里得到的这份情报，很快送抵纵队，纵队又在第一时间通知到了胡师长。机不可失，时不再来，紧随而来的这一仗也就在所难免了。

得到上级指示后，胡师长立即召集了独立师有关人员，研究部署了这一次围歼的战斗任务，特别强调道：为了不破坏城市建设，影响居民正常生活，这一仗我们要放到城外来打。这一仗的意义非同小可，消灭沈少夫师残部，力争做到干净彻底，其目的就是配合围攻锦州的兄弟部队，早日解放锦州。

张政委指着墙上的那张地图接过话来：大家往这儿看。东辽城一旦被我们拿下，锦州会完全处于孤立无援的状态，虽然我们师没有参加解放锦州战役，但我们在外围也在做着支援解放锦州的工作。

说到这里，张政委转头望着胡师长。

紧接着，胡师长便指着地图上的东辽城外围，把各营在这次作战中所承担的具体任务安排下来：二营、三营在城南设伏，五营、六营从城北进入城内，清剿残敌，也就是把敌人往南赶出城外。尖刀营和四营作为机动部队，随时围歼沈少夫师残敌，听明白了吗？

众人激昂地答道：明白！

接到作战任务的各营，随即便投入到了紧张的战前准备之中。黄昏刚刚来临的时候，分头行动的各营战士已经设伏在了预定的位置，只待一声令下，便可冲杀出去。

夜幕渐渐低垂下来。沈少夫和刘老炮几个人骑马带队离开了东辽城的大本营，踏上了去往二龙山的归途。吊着膀子的刘老炮一边往前走着，一边对身边的沈少夫说道：大哥，照我看，咱们还是先往南突，把共军的主力引过来，然后找一些替死鬼和共军纠缠，等仗一打起来，你就跟着俺往北跑，一到了二龙山的地界，那就是俺刘长山的天下了。

沈少夫没吱声。刘老炮见沈少夫脸色不好，马上又意识到了刚才说的话有些问题，忙改口说道：大哥，俺说的意思是以前是俺的天下，等你一去，二龙山就姓沈了。

沈少夫长叹一声：当初我花了这么多心思拉部队投奔国民党，本想做一番轰轰烈烈的大事的，没想到，转了一圈我还得上山做土匪。

说罢，抬头望着星光寥落的夜空，悲叹道：这真是天不助我呀！

刘老炮听了，开导道：想开点儿，大哥，当土匪有啥不好，想干啥就干啥，吃香的喝辣的,就是天王老子也管不着……

谷参谋长和潘副官几个人一边听着沈少夫和刘老炮他们两个人说话,一边跟着往前走。不大会儿工夫,就走出了南城门。

此刻,设伏在城南的二营和三营,已经做好了一切准备。守在阵地上的王营长带着队伍掩蔽在工事里,怕预先暴露目标,他一边紧握着手枪,一边不停地冲身边的战士叮嘱道:听我的命令再开枪,撂倒一批就冲上去。

渐渐地,就看到了沈少夫带着队伍远远地走了过来,眼瞅着列队前来的敌人越走越近,一步一步走进了包围圈,只听得王营长一声大喊:打!

眨眼间,从阵地上射出的子弹,纷纷飞向了敌群。还没待沈少夫的队伍反应过来,行走在最前面的敌人已经倒下了一片。

枪声如暴风骤雨一般,把整个东辽城都惊动了。

眼见着情况不妙,刘老炮一边躲闪着飞来的子弹,一边急忙掉转马头,冲沈师长喊道:大哥,快跟俺走。

说着,刘老炮便带着一路人马狂奔而去……

这时间,胡师长和张政委正在马灯下看地图,一个参谋突然跑进来报告道:师长,二营、三营已和突围的沈少夫师交火,有一股敌人离开大部队正向北突围。

胡师长怔了一下,紧接着又把目光落在那张地图上,突然恍然大悟道:向北,就是二龙山。快,通知尖刀营追上这小股敌人,不能放虎归山。

是!

那个刘老炮以前就在二龙山当过土匪,看样子他们走投无路又想当一回土匪了。说罢,胡师长一拳砸在了地图上。

张政委点点头,说道:怪咱们想得不周,要是早把这条路断了就好了。

胡师长愤愤地说道:不论他们逃到哪里,都是死路一条。

石光荣得到胡师长的命令后,立即带着张连长等人飞马追赶沈少夫的队伍。不一会儿工夫,来到一条山路上,抖缰立马听到一阵细碎的马蹄声从远远的地方隐隐约约传过来,猛然意识到什么,转头对张连长说道:看来他们真的要往二龙山跑了,千万别让他们上山。快!

说着,一马当先在前面奔跑起来。

此时,沈少夫和刘老炮带着的队伍已经来到了二龙山山脚下。刘老炮下了马,不由得抬头望了望二龙山的山顶,冲身旁的滚刀肉说道:滚刀肉,带着沈师长上山。

沈少夫问道:兄弟,你呢?

刘老炮冷冷一笑,说道:他们不是撵吗,老子要让他们吃点儿苦头,你们先走。

师座走吧，上了二龙山，神仙也白瞪眼。师座，再往前走一个山口，神仙也拿咱们没办法了。滚刀肉一边说着，一边牵过沈少夫的马往山上走去，一行人紧紧跟在后面。

沈芍药坐在马上，一时看不到刘老炮，嘴里不停地喊着：长山，长山，刘长山……

刘老炮见沈少夫等人已经被送上山去，忙又寻到刘二，交代道：二小子，带上你的队伍，在龙脊两边给俺安排好，等共军一到，上来一个杀一个，上来两个杀一双，要是他娘的上来一群，一个也不留。

刘二听了，竟亢奋起来，拍着胸脯说道：叔，你瞧好吧！

说着，刘二冲几十个人的队伍大喊一声：一排、二排跟俺来，让你们今晚过个年。

石光荣率领人马赶到二龙山山脚下的时候，刘二已经带队埋伏在一道山崖上了。通向二龙山山顶的山路只有一条，路两边都是悬崖峭壁。

张连长抬头望了望二龙山，不觉抽了一口冷气，说道：营长，这就是你说的二龙山哪，太险了！

石光荣也望着二龙山的顶端，说道：师长说了，要斩草除根，再险也要追上他们。张连长，先带一个排过去，试探一下再说。

是！

说着，张连长带着二十几个人小心地摸了上去。刚走了不多远，一阵噼噼啪啪的枪声就从悬崖那边传了过来，几个战士应声倒下了，剩下的一些战士急忙趴伏下来，举枪向悬崖上的敌人还击着。石光荣见状，冲机枪手大喊道：射击，掩护张连长。

一阵密集的子弹飞向山崖上的敌群，可是，由于敌人防守严密并且预先占领了有利地形，射击并没有收到任何效果。

张连长带着七八个人最终还是撤了下来。来到石光荣身边，汇报道：营长，敌人居高临下，咱们冲不过去。

石光荣气愤了，猛地一把夺过机枪，朝着山上就是一梭子。打光了枪里的子弹，石光荣垂头丧气地说道：先撤出阵地，等天亮再想办法。

说着，队伍一边射击着一边向后退去。

退回到二龙山山脚下的石光荣带领队伍严阵以待，一直等到第二天天亮，正要准备实施新一轮的攻山计划时，只见胡师长和张政委带着小李子等几个人骑马赶了过来。石光荣一五一十汇报完战情，胡师长和张政委也不觉皱了下眉头，两个人举着望远镜认真观察了一番地形，胡师长说道：这二龙山地势险峻，易守难攻，纵队命令我们，立即进驻东辽城。

石光荣不情愿地问道：师长，煮熟的鸭子就这么飞了？

胡师长抬眼看了看二龙山，说道：他飞不了，东北都解放了，还差这一个二龙山？马上进城，择日攻打二龙山。

石光荣虽然心有不甘，还是带着尖刀营撤下山去。

沈少夫师终于被赶出了东辽城，解放军独立师继而进驻城里，东辽城就此解放了。到处都是欢庆的锣鼓声，到处都是载歌载舞的人们，欢呼声和呐喊声响成一片。

石光荣心里自然也是高兴，部队一旦安顿下来，那个思虑了千百遍的问题，又从脑子里冒了出来。想到王百灵，石光荣就再也无法抑制内心的激动，便打马来到了解放军独立师医院。

王百灵那时正在医院里和其他医生与护士一起忙碌着，不经意间，看到石光荣正牵着草原青站在大门口朝这边探头探脑地张望。见王百灵的目光望过来，石光荣忙冲她招了招手。王百灵的目光立刻又躲闪到了别处，一颗心却不由自主地剧烈跳动起来。正要转身去忙别的事情，小凤却朝石光荣奔了过去，问道：石营长，啥事呀？

石光荣摆摆头说：叫你们王军医。

小凤回身便喊道：王军医，石营长叫你。

王百灵再也躲闪不开了，想了想，便有些不情愿地走过来，抬眼望着石光荣，还没张口说话，石光荣已经把她的手紧紧拉住了。

王百灵一时感到很难为情，忙抽手说道：石营长，你放手，你这是什么意思？

石光荣将王百灵拉到一处，见四周没人注意，竟望着她不停地傻笑起来。

石营长，你有事就说，没看见我忙着呢吗？王百灵有些不高兴了。

石光荣收了笑，激动地说道：东辽城解放了，解放了！

我知道解放了，这事还用你告诉我？王百灵抢白了一句，转身要走，石光荣又一把拉住了，认真地说道，东辽城解放了，我石光荣想结婚。

王百灵犹豫了一下，接着侧转头来，说道：我说过，你和桔梗的事我不掺和，我又不是院长，更不是师长，你结不结婚的用不着向我汇报。

石光荣的喘息明显地粗重了，他就那样一边喘息着，一边望着王百灵，急赤白脸地说道：俺，俺要和你结婚！

一句话如五雷轰顶，王百灵蒙了。

石光荣自己都没想到,那一句话说过之后,自己的胆子竟然一下子大了起来,又继续说道:俺要和你结婚,咋的了?告诉你王百灵,打第一次见面,俺就下决心非你不娶了,你也看俺打过仗了,俺石光荣不怕死吧?是条汉子吧?咋样,你看这日子定到啥时候?

王百灵望着石光荣,就像从来不认识他一样。望着望着,突然转身就跑,石光荣伸手上前一把没拉住,怔怔地喊道:跑啥呀,俺话还没说完呢!

就在这当口,小伍子气喘吁吁地跑了过来,说道:营长,师长叫你,说是有任务!

石光荣的目光半晌没有从王百灵那里收回来。小伍子便有些沉不住气了,催促道:快去吧营长,师长都等急了!

石光荣终于回过神来,空落落地问道:伍子,真有任务哇?

小伍子说道:营长,我敢骗你吗?

石光荣定神望着小伍子说道:那快走!

石光荣从胡师长那里接受的并不是作战任务,而是要他带着尖刀营接收香红院。石光荣一听就炸了:师长,你说啥,让尖刀营接收妓院?

胡师长正色道:咋了?接收妓院就不是任务?

石光荣快快不快地跟着胡师长打马来到了香红院门口,抬眼看到两个持枪的战士直挺挺地站在那里,门前挂着的红灯笼和招牌煞是显眼。石光荣不觉新奇地打量了片刻,便转过头去,死乞白赖地央求道:师长,俺求你了,让俺们尖刀营干点儿别的吧,这个俺们真整不了。

胡师长突然放下脸子,问道:你整不了,别人就能整得了了,说的什么话,尖刀营的口号是什么,你忘了。

石光荣立正站好,答道:开路先锋,首战有我,有我必胜。

胡师长严肃地说道:这不就结了,这个香红院就是一个硬骨头,你说你们尖刀营不啃,让谁去啃?

石光荣硬着头皮又看了一眼香红院,低声问道:真啃哪师长?换点儿别的更硬的啃行不?

胡师长没再答话,撂下石光荣便转身走了。石光荣孤零零地站在那里,抓抓脑袋,走到香红院门口左看一眼右看一眼,最后还是挠着头皮出来了。

不管怎么说,接收香红院的任务最终还是落在了石光荣的头上。

这天午饭后,尖刀营一路奔跑着来到香红院门前,石光荣一挥手,队伍嚓的一声停了下来。

张连长犹豫了一下,便走到石光荣面前,小声问道:营长,这就是咱们要啃的硬骨头哇？

石光荣说道：硬不硬的啃了才知道。

一边的小伍子听了，也走了过来，望着石光荣认真地问道：营长，咱们咋啃？

石光荣望了小伍子一眼，没有回话，转身冲队伍喊道：队伍在这儿原地待命，张连长、小德子、小伍子，你们几个跟我走一趟。

说着，一挥手，几个人怯生生地走了进去。

石光荣带着几个人探头探脑地往里走，看到香红院里涂脂抹粉的妓女们有的正倚在门口嗑瓜子，有的在晾晒刚刚漂洗过的衣服，还有的则坐在椅子上打着瞌睡，所到之处，一片浓烈的脂粉气扑面而来。

此刻，正站在楼上向外张望的妓女秋红，一眼看见了石光荣几个人，忙从楼上噔噔噔地跑下来，一边挥着手里的那块红手帕，一边热情地招呼道：是丘八呀，这仗打的，山摇地动的，仗打完了，来找乐子了？

石光荣大着胆子干咳了一声，一时显得手足无措，说道：我们是中国人民解放军，告诉你们，东辽城解放了，不，整个东北都解放了，我们尖刀营奉命来接收你们，知道不？

听了石光荣的话，秋红一边拧着腰，一边媚笑着忙不迭地回身冲楼上喊道：姐妹们听到了吗，来了一个营要接收咱们，这回咱们可闲不下了。

说完，秋红又回过头来冲石光荣几个人问道：你们咋个接收法呀，是把我们领走，还是留下来一起住？你们人多，我们姐妹可以给你们算便宜点儿。

石光荣一时不知如何是好，红头涨脸一个劲儿地在那里直搓手。

张连长听出了秋红话里的味道，上前质问道：你这人咋说话呢，告诉你，他是我们尖刀营营长石光荣，是奉命来收拾你们的。

哟，还是长官呢！秋红说道，那你先来吧，我们就等着男人收拾呢。

说完，动手就要去拉石光荣，被小伍子一把推开了。

石光荣拍打着刚才被秋红拉过的衣袖，清了清嗓子，迫使自己镇定下来，说道：告诉你们，解放了，你们得重新做人，尖刀营的任务是把你们改造成良家妇女。

石光荣话音刚落，又一个叫秋华的妓女走了过来，拿腔捏调地说道：哟，这位爷您说的话俺咋听不懂呢，啥叫解放了，俺们经历过伪满洲国，来了日本人，后来又光复了，就来了国民党，现在你们又来了，都是爷们儿，就该干爷们儿的事，没听说过还改造良家妇女，我们都去良家了，你们这些爷们儿的事去哪儿办呢？是不是姐妹们？

正这样说着的时候,十几个妓女已经扭腰摆胯地围过来了。

秋红动员道:姐妹们,还愣着干啥,这些爷们儿送上门来了,接客吧。

秋红的一句话,仿佛一声号令,妓女们立时蜂拥而上,把几个人拉扯上了。

石光荣见状,一下急了,掏出枪来,挥手朝天上放了一枪。这一声响亮的枪声,立时让妓女们惊呆在了那里,香红院顿时一片哑然。

小伍子喝道:你们都老实点儿,听见了吗?

说完,把枪口冲向了妓女。妓女们被吓住了,一下子抱住头蹲在了地上。

秋红突然喊叫起来:妈呀,救命呀,丘八要开枪了……

秋华接着也尖着嗓子呼救道:死人了,杀人了……

石光荣一时不知如何收场,一边望着那些哆嗦成一团的妓女,一边紧张地说道:撤!

石光荣率先走出香红院的大门,整理好队伍,一溜小跑着回到了尖刀营。紧接着,便召集起了尖刀营的干部,重新研究接收香红院的方案。

石光荣站在屋里的空地上不停地踱着步子,一边踱着一边束手无策地说道:你们说咋整,咋整?

张连长满腹怨言地说道:师长不是说交给我们尖刀营的是块硬骨头吗?这是啥骨头哇,俺看这是师长故意刁难咱们。

石光荣斜了张连长一眼,不高兴地说道:别说风凉话了,任务我接下来了,没有后悔药。

接着,石光荣又指着众人说道:你们都开动脑筋,好好想想,怎么收拾这些妓女。

众人听了,都低下头去,一筹莫展的样子。

一个连长突然说道:俺看干脆把她们毙了得了!干脆!

石光荣不满意地说道:王大亮你说的是屁话,要是能毙俺还让你们想。

王大亮望着石光荣,为难地说道:营长,俺们真的想不出来,你要说冲锋打仗,怎么弄都行。俺不怕你们笑话,以前俺就跟俺妈俺姐说过话,别的女人连话都没说过。

众人听了,一下笑了,石光荣也忍不住跟着笑出声来。

小伍子摸摸脑袋,认真地说道:营长,说到女人,俺想起一个主意。

伍子,那你说说看。石光荣望着小伍子紧忙问道。

小伍子说:咱们师医院不是有女兵吗?让她们去做妓女的工作,她们都是女人,会好说话。

石光荣听了，一拍大腿，说道：伍子，你这个点子好，俺咋没想到呢。你马上去医院找白院长，就说我说的，尖刀营遇到了难题，请求她们增援。

小伍子很快找到了白茹院长，把这来龙去脉一说，白院长非常支持，当即便派了桔梗、王百灵、小凤和另外一名护士，一起协助尖刀营的接收工作。

石光荣带着尖刀营再次往香红院走去。一边在大街上行走着，一边和王百灵几个人说着话。

石光荣一边走一边说道：都是女人，你说咋就不一样呢，跟她们说啥她们都不懂，跟你们一说，你们就明白。

走在身边的小凤听石光荣这么说话，不高兴地抬眼问道：石营长，你这是说啥呢？

石光荣讪笑着说道：俺这不是比喻嘛。

小凤说：哪有这么乱比喻的，我们是革命军人，她们是啥？

桔梗听了，火暴性子一下子又上来了，说道：哎呀，别吵了，吵得俺脑瓜子疼，不就是几个烂妓女吗，看俺咋收拾她们！

王百灵一边跟着往前走，一边不时躲闪着石光荣投来的目光。

说着说着，就来到了香红院的大门口，桔梗二话不说，撸胳膊挽袖子三脚两步登上了香红院的台阶，接着便带着几个人闯了进去。

一直来到大厅中央，桔梗叉腰站了下来，大声喝道：哪个不服管，让老娘看看，还反了你们了！

十几个妓女闻声从楼上楼下的房间里走出来，探头探脑地往这边张望着。

姐妹们别怕，看他们能把咱们咋样！秋华一边从人群里挤出来，一边望着桔梗，张口说道：有枪就怕你们了，大不了就杀了我们。

桔梗上前指着秋华喝问道：就你奓刺不服管是不是？

秋华斜眼瞟着桔梗，不屑地说道：哪来的娘儿们在这儿指手画脚的，这是香红院，这里我主事。以前见过爷们儿来，还从没见过娘儿们也来，来干啥来了，是找男人呢，还是像我们一样准备接客呀？

桔梗忍无可忍，挥手一个耳光抽在了秋华的脸上。

秋华忙捂着脸，扯开嗓子喊道：你这个娘儿们打人，啥意思，要砸窑哇，本姑娘和你拼了。

说完，一头撞了过来。眨眼间，桔梗和秋华撕打成了一团。

小伍子见状，上前一步，趁机把秋华推倒在地上，端枪喝道：你们别胡来！

可是，这一回，妓女们却不慌张了。

秋红这时候从人群里站了出来，一边扶起披头散发的秋华，一边说道：我们啥世道都经历过，俺们靠卖皮肉吃饭，犯啥法了，你们解放军咋的了，你们也是爹娘养的，你们不来逛窑子，俺们也不稀罕，可你们不能破坏我们的营生呀！

王百灵听了，觉得这样闹下去也不是一个良策，上前劝说道：现在整个东辽城解放了，你们不能再干这个营生了，你们要回家过日子，当一个良家妇女。

秋红接话说道：你这小娘儿们说得轻巧，回家当良家妇女？那俺们一家老小你来养啊，你以为我们愿意被人骑被人压呀，俺们还不都是为了养家糊口。

说完，竟自哭了起来。身边的那几个妓女见秋红哭了，一个一个也都低下头去抹开了眼泪。

除了哭泣声，这场面一下子静了下来。石光荣瞅瞅这个又瞅瞅那个，突然冲桔梗说道：说呀，你也说呀。

桔梗气呼呼地说道：俺没啥可说的，这些臭不要脸的女人就该拉出去毙了。

秋华一听这话不愿意了，目光直视着桔梗嚷开了：你这个娘儿们，谁不要脸，我看你不要脸，有种的你们就开枪，不杀了俺你不是娘养的。

说完，舞着手过来，又要挠桔梗。桔梗正想冲上去，却被石光荣一把拉住了，大声说道：走，咱们走！

说完，就把桔梗拉出了香红院，训斥道：你这是干啥呀，破马张飞的。

桔梗咽不下这口气，骂道：这些臭女人就得教训，跟她们讲不通道理。

石光荣有些烦乱地说道：你别添乱了，你们该干啥就干啥去吧，忙越帮越乱。

没想到，石光荣的一句话被王百灵和小凤听到了，几个人二话不说就往街上走去。石光荣忙冲王百灵喊道：咋说走都走了，我的话还没说完呢！

小凤回头说道：石营长，你的忙我们帮不了。

石光荣怔怔地望着王百灵几个人的背影，突然一脚踢在墙上，十分懊恼地自语道：这整的啥事呢！

稍后，石光荣不得不又一次把队伍从香红院带了回去。接着，便垂头丧气地来到了师部，没料想，正碰上王营长正在向张政委汇报工作。

见石光荣耷拉着个脑袋走进来，胡师长忙问道：石光荣，你这是生病了，还是马又丢了？

石光荣有气无力地说：俺没生病，马也没丢，师长，你交代给俺的骨头俺啃不了。

听石光荣这么一说，张政委和王营长走了过来。

王营长望着石光荣笑了笑，风凉地说道：石营长，从当排长时咱们就在一块儿，从来没听见你叫过苦，咋的了，要是你们尖刀营不行，俺们三营上。

石光荣瞪了王营长一眼，赌气地说道：待着你的，要不咱们把工作换一换，别站着说话不腰疼。

王营长又笑了笑，回头冲胡师长和张政委说道：师长、政委，那俺走了。

张政委叮嘱道：去吧，工作要抓紧落实。

放心吧。王营长说着，走了出去。

石光荣回头望着胡师长，无奈地说道：这活俺石光荣真干不了，都是娘儿们的勾当，俺们一帮男人有劲用不上。

胡师长笑了笑，引导道：石光荣，你不要总想着动硬的，你不会变变招？

石光荣眨巴着眼睛说道：能想的招我都想了，我没招了。

张政委说道：对待这些人，要讲策略，要让她们明白新社会和旧社会不同，还要告诉她们，要自食其力，过正常人的生活。

石光荣望着张政委，突然眼睛亮了一下，说道：政委，还是你口才好，要不你去试试？

张政委想了想，说道：要不这样吧，你把她们集合起来，我讲讲话，具体工作还得你们尖刀营来做。我和师长都忙得脚打后脑勺了，接收一个城市，真是千头万绪呀。

胡师长望着张政委，说道：老张，看来你真得去一下，给尖刀营开个头。

石光荣这下满意了，起身说道：那中，政委请吧！

说着，石光荣和张政委一起带着几个战士就来到了香红院。石光荣命两个战士抬来一张桌子放在院子里，又把妓女们召集在了一起，开口说道：都听好了，下面请我们师张政委给大家讲话。

说完，石光荣带头鼓起了掌，猛然发现就他一人鼓掌时，忙又把两手放了下来。

那一群妓女东倒西歪地站在那里，一个个显得无精打采的。她们一边懒洋洋地望着张政委，一边还小声地议论着什么。

张政委扫视了一遍，略沉思片刻，清清嗓子说道：姐妹们，现在是新社会了，解放了，再也不能干过去见不得人的营生了。你们都是穷人出身，都想过好日子，现在新政府就是要让你们过上好日子，你们要改邪归正，想嫁人的政府帮你们找好人家，想回家的政府给出路费。

听张政委这么一说，秋红忽地站了出来，问道：没家的呢？

张政委说:那我们也给安置费,让你们过正常人的日子。

秋华接着也站出来,问道:你们把我们饭碗砸了,你们拍拍屁股走了,以后谁管我们?

不等张政委接话,秋华接着便怂恿道:别蒙我们了,把我们当成三岁孩子呀,我们经历过的政府多了,哪个管过我们,姐妹们你们说是不是?

没想到秋华的一番话,一下子引起了那一群妓女的共鸣:骗人,说瞎话骗人!

石光荣的脑袋一下子又大了,一边下意识地把手放在腰间的枪匣上,一边说道:你们别吵吵了,俺们政委掰饽饽说馅地都给你们讲清楚了,你们还想咋的?

秋华说道:我们不想咋的,我们就想挣钱过日子。

张政委笑了笑,挥手说道:新政府就是想让你们过上好日子,姐妹们,你们要相信新政府。

秋华问道:别说那些闲嗑儿了,啥时候给我们钱?啥时候让我们过好日子?

张政委说道:你们得接受改造,从思想上认识自己,然后政府就给你们安家置业。

那些妓女听了,一时间面面相觑交头接耳起来。

妓女们的改造工作并不是一帆风顺的。光就一个走路的姿势,就够让石光荣头疼的了。为了在尽短的时间里,让她们重新学会正常人走路,石光荣把这个任务交给了小德子。

这天,小德子按照军训的标准在训练妓女们走路。小德子一边在前面走着,一边认真地喊着号令:一二一……

不走则已,一走起来,一个个竟东倒西歪,稀里哗啦得不像个样子。

小德子立住脚,回过身来。不料,却又被走在前面的秋红撞了个满怀。小德子的脸唰的一下就红了,躲闪不及,一把将秋红推开了。

妓女们嬉笑起来。

小德子站在那里,认真说道:严肃点儿,听俺口令,脚步要跟上俺的口令,再来一遍,齐步走……

站在一旁的石光荣有劲使不上,望着面前的那些妓女,禁不住抓耳挠腮。张连长见了,便走过来说道:营长,俺以前听说过一个故事,说古代有个皇帝让一个将军训练一群妃子,这些妃子也不听话,那个将军把一个皇帝最宠爱的妃子给杀了,别人都老实了。

石光荣说道:可她们不是妃子,政委都说了,这些人都是兄弟姐妹,咱也不能斩哪,要能斩俺早就斩了。

张连长禁不住也犯起愁来,说道:这也是!

两个人无奈地望过去,看着小德子耐住性子一边带着那些妓女学走路,一边认真地喊道:一二一……

妓女们照例嘻嘻哈哈地,有两个干脆一屁股坐在了地上。

对香红院妓女们的改造进行了一些日子之后,尖刀营的工作取得了一些成绩。这天,胡师长和张政委把石光荣叫到师部,把当前部队所面临的任务又做了一番交代。

胡师长说道:对于香红院里的妓女们的改造工作,你们尖刀营已做了有些日子了,现在,为了配合地方政府的工作,我们决定遣散这些妇女,关于遣散的具体办法,让张政委给你具体交代一下。

张政委望着石光荣,接过师长的话说道:政府已经贴出了告示,有愿意娶这些妇女回家的男人,本着双方自愿的原则,凡是配对成功的政府补发五块银圆作为安家费,不愿意嫁人,或者配对不成功的,政府发给路费,一定要安置到每个人都满意,不能再让这些妇女受委屈,现在是新社会了,人民要当家作主了。

石光荣听了,不禁又皱着眉头说道:让俺去改造,俺也改造完了,这安置的任务就交给别人去办吧,这最后一哆嗦,俺真是不想弄了,想想和这些女人打交道,俺就头疼。

石光荣一副愁眉苦脸的样子,一下一下地掐着自己的脑袋。

胡师长严肃地说道:石光荣,我跟你说,你三百六十拜都拜了,不差最后这一下了,这一拜你一定给我拜好了,要是出点儿差错,俺可拿你是问。

石光荣无奈地看着胡师长和张政委,鼓着勇气说道:那俺就拜吧,拜完了俺还有大事要办呢!

你要办什么事?胡师长问道。

石光荣一笑,说:到时候你就知道了。

石光荣从师部回到住处已是傍晚时分了,刚一走进屋里,小伍子就凑了过来,问道:营长,那些女人咋处理呀?

石光荣没好气地说道:让她们配对,结婚给五块大洋做安家费。

小伍子突然睁大眼睛,说道:真的呀,那太好了!

石光荣不解地望着小伍子道:你小子啥意思,你也想领一个过日子咋的?

小伍子望着石光荣憨憨地笑了起来,说:不是营长,俺不是有个哥吗?

都三十二了,俺爹娘死得早,这事你知道,俺哥又当爹又当娘,把俺拉扯到十六岁,俺参军了。这么多年了,俺哥都是一个人清锅冷灶地过日子,白天找到我了,他也想领一个回去过日子。

石光荣一下就明白了,爽快地应道:伍子,你放心,这事好办,政府正在动员没家的男人接收这些妇女,你哥既然同意给你娶这样一个嫂子,这忙我帮,这也算是给政府解决难题了。

小伍子忙说道:营长,那俺替俺哥谢谢你了,俺哥还怕领不到呢。

那好,伍子,明天就让你哥来领人吧。石光荣说道。

小伍子这下高兴了,一边欢天喜地地往外走,一边说道:俺这就跟俺哥说一声去。

说话的工夫,就到了第二天上午,石光荣带着队伍来到了香红院,一面安排人把妓女们组织起来排好队站在墙根下,一面又让人搬来了一张桌子,准备好了纸和笔,桌上还放了一摞银圆。

石光荣和张连长坐在了桌子后面。见一群汉子袖着两手正眼睛发亮地望着那十几个从良的女人,石光荣冲围观的男人说道:要领媳妇就快点儿,别扭扭捏捏像个女人似的,有啥不好意思的,看准了,拉过来领钱回家过日子。要动手就快,晚了好的可都被挑走了。

话音刚刚落下,人群中一个汉子鼓起勇气走了过来,问道:这位长官,俺领一个行不?

石光荣抬眼说道:只要单身,家里没媳妇的都符合条件,要领就领吧。

那汉子就走了过去,从头至尾一个个看了一遍。那些经过了训练的妓女,此刻都改观了不少,见有人过来认领,一个个都低下头来,做出一副害羞的样子。

汉子最后选定了秋红。先是朝她看了一眼,接着又看了一眼,便鼓了鼓勇气把秋红的手拉住了。秋红抬起头来说道:你可看好了。

汉子说:俺看好了!

秋红说:你不嫌俺?

汉子说:不嫌,俺是个穷光棍,都三十六了,有啥可嫌的。

说完,拉了秋红来到石光荣面前。

石光荣看了那汉子和秋红一眼,说道:你们登记一下吧!

张连长冲那汉子问道:你叫啥?

汉子说:俺叫李老实,家住杨树屯。

张连长一五一十记在面前的登记册上,抬头又问秋红:你愿意嫁给他?

秋红点点头。

石光荣说道：妥了，这是五块大洋，收好。

说完，把大洋放在李老实手里。李老实千恩万谢，牵着秋红走了。

紧接着，又有两个汉子走上前来，仔细挑选着墙根下的那些从良妇女。

正在这时，小伍子一脸是汗地拉着哥哥挤了进来，来到石光荣跟前，喘着气说道：营长，俺把哥领来了，晚不晚？

石光荣打量了一眼小伍子的哥，这是一个三十多岁、看上去有些精明的男人。在石光荣的注视下，伍子哥冲他点了一下头，说道：首长好，俺弟说了，俺感谢新政府让俺成家，俺以后一定好好过日子。

石光荣笑了笑，转头说道：伍子，领你哥去吧，晚了好的真让人挑走了。

伍子哥留恋地看了一眼石光荣面前放着的那一摞银圆，就被小伍子应声拉走了，一直拉到墙根下。扫了一眼墙边站着的从良女人，小伍子冲哥说道：哥，你看好了，可得给俺选一个好嫂子。

伍子哥心不在焉地朝那几个女人看了一眼，说道：兄弟，你哥没出过门，没啥见识，好坏俺也看不出来，你就替哥做主吧！

小伍子犹豫了一下，说道：哥，你真是，那俺就做主挑嫂子了。

伍子哥急不可耐地应道：中、中，兄弟你麻溜的。

小伍子扫了一眼剩下的几个女人，走到一个叫小红的妓女面前，问道：你叫个啥？

小红抬头瞟了眼小伍子，红了脸道：俺叫小红，你真的要俺？

小伍子说：不是俺要，俺是替俺哥选嫂子。

小红听了，便有些失望地又把头低下了。

小伍子用手指了指一旁，说道：那就是俺哥，你要是同意俺就把你领走。

小红抬眼瞟了眼伍子哥，见伍子哥正望着别处，眼睛根本没往这边看，便不由叹了口气说道：俺们做过这行的女人，能有人要就不错了，俺愿意。

说完，小伍子就拉过了小红的手，冲他哥欢天喜地地走过去，说道：哥，嫂子选好了，去找营长登记吧！

小伍子拉着小红和哥向石光荣走了过去……

终于处理完了香红院里的妓女们的事情，石光荣一时感觉到轻松下来，一边很有兴致地哼着二人转小调，一边打香红院往回走。小伍子牵着马紧跟在后头，听到石光荣唱小曲儿，不禁嬉笑道：营长，你心情咋这么好呢？

石光荣说道：这些天日子过得憋了巴屈的，这帮女人总算处理完了，老子该干大事了。

干啥大事，还收拾妓女吗？小伍子问道。

快别提这些女人，一提俺头疼，你看，你看又疼上了。说完，石光荣下意识地捂住了脑袋。

就在这时,桔梗一下子从一旁蹿了出来,猛地站在石光荣面前,问道:你们说女人啥坏话呢?

石光荣瞅了桔梗一眼,说道:干啥,一惊一乍的吓俺一跳。

桔梗一边和石光荣往前走,一边说道:石头,俺想回趟蘑菇屯。

石光荣怔了一下,转头问道:回那儿干啥,蘑菇屯咱啥亲人也没有了,好几十里地呢!

桔梗说:听说咱老家去了工作队,把沈少夫的爹给抓起来了,要开公审大会呢。那个沈地主多坏,他害死了不少人不说,有一年你去他家讨饭,他还放出狗咬你,把你追出二里地,鞋都跑丢了,你忘了?

石光荣说道:我没忘,我咋能忘呢。公审那个该死的地主有工作队呢,我还忙,我就不回去看了。你要回去就麻溜走吧,最好多住两天,于三叔、马三婶的都看看。

桔梗说道:那俺走了,你有啥话捎不?

石光荣想想,说道:给蘑菇屯所有父老乡亲都问好,就说石头想他们。

桔梗笑着点点头,说道:嗯哪,俺一定带到。

石光荣真要办大事了。

从香红院一回到住处,石光荣就开始指挥着小伍子打扫起房间来。接着,自个儿又弄了块红纸举着认认真真地贴在了窗子上,左一眼右一眼乐颠颠地看了半晌,冲小伍子问道:伍子,喜庆不?

小伍子眨巴着眼睛,问道:营长,你这是要结婚哪?

石光荣说道:伍子,你说对了。

小伍子便有些不解了,问道:桔梗回蘑菇屯了,你咋结呀?

石光荣一张脸立马沉下来,说道:谁说我和桔梗结婚了?

那你要跟谁?小伍子丈二和尚摸不着头脑。

石光荣嘿嘿一笑,卖个关子说道:一会儿给我备好马接新娘子,我这就去请师长和政委去。

说完,急匆匆地就走了出去。

小伍子望着石光荣的背影,仍是想不明白,一边摇着头,一边不解地自语道:也没啥事刺激他呀,咋又犯病了呢?

这时间,石光荣已经来到了师部,一眼见到胡师长和张政委,喜不自禁地说道:师长、政委,我正式邀请你们参加我石光荣的婚礼。

胡师长望着石光荣,不由得笑了笑,说道:石光荣你终于想通了?要结婚了？

石光荣嘿嘿地笑着，说道：还有啥想不通的，俺早就想了，是没腾出手来，这回东辽城解放了，俺石光荣也得把自己的大事办了。

张政委听了，也高兴地说道：这就对了，我和师长去给你证婚。

石光荣应道：妥了，就这么定了，一个小时后你们就过去，俺现在就去接新娘子。

说完，一溜烟地跑了出去。

胡师长望着跑去的石光荣，一边摇着头，一边笑着说道：这个石光荣是属驴的，牵着不走打着倒退，不能强迫，得顺毛捋。

张政委跟着笑了起来……

石光荣反身回到住处，急三火四地一边叫小伍子备马，一边又准备了一朵红纸花戴在了马头上，一切完备之后，带着小伍子乐颠颠地朝解放军医院去了。

二人来到医院门口，石光荣便扯开嗓子朝院里喊道：王百灵，王军医——

王百灵闻声走了出来，后面跟着小凤。

一眼看到王百灵，石光荣立时灿烂地朝她笑了起来，一边笑着，一边伸手做出了个请的姿势，说道：请上马吧！

王百灵疑疑惑惑地问道：上什么马，出什么事了？

石光荣望着王百灵说道：让你上马，俺石光荣今天要办大事。

小凤看了一眼王百灵，又看了一眼石光荣，犹疑地问道：办什么大事，用不用我叫院长她们去？

石光荣嘿嘿笑着说道：还是小凤这丫头懂事，要叫都叫上。

小凤说道：好，那我去叫了。

说完，转身就往院子里跑去了。

石光荣冲王百灵又是嘿嘿一笑，继续说道：丫头，上马吧！

王百灵不明就里，扑闪着一双眼睛说道：你不把话说明白，我上什么马？

石光荣说道：上次俺不是跟你说了吗，结婚哪！

结婚？王百灵鼻子里哼了一声，突然感到被戏弄了一样，跺脚说道，我看你是发昏了！

说完，转身就走。石光荣上前一步拉住了王百灵，说道，马在这儿呢！

王百灵猛地甩开石光荣的手。就在这当口，白院长被小凤带着走了过来。

石营长，你拉拉扯扯的出啥事了？白茹忙一边往这儿走着一边问道。

石光荣竟一下有些不好意思了，说道：白院长，今天日子大喜呀，我要和王百灵结婚。

白茹和小凤几个人被石光荣说蒙了，同时吃惊地望着他，一下子不知该说些什么。王百灵转身就向院里跑去了。

石光荣见王百灵跑了，忙冲小伍子喊道：伍子，别让王军医走，快请回来！

小伍子犹豫了一下，便追进了院里。

白茹回头望了一眼王百灵，问道：石营长，你这事办得有些不妥吧？

石光荣认真地说道：妥了，房子我都收拾好了，师长、政委我也请了。

白茹说：你娶人家王军医，人家同意了吗？

石光荣说：我都跟她说好了，让她定日子，她没定，我就定了。

白茹问道：石光荣你这是剃头挑子一头热，人家王军医什么时候答应嫁给你了？

正这样你一言我一语地说着，胡师长和张政委两个人走了过来。

胡师长一边走着一边问道：石光荣，你这是唱的哪一出啊，窗户纸都贴上了，怎么不让桔梗出来呀？

石光荣梗着脖子还在朝院里张望，王百灵早已不见了身影，小伍子正站在一间房门前叫门。

白茹见胡师长和张政委走过来，就像见到了救星一般，汇报道：你们可来了，你们说哪有这么干事的，石营长没征求王军医的同意，就要和人家成亲。

咋的？有这事？胡师长一听这话，立时把脸拉下来了。

石光荣梗着脖子说道：我喜欢王军医那丫头，俺要和她结婚，咋的了！

胡师长不禁气愤起来，说道：啥咋的了，人家不同意，你周吴郑王地在这儿牵着马干什么，我看你就是胡子。

石光荣一听这话急了：师长，你别污蔑人，我结个婚咋就成胡子了？

张政委见石光荣一脸霸气的样子，接过话来说道：石营长，结婚这事得两相情愿，咱们是革命队伍，不是土匪，这婚人家王百灵同志不愿意，你说结就结了？

石光荣有点儿不耐烦了，望着张政委问道：政委，你是小白脸，那你说我这婚咋结才对？

张政委想了想，上前把石光荣拉到一旁，悄悄问道：你真喜欢王军医？

石光荣说：啊，喜欢，往死里喜欢。

张政委说：你喜欢人家这没错，错就错在人家不喜欢你身上了。人家不喜欢你,你不能抢吧?

石光荣说:哎呀政委,你不知道,我这不是等不及了吗,我原想着,先结了婚,慢慢地她不就喜欢上俺了吗?

张政委说:石光荣你糊涂,你喜欢王百灵我不反对,可没你这么喜欢的,你得让人家喜欢上你你才能结婚,我和师长也才能给你证婚。

石光荣眨巴着眼睛,琢磨着张政委的话,抬头问道:政委,结个婚还这么麻烦,她要是一直不喜欢俺咋整?

张政委说:那你就永远结不了,在革命队伍中,永远也不可能逼婚、强娶。

石光荣咂巴咂巴嘴巴,终于琢磨过味儿来了,说道:得了,政委,俺知道了。

说完便牵过马来,冲仍在院里叫门的小伍子喊道:伍子,咱不叫她了,走!

胡师长狠狠地盯了石光荣一眼,说道:石光荣,我看你真发昏了,也不看看啥时候。

石光荣回头说道:啥时候哇,你们等着,俺指定让王军医喜欢上俺。

说完,便和小伍子一起牵马走了。

直到来到大街上,石光荣才有些愁苦地开口问道:伍子,你说,咋的才能让那丫头喜欢上俺呢?

小伍子抓抓头,一时也想不起什么招数,为难地说道:营长,这事还真不好说,俺也没有和女人打交道的经验哪。

石光荣一背手,嘟囔道:早知道跟你说也是白说。

说完,迈开大步向前走去。小伍子紧跑几步跟了上来,说道:俺觉着吧,反正是不能来硬的。

石光荣步子慢下来,问道:咋软,你说咋软?

小伍子又说不出个所以然了:这,俺也不知道。

石光荣沉着脸继续迈开大步往前走,走着走着,竟被一粒石子硌了一脚。石光荣猛地一个转身,把那粒石子狠狠地踢飞了。

这天晚上,石光荣一边在灯下擦枪一边想心事。小伍子正凑在灯光下给一件军装钉扣子,钉着钉着,突然咯咯地笑了起来。

石光荣抬头问道:你笑啥?

小伍子说:俺一想起有了嫂子俺心里就乐,小时候都是俺哥给俺补衣服,看俺哥粗手笨脚的样,俺就想哭,这回好了,哥有了女人,再也不用他自己补衣服了。

石光荣说:伍子,想不到你小子还挺有眼力,那个小红不错,看着和别的女人不一样,老实。

小伍子说:送俺哥走时,俺问小红了,她被卖到城里还不到一年,她是为了给她爹治痨病才把自己卖到妓院的。

石光荣不觉叹了口气道:等咱们把全中国都解放了,就没有做这行的女人了。

小伍子说:这世界上就会多好多好嫂子。

说到这里,小伍子和石光荣都笑了。

可是,第二天早晨就出事了。

小德子把石光荣喊到师部时,胡师长正气得在那里转腰子,一边转着,一边不停地踢脚旁的凳子。

石光荣心里很是纳闷,小心地问道:师长、政委你们找我,又有啥新任务了?

胡师长一双手气得发抖,指着石光荣问道:我问你,那个叫小红的妓女是谁领走的?

小红?石光荣怔了一下,突然就想起来,眨巴着眼睛答道,是小伍子的哥,咋的了?小伍子哥可符合条件,光棍一条,咋的了?

咋的了?出大事了!胡师长说道,今天早晨士兵巡逻,在后山上发现了小红的尸体,身上值钱的东西也不见了。

有这事?石光荣一下着急了。

张政委说道:你派人把领走小红的那个男人抓来,问清楚到底怎么回事。

好,我这就去,要真是他,俺饶不了他。说完,石光荣火急火燎地走了出去。

张政委接着问道:老胡,要真是小伍子的哥干的,咱们该怎么处理?

胡师长说道:新政府成立了,由新政府定,咱们帮着执行。

不久,小伍子几个人就把五花大绑的伍子哥押进了尖刀营。

伍子哥一进来就给石光荣跪下了,哭着说道:首长啊,俺错了,俺对不住政府,俺一时贪财鬼迷心窍了。

说完,又朝石光荣磕了几个响头。小伍子见了,站在一旁直抹眼泪。

石光荣一拍桌子,喝问道:你把新政府的脸丢尽了,尖刀营费了那么大力气改造妓女,结果这最后一哆嗦,全让你给毁了。你说,咋就鬼迷心窍了?

伍子哥说道:首长,俺不想给俺弟娶妓女做嫂子,俺听说政府给五块大洋,俺就动了贪心,想拿这个钱给俺弟娶个干净的嫂子,首长俺错了。

石光荣一掌拍到桌上,问道:你就把她杀了是不是?

伍子哥痛哭流涕道:俺错了,饶了俺这次吧,俺以后再也不敢了。

石光荣已经气得无话可说,望着伍子哥,站在那里直喘粗气。

小伍子这时走了过来,小心地问道:营长,俺知道俺哥犯大错了,俺说了他一路。营长,俺哥这错得咋个处理?

石光荣望着小伍子,想了想,说道:咋处理?新政府说了,这叫图财害命,欺骗政府,影响恶劣,要就地正法!

伍子哥一听这话,一下子瘫倒在地,呼天抢地道:俺错了,俺再也不敢了!

此时,小伍子已经泪流满面了。

这天下午,临近黄昏时分,伍子哥最终还是被押赴到了刑场。他的胸前挂着一块木牌子,木牌上写着“杀人犯”三个大字,还被打上了红叉子。被两个士兵押过来的时候,一排荷枪实弹的士兵已经站好了。

石光荣站在一旁,小伍子眼里含着泪水也站在一旁。

当伍子哥走到小伍子身旁时突然停了一下,接着哭丧着一张脸望着小伍子说道:弟弟,哥对不住你,俺知道说啥都晚了,看在哥从小拉扯你到大的分儿上,你和执行的兄弟们说一声,让哥死个痛快吧!

小伍子此刻已经泪如雨下,看着他哥很快又走了过去,忙喊了一声:哥……

伍子哥立住脚看着小伍子,见小伍子一边流着泪水一边说道:哥,这件事俺不想着你就好了。哥,你下辈子要做个好人。

伍子哥低下头来。

小伍子抹了把流到脸上的泪水,突然走到石光荣面前,央求道:营长,让俺执行吧!

石光荣不解地看着小伍子。

小伍子说道:俺哥犯错,也算俺好心害了他。俺也有错,俺执行了,是希望永远记住这错,以后再也不会犯错了。

伍子,你真这么想的?石光荣问道。

小伍子坚定地点点头。

那好,你去执行吧!石光荣说道。

小伍子努力平静了一下自己,便沉稳地走过去,接过一个战士手里的枪,看到他哥已经跪在不远处的地上了。

小伍子缓缓举起枪来,突然喊了一声:哥,俺送你上路了!

枪响了,伍子哥一头栽了下去。

小伍子扔下枪,回身一把抱住了石光荣,大哭道:营长,俺这个世界上再也没有亲人了!

石光荣不禁为之动容了,一边搂紧小伍子,一边喃喃说道:伍子,俺石光荣以后就是你的亲人。

两个男人同时落泪了。

第十四章

仓皇逃回到二龙山的刘老炮，很快把离开老窝时一把火烧毁的那些房子，重新搭建起来，一伙人总算又有了个安营扎寨的地方。

满以为二龙山就是一处避风的港湾，接下来的一切事情，就都掌控在自己的手里了，可是，谁承想，二龙山下并不太平。

这天正午时分，沈少夫和刘老炮正坐在山门口焦急地等待着从蘑菇屯带回的消息，远远地就看见几个人影从山下边急匆匆地跑了上来，直到跑近了，才看清是磕巴和两个穿便衣的小匪。见几个人的神色十分慌张，沈少夫突然感觉到脑子里轰地响了一声，马上就有了一种不祥的预感。

磕巴抬头见到沈少夫，还没待把气喘匀，张口大叫道：不……不好了，司令，沈……沈老……太爷……让政府……工作队给收拾了。

沈少夫猛地一把抓过磕巴，瞪着眼睛问道：我爹咋的了？

磕巴额头上冒着汗水，呼哧带喘地，把一张脸憋得通红，干张着一张嘴，就是说不出话来。

一旁的刘老炮见了，不禁跺了一下脚，说道：你个磕巴真急人，别急，说不出来你就唱着说。

磕巴听了，点了一下头，就开始咧开一张大嘴，边说边唱道：沈老太爷呀，让那个工作队的曹队长带人给崩了。

磕巴带回的这个消息，俨如晴天霹雳一般，让沈少夫一时呆怔在那里。片刻，待他终于反应过来后，猛地又放开磕巴，追问道：什么？他们杀了我爹？

你眼珠子瞧准了吗，你可别瞎说。刘老炮接着冲磕巴一惊一乍地问道。

磕巴继续唱道：当家的呀，俺真真地看见了，就在蘑菇屯村口的大树下，沈老太爷上了西天，不信你们问这两个兄弟呀——咿呀呼嘿——

刘老炮听了，烦躁不安地冲磕巴大喊一声：行了，别他妈唱了，你号丧呢！

沈少夫突然仰起头来，望着高远的天空，低下头时已是泪流满面。顿了顿，冲山下咬牙切齿地说道：共产党，工作队，我沈少夫和你们不共戴天！

刘老炮这才想起什么，悄悄把磕巴拉到一旁，急切地问道：那你看到俺爹俺娘了吗？

磕巴望着刘老炮，一边点头一边说道：看……看……到了……

他们咋样？

他……他们……

刘老炮心里着急，又跺了一下脚，说道：你再唱。

磕巴就又唱了起来：他们呀在家待着呢，俺见你娘还在院里好好地喂猫呢——咿呀嗨——呀——

刘老炮终于舒了一口长气，总算把一颗心放了下来。接着，走到正在发狠的沈少夫面前，说道：大哥，咱们想想办法呀，这仇，咱们一定得报。

两个人说着，转身回到了山洞。

这天夜里，石光荣在一盏油灯下拿着一把剪子剪喜字，剪了好几回，总是不满意，正望着手里的那张红喜字，一边摇头一边叹气，小伍子气喘吁吁地推门跑了进来，说道：营长，师长让你马上过去！

石光荣忽地立起身来，问道：咋的了？是不是有啥任务？

伍子说道：听说沈少夫带人下山来抢他爹的尸体。师长让你拦截这伙敌人。

走，快走！说着，石光荣立即穿戴好衣帽，携枪跑了出去。

沈少夫果然有行动了，趁着夜深人静的时候，沈少夫带着二十几个国军，慌慌张张地把他父亲的遗体从蘑菇屯抢了回来。此时此刻，两个小兵抬着一领裹着沈父遗体的席子卷，正急三火四地往二龙山方向走，沈少夫骑在马上，不断地低声吆喝着：快，快点儿。

可是，沈少夫怎么也不会想到，就在这时，石光荣带着一帮人从路旁的树丛里斜刺杀了出来。

沈少夫，你跑不了了。给我打……

石光荣大喊一声，眨眼间，两支队伍便交上了火。

沈少夫见势不妙，打马就跑。石光荣望着沈少夫的影子，扭头冲张连长交代道：张连长，你带人收拾他们，我去追沈少夫。

说完，打马就冲沈少夫跑去的方向追了过去。

沈少夫看到石光荣从后边追了上来，一边打马往前跑着，一边回头射击着。石光荣伏在马背上，一边躲避着射来的子弹，一边不停地扣动着扳机。一去一回的枪声，划破了寂静的夜空。

不料，就在这时，沈少夫突然射光了枪里的子弹，不觉骂了一声，便赌气地把枪扔掉，一心一意地打马朝前跑去。

石光荣紧撵几鞭追赶上来，横马拦住了沈少夫的去路，沈少夫被迫停了下来。石光荣举枪对准沈少夫，说道：姓沈的，知道你是个大孝子，但没想到你还有胆下山来抢你爹的尸体。

沈少夫从马上下来，冲石光荣抱抱拳道：为亡父我沈少夫尽心了，今天你可以打死我，但我死而无憾了。

石光荣也翻身下马，走近沈少夫，收起枪来说道：我石光荣这么打死你算啥本事，既然你送上门来了，我也算活捉了一个师长，请吧姓沈的！

沈少夫说道：石光荣，我有几句话要说。

石光荣笑了笑，说：你说吧，给你说话的机会。

沈少夫想了想，说道：石光荣，咱们都是蘑菇屯出来的，我少小离家，怀揣着大志向，本想拉队伍，干出一番轰轰烈烈的大事，没想到一步步走到了今天这一步。

说完，沈少夫抬起头来，望着黑漆漆的夜空，长叹一声：也算是上天不助我沈少夫也！

石光荣嘲讽地笑道：你别爷爷的，你就是书读多了，把脑子折磨坏了，你做啥梦呢，你爹花钱给你整了个团，你参加了国民党的队伍，一开始你的路就走错了，怪啥老天爷，是你爹没给你指好道，知道不？

沈少夫叹息一声，说道：石光荣我佩服你，从一个放牛娃走到今天，咱们是人各有志，只是命运不同，我沈少夫死都不甘。

哎嘿，还不服呢？石光荣绕着沈少夫转了两圈，接着说道，你从小就摇头晃脑地读书，我压根就没把你当人物，啥团长师长的，告诉你，我石光荣从来没把你当对手，你还不服了？！

沈少夫望着石光荣，梗了一下脖子。石光荣走过来，指着沈少夫说道：告诉你姓沈的，今天我抓你、杀你，不算我石光荣啥本事，你不就是和刘老炮领了几个残兵败将躲到了二龙山吗？我看你还是个孝子，也算是个男人，我今天放了你，让你输得心服口服。

此话当真？沈少夫满腹狐疑地问道。

石光荣把枪插到枪盒里，说道：当真，我石光荣说出去的话就是泼出去的水。

话音落下，沈少夫转身跪倒在地，冲着蘑菇屯方向伏身磕了一记响头，呜咽着说道：爹，少夫对不住你了！

说完，起身上马，又冲马下的石光荣问道：你真放我？

石光荣有些不耐烦了,挥手说道:你磨叽啥,再磨叽老子还不放了呢!

沈少夫抱拳说道:石光荣,那就后会有期。

说罢,沈少夫头也不回地打马而去。

石光荣哼了一声,望着沈少夫远去的背影,自言自语道:小样,还不服?!

石光荣骑在马上,满脸心事地往回走,追上了张连长几个人。张连长见石光荣单枪匹马回来,不觉问道:营长,沈少夫跑了?

石光荣望了一眼被押着的几个俘虏,说道:跑了,跑了和尚跑不了庙,不就是个二龙山吗?只要师长发话,拿下二龙山就像捏碎个鸡蛋。

张连长笑了笑,说道:营长,咱们今天也算是大获全胜了,就跑了一个沈少夫。

石光荣说道:弄几个小毛贼不算啥本事,等把刘老炮一伙彻底消灭,咱们这才算本事。

第二天上午,二龙山上沈少夫的房舍里,充满了一片肃穆的气氛。沈少夫身穿白色孝袍,臂戴黑纱,双目紧闭,一言不发地坐在那里。陪在一侧的刘老炮,这时间也穿了一身孝袍,见沈少夫长时间沉默在那里,一脸悲痛的样子,想了想,便靠近一步安慰道:大哥,节哀呀,这共产党的日子长不了,等南京派一支大军再杀回东北,这天下还是咱的。

谷参谋长和潘副官等几个人的胸前都已戴上了白色的纸花,他们双手侍立在那里,随时听候着沈少夫的命令。此刻,见刘老炮这样安慰沈少夫,谷参谋长便觉得也应该说上几句贴己的话,便走上一步,说道:司令,身体要紧,二龙山不还在咱们手里吗?这就是咱们反攻的资本……

沈少夫突然睁开眼睛,狠狠地说道:这仇我沈某一定要报。

刘老炮接着又劝道:大哥,咱把仇放在心里,君子都说,十年报仇都不晚,怕啥,咱报仇就是了。

顿了顿,沈少夫说道:石光荣还算条汉子,放了我一马,可我不服,我要在二龙山和他们较量到底,看最后鹿死谁手。

见沈少夫下定了决死的信心,谷参谋长立即附和道:司令,这就对了,咱们有本钱,什么都不怕了。

就在这几个人说话的当口,沈芍药突然举着一朵白花向刘老炮走了过去,一边走着,一边念叨道:花,花好看……

沈少夫抬眼看着妹妹,不觉又长长地叹了一口气。

又说了一会儿话,刘老炮便回到了他的房舍里,可是,一旦回到了自己的住处,刘老炮突然又觉得心里边空落落的,一下子便有些坐立不安了。想来想去,就想到了山下的父母。于是,便把刘二几个人召集过来。

刘老炮望着这几个人,不无担心地说道:你们几个小的给俺听好了,俺合计了,俺爹俺娘还得接上山来,沈老太爷让新政府工作队给崩了,说不定哪一天他们就会找俺爹俺娘算账。

刘二眨巴着一双眼睛,说道:叔,不能吧,俺是这么合计的,俺奶俺爷和沈老太爷不一样,咱们家是穷人,人家沈老太爷是大户,话说回来了,那个沈老太爷手上有人命,俺爷俺奶啥也没有哇。山俺也下了,贴在村头的告示俺也看了,共产党只说对那些罪大恶极的清算,没说对俺爷俺奶这样的下手哇!

待着你的。刘老炮望着刘二说道,你傻呀,你说俺是干啥的?

刘二上眼下眼地看着刘老炮,不知如何回答,支支吾吾道:你……你是二叔哇——

滚刀肉心里明白,插过话来:当家的过去当过胡子,又给日本人当过大队长,如今那是救国军副参谋长,共产党能饶了咱当家的?

刘老炮用手指着刘二道:你这小子,就是个驴粪蛋子,表面光溜,内里啥也不是,不会拐弯。滚刀肉说得对。

叔,那你说咋整?刘二问道。

刘老炮想想,说道:你们几个再下一趟山,把你爷你奶弄到山上来。

刘二一听这话,有些为难了,说道:叔哇,俺爷俺奶那脾气你还不知道,自从你上山当了匪,他们早就不认你这个儿子了,一想起你恨不能把你杀了,他们能跟俺上山?

刘老炮嚷道:你说你,俺刘长山咋有你这么个侄子,说奸不奸,说傻不傻,你不会动脑子呀!

磕巴一旁听了,抢过话来,说道:不……不行,就给……他们……绑……绑上山来!

滚刀肉听到这话,觉得不对味,便用胳膊肘拐了一下磕巴道:当家的,你放心,我们就是背也要把他们背上来。

刘老炮点点头,说道:滚刀肉说得对,先来软的,不行再来硬的,只要你们把他们弄到山上,那就大功告成。

刘二也跟着点点头,说道:叔,俺懂了,啥时候出发呀?

刘老炮:这事不能拖,带几个咱们的人,今天晚上就出发。

刘二应道:妥。

说着说着,天就黑了下来。刘二带着七八个人,悄悄奔下山去,径直来到了蘑菇屯,接着便悄悄摸到了刘父家的门前。见四处无人注意,刘二翻墙跳进院里，轻轻来到窗下，一边敲着窗子一边小声地唤道：爷、奶，俺是豆芽子呀，你开开门，俺有话说。

片刻，屋门打开了一道缝，一缕昏黄的灯光射了出来，刘二推门进了屋里，招呼了一声爷和奶，反身把门关严了。

刘父一眼瞅见刘二，气不打一处来，一边狠狠地瞪着他，一边低声喝问道：豆芽子，你这个败家子，你来干啥？

刘二一笑，说道：爷、奶，别这么看俺，俺现在是救国军的连长了，也算混出身份了，知道俺叔现在是干啥的不？

刘父把头别向一边，气鼓鼓地说道：他干啥跟俺没关系，俺早就不是他爹了。

刘二赔着笑脸说道：爷，您可别这么说，俺叔自打去了关里，就日里夜里地惦记你们，俺们回到东北，俺叔本来想把你们接到东辽城享几天清福，可让共军占了上风，俺叔现在在二龙山上当官了，特意让俺来接你们上山享福去。

俺没那个命，你该干啥就干啥去，俺们在蘑菇屯待着挺好，你快走，快走！说着，刘父抬手就要往外轰刘二。

就在这时，滚刀肉和磕巴推门走了进来，一下又站到了刘二的身后。

刘母望着这几个人，一下害怕起来，抖着身子问道：你们要干啥？

滚刀肉说道：俺们当家的说了，软的不行就得来硬的。

刘父听了，一时气得浑身哆嗦起来，望着滚刀肉喝道：你个滚刀肉不学好，你上山当胡子，你爹你娘都哭瞎了眼睛你知道不？

滚刀肉梗了梗脖子，扬头说道：那是他们愿意，俺又没让他们哭，别说没用的了！

说着，滚刀肉使劲推了一下磕巴：动手吧！

话音未落，两个人上前一把抓住了刘父和刘母。

刘二说道：爷、奶，对不住了，你们是走也得走，不走也得走了。

紧接着，刘父和刘母便被滚刀肉和磕巴扛在了肩上。

刘父见势不好，一边挣脱着身子，一边大喊道：放开我，放开——

刘二心里打怯，一边跟着颠儿颠儿往前走，一边小声说道：亲爷呀，你小点儿声，工作队听到就麻烦了。

不料，刘二的一句话，却提醒了刘父，便扯开嗓子喊道：曹队长，有胡子，快来救命——

刘二急了，急中生智，刺啦一声从衣服上撕下了一块，一把塞到了刘父的嘴里……

刘父的求救声，果然被正带着几个民兵巡逻的曹队长听到了。几个人忙打着手电，循声追了过去。

刘二几个人一时来不及逃走，慌忙之中，便跳进了路旁的一条深沟里，缩着身子蹲在那里，大气不敢出一声。

刘父趁刘二向沟外张望时，猛然间挣脱了身子，一边从沟里往上爬，一边扯掉嘴里的那团破布，高声喊道：曹队长，有胡子——

刘二见势不妙，再也顾不得刘父和刘母了，忙冲几个人大喊道：快，蹽杆子——

曹队长闻声带人朝这边跑过来，眼见着刘二一伙人一溜烟地顺着那条深沟往远处跑去，一边追赶着，一边举枪射击。可是，追了很远一程，刘二还是带人侥幸跑掉了……

一口气跑回二龙山的刘二几个人，垂头丧气地站在刘老炮面前，一五一十地把这来龙去脉说了一遍。坐在那里的刘老炮早就耐不住性子了，不等几个人把话说完，忽地站起身来，禁不住破口大骂道：饭桶，吃货，这点儿小事都办不好，要你们有啥用？啊？

刘二抬起头来，望着暴怒的刘老炮，委屈地说道：叔，是俺爷俺奶不配合，要是换了别人，俺就整不来活的，也能给你整个死的过来。

刘老炮挥手打了刘二一个耳光道：说啥呢，有你这么说话的吗？

刘二捂着腮帮子，辩解道：本来就是嘛，你就打俺有本事，不信你自己下山。

刘老炮横了刘二一眼，吼道：你以为俺不敢呢，俺要是下山那就弄出大动静，让东辽城都抖三抖。

滚刀肉见刘老炮的火气一时消不下来，忙冲刘二劝道：连长，你就别吵吵了。听当家的，当家的让咱们咋整就咋整。

刘老炮略思片刻，咬牙切齿地说道：今天夜里咱们再下一次山，整把大的。我要让共军工作队看看，是他们有能耐，还是俺刘长山有本事。

说完，把一口痰狠狠地啐在地上。

这天早晨，王区长突然来到了驻扎在东辽城里的独立师，见到胡师长和张政委之后，便向他们通报了一件让他感到十分棘手的事情。

王区长一脸为难地说道：师长、政委，新政府刚刚成立，遇到了很多困难，主要是各个乡的工作队经常被二龙山上的那伙残匪袭扰，昨天，听蘑菇屯的曹队长汇报说，前天夜里那个刘老炮带人下山，抢了粮食，还赶走了群众的两头猪，放火烧了好几户人家，你们看，这该怎么办呢？

胡师长听完汇报，一拍桌子，骂道：又是那个刘老炮，这个作恶多端的家伙！

顿了顿，张政委说道：王区长，你反映的情况的确很严重，我们会向纵队反映东辽地区的情况，让土地改革正常进行。

那就多谢二位了！王区长说道，这些土匪不除，这个地区就永无宁日。

王区长你放心，这伙残匪是从我们手上跑掉的，我们一定把他们剿灭干净，让东辽的群众过上安宁的日子。说着，胡师长想了想，便和张政委商量着，把剿匪的任务又一次交给了石光荣。

张政委说道：石光荣是在这里土生土长起来的，也只有他对这片地形熟悉，把这个任务交给他完成是对的。

说话间到了这日上午，石光荣带着尖刀营正向着二龙山进发，桔梗突然背着药箱从后面追了上来，她一边跟头把式地往前跑着，一边高声喊道：尖刀营，等等俺！

石光荣听到喊声，停马立在那里，回头见桔梗气喘吁吁跑上来。脚步还没有站稳，桔梗就张口问道：石光荣，你们尖刀营去剿刘老炮咋不通知俺一声？

石光荣听了，不觉皱着眉头，头疼似的说道：师长命令我们尖刀营去剿匪，和你有啥关系，凭啥向你报告？

桔梗一把拉住石光荣的马缰绳，说道：咋没关系，院长让俺和王百灵跟你们尖刀营一起去剿匪。

你说王军医也来了？石光荣的脸上不由得挂上了笑意。

桔梗不满地说道：石头，你看你，一提王百灵你就来精神，她要是不来，你是不是也不让我去呀？

这工夫，王百灵一边小跑着，一边也远远地赶了过来。

石光荣立在马上，抬眼望着跑过来的王百灵，眼神不自觉地又直了。

桔梗抖了抖马缰绳，说道：嘿，石头，俺和你说话呢。

石光荣咂巴着嘴巴，一下醒悟过来，说道：那你们就跟上队伍，别乱跑哇！

桔梗哼了一声，不高兴地说道：你们尖刀营把我们当成啥人了。

说完，放下马缰绳，拉起跑到跟前的王百灵便走进了队伍里。

石光荣的目光追随着王百灵的身影，一旁骑在马上的小伍子见队伍已经走远了，忙问道：营长，咱还走不走了？

石光荣看了小伍子一眼，说道：走哇，不走待在这儿干啥？

说完，一抖马缰绳，草原青便箭一般地向前飞奔而去了。

不长时间后,石光荣已带着队伍来到了二龙山山脚下。石光荣吸取了上次带队攻山的教训,这一次便谨慎了许多。和张连长几个人上下左右地好一番察看之后,石光荣放下望远镜,不禁皱了一下眉头,指着通往山上的唯一一条山路说道:不怪那天攻山吃了亏,只要在这山垭口放一挺机枪,就是一个团也攻不上去。

小德子走过来提醒道:营长你忘了?咱们放牛时常唱的一首山歌那词是咋说的,二龙山,二龙山,小鬼把道,神仙犯难。

石光荣牙疼似的嘶哈了一声,说道:可咱们在蘑菇屯放牛那阵,也没到这山上来过呀!

小德子说道:是啊,俺也没来过。

张连长望着山道,也犯难了,说道:营长,咱们不能硬攻,上去多少人,都是白白送死。

石光荣梗了一下脖子,说道:不难我还不来了,师里把剿匪的任务交给咱们尖刀营了,那是对咱们尖刀营的信任。

咱们又不能硬攻,还得把它啃下来,营长,得想别的招哇!小伍子望着石光荣说道。

石光荣想了想,又从腰上的文件盒里掏出一张地形图,展开了,琢磨了半晌,接着便一边指点着上面的地形,一边说道:你们看,这条路叫龙脊,三面都是悬崖峭壁,只有这条路可以通到山顶……

几个人正围在一起研究攻山的策略,桔梗走了进来,瞅瞅这个,又瞅那个。见一个一个都紧锁着眉头,说道:你们这是瞎琢磨啥呢?

石光荣拨拉了一下桔梗,训斥道:桔梗别捣乱,没看我们在研究攻山计划吗?现在还没有伤员,你待着去吧。

桔梗撇着嘴,看了一眼石光荣,又看了一眼面前摆着的那张花花搭搭的地形图,说道:还有啥可研究的?你们研究来研究去,还是上不了二龙山,上不了二龙山,那就是瞎子点灯白费蜡。

石光荣一下不高兴了,责问道:桔梗我再说一遍,我们这些男人都上不去,你就能上去呀,你捣乱也不选个时候。

桔梗横了石光荣一眼,说:俺没捣乱,俺要上山。

你要上山?石光荣不可思议地望着桔梗问道。

桔梗认真地点点头:嗯!

石光荣突然呵呵地笑起来,笑完,伸手摸了摸桔梗的脑袋,桔梗猛地一下把那只手拨拉开了。

石光荣盯着桔梗问道:你没发烧吧,是不是吃啥东西不对劲了?

俺没病,也没神经错乱。桔梗说,俺有办法把刘老炮引到山下。

石光荣拍拍脑袋一副痛苦不堪的神情,说道:桔梗呀,俺求你了,别添乱行不?

桔梗瞅了一眼身边的几个人,接着便一把拉起石光荣,悄悄说道:走,你跟俺到那边去说。

说完,便把石光荣拉拽到一棵树下。

石光荣苦着一张脸,甩开桔梗说道:桔梗啊,俺石光荣求你了,你别整这些四六不靠的事。

桔梗一脸的认真,盯着石光荣问道:石头,俺为啥去的关内?

石光荣眨巴着一双眼睛说道:刘老炮把你抓去的呀,这谁都知道。

桔梗说:他为啥抓俺?

石光荣一时不知道如何回答了。

桔梗自问自答道:那是因为刘老炮喜欢俺。

石光荣明白了,接着说道:可这和上二龙山也是两码事呀!

桔梗说:是一码事。

石光荣说:咋是一回事?

桔梗说:俺要去二龙山,就说俺要嫁给他,让他明媒正娶俺。等俺上山时,你先把队伍撤走。

石光荣望着桔梗,突然又犹豫起来,问道:刘老炮喜欢你不假,可他能信你的话吗?

桔梗思忖道:事在人为!

就你一个人,你咋为呀,弄不好再把自己搭进去。说着,石光荣便替桔梗担心起来。

桔梗突然动了感情,望着石光荣说道:石头,别忘了爹娘是咋死的,他刘老炮逃到二龙山,就以为俺拿他没办法了。石头,自从爹娘死后,俺做梦都是追刘老炮,二龙山现在是这个样子,地形你也看了,别说是你,就是俺一个不懂打仗的人都知道,要想攻下二龙山有多难,你是可以带着队伍强攻,可那得死多少人,为了那几十个土匪值得吗?石头,这些你想过吗?

石光荣低下头,似乎被说到了痛处,全然一副十分无奈的样子。

桔梗接着说道:石头,让俺上山吧,早日替父母报了仇,俺就早一天不做噩梦。

石光荣认真地看了桔梗一眼,说道:可你这个样子,俺不放心呢!

桔梗指着不远处的那些战士,说道:石头哇,你不放心俺,俺心里热乎,知道你心里有俺,可你为了这些战士,你就忍心强攻吗?

石光荣听了,又一次把头低了下头。

桔梗下定了决心,说道:石头你同意俺得去,不同意俺也得去,只要你答应俺进山你把队伍调开就行。

把话说完,桔梗噔噔噔就走开了。

石光荣望着桔梗的背影,眼里边突然就蓄满了泪水。

桔梗回到队伍里,想到自己马上就要上山了,这一去生死难卜,也不知能不能生还,觉得心里边还有一些念想,便央求着王百灵给她记下来。

王百灵犹豫了一下,便望着她说道:桔梗,你这是要我帮你写遗书啊?

桔梗点了点头,说道:我说你写就行了。

桔梗略思片刻,说道:俺要是光荣了,身上这身军装归俺。俺要像一个战士一样穿着军装下辈子还去革命。一套被褥交给医院,让伤员们取暖。俺那个洗脸盆就给石光荣吧,让他行军累了烫烫脚……

王百灵一边听桔梗说着,一边往一张纸上写着。写着写着,双眼里竟噙满了泪水,忍不住抽泣起来。

桔梗抬头望着王百灵,顺手把一绺散乱的头发为她拢上,说道:百灵,你看你,哭啥哭,俺这不是假设吗,又没真死,你再帮俺想想,俺还有啥可交代的。

王百灵放下笔,突然问道:桔梗,咱不去不行吗?

桔梗一拍大腿,继续说道:对了,俺还想起件事来,医院里俺还有一身贴身的衣服,到时候给你穿,你洗个衣服也有个换的。

王百灵听了,就再也忍不住了,一下子抱住桔梗,一边流着泪水,一边说道:姐,俺不让你去二龙山,你不能去。

桔梗拍着王百灵的后背,笑着说道:傻妹子,俺这不是说的都是万一的话吗?你咋当真了?放心,就是俺有啥意外,也得把刘老炮身上的肉咬下一块来,不能便宜了他……

天色渐渐暗了下来,桔梗准备上山了。此刻,桔梗已经换好了一身便装,石光荣上上下下打量着她,突然想起什么,便把两枚手榴弹递了过去。

桔梗看着手榴弹,问道:俺带这个干啥?

石光荣本是不想把话说明的,想了想,还是说道:你知道啥时候用。

桔梗把手榴弹一下子扔到地上,望着石光荣说道:俺不能带它们,俺要让刘老炮相信俺,只有那样,俺才能再见到你。

桔梗一边这样说着,一边热辣辣地望着石光荣。

石光荣的眼睛湿了,喃喃喊道:妹子——

桔梗突然轻松地一笑,说道:石头,朝俺笑一个,俺不喜欢这样,俺喜欢看你高兴的样子。

石光荣便像一个听话的孩子一样，十分勉强地冲桔梗笑了一下。

桔梗点点头，说道：石头，你好好等俺，俺为了还能看见你，一定平安回来！

石光荣忍着眼里的泪水，使劲点了点头。

桔梗又大大咧咧起来，半开玩笑半认真地说道：石头，俺走了，记着，少看两眼王百灵，人家有文化，看不上你，看了也白看。

说着，桔梗转过身去，就像赴一场约会一样，高高兴兴地便向山里走去了。走了几步，便又听她饶有兴致地哼唱起一首歌来：大姑娘美来，大姑娘浪，大姑娘坐在红营帐……

唱着唱着，桔梗已是泪流满面。

石光荣一直怔怔地望着桔梗消失在那条山路上，这才转过身来，面对着尖刀营已经集合好的队伍喊道：尖刀营，听我命令，后撤十公里。

张连长不放心地问道：营长，万一桔梗有啥好歹咋办？

顿了顿，石光荣突然咬着牙高声说道：要是桔梗有啥好歹，尖刀营听好了，咱们就是拼得一个不剩了也要拿下二龙山，听懂了吗？

众人齐声答道：明白！明白！

石光荣骑在马上挥手喊道：撤！

天色越来越暗了。桔梗手里捻着一根草棍，一边悠闲地哼唱着，一边轻松地向山上走来。走着走着，猛地就见磕巴带着两个士兵从一块石头后面钻了出来，伸手拦住了去路。

磕巴眨着一双眼睛，认出了来人是桔梗，便上前问道：呦嗬，这……这……不是……桔梗姑娘吗？……这……这……要……要去……哪……呀？

桔梗笑了笑，说道：磕巴，不用猜你也知道，俺这是去找刘长山，俺的相好，咋的？

磕巴把枪一摇，笑了：还……还相好呢，你……又……想用……俩手榴弹……和……当……当家的……同归于尽吧？

说着，向一旁的两个士兵使了个眼色：给……给俺搜搜。

那两个士兵听话地走上来，拍了拍桔梗的腰，又拍了拍桔梗的腿。桔梗一把便把两个人推开了，从上到下把自己的身子摸了一个遍，摊开两手问道：看清了，还能藏东西吗？

磕巴说道：你的心里……藏啥了……俺……俺可……看不出来。

桔梗说:俺心里藏啥你是看不出来,俺心里一直藏着刘长山你看出来了?

磕巴说:小……小样……你别……别跟俺……来……来这个……

桔梗抬头说道:俺不跟你啰唆,俺要见刘长山,你对俺好点儿,俺以后要是嫁给你们当家的,俺替你说几句好话。

磕巴又打量了桔梗一眼,笑笑应道:太……太阳……从……从西边出来……来了,那……那……就来吧……

不一会儿,磕巴和那两个士兵持枪把桔梗带到了二龙山山顶的一座山洞里。眨眼间,桔梗看到一群人呼啦一下就围了上来。此时,夜色正浓,几个士兵已经举起了火把,火光照在桔梗的身上,让刘老炮一时感觉到了虚假。

刘老炮望着桔梗,虚虚实实地打量了半晌,一颗心渐渐地就热了起来,可是,守着这么多人,刘老炮又放不开手脚,正这样犹豫着,桔梗却说话了:刘长山,俺今天上山可是奔你来的,你就这么接待俺?

刘老炮上前一步,瞅着桔梗的眼睛,说道:桔梗你别跟俺玩花样,像上次一样……

桔梗哈哈大笑起来,说:刘长山呀刘长山,你在东辽城一带打听起来也算个爷们儿,今天咋的了?咋前怕狼后怕虎的,俺啥也没带。

说完,桔梗张开双臂让刘长山看了又看,说:俺上山前,你手下的几个小弟兄已经把俺搜了,你连个女人都怕,这也太不爷们儿了。

刘老炮冲桔梗一抱拳道:桔梗,俺刘长山佩服你,在俺心里你算得是女中豪杰,俺就稀罕你这样的。有啥话你就说吧,今天二龙山的弟兄们都在这儿呢。

桔梗说:刘长山,俺是奔你来的,想和你说点儿私房话,你弄这么多人让俺咋跟你说。

刘老炮走过来,绕着桔梗转了一圈又转了一圈,不信任地看着桔梗。

桔梗说:刘长山,是不是不相信俺,那好,算俺瞎了眼,你要还是个男人现在就派人送俺下山。

刘老炮被桔梗打动了,走到沈少夫面前,小声说道:大哥,你们回吧,俺会会她。

沈少夫很有内容地看了一眼刘老炮,欲言又止。

刘老炮又悄悄说道:她一个赤手空拳的女人,能咋的,放心。

沈少夫听罢,忙冲众人挥手说道:大家都散了吧!

说完,沈少夫率先走出洞去,周围的一些人也陆续离开了,只留下两个举着火把的士兵不近不远地站在那里。

这时,刘二突然颠儿颠儿地走过来,冲刘老炮咬着耳朵提醒道:叔哇,俺看这娘儿们来者不善。

刘老炮大声地训斥道:滚犊子!

刘二讨了个没趣,转身逃也似的跑出了山洞。

除了那两支火把的燃烧声,洞里边一下子安静下来。刘老炮看了一眼桔梗,桔梗也看了一眼刘老炮,四目相对了片刻,刘老炮用手指了指周围,说道:都走了,桔梗你有啥话就说吧!

桔梗望着刘老炮,一边转动着身子,一边不紧不慢地说道:刘长山,俺以前是没把你当回事,从关外到关里,你还把俺爹俺娘烧死了,俺是恨过你。

刘老炮辩白道:你爹你娘不是俺烧的,是刘二他们干的。

桔梗说:先不说是谁烧的,俺以前不把你当回事,是因为俺心里有石光荣,你也是蘑菇屯长大的,嫁鸡随鸡,嫁狗随狗,这是女人应该做的事,俺从王佐县城出来投奔石光荣,一心想嫁给他,可他不娶俺,俺桔梗是用热脸贴人家的冷屁股,俺桔梗差啥了,遭人这么不待见……

说到这里,桔梗竟说到了自己的伤心处,就抽抽嗒嗒地哭了起来,双手捂着一张脸,泪水却止不住地从指缝流了出来。

刘老炮心动了。桔梗这么一哭,让他的心里一时也觉得十分难过。

但是,紧接着,刘老炮抬头问道:桔梗,那你上次在东辽城还要对俺下手,那是咋回事?

桔梗抽抽搭搭地说道:还不是为了石光荣,俺怕他瞧不起俺,想把你灭了,让他看看,结果他把俺关到一个小房子里让俺反省,还骂俺。

说到这里,竟又委屈地哭了起来。

刘老炮的心里受不了了,他一边搓着手,一边开始踱开了步子,一副不知如何是好的样子,说道:桔梗呀,这洞里凉,咱就别站在这儿说了,走,到俺屋去,咱们好好唠唠……

刘老炮一直把桔梗带到了他的草棚里,忙又点了一盏油灯,搬了一把凳子,让桔梗坐在那里。

那一盏老油灯忽明忽暗地燃着,桔梗坐在那里禁不住还在一抽一搭地直掉眼泪。刘老炮一下子显得无所适从起来,一边在一旁不停地搓着两手,一边挖空心思地安慰着:桔梗啊咱不哭了,过去那一段咱就把它忘了,没啥了不起的。自从那年冬天,你从冰窟窿里救了俺娘,你就长在了俺刘长山的心里,当初去王佐跟日本人干,俺也是为了你,为了让你能看上俺,谁知你越走离俺越远,俺这心都没个缝了,你今天能上山找俺,俺看出来了,你心里有俺，俺刘长山也是有血有性的人，你这么对俺，俺还有啥说的。

桔梗抬起一张泪脸道：嫁汉嫁汉，穿衣吃饭，俺以前一心想嫁给那个石光荣，现在俺想通了，只要有个男人对俺好，对俺有情有义，俺就嫁给他。

刘老炮一拍大腿道：桔梗呀，你算是找对人了，俺刘长山这么多年念着你，想着你，俺是感动老天爷了，桔梗俺刘长山娶你，俺听你的，你说咋整就咋整。

桔梗说：刘长山，你真的娶俺？

刘老炮说：桔梗啊，只要你一句话，你让俺干啥都行，俺刘长山混到今天不管是好是坏，可都是为了你桔梗呀。

桔梗说：那好，刘长山你听着，俺桔梗也算是良家妇女吧？

刘老炮说：那当然！

桔梗假意地想了想，断然说道：俺让你明媒正娶俺，不想让人小瞧了俺。

刘老炮侧头问道：咋个娶法？

桔梗说：蘑菇屯俺没了亲人，但还有认识俺的邻居乡亲，蘑菇屯是养过俺的地方，俺希望你从蘑菇屯里把俺光明正大地接出来，也算桔梗堂堂正正地做了一回女人。

刘老炮点点头，一边琢磨着，一边说道：桔梗你说得都对，这些俺都懂，但这事怕有些难度。

你是想的山外有队伍是不是？桔梗直截了当地问道。

刘老炮突然不说话了，一双眼睛怔怔地看着桔梗。

桔梗起身说道：上山时，那些队伍都开走了，他们拿二龙山没有办法，你要不信可以派人去山外看一看。

刘老炮犹豫了一下，接着说道：没有队伍，还有新政府的工作队哪！

桔梗点点头，说道：俺也想过了，工作队那几个人，几杆枪根本不是你刘长山的对手，俺结一次婚，也不想闹得鸡飞狗跳的，后天一晌，俺在蘑菇屯村口等你，你接上俺就走，他们就是发现了，也来不及了。

刘老炮沉默了片刻，终于点头说道：桔梗啊，看来你想得还挺周到。

桔梗接着又将了刘老炮一军，说道：刘长山，在俺心里你也算是一个生死不怕的汉子，这点儿小事还能难倒你？

桔梗的一席话，让刘老炮的一股热血涌了上来，慨然说道：俺怕啥，俺啥也不怕，俺刘长山要明媒正娶你。

桔梗终于放心地舒了一口气，说道：有你这句话，俺心里就妥帖了，那咱们就说好了，后天一晌，俺在蘑菇屯村头路口等你。

桔梗说到这里站起身来。

桔梗,这深更半夜的,你想干啥去?刘老炮吃惊地看着桔梗问道。

桔梗说道:俺把话说完了,这就下山。

这时候下山?

桔梗说:俺能上来,就能下去。只要你们的人不为难俺。

刘老炮望着桔梗犹豫起来,一时不知应还是不应。

桔梗看出了刘老炮的心思,说道:刘长山,你是不是不信任俺,俺是良家妇女,这在山上过夜算咋回事?要是那样,俺的话就算白说了,俺桔梗已经在你面前了,任杀任剐随你了。

刘老炮讪笑着说道:桔梗你误会了,俺刘长山不是那个意思。

桔梗走到刘老炮面前,媚笑着说道:那就送俺下山!

刘老炮恋恋不舍地望着桔梗,突然冲门外喊道:来人!

话音落下,呼啦啦就进来几个人。桔梗一时还没反应过来,刘老炮接着又喊了一嗓子:走,跟我送桔梗下山。

说着,几个人一起出了刘老炮的草棚子,全副武装地一直把桔梗送到山路上,又往前走了一程,便来到了一个山垭口,桔梗便停了下来,说道:再往前走就出山了,你们回去吧。

刘老炮仍不放心地说道:也好,桔梗,你路上要小心。

桔梗回头说道:那就后天一晌,俺在村头路口等你。

刘老炮忙应道:放心,俺会准时下山。

桔梗自顾自就往山下去了,走了一段,刘老炮突然对刘二说道:去,你带磕巴跟上,看有没有啥猫腻!

刘二心领神会,说道:明白。

说着,拉着磕巴几个人,猫腰悄悄地跟在桔梗后面,就往山下走去了……

自从桔梗上山之后,石光荣带着队伍撤退到了十公里之外的地方,但出于对桔梗的安全考虑,随时做好策应的准备,不长时间后,石光荣又带着尖刀营返回到了二龙山山脚下,潜伏在山下的草丛里,反复叮嘱道:没我的命令,任何人不许擅自行动。

此刻,夜已经很深了,伏在身边的小德子有些沉不住气了,小声问道:营长,咋还没动静,桔梗不会有啥意外吧?

石光荣虽然心里边也是十分焦急,但还是耐住了性子,轻轻拍了拍小德子,说道:再等等。

说着,借着暗淡的星光,石光荣从怀里掏出怀表看了一眼,接着又说道:要是再有一个小时还不见桔梗下来,就跟我往上冲,多大的代价俺石光荣也认了！

另一边的小伍子听了，悄悄凑过来，担心地问道：营长，你这么做是不是得跟师长报告一声啊？

石光荣低声说道：尖刀营这次是独立行动，我有权力处理突发事件……

正这样说着，突然听到一阵脚步声远远地从山上传了下来，几个人又认真听了一会儿，小伍子便从那脚步声里听出了什么，抑制不住内心的高兴，小声说道：营长，是桔梗。

说完就要起身迎去，却被石光荣一把拉住了，悄悄说道：看看后面有没有尾巴，要不然，桔梗这山算是白上了。

几个人一动不动地便又潜伏下来。眼瞅着桔梗在他们面前走了过去，与此同时，发现在桔梗身后不远的地方，刘二和磕巴正神不知鬼不觉地尾随过来，及至来到了几个人的近处，停下了脚步，又向桔梗远去的方向张望了一会儿，这才听得刘二朝身边的磕巴说道：咱回去吧！

说着，两个人转身就朝山上跑去了。

第二天上午，在石光荣的住处，桔梗把山上的情况一五一十向石光荣说了一遍，石光荣不由得一阵激动，一边搓着两手，一边说道：桔梗，这事要是成了，你说俺得咋谢你呀。

桔梗说道：你别口头把式，要是成了，你就娶俺，行不？

石光荣一下子为难了，说道：你咋又提这事，你一提这事俺心里就闹心巴啦的。

桔梗说：你娶王百灵就不闹心了，别以为俺不知道，俺回蘑菇屯你都干啥了。

石光荣认真说道：俺是喜欢王百灵，是想娶她，这事师长、政委都知道，我光明正大。

桔梗望着石光荣，一下子红了眼圈，说：石头，你真是块石头，俺桔梗咋就焐不热你？！

石光荣望一眼桔梗，真心说道：妹子，我打第一眼见王百灵，就喜欢她那样的。

桔梗听了，忍不住跺了一下脚，着急地说道：石头啊石头，你咋就油盐不进呢，王百灵她有啥好的，不就是比俺多读过几年书，说话像鸟叫似的，她咋就迷了你的心窍？

石光荣有点儿心乱了，忙说道：妹子，咱不说这个了行不？等抓到刘老炮，拿下二龙山，俺给你请功，让你立大功。

桔梗望着石光荣，突然也就闭住嘴巴不说了，眼睛里却一下子布满了泪水。

刘老炮把桔梗这次上山的事情说给了沈少夫。沈少夫听了，思虑了良久，说道：我是担心他们有埋伏，所以，还是不要轻举妄动，一旦中了他们的埋伏，那可就一切都晚了，那些人狡猾得很。

刘老炮一听这话，心里万分着急，看了一眼身边的谷参谋长和潘副官，最后把目光落到沈少夫的脸上，说道：大哥，你咋就不相信桔梗呢，昨晚俺一直把她送到山下，没发现有埋伏，今天一大早，俺又派人去山下看了，一个人也没有。

沈少夫转头说道：这山口没埋伏不等于山外没有，要是他们在山外埋伏，咱们去再多的人马也没用。

刘老炮一副欲火难耐的样子，急煎煎说道：大哥，俺说啥好呢，这不行那不行的，俺这次要把桔梗错过了，会后悔一辈子的。

谷参谋长笑了一下，说道：没想到长山兄还是个情种，可敬可敬。

刘老炮望着谷参谋长，像是一下子找到了知音般地说：谷兄，你是不知道，俺刘长山从小到大这心里没装下过别人，也就是俺爹俺娘，剩下的也就是桔梗这丫头了，俺做梦她都在俺脸前飘呀飘呀的，俺也不想没出息，可她就偏偏落到俺心里了，你们说咋整？

一直默不作声的潘副官见状，小心地插了一句：刘副参谋长说得对，人为情生，鸟为食亡。

刘老炮走过来，拍了拍潘副官的肩膀，叹息道：还是潘老弟了解俺。

沈少夫背着一双手在那里踱着步子，心里边一时拿不定主意，便问道：看来，俺要是不同意的话，你也要下山了？

刘老炮听出沈少夫缓和下来，忙就凑了上去，笑道：看大哥说的，就是桔梗骗俺，俺也要让她骗，俺这心呢，真是不到黄河它就不死了。

潘副官见状，忙上前一步说道：要不我陪刘兄走一趟，为了你的情。

刘老炮摆摆手，十分豪情地说道：这倒不用，我带着几个弟兄就够了，你们在山上就等着喝俺的喜酒吧。

不！沈少夫却一下子制止道，你不能去！

刘老炮刚刚提上来的情绪，一下子又落了下去，眨着眼睛问道：大哥，这不行，那不行的，为啥呀？

沈少夫老谋深算，狡黠地望了刘老炮一眼，便如此这般地交代道：咱们给他来个偷梁换柱……

这天早晨，在二龙山山口处，前去蘑菇屯迎亲的队伍已经安排妥当了。

一个穿便装的新郎官骑在扎着一朵大红花的高头大马上，正有些得意地笑着，在他的身边，簇拥着几个同样身穿便装化装成轿夫的士兵。他们正抬着一顶轿子兴致勃勃地准备往山下走。

刘老炮一个个望了一遍，骑在马上说道：俺就在这儿等你们，要是接到新娘子，提前派人告诉俺一声，俺打马去接，听明白了？

一伙人接二连三地答道：明白了。

刘老炮挥挥手说道：出发吧！

望着迎亲的队伍走出了山口，刘老炮和刘二几个人便在身边的一块石头上坐了下来，一旁的潘副官还在朝远处张望，看上去，他脸上的表情凝固着，目光里却透出一丝不易察觉的焦虑。

沈芍药这时手拿一朵野花向刘老炮走了过来，一边走着，一边痴痴地笑着，咕嘟道：新郎结婚……

说着，把那朵野花别在了刘老炮的衣服上，左瞅瞅右看看，拍手叫道：好看，真好看！

刘老炮望着沈芍药，知道这傻子心里头什么事情都明白着，不禁叹了口气，心情复杂地说道：妹子，上山吧，这里不是你待的地方。

沈芍药说：长山，我要结婚。

刘老炮不由得惊了一下，接着便回头冲刘二说道：二小子，把芍药送回去。

刘二闻声过来，拉起沈芍药就往山上去，沈芍药一边不情愿地回头望着刘老炮，一边痴笑道：长山，结婚，好看……

刘老炮的心一下就软了，旋即，眼睛里就闪出了泪光。一边叹了口气，一边抬头冲走过来的潘副官说道：俺刘长山这辈子最对不住的人就是芍药了。

迎亲的队伍在往山下走去的时候，石光荣早已带着一个排的人潜伏在山外路旁的树丛里了。此刻，桔梗显得十分焦急，目光不停地向远处张望着。

石光荣心里终是没底，忍不住问桔梗：你真有把握？

桔梗望着石光荣，话里有话说道：俺信不过你石头，刘老炮俺心里还是有底的。

石光荣歪着头，眨着眼睛冲桔梗问道：桔梗你啥意思？

桔梗想要石光荣明白明白，便斜了他一眼，说道：俺没啥意思，俺的意思就是一个土匪对俺的心都是真的，有的人就是块石头。

提起这件事情，石光荣不觉就有些烦恼，不愿过多纠缠，便说道：你看你看,你又来了……

正这样说着,远远地就见山路那边,一队人马踢踢踏踏地走了过来,一步一步渐渐走进了石光荣安排下的伏击圈里。石光荣眼见着机会终于来到了,嗖的一声掏出枪来,桔梗的手里握着一枚手榴弹,小德子几个人也立即做好了出击的准备。

时机到了,石光荣起身挥起一枪,命中了走在最前头的一个小匪,一队人立时惊呆在那里,还没待完全反应过来,石光荣紧接着跃出来大叫道:都别动!

桔梗顾不得许多,瞄准“刘老炮”直奔而去,还没等骑在马上的那个“刘老炮”把怀里的手榴弹取出来,桔梗已经一个跃起,用手里的那枚手榴弹砸在了他的头上。“刘老炮”扑通一声摔在马下,桔梗扑上来将他死死按住了,一眼看去,这才意识到上当了,惊呼道:石头,是假的。

石光荣忙走过来,看了“刘老炮”一眼,气愤地踢了一脚,问道:刘老炮呢?

不知道。“刘老炮”走到末路仍十分强硬,说道,要杀就杀,要剐就剐。

一边这样说着,又要伸手去掏怀里的手榴弹,被小伍子一眼发现,紧紧按住,把他怀里藏着的几枚手榴弹缴获了。

桔梗用手榴弹敲着“刘老炮”的头,继续问道:别装蒜,刘老炮现在在哪?

石光荣和桔梗都没想到,那人竟是嘴硬得厉害,恶狠狠地望了桔梗一眼,一字一句说道:天下最毒妇人心,俺大哥看上你是瞎了眼了。

石光荣见这样问下去也是没个结果,挥手朝小德子说道:带回去!

这边石光荣带着队伍,一边押着前来迎亲的一班人回营,那边的刘老炮已经像一只热锅上的蚂蚁一样了。在二龙山山脚下的山口处,刘老炮在地上走来走去,急不可耐地踱了大半天步子了。刘二和另外的一些人蹲在地上,一个个都是一副有气无力的样子。

潘副官见刘老炮实在有些沉不住气了,上前问道:刘兄,要不我去山外看看?

刘老炮瞟了他一眼,不耐烦地说道:俺都说一百八十遍了,没用,看了也没用。他们就是接来,也得一步步走来不是?

潘副官摇了摇头,接着叹息一声,又抬头朝山口外望了过去。

刘二等得也有些不耐烦了,起身走过来说道:叔哇,这都过去两个时辰了,要回来也该回来了,俺看你还是死了这份心吧,那几个兄弟一定是肉包子打狗有去无回了。

刘老炮心烦了,很不高兴地望了他一眼,骂道:闭上你的臭嘴,没人把你当哑巴。

磕巴见刘老炮情绪不好,想讨一回好,便转头冲刘二说道:连……连长,当家的……闹……闹心,你……你就少……说……两……两句吧。

刘二想不明白,这个大当家的为什么竟对一个桔梗这样痴心和痴情,一下也觉得闹心,便猛地一下别过头去,不作声了。

潘副官看看刘二,又看看刘老炮,终于忍不住,一边牵过马缰绳,一边跳上马去,匆匆说道:不行,我还是去看看吧!

说完,打马就要走去。却见刘老炮一下把枪掏出来,枪口猛地对着他。

潘副官,你想干啥?刘老炮冷冷地说道,在迎亲队伍没回来前,谁也不能离开这儿。

刘二和另外的几个人见状,也一下从地上跳起来,把枪指向了潘副官。潘副官仍骑在马上,看到几支黑洞洞的枪口,不觉淡淡地笑了笑,说道:怎么都冲我来了,我也是好心,想出去看看。

刘老炮说道:兄弟,不是俺刘长山不信任你,连桔梗都要俺,俺这个世界上谁也不会相信了。

滚刀肉接着说道:潘副官,这支队伍里,就你是后来的,人心隔肚皮,谁知道你出去要干啥,你要是给共军通风报信,咋办?

潘副官听到这里,便从马上翻身跳下来,连连说道:好,好,你们既然不相信我,那我就陪你们,哪儿也不去。

刘老炮这才和刘二几个人把枪收了。

就这样默默地又等了很久,直到天近黄昏的时候,刘老炮见刘二几个人垂头丧气地坐在那里,只有潘副官一个人没事似的倚在一棵树上闭目养神,终于长长叹了一口气,猛地跺了一下脚,绝望地说道:没想到桔梗又要了俺一回,俺记下了。走!

几个人便离开山口,随着刘老炮往山上走去了。

石光荣带人把下山迎亲的一班人押回到尖刀营,关在了一间房子里,又叮嘱了两个哨兵看紧了,便反身回到了住处,在那里没完没了地转来转去。

桔梗坐在子弹箱上,一边看着石光荣在那里转着身子,一边烦躁不安地嚷道:你别跟驴似的转圈了,转得俺头晕。

石光荣的火气腾地一下就上来了,说:你不是说刘老炮一定能下山吗?现在倒好,打草惊蛇了,这下好了。

桔梗心里头也堵着一口气,狠狠瞪了石光荣一眼,说道:刘老炮不下来,你冲俺发火有啥用,有本事你上山把刘老炮抓下来。

你以为我不敢是不是？石光荣说道，今天晚上我就要组织一支队伍攻上山去。

你以为这二龙山是那么好攻的？桔梗说道，你不怕死你就去，我还不管了。

桔梗的心里窝着一股火没地方去撒，石光荣又是这样一种态度对她，她不由得生起他的气来，这样一边说着，一边撒开两腿噔噔噔地走出房门。

石光荣回身踢了一脚身边的子弹箱，吼道：俺还不信了，它二龙山有啥了不起?!

那一脚踢得很重，让石光荣禁不住龇牙咧嘴地蹲到了地上。

在对二龙山的问题上，石光荣一时不知如何是好，想不出接下来该做什么，如何才能在尽短的时间内把二龙山攻克了，便想集思广益征求一下大家的意见。队伍集合好之后，石光荣环顾了一下大家，扯开嗓门动员道：师长、政委命令我们尖刀营剿灭这股残敌，几天过去了，我们尖刀营连二龙山的毛都没有摸到，尖刀营的脸都让我们丢尽了啊，你们说，我们该怎么办？

话音未落，没想到战士们竟齐声呐喊道：攻上山去，攻山，我们要攻山。

显然，战士们这一股攻山的劲儿已经憋了许久了。石光荣见士气鼓起来了，看看这个，又望望那个，接着又道：山是要攻的，从山下到山上就一条小路，不适合大部队作战，我们尖刀营又不是傻子，自然不能白白送死，我建议组成一支敢死小分队，趁夜晚摸上山去，打他们个措手不及，就是一次攻不下二龙山，也让沈少夫一伙人吓尿裤子。

张连长站了出来，说道：要上俺们连先上！

二连长也站了出来：我们二连上。

三连长说道：我看你们一连、二连都别争了，攻山还是俺们三连有经验，还是俺们三连上。

石光荣谁说话看谁，三个连长都表了态，他笑了，拍拍手道：你们都别争，也别抢，这山咋攻咋打，俺自有主张。

说着，石光荣望了眼队伍中的小德子，略思片刻，说道：林排长，我命令你在尖刀营里挑选二十个战士，组成敢死队，今天夜里就出发，跟着我攻上山去。

是！

张连长见石光荣这样安排，一下坐不住了，问道：营长，不让我们去我们没意见，但你去不行，你去了这个营谁指挥？

二连长附和道：就是，俺也有意见，尖刀营不能没有营长，谁带队攻山都行，但不能是你营长。

石光荣笑眯眯地望着大伙,问:都说完了,谁还有意见?

三连长说:俺还有!

石光荣说:你说。

三连长看一眼张连长,又望一眼二连长,说道:他们俩的意见就是俺的意见。

石光荣说:完了?

三连长说:完了。

石光荣说:好,说得好,一个营长不管队伍,一心想打仗,不用你们说,俺也有意见。既然这样,那俺就不去了,这个敢死队就由一排长林孝德指挥。大家谁还有意见?!

三个连长相互看看,都摇了摇头。

石光荣这下满意了,望着众人说道:成立敢死队可是民主的意见,别跟俺石光荣说民主,没意见了那么就解散。

人们呼啦啦四散开了,又呼啦啦把小德子围上了,纷纷争抢着报名参加敢死队。

石光荣命令小德子带领敢死队,趁夜深人静时开始行动。可是,一回到住处,却被小伍子死死看住了。石光荣又开始踱步子了,石光荣走到哪里,小伍子跟在哪里。猛然间,石光荣一个转身,向小伍子喝道:你是尾巴呀,俺去哪儿你跟哪儿?!

小伍子明白他心里想什么,认真说道:俺知道,你想上山。张连长跟俺交代了,你去哪儿俺去哪儿,就是今夜不能让你上山。

石光荣嚷道:俺在这儿待着不是好好的吗?上啥山了,去去去。

小伍子躲开了,站在一旁,两眼瞅着石光荣,执着地说道:你轰俺也不走,今晚俺跟定你了。

石光荣想了想,抬头说道:伍子,俺有点儿心烦,那你去门口站一会儿总行吧,你在门口看着,俺也跑不了。

小伍子望了石光荣一眼,点头说道:那行!

说完,就走到了门口。石光荣见小伍子暂时离开了,一边在心里琢磨着,一边开始翻找着什么,最后从一个炮弹箱子里取出一条绳子,忙不迭地又转身把它在门口系成了一条绊马索,做完这些,反身朝门外大喊道:伍子,伍子——

石光荣的喊声有些急迫,小伍子闻声闯进来,不料想,扑通一下就被那绳子绊倒在了门口。石光荣就势扑上去,三下两下把小伍子捆了起来。小伍子见势不妙,忙喊道:营长,你干啥?来人——

刚一张口,一块东西便塞进了小伍子的嘴里。这一下,小伍子彻底没辙了。紧接着,石光荣又把小伍子抱到床上,一把拉开被子将他盖上,一边笑着一边说道:伍子,对不住了,谁让你不跟俺穿一条裤子?!

小伍子干瞪着眼望着石光荣,嘴里边呜呜噜噜着,却说不出一句明白话来。

石光荣干净彻底地做完这一切,从弹药箱里抓起几枚手榴弹塞到了怀里,提起马刀走到门口,回头冲小伍子说道:伍子,你是个好警卫员,俺石光荣心里有数,但俺还是得把你捆起来,等俺拿下二龙山,再跟你道歉。

说完,转身便隐没在沉沉夜色里了。

白天里发生的事情,让刘老炮无论如何都想不开了,觉得这件事情发生得又有些微妙,便垂头丧气地找到了沈少夫,想让他帮着把心里的这道闷儿解开。

沈少夫望着刘老炮,半天说道:兄弟,这叫吃一堑长一智,从今天起你对那个女人死心了吧?!

刘老炮眼里含着泪水,心里终究有些不舍,便叹口气说道:大哥,俺心不甘呢,桔梗在俺心里都长了十多年了。

沈少夫不由自主哼了一声,说道:兄弟,咱们是男人,这叫无毒不丈夫,你们跟着我在二龙山坚守,等收复失地,你们都算有功之臣,官升三级不说,什么老婆太太的,整个东辽城的女人随你们挑。

刘老炮想了想,又想了想,望着沈少夫,终于快刀斩乱麻地说道:大哥,啥也不说了,自己的扣自己解吧! 大哥,以后俺听你的,你说咋的就咋的!

沈少夫淡淡地笑了笑,片刻,冲谷参谋长说道:今夜派出一个排到山口去伏击共军,共军今天没捞到实惠,我想,他们肯定要来偷袭。

谷参谋长应道:我这就去安排,配备上最强的火力。

俺和你一起去安排,安排几个枪法好的。刘老炮接过话来,恶狠狠地说道,我要出出这口恶气。

一旁的潘副官听了,眼神里不禁透出了焦急之色,一颗心一下提到了嗓子眼里……

没过多大会儿,事情就发生了。刘二、滚刀肉和磕巴三个人把潘副官从外边押进洞里来的时候,沈少夫正坐在一旁的一把椅子上打盹儿。预感到今夜会有情况,他就再也不能安心睡下了,一边坐在这里养精蓄锐,一边等待着外边的消息。

几个人吆喝着把潘副官押进洞里时,沈少夫起先还以为是逮着了个共军俘虏，借着头顶上那盏马灯散发出来的昏黄的光线，睁开蒙眬的眼睛又认真看了一眼，一下看清了是潘副官，不觉倒抽了一口凉气。正要问明原因，刘二走上前来，一边把潘副官的枪放到沈少夫面前，一边说道：司令，潘副官要往山下跑，被俺们抓了回来，俺叔让俺们给你带回来了。

磕巴接着说道：司……司令，这……这……这小子蹽……蹽得可快了，差……差点儿让他……他跑了。

沈少夫欠了欠身，盯着潘副官问道：你要下山，去哪儿呀？

潘副官望着沈少夫，镇定地说道：司令，我没想下山，我想去帮他们去阻击共军，不知阵地在哪儿，也就跑过了。

滚刀肉抢过话来说道：司令，他撒谎，俺喊他三声，他装着没听见，还往前蹽，俺要是不带人上去把他摁住，他就蹽了。

沈少夫满腹狐疑地看着潘副官。

潘副官接着说道：司令，他们喊我，我真的没听见，我没打过仗，太紧张了。

刘二走过来，在潘副官身前身后转着圈子，罢了，冲沈少夫说道：司令，你看这潘副官人模狗样的，说不定是共军的奸细，一定是想去给共军通风报信。

沈少夫没有接话，片刻，却冲刘二问道：队伍安排得怎么样了？

刘二忙汇报道：俺叔和谷参谋长都在山下盯着呢，只要共军敢上来，够他们喝一壶的。

滚刀肉眨巴着两眼，望了一下潘副官，转头问道：司令，这小子咋弄？

沈少夫起身走过来，抬眼望着潘副官说道：潘副官，不管你安的什么心，现在得委屈你一下，仗不打完你不能到处乱走。

说着，便冲刘二几个人一挥手，说道：带下去，看好了。

潘副官被滚刀肉和磕巴抓住膀子往外推搡着，回过头来，对沈少夫说道：司令，你们怀疑我，我没啥好说的，我听你们安排。

沈少夫望着潘副官的背影，不禁皱起了眉头。

此时，小德子带着十几个敢死队队员正从山脚下往二龙山上摸过去，就在这时，石光荣悄悄追了上来。小德子不觉一惊，问道：营长，你咋来了？

石光荣反问道：德子，俺是不是尖刀营的人？

小德子蒙住了，说道：营长你说啥呢，俺咋听不明白？

石光荣说道：是尖刀营的就有权利参加敢死队是吧，俺现在就要参加敢死队，归你林排长指挥。

小德子一下子犯难了，说道：营长你这是，这是整啥呢！

石光荣制止道：别废话了，一会儿敌人发现咱们就泡汤了，快，攻山吧！

小德子想了想，说道：营长，那你得听俺指挥。

你现在是指挥员，当然听你的。石光荣保证道。

小德子说：那你在最后，俺们打起来你做掩护就行了。

石光荣笑了笑，说：行！就这么的，说好了！

与此同时，潜伏在二龙山山崖上的敌人，正密切注视着上山的道路，已经严阵以待做好了狙击的准备。刘老炮仍不放心，走过来冲两个狙击手叮嘱道：一会儿共军一冒头，把你们打兔子的本事拿出来，见一个灭一个，听到没有？

一个狙击手说道：当家的，你就把心放到肚子里吧。

另一个狙击手说：当家的，这里没兔子，要是有咱们弄一个烤了吃。

刘老炮听了，不觉笑出声来……

敢死队的人继续往山上摸过去。可是，刚刚越过山路旁的一块巨石，突然啪的一声，从山崖上传来了一声枪响，还没待反应过来，走在最前面的一个战士，一头扑在了地上。

枪声划破了寂静的夜空。石光荣不觉叫了一声：不好，有埋伏！

话音还没落下，四面的枪声便噼噼啪啪炒豆般地响了起来。敢死队员们就地还击，但是，仍有几个战士，接二连三地倒了下去。

石光荣躲在一块石头后面，朝山上张望着，猛然发现敌人在三面悬崖上都已安排下了火力点，此时此刻正朝这边不停地扫射着，抬手打了两枪，便冲小德子喊道：德子，快让队伍撤，我掩护！

小德子不从，忙喊道：营长，你带人先撤，俺来掩护！

小德子一边喊着，一边朝山上还击着。

石光荣着急了，吼道：快撤，不然就来不及了，撤！

队伍朝山下撤退了下去，但敢死队的战士仍然不断地倒在了敌人的枪口之下。

山崖上的刘老炮兴奋了。一边朝山路上射击着，一边张狂地喊道：给俺削，削死一个少一个。削哇，快他妈削！

说着，又是一阵密集的子弹铺天盖地从山崖上扫射过来。

石光荣带着小德子和两个战士一直退到了二龙山的山口，这才终于停了下来。石光荣一边大口大口地喘着气，一边问小德子：咱敢死队的人呢？

小德子难过地说道：营长，人都在这儿了。

石光荣听了，心里头呼啦一下子，两眼里就含满了泪水。紧接着，一手提着枪，扑通一声就跪下去了，冲着二龙山狼一样地号叫道：弟兄们，俺石光荣对不住你们，这个仇俺一定替你们报。

回到尖刀营时，天亮了。石光荣失魂落魄地走进门里，噹啷一声扔了马刀，直勾勾地走到小伍子身旁，把他身上的绳子解下来，张口说道：伍子，把俺绑了！

伍子站起来，眼里边一下也含满了泪水，说道：营长，俺知道咱们败了，你要干啥？

石光荣望着小伍子，把两只胳膊背在身后，失声大喊道：绑了！快绑！

不大工夫，石光荣便被小伍子五花大绑地带到了独立师部。王营长正跟师长、政委汇报工作，见石光荣这样进来，一下子跳起来大叫道：石光荣你这是咋的了，咋弄成这样了？

石光荣无心理会他，抬眼冲胡师长和政委说道：师长、政委，俺石光荣没完成任务，俺有罪。

胡师长见石光荣被绳索捆绑着，不觉愣怔了一下，问道：石光荣，到底发生了什么事，你这是干什么？

这一问不打紧，石光荣听了，禁不住痛哭失声。

小伍子见石光荣已经说不出话来了，便接了胡师长的话，回答道：报告师长、政委，昨天夜里，俺们营长带着敢死队去攻山，遇到了埋伏，敢死队就回来两个人，营长让俺把他绑了来见你们！

张政委听了，望着石光荣说道：胡闹，快松开！

小伍子忙着去给石光荣松绑，石光荣却躲开了，倔强地说道：俺不松绑，师长你下令把俺毙了吧！

胡师长说道：石光荣，我命令你松开！

石光荣便低下头去，小伍子见机上来把石光荣身上的绳子解开了。

王营长上前拍拍石光荣的肩膀，说道：石营长，你别上火，不就是二龙山吗，不就是那几个残兵吗！

石光荣不作声。

接着，王营长又冲胡师长和张政委说道：师长、政委，剿那几个小匪的任务交给俺们三营吧，俺保证三天内把二龙山踏平。

石光荣听了，突然声嘶力竭地大喊道：姓王的，你吹大牛——

几个人都被石光荣的这声喊叫惊住了。接着，石光荣把怒气一下子撒在了王营长的身上，气冲冲地说道：姓王的，你以为尖刀营是吃干饭的呀，俺们不行，你就行啊，你三营比俺尖刀营多个啥呀？！

胡师长见石光荣这样发疯，一掌拍在桌上，说道：别吵了，耳朵都被你石光荣吵聋了,你们尖刀营和三营都说自己行,看来攻打二龙山的确有些难度,要不这么办,政委你看怎么样,让尖刀营和三营联合攻打二龙山,谁先把红旗插到二龙山上,我们就给谁记大功。

两个人听胡师长这样一说,陡地一下就有了精神,站定在那里,异口同声答道:行!

正在这时,一个参谋手里捧着一份电报走了进来,报告道:师长、政委,纵队急电。

胡师长抬头说道:念。

参谋答道:纵队命令我们,集合队伍今夜出发入关参战!

几个人听了,不觉面面相觑起来。

胡师长即刻命令道:通知队伍,整装待发!

石光荣心里头还在着急着二龙山的事情,禁不住抬头问道:师长,那二龙山呢?

胡师长望着石光荣,反问道:是入关参战重要还是那几个小匪重要?

石光荣一下便不作声了。

胡师长朝石光荣和王营长摆了一下头,问道:还不快通知队伍?

两个人听了,啪地一个立正,答道:是!

第十五章

潘副官最终还是被绑在二龙山山顶的一棵树上。现在只是对他有所怀疑,若想得到证实,不给他来个下马威,看来还是不行的。于是,就把他绑了。

刘二、滚刀肉和磕巴几个人现在正围着潘副官吆五喝六地审讯着。刘二的手里举着一挂马鞭,横眉怒目的样子,有些让人害怕。

走到潘副官面前,刘二抖了抖那挂马鞭,凶巴巴地问道:姓潘的,这二龙山上就你水深,说吧,你到底是不是共军的卧底?

刘二一边这样问着,一边挥鞭在半空里抽了一个响儿。

潘副官满脸无辜地望了他一眼,又环顾了一遍围在他身边的那些人。

见潘副官没有回答,滚刀肉接过刘二的话,一边逼视着,一边喝道:潘副官,看你平时老实巴交的,你咋干这事呢?告诉你,要不是看在在王佐县城你帮过我们,老子一枪就崩了你。

说完,把手里的枪挥了挥。

潘副官说道:兄弟们,该说的我都说了,信不信由你们。

说完,一双眼睛便闭上了。

磕巴见状,三步两步走上去,托起潘副官的下巴,继续要挟道:你……你可可想好……好了,你……你死……死猪不……不怕开水烫也没用,到时……看……看不收拾你。

沈少夫、刘老炮和谷参谋长远远地看着这一切。半晌,沈少夫不紧不慢地冲刘老炮问道:这人,你能说清楚吗?

刘老炮朝远处的山顶望过去,把目光拉回来,落在沈少夫脸上,想了想,有些含糊地说道:这人给鬼子当翻译时对俺们这些兄弟还算不错,替俺们在日本人面前说了不少好话,他是个读书人,脑袋瓜子里装的东西和俺们不一样,平时蔫不唧的,不知琢磨的是啥。

沈少夫起身踱起了步子,不时地将目光望着被绑在山顶上的潘副官,问道:咱们这二龙山上,多个内奸少个内奸会有什么结果?

谷参谋长听了，凑到沈少夫跟前，说道：我看这个姓潘的是害怕了，他是想离开二龙山。

刘老炮接茬说道：大哥，老谷说的有道理，那个姓潘的没啥尿水，你看他那样，枪都用不明白，退一万步讲，他就是共军的人，他也翻不起啥浪来。

就这样你一句我一句地猜测着，就见一个士兵跑了过来，报告了一条消息：共军走了。

共军走了？沈少夫有些狐疑地望着来人，不由得问道。

士兵忙答道：参谋长让我们侦察排的人去城里摸底，昨天晚上驻扎在东辽城的共军一夜之间就走空了。

一旁的刘老炮听了，忍不住大笑起来：哈哈，大哥，俺说啥来着，共军是兔子尾巴长不了，果然让俺说中了吧，他们是白嘚瑟。

谷参谋长不动声色地冲来人挥了一下手，说：下去吧。

见那士兵闻令跑了下去，谷参谋长踱到沈少夫身边，说道：司令，共军这次走不是败，我想，他们应该有一次军事行动。

刘老炮插进话来，说道：不管咋的，他们也是土豆搬家滚球了，他们走了，东辽城一带的天下可是咱们的了，以后咱们想咋就咋，老子在二龙山上一跺脚也能让它东辽城晃三晃。

沈少夫一边听刘老炮这样说着，一边又朝山顶上望去，思忖片刻，突然说道：把他放了吧，他要真是共军，就给他点天灯，不是也别冤枉人家。

刘老炮见沈少夫这样说，马上又附和着说道：大哥这就对了，俺觉得潘副官这人也不会有啥大事。

沈少夫一挥手，刘老炮也便明白了什么，一步一步向着山顶的方向走了过去。快到潘副官面前时，冲刘二喊道：快，把潘副官放了！

刘二眨巴着眼睛，余兴未尽地说道：叔，俺正审着呢，估计再有一个时辰他就扛不住了。

刘老炮听了，骂道：你们几个嘴巴吃屎了，话都不会说了，潘副官是咱们的兄弟，快放了。

当家的，那就真放了？

滚刀肉说着，望着刘老炮犹豫了一下，被刘老炮踢了一脚，刘老炮断喝道：还不麻溜的？！

滚刀肉忙走上前去，解开了潘副官身上绑着的绳子。

接着，刘老炮回头又冲刘二说道：二小子，你带人去东辽城弄点儿好酒好肉，咱们给潘副官压压惊。

刘二说道：叔，东辽城都是共军，咋去呀？

刘老炮摆摆手说道：你说的是老皇历了，昨天晚上城里的共军都蹽了。

当……当家的，这是真的？磕巴紧忙凑过来问道。

不真还假呀，让你们去你们就麻溜地去。刘老炮说道，俺要在二龙山摆酒庆祝。

刘二听了，立时兴奋起来，冲手下几个弟兄喊道：那咱们就到东辽城走一趟。

潘副官睁开眼睛看着刘老炮，刘老炮便走过来，有些歉意地说道：兄弟，大人不记小人过，那几个小崽子不懂事，冒犯你了，别往心里去。

潘副官一笑，说道：你是大哥，当初我可是奔着你来的，不管在日本人那儿，还是到了国军，我可就是为了混口饭吃。

这时候，沈芍药不知怎么也跑到山顶上来了，一直走到刘老炮身边，望着潘副官突然说了一句话：好人，他是好人。

刘老炮禁不住有些惊喜，忙拉着沈芍药的手问道：芍药，你好了？

不想，沈芍药朝他痴痴地一笑，就像没听到似的，一步一步又朝别处走去了。望着沈芍药的背影，刘老炮接着又长长地叹了一口气。

这一天，独立师入关来到了河北境内，正在一处山坳里休息。一个侦察兵突然从远处跑了过来，报告道：师长、政委，后山发现了大批国军。

哦？胡师长从面前的一张地图上抬起头来，问道，知道是什么部队吗？

侦察兵摇了摇头，说道：还不清楚，从着装上看，像是河北的地方武装。

胡师长接着伏下身来，一边查看着地图，一边自语道：这个地方武装怎么从这儿冒出来了？

张政委看着胡师长，谨慎地说道：纵队交给我们师的任务是插到敌人的后方，地方武装来捣乱，师长，依据纵队命令，咱们不该和他们纠缠。

胡师长抬头说道：咱们不找地方武装的麻烦，可他们要找咱们的麻烦，看来，这一仗不打，还真过不去这一关呢！

说到这里，转头喊道：小李子，快去通知各营长到我这儿来集合。

张政委忙问道：老胡，咱们要和他们决战？

不！不是决战，是阻击。胡师长若有所思道，掩护大部队转移！

说话间，独立师的几个营长已经跑步来到了跟前。胡师长朝几个人望了一眼，说道：纵队命令我们入关，是插入敌后，不和地方武装纠缠，现在河北地方武装发现我部入关，前来捣乱，为了让大部队尽快脱身，我们要留下一个营阻击敌人。

说到这里，胡师长思忖道：最少要坚持两天一夜。

石光荣一听这话，立马抖擞了精神说道：师长、政委，这任务你跟俺石光荣一个人说就行了，没必要召集这么多人来开会。

王营长见石光荣又要打头炮出风头了，腾地一下蹿上来，火气十足地说道：石光荣你说啥呢，咱师又不是只有你一个尖刀营，你别目中无人。

没想到，王营长的一句话，一下子把几个营长的情绪都带动起来了。

二营长说道：还有我们二营。

四营长说道：还有我们四营。

其他几个营长还想再说，胡师长突然摆了摆手，说道：都不用争了，我和政委已经研究了，这次阻击任务就交给尖刀营了。

石光荣这下高兴了，说：咋样？俺说准了吧！

王营长不高兴了，说：师长，俺三营有意见！

张政委瞪了王营长一眼，说道：现在部队马上要转移，有意见留在以后说。

王营长心里头仍是有些不满，嘴里嘀咕道：俺就要说，凭啥一有事就想着尖刀营，你们这是偏心吧！

石光荣得了便宜卖乖，瞟一眼王营长，说道：老王，这是师长、政委照顾你们三营，你忘了，打虎山一战，你们三营都拼光了，现在你们三营是满编了，可你别忘了，百分之八十都是新兵，这么大个事，师长、政委能把这任务交给你们三营吗？

说着，又冲胡师长和张政委问道：师长、政委，俺说得没错吧！

王营长瞪着得逞的石光荣，心有不甘，但又没有别的办法。

顿了顿，胡师长望着石光荣叮嘱道：你们尖刀营进入阻击阵地，记住，两天一夜，一定要让大部队彻底脱身。

石光荣挺起胸脯，底气十足地说道：保证完成任务，完不成任务提人头见你。

事不宜迟，张政委看着另外几个营长，挥手说道：就这样决定，其余各营马上出发，甩开敌人。

石光荣很快回到了尖刀营，把这个消息告诉给了战士们，战士们听到这个消息，一时间群情激昂，七嘴八舌地就议论开了这一仗该如何布阵如何打。直到带领着战士们占领有利地形，进入到阻击阵地后，石光荣站在集合好的队伍面前，再次重申道：咱们尖刀营这一次的任务是阻击来犯的敌人，时间要求两天一夜，目的就是让大部队甩开敌人。后天这个时候以军号为令，各排各连撤出阵地，集合地点是后山的三块大石头，就是咱们营刚刚休息过的地方。大家听明白没有？

战士们异口同声地答道:明白!

小德子说道:营长,俺们都明白了,啥也别说了,两天一夜,俺们排就是剩下一个人,也会以号声为令,撤出阵地,号不响人就在。

石光荣点了一下头,又冲站在队尾的司号员叮嘱道:司号员,听俺的命令再吹号。

放心吧营长!司号员朝石光荣笑了笑,说道,俺不会乱吹号的。

石光荣一挥手,说道:好,各连各排,进入阵地。

战士们闻令而动,立即进入到各自的作战位置。

一排阵地上,小德子正带着战士们忙着修筑掩体,见石光荣带着小伍子走了过来,忙直起腰来问道:营长,你咋来了,是不是对俺一排不放心呢?

石光荣看了小德子一眼,接着往阵地前方望去,郑重说道:德子,你们排是全营最前沿阵地,打起来,你们这儿一定最吃紧,敌人所有的火力都会往你们这里招呼,你可得挺住了。

小德子笑了笑,说道:营长,你瞧好吧,能为别的阵地多挡几颗子弹,这是俺一排的光荣。

石光荣点点头,拍了拍小德子的肩膀道:别忘了听号声。

小德子回道:放心吧营长,没有号声,俺们一排就是剩下鬼魂也不会撤出阵地的。

石光荣用力在小德子的肩上捏了一下,便带着小伍子离开了。

望着石光荣的背影,小德子突然想说什么,不由得喊道:营长……

石光荣听到小德子喊他,回了一下头。

小德子想了想,终于欲言又止,朝石光荣笑了笑,说道:算了,等打完仗再说吧!

石光荣怎么也不会想到,小德子的这一笑,竟成了两个人的永别。

果然,敌人开始发动进攻了。眨眼间,一批批敌人就像一道又一道的黑浪,往阵地这边席卷而来。一直等到敌人进入到最佳阻击圈之后,石光荣猛地朝阵地上大喊一声:打!

刹那间,枪炮声连成一片,彼此之间便分不清楚了。在这枪声与炮声之间,不时有双方战士倒在了血泊里。

石光荣伏在阵地上,一面挥枪射击着,一面密切注视着阵地左右的战况。为了确保他的安全,小伍子寸步不离地守在他的身边,司号员紧紧握着那把军号,随时等待他发出每一道命令。

一阵激战之后,小伍子突然靠过来,拉了拉石光荣的衣襟,劝说道:营长,你下去歇会儿吧!

石光荣猛地把小伍子的手甩开了,嚷道:伍子,你又捣乱,让俺去哪儿呀,到山下当逃兵呀?

小伍子摇摇头,受了委屈一样嘟囔道:你又这样,又这样。

石光荣吼道:少啰唆,伍子,跟俺一起打!

说完,奋力甩出一颗手榴弹,眼瞅着那颗手榴弹在敌群中轰然炸响了。

一排的阵地上,此时此刻,也正打得一片胶着。小德子的怀里抱着一挺机枪,他一面疯狂地冲拥上来的敌群不停地扫射着,一面不住地叫喊着。

一个个敌人在阻击之下倒了下去,但是,我方战士为此也付出了惨重的代价。正你来我去打得难分难解,小德子扭头看到一班长从一侧跌跌撞撞跑了过来,喊道:排长,我们伤员太多了,敌人火力太猛……

不时飞来的枪炮声震耳欲聋,小德子听不见,一面躲避着飞来的子弹,一面侧过耳朵大声地嚷道:你说啥,大声点儿!

一班长几乎吼叫一般地说道:伤亡太多了。

小德子抱着机枪瞅了一眼左右,看到有几个战士已经一动不动地趴在战壕里,心里明白他们已经牺牲在这里了,再也不能生还了。于是,小德子冲一班长喊道:伤亡多少都得打,咱们多打出一颗子弹,营长那面就少点儿压力,知道不?!

知道了排长!一班长一边这样应道,一边就立即奔回到了自己的作战位置上。

石光荣在望远镜里远远地望见一排阵地上火光冲天,杀声一片,伤亡又是如此惨重,情急之下,冲小伍子喊道:伍子,叫三排长带人去一排阵地右侧突击一下,一排快坚持不住了。

小伍子应声跑去。

这当口,一排战士们已经打光了子弹,眼见着大兵压境,迫不得已之下,小德子一声大喊,挥着大刀率先冲出战壕,带领战士与冲杀上来的敌人展开了白刃战。但是,敌人仍是源源不断地从前面拥上来,刀起刀落,小德子疯了一般地一边大叫着,一边举刀砍去,不断有敌人倒在了刀下,也不断有战士倒在敌人的枪口之下。战况之惨烈前所未有。

小德子已经杀红了眼睛,砍杀到最后,已经没有了半点儿气力,无奈之下,一下扯开衣襟,露出腰间的一排手榴弹,声嘶力竭地大喊一声:奶奶的,俺林孝德和你们同归于尽。

就在小德子正要拉开弹弦的一刹那,三排长带着队伍从侧面冲了上来,片刻工夫又把敌人压制下去。小德子不由得一阵兴奋,弯腰拾起大刀,接着便一边喊叫着,一边向敌人冲了过去……

黑沉沉的夜色不知不觉弥漫开来。不知从哪时起,阵地上的枪声终于停歇了下来。在一片难得的安静里,石光荣站在一棵被炮火摧残的树下向四周望去,刚才还在厮杀的几块山头阵地上,到处有战火燃烧着,如同一片绝望的废墟一般。

小伍子和司号员紧靠在他的身旁。

石光荣突然想到什么,转头急促地问道:伍子,一排阵地还在吧?!

营长,还在。小伍子接着又说道,三排上去时,他们就剩下十来个人了。

石光荣不由得一声叹息,喃喃自语道:德子,俺知道你们一排会成为炮灰,你们排不成炮灰,也会有别的排去守你们的阵地。

顿了顿,小伍子请战道:要不俺去一排阵地,多一个人就多一份力量。

石光荣望着小伍子摇了摇头,说:去再多也没用,你没看敌人的炮弹有一半都落在一排阵地上了吗?

那,要不让一排撤下来。司号员插话说道。

胡话,他们一排撤下来,剩下的几个阵地还能顶住吗?石光荣说着,眼睛里隐隐约约就有了两点泪光。

默默地望着远处的一排阵地,三个人一下就沉默下来。

此刻,守在一排阵地上的小德子,已经组织了几名战士,把牺牲的烈士集中在了一起。看着二十几具聚拢在一起的烈士遗体,小德子眼含热泪,说道:一排的人,都在这儿了。

一班长在一旁听了,声音低沉着报告道:排长,咱们全排现在只剩六个人了。

胡说,一排的人都在,我们是三十二个人,我们还在一起!小德子一边说着,一边疲惫不堪地坐了下来,一双眼睛望着面前倒着的二十几具遗体,禁不住心如刀绞。剩下的几名战士突然跪在了烈士身前,低声啜泣起来。

小德子望着那几名啜泣着的战士,缓缓说道:你们都别哭,俺答应过营长,就是一排全都不在了,剩下的鬼魂也要等撤退的军号。

那几个战士听到小德子这样说,一个一个接着又站起了身子。

等天一亮,咱们就算坚持到半天一夜了,再有一个白天,咱们的任务就完成了。小德子计算着时间,继续说道。

一班长犹豫了一会儿,望着小德子说道:排长,就怕咱们坚持不到那个时候了。

坚持不到也得坚持,这是咱们的任务。小德子坚定地说道:把武器弹药收拢在一起,只要还有一口气,就要把手榴弹扔出去。

这一夜好难熬。

但,这一夜却又很快过去了。

新的一天,是在敌人的炮击之下开始的。天色微明的时候,敌人的又一轮进攻开始了。几块阵地同时遭到了敌人的轰炸,眨间眼,狼烟四起,喊杀声和枪炮声又搅成了一团。

在一片枪林弹雨中,敌我双方胶着地战在一起,一时间,阵地上血光四溅,血流成河。石光荣手挥马刀与敌人拼杀着,小伍子仍是寸步不离石光荣的左右,司号员身背军号,紧握着上了刺刀的步枪也参加了战斗。

仍有炮弹从远处飞来,落在阵地之上,轰然爆炸开来。就在这时,一发炮弹突然在司号员身边炸响了。硝烟过后,小伍子猛然睁开眼睛,这才发现司号员已经被刚才的这发炮弹炸飞了。小伍子禁不住哭咧咧地大叫起来:司号员,司号员。

抬眼望去,那把军号却挂在了不远处的一棵断树上,军号上还系着半块红绸子在迎风飘荡着,可是,那把军号却已被炸成了半截。小伍子奔过去,从那棵断树上匆忙摘下军号,接着,一屁股坐在地上大哭起来:司号员牺牲了,咋吹号哇……

战到现在,一排阵地上只剩下小德子和一班长两个人了。战斗已到了最后的紧要关头,两个人都已经做好了牺牲的准备。小德子一边数着身边的手榴弹,一边侧头问道:一班长,你那儿还有几枚了?

一班长说道:排长,俺这儿还有五枚。

小德子说:俺这儿还有六枚。

一班长说:排长,敌人再攻一轮,咱们真得用鬼魂和他们干了。

小德子突然笑了,露出一口白牙,说道:就是剩下魂咱也得把任务完成。

就在两个人说话的当口,一班长抬头望着阵地前方,大叫道:排长,敌人来了!

小德子咬牙说道:来了就干,咱俩不是还活着吗?

说着,小德子紧紧瞄准了最为密集的一群敌人,拉开弹弦,狠狠地甩了过去。

小德子心里清楚,争取了时间就是争取了胜利,为了保存有限的弹药和实力,他一面和一班长左右呼应着,一面让手中的武器弹药发挥最有效的作用,经过一番艰苦卓绝的坚守,再次打退了敌人的新一轮进攻。可是,正当战斗即将进行到间歇状态时,突然飞来的一颗子弹,猛然射穿了一班长的头颅,一班长应声倒在了前沿阵地上。

一班长牺牲了,此刻,他就大睁着眼睛躺在小德子的身边。小德子一边呼唤着,一边紧紧抱住他,伸手帮他合上了眼睛。而后拿起最后一颗手榴弹,缓缓站起身来,抬头望着灰蒙蒙的天空,喃喃自语着:营长,该吹号了吧?!

可是,那边阵地上的石光荣哪里能听得到小德子的声音呢?他一面把那把半截子军号从小伍子的手里接过来,一面禁不住泪水横流。之后,掏出怀表瞅了一眼,命令道:伍子,大声地喊,让部队撤,咱们的任务完成了。

小伍子闻令,一边在阵地上奔跑着,一边扯开嘶哑的嗓子高喊道:尖刀营的撤退了,撤退了!

大部队很快撤出了阵地,枪声渐渐平息下来。

小德子却并没有听到小伍子的喊声。

阵地上的硝烟在慢慢散去,小德子无力地歪倒在了战壕里,一边死死地握着那枚手榴弹,一边喃喃地呼唤道:营长,你咋还没吹号呢?

说完,便昏了过去。

不知过去了多久,几个敌人端枪踏上了一排阵地。一个士兵发现了倒在那里的小德子,小心地蹲下身子摸了摸鼻息,突然朝一旁喊道:连长,这儿有一个,还有气。

只听得一旁回道:抬回去领赏。

说着,走过来两个士兵,七手八脚抬起小德子,便向远处走去了。

晚霞如血染了一般布满了大半个天空。

尖刀营战后余生的战士们,终于在一道山坡下的三块大石头旁集合了。石光荣整理好队伍,开始一一地清点起了人数。小伍子走过来,心思沉重地说道:营长,你不用数了,现在加上你尖刀营还剩三十人。

石光荣挥手制止道:再等等,别急!

接着,石光荣走到东倒西歪的战士们身旁,问着:看到一排的人了吗?

石光荣一路问下去,可是,他看到每个人都表情肃穆,一面望着他,一面摇着头。石光荣禁不住向小伍子问道:伍子,一排的人没听到军号,他们肯定还没撤下来,你跟俺回去一趟,俺要去一排阵地看看。

小伍子不放心地说道:营长,俺去吧,你在这儿等着。

不!石光荣坚决地说道,俺要亲眼看到。

石光荣转头便向张连长嘱咐道:天黑前,俺要还不回来,你带人先走,不要管俺。

说完,带着小伍子立即返回到一排阵地……

天说黑就黑了下来,石光荣站在阵地上一面和小伍子呼喊着小德子,一面茫然无措地四处寻找着。

小德子,林孝德……

可是,听不到回答。

就在这时,小伍子突然发现了放在弹坑里的战士尸体,惊叫道:营长,一排都在这儿呢!

石光荣闻声赶了过来,站弹坑旁,一时间惊呆了,喃喃自语道:石光荣来晚了……

说着,石光荣眼望着战士们的尸体,扑通一声跪了下来,双眼里流下了翻涌的泪水。

小伍子走近了,开始一个一个地辨认起来,最后,缓缓抬起头来,不无绝望地说道:营长,这里没有林排长。

石光荣慢慢站起来,有所期望地望着远处说道:也许他去了集合地点,伍子,咱们走吧!

昏迷中的小德子,最后被十几个敌人抬到了一处山坳里。就在他们坐下来点燃一堆篝火小憩的时候,小德子躺在地上醒了过来。这时,就听一个士兵问道:连长,咱们抓这个俘虏,能领到赏钱吧?

紧接着,一个声音传过来:团座不是说了吗,抓到一个活的赏大洋五块。

小德子偷眼看到那十几个人正围在篝火前一边说着话儿一边忙着烤吃的东西,说到这里,一个士兵竟扭过头来朝小德子这面望了一眼,说道:也不知道这家伙还能不能活过来了。

见那士兵朝这边张望,小德子紧忙便把眼睛闭上了。

片刻,见敌人的注意力已不在自己这边,小德子悄悄爬起来,一头钻进了一旁的树林里。

小德子最终又回到了一排的阵地上。可是,却阴差阳错地和石光荣错过了会面的时间。小德子失魂落魄地坐在了弹坑旁,禁不住悲从中来,一边涕泪交流地望着弹坑里的战友尸体,一面说道:俺被敌人抓去了,没找到营长,他们撤了,俺林孝德成了俘虏,可俺又跑回来了。

哭过了一场,小德子突然又站起身来,望着黑漆漆的远处,说道:现在俺开始点名,张小雨、赵大猛、田元子、刘大来、赵发财……

大地无言。夜空无言。夜空里,有几粒星光闪烁着,就像是眨动着的烈士们的眼睛一般。

大部队终于在河北境内的一个村庄外面集结在了一起。当石光荣衣衫不整地带着尖刀营三十几个战士满脸疲惫、神情沮丧地站在胡师长和张政委面前向他们报告时,两个人竟一时愣怔了半晌。

胡师长和张政委站在那里,一眼一眼望着面前站立着的尖刀营每一个战士,好大一会儿,又好大一会儿,嗓子眼就像被什么东西堵住了一样,一句话也说不出来了。

两个人的眼圈同时红了。

石光荣在等着他们做指示。

胡师长又扫视了一眼面前的队伍,声音突然哽咽了:尖刀营的,你们圆满完成了任务,我代表全师感谢你们!

说着,胡师长和张政委两个人缓缓举起了右手。

部队安顿下来之后,胡师长和张政委立即命令队伍抓紧休息,以便养精蓄锐,保存实力,执行新的任务。

一日无话。

到了这天夜里,石光荣躺在床上翻来覆去睡不着觉,一合上眼睛,脑子里就会浮现出小德子和一排那些战士的影子。再后来,好歹睡着了,却又睡在了一个噩梦里,不由得在梦里大喊道:一排长,小德子,你们撤下来了吗?快撤,快撤……

石光荣的喊叫声,惊醒了睡在一旁的小伍子。小伍子迷蒙着一双眼睛把石光荣推醒过来。石光荣忽地坐起身子,心有余悸地问道:伍子,这是在哪儿呀?

小伍子说:营长,咱们和大部队会合了,咱们师都在一起呀!

石光荣又问道:一排,一排呢,他们一个也没撤下来?

一句话,让小伍子声音里带了哭腔,劝道:营长,你都说一夜梦话了,林排长会找到我们的。

石光荣摇摇头,又摇摇头,心痛地说道:一排一个也没出来,都怪俺,俺这个营长没当好,让一排成了炮灰呀……

小伍子一把便搂住了石光荣,说道:营长,别说了,俺心里不好受,咱们尖刀营就剩下一个排的人马了。

石光荣的眼里又流下了泪水,呜咽着说道:伍子,俺想一排的弟兄们啊。

就这样说着说着,两个人竟抱头痛哭起来。

天终于亮了。胡师长和张政委让小李子把石光荣叫到了临时师部。石光荣不知道两个人找他来要说些什么,进屋便一言不发地勾头坐在了那里,一副萎靡不振的样子。

张政委望着石光荣,半天才说道:石营长,尖刀营回来三十人,一排一个也没回来,这责任不在你,你们一个营面对着敌人一个半师的进攻,你们已经很好地完成了组织交给的任务，我和师长研究过了，要给你们尖刀营记大功一次。

石光荣抬起头来，眼里含着泪，片刻说道：给死去的烈士们记多大功俺石光荣都没意见，功给烈士，俺石光荣不要。

胡师长一直在那里踱着步子，听石光荣这样说，便停了下来，转头说道：功是给你们尖刀营的，死的活的全有，尖刀营是个集体。

石光荣站起身来，突然说道：好吧，这功，俺替兄弟们接着。师长、政委，你们给俺两个月时间吧，俺只要两个月，还会带出一支嗷嗷叫的尖刀营。

胡师长和张政委对视了一眼，笑了笑，说道：石光荣，这次不是给你一个营，要交给你一个团。

一个团？石光荣眨巴着眼睛问道：咱师是独立师，以前一直没有团啊！

张政委望着石光荣，说道：纵队命令我们休整一段时间，以前我们师一直没有团的编制，只有六个整编营，这次纵队重新给咱们师编制了一个独立团，外加六个营，一下子扩大了一倍，你说牛不牛？！

石光荣听了，一下兴奋起来，说道：那就太好了，那咱们师会成为整个纵队最牛的师了。

胡师长笑道：所以我和政委研究，准备让你担任咱们师第一任独立团团长。

石光荣立在那里，一时没反应过来，半晌道：让俺当团长？

怎么，你不会嫌团长小吧？胡师长问道。

石光荣摇了摇头，心情沉重地说道：师长、政委，这个团长俺不干，真不干，一排一个人也没出来，尖刀营就剩下三十个人了，整个尖刀营都快报销了，一下子让俺当团长，活着的人怎么看，死去的人又怎么能合上眼？

张政委说道：不是说了吗，你们阻击任务完成得很好。你石光荣不仅没有责任，而是立了大功。

石光荣继续摇着头，态度坚决地说道：那俺也不干，说啥也不干，俺当上团长心会不安的，师长、政委你们的心意俺石光荣领了，俺说过，用两个月时间重新把尖刀营组建起来，尖刀营都没了，俺哪有心思当啥团长，给俺再大的官俺也不干。

胡师长和张政委又对望了一眼，不觉叹了口气，说道：你的意见我们会考虑的，石光荣同志，你请回吧！

石光荣站起身走到门口，又停下脚步，扭过脖子说道：反正俺这个团长肯定不干，俺要重新组建尖刀营。

说完，一蹿一蹿地迈开步子走去了。

回到了住处,石光荣见征调出去的草原青被送了回来,心里头高兴得不轻,一边忙着给草原青喂草料,一边又亲昵地抚着草原青的脖子,说道:伙计,这次撤退你又被后勤征调去了,咱们好几天没在一起了,可真想你呀。

草原青似乎听懂了他的话,两只眼睛温顺地望着他,打了一个响鼻儿。

小伍子正给马梳理鬃毛,听了这话,不由得埋怨道:营长,你看看他们给草原青造的,连毛都梳不开了,下次再有撤退任务,说啥也不借给他们后勤了。

石光荣又对草原青说道:伙计,让你受苦了。小伍子说得对,下次你就跟着俺石光荣,哪儿也不去了。

正这样说了一会子话,桔梗沉着一张脸,风风火火地闯了进来,脚跟还没站稳,就扯着嗓门喊道:石头,王营长当团长的事你知道不知道?

石光荣转头望着桔梗,有些不高兴地问道:你那么大嗓门干啥,别吓着草原青。

跟你说正事呢!桔梗继续说道,他姓王的凭啥当团长,要轮也是你也不应该是他。

石光荣看出来桔梗知道了这件事情,有一肚子的不满,她想为他打抱不平了。

石光荣望了望门外,毫不在乎地说道:咋呼啥,不就是个团长吗?有啥大惊小怪的?

桔梗怒气冲冲地说道:师里这么做就不公平,你不去说,俺去找师长说去。

说完,转过身噔噔噔就往外走。

石光荣见桔梗这一回又要给自己惹乱子了,忙制止道:桔梗,你回来,哪儿都有你……

桔梗就像没听到一样,还是不管不顾地去了。

小伍子抬头问道:营长,王营长真当团长了?

石光荣心里知道小伍子在这件事情上理所当然地也会偏向着他,不耐烦地嚷道:别添乱!

说完,转身就去追桔梗了。

桔梗非要把这件事情理论清楚,想着还是当面锣对面鼓地弄个明白的好,于是便亲自找到了王营长。

王营长这个时候正在自己的房间试穿一套新军装,他一边上上下下地打量着自己,一边掩饰不住内心的高兴,竟然美滋滋地哼开了小曲。

警卫员小赵站在一旁,笑着说道:俗话说,人是衣裳马是鞍,团长,你这新军装一穿,真不赖,有头有脸的。

王团长高兴起来,春风得意地说道:那是,俺现在是团长了,跟当营长肯定不一样。

正这样美滋滋地得意着,屋门咣的一声被踹开了。

王团长心里一惊,转头看到站到门口的桔梗,问道:桔梗呀,给俺道喜来了?

桔梗一脸怒气地走了过来,单刀直入地望着他说道:姓王的,你说清楚,你这个团长怎么来的?

怎么来的?王团长一脸的疑惑,说道,师里任命,纵队批准的呀,啥怎么来的?

桔梗并不听这些,猛地一把抓住了王团长的衣领,说道:你说,姓王的,你给师长,政委送啥礼了?

你桔梗也学会血口喷人了,俺送啥礼呀,俺又有啥呀,你可别胡说!王团长一边挣脱着,一边说道,俺这团长可是组织任命的。

桔梗不由分说便拽着他的衣领往外走,说道:你别红口白牙的瞎白话,走,找师长、政委说清楚。

一旁的小赵眼见着王团长处在了下风,一下不干了,一步冲了上来,一边使劲掰着桔梗的手,一边嚷道:你松开,这可是团长的新衣服,弄坏了你赔得起吗?

桔梗瞅了小赵一眼,说道:没你的事,一边待着去!

说完,一肘顶在了他的胸脯上,把小赵顶得一下蹲在了地上。

桔梗和王团长一边撕巴着,一边走进了师部,把胡师长和张政委一下看傻了。胡师长见状,张口冲王团长训斥道:你刚当上团长讲究点儿,这和一个女同志拉拉扯扯的是干啥呢?

王团长急赤白脸地辩解道:不是我,是她!

说完,猛地一把甩开了桔梗。

桔梗站在那里,气大声粗地望着胡师长和张政委说道:师长、政委,是俺桔梗把他拉来的,俺有个事整不明白,这团长咋就让他当了?石光荣差哪儿了?你们说他差哪儿了?

胡师长一脑门子官司,想了想,说道:桔梗呀,这话你该问石光荣去,问我和政委没用。

桔梗没反应过来,眨巴着眼睛问道:咋又转了一圈让俺找石光荣呢,你们这是跟俺整迷魂阵?

张政委走过来,忙向她解释道:我和师长找过石光荣,征求过他的意见,他说死不当这个团长,不信你去问他去。

真有这事?桔梗一下睁大了眼睛,说道,石光荣他打阻击,脑子让人给打傻了,那俺就问他去,要是没这事,俺还来找你们。

这样说着,桔梗又头也不回地噔噔噔地离开师部去找石光荣了。

王团长扭着脖子一直目送着桔梗远去了,又好气又好笑地说道:这个桔梗,跟石光荣简直就是一个娘生的。

一句话,把张政委逗笑了。

王团长总算解脱了,内心里却又觉得桔梗在这件事情上做得仗义,便不由得说道:多好的姑娘啊,可那个石光荣就是不要人家,非得整出个妹妹,这石光荣,真是身在福中不知福。

话题扯到石光荣身上,胡师长禁不住深有体会,说道:和石光荣交往,咱都不能按常理出牌,他一准儿给你搅了局。

张政委感慨道:咱们师,咱们纵队,要是多些石光荣这样的指挥员,不愁不打胜仗。

王团长听两个人这样一说,似乎一下意识到了什么,说道:师长、政委,你们俩这一唱一和的,合计俺这个团长是捡漏儿得的呗!

胡师长瞪了王团长一眼,说道:你就别当搅屎棍了,团长让你当了,你就是团长,还废什么话?!

王团长听了,忙挺胸抬头地整理了一下自己,问道:那俺真的就是团长了?!

张政委笑着说道:王团长,你别装傻了,这可是纵队的任命,这还有假呀?

王团长心里踏实了,举起右手向胡师长和张政委敬了个礼,一身抖擞地走了出去……

桔梗到底还是找到了石光荣。

石光荣正在一道山坡上和小伍子一起遛马,看到桔梗虎虎生风地从远处往这边跑,不由得说了声:坏了,又来了!

小伍子不明不白,问道:谁来了?

话音还没落下,桔梗在那边已经喊起来了:石光荣,你给俺下来,你下来。

石光荣从马背上无奈地跳下来,不解地望着一直冲跑过来的桔梗,问道:咋的了?是着火了,还是有狗追你呀?

桔梗叉腰站住了,吼道:石光荣你少跟俺扯,俺问你,是你把团长的职务让给那个姓王的了?

石光荣见桔梗问这个，不禁长吁了一口气道：你问这个呀，这和你没啥关系，你快回医院该干啥干啥吧！

桔梗问道：你凭啥不当团长，让给别人?!

石光荣说：不为啥，俺就是不愿意。

桔梗摇了摇头，说道：石头，别以为俺对你有多好，俺是看不过去，明明那个姓王的不如你，让他当团长俺心里这是不服。

石光荣望着桔梗，心里忽地一热，如实说道：桔梗，谢谢你说了句真话，俺也觉得那个姓王的不如俺，可俺真的对当团长没兴趣。

桔梗走上来，拍了拍石光荣的肩膀，意味深长地说道：石头，你这人好，可就是有点儿缺心眼。

说完，忽地就转身走了。

石光荣直愣愣地望着桔梗，半天没说一句话。小伍子凑过来，眨巴着一双眼睛问道：这桔梗啥意思呀?

石光荣的目光一直望着远去的桔梗，醒悟似的自语道：桔梗这丫头敢说真心话，不错，是俺妹子。

小伍子听了，有些懵懂地摸着脑袋继续问道：营长，你们这是啥意思呀，一个说好，一个说不错，那你咋就不跟她结婚呢?

石光荣回头望着小伍子，笑了笑说道：伍子，你个小毛孩不懂，这是两道菜的事，知道不?

说完，便一手牵过草原青，和小伍子一起一步一步走下了那道山坡。

回到住处后，石光荣正在小院里侍弄着那匹爱马，不大一会儿，王团长竟穿着那套新军装，哼着小曲感觉良好地踏进门来。石光荣觑着眼睛看着王团长走过来，抬手假意地揉了揉眼睛，说道：老王，你这身新军装不错呀，直晃眼。

王团长似乎没有听出弦外之音，下意识地耸耸肩膀，整理了一下领口，又拍了拍上衣口袋，说道：那是，这是纵队后勤部给俺发的，当团长了嘛，得跟以前不一样，老石你说对吧?

对、对，那是指定的。石光荣又觑着眼睛看了王团长一眼，说道，你都是团长了，咋能跟当营长一样呢?

王团长听了，却爬杆上房，不无炫耀地说道：石光荣你这话俺爱听，咱这个团那是啥呀，是叫独立团，全纵队就咱这一份，是咱们师的半壁江山，以后打大仗，一大半的进攻就得靠咱这个团。

石光荣听王团长口气这么大，上上下下地打量了一番王团长，说道：哎呀，真没看出来，俺看你都差不多成了师长了。

王团长谦虚地笑笑，宠辱不惊地说道：石光荣，这话可不能胡说，师长是师长，咱是咱，对吧？

说完，目光就瞄上了草原青，一面把手背过去，一面转着圈子把草原青看了个遍。小伍子一下觉察到了什么，上前靠住草原青，说道：王团长你看啥呀，别看到眼里拔不出来！

王团长不理会小伍子，冲石光荣笑眯眯地说道：老石呀，俺这个独立团是新成立的，没啥家底，就是老三营扩编起来的，二营支援俺两挺歪把子，四营呢，给了俺十五个骨干，五营六营也都有好东西支援俺了，就你们尖刀营最抠，一点儿意思也没表达，你说俺这个团长心里会咋想呢？

石光荣冷笑了一声，说道：你爱咋想就咋想，俺不给你送礼，俺也不巴结你，俺尖刀营现在啥也没有，你能咋的吧。

王团长笑了，又把目光投到草原青身上，说道：要不这么的吧，俺还用那指挥刀换你这匹马咋样，当营长那会儿和你换你不干，现在俺都当团长了，你总该给个面子吧！

小伍子支棱着耳朵听了，一边更加警觉地靠紧了草原青，一边扭头望着石光荣。就听石光荣笑了起来，说道：王团长，你一直惦记俺的草原青，俺知道，你也别这么的那么的跟俺绕圈子，今天咱俩打个赌，要是你赢了，马你牵走；要是你输了，从今以后你就别再打草原青的主意。

王团长说道：好，啥赌，俺今天拼了命也跟你赌一回。

石光荣摇摇头，说：不拼命，拼啥命，整的血赤糊拉的怪吓人的，今天你要是能把这匹草原青骑出去五十米你就算赢了。

真的？王团长一听这话，高兴了，说，这可是你说的，不能反悔。

俺反悔啥，俺石光荣又不是娘儿们。石光荣笑笑说道。

王团长拍拍屁股，说道：那好，咱们说准了。

伍子，把马给他。说完，石光荣给小伍子使了个眼色。

小伍子有些犹豫地把马缰绳递给王团长，可是，递到半路里，竟又把手缩了回来。

石光荣看出了小伍子的担心，豪爽地说道：伍子，给他。

王团长一把从小伍子手里夺过缰绳，一边牵马出了小院，一边说道：石光荣这可是你说的。

哎呀，你就别啰嗦了，上马吧！石光荣摆摆头说道。

王团长看了一眼石光荣，又看了一眼草原青，翻身跨上马背。沿着门口的那条小街嘚嘚嘚地往前走了几步，觉得心里便有了把握，回头冲石光荣不无得意地说道：咋样，咋样，它听俺的！

石光荣说:你再走几步!

走几步就走几步。王团长说完,打马继续往前走,就在这时,石光荣突然把一根手指放到嘴里,猛地打了一声呼哨,草原青心领神会一般地一声啸叫,把身子直立起来,一下就把王团长从马背翻落下来。紧接着,草原青回身向石光荣跑了过来。

那一下把王团长摔得不轻,王团长龇牙咧嘴地坐在地上,捂着一条胳膊直叫唤:这家伙,下手太狠了!

小伍子见状,忙奔过去,一边去扶王团长,一边有些幸灾乐祸地问道:团长,咋的了,是不是摔坏了?

王团长哎哟哎哟地叫道:俺这胳膊,这胳膊动不了了。

石光荣见这一下真摔得厉害,便也走过来,说道:伍子,快扶王团长去医院,让医生给他扎咕扎咕吧!

王团长一边被小伍子从地上搀扶起来往回走,一边痛苦地拧着眉头说道:石光荣,你这是阴谋。

石光荣一边嘿嘿地笑着,一边说道:啥阴谋阳谋的,你不行,差远了,还打草原青的主意,你以为你姓石呀?!

说完,伸出手去,十分爱抚地拍了拍草原青的脖子,说道:老伙计,干得好!

小伍子紧忙把王团长搀到了医院,见了王百灵和桔梗,把事情说了一遍,没想到,却遭到了桔梗的一番奚落:王大团长,这回不嘚瑟了吧!

王团长一边忍着疼痛,一边表情痛苦地说道:桔梗,俺嘚瑟啥了,俺这是让那个石光荣害的。

桔梗抢白道:别拉不出屎怨茅坑,你是没那个本事,草原青也是你骑的?

一句话,把王团长噎在那里,转身走了。

被桔梗噎了一句,王团长一时找不到合适的话说,便对给他包扎胳膊的王百灵说道:你说你们的桔梗咋这样呢,不会说话。

王百灵只是笑着,却并不接话。

王团长忍不住又望一眼王百灵道:王军医,以前俺没这么近认真看过你,俺这一看吧,你还真不错,和桔梗不一样。

王百灵淡淡地问道:哪儿不一样了?

王团长想了想道:你温柔哇,好看,真好看。

王百灵给王团长包扎完胳膊,认真地说道:王团长,你这是骨头受伤了,可不能乱动,在医院里好好歇几天吧!你不好好歇,这骨头长不好。

说完,辫子一甩一甩地就到别的病房里去了。

王团长看着王百灵的背影，禁不住笑了起来，心里想道：这个王百灵，怪不得石光荣喜欢她，哼，你石光荣喜欢，俺也喜欢，不喜欢也喜欢，看你石光荣能咋的！

他要给石光荣提个醒，杀一杀他那一股子邪气。

王团长的伤势，被匆匆赶回来的小伍子告诉给了石光荣。小伍子一边摇头一边说道：营长，王团长不中了！

石光荣怔了一下，忙问道：他咋不中了？

小伍子说道：他的骨头真被草原青摔坏了，俺听桔梗说的。

真的？石光荣着急了，开始转开了圈子，一边转着，一边认真地说道，怎么就这么不禁摔，俺还以为就疼那么一下呢！

小伍子说道：也是寸劲，让他赶上了。

石光荣终于住下了步子，说道：伍子，快去把俺那两盒罐头拿出来。

小伍子问道：干啥呀？

石光荣着急忙慌地说道：我去看看老王。

不大会儿，石光荣手里提着用布包着的两盒罐头，打马来到了医院。找到了王团长的病房，正要一脚跨进来，猛然看到了给王团长送药的王百灵。王百灵把两粒药放在王团长手里，回身又倒了一杯水。石光荣正要给王团长打招呼，却见王团长视而不见地一边把两粒白药片扔到嘴里，一边接过王百灵递过来的那杯水，无限和蔼地说道：王军医，你太辛苦了，回去歇着去吧，俺没事，你这么为俺操劳，俺心里过意不去。

王百灵冲王团长一笑，说道：王团长，看你说的，照顾伤员是医生应该做的。

说着，转过身去，甩着辫子走了出去。

石光荣直了眼睛一直盯着王百灵离去，接着，扭过头来，眨巴着眼睛冲王团长问道：老王，你们这是啥意思呀？

王团长含蓄地笑了笑，问道：咋的了？我们的意思你看出来了？

石光荣上上下下打量着王团长，欲言又止。

王团长接着说道：石光荣，咱们在一起也有十来年了，咋的，不认识了？

石光荣突然镇住脸子，望着王团长说道：姓王的，你咋能干这事呢？

王团长一下把脸子也拉了下来，说道：怎么，许你姓石的干，就不兴俺姓王的干了？

石光荣又眨巴了一下眼睛，说道：俺喜欢王百灵你不知道？

王团长笑了起来，一边笑着，一边说道：她又没嫁给你，又不是你老婆，许你喜欢就不许俺喜欢了，况且，她对俺有意思，孤男寡女的，她有情俺有意，碍你啥事了你说？石光荣俺可不是你，占着锅里的，还看着碗里的。

石光荣听了这话，一下子又急了，扔了手里提着的两盒罐头，上前拉住王团长说道：姓王的，你今天给俺说清楚，俺咋占着锅里看着碗里的了？

石光荣你别跟俺拉拉扯扯的，你放尊重点儿，俺可是团长，俺命令你放手！王团长说着，一脸严肃。

王团长不提这个则罢，一提团长的事情，石光荣禁不住指着他的鼻子气咻咻地说道：姓王的，你这个团长是老子让给你的知道不？你自己还当回事了，你不脸红呀？

这样说着，那只手仍不肯放开。

王团长回道：有啥脸红的，俺这个团长是师里报请纵队批准的，俺现在就是团长，你就是营长。放手，我命令你放手！

石光荣想了想，还是把手放了下来，说道：嘿呀姓王的，一当官你咋就变呢，还跟俺抢女人，俺早知道你是这种人，俺就不让给你这个团长了。

听石光荣这么对他讲话，王团长心里头很不服气，便不高兴地回道：姓石的，你别说让不让的，说啥都没用，俺现在就是团长，你还是个营长，你咋的吧。

桔梗听见两人吵了起来，忙跑过来看看这个望望那个，一下子没搞明白两个人到底在争执什么，问道：你们俩咋吵起来了？

石光荣把桔梗拨拉到一边，仍冲着王团长气冲冲地说道：姓王的，你等着，俺现在就找师长去，让他下令撸了你这个团长，看你咋嘚瑟？！

王团长赌气地说道：你去，去吧，不去你就不姓石！

石光荣瞪了王团长一眼，回身便把门踢开了，正一脚门里一脚门外地往外走，突然想起什么，三脚两步走回来，捡起扔在地上的那两盒罐头，嘟囔道：俺给马吃也不给你吃。

王团长朝那两盒罐头瞥了一眼，气哼哼地说道：拿走，俺不稀罕。

石光荣一走，桔梗忙上前问道：王团长你们俩这是咋的了？

王团长一时不知该从哪里说起，望着桔梗问道：他石光荣不是个东西，全师人都知道桔梗你是石光荣老婆对吧？

桔梗拼命地点着头，说：王团长，你说得太对了！

王团长接着又说道：虽然你们没结婚，可大家都知道，他又去喜欢人家王军医，俺就看不过去，俺也喜欢王百灵，我要气气他，看他能咋样？

桔梗听了，不由得一阵惊喜，问道：王团长，你真喜欢王百灵？

王团长哼了一声，说道：不蒸馒头俺要争口气，俺就是喜欢，气死他！

桔梗一下子激动起来了，一拍大腿说道：王团长，太好了，你现在是团长，肯定比石光荣有竞争力，王百灵这头俺替你说，争取让你们早日结婚。

说着，又举起手来拍了一下王团长的肩膀，把个王团长弄得倒吸了一口气，龇牙咧嘴地哎哟起来。桔梗却管不了那么多了，眨眼的工夫，一蹦三尺高地就跑得没影了。

石光荣从医院里走出来，真的就来到了师部，抬头看到胡师长和张政委，二话不说，咣的一声把两盒罐头砸在炮弹箱上，气哼哼说道：俺要变卦了！

胡师长和张政委抬起头来，不解地看着他。

石光荣，你这一惊一乍的咋了？胡师长问道。

石光荣说：俺想当团长，你们下令把那姓王的撤了！

张政委走过来，接着问道：他当团长是纵队任命的，又不是儿戏，咋能说撤就撤了呢，咋的了？

石光荣说道：姓王的自从当上了团长，穿上了新衣服，你看把他嘚瑟的，想要俺的马，把胳膊摔坏了，去了医院，他又喜欢人家王军医。师长、政委，你们抓紧把他撤了吧，再这样下去指不定出啥事呢！

胡师长一听这话，笑了起来，说：石光荣，人家要你马，你不给不就得了。他喜欢王军医，这是人家的自由哇，你着啥急？

石光荣一口气噎在那里，说道：他这……这……他知道俺喜欢王军医，他也非得喜欢，这不是跟俺唱对手戏吗？

张政委拍了拍石光荣的肩膀，说道：石光荣你别身在福中不知福，桔梗对你多好，你咋就不动心思呢？我看你抓紧和桔梗把婚结了，啥事都理顺了。

石光荣一听这话，又急了，起身说道：师长、政委，俺早就跟组织汇报过，桔梗是俺妹子，不是老婆，你们怎么还没整明白呢？你们要再这样瞎点鸳鸯谱，俺石光荣真跟你们急了。

胡师长摇了摇头，说道：石光荣你这叫贪心不足蛇吞象，桔梗哪点对你不好，你就看不上人家。石光荣你要是真娶了桔梗，你天天该烧高香庆祝，你真是身在福中不知福。

这福俺不要，谁有福谁娶去，谁娶了桔梗也是俺妹夫。石光荣说到这里，突然气呼呼地抬高了嗓门，说可是他姓王的喜欢王军医就不中！

说完，带着一股怒气转身走了。

胡师长望着石光荣无奈地摇着头，说道：看到了吗，这个石光荣，浑劲又上来了！

张政委叹了口气，说道：这个石光荣哪儿都好，就是这个浑劲让人受不了!

这天晚上,桔梗躺在床上,翻来覆去想着白天里发生的事情,怎么都睡不踏实,索性便睁着眼睛在那里想心事。

王百灵躺在对面的床上,正就着油灯翻看一本医学书。桔梗瞅了她一眼,突然起身下地,坐在她的床边,一下又夺下王百灵看着的那本书,问道:妹子,你跟俺说句实话,石光荣和王团长他们俩,你对谁更有意思?

王百灵怔怔地望着她,忽地一下又把书抢过来,没好气地说道:我对谁也没意思!

桔梗纠缠道:如果他们俩非得让你挑一个呢?

王百灵把目光从书本上挪开,一下变得不耐烦了,说道:你挑吧,都给你,我可没那闲心!

桔梗仍不罢休,骨碌碌转动着眼珠子,片刻,又问道:妹子,你对石光荣真没意思?

王百灵望一眼桔梗,赌气一般地说道:你以为我是你呢,告诉你桔梗,石光荣在你眼里是个宝,在我眼里呀他啥也不是,知道了?

一句话把桔梗噎了个跟头。可是,桔梗听王百灵这样说石光荣,一下就不高兴了,说道:王百灵,你不许这么说俺家石头。

王百灵没有吱声,又自顾自地翻动起那本书来。

桔梗望着王百灵,突然笑了,说道:妹子,俺以后得学学你,让男人也喜欢俺。

王百灵把目光集中在那本书上,就像压根没听到她说话一样。

桔梗满足地回到自己床上,终于安心地睡去了……

第二天上午,桔梗仍对石光荣不放心,便又找上门去。桔梗一边悄无声息地走进来,一边学着王百灵的样子,细声细气地叫道:石营长同志,桔梗来了!

石光荣正在小院里喂马,抬眼看到桔梗一扭一扭地向他走过来,不觉浑身一紧,张口便冲桔梗嚷道:桔梗,你好好说话走路行不,整啥呢?

桔梗一面生硬地微笑着,一面依旧细声细气地说道:俺要变成王百灵那样的女人,你喜欢不?

石光荣不禁皱了下眉头,转身走进屋去,咣的一声把门关上了。

桔梗见石光荣这样不待见她,一面拍着屋门,一面依旧学着王百灵的样子喊道:石光荣,你开开门,俺有话对你说。

石光荣隔着屋门扔过来一句:桔梗你把自己整正常了,再和俺说话。

桔梗弄了个没趣,鼻子里哼了一声,一脚踢在屋门上,接着便大大咧咧地转身往院外走去。走了几步,忽然又想起了什么,便又迈开了细碎的小步。

从石光荣的住处走出来,桔梗想了想,紧接着又向病房走来了。推开王团长病房的屋门,见王团长正倚在床上,用一只手握着枪在那里瞄来瞄去,便朝他微笑了一下,学着王百灵的样子走过来,说道:王团长,你看俺这样好不好?

王团长不解地望了她一眼,见桔梗紧忙又扭动着腰肢在他面前走了几步,忙放下枪,捂住眼睛问道:桔梗,你吃啥不对劲了?

王团长一句话提醒了桔梗,桔梗立时就恢复了常态,说道:王团长说啥呢?你也这么说俺?

王团长把一只手放下来,说道:这才是你桔梗嘛,干吗要那样?

桔梗噘着嘴说道:人家这样你们男人不喜欢,王百灵那样的你们都喜欢。

王团长问道:谁说俺喜欢王百灵了?

桔梗说道:昨天你还说喜欢王百灵,咋又变卦了?

王团长突然就想起了什么,一边笑着,一边连连说道:对,对,俺是喜欢她,你告诉石光荣去,俺过两天敲锣打鼓娶王百灵,看他能咋的!

桔梗想了想,又问道:你娶王百灵俺同意,可要是王百灵不同意呢?

王团长说:那你就帮俺去做工作,一直做到她同意不就结了?

桔梗认真地看了一眼王团长,说道:俺看你王团长这人不错,俺帮你,只要你能娶王百灵,让石头断了念想,俺干啥都行。

王团长笑了起来,说道:他石光荣不是个儿,跟俺比差远了。

桔梗虽然对石光荣在王百灵的事情上有看法,但从内心里还在袒护着他,便说道:王团长,咱不许说别的,就说娶王百灵的事中不?别的话俺听着来气!

王团长认真地看一眼桔梗,说道:桔梗啊,你对石光荣太好了,好得让人流口水呀,这时候了,你还这么偏向他。

桔梗说道:俺不偏向他,还能偏向你呀?!

王团长不得不承认这一点,忙点着头说道:是,俺知道,你是和石光荣穿一条裤子的。

桔梗一笑道:你知道了就好!

桔梗心里头着急,接着便又找到了王百灵,把王团长心里的想法告诉了她。桔梗望着王百灵,拉着她的手,直来直去地问道:妹子,俺还要问你,王团长娶你,你答应不?

王百灵被问了个愣怔,猛地甩开桔梗,问道:桔梗你有毛病啊?

桔梗却一下子认真起来,说道:王团长刚才亲口说的,他要娶你。

王百灵一边背起药箱往外走,一边说道:那就是他有毛病。

说完,头也不回地走出门去。

桔梗望着王百灵的背影,摸了摸自己的脑袋,竟然百思不得其解,便自言自语道:王团长你都不嫁,你才有毛病呢!

他们越是这样,桔梗越是想要把这件事情弄个明白,便心生一计,再次找到了石光荣。石光荣那时正在村口的一片空地上,和张连长几个人在给一群准备参军入伍的青年人作面试。

就在这时,桔梗火上房样地跑了过来,一把拉起石光荣说道:你还稳坐钓鱼台呢,出大事了!

石光荣问道:你别一惊一乍的,出啥大事了?

桔梗四下里瞅瞅,便把石光荣拉到一边,郑重其事地说道:告诉你,你可不许哭哇……

石光荣望着桔梗说道:啥时候俺石光荣哭过,有事就说,有屁就放,别磨磨叽叽的。

桔梗还在卖关子:那俺说了,你可要挺住哇……

石光荣跺了一下脚,说道:你快说吧,急死人了。

桔梗便说道:王团长要和王百灵结婚了!

啥?谁说的?石光荣一下把眼睛瞪大了,吃惊地问道。

桔梗禁不住在心里暗暗得意,故意认真地说道:王团长亲口说的,王百灵也是这么说的。

石光荣一下就忍不住了,暗暗骂道:姓王的,你这是背后捅刀哇,可这也太快了吧!

桔梗见石光荣已经上钩了,紧忙凑上来安慰道:石头,咱不急,他们结咱们也结,气死他!

石光荣听了,看了桔梗一眼,想说什么又没有说出来,转过身去就跑开了。

石光荣一直跑到医院见到了王百灵,不由分说,抓起王百灵的胳膊就往外拽,王百灵一边挣扎着身子,一边紧张地问道:石营长,你要干什么?

石光荣一直把王百灵拽到了大门外面,这才喘着粗气问道:王百灵,你说清楚,你凭啥要嫁给那个姓王的?

石光荣的话让王百灵一下子摸不着头脑了,张着嘴巴问道:我嫁给谁了？

石光荣嗫嚅地说道：那个姓王的，他刚当上团长，看把他嘚瑟的，要这要那的……

王百灵一下醒悟过来了，一边点着头，一边说道：对，对，我是要嫁给他，行了吧，你不要再缠我了！没事你走吧，我还忙着呢！

说完，转身去了。一下把石光荣晾在了那里，张口结舌地再也说不出一句话来了。

这一切，被躲在墙角处的桔梗，看了个一清二楚。

石光荣怏怏不快地从王百灵那里回到尖刀营，心里头憋着一股无名火发不出来，想想，便拿着马鞭气冲冲地来到了那面遛马的山坡上，瞄准一棵老树，一下一下地就抽了过去。一边发泄着自己心里的愤懑，一边不住地骂道：姓王的，俺抽死你，你跟俺抢女人，抢啥不好，非得抢王百灵啊，看老子不抽死你。

小伍子像个受气包似的立在一旁，望着石光荣，半天不敢言声儿。过了好大一会儿，见石光荣仍然没有罢休的意思，这才小心地劝道：营长，咱歇会儿吧，要不俺替你抽一会儿！

说完，走上前去，却被石光荣猛地一把推开了。紧接着，石光荣便扔了马鞭，抬起脚来，左一脚右一脚地朝那棵老树踢了过去，不料，猛地一脚又踢空了，扑通一声就跌坐在了地上，便就势抱住脑袋无限痛苦地呜咽起来。

桔梗大步流星地走过来，看了眼石光荣又看了眼小伍子，问道：伍子，谁把你们营长气成这样了？

小伍子气愤地说道：还不是那个王团长！

桔梗便蹲下身来，一把抱住了石光荣的脑袋，石光荣就势扎进了桔梗的怀里，无助地放声哭了起来。桔梗就像一个母亲似的，一边搂过石光荣的脑袋，一边拍打着他的后背，说道：石头，咱不哭了，不哭了，有啥委屈你跟俺桔梗说，俺桔梗给你撑腰。

小伍子见状，心里头禁不住也一阵难过，便走到两人的身边，说道：营长，咱不哭了行不？你一哭俺心里也不好受。

说到这儿，小伍子真的也蹲下身子哭了起来。

石光荣到这时仍不解恨，一边在桔梗的怀里鼻涕一把泪一把地哭着，一边狠狠地说道：姓王的，俺石光荣和你没完，想娶王百灵，没门儿！

桔梗听了这话，一把松开两手，气呼呼地站直了身子，冲着石光荣吼了一嗓子：行了，别号了！

石光荣抬起头来，愣愣地望着桔梗，一下想不起说什么了。

桔梗怒其不争地埋怨道：石头，都这时候了，你还放不下王百灵，你心是咋想的？啊，你的良心呢？俺对你这么好，你都不正眼看俺桔梗一眼，满脑子就想着人家王百灵，她比俺哪儿好了，哪儿强了，你掉进坑里你就出不来，为她还流上猫尿了，你说你石光荣还是个男人不？

石光荣一下反应过来，忽地一下从地上站起来，说道：桔梗，俺的事你管不着，俺就要娶王百灵，咋的！伍子，咱走！

说完，带上小伍子，头也不回地就往山坡下走去了。

桔梗望着远去的石光荣，眼里的泪水稀里哗啦就流出来了，一边流着眼泪，一边无力地蹲了下来，猛然间看见了被石光荣扔掉的那一根马鞭，身上一下子又长了力气，伸手捡过来，挥起鞭子就朝那棵刚刚被石光荣发泄了一顿怒气的老树抽了过去，一边抽着，一边不住地喊道：抽死你个石头，俺抽死你个臭石头……

第十六章

自从独立师暂时放弃二龙山进入关内作战之后，二龙山上的刘老炮一伙人便更加猖獗，到了无恶不作的地步。这天晚上，一伙人打听到独立师已经撤走了多些日子，山下的蘑菇屯只剩下了工作队的几个人，跟着城里派来的工作队长曹刚闹土改，沈少夫立时就感觉到了为亡父报仇的时机已到，想着应该好好教训教训工作队的人，给他们点儿颜色看看，便让刘老炮带人下山，先是抢掠洗劫了几户人家，接着便把曹刚绑架到了二龙山上。

此时，高高的二龙山山顶上，十几条火把正熊熊燃烧着，几乎把半个黑漆漆的夜空都照亮了。火把照亮了夜空，也将整座山头照得如同白昼一样。

曹刚已经被刘二几个人结结实实地绑在了一棵树上，脸上和身上被鞭子抽得皮开肉绽，整个人看上去就像是一个血人一样。

不知鞭抽棒打到了什么时候，几个人终于停了下来。刘老炮借机走上前来，一双眼睛刀子一样地盯着曹刚，歇斯底里地责问道：你不是工作队长吗，咋不横了？你倒是说话呀！

说完，抬手托起曹刚的下巴。曹刚睁着血肿的眼睛，狠狠地剜了刘老炮一眼，很不屑地朝他笑了笑，接着，猛地把一口血水吐到了刘老炮脸上，骂道：刘老炮，你们这些胡子，等着吧，共产党的队伍有清算你们的那一天。

刘老炮下意识地擦了一把脸上的血水，一股怒火立时冲到了脑门子上，飞起一脚踹到了曹刚身上，接着吼叫道：到现在了你还嘴硬，给俺打，往死里打！

话音落下，刘二和滚刀肉两个人便冲了过来，举起手里的鞭子和木棒，不由分说，朝着曹刚噼里啪啦地又是一顿乱打。曹刚紧闭着眼睛和嘴巴，忍着身上的剧痛，牙齿咬得咯咯直响，就是不肯说一句话。

半晌过后，沈少夫终于站了出来，朝刘二和滚刀肉挥了一下手，两个人便住手退到了一边。

沈少夫一步一步走过来，望着曹刚，问道：我们家的房子是你带人分的，没错吧？

曹刚抬起头来,冷冷地说道:对,没错。

我们家的地也是你带头分的?

是,是我带头分的。

好,姓曹的。沈少夫接着说道,按理说呢,咱们也算是东辽城一带的乡亲,你们分了我家的房子,分了地,还把我爹镇压了,这些我都可以记在共产党的头上,只要你答应,下山把我们家的地、房子都退回来,我可以饶你不死。

沈少夫,你别做美梦了!曹刚接口说道,你也算这东辽城走出去的名人了,出去先当团长,又当师长,听说现在又当上了反共司令,我代表新政府也劝你一句,你要是现在下山,配合政府,也许能饶你不死。要不然,你的下场会和你爹一样。

刘老炮在一旁听了,心里的怒火一下子又燃了起来,恶狠狠地盯着曹刚说道:我看你姓曹的就是个煮熟的鸭子心烂嘴不烂,给俺接着打!

刘二和滚刀肉挽着袖子又要冲上前来,却被沈少夫挥手制止了。正当几个人一起疑惑地望着沈少夫的工夫,只听沈少夫的牙缝里一字一字挤出了一句话:给他点天灯,送他上西天!

一边的磕巴清清楚楚听到了,立时兴奋地从人群里跳了出来,说道:俺……俺这就去取洋油去。

不大工夫,磕巴取来了洋油,接着就将它泼在了曹刚的身上。曹刚一边大笑着,一边不住地张口谩骂着。就在这时,沈少夫挥手示意了一下,一支火把便扔了过去。几乎是在一瞬之间,一股浓烈的皮肉烧焦的气息就在山顶的空气里弥漫开来。

浓烟烈火中,传来了曹刚的一声声高喊:新政府万岁,共产党万岁!

从这浓烟烈火中传出来的高喊声,让躲在远处的沈芍药看在眼里听到心里,怔怔地望着那团烈火,沈芍药不由得惊恐万状。而此时此刻,站在不远处的潘副官,双眼里却闪动起了晶莹的泪光。

这一日,石光荣和小伍子遛马回来,把马拴进棚里,突然便觉得心烦意乱,一边在院子里愣愣地站着,一边向小伍子问道:伍子,这两天俺咋这么闹心呢?

小伍子眨巴着眼睛望着石光荣,猜不透他在想什么,便开口说道:营长,有啥闹心的,咱们尖刀营新招来的这些兵个个膀大腰粗的,训练起来嗷嗷乱叫,等打起仗来,咱们尖刀营谁也不会输。你说你还闹心什么?

石光荣烦躁不安地说道:俺说的不是这个事。

小伍子困惑地问道：营长，那还有啥事呀？

石光荣愁苦地皱着眉头，突然间想到了什么，便神秘地向小伍子一招手，说：伍子，你过来。

小伍子听话地靠了过来，石光荣便附在了小伍子的耳边，如此这般地交代了一番。小伍子心领神会地点着头，胸有成竹地走出门去。

一直来到了独立团部的门前，小伍子抬头看到警卫员小赵从屋里走出来，便悄悄把他喊到一边，问道：你们团长在吗？

小赵下意识地回身望了一眼，说道：在呀，咋的了，你找俺团长？

小伍子摇摇头，从兜里摸出几颗枣递了过去，小赵接了那枣，咬了一口，说道：真甜！

小伍子接着若无其事地问道：小赵，这两天你们团长都忙啥呢？

小赵说道：团长老忙了，招兵买马的，抽空还总往师医院跑。

小伍子听了，禁不住神情紧张起来，问道：他老往医院跑干啥呀，他的胳膊不是好了吗？

小赵说道：他胳膊好了，他心里又有病了。

小伍子问道：心咋又有病了？

小赵一面笑着，一面小声地说道：医院里的王军医就是他的心病，他喜欢人家王军医，你说这不是心里病了吗？

小伍子听了，却笑不出来了，便说道：那啥，你先忙，俺走了。

说着，小伍子一溜烟地跑回石光荣的住处，把从小赵那里打探来的消息一五一十告诉了石光荣。石光荣背手听了，立时便像热锅上的蚂蚁一样，在院子里不由得一阵乱走。小伍子不安地盯着石光荣，好大一会儿说道：营长，你歇会儿吧，你这晃来晃去的俺直迷糊。

石光荣一下就站住脚，望着小伍子，下了很大的决心一般，说道：伍子，我要干一件大事，你敢和我一起干不？

小伍子听了，直起腰来答道：营长，别说大事，就是掉脑袋，你说干，我也必须跟你干。

石光荣便笑了，一把将小伍子拉过来，又是如此这般地一番耳语。小伍子听了，神情渐渐地便严肃起来。

说心里烦乱，王团长的心里也烦乱。自从他当上了独立团团长之后，胡师长每天都逼着他看地图，把他看得眼花缭乱，便禁不住好一通埋怨：天天休整，天天让俺看这破地图，你说，这不是纸上谈兵吗？

警卫员小赵把一杯水递过来，无意间把刚才小伍子来过的事情说了出来,王团长听了,一下子警觉起来,自言自语地道:他问俺?

王团长从那张地图上抬起头来,皱着眉头好一番琢磨,片刻,一拍脑袋,大醒大悟般说道:一定是那个石光荣。

小赵望着王团长,问道:团长,石营长咋了?

王团长接着又拍起了脑袋,绞尽脑汁想了半天,说道:小赵,咱得趁热打铁,这么的……

小赵说:团长,怎么的?

王团长说:你去医院把王军医和桔梗请来,就说俺胳膊疼,让她们给俺看看。

小赵眨巴着眼睛,有点儿困惑地问道:团长,可你胳膊好好的没疼呀?

让你去你就去,就这么说。王团长说道,要是请不来,看俺咋收拾你!

小赵感觉到重任在肩,立正答道:俺一定完成任务!

不大会儿,小赵已经飞跑到了独立师医院,把王团长所交代的事情,如此这般地向白茹院长做了报告。

白茹听完,笑了笑,问道:你们团长胳膊疼,他来医院不就行了?

小赵望着白茹院长,也笑了笑,故作神秘地说道:院长,俺们团长现在不是独立团团长了嘛,当上团长面子不是大了嘛,这跑来跑去的,俺团长怕面子上过不去,所以就让俺来请王军医和桔梗护士过去一下。

白茹听了,说道:你们团长这面子真大,整个师的脸加起来也没你们团长面子大。

院长,你同意了?小赵禁不住喜出望外。

白茹想了想,说道:反正现在部队休整,医院也没大事,你就去请她们吧!

小赵便高高兴兴地请了王百灵和桔梗两个人往独立团走去。桔梗一边风风火火往前走,一边不住地埋怨道:你们团长也太娇气了,这点儿小伤天天哭叽尿嚎的,一点也不爷们儿,有啥呀,挺一挺就过去了。

小赵忙解释道:俺们团长说是真疼,要不也不会麻烦你们。

说着说着,几个人到了独立团,正见着王团长搬了一把凳子坐在门前晒太阳,桔梗上前问道:王团长,哪儿疼呀,是老伤还是新伤?

王团长望了一眼桔梗,又望了一眼王百灵,立时又把眉头拧紧了,说道:还是俺这只胳膊,这个石光荣可把俺害惨了!

桔梗抢白道:石光荣害你啥了,你不去要人家的马,你能摔伤啊?

王百灵便走上前去,一边微笑着,一边认真地捏摸起王团长的那只胳膊来。

王团长一边被王百灵捏摸着，一边假模假式地叫喊道：哎哟，疼，疼，就这儿，你轻点儿。

王百灵放开王团长，说道：你这是老伤没痊愈，不用吃药，药吃多了没啥好处。说完，背着药箱就要回去。

王团长见王百灵这样，忙站起来说道：你们别走啊，小赵，快把客人领屋里去。

王百灵说着：病看完了，我们该走了，进屋干啥？

王团长热情地推让道：进去吧，俺又不是大灰狼，吃不了你们！

说着，挓挲着两只手就把两个人让进了屋里。屋子里，此时已经摆好了一桌的酒菜。王团长一边望着那桌酒菜，一边笑眯眯地回头说道：今天请二位来，没别的意思，就是感谢俺受伤时你们对俺的照顾，来，坐，坐，坐，咱们边吃边说。

桔梗毫不客气，一屁股坐了下来，顺手又拿过一瓶酒来，往面前的碗里咕咚咚倒了半碗。王百灵并不入座，朝桔梗望了一眼，问道：桔梗，你还真吃呀？

桔梗说道：不吃干吗，王团长都准备好了，总不能让人端下去吧！

桔梗，你吃饭我不拦你，可我对吃饭没兴趣。说着，王百灵转过身就要往屋外走。

王团长见状，忙又劝道：王军医，你这是干啥，这不是不给我面子吗？

可是，王百灵已经很有主意地走了出去。

望着王百灵远去的背影，王团长无奈地叹了一声，踅身回到屋里，一边往自己的碗里倒酒，一边说道：桔梗，俺就喜欢你这样的，没那么多毛病，不装假。

桔梗满不在乎，说道：吃饭装啥假，来，王团长，咱喝！

说着，两个人举起酒碗十分响亮地碰了一下……

事情就出在王百灵回医院的路上。

王百灵正背着药箱往前走，小伍子却不知从哪里斜刺里冒了出来，一边在后面追赶着，一边喊道：王军医，等一等。

王百灵站了下来，望着小伍子慌张的神情，忙问道：小伍子，出什么事了？

小伍子喘着粗气说道：有事，有大事，俺们营长病了，想请你去看看。

王百灵望着小伍子好一阵纳罕，自言自语道：今天这是怎么了，一会儿王团长有病，一会儿石营长不舒服的。

小伍子用手比画一下自己的胸口，说道：俺们营长是这儿有病了，他说自己的心不行了。

王百灵一下子当真了，忙问道：心怎么不舒服了呢？

小伍子拉起王百灵说道：王军医，别说了，快走吧，晚了俺营长说不定会咋样呢！

王百灵听了，没顾上细想，就转身跟着小伍子深一脚浅一脚地往回走去。走着走着，竟走到了一处山坳处，王百灵前前后后看了一遍，不觉有些犹豫，问道：你们营长咋跑到这儿来了？

小伍子说道：他在遛马，突然说闹心，这心就有病了。

王百灵听了，也便不再怀疑什么了。

两个人走着走着，就来到了一间窝棚跟前，抬头见石光荣满脸带笑地从里面走了出来。王百灵站在那里，突然就不高兴了，回头看着小伍子，说道：伍子，以后你别跟我开这样的玩笑！

石光荣一边走过来，一边认真地说道：王军医，伍子没和你开玩笑，我真的是病了。

王百灵转头说道：哪不舒服，那咱们就抓紧看。

石光荣说道：里面看吧，你看，房子都搭好了。

王百灵便被石光荣让进了窝棚。可是，王百灵进去了，石光荣却仍站在门口，问道：王军医，你觉得这里咋样？

王百灵不由朝这窝棚打量了一番，说道：石营长，你哪儿不舒服，快点儿，我还有事呢！

石光荣并不作答，回头把伍子叫到身边，十分严肃地叮嘱道：伍子，把王军医照顾好，要是王军医受一点儿委屈，我可不饶你。说完，牵过草原青，打马要走。

王百灵马上意识到自己掉进了石光荣的圈套里，一边追出来，一边嚷道：石光荣，你要干什么，告诉你，你这么做是犯法的。

石光荣拉着马缰绳，一边笑着，一边说道：王军医，让你在这儿待着是保护你，让你安全幸福。

我不需要你保护，我现在安全得很。王百灵着急地说道。

你不安全，那个王长贵天天打你的主意，你说你咋能安全？你在这里待着，他王长贵就没招了。石光荣继续说道，我回去看看那个王长贵咋抓瞎呢。伍子，看好王军医。

说完，向小伍子使了个眼色，便跃上马背，挥鞭而去。

王百灵见石光荣骑马走了，一边嚷着，一边坚持着要回医院去，却被小伍子一把抓住了，小伍子认真地说道：王军医，你今天哪儿也去不成了，老实在这儿待着吧，我现在可是执行营长的命令。

王百灵无奈望了一眼小伍子，一边摇着头，一边骂道：石光荣就是个疯子，疯子！

小伍子却不觉笑道：王军医，你骂啥都行，但你就是不能走，你看这房子搭得多好哇，这可是俺们营长亲手搭的。

再也没有别的办法了，王百灵长长地叹息一声，只好又走进了窝棚里。

此时，瓶子里的酒干了，王团长和桔梗两人都已经喝多了。王团长迷蒙着一双眼睛望着桔梗，僵着舌头说道：桔梗啊，你这人好，没有花花肠子，人热情，又能干，不错，俺王长贵喜欢你这样的人。

桔梗听了，也睁着眼睛费劲地望着王团长，一边比画着，一边说道：王团长，王长贵同志，虽然你跟石头比差点儿，但人也是不错的，能打仗，够爷们儿，不赖！

王团长望着桔梗，听她这么一说，眼睛一下也就直了，不由自主地晃着脑袋说道：桔梗，你真的这么看俺？

桔梗抬手拍了拍王团长的肩膀，说道：要是没有石头，俺一定找你这样的！

桔梗，你不是和石光荣没戏了吗，石光荣不待见你，你上赶着人家也不娶你！王团长突然将了桔梗一军，把桔梗一下子就说急了。

谁说的？告诉你王团长，俺生是石家的人死是石家的鬼！桔梗说着，禁不住拍了一下桌子。

王团长猛地一个激灵，望着桔梗摇摇头，接着认真地问道：桔梗，你到现在还没有放下石光荣，他那么对你，你也不悔？

桔梗说：悔啥悔，从他进俺们桔家门，俺就下定决心了，这辈子非石头不嫁。来，王团长，喝酒。

说完，又把酒碗端了起来。

王团长突然感到一阵头晕目眩，一下子把头磕在了桌子上，挥手喊道：不喝了，小赵，来送客！

小赵应声跑了进来，桔梗望了他一眼，一边笑着，一边迷迷糊糊地说道：你们团长喝多了，他不行了……

说着，桔梗踉踉跄跄地起身就要往外走，走出门时，猛又听见一阵牛似的哭声从屋子里传了过来……

桔梗回到医院时已是黄昏时分了。可是，这时候却仍然看不到王百灵的影子，白茹一下子就着急了，见桔梗又喝成这个样子，一时间又气又恨，一边摇着她的身子，一边追问王百灵去了哪里。桔梗迷迷糊糊地抬起眼来，直愣愣地望着白茹说道：王军医，她回来了，人家王团长要请客，她不吃，回来了，咋的了？

白茹听了，猛地打了一个冷战，起身说道：坏了，王军医失踪了！

白茹很快就把王百灵失踪的事儿报告给了胡师长，胡师长听了，不禁也好一阵纳罕，思忖片刻，一边安慰着白茹，一边说道：你先别急，她不会走远，也可能去其他部队出诊了，没来得及和你们打招呼。这样吧，咱们分头到各个营去看看。

说着，胡师长便又带上几个人到各营寻找去了。当转到石光荣住处时，发现石光荣和小伍子都不在屋，就连草原青也不见了，胡师长突然一拍脑袋，推断道：王百灵的失踪，一定与石光荣有关。

一边的张政委忙问道：你敢肯定？

胡师长转头对张政委说道：这小子一撅尾巴要拉啥屎我还不知道，老张，你快去通知警卫排，到村外去找一下……

天色一下子暗了下来。石光荣和小伍子两个人，还守在山坳里的那个窝棚门口。怕窝棚里的王百灵饿着，石光荣一面给小伍子说着话儿，一面劝着窝棚里的王百灵：丫头，你吃口再睡。

王百灵赌气地嚷道：你不放我回去，我就不吃。

石光荣笑眯眯地说道：丫头，你脾气还挺大。

里面一下子就没了动静。

石光荣便说道：丫头，我跟你说，我没捆你也没关你，就是为了你的安全，那王长贵配不上你，他是癞蛤蟆想吃天鹅肉。我把你保护起来了，这可是为你好，你不用感谢我。

里面仍是没有动静。

石光荣看了一眼小伍子，就把话题转开了，表扬道：伍子，干得不赖，你将来会是个将才。

小伍子受到了表扬，心里美滋滋的，回道：营长，跟着你俺愿意，啥将才不将才的。

石光荣突然认真起来，说道：伍子，俺想好了，你下连队去当个排长，就去小德子那个一排。小德子活不见人死不见尸的，一排长的位置俺一直给他留着。这次你去接小德子的班。

小伍子听了，却不高兴了，说道：营长，你撵俺干啥，俺不去，就在你身边。

糊涂！石光荣吼道，哪有当一辈子警卫员的，让你去你就去，别人去一排俺还不放心，就这么定了！

小伍子问道：营长，你没开玩笑吧，说的可是真的？

石光荣说道：俺啥时候说过废话，这是命令。

两个人沉默了好大一会儿，小伍子突然朝窝棚里努努嘴，悄悄问道：她咋整？

石光荣嘿嘿一笑，说道：啥咋整，我先让她躲过这一阵，她跑不了！

小伍子也跟着笑了。

接着，石光荣盘腿坐在窝棚前，便又冲窝棚里的王百灵絮叨起来：丫头，你千万别生气，俺石光荣的心思你是了解的，他王长贵有啥好的，他当了个团长，你看把他嘚瑟的，还要娶你，他也不看看他长的啥样，他哪能跟我石光荣比。丫头，你说俺说得对吧……

正说到这里，小伍子抬眼看见了不远处一束手电的光亮朝这边照过来，同时传来了乱纷纷的脚步声。

望着那束朝这边移动着的手电光亮，小伍子警觉地立起身来，说道：营长，有情况。

石光荣下意识地摸了摸腰间的那把枪，还没来得及说什么，见一伙人已经走到了跟前，旋即，一束强烈的手电光照在了他的脸上，石光荣举手挡着那道光束，眯着眼睛说道：别开玩笑，这是弄啥呢？

一句话没说完，就听胡师长吼道：石光荣，你好大的胆子，快把王军医交出来！

王百灵已经闻声从窝棚里走出来了，站到了白茹身边。

张政委走过去，问道：王军医，他石光荣没把你咋样吧？

王百灵没有作声。

白茹便冲小凤说道：小凤，你陪王军医先走，我和师长、政委还有话说。

见小凤和王百灵一起走了，石光荣抬头问道：咋来这么多人，俺以为出啥大事了呢。

胡师长禁不住大喝了一声：石光荣你住口，别嬉皮笑脸的。

白院长走了过来，严肃地说道：师长、政委，你们可都看见了，这事说大不大，说小不小，可这影响太坏了。怎么处理石营长，我说了不算，你们看着办吧。

白茹撂下这句话，也转身走了。

石光荣一下感到有些难堪，忙冲胡师长和张政委解释道：师长、政委你们息怒，我可都是为了王军医好，那个王长贵在打王军医的主意，我是把她保护起来了,没别的意思。

说完,竟又冲小伍子问道:伍子,你说是吧?

小伍子听了,忙替石光荣辩解道:师长、政委,营长说得对,你们来前,俺营长正对王军医做工作呢!

张政委一下也严厉起来,说道:伍子你闭嘴,看你和你们营长说的都是啥?

小伍子便不敢再说什么了。

胡师长接着冲石光荣命令道:石光荣,你暂停营长工作,要做深刻的检查,认识不清就永远停止工作。

说完,转身冲警卫排的人喊道:都走!

一伙人转身就回去了。

见人已走得没影了,小伍子这才说道:师长真生气了,营长。

石光荣叹了口气,思忖道:伍子,明天你赶快下连当排长去,别让我的事牵连到你。

小伍子一听这话,声音立时就变了,哭咧咧地说道:营长,这时候你让俺走,俺咋走哇?!

石光荣望着小伍子,心里虽然也是不舍,但还是狠了狠心,十分决断地吼道:哭咧啥,让你走,你就走!

说完,背起手来,一头钻进了黑夜里。小伍子见状,小跑了几步,紧紧地跟了上来。

小伍子最终还是下到连里当排长去了,与此同时,又给石光荣派来了一名警卫员。

这天上午,石光荣正提着两瓶酒准备去王团长那里对喝一场,刚走出屋门,见一个看上去还算机灵的小战士,背着枪直挺挺地站在那里,便提着酒瓶走过来,上上下下打量了一遍,问道:你是新来的?姓个啥?

那小战士听了,一个立正报告道:营长,俺姓邢。

石光荣一下就笑了,说:俺看你行!

小邢认真地解释道:营长,俺姓邢,不是行。

石光荣一边笑着,一边寻思道:是啊,俺看你行你就行。走小邢,咱们执行任务去。

说完,把两瓶酒递了过去,小邢接了那两瓶酒,问道:营长,咱执行啥任务啊?

石光荣望了望天上,说道:找王团长喝酒去。

两个人就走出门来。石光荣背着一双手在前面走,小邢手里提着两瓶酒,一路跟在石光荣的屁股后边,也一耸一耸地往前走,看上去,俨然一对父子。

很快就到了王团长的住处,石光荣支开小邢去找小赵说话,自己一个人来到了王团长的屋里。王团长见石光荣来了,心里不觉一愣,怔怔地望着他手里的那两瓶老烧酒,问道:石光荣,你整的这是啥景儿,大白天的咋想起来和俺喝酒来了?

石光荣咧嘴笑了,说道:王团长,俺见你高兴。

王团长却紧绷着一张脸,说道:你高兴,俺不高兴,这酒俺不喝。

石光荣嘀嘀地又笑了起来,说道:王团长啊,你都当团长了,没请俺喝酒,俺不怪你,因为啥呢,因为你这人抠门呀,只请女人喝酒,不请俺们老爷们儿。你不请也没啥,今天俺石光荣请,给你祝贺咋样?

王团长听石光荣这么一说,不由得心里头一阵发虚,下意识地问道:石光荣你说啥呢,谁请女人喝酒了?

石光荣认真地望着王团长,问道:你小子别装傻,就是昨天,你请没请桔梗喝酒?

王团长一下就有些不好意思了,摇摇头说道:俺看出来了,你们俩这是轮流整俺。行,老子还就不服了,咋喝,石光荣你说!

石光荣咬开了两只酒瓶盖,递给王团长一瓶,说道:举瓶见底儿,谁喝不完谁是小狗。

王团长不觉皱了下眉头,接着,还是毫不服软地硬撑着举起酒瓶,和石光荣碰了个响儿。两个人便嘴对着瓶口儿喝开了。

只是不大会儿的工夫,两个人痛痛快快就把两瓶酒喝干了。王团长望着桌上的两只空酒瓶,打了个酒嗝,说道:酒喝完了,俺知道你石光荣有话要说。说吧,别跟俺整那些弯弯绕。

石光荣说道:俺不跟你绕,有啥好绕的。妹夫,你觉得俺妹子这人不错吧?!

王团长听了,一下睁大了眼睛,迷迷瞪瞪地望着石光荣,问道:石光荣,你说啥,别以为俺喝多了,你叫谁妹夫呢?

石光荣一边笑着,一边认真地望着王团长说道:你呀,你不是看上俺妹子桔梗了吗?俺说老王,看上就抓紧娶,俺这当哥的举双手赞成,别跟个娘儿们似的磨叽,要快刀斩乱麻。

石光荣越是认真,王团长越是觉得他哪个地方不对劲儿。忙扶着桌子站起身来,说道:石光荣你是不是喝多了说胡话呢,桔梗嫁的是你。她昨天说了,生是你们石家的人死是你们石家的鬼,她是你老婆,你乱许配个啥?

石光荣摇摇头,继续认真地说道:不能,这个不能,俺都跟桔梗说好了,俺是她哥,她是俺妹子,你就是未来的妹夫,错不了。

王团长一下感到脑袋有些发晕,一把没扶住,整个人便倒在了桌子下面。石光荣起身走过去,弯下腰来轻轻拍了拍王团长的一张脸,说道:妹夫,你好好睡吧!

说完,竟也踉踉跄跄地出了屋门。小邢见石光荣歪歪倒倒地走出屋来,忙跑过去,搀扶着石光荣往回走。走着走着,石光荣突然高兴起来,嘴里便哼开了:提起那宋老三,两口子卖大烟,一辈子没养儿,生了个女婵娟……

小邢听了,一边笑着一边问道:营长,你咋这么高兴呢?

石光荣说道:俺有妹夫了,俺咋就不高兴?

小邢一脸迷惑地问道:妹,妹夫?

石光荣说道:嗯哪,妹夫,王团长是俺妹夫。

小邢没再问下去,心里却更加疑惑了。

石光荣没有直接回尖刀营,却拐了个弯儿来到了师部。胡师长见石光荣一身酒气,脸上马上就不高兴了,严肃地呵斥道:石光荣,你不好好反省,又喝的哪门子酒?!

石光荣两条腿倒腾了一下,眯着一双眼睛,说道:师长、政委,你们把俺这个营长不是撤了吗?我今天来就是告诉你们那个啥……

政委望着石光荣,在一旁有些不耐烦了,说道:石光荣,你别在这儿撒酒疯,有话等你酒醒了再说。

石光荣摇摇头,坚持着说道:我就要说,告诉你们,我石光荣从参加革命那天起,就没想过要当啥官,知道不?我现在不是营长了,可我还是个战士对吧,是战士我就要打仗冲锋,你们撤了也就撤了,但我还是得说,王百灵那丫头我喜欢,喜欢,谁也拦不住。

看你满嘴胡话,这像什么样子!胡师长望着石光荣埋怨道。

石光荣说道:师长,俺石头跟了你也有十来年了,俺石头是啥人你最清楚,俺不要官,啥都不要,就跟着你打仗。

说完,酒劲儿上头,不由自主地一屁股坐在了地上。

胡师长望着坐在地上的石光荣,又好笑又好气地对张政委说道:你看,让他做检查,他却整了个这!

说着,就让警卫员把他送了回去。

真是一波未平一波又起,这一边,石光荣被搀扶着回到了自己的住处,一路上酒劲儿竟消下去了一半儿。可是,那一边倒在地上的王团长,从一片浓浓的酒意里醒了过来，想着刚才发生的事情，仍是觉得懵懂，便想弄个明白，起身便去医院找桔梗理论去了。

桔梗望了一眼酒气熏天的王团长，忙走过来问道：王团长，你咋又喝多了，这又是跟谁喝的呀？

王团长僵硬着舌头，单刀直入道：桔梗你别装好人了，你们两口子设套来害俺，啥意思呀……

王团长你这是啥意思？桔梗眨着眼睛问道，谁给你设套了？

王团长继续说道：桔梗，俺是看你这人不错，跟俺挺对路子的，你说非石光荣不嫁，又是鬼呀又是啥的。可那姓石的又管俺叫妹夫，让你嫁给俺，啥意思，你今天得给我说清楚。

这是石光荣说的？桔梗问道。

不是他还有谁？！王团长说。

桔梗听了，鼻子里哼了一声，放下手里的家伙什，转身就往外走。

别，别走哇，俺还没说完呢！

王团长话还没说完，桔梗已经急三火四地走远了。

桔梗匆匆来到了石光荣的住处，不料，却被警卫员小邢拦住了。

桔梗气冲冲地望着小邢说道：俺找石光荣。

小邢把桔梗一把推开，问道：你是谁呀，这么大的口气？

桔梗这才注意到什么，一边打量着小邢，一边问道：哪来的新兵蛋子，这么眼生？

小邢梗着脖子，却抬头说道：你个女同志咋不好好说话呢，俺看你也没旧到哪去。

桔梗听了，却笑了起来，问道：小伍子呢？

小邢说道：他下连队当排长去了，你打听那么多干啥？

桔梗便耐住性子说道：俺叫桔梗，找你们营长有事。

小邢听桔梗这么一说，猛地一惊道：哎呀，是嫂子呀，俺听小赵说过你。

说着，小邢回头望了望屋里，说道：俺营长在屋呢，你去吧！

桔梗正要迈开步子往屋里走，突然回味到了什么，忙又问道：刚才，你叫俺啥？

小邢眨着眼睛，说道：你不是桔梗嫂子吗？

桔梗一下子笑了，亲昵地拍了拍小邢的肩膀，说道：还是你小邢会来事，那俺去了。

其实，躲在屋里的石光荣，早就听到了两个人在门外的说话声。桔梗的突然到访，让他猛地意识到了什么，一时间又气又急，逃不走，躲不开，便手忙脚乱地上床躺下,一把拉过被子把一颗脑袋盖住了。

桔梗三脚两步闯了进来,见石光荣躺在床上把自己捂得严严实实,二话不说,一下子掀开被子,伸手揪住了石光荣的耳朵,把他从床上提溜了下来。

石光荣歪着脑袋,咧着嘴叫喊道:桔梗,你干啥?

桔梗问道:你在王团长面前白话啥了?

石光荣说:咋了?

桔梗说:啥妹子妹夫的,是不是你说的?

石光荣说:你先松手,松手了我说。

桔梗就把那只手松开了。

石光荣忙搬了把凳子送上来,说道:桔梗,你坐下,听俺慢慢说。

桔梗粗重地喘了一口气,抱起胳膊坐了下来,看着石光荣,说道:说吧,今天你不说清楚,告诉你石头,俺跟你没完。

石光荣也拉过一张凳子,和桔梗面对面坐下来,眨巴着眼睛说道:事是这么个事,那个王团长不是对你有点儿意思吗,俺今天找他喝酒,一喝呢就多了,俺就管他叫妹夫了,其实呢,也没多大个事,你说对吧桔梗?

桔梗正色道:石头,谁对俺有意思?

石光荣说:那个王团长呀!

桔梗依旧端着胳膊,连连追问道:他对俺有意思,俺对他有意思吗?俺是你啥人呀,你做主给俺许来许去的,石光荣你到底啥意思?

石光荣望着桔梗,寻思道:桔梗,咱们还是从头说吧!

桔梗不耐烦地说道:你别从头说,就从现在说。

石光荣便说道:现在的情况是这样的,以前你不是答应做俺妹子了吗,现在咋又鬼呀神的整出来了呢。现在俺看王团长那人还是不错的,他给俺当妹夫俺是举双手赞成的。

桔梗一听这话,忽地站了起来,指着石光荣的鼻子问道:石光荣你脸真大,啥时候俺让你当家了?

石光荣一脸赖相地望着桔梗,说道:父母不在了,桔梗你说,俺这个当哥的能不操心吗?

桔梗突然就有点儿厌烦了,狠狠地瞪了石光荣一眼,说道:俺的事以后你少掺和,今天看你喝酒了,跟你整不明白,有空再和你算账!

说完,转身拉开门就走。小邢见桔梗从屋里走出来,忙招呼道:嫂子,你走了?

桔梗哼了一声,头也不回地往前走去。

石光荣一直看到桔梗走出院子,这才转头向小邢问道:你刚才叫谁嫂子呢?

小邢眨巴着眼睛答道:桔梗呀,听王团长的警卫员小赵说,桔梗就是嫂子。

石光荣也眨巴着眼睛,望着小邢,严肃地说道:那是他嫂子,不是你嫂子,记住了?

小邢听了,忙点头应道:是他嫂子,不是俺嫂子,俺记住了。

看着石光荣气呼呼地进了屋,小邢突然觉得营长一定是受了委屈,连带着自己也受了委屈,觉得应该把这件事向小伍子说一说,让他拿个主意,便转身跑出了院子。

那时,小伍子正在村头的一片空地上带领一个排的战士走队列,抬头看到小邢慌慌张张地跑过来,心里咯噔了一下,猜想他一定是出了什么事,忙把走队列的事交代给身边的一个班长,回身向小邢走过去,问道:有事?

小邢抹一把脸上的汗水,急促地说道:伍排长,不好了,营长出事了。

一听说是石光荣出事了,小伍子脸色都变了,问道:营长咋的了?

小邢望着小伍子说道:他被王团长欺负了,喝多了;小赵也把俺欺负了,让俺乱叫嫂子,营长都不高兴了。

小伍子听了,一边转身带着小邢往石光荣的住处跑去,一边急赤白脸地埋怨道:你是咋保护的营长,猪头哇!

小邢就更是感到委屈了。

来到石光荣的住处,见他一身酒气倒在床上哼哼哟哟地直叫唤,小伍子忙拧了块湿毛巾给石光荣敷在头上。石光荣醒了过来,一眼看见小伍子站在那里,正眼巴巴地望着他,一把便把小伍子的手捉住了,说道:伍子,不行,俺得找那个姓王的算账去!

小伍子见状,一下子红了眼圈,说道:营长,俺听说了,你挨欺负了,咱不能饶了他,这账必须得算。

石光荣挣扎着从床上下了地,顺手拎过马鞭,愤懑地喊道:伍子,走!

小邢不知自己该怎么办,可怜巴巴地凑上来问道:那我呢?

小伍子望着小邢,想了想,说道:你在家待着,看好家就行了!

小邢听话地点了点头,直挺挺地就又站在了门口……

石光荣找上门来的时候,王团长刚刚醒过酒来。他弄不明白石光荣为什么又来找他,一边摇着脑袋,一边扭曲着面孔说道:你不是找我再喝吧?

石光荣站在那里,面无表情地说道:要是你愿意,再喝一次也没啥。

王团长睁着眼睛望着石光荣,有些服软地说道:不能再喝了,俺现在看你都是俩石光荣。

石光荣一下把眼睛瞪大了，抬高了嗓门吼道：俺看你王长贵还仨呢！

王团长听出石光荣不对劲了，忙问：听你这口气是对俺有意见？

石光荣逼视着王团长，说道：就有，你和你的警卫员在桔梗面前使啥坏了，弄啥阴谋？你今天给俺说清楚。

王团长见石光荣这样对他说话，也是气不打一处来，立时把一双眼睛也瞪得溜圆，嚷道：姓石的，你咋老和我过不去呀？俺就阴谋了，你咋的吧！

石光荣的火气一下就顶到了脑门子上，一边挽着袖子，一边咬牙说道：好小子，你是真算计俺，俺今天跟你没完！

说完，扔掉马鞭，一把抓住了王团长的领口。

哟嚯，跟俺动手是不是？姓石的俺可不怕你，来就来。王团长一边这样喊叫着，一边便和石光荣两个人撕巴起来了。

警卫员小赵听见屋里的动静有些异样，转身就要冲进屋里去，却被小伍子一把抓了过来。

你还敢欺负俺们尖刀营的人，今天给你点儿颜色看看！小伍子一边这样说着，还没等小赵反应过来，一个别腿已经把他重重地摔倒在地上了。

小赵不明就里，脸红脖子粗地踢腾着两条腿，挣扎着嚷道：你刚当排长就打人，反了你了！

小伍子的气力毕竟比小赵大一些，一边死死地摁住小赵，一边从腰里解下一根绳子，三两下就把他的双手捆上了，提起小赵说道：走，给小邢赔礼道歉去！

说着，不由小赵分辩，拉扯着他就往外走。

这时，屋里的石光荣和王团长两个人一个个地也都撕巴累了，坐在地上大眼瞪小眼呼哧呼哧地直喘气。

石光荣问道：你个王长贵服不服？

王团长鼻子里哼了一声，说：笑话，俺王长贵啥时候服过你石光荣，你看俺当团长了，不顺眼，你找碴儿俺也不怕你。

石光荣说道：和当团长没关系，你这人心术不正。

王团长说：你说谁呢，不把话说清楚，今天跟你没完！

说着说着，两人身上又有了力气，撕撕巴巴地又扭在了一起。

石光荣最终还是占了上风，把王团长压在了身下。一边摁着，一边不住地喊道：让你不服，让你不服。

石光荣稍不留意，王团长暗暗地一个用力，又把石光荣掀翻到了地上，嘴里喊道：俺服你姥姥！

这边石光荣和王团长两个人不可开交地扭打在一起，那边小伍子已经带着被捆上了双手的小赵来到了石光荣的住处，小伍子一边走，一边喊道：小邢，快出来。

小邢听到喊声，忙从屋里跑了出来，一见这架势，惊诧道：排长，你咋还把小赵捆了？

小伍子梗着脖子，说道：我让他向你道歉，欺负俺们尖刀营的人就不行。

小赵扭过头来，理直气壮地说道：俺没做错啥，俺不道歉。

小邢望着小赵，突然觉得有些过分了，心里过意不去，便嗫嚅着说道：排长，其实也没啥，他就说让俺叫桔梗嫂子。

小伍子说道：那他更该道歉了，他胡说八道。

说着，又冲小赵说道：桔梗是你嫂子知道不？

小邢接过话说道：营长对俺也这么说过。

小赵抬头问道：嫂子咋了，俺说错啥了？

小伍子强硬地说道：你还不认错，看来真得收拾你了。

说完，一下又把小赵摁在了地上。

小赵眼睛里含着泪花，委屈起来，说道：你们尖刀营欺负人，俺要到师长那儿告你们去。

小伍子说：你少拿师长说事，你先道歉，道完歉你告到纵队俺也不怕你。

小赵梗着脖子说道：这可是你说的？

小伍子说：是我说的，你道不道歉？

好汉不吃眼前亏，小赵便低下头来，喃喃说道：俺道歉。

小伍子笑了起来，说道：你早这样不就完了！

说完，就把小赵身上的绳子解开了。

石光荣回到住处的时候已经很晚了。他和王团长两个人最终也没有分出谁胜谁负，便拉拉扯扯到了胡师长那里，本来是想让胡师长给他们评评理，分出个青红皂白来，不料想，却被胡师长狠狠地训斥了一通，便悻悻地回到了各自的住处。

石光荣回来后，听说小伍子把小赵捆了，不禁哈哈大笑道：好，伍子你干得好，咱们尖刀营都是啥人呢，都得嗷嗷叫，点火就着。这样打起仗来才能不怕死。

小伍子受到了石光荣的表扬，十分满足地笑了笑，回头冲站在一边的小邢说道：你听到了？以后好好学着点儿。

说到这里，小伍子突然又面露难色，望着石光荣说道：营长，俺离开你这两天就出了这事，俺不放心，还想回来。

石光荣犹豫了一下，寻思道：你是尖刀营一连一排的排长，尖刀中的尖刀,你回来,别人我也不放心哪!

要不咱们再找找,总能找到一个合适的人。小伍子满怀希望地说道。

望着小伍子,石光荣不由又想到了小德子,突然伤感起来,不由叹了一口气道:要是能找到小德子就好了……

小赵到底还是把小伍子告了。第二天上午,胡师长让人把石光荣和小伍子叫到了师部。两个人一进屋,就感觉到气氛有些不对劲儿,心里头不禁紧缩了一下。

石光荣小心地问道:师长,你找我们?

小伍子已经意识到了什么,见了胡师长,早就把头低下了。

胡师长背着双手,怒气冲冲地望着石光荣,说道:你和王团长的事我就不说了,你们俩没有一个是省油的灯。

石光荣眨巴着眼睛问道:那你还找俺干啥?

胡师长吼道:干啥?你问他!

说完,用手指了指小伍子,小伍子就把头埋得更低了。

石光荣转头看了一眼小伍子,回头又冲师长问道:伍子咋了?

胡师长阴沉着一张脸,十分严肃地说道:他把王团长的警卫员捆起来不说,还用脚踹人家,这是啥觉悟?你们是同志是战友,不是敌人!

石光荣听了,申辩道:师长,为这事呀,小赵是先不对的,他里挑外撅地搬弄是非,是小伍子看不过去才把他捆起来的。

石光荣你别护犊子!胡师长继续说道,事不大影响太大,要是咱们全师都这样,那还不乱套了?!

小伍子自知理亏,便请求道:师长,你处分俺吧!

胡师长不满地剜了小伍子一眼,说道:处理你是一定的,你说怎么个处理法?

小伍子抬头说道:师长,俺觉悟不高,没有纪律观念,当排长肯定不称职,俺还得锻炼,要不你把俺这个排长撤了算了!

石光荣听了,不由得瞪大了一双眼睛。

胡师长说道:这可是你自己说的。

小伍子态度坚决地说道:是。

胡师长顿了顿,望着石光荣说道:你回去就宣布命令,撤销他的排长职务,以观后效。

不是师长,要不这么的……

石光荣还想为小伍子争辩,却被胡师长挥手制止了:你别这么的那么的,你护犊子的小心眼我还不知道,回去吧,就这么定了!

石光荣一听这话傻眼了,可是小伍子却从心里乐了起来。

两个人从师部出来往回走,小伍子一边在后面小跑着跟上石光荣,一边说道:营长,你别生气。

石光荣不高兴地嚷道:就你嘴快,撤了职你就高兴了?

小伍子笑了笑,说道:俺高兴,只要跟你在一起,俺就高兴。别人给你当警卫员,俺还不放心呢!

胡闹哇伍子,你下连队会得到锻炼,以后说不定能干个团长、师长啥的。石光荣边走边说道。

师长让你当团长你不也没干吗,俺对当啥长的不感兴趣,营长,俺随你。

石光荣在前边听了,心里竟乐成了一朵花似的。

第二天上午,王团长带着小赵在医院门前路过,被在医院里晾晒绷带的桔梗看到了。桔梗放下手里的东西,一边往外追过来,一边喊道:王团长,王团长——

王团长竟像没有听见一样,悄悄冲身边的小赵说道:快走!

说完,两人不由加快了脚步。

桔梗终于还是追了上来,一下拦住了王团长的去路,望着他问道:王团长,俺又不是老虎,你跑啥?

王团长打着马虎眼,说道:啊,是桔梗呀,俺刚才没听见。

桔梗并不深究,接着问道:听说昨天你和石光荣吵架了?

小赵接过话茬,不高兴地说道:可不是咋的,都是为了你。

为我,为我啥呀,咋的了?桔梗说着,疑惑地望着王团长,一定要弄个清楚了。

王团长稍思片刻,抬头说道:桔梗啊,这事你得问石光荣去,他那个疯子是胡咬乱啃啊!

王团长突然意识到了什么,接着说道:俺不跟你说了,再说他又得找俺的麻烦了!

说完,拉起小赵埋头往前走去。

桔梗转动着眼珠,想了半天也没想出到底为了她什么,觉得不解开这个结,心里边就不会亮堂,紧接着就往石光荣的住处去了。

见桔梗不知因为什么又找上门来,石光荣一下就不耐烦了,问道:又有啥事?

桔梗一边笑着,一边走上来,问道:石头,听说你为了我和那个王团长吵架了?

石光荣愣愣地望了一眼桔梗，说道：俺还想问你呢，你又跟那个王团长胡咧咧啥了？

俺没说啥呀，他说俺的性格好，人也不错，还说就喜欢俺这样的。桔梗说道。

石光荣眼睛忽然一亮，问：那你咋说的？

桔梗说：俺能说啥，俺是你们老石家的人，这事你忘了？

石光荣纠正道：我是老石家的，你是老桔家的，知道不？

桔梗见石光荣说这话时脸色都变了，说道：你看你看，一说这个你就急，好，俺不跟你说了！

说完，转过身去，一股风似的又走了。

石光荣望着桔梗的背影，突然想到什么，便喊道：王长贵那人还是不错的。

桔梗站住了，扭过头来，狠狠地说道：石光荣，你跟我少来这套，你就知道欺负俺！

说完，就像真的受到了天大的委屈一样，加快了步子向前跑去了。

石光荣摸着脑袋，自言自语道：俺咋欺负你了？这事整的！

小德子又去阵地了。

他已经不记得这是第几次走到这里来了。在他的心里，在他的生命里，这是一块永远的阵地，更是他心里的一块伤，一块永远无法愈合的伤。只要一走上这块阵地，那场血泊里的惨烈战斗，就会浮现到眼前来。一个一个的战友，就是在那场战斗中牺牲的，扑扑通通地倒下了，死了。但他却活了下来。只要活着，他就不会再忘了他们，他想念他们，至今他仍然能够清楚地记着他们的名字。他还想念那一声军号，但那声军号一直也没有在他的耳边响起。他就那样一直坚持到了最后，最后却变成了俘虏，敌人的俘虏。虽然死里逃生，可是被俘的耻辱却像一枚生锈的钉子一样钉在了他的心里，那种痛，是任何人都无法体会的；那种痛，伴随着他的每一天，让他深深感受到自责和愧疚。

因为有了这份自责与愧疚，他无法面对石营长，无法面对他往昔的战友。

那些战友的尸体已经被他含着热泪一个个掩埋了，入土为安，他希望他们能够安息。

从他们的坟前走过，小德子心里有了主意，就想和他们说说话，告个别了。

小德子说：一排的弟兄们，你们都在这儿集合了，记住，这就是一排的阵地。这队伍哇，都过去好几拨了，他们哗啦哗啦地都往南奔去了，营长他们一定也往南奔去了，俺不能再等了，俺得找营长他们去。

说到这里，小德子举起右手，庄重地行了一个军礼，而后缓缓放下来，转身走去，可是，走了几步，忍不住又回转了身子，冲那片坟地喊道：一排的，听好了，把阵地守好了！

这样说着的时候，小德子眼里的泪水就止不住地流了下来。

小德子走下阵地，后来就来到了山下的县城里。一路走着，一路打听着部队的下落。忽然在一条街角的地方，看到了一道大门旁挂着的木牌，写着"一一五师留守处"几个大字，便不假思索地走了进去。一个留守的军官正在一张桌子前翻看着一个册子，小德子见了，忙走上前去，向他打听自己师的情况。那军官听了，抬头望着他一身破烂的军装，犹豫了一下，说道：你们三纵奔南去了，我们是四纵，你们纵队的具体情况，我们留守处不太清楚。

小德子问道：南边是哪儿呀？有个具体地方吗？

军官摇摇头说：这个可不好说，几个纵队都会合在一起了，听说队伍就要过长江了，一过长江，那就是真正的南方，各纵队的任务不一样，现在想找到你们师难呢！

小德子问道：那你们这留守处是啥意思？

军官说：我们这留守处事还不少，比方说安置伤员还有那些掉队的士兵，以及后勤中转等好多事。

小德子想了想，又问道：掉队的士兵你们也管，那俺掉队了你管不管？

军官站起来，认真地看了看小德子道：按理说呀，你是三纵的，我们四纵的不好管，你又说是掉队的，我们也分不清是逃兵还是掉队的，如果你愿意在这儿等你们队伍的消息，短时间内可以在我们这儿等等。不过，你是不是掉队的，还是别的什么情况，我们可不能证明，你只有找到你们部队才能说清。

小德子似乎看到了一线希望，忙又说道：不用你们说清，俺找到营长就能说清了。

军官说道：那好吧，既然这样，你先登个记。

说完，就把一个花名册递了过来。

小德子在一五一十登记完，那名留守军官便朝门外喊道：小马。

一个战士应声而入道：谢干事！

谢干事便向他示意道：这是三纵队自称掉队的，你把他安置一下。

小德子听了，一下子抬起头来，争辩道：俺不是自称掉队，就是掉队，我们营阻击河北的地方军,那仗打的。

军官不想和小德子较真,挥手说道:行了,行了,你不用跟我说这些,等找到你们自己部队再去说吧。

说着,小马就带着小德子走了出去,一直走到了一间很大的房子里。小德子睁眼看到那一溜儿大通铺,有几个战士正坐在上面打扑克,还有几个伤员拄着木拐在地上练习走路。

就在他愣神的工夫,小马把一套被褥放在了一个空铺上,回头说道:你的行李就放在这儿吧。

而后,又冲一个正在刮胡子的老兵说道:曹班长,你们班又来了一个人。

曹班长侧身看了一眼小德子,一句话没说,接着又继续专注地刮开了他的胡子。

小马补了一句:人我可交给你了。

说完,便头也不回地走了。

小马一走,屋子里的人该干什么的还干什么,小德子环顾了一下,想了想,便向那个曹班长走过去,蹲在他面前,伸出手去说道:曹班长你好,俺是三纵独立师尖刀营一排排长林孝德。

曹班长竟像没有听到一样。

小德子无趣地收回手,接着又看着曹班长问道:你是这儿的班长?

曹班长这才收起剪刀哼了一声,算是对他的回答了。

小德子说:俺们营阻击地方军时,俺没听到撤退的军号,掉队了。

曹班长说:到这儿来的人都这么说,谁愿意说自己是逃兵?

小德子心里边咯噔响了一下,认真地说道:俺可不是逃兵,俺被俘了,又跑出来。俺一排就剩下俺一个人了,俺真是掉队了。

曹班长又哼了一声,站起来,趿着脚向一边的床铺走过去,一屁股坐在床铺上,说道:俺受伤了,俺才是真正掉队的,等俺伤好了,留守处得敲锣打鼓把俺送到队伍上去。你被俘虏了,这事可就大了,谁能给你证明说清楚?

说完,曹班长就再也不理会小德子了,自顾自从床铺下摸出一张军区报,一声不响地看了起来。

小德子怔怔地站在那里,脑子里一下子就乱了。

夜晚来临了。在一盏油灯昏蒙蒙的光亮里,有的人已经早早地睡下了,有的人正眼睁睁地盯着天棚想心事。小德子一时睡不着,看着一个老兵模样的人在光着脊梁拿一件衣服捉虱子,便小心地凑了过去。捉虱子的老兵看了眼小德子,笑了笑,问道:从哪跑回来的,家里是不是也没啥人了?没地方去了,又跑回来了?

小德子回答道:俺不是逃兵,俺是三纵独立师尖刀营一排排长林孝德,俺打阻击掉队了。

老兵听了,不屑地瞥了小德子一眼,笑道:拉倒吧,这里哪有啥掉队的,只有曹班长人家那是受伤了,留守处让他过来管理我们。

小德子问道:这么说,这里除了曹班长,都是逃兵?

老兵把一个虱子啪一声挤碎了,说道:差不多吧,枪一响,有尿裤子的,有掉头跑的,也有冲天上开枪的,反正都不是啥光彩的人。

那咋都又回来了?小德子问道。

老兵把那件衣服披在肩上,说道:有的迷路了,有的跑回家没啥人了,还有的碰上国民党的败兵又给吓回来的,啥样都有。俺们这些人,可不是啥好人,以前给国军卖命时,就总想着跑,到了这儿还想着跑。

小德子一下恍然大悟了,问道:敢情你们都是被解放过来的?

老兵点点头,说道:差不多吧,你不是?

小德子使劲摇了摇头,说:俺是打阻击掉队了,后来被俘了,又跑出来。

得,得,你被俘了,还不是和我们一样?老兵望着小德子继续说道,不说被俘还好点儿,你被俘也有可能投降,才被人家放出来,这事谁能说清楚?

说完,便在自己的铺位上躺了下来。

屋里的那盏油灯,不知是油燃尽了,还是被人吹了一口,一下子就灭了。屋子里眨眼间便死沉沉地黑了下来。小德子立在一片黑暗里,眼泪呼啦一下就涌了出来。

就在那个晚上,小德子做了一个梦。在梦里,小德子又回到了不久前经历过的那个战场上,回到了他的阵地上。那么多的战士都战死了,一个个倒在了血泊里,看一眼,他就觉得心碎。小德子哭了,在一片哭声中,他惊醒过来,愣怔了片刻,便打定了主意,悄悄穿好了衣服,走了出去。

在一片明亮的月光中,小德子疲惫不堪地又走回到阵地上,扑通一声跪在坟前,抱着脑袋便止不住声泪俱下地呜咽起来,一边呜咽着,一边说道:弟兄们,俺没找到营长,俺被俘了,说不清了。俺哪儿也不去了,就跟你们在一起。俺再也没脸见营长了!

第十七章

队伍一直南下,从冀北到冀中再到淮北,马不停蹄,直插敌人的大后方。

行进途中,独立师不断接到纵队下达的作战命令,军令如山,于是也就这样一仗一仗地打下去。一仗与一仗的作战环境不同,但惨烈程度却又是那样的相像。枪子是不长眼的,炮弹也是不长眼的,不论你是谁,它总会让你付出血的代价。于是,不断有人倒了下去,但是不久之后,又不断有地方青年被补充到队伍里来。

高桥一仗是许多天以后的事情。

自然,这一仗也像在此之前的许多仗一样,胡师长和张政委总要召开一次战前动员会,部署一番作战计划。

这一天,从一大早开始,天色就晦暗异常,空气滞重得几乎能攥出水来。胡师长下意识地望了望窗外,很快又把目光拉了回来,落在几个营长的身上,说道:兄弟部队的反攻从现在开始已经全面打响了,为了配合打好渡江战役,纵队命令我们一定要在尽快、最短的时间里夺取高桥,把敌人撤退的道路彻底堵死,让黄维兵团没有退路。关于这次作战的意义,大家心里已经很清楚了,在这里我就不需要讲什么了,现在,就请政委来给大家做指示。

张政委起身望着大家,说道:经过一段时间的休整后,我们师有一个团和六个营的兵力,现在也算是家大业大了。纵队首长对我们这次战斗抱有很高的期望,希望我们在两天之内拿下高桥这个堡垒,一举歼灭敌人……

几个营长正专注地听着,王团长突然用马鞭拍了拍裤脚,说道:师长、政委你们就说让我们团从哪开始打吧,我保证两天之内把红旗插到高桥去。

听上去,王团长已经对高桥一仗胜券在握了。

石光荣听王团长这么一说,心里头不舒服了,忽地站了起来,说道:师长、政委,有些人不吹牛就会得病,别听他瞎咧咧,老规矩,战斗的第一枪就得尖刀营打响,别人谁也不好使!

石光荣的口气更强硬,王团长转过头去不满地看了他一眼,正要抢白什么,又被胡师长挥手打断了:你们俩又来了,着急是不,都给我老实坐下,有能耐自己把高桥打下来才算本事,下面我宣布作战计划——

所有人都站了起来,全神贯注地听胡师长把作战计划一一部署下去……

战斗很快就打响了。

在一片隆隆的炮声和枪声中,指挥部里的空气异常紧张。几个作战参谋一边不停地接听电话,一边高声喊叫着转达着首长指示。

胡师长在一幅军用地图前焦灼不安地踱着步子,张政委正伏在一只炮弹箱上写着什么。就在这时,一阵更加凶猛的炮弹爆炸声从远远的地方传了过来,胡师长不禁抬头望着指挥部外的天空,突然说道:老张,尖刀营那里俺不放心,我得去看一眼。

一听胡师长要到阵地去,张政委忙劝道:尖刀营有石光荣在,你还有啥不放心的,我看你的老毛病又犯了。

老张,此时的尖刀营不比以往了,那场阻击战尖刀营就回来三十多人,这个尖刀营可都是一些新兵,让他们尖刀营打穿插,是需要战斗经验和啃骨头精神的。胡师长一边开始准备,一边又继续说道,你让我待在指挥部里,我这心里真不踏实。纵队把这么重要的任务交给咱们师,万一有个啥闪失……

张政委望着胡师长,似乎预感到了什么,说道:要不这样,你在这儿待着,让我去。

胡师长朝张政委微笑了一下,接着,竟又下意识地拍了一下他的肩膀,说道:老张,咱俩谁跟谁,谁待着不都一样吗,那我就去了——

不等张政委再说什么,胡师长一边往外走,一边匆忙喊道:小李,快牵马来!

张政委心里边突然就捏了一把汗,向胡师长紧追了两步,高喊道:老胡,你可得注意安全。

胡师长回头笑了笑说:老张,放心吧,拿下高桥我还要请你吃红烧肉呢!

张政委一边摇着头,一边也跟着笑了。

此刻,尖刀营的进攻的确受到了阻碍,阵地前方敌人的两处火力点,正毫不停歇地吐着火舌。那两处十分凶猛的火力点,不容置疑地把石光荣带领的队伍压制在了一道土堆后面。已经有两个战士抱着炸药包试图炸毁它们,但都在半途中弹牺牲了。

石光荣心里万分着急,不禁大喊道:张连长,张连长。

张连长迅速跑过来。

石光荣掏出怀表,看了一眼,急切地说道:半小时就得拿下钢厂,支援五营攻打水塔。

营长,俺明白。说着,张连长冲两个战士挥手道:上!

两个战士闻令跃出了掩体,携着炸药包,弯腰向前冲了上去。

石光荣大喊一声:掩护!

尖刀营的轻重武器一起开火,向不远处的两个碉堡扫射过去。

眼瞅着其中一个战士就要接近碉堡时,不料,却被碉堡里的敌人发现,一梭子弹射过来,这个战士便倒了下去。另一个战士与此同时接近了碉堡,举手将炸药包扔了进去,可是,眨眼间,又被里面的敌人扔了出来,轰的一声在一旁爆炸了。

这情景,让石光荣看在眼里,气得直拍大腿。

就在这个节骨眼上,胡师长和小李子骑马赶了过来。石光荣回头看见了胡师长,不由得一声惊叫:妈呀,你咋来了?

别大惊小怪的,受阻了?胡师长下马靠过来,问道。

石光荣指着前方的两处碉堡说道:本来队伍很顺利,没想到遇到了这么两个克星。

胡师长看了一下表,接着把目光移向前方,说道:离总攻的时间不多了,你们尖刀营扫不清障碍,三营五营就没法联手冲锋。

石光荣心领神会地看了胡师长一眼,稍思片刻,突然回头高喊道:伍子,牵马来!

小伍子便把草原青牵了过来。

石光荣看了一眼小伍子,说道:再去拿个炸药包。

小伍子一下就意识到了什么,望着石光荣问道:营长,你这是要干啥呀?!

石光荣眼睛一下红了,瞪着小伍子吼道:让你去你就去!

小伍子尽管心里不情愿,还是转身去了。

石光荣回头指着前边的碉堡,对胡师长说道:师长,你看着两个碉堡也就二三百米,咱们速度慢上不去,我骑马上去,他们就是射中俺,俺也能把炸药包塞进去。

胡师长突然担心了,片刻后问道:石光荣,你知道这意味着什么吗?

恰恰就在这时,又有两个爆破手倒在了半途,石光荣一拳砸在地上,扭头说道:师长,你我都是打仗的人,冲锋马上就开始了,这两个火力点拿不下来,就是俺尖刀营没完成任务,俺石光荣就得掉脑袋,是罪人。

说着,石光荣接过小伍子抱来的炸药包,跳上马去。

胡师长见状,灵机一动,也冲小李子喊道:再准备一个炸药包!

见石光荣已经准备好策马朝碉堡冲去，胡师长接着又大喊一声：掩护石营长！

说完，一阵密集的枪声直朝碉堡射去。

石光荣冒着枪林弹雨冲上了阵地，转瞬之间靠近了一个碉堡，将炸药包投掷进去，紧接着，那座碉堡轰然一声就被炸毁了。可是，石光荣万万没有料想，一群敌人突然从碉堡后面冒了出来，说时迟那时快，石光荣嚯的一声抽出马刀，便奋力拼杀起来。

敌人的另一个碉堡发射口仍吐着火舌。

胡师长一拍大腿，夺过小李子抱着的炸药包，便跃上了马，正欲打马而去，却被小李子一把抓住了马缰绳，小李子说：师长，你不能去！

胡师长见状急了，挥鞭打开了小李子阻挡的双手，冲进一片硝烟里。

快，掩护师长！张连长站起身来，奋不顾身高喊一声，眨眼间又是一片紧密的枪声。

可是，那一片枪声并没有掩护得了飞马而去的胡师长，敌人的火力一下集中在了他的身上。正当快要贴近碉堡的一瞬间，一梭子子弹射来，胡师长不幸中弹，在马背上摇晃了一下身子，眼见着就要摔下马来的那一刻，他举着炸药包，拼尽了生命中的全部力气，大喊一声：冲啊——

声音未落，胡师长猛地将炸药包投向了最后的碉堡。

碉堡被炸飞了，尖刀营的战士们在一片浓浓的硝烟里，一边呐喊着，一边向前冲了过去……

那场战斗终于在一片零落的枪声中结束了，硝烟还没散去，战士们押着一群俘虏走出了阵地。

石光荣怀抱着胡师长，禁不住热泪翻涌，任他怎么去呼唤，胡师长紧闭着的双眼，再也不能睁开了。

石光荣缓缓将胡师长抱起，仰望着阴沉沉的天空，一边声泪俱下地哽咽着，一边呼喊道：接师长回家。

刹那间，天空里响起了电闪雷鸣般的枪声。

阴沉了整整一天的天空里，不知从何时起，飘落起如烟似雾的细雨来。那一片朦胧的细雨，打湿了石光荣的头发，打湿了他的双眼，也把他的记忆打湿了。

无声的细雨里，石光荣掩埋了胡师长，跪在一片泥泞的坟前，禁不住心似刀剜一般地哭诉道：师长，你大风大浪都过来了，咋就在这小河沟里翻了呢？高桥咱们拿下了，黄维兵团被咱们全歼了，师长啊，你再也看不到了。

这样说着，石光荣抓起把湿土添在了胡师长的坟上。紧接着又说道：师长，俺石头一入伍就跟着你，我的名字都是你给起的。你说等革命胜利了，你回老家抱孩子去。师长，石头不称职啊，俺们尖刀营没有打好，连累了你。师长，石头对不住你！你走了，石头以后跟谁发火，还跟谁不讲理，还有谁能这么理解石头哇，师长，石光荣想你呀——

说完，趴在坟上大哭起来。

白茹无限悲戚地把一张脸贴在坟上，不停地呜咽着。此时此刻，内心的悲怆已经像一块巨石一般，压得她喘不过气来了。白茹道：老胡哇，我从瑞金跟你出发，这一路走来，我一直说想要个孩子，你说再等等，你却突然走了，连个孩子也没给我留下。老胡哇，我跟你没后悔过，可你走了，我的念想就没了。老胡，虽然咱们都在一个部队，可你忙得连看我一眼的时间都没有，现在你歇息了，你好好看我一眼吧——

说着，白茹慢慢挺起身来，顺手把一缕湿发捋在耳后，一边流着泪水，一边努力地笑了笑，默默说道：我知道你喜欢看我笑的样子，现在，你看到了吗？

天说黑就黑下来了。

石光荣疲惫地坐在胡师长的坟前，久久不肯离开。

师长，石头还想再陪你唠一会儿。石光荣缓缓说道，等打完仗，革命胜利了，俺把飞火流星也接过来，让它陪着你。你在那面就有四条腿了，四条腿比两条腿跑得快，你想去哪儿就去哪儿，有飞火流星陪着你，石头就放心了……

石光荣的声音很低，低得就像是一阵耳语。

小伍子见了，心疼地劝道：营长，咱们回去吧，你都说一下午了。

石光荣在一片黑暗里摇了摇头，说道：伍子，你不懂，俺就说上三天三夜也说不完。没有师长，就没有石光荣，师长是俺的引路人，别看他平时对俺吹胡子瞪眼睛的，俺知道他心里喜欢俺，这次要是没有师长，躺在这里的就该是俺，不是师长……

说着，一阵悲痛涌上心头，石光荣的泪水又肆无忌惮地流了下来。

石光荣望着坟头哭喊道：师长啊，俺石头对不住你。

得到胡师长牺牲的消息，张政委不胜悲痛。抚摸着胡师长留下的望远镜和马鞭，睹物思人，眼前浮现着胡师长的音容笑貌，他禁不住泪光闪烁。没有了胡师长，以后该怎么办？无疑，胡师长的牺牲，是独立师的莫大损失。

机要参谋把那份电报送过来的时候，张政委正沉浸在对胡师长的回忆之中。

报告！机要参谋的声音，打断了张政委的思绪。

张政委抬起头来。

参谋把那份电报递了过来，说道：这是纵队的电报，任命团长王长贵为师长，石光荣为团长，让我们就地休整，准备渡江。

张政委接过电报，思虑良久，终于说道：你去把王团长，不，王师长请来。

王团长很快就来到了师部。可是，当他获知纵队的任命后，说什么也不肯接受。

张政委望着王团长，严肃地说道：这是纵队的命令，你不接受，就是不服从组织的安排。军令如山，作为一名军人，你应该懂得这些。

王团长的眼睛一下子湿了。他一边抖动着双手握着那封电报，一边说道：师长牺牲了，我们团有责任。没保护好他，这个师长俺不能干，我王长贵咋能和胡师长比呢？

王团长，不，王师长。张政委接着解释道，我只是在传达纵队的命令，你有意见可以和纵队首长直接反映。

王师长放下电报，沉重地叹了一口气道：这个任命太重了，我王长贵真的承受不起。

好了，老王，别说那么多了。张政委继续说道，你不干他不干，这个师长总得有人干。师长也好，政委也好，我们都是战斗员，就是位置不同而已。胡师长给我们做出了表率，他是一个真正的战士。

王师长想了想，望着张政委，起身说道：那我王长贵以一个战士的名义接受纵队领导的安排。

张政委笑了笑，说道：好，王师长，咱们现在找石光荣谈谈吧！

说着，两个人就把石光荣找到了师部。张政委便也把纵队的命令拿给石光荣看了，片刻，望着他问道：石营长，你看，你还有什么意见没有？

石光荣眼睛红肿着，仍沉浸在一片悲痛之中，见张政委这样问他，嘶哑着嗓子认真说道：让老王当师长俺没意见，让俺干团长，俺有意见！

站在身边的王师长接过话茬，也认真地说道：石光荣，要不俺把这个师长让给你，俺还当团长。

石光荣摇了摇头，望着王师长道：老王，你以为俺石光荣嫌官小才不干的？俺是心里有愧，不得劲儿，师长怕更多的战士牺牲，才牺牲了自己；一排长林孝德到现在仍然活不见人，死不见尸。俺真是不想离开尖刀营，怕那些战友再也找不到尖刀营，尖刀营就是他们的家，俺这个家长不在了，他们的家也没了。

张政委说道：石团长，咱们师部是他们的家，怎么能说家没了呢？

石光荣你别装清高了行不行？王师长望着石光荣说道，我王长贵啥时候把这个师长当官了？政委说得对，我们都是战士，随时准备冲锋牺牲，像胡师长那样。

石光荣抬起头，望了一眼王师长，又望了一眼张政委，说道：那咱们就说好了，咱们以后谁要是把自己当成个官，谁就不是人养的。

石光荣的一句话，说到了王师长的心里，王师长便接过话来说道：石光荣，你这话说得好，别人俺管不着，俺王长贵等打完仗，革命胜利了，就回家种地去。

好，只要不是个官，这个团长我就当。石光荣发誓般地说道：谁把自己当成个官，谁就不是人养的。

说到这里，石光荣不由得笑了，王师长和张政委两个人也跟着笑了起来。

回到住处时，夜已经很深了。石光荣把任命的消息告诉了小伍子，没想到，小伍子一听，却不高兴了，望着石光荣，不满地说道：团长，要不是上次你把团长让给王师长，这个师长就是你的。

石光荣听了，呵斥道：伍子，你给俺闭嘴！

小伍子嘟囔道：本来就是嘛，一说这个你还急。

石光荣严肃地说道：他王长贵，还有俺石光荣，俺们啥时候都是个战士。战士，懂不懂？都得为革命冲锋陷阵。啥团长师长的，在俺石光荣眼里这就不是个官，知道不？

小伍子眨巴着眼睛听了，说道：这些意见不是俺一个人的，整个尖刀营的人都这么说。

那是他们胡说乱想，俺明天就开会让他们闭嘴。石光荣说道，咱们是一个师，不能出来两种声音。

回头再说二龙山上的刘老炮，自从让人点了工作队曹队长的天灯之后，不禁有些后怕起来，担心着曹队长手下的那些人不会轻饶了他，急了眼就会拿他的父母是问，弄不好落个沈少夫老父的下场，心里便想着还是把他们接到山上来把握，便在这天晚上，带着几个人回到了蘑菇屯的家里。

此时，刘父和刘母正沉着脸坐在炕上。

刘老炮跪在地上，几乎在乞求一般地说道：爹、娘，你们就别折磨俺了，跟俺去二龙山过几天好日子，让俺孝敬孝敬你们，俺这心里也舒坦。

刘父听了刘老炮的话，正眼没瞧一下，气愤地说道：俺们没有你这个儿子，俺跟你没有关系，你爱干啥就干啥去吧！

刘老炮继续乞求道：爹，你咋糊涂呢，俺杀了工作队的人，沈老爷子都被新政府给镇压了，他们能不找你们麻烦吗？

俺们和沈家人可不一样，那个沈地主以前手里就有人命，逼死了那么多人。刘母看了刘老炮一眼，一边说着，一边又把头别向了一边。

刘老炮心里着急，又说道：俺手里有人命，他们一定得找你们麻烦。

刘父问道：你真的怕政府找俺们麻烦？

刘老炮说：爹、娘，真的，俺出门在外混世界，不就是为了能孝敬你们吗？你们要是不给俺孝敬的机会，那我还不如一头撞死算了。

你要真想孝敬，行，那你听我的。刘父说道。

刘老炮问道：干啥？

刘父说道：你把自己绑了，去工作队那里说清楚，再也不上山去当土匪，还得把那个沈少夫给俺灭了。

刘老炮寻思片刻，说道：爹，别的啥都行，俺要去工作队找新政府，还咋孝敬你呀？

刘父突然从被子里摸出一把杀猪刀，说道：你不去也行，那俺就死在你面前。

说完，就把刀横在了自己的脖子上。

刘老炮见状，脸色一下就变了，慌忙说道：别，别，爹，你这是干啥呀？

一边说着，一边就想上前把那把刀夺过来。

你别过来！刘父坚决地说道，干啥？你不去赎罪，俺替你赎！你们作了多大的孽，工作队队长让你们给杀了，他的孩子还不满百天，现在没人敢去种沈家分下来的地，那地都荒着，你们作的孽还不够多呀？俗话说，父债子偿，今天俺就去替你偿这个债。

说完，用刀在脖子上比画了一下。

刘老炮知道父亲的脾气，哪句话说不对，他会不顾惜自己的性命的。如果想让父亲放手，唯一的办法就是听命于他，于是便把手伸过去，说道：爹，爹，你住手，俺听你的，俺去工作队自首。

刘老炮乖乖地就被刘父和刘母捆了。

刘父和刘母押着刘老炮从屋子里走出来，被门外警戒的刘二几个人一眼看到了，不禁一阵惊讶。刘二疑惑地问道：叔，这是咋的了，咋还捆上了？

刘老炮低着头不吱声。

刘父吼道：你们都滚远点儿，我今天要带着这个孽子去新政府的工作队自首。

三爷呀，哪有这么对自己亲儿子的。刘二说道，你这不是把俺叔往火坑里推吗？

刘父气愤地望着刘二说道：你别叫俺爷，你的亲爷要是还在，非得让你气死。

磕巴这时见状也走上来，一心向着刘老炮，说道：你……你是不是……老……老糊涂了，这，这整的是啥事呀，当……当家的……好心……好……好意接你们去享……享清……清福，你们这是好……好歹不知呢！

刘父不等磕巴把话说完，一脚把他踹开了，说：滚一边去！

滚刀肉和磕巴几个人预感到大事不好，忙把腰里的枪掏出来。

刘老炮朝几个人望了一眼，说道：你们消停会儿，你们走你们的，俺今天成全俺爹娘的心愿。

刘二上前拦道：叔，你别糊涂，这不中。

刘老炮冲刘二使了个眼色，说：你们快去，麻溜的。

刘二马上反应过来，便冲几个人挥手说道：咱们走！

说着，带着几个人便离开了刘家。

刘父牵着刘老炮，见几个人走了，忙冲刘母说道：你快去工作队报告，俺随后就到。

刘母一边应着，一边慌忙跑了出去。

可是，刘二并没走远。眼见着不大会儿的工夫，刘母带着几个民兵从村公所的方向赶过来，隐在路旁暗处的刘二几个人举枪便是一通乱射，两个民兵应声倒在了地上。

这时间，刘老炮一边跟着刘父往前走，一边已经悄悄把捆在手上的绳子弄开了。听到前面传来的一片枪声，刘父意识到是刘母把工作队的人带来了，抓过刘老炮的膀子往前拖去。可是，就在这当口，刘二骑马赶了过来，来到近前，跳下马背，低声喊道：叔，快上马！

刘老炮闻声甩开了身上的绳子，跃上马去。

刘二喊道：叔，快跑，这里有我呢！

刘老炮毕竟是个孝子，跨上马去的那一瞬间，仍没忘记看一眼生身父亲，喊道：爹呀，俺下辈子还给你做孝子！

刘老炮说完，眨眼间就跑得没影了。刘父气得浑身发抖，拿出杀猪刀欲追过去，被刘二上前一把将刀夺下了，吼道：你是个啥爷呀，是个傻爷，哪有这么干的！

说完，提刀向刘老炮紧随而去。

一场虚惊后，刘老炮带着刘二、滚刀肉、磕巴几个人失魂落魄回到了二龙山。沈少夫望着刘老炮一副狼狈相，鼻子里哼了一声，说道：这回你该死心了吧,让你不要下山,不要下山,你非不听。

刘老炮苦着一张脸,说道:大哥,可俺心里就是过不去这个坎,你说忠孝咋就不能两全呢!

沈少夫叹了一口气,望着刘老炮说道:兄弟,事已至此,只能各走各的道了。你的孝心天老爷看在眼里,他是不会怪你的。我难道没有孝心吗,我想接我娘上山,她也死活不同意。

想着山下的父母,刘老炮禁不住痛苦万分,说道:大哥,俺闹心。

沈少夫想想,回头冲一旁的刘二说道:去准备点儿酒菜,我和兄弟喝几杯,咱们慢慢唠唠。

打完了那一仗,队伍进入了休整状态。

这天晚上,张政委正躺在床上就着一盏油灯看书,一旁的王师长一时又睡不下,便半倚在床上一边吸烟,一边思考着什么。一支烟吸完了,王师长望了张政委一眼,说道:政委,俺合计了,这次队伍休整,得狠抓一下战斗力,等部队渡江作战,别给兄弟部队拖后腿。

张政委听了,微微一笑,便把手里的书本合上了,回道:以前胡师长在时,这方面都是他主抓,我帮着敲边鼓。你刚上任,经验可能缺乏些,明天咱们一起合计合计,怎么训练才能提高战斗力。

王师长谦虚地说道:这就对了,我得抓紧把胡师长带部队的经验学到手。

王师长,问你个事行不?张政委突然欠起身来问道。

政委,你跟俺这么客气干啥?你别叫俺师长,叫俺长贵就行,叫俺师长听着别扭。王师长说道。

张政委笑了,说:时间长了就不别扭了。你今年有三十八了吧?

王师长点头应道:对,过完端午俺就满三十八了。

个人问题就没想过?张政委接着问道。

王师长一笑,说:政委,看你说的,咋能不想呢,可这天天打仗,哪有工夫顾得上这些呀,你说这一仗那一仗的。俺总是想,等仗打完了,革命胜利了,俺就回河北老家,找个白洋淀的姑娘结婚过日子去。

张政委问道:你觉得咱师医院的人有没有你看中的?

咱师医院有谁呀,白院长是胡师长的爱人,桔梗那是石光荣的,咱惦记也白惦记,人家都鬼呀神的誓都发了,咱还考虑啥?倒是那个王百灵吧是单身,可人家是知识分子,也看不上咱呀。

这你得试啊。不试咋能知道?

俺以前试探过，装病、请吃饭啥的，可人家不搭理咱哪。再说了石光荣也喜欢王百灵，上次我佯攻了一下，石光荣就把人给藏起来了……王师长有些无奈地说道。

此一时彼一时，石光荣就是瞎咋呼，别听他的，趁部队休整，有时间你再试试，合适的时候我这个政委再做做工作，也许能行。张政委望着王师长，关心地说道。

王师长一下就来了精神，说：真的？那敢情好，那俺就试试？

张政委一边笑着，一边鼓励道：试试，拿出打仗时的精神气来！

中！先睡觉！王师长美滋滋地说道。

好，睡觉，把精神养得足足的！说着，张政委便把灯吹熄了。

第二天上午，借检查工作之便，王师长来到了医院，找到了白茹院长的办公室。白茹见王师长来了，忙给他倒了杯水，问道：王师长有什么指示吗？

王师长便问道：医院里现在还有多少伤员？

报告师长，伤员还有十几个，五个重伤，其余的都是轻伤，再过几天就可以出院了。白茹一五一十回答道。

王师长犹豫了一下，望着白茹说道：白院长，你别那么客气，胡师长在时，对我可不薄……对了，王百灵还好吧？

师长，你找王军医？白茹问道。

不找不找，俺就是随便问一问。王师长这样说着，脸上的表情一时就显得有些慌乱起来。

白茹便汇报道：师长，正好你来了，我就说说，咱们这医院那也该扩扩编了，不打仗还好点儿，一打仗伤员一多，我们都干不过来。

王师长点着头，思忖道：是该扩编了，等过了长江，到了南京，咱们到学校里多招点儿护士医生啥的。

白茹笑着说道：师长有你这句话我们就放心了。

那，白院长你忙，我再到别处看看。王师长说着，就离开了白茹的办公室，刚走出屋门，正碰到桔梗端着换药的托盘走过来，便打着哈哈说道：这不是桔梗吗？

桔梗停下了步子，直来直去地问道：你当了师长不去抓部队训练，到医院来干啥？

王师长背着手很像师长的样子说：桔梗你得注意了，有这么跟师长说话的吗？俺到医院来检查工作，这不也是工作吗？

桔梗望了一眼王师长，忽然醒悟一般地说道：对对，你当师长了，这个师你说了算，你检查吧，俺得走了。

说完,端着托盘就向病房走去了。

王师长望着桔梗的背影,含义复杂地笑了笑。转回头时,又见小凤从一间病房里走了出来,小凤招呼道:王团长,不,王师长好!

王师长微笑着朝小凤点了下头,说道:小凤啊,你帮俺叫下王军医,俺有话对她说。

小凤听了,忙应道:我这就去给你叫她。

王师长一直把王百灵叫到村头的一棵大树下。阳光很好,透过大树的枝叶,筛下一地的光斑。

王百灵看着那光斑,说道:师长,有什么指示您快说吧。

王师长下意识地清了清嗓子,说道:王军医,别客气,俺王长贵虽然当了师长,心还和以前一样。随便点儿,别紧张。

这话不知是说给王百灵的,还是说给他自己的,一颗心却不由自主地响跳得厉害。

王百灵抬头望着王师长,粲然一笑道:师长,你工作那么忙,找俺一定有事,有话你就直说吧。

王师长背着手,鼓了鼓勇气,终于问道:王军医,今年有多大了?

王百灵说:我二十四,参军六年了。

王师长接话说道:噢,俺过完端午节就三十八了。

王百灵不知所以然,又追问了一句:师长,你说事吧,说完我还得去照顾伤员。

王师长说道:伤员那没事,有白院长和桔梗她们呢。俺今天找你来是这样……

王百灵专注地听着,王师长一下又显得不好意思了,抬眼朝远处望过去。远处的天空里有几朵白云飘浮着。

王百灵见没有下文,接着又问道:师长,哪样啊?

啊,嗯,你六年前刚参军那会儿,俺还当连长呢!王师长终于又说道,俺记得你被石光荣从沈少夫那儿抢来,还穿着国军的衣服。

王百灵侧头笑道:那时我刚入伍不久。

你看,这一晃过得多快呀,刚开始在冀中王佐县城打鬼子,后来又去了东北,现在又到了淮北,你说这日子多快呀!王师长一边星辰日月地感叹着,一边望着王百灵,心里边泛起了情感的波浪。

王百灵眨着一双眼睛问道:师长,你这是要写回忆录吗?

王师长说道:不写,写那玩意儿干啥,况且,俺还没到回忆的时候呢,俺不回忆。

王百灵说:那不回忆就说正事吧。

王师长还在犹豫着:啊,其实也没啥。

王百灵从来没有见王师长说话这样磨叽过,便张口说道:师长,你没啥事那我真的得走了,一会儿我还要给伤员打针呢!

说完,也不等王师长允许,转身就要往前跑去。

王师长情急之下把王百灵喊住了,问道:百灵同志,你觉得俺王长贵这个人咋样?

王百灵站在几步远的地方,回头望着王师长,心里也就想到了七八成,便犹豫了一下,问道:师长,问这个和工作有关吗?

王师长仍是不明不白地答道:这个,有关,也没关!

王百灵一时不知如何是好,索性说道:师长,那我走了。

说完,头也不回朝前走去。

王师长望着王百灵渐渐走远的背影,突然觉得有些费解,自言自语道:跟她说话咋这么费劲呢?要是桔梗,俺就直来直去了。算了,俺不管了,让政委弄去吧!

中午时分,王百灵倚在床上正默默地在那里想着王师长的事情,桔梗就呼呼啦啦地走了进来,见王百灵仍是坐在那里发愣,便张口问道:咋的了,王师长找你有啥事?

王百灵不觉侧了一下身子,说道:烦,真烦人!

咋的了,你就烦了?桔梗走过来,坐在王百灵的床边,关切地问道:他到底说啥了让你烦?

王百灵坐起来说道:他问我对他怎么看。

哎呀妈呀,他一定是看上你了。桔梗说,不是为这个,他问这话干啥。

王百灵说:所以说我烦嘛!

说完,就又躺了下去。

桔梗笑了笑,认真地问道:妹子,告诉俺,那你到底喜欢他不?

我要是喜欢了还烦什么?王百灵反问了一句。

那你就当面告诉他呀。桔梗说,就说你王百灵不喜欢他,让他靠边稍息不就完了?!

王百灵为难地说道:你以为我是你呀,说话都不过脑子,他现在不是师长了吗,总得给人留点儿面子吧!

桔梗说道:啥面子呀,要是当初俺家石头不让他当团长,他哪里会当师长?不说这个,一说这个俺也闹心。

王百灵忽地又坐起来,问道:桔梗姐,那你和石团长的事有进展了吗?

桔梗的脸色突然变了，说道：让你别说你咋还说，俺闹心，俺想哭。

说着，就有了一副受了委屈的样子。

王百灵忙劝道：不说你了，说我，桔梗你说我该咋办。

桔梗不假思索地说道：啥咋办？就不搭理他，他下次再来找你，俺替你说。

真的？王百灵就像抓到了一根救命稻草一样，问道。

桔梗说：这点儿小事看把你愁的，走，开饭了，咱们吃饭去！

王百灵一下高兴起来，便和桔梗一起到食堂去了。

张政委来到医院时，已经是这天的黄昏时分了。那时，桔梗正和白茹、小凤几个人一起在卫生室团棉球。团着团着，白茹心里觉得蹊跷，竟向桔梗问道：桔梗，你说王师长白天来找王百灵，这刚到傍晚，张政委又来了，到底是啥事呢？

桔梗忙抬头问道：政委也来找王百灵了？

白茹说道：可不是，两个人正在宿舍里说话呢！

桔梗想了想，说道：那俺得看看去，俺答应过她，要保护她。

桔梗抬脚就要往外走，白茹知道桔梗是个火暴性子，忙说道：哪有事都少不了你，你可别添乱！

桔梗没有回答，人已经噔噔噔地走远了。

桔梗来到宿舍外边，不觉放轻了脚步，隔着门缝看见张政委此时正和王百灵坐在凳子上说话。就听得张政委说道：王师长这个人呢，你认识也不是一天两天了，他打仗勇敢，为人光明磊落，缺点嘛，就是性子直，处理问题有点儿简单，其实还算不上啥缺点，对吧？

王百灵点了点头，没有吱声。

张政委接着说道：王师长参军早，十五岁就参军了，这么多年一直打仗，也接触不到女同志，你说这一晃都快四十了，个人问题还没个着落。咱们再革命，终身大事也得考虑吧，都是人，都有七情六欲，百灵同志你是知识分子，这个你能理解吧？

王百灵又点了点头。

理解就好。事情是这样的，咱们师就你们医院里有几个女同志，别人都不合适，只有你还能靠点儿谱，王师长那人，别看他打仗生死不顾的，可遇到这事，他脸皮薄哇，他不好意思说出口，我是政委，解决干部的生活大事，也是我的工作，今天我来就是问问你，对王师长这人有什么想法。

王政委正说到这里，桔梗突然沉不住气了，一边推门走进来，一边大声说道：没想法！政委俺告诉你，别以为他王长贵当了师长就能随便欺负人，他又不是古时的皇帝,想娶谁就娶谁呀,告诉你,俺们百灵就是没男人要也不找他那样的!

张政委见桔梗在关键的时候闯进来,没头没脑地说了这么一番话,一下急了:桔梗,我这是问王百灵呢,又没问你!

问谁都一样。桔梗说道,转头又望着王百灵说:对吧百灵?

王百灵犹豫地看着张政委,点了点头,接着又摇了摇头。

妹子,你别怕,有俺桔梗给你做主呢!桔梗一下子更来劲了,说道,啥师长政委的,这么强娶豪夺的就不行。

张政委忽地站起身来,望着桔梗说道:桔梗,你别乱搅局,王百灵的事又不是你的事,你代替不了她。

桔梗叉腰站在那里,说道:俺今天还真就不服了,俺说不行就不行,咋的吧?

张政委见桔梗这个阵势,像要和谁拼命似的,忙说道:好好,你桔梗有本事,我一个师政委不跟你吵。

说到这里,张政委觉得有点儿下不来台,又转头冲王百灵说道:百灵同志,今天咱们说到这儿,这事你好好考虑一下,不管有什么结果,你告诉我一声。

王百灵点点头,马上意识到什么,这才站起来说道:政委慢走!

见张政委已经走到了门外,桔梗一下扯过王百灵说道:你这人咋就这么肉哇,说不行不就完了?

王百灵难为情地说道:张政委是代表组织跟我谈话,我咋好说不行。

那你就得嫁给他?桔梗追问道。

王百灵又犹豫起来了。

桔梗真诚地说道:你要是喜欢那个王长贵,俺桔梗给你拍巴掌,你跟俺说实话到底喜不喜欢。

我真没感觉。王百灵摇了摇头,但接着又说道,可王师长也不容易,那么大岁数了,革命革得连终身大事都耽误了。

那也不能为了可怜他就嫁给他呀!桔梗心里很替王百灵着急,不觉叹了口气,说道,百灵哇,让俺说你啥好呢!

王百灵一下也没了主意,求救般地望着桔梗,问道:这一下,都惊动组织了,你说这事咋办呢?

桔梗学着领导的样子,在屋子里腾腾腾就踱开了步子,踱了半天,终于说道:俺有办法了,俺去找石光荣,他一定有办法。

说完,腾腾腾迈开脚步,火急火燎地就往外走去。

王百灵小心地喊道：桔梗，别整那么大动静，全师人都知道了。

桔梗不管不顾地回道：全纵队知道了才好呢！

望着桔梗的背影，王百灵在后边急得直跺脚。

张政委前脚离开医院回到住处，王师长已经等得焦急了。见他终于回来了，忙上前问道：政委，人家王百灵没答应吧？

张政委笑了笑，卖着关子说道：你别说，还真有点儿门！

王师长一边为张政委倒水，一边不由得一阵惊喜，问道：真的？咋就有门了？

张政委坐了下来，端起杯子喝了一口水，说道：刚开始呢，王百灵的确有些抵触情绪，不过呢，我后来把利害关系，都以组织的名义和她谈了，我看她的思想开始活络了。

王师长兴奋了。一张嘴便咧得合不拢，说道：哎呀，还是组织这张嘴好使，你说俺以前也没少说，吐沫都快说干了，人家王百灵正眼瞅都不瞅咱一眼。

张政委抖了抖精神，说道：要相信组织，组织的力量是无穷的。

王师长深情地望着张政委，满脸幸福地说道：俺这辈子离开谁，也不会离开组织了……

王师长在对张政委说这番话的时候，桔梗已经来到石光荣的住处了。

石光荣见桔梗不分时候跑过来，开始还感到有些厌烦，可是听桔梗把王师长和王百灵的事情一说，马上就警觉起来了。石光荣伸着脖子瞪着眼，脸上的青筋都快暴出来了，不相信似的问道：你是说张政委找了王百灵，还以组织的名义？

桔梗认真地说道：可不咋的，王百灵老痛苦了，这师长、政委合起来欺负王百灵，石头你说这还有王法吗？

石光荣猛地把炮弹箱上放着的茶缸摔在了地上，跳起来道：没王法了？那俺石光荣就给他王法。

桔梗接着说道：石头哇，你也别生气，俺看着这事不公，也就那么一说，你刚当上团长，人家一个师长一个政委，咱胳膊拧不过大腿。

石光荣被激起来了，说道：俺这个团长宁可不当了，也不能由着他们欺负人，知道不？！

小伍子是了解石光荣的，点火就着，什么事情不弄个水落石出明明白白，是不肯把一颗心放下来的。见这会儿石光荣已经气得七窍生烟了，忙走上来劝道：团长，俺们知道了，你消消气。桔梗你麻溜走吧，你再说下去，团长这一宿气得该睡不着觉了。

桔梗听罢,上前抚着石光荣的前胸说道:石头你舒心点儿,别闹心,俺这是没招了才来找你的。你可要睡好觉哇,明天还要带着战士们训练呢。那俺走了。

石光荣仍是愤愤不平地说道:那俺明天就找他们去,扳不倒他们,俺就不姓这个石。

桔梗安慰道:咱不生气了,不生了,麻溜睡觉吧。

说完,腾腾腾就往医院走去了。

桔梗走后,石光荣躺在床上,回想着桔梗的话,越想越睡不着,便在那里翻来覆去烙煎饼。

一边床上的小伍子小声劝道:团长,睡吧,别合计了。

石光荣却忽地坐起来,问道:伍子,你说这人一当官咋就变脸呢?

小伍子想了想,说道:团长,也不是所有人都这样,你都当团长了,俺看你还和以前一样。

石光荣骂道:王长贵坏了良心,他不是他娘养的了,老子饶不了他。

说完,扑通一声又躺下去了。

小伍子接着劝道:团长,睡吧,等睡好觉,俺明天陪你找他们去,俺啥也不怕,你让俺咋就咋!

石光荣听了,又欠起身来,忽然问道:伍子,咱要是不在部队干了,或者离开这个师去别的师,你跟俺走不?

小伍子响亮亮地回道:团长,你去哪儿俺跟你去哪儿,这辈子俺都跟定你了!

好,睡觉!说着,石光荣便放心地一头倒在了床上。

说话的工夫就到了第二天早晨,石光荣洗漱完之后,就带着小伍子一起来到了师部。

石光荣拉着一张脸子,一进门,就把枪拍在了桌子上,后边的小伍子学着石光荣的样子,也把枪放在了那里。

王师长和张政委不觉一愣,不明白到底发生了什么事情。

咋的了这是?王师长眨巴着眼睛问道。

石光荣瞅了一眼王师长,又瞅了一眼张政委,说道:你们看好了,这是俺和伍子的枪,马在外面,这些东西交了,不再欠组织上啥了!

张政委大惑不解地走过来,问道:石团长,怎么回事,什么欠不欠的,你这是要干什么呀?

石光荣说道:俺要离开这个师,去找纵队首长让他们重新给俺安排工作,要是他们再不安排,俺石光荣就回老家种地去。

王师长一把拉过石光荣,问道:石光荣,你吃错药了?

石光荣大声咆哮着:你才吃错药了!姓王的,你是个啥东西,别以为你当了个师长就无法无天想干啥就干啥,你这叫浑蛋,你知道不?

王师长被石光荣一句话骂得丈二和尚摸不着头脑,却也被他一下激怒了,说:石光荣你怎么骂人?老子要不是师长非得一脚把你踹出去。

石光荣瞪着一双眼睛说道:你不踹俺,俺今天也要收拾你。

说完,一把就抓住了王师长的领口。两个人不由分说就撕扯起来了。

小赵听到屋里的动静有些不对劲,忙从门外跑了进来,竟被小伍子一下子抓住胳膊,小伍子喝道:别动,告诉你别动!

张政委见状,气得一拍桌子,大叫道:放手,你们都放手!

两个人同时惊怔在了那里,慢慢把手松开了。小伍子见石光荣的手松开了,也便放开了小赵。

石光荣你告诉我,这是为什么?张政委接着问道。

为啥,你们还问俺?都是你们干的好事!石光荣冲张政委嚷道。

我们干啥好事了?石光荣你给我说清楚。王师长到这时仍被蒙在鼓里。

石光荣连连问道:说就说。你们找人家王百灵去干啥?你姓王的看上人家王百灵,人家不愿意,不愿意也就算了,你个政委闲得没事还去做人家的工作,不嫌磕碜,还以组织的名义,组织谁给你们这个权力了?你们两个是啥意思呀?

原来是为这事呀,那你发啥火呀?王百灵没说啥,你倒急了,俺看你石光荣对人家有意思吧,怕俺给你抢了。王师长望着石光荣说道。

石光荣一把又揪住了王师长,说道:你说啥,走,咱们找王百灵去,咱们六个眼珠子对在一块儿说,她要是愿意,你就娶她,俺石光荣跟你道歉;她要是不愿意,哪儿凉快你就去哪儿待着去!

走就走!王师长说着,便和石光荣一边争吵着,一边拉扯着朝医院走去。

见了王百灵,两个人一下就显得规矩了许多。石光荣开门见山地问道:王军医,今天俺把王长贵拉来了,他三十八了,做梦绣花想娶你,你今天就给个痛快话,你到底是咋想的,愿意嫁给他,俺石光荣给你们当伴郎;不愿意嫁给他,你也给个痛快话,俺到纵队首长面前告他去。

王百灵见两个人就像一对斗鸡一样站在面前,一时不知如何是好,全然一副不知所措的样子,只顾低着头在那里捏手指头。

一旁的桔梗见了,忙走上前去,提醒道:妹子,你咋不说话了,你告诉他,咱不愿意。

王师长正满怀期待地看着王百灵，等她说句明白话。听桔梗这么一说，马上就不高兴了，说道：俺又没娶你，你别跟着掺和，俺要听王军医亲口说。

桔梗瞥了王师长一眼，回头冲王百灵说道：妹子，你可别犯糊涂，有石光荣给你撑腰呢，怕啥，咋想的就咋说。

王百灵终于把头抬了起来，鼓足勇气，绯红着一张脸说道：王师长，政委跟我说了，你三十八了，有点儿着急，你再着急也不能这样啊，对不起！

说完，转身就跑回到屋里去了。

桔梗冲着王师长走过来，说道：听到了吧，还用俺重复一遍吗？

王师长一下弄了个无趣，哑巴吃黄连有苦说不出，咂吧了一下嘴巴，转过身去就往回走，一路上羞愧万分，直想找条地缝钻进去。

回到住处，王师长开始反思自己了。他一面坐在炮弹箱旁皱着眉头写检查，一面对一边背着双手踱步的张政委说道：政委，俺这检查得写，俺当了师长就考虑个人问题，不应该。政委，你说俺有这样的想法是不是腐败了？

张政委一边思虑着，一边认真地说道：你要写检查的话，也算我一份，咱们把检查交到纵队去，我不应该以组织的名义给王百灵施加压力。

王师长想了想，望着张政委说道：政委呀，要不俺在这儿写检查，你去给王百灵道个歉。在这件事情上，俺昏了头了。

说着，王师长用劲地拍了拍自己的脑袋。

张政委点头说道：这样也好，我这就去找王百灵承认错误去。

第二天，石光荣正在院子里练习抽马鞭，王师长提着酒走了进来。

王师长先自己笑了笑，招呼道：石光荣，还生俺的气呢！

石光荣忙收起马鞭，说道：俺生啥气。

王师长举了举手里的酒瓶，说道：俺今天来，就是找你唠唠。

石光荣看了一眼那只酒瓶，又看了一眼王师长，笑了笑说：你是真心的？

王师长也接着一笑，说：说啥呢？俺王长贵是啥人你石光荣还不清楚？

石光荣一下高兴了，抓过酒瓶子冲屋里喊道：伍子，给俺俩炒两把黄豆去。

说着，就把王师长让进了屋里。石光荣一边坐下来往两个缸子里倒酒，一边问道：你说让俺说点儿啥呢？

王师长举起缸子和石光荣碰了一下，说道：啥也不用说。

两个人说罢，咕咚咕咚就喝下了几大口。

王师长放下杯子，抹了抹嘴巴，说道：石头哇，咱俩是一年参加独立团的吧？

石光荣说道：可不是咋的，那时胡师长还是个连长。

说到这里，两个人心情同时沉重起来，情不自禁地又把酒缸子端了起来。

王师长深重地叹息了一声，说道：可惜，师长不在了。

说这话时，眼圈竟然一下子红了。

石光荣一时也陷入了回忆里，缓缓说道：最早俺给师长当通信员，又当警卫员，你那时在连里当战士。没有胡师长，就没有咱俩，就没有咱俩的今天。

沉默了半晌，王师长突然抬起头来，望着石光荣说道：石头，俺跟你说句对不起，俺当了师长不能忘本，个人的事俺有点儿着急了。

石光荣说道：长贵呀，你急俺能理解，你三十八，俺也三十六了，要说急，咱俩都该急，俺没急吧！

王师长说道：石头，俺和你不一样，你有桔梗你急啥？

石光荣说道：王长贵，你咋还这么想呢，俺都说过多少次了，桔梗是俺妹妹，虽不是亲的，俺八岁就到了他们桔家，从小到大，你说她不是妹子是啥？

王师长接着说道：那几次结婚，你都整得鸡飞狗跳的，俺以为你们拉倒了。可上次俺听桔梗说，她生是你石家的人，死是你石家鬼啥的，俺就不得不这么想了。

石光荣说道：俺妹子咋想的俺知道，道理跟她讲明白了，她心里的劲过不去。时间长了就好了。

王师长问道：石头，俺就不明白了，你说桔梗那么好的姑娘，打着灯笼都难找，你说，你咋就看不上人家，弄得桔梗要死要活的。

石光荣喝了一口酒，真诚地说道：你不知道，从俺一进桔家门俺就没往那方面想过，虽说父母当时那么一说，可从小到大生活在一起，跟亲兄妹有啥区别，你说哪有哥哥娶妹妹的，况且桔梗那脾气跟我太像了，我石光荣不缺这个。她是个好妹子，可让她做老婆，我娶不来。

王师长问道：石头，你这是身在福中不知福，等你真失去桔梗了，你真的不后悔？

石光荣说道：那后悔啥，俺当哥哥的希望她以后嫁一个好人，俺也就放心了。

王师长说：桔梗人实在、简单，敢爱敢恨，以后她一定能找个好男人。

石光荣听了，突然把目光凝在了王师长的脸上。王师长下意识地摸了一把，又低下头来看了看身上的衣服，不明就里地问道：石头，咋的了，看啥呢？

石光荣认真地说道：王长贵，俺突然觉得你和桔梗在一起很合适呢！

王师长不觉一愣，待明白过来，竟哈哈大笑起来。

石光荣问道：你笑啥呀，俺哪说错了？

王师长说道：石头，你真敢想，你不是又给俺设套吧？

石光荣更加认真起来，说道：俺给你设啥套，你就说喜欢不喜欢桔梗吧，咱们男人之间别来虚的。

王师长望着石光荣，真心地说道：石头，实话跟你说，听说你对桔梗没那意思，俺是喜欢桔梗来着，可后来看到桔梗还是喜欢你，还要死要活的，我就不敢往那方面想了。

石光荣兴奋地问道：真的？

王师长说道：这事俺能骗你吗？

石光荣一拍大腿，说道：妥了，这事就算成功一半了。

王师长摇了摇头，不觉苦笑道：石头，你别忽悠俺了，俺知道喜欢也是白喜欢，剃头挑子一头热，到头来还是狗咬尿脬一场空。

石光荣胸有成竹地应道：咋空呢，空不了，俺妹子俺心里有数，桔梗的工作由俺去做，你就赌好吧！

王师长不觉还是犹豫了一下，担心地说道：你还是别去了，王百灵的事刚完，再整一出不靠谱的事，俺这个师长真干不成了。

石光荣拍着胸脯说道：放心，俺又不是张政委，张政委是书读多了，他是纸上谈兵。俺是以哥哥的名义和她谈，她能咋的？来，喝酒！

说着，两个人响亮地碰了一下缸子，仰起脖子就把酒喝干了。

第十八章

自从工作队的曹队长被害了之后，二龙山上的刘老炮跪求父母上山不成，又为非作歹了好一阵子。为了让他们下山伏法，工作队新来的马队长试图对他们进行感化教育，这天上午，便带着蘑菇屯的乡亲来到了二龙山下。怕有意外发生，也是为了保证乡亲们的安全，工作队还组织了几个民兵携带着枪支，暗中进行着保护。

马队长把一个铁皮喇叭递给一个乡亲，道：于三叔，你家大小子不在山上吗，你喊吧，他能听得到。

于三叔就颤颤地接过铁皮喇叭，看了眼马队长，道：马队长，那俺就喊了。

马队长朝他示意了一下：喊吧，把想说的话说出来。

于三叔躲在一块石头后，冲着山上就喊道：大小子，俺是你爹于得水呀，你快下山吧，别再当胡子了。咱们屯子土改了，咱家分了房，分了地，庄稼都种上了，秋天咱家就能吃上黏豆包了。大小子，你都二十八了，也该娶媳妇了，快下山吧，新政府说了，只要你主动下山，不会咋的你。大小子，你妈在家眼睛都哭瞎了……

于三叔的声音通过铁皮喇叭传出去很远。

声音传到了二龙山上，一伙人听得清清楚楚。于家大小子正和几个小匪一起持枪做警卫，突然听到了父亲的声音，说到了家里的事情，眼泪不由得在眼眶子里打着转儿，一抽一搭地哭了起来。磕巴见了，走过来踢了大小子一脚道：你……你哭啥，他们骗……骗你知……知道不，你……你下山，他……他们就杀了你。

正这样说着，于三叔的声音又从山下飘了过来：大小子，你爹说的可都是真的，不信工作队的马队长给你们说。

片刻，马队长的声音传了过来：山上的土匪弟兄们，你们不要再被沈少夫、刘长山蒙蔽了，大半个中国都解放了，新中国已经成立了，你们躲到山上，迟早要被新政府清剿的。

顿了顿，马队长又喊道：你们有好多人都是东辽地区屯子里的乡亲，你们家里都分了土地，你们的亲人盼望你们早点儿回家，过正常人的日子，政府会给你们一条生路的。

磕巴见身边几个人的表情都有些犹豫，急煎煎地嚷道：别……别听他们瞎白话，下……下山他们就得……得把咱们……咱们崩了。

一会儿工夫，山下又传来了一个妇女的喊话声：三胖子，俺是你娘呀，你妹妹嫁人了，就是前屯的老郭家，到年根你就有外甥了。三胖子，娘想你呀，你快下山帮娘种地吧，娘老胳膊老腿的了，干不动了，你帮娘一把吧……

三胖子娘的声音传进了三胖子的耳朵里，想想爹早就没了，娘拉扯自己不容易，三胖子立时就受不住了，一边流着泪水，一边就跪倒在了地上，一个响头就朝山下磕了下去。

滚刀肉见了，一把抓过三胖子，吼道：你瞎磕啥头哇，你娘是被人家拿枪逼着喊的话知道不？你个傻子！

说完，狠狠地踢了三胖子一脚。

山下的三胖子娘举着喇叭接着喊道：三胖子，娘就你这么一个儿呀，娘等你给俺养老，你说过要让俺过好日子，孩子，你下山吧，和娘一起过好日子。

喊到这里，三胖子娘就再也喊不下去了，呜呜咽咽地哭了起来。

一个老汉便接过那只喇叭，扯开嗓子继续朝山上喊道：二侄子，俺是你三叔王老拐呀。孩子，你爹娘去年都死了，家里没人了，坟前连个烧纸的人都没有，你快下山吧！

山下乡亲们的喊声，真的就把几个人的心喊动了。

刘老炮自然也听到了山下的喊声，此时，他就像热锅上的蚂蚁似的，一边握着匣子枪，一边在棚子里转来转去，最后站住脚，望着沈少夫，狠狠地说道：大哥，俺带人下山，把他们都崩了，猫叫春似的，叫得俺闹心。

沈少夫看了刘老炮一眼，沉稳地说道：慌什么，他们攻山都没把咱们怎么样，喊两嗓子就能把咱们喊垮了？让他们喊去，看他们能喊到啥时候。

刘老炮烦躁地说道：大哥，俺是怕手下的弟兄一时鬼迷心窍真跑下山去。

这事好办。沈少夫说，在半山腰设上卡子。

刘老炮听了，忙点头说道：那好，俺这就安排人去。

于家大小子和三胖子，还有另外两个小匪趁人不注意果然跑了。可是跑到半山腰时，被刘二几个人发觉了，匆匆忙忙追了过去。

刘二一边在后边开枪示警，一边扯开嗓子喊道：别跑，再跑俺就冲你们脑瓜子开枪了。

四个人听到了后边的喊声，头也不回，跌跌撞撞地一门心思往山下跑着，恰恰就在这时候，一颗子弹果然飞了过来，一枪就把后面的一个小匪击倒在了地上。那小匪扑通跪在那里，朝前面喊道：三胖子，快跑，回家替俺看看俺娘——

一句话没说完，接着，随着后面的一声枪响，又一个小匪摔倒了。

前面跑着的大小子和三胖子吓坏了，一不小心跌了一跤，眨眼间就滚下了山去……

刘二几个人最终把负伤的两个小匪带到了山上。

说话的工夫就到了这天的傍晚，几支火把照亮了二龙山山顶。两个受伤被抓回来的小匪被绑在了树上。

沈少夫和谷参谋长、潘副官几个人站在一旁看着眼前的一切，沈芍药浑身筛糠一般地躲在一个角落里，一双眼睛胆怯地朝这边张望着。

刘老炮提着枪从人群里走过来，向沈少夫报告道：大哥，抓回来俩，跑了俩。这俩小子咋弄，你发话吧！

沈少夫从牙缝里挤出几个字：杀鸡儆猴，整血亮点。

说完，再也没看一眼，便转身走了，走到沈芍药身边，一边拉着沈芍药，一边说道：妹子，咱不看了，回去。

没想到，沈芍药一把把沈少夫推开了。

潘副官看了一眼树上绑着的两个人，也转过身去，随着沈少夫离开了。

见沈少夫和潘副官走了，刘老炮转眼冲周边看热闹的一些小匪们喝道：当初你们跟着俺刘长山走南闯北，吃香的喝辣的，俺刘长山没亏待过你们。他们新政府咋的了，队伍过了长江又咋的了，咱们丢了总统府还有重庆，咱们的总统是不会忘了咱们的，只要在二龙山上坚守，咱们都是有功之臣，等着咱们队伍杀回来，到了那一天，东辽城是咱们的，整个东北那也是咱们的。

说完，转过身去冲两个绑在树上的小匪吼道：你们两个，还有跑下山的那两个小子，你们是俺刘长山的叛徒，也是二龙山的叛徒，今天俺啥话也不说，让你们到地府里去求俺。

说到这儿大喊一声：刘二，抄家伙！

刘二和滚刀肉、磕巴几个人闻令，同时端起枪来，瞄向不远处绑着的两个人。

刘老炮躲到一旁，说：国有国法，山有山规，哪个再敢下山，就是这样的下场，执行！

枪响了，绑在树上的那两个人，一下把头低了下去。

人群中有人低下了头。沈芍药被吓得蒙上了眼睛，身子不由得哆嗦成了一团。

沈少夫回到洞里，一言不发地坐在那里，潘副官立在一旁，犹豫了半晌，终于说道：司令，有些话我不好说，说多了你们又怀疑我。

沈少夫看着潘副官，不置可否地说道：说吧，没人拦着你。

潘副官便问道：我就想问，咱们以后是怎么打算的。

沈少夫听了这话站起来，踱了两步，接着叹了一口气，说：当初上山是无奈，原以为国军的队伍会很快打回来，谁知道这仗越打越远，南京都失守了。

潘副官望着沈少夫，说道：这正是我所担心的，我知道你们不信任我，把我当外人，有些话我只能憋在肚子里。

沈师长看一眼潘副官，道：你不说我也知道，我沈少夫虽说不上智勇双全，可也不是个傻子，你说也是这样，不说也是这样。

司令，那我就直说了。潘副官上前一步说道，说完任杀任剐随你。

沈少夫扭头问道：你是想让我带着队伍下山？

潘副官小心地点了一下头，说：也许这是最好的出路。

沈少夫突然哈哈大笑起来。

潘副官看着他。笑过了几声之后，沈少夫突然绷住脸说道：我沈少夫当年离家出走，自己花钱装备了一个团，就是想有所作为，不管怎么说，也算打过日本人，后来又和共军开战。命运不济，手风不顺，可我的心不甘哪！就这么束手就擒去下山，我沈少夫算个什么，只要我还有一口气，我在这山上，我就是东北东辽地区的中将司令，就是战死我也是个中将司令，我下山那是阶下囚。

潘副官还想说什么，沈少夫一摆手道：行了，你别说了。我不会为了今天你说了这些话就杀你，每个人的信仰不同，你的想法是你潘副官的，我不追究，你可以下山当逃兵，除非不让我抓住，只要抓住，就是那个下场。

说着，用手指了一下洞外，潘副官下意识地把头低下了。

沈少夫抬头望着洞顶，说道：咱们现在是要同舟共济，不是动摇军心，以后你有好主意就说出来，没有你装哑巴也没人怪你，行了，你该干啥就干啥吧。

石光荣心里记挂着答应了王师长的那件事情，但对怎样说服桔梗，让她从内心里转过那道弯来，着实又没有十分的把握。在这件事情上，他还必须要给她讲明白，说清楚，掰碎了，揉圆了，让她从内心里彻底接受这个现实。但是，要想说服桔梗，谈何容易？为此，石光荣心中忐忑了好一阵子，绞尽脑汁冥思苦想的最后结果是，是谷子是米，终究要摆到桌面上来的。于是，便在这天上午，让小伍子把桔梗从医院里请来了。

桔梗推开屋门走进来，见桌子上已经摆上了几样菜，两个碗里都已经倒上酒了，一边笑着，一边说道：石头，咋的，你请俺喝酒哇？

石光荣望了一眼桔梗，说道：妹子，今天没事，哥请你来唠唠。

桔梗坐了下来，不管三七二十一，拿过筷子，夹了一大口菜就放进了嘴里，一边呜呜噜噜地咀嚼着一边说道：唠吧，俺听着呢！

石光荣望着桔梗，不觉笑了笑，端起碗来喝了一口酒，问道：妹子，离开东北这么久了，想家不？

说啥呢？桔梗放下筷子，眼望着石光荣，动情地说道，石头，刘老炮把俺和爹娘从蘑菇屯抓走，又到了河北，爹娘被烧死了，咱哪还有家呀？石头，你现在可是俺桔梗唯一的亲人，你走到哪，哪就是俺桔梗的家。

石光荣见桔梗的眼里已经有泪光闪出来了，说道：妹子，你说得对，俺石光荣就是你的家，以前是，现在是，将来也是！

桔梗突然疑惑起来，便问道：石头，咋的了，今天非得说这个。

石光荣忙笑着说道：妹子，来，咱喝酒！

石光荣独自端起碗来喝了一口。桔梗疑惑地望着他，说道：石头，你不把话说清楚，这酒俺不喝。

石光荣放下碗来，说道：那俺就直话直说，桔梗，你觉得王师长这人咋样？

桔梗放松下来，正色道：你说那个王长贵呀，人家是师长，当然好了，不好人家咋能当上师长呢？

石光荣往桔梗身边凑过去，又笑着问道：俺没让你说他的职务，让你说说这个人。

桔梗琢磨了一番，说道：人也不错，能打仗，会带兵，为人也没架子，挺好的呀！

石光荣高兴了，举碗说道：来，妹子，咱喝酒！

桔梗端起碗，突然还是觉得有些蹊跷，问道：石头，你今天咋老让俺喝酒哇。啥意思呀？

石光荣舒了一口气，说道：妹子，有你这句评价王师长的话俺就放宽心了。

桔梗还是弄不明白，猛地把碗放下，问道：啥宽不宽的，石头有屁你就放，别吞吞吐吐的，你今天这是咋的了？

石光荣想了想，又想了想，这才小心地说道：妹子，是这么回事，俺想把你介绍给王师长。

桔梗一听这话，眼睛都竖起来了，说：啥，石头，你再说一遍？

石光荣又赔着笑脸说道：妹子，俺想把王师长介绍给你。

桔梗立马就坐不住了，动手就要掀桌子，石光荣眼疾手快，双手死死地压在桌面上，桔梗使了力气掀了两下竟然没有掀动。

石光荣一边按住桌子，一边忙又说道：妹子，别……别发火。听哥慢慢说。

桔梗哪里还听得下石光荣再往下说，顺手抓起酒碗，奋力地摔在了地上，望着石光荣吼道：石头，你疯了，说啥呢？

石光荣一下子慌了，双手抱住桔梗，一边把她摁到凳子上，一边说道：桔梗，你听俺慢慢说。

桔梗喘着粗气说道：你个烂肠子的石头，没安啥好心，俺不听！

说完，气呼呼地把头扭向了一边。

石光荣想了想，又问道：妹妹呀，你觉得俺石光荣咋样？

桔梗哼了一声，说道：你要是不烂肠子，哪都好。

桔梗，那你觉得俺能坏你吗？石光荣说道。

桔梗转头看着石光荣，摇了摇头。

石光荣便坐了下来，不得不耐住性子对桔梗说道：那你就听哥从头跟你说。

桔梗眨着眼睛问道：开头？开头是哪儿呀？

石光荣望着桔梗的眼睛说道：妹子，我八岁到了你家，还记得不？

桔梗说：那咋不记得，俺记得当天，你还给俺一个黏豆包吃，红豆馅的，可香了。

石光荣又问：我来你家后你叫俺啥？

桔梗说：石头哥呀，咋的了？

石光荣说：妹子，这就对了，你叫俺哥，俺叫你妹子，这么多年，俺一直把你当成妹子，亲妹子，俺知道你对俺好，那是为啥呀，因为你是俺妹子。你一直想嫁给俺对不？

桔梗望着石光荣，使劲点了点头。

石光荣接着说：就是因为当年我爹我娘那一句话，他们不放心，以为只有这样你们家才会收留我。妹子，咱们现在都是军人，革命这么多年了，那样的结果是封建包办婚姻，咱们革命的目的就是要打破这些不合理的坏习惯。你哭着喊着要嫁给俺，你是想完成爹娘当初的遗愿，觉得这样你才完成了自己的心愿。你对俺石头好这不假，因为你是俺妹子，俺是你哥，你对俺好、俺对你好那是天经地义。妹子,哥也对你好,必须对你好,这种好,可不是那种好,你听明白了吗?

桔梗怔怔地望着石光荣,听完这话,突然一下又把头抱住了,说道:石头哥,你慢点儿说,你把俺整迷糊了,让俺从头捋捋。

说完,顺手摸到了酒瓶子,咕咕咚咚就喝了几大口。

石光荣也跟着举起碗来,喝了一口,继续说道:妹子,俺是你哥,你是俺妹,咱俩再好,你说俺能娶你吗,你见过有哥哥娶妹妹的吗?

桔梗摇了摇头,放下手里的酒瓶问道:石头,可咱俩不一样啊!

石光荣说道:俺知道你要说啥,说咱不是一个爹娘养的,可俺说的是感情,不是亲生不亲生的。你说俺从小就把你当亲妹妹,现在"咔嚓"一下子就让你当媳妇了,这可能吗,谁能受得了。俺知道这么多年你对俺这么好,那是亲妹妹对亲哥哥的好,你把这两种好整到一块儿分不清了,你得好好捋,仔细地捋。

桔梗突然低下头来,挥手说道:石头你慢点儿,俺好像有点儿捋明白了。

石光荣忙问道:那跟哥说你都是咋捋的?

桔梗抬起头来,一边用手比画着,一边说道:是这样,你到俺家之后,你就把俺当亲妹妹。

石光荣点头说道:对呀,太对了。

桔梗说:然后,你这么多年一直把俺当妹妹。

石光荣又点了点头,说道:对,你捋得挺顺溜的,整明白了,挺好,接着捋。

桔梗说:因为这,你就不可能娶俺。

石光荣一拍大腿,说道:哎呀,桔梗你是个人才呀,终于整明白了,你再捋。

桔梗举起酒瓶咕咕咚咚又喝了几口,抹抹嘴,问道:你就要把俺嫁给王师长,对不?

石光荣激动了,一边笑着,一边拱手说道:嘿呀,老天爷呀,你终于让俺妹子开窍了!

桔梗突然侧过头来,望着石光荣,一字一句问道:石头,那要是俺不同意呢?

石光荣怔了一下,接着说道:哥这不是跟你商量呢吗,没人强求你,谁要是强求妹子做不愿做的事,哥跟他玩命。

桔梗盯着石光荣看了半天,说道:哥呀,你咋长了这么一张好嘴呢!

咋的了妹子?石光荣说道,哥说的都是真心话,大实话,和嘴没关系。

桔梗抬眼望着石光荣，泪水突然就涌到了眼眶子里，一把搂住石光荣的脖子，喃喃说道：哥，你今天把俺桔梗捋明白了，你是俺亲哥，俺就是你的亲妹子。

说完，呜呜咽咽地就哭了起来。

石光荣一边抱住桔梗，一边发誓般地说道：妹子，你啥时候都是俺妹子，谁让你受委屈，俺石光荣和他没完。

就这样哭过了一会儿，桔梗摇摇晃晃地站了起来，看着石光荣，说道：石头，你站起来。

石光荣便疑疑惑惑地站了起来。

桔梗望着石光荣说道：石头，你再抱俺一次。

石光荣犹豫了一下。

桔梗泪流满面地望着他，神色沉稳地说道：石头，你抱完俺，以后你就是俺亲哥了，真亲哥。

石光荣听了，不觉心里一酸，上前抱住了桔梗，眼圈立时就红了。不料，桔梗猛地一口咬住了他的肩头，石光荣下意识地吸了一口气。

桔梗抬起头来，说道：石头，你记住，这是桔梗咬的。从现在开始，你没有桔梗了，俺也没有石头了，你是俺哥，俺是你妹。

桔梗的眼泪打湿了石光荣的肩头，石光荣顿时泪如雨下，不觉用力抱紧了桔梗，说道：好妹妹，你一生一世都是俺的妹子。

这天下午，石光荣正带着小伍子骑马从村中的路上走过来，迎面碰上了王师长。

王师长也骑在马上，见了石光荣，忙招呼道：石团长，你忙啊！

石光荣却做出了一副不冷不热的样子，点头说道：忙，比较忙，这不，俺要到各营去看看训练情况。

说完，就要打马往前走。王师长看了看四周没有别人，便冲石光荣有些神秘地招了招手。

石光荣假装不解地望着他，问道：师长，有啥指示你就说呗，咋还捅捅咕咕的？

王师长便下了马，又把石光荣从马背上也拉下来，接着冲一边的警卫员小伍子和小赵说道：你们躲远点儿，俺和石团长有事商量。

石光荣仍是一副糊涂样子，说道：说吧师长，有啥机密？

王师长小声问道：石光荣，你别揣着明白装糊涂，那事到底咋样了？

石光荣依旧打哑谜，问道：啥事呀？

王师长觉得不点破不行了，便说道：哎呀，你急死我了，桔梗，桔梗的事。

石光荣似有所悟地说道：哦，这事呀，俺还没腾出空说呢！

王师长眨巴了一下眼睛，问道：你咋还不说呢，不都捋明白了吗？

石光荣说道：捋是捋明白了，不过真没空。那啥，师长，那俺忙去了。

说完，跳上马就走了。

王师长无可奈何地望着石光荣的背影，不由得摇了摇头，心里嘀咕道：这个石光荣真急人，再晚了，黄花菜都凉了。

石光荣到各营检查完训练，来到医院时，已是黄昏时候了。走进医院的大门，来到一个小院里，石光荣看到王百灵正在那里收床单，便不由得站在了那里。王百灵仿佛有了心灵感应一般，猛地抬头看见了石光荣，不觉吃了一惊，神色立时慌张起来，正想着往一边躲开，听到石光荣喊道：今天俺不抢你，你怕啥？

王百灵便立住脚，望了一眼走上前来的石光荣，说道：是石团长啊，那件事真是谢谢你了。

石光荣知道她说的是王师长的事情，便说道：谢啥，这是应该的，俺不能看着某人欺负你们。

王百灵一笑，说道：石团长，你不找我，有其他事？

石光荣目光仍是不舍得离开王百灵，便嗯着啊着说道：是其他，那啥，俺妹妹在不，俺找她！

王百灵抬头问道：谁是你妹子？

石光荣说：桔梗啊，这么长时间了你还没整明白俺和桔梗的关系？

王百灵似有所语道：啊，你等着，我给你叫去。

片刻，桔梗从一间房子里走了出来。见了石光荣，问道：哥，你叫俺？

一句话没说完，石光荣上前就拉过了桔梗的手，说道：走，妹子！

桔梗问道：干啥去呀？

石光荣一边拉着桔梗往前走，一边说道：到了你就知道了！

桔梗一直被石光荣带到师部门口，又径直走到王师长的门前。听见石光荣大着嗓门喊他，王师长应声从门里走出来。突然一眼看见了桔梗，又惊又喜地叫了一声：哎呀，你们咋来了？！

王师长立在桔梗面前，咧着嘴，上下地打量着桔梗。

石光荣在一旁说道：行了，又不是不认识。

回头又冲桔梗说道：妹子，这是王师长。

桔梗眨巴着眼睛，望着石光荣抢白道：说啥呢，他是王师长，王长贵，这俺还不知道，剥了皮俺都认识。

王师长只顾着傻笑,说道:认识认识,指定认识。

石光荣拍了一下巴掌,说道:妥了,你们说,俺走了。

说完,真的就背起双手转身走了。

桔梗不解地问道:哥,你啥意思呀?

王师长把话接过来,说道:那啥,石团长忙,你指定没啥大事,要不进屋唠唠?

桔梗眨巴着眼睛,问道:师长,是你找俺?

王师长说:石光荣没和你说?

桔梗说:啥事呀,他没说,拉着俺就到你这儿了。

王师长想了想,说道:那啥,他不说那俺说。

桔梗说:你说吧!

两个人进了屋,王师长一下子又显得扭捏起来,一副犹犹豫豫、欲言又止的样子。

师长,咋的了,咋跟个娘儿们似的了?桔梗望了一眼王师长,忙问道。

桔梗这句话,一下子提醒了王师长。王师长一拍大腿,说道:对了,桔梗,俺知道你喜欢直来直去,不喜欢拖泥带水,那俺就直说了。你哥石光荣想介绍咱俩谈对象……

王师长一口气说下去,见桔梗坐在那里一边头疼似的拍着脑袋,一边直勾勾地望着他,立时又毛愣了,不觉住了口,朝自己身上看了一遍,问道:咋的了,桔梗,你这么看俺干啥?

这一说不要紧,桔梗竟起身绕着王师长转开了圈子,绕着圈子,眼睛还自始至终地紧紧盯住他的脑袋,把个王师长弄得拧着身子直转悠。

王师长问道:桔梗,有话你就说,不行就拉倒,俺不强求,你这样看俺干啥?

桔梗立住脚道:王师长,俺知道你三十八了,想成家了。

王师长就笑了。

桔梗说:你对王百灵有意思,人家不搭理你。

听桔梗这么一说,王师长一下不好意思了,有些僵硬地朝桔梗笑笑说:不是的桔梗,俺其实早就喜欢你,那会儿你和石光荣的关系还没整明白,俺咋说呢,一着急吧就冲王百灵去了,其实那是个误会!

桔梗歪着头问道:你喜欢俺?

王师长一下又不好意思了,说道:喜欢,打心眼里喜欢。

桔梗歪着头问道:喜欢俺啥?

王师长脸上堆着笑说:喜欢的地方多了,比方说喜欢直来直去,敢爱敢恨，能喝酒，像个爷们儿，这都跟俺一样，俺喜欢。

桔梗抱起膀子，目不转睛地看着王师长。

王师长忙说道：桔梗你别这么看俺，不行你就走，我不强求，再也不能犯错误了，俺说的都是真心话。

桔梗又默不作声地看了王师长一会儿，终于说道：你王师长这人呢，在咱师里除了俺哥你就算是和我最投脾气的了，人也不坏，都三十八了。

王师长笑笑说：可不是咋的！

桔梗舒了一口气，望着王师长说：想处对象也可以，不过得有个条件。

王师长说：你说。

桔梗说道：咱俩摔跤，你要是赢了俺，俺就同意；要是赢不了俺，门都没有。

说完，拉着王师长出了屋门就来到了小院，趁他不注意，一个饿虎扑食上来，一下子就把王师长顶倒在了地上。

桔梗拍拍手，说道：王师长你就这两下子呀，还谈啥呀？

说完，转身就要离开，却被王师长喊住了：桔梗，你站住！

听到王师长这一声喊叫，这时，小赵和小伍子还有不少战士都围了过来，明摆着想来看一场热闹了。

王师长向四周扫了一眼，冲桔梗摆摆手说道：刚才俺没准备，重来！

桔梗哪里肯服，一边撸胳膊挽袖子，一边说道：好，重来就重来！

说完，便拉开了摔跤的架势。

王师长见身旁的人越围越多，突然就鼓起了勇气，说道：大家听好了，你们都给做个证人，我和桔梗摔跤打赌，俺要是赢了，她就同意嫁给俺。

桔梗补了一句：他要是输了，门都没有。

说完两个人就拉开了架势，扭在了一起。

小赵心里边替王师长着急，忙扯开嗓子在一旁为他鼓劲喊道：师长，加油！

小伍子心里却想着桔梗，便也大着嗓门不住地喊道：桔梗加油！

两个人的喊声，一下子把身边的战士分成了两个阵营。一个师长、一个桔梗地嗷嗷直叫。

王师长显然不想丢这个面子，暗暗地积攒着力气，趁着桔梗稍一松劲的工夫，一下将她扑通一声摔倒在了地上。

王师长望着地上的桔梗，站在那里，得意地问道：咋样，还来不来？

桔梗二话不说，爬起身来，直朝着王师长扑过来。可是，这一回还是被王师长摔倒了。就这样一连三次，桔梗被摔倒在地上，两个人身上的力气就快用光了。

桔梗从地上爬起来，盯着王师长，一边拍了拍身上的尘土，一边喘着粗气说道：王长贵，看来你还算个爷们儿，听俺哥的话，这对象俺处了。

说完，挤出人群，就跑出了小院。

小赵这下高兴了，凑过来兴奋地说道：师长，妥了，她同意处了！

身边的一些战士一边嗷嗷叫着，一边使劲为他鼓起掌来。王师长向那些战士扫了一眼，不无得意地说道：起啥哄，该干啥干啥去！

说完，竟又冲着门外嘿嘿地傻笑道：这丫头不错！

小伍子回到石光荣住处，见石光荣正在那里洗脸，进门报告道：团长，不好了！

石光荣一边擦脸，一边问道：啥又不好了，咋的了？

小伍子说：桔梗要和王师长处对象了，全师都知道了。

石光荣淡淡地说道：处就处呗！

小伍子不无担心地问道：那他们处对象你咋办？

石光荣不觉笑了笑，说：啥玩意儿我咋办？桔梗是我妹子，她要是嫁给王师长，那他就是俺妹夫，就这么办了，还咋办？

小伍子摸着脑袋说道：团长，其实俺一直觉得桔梗是你老婆。

石光荣望着小伍子，认真地说道：伍子，你记着，桔梗是俺石光荣的妹妹。

小伍子听了，却苦着一张脸问道：团长，师长三十八，你也三十六了，你以后咋整啊？

我的事不用你操心。石光荣示意道，快倒水去！

小伍子便端起脸盆朝门外走去了。

感情这东西也真是难以捉摸，自从王师长与桔梗两个人当众打赌摔跤之后，在一起见面说话的机会也就越来越多。两个人这才发现，到了一起，竟还有那么多的共同语言。

这天上午，两个人骑马比赛了一回之后，桔梗跟着王师长回到了师部。桔梗左左右右打量了一番，顺便问了句：张政委呢，这两天咋没见到他？

王师长说道：去纵队开会去了，估摸部队又要有行动了。

小赵手里端着一只饭盒走了进来，招呼道：师长，饭打回来了，你们吃吧。

桔梗回头看了一眼小赵放在炮弹箱上的那只饭盒，一边笑着一边说道：就这么点儿呀，还不够塞牙缝的。

王师长也不觉笑了笑,回头说道:小赵,快去,拿个大盆去炊事班多打点儿。

小赵听了,片刻的工夫,竟真的端来了半盆的地瓜,放在两人中间,一边笑着,一边说道:师长,炊事班班长说了,不够还有。

王师长摆摆手,说道:够了,这些吃不完,太多了。

桔梗顺手抓起一个地瓜,冲王师长说道:一个男人得有饭量才行,你得多吃。

王师长拍拍肚子,豪迈地说道:就俺这个肚子,能吃半头牛。

桔梗撇着嘴说道:别吹牛行不?

王师长瞪眼说道:吹啥牛了,上次在冀中俺和石光荣比吃馒头,俺一个人造了十四个,比石光荣还多一个呢!

桔梗望着那半盆地瓜,说道:那咱俩比试比试?

王师长问道:比啥呀?

桔梗说:吃地瓜呀!

王师长说道:比就比。

说着,桔梗就把那地瓜从脸盆里数出来,说道:公平吧?看咱俩谁先吃完!

王师长看着面前分成两堆的地瓜,摸了摸肚子应道:行,开吃!

小赵站在一旁,一边笑着,一边问道:用俺给你们整点儿水不,别噎着。

两人就像没听到一样,头都不抬一下,只顾着一口一口往嘴里塞。一会儿工夫,面前的盆里就空了。

王师长半靠在床上,一边摸着肚子,一边打着响嗝。一边的桔梗也歪坐在了炮弹箱上。

王师长望着桔梗说道:桔梗啊,俺可比你多吃了俩,俺受不了了,你咋啥都和俺比呀?

桔梗说道:俺找男人一定得找个比俺强的,得啥都比俺强,俺才服他。

王师长听了,一下又有了精神,问道:桔梗,你还想比啥,趁早都说出来。

桔梗笑了,歪头看着王师长说道:这俺得好好想想……

桔梗和王师长的事情总算可以让石光荣放下心来了。可是,石光荣却又为自己的事情犯起愁来。

这天,石光荣躺在床上,心里想着王百灵,不禁皱起了眉头,一副百思不得其解的样子。

小伍子这时走了进来,见石光荣不晌不午的躺在了床上,忙上前问道:

团长,这大白天的你咋躺下了,是哪里不舒服?

石光荣有气无力地回道:我哪儿都不舒服。

那咱快去医院看看去。说着,小伍子就把石光荣从床上扶起来。

石光荣坐在床上,望了一眼小伍子,说道:伍子,医院治不了我的病,我是这儿有病。

说完,心绞痛一般地指着心脏的位置。

小伍子有些不知所措,问道:那儿有病,可咋整?

石光荣叹了一口气:伍子,你帮我捋捋,王师长已经和桔梗好上了,你说我都三十六了,能不着急吗?

小伍子不高兴地说道:那你不该把桔梗让出去。

石光荣瞪眼说道:啥让不让的,我说的不是这个事,我是说王百灵。

小伍子不明不白地问道:王百灵咋的了?

石光荣说:我喜欢她,可她不喜欢我,桔梗和王师长比摔跤骑马啥的,王百灵她不跟我比呀!

小伍子听了,不自觉地摸了摸脑袋,片刻后说道:团长呀,你跟王医生不能比摔跤骑马,人家是知识分子,你得跟她比文化。

文化?石光荣自惭形秽地说道,我石光荣啥都不缺就是缺文化。你说我拿啥跟她比!

小伍子突然眉头舒展着说道:团长,这么的,我去趟师部,政委那儿有本唐诗,我给你拿来,你背唐诗肯定行。

石光荣不由一阵惊喜,催促道:真的,那还不快去!

小伍子听了,便又蹦又跳地去师部取那本唐诗了。

张政委带着两个参谋骑马而归,果然带回了新的任务。

王师长一边把张政委迎进屋,一边说道:老张,可把你盼回来了。

张政委问道:师里一切都好吧?

王师长说道:战士们训练得嗷嗷叫,就等着你带回来新任务呢!

接着,又望着张政委问道:怎么样,有啥安排没有?

张政委喝了一口水,说道:纵队命令我们暂时不要过长江,要清剿国民党部队在江北的残部。

王师长问道:纵队其他师呢?

张政委说:他们都随大部队过了江,咱们清剿残敌后,纵队另有任务交给我们。三天后队伍出发。

王师长不觉问道:就三天了?

三天时间不够吗？张政委说道，咱们师已经休整了一些日子了。

王师长笑着摇了摇头，说：俺说的不是那个意思。

张政委问道：那什么意思呀？

王师长突然一下又扭捏起来，看了眼张政委，又看了眼鞋尖，舔了舔嘴唇，说道：政委，俺想打报告结婚。

张政委顿时严肃起来，望着王师长说道：老王，你说梦话呢，你可别乱来，上次王百灵的事纵队还点名批评了我。

王师长不好意思地笑了笑，认真地说道：上次那是整错对象了，这次整对了，妥妥的，跑不了了！

张政委还有些弄不明白，问道：老王，你说清楚，跟谁整妥妥的了，你是啥意思呀？

王师长说：俺和桔梗。

张政委一下没反应过来，一双眼睛不认识似的盯着王师长。

王师长一把拉过张政委的一只手，问道：老张，你摸俺这头，热不？

张政委摸了摸，摇摇头。

王师长又问道：你再看俺的眼睛，迷糊没有？

张政委看着王师长，疑疑惑惑地又摇了摇头。

王师长便冲外面喊道：小赵，你马上去医院把桔梗请来。

小赵应声便颠儿颠儿地去了。

张政委望着小赵的背影，又把目光落在了王师长的脸上，不禁惊诧道：你别一个人在这里叫唤，一会儿桔梗来了我啥都清楚了。桔梗咋能看上你，你说？

王师长笑着说道：你别急赤白脸的，不信你就问桔梗。

警卫员小赵找到桔梗时，桔梗正在院子里一边晾晒床单，一边跟石光荣说话儿。自从做通了桔梗的工作，石光荣心里边还是七上八下的。终身大事不是儿戏，他还想让桔梗对他说句实话，便开口问道：妹子，你跟哥说实话，王长贵这人到底咋样？

桔梗从床单后露出一张脸儿来，反问道：那你说呢？

石光荣说道：你们俩的事俺咋说。

桔梗隔着被单说道：哥，你说好就好。

石光荣听了，猛地一把扯开面前的被单，问道：妹子，这么说你和王长贵成了？

桔梗望着石光荣，点点头，说道：他说了，等政委回来，打报告就结婚。

这就结？石光荣不觉吃了一惊，说，是不是太快了，三十八也不能这么急呀！

桔梗想了想，说道：哥，现在俺明白了，俺和王长贵就是一路子人，不是一路子处一辈子也没用。

也就在这个时候，小赵匆匆忙忙跑了过来，见石光荣站在那里，便向他敬了个礼。

石光荣问道：小赵，你找俺？

小赵摇摇头说：不，俺请桔梗，政委回来了，师长请桔梗去一趟。

石光荣转头望着桔梗，说道：妹子，哥陪你去，走！

桔梗犹豫了一下，问道：那你不等王百灵了？

石光荣说道：一会儿再说，你的事也是大事。

说着，两个人便来到了师部。和张政委寒暄了几句过后，张政委面对着桔梗和石光荣，左一眼右一眼地看着，突然一句话也不说了。

石光荣眨巴着眼睛望着张政委，问道：政委，你离开几天不认识了咋的，看啥呢？

王师长慢条斯理地说道：政委是不相信我的话，特意叫桔梗来说清楚。

张政委看着桔梗，这才说道：你和师长到底是咋回事呀？你要大胆地说，不要有顾虑。

桔梗突然就明白了，望着张政委说道：你问这呀，那俺就告诉你，俺和王师长的事妥了。

张政委又一次震惊了，看了眼桔梗，又看了眼石光荣，到底还是反不过味儿来。

石光荣笑了笑，说道：政委你看我干啥呀，这是他们的事。

我问你，这事是不是真的？张政委还是不敢相信地又问了一句。

石光荣认真地说道：他们俩说真那肯定就真。

这才几天哪，咋出了这么大事了？张政委似乎自言自语般地说道，丈二和尚一下摸不着脑袋了。

王师长突然转过头来，望着桔梗，认真地说道：桔梗你正好在，咱们队伍三天后就执行任务，俺想，俺想明天就把婚结了。

桔梗听了，回头看了一眼石光荣，说道：哥，王师长说要结婚，你是俺哥，你给俺做主，俺听你的。

石光荣看了一眼王师长，又看了一眼张政委，一时拿不定主意。

王师长便急煎煎地说道：石光荣，俺虽然是师长，可桔梗是你妹子，结了婚你就是大舅哥，俺都三十八了，你看着办吧！

石光荣挥了一下手，说：别跟俺说三十八，你就是八十八能咋的？！

说完，拉过桔梗道：妹子，你让俺看你的眼睛，你的眼睛不会说谎。

石光荣看到桔梗的脸上此刻正洋溢着难以抑制的幸福和渴望，猛地一拍大腿，说道：妥了，明天就结。妹子，明天，明天哥送你入洞房。

王师长终于笑了起来，问道：政委你听到了吧，还有啥意见吗？

张政委也跟着笑了起来，说道：这事整的，好事呀，就是有点儿太突然了。

这天晚上，石光荣正和小伍子用一只装了开水的茶缸子烫衣服，桔梗突然跑过来了。

石光荣以为发生了什么意外的事情，吃惊地问道：这么晚了，你咋来了？

桔梗说道：哥，俺来想跟你说件事。

小伍子见两个人要商量什么重要的事情，便悄悄走出门去。

石光荣问道：妹子，准备得咋样了？

桔梗说道：没啥准备的，俺来想说，俺要改个名儿。

改名？改啥名呀？石光荣一时不解地问道，桔梗叫着不挺好的吗？

桔梗望着石光荣，突然动情地说道：哥，俺是你妹子不？

石光荣说：这还用说，这都叫了二十多年了。

桔梗说道：在这个世界上，俺没爹没娘了，如果没有你这个哥，没有你石头，俺就不会有今天。

桔梗，咋的了，说这些干啥？石光荣一面说着，一面看到桔梗的眼里此时已经泪光闪烁了。

桔梗接着说道：哥，俺明天就要出嫁了，以前俺一直姓桔，现在俺要改成你的姓，俺是石家的闺女，这样俺心里踏实。

石光荣望着桔梗，想了想，一把就把她抱住了，说道：好妹子，如果你愿意，哥同意你改。

桔梗听了，一把又推开了石光荣，高兴地说道：哥，俺有新名字了，以后俺就叫石梗。是你石光荣的亲妹妹，你是这个世界上俺最亲的人。

石光荣的眼睛不由得潮湿了。

到了第二天上午，一群迎娶新娘的战士已经列队在了医院门口，警卫员小赵牵着一匹马，马旁站着胸前戴着一朵大红花的王师长，看上去，此刻的王师长，一张嘴巴笑得都快咧到耳根子后边了。

这时候，屋里的石梗已经收拾停当了。石梗穿着一身崭新的军装，胸前也戴了一朵大红花儿，那朵大红花就像太阳一样，把她的一张脸映照得煞是鲜亮。

这时候,从院门口传来了张政委的一声呼喊:接新娘——

石光荣认认真真地看了一眼石梗,依着老家的规矩,蹲下身去。石梗笑了笑,便趴在了石光荣背上。石光荣起身说道:妹子,哥迈出这个院门,你就是别人家的人了。

一句话不打紧,石梗的眼里一下就涌出了泪水。石梗一边在石光荣的背上使劲点着头,一边哽咽着说道:哥,俺是你永远的妹子。

石光荣听了,再也不知道该说些什么,迈开步子就向院外走去了。一直走到小赵牵着的那匹马前,把石梗扶上马去,只听得张政委又喊了一声:接新娘队伍出发了——

石梗坐在马上,回过头来冲石光荣喊了声:哥,俺结婚了!

一声未落,已是满脸泪水了……

结婚典礼结束后,师部借机会聚了一次餐,一群战士一边兴奋地说着祝福王师长和石梗的话,一边举起了酒碗,纷纷地向王师长和石梗两个人表达着祝福。

石光荣和战士们喝了一会儿酒,突然想对王师长叮嘱些什么,便拉拉扯扯地把他叫进屋来。

王师长心里高兴,冲石梗喊道:桔梗,拿酒来,俺和你哥再单独喝两杯。

石梗在一旁纠正:你叫错了,俺现在是石梗。

王师长一下子醒悟了,笑着说道:对,对,你看俺这记性,俺叫顺口了。

石梗便笑着,又拿出瓶酒来,给两个人倒在了碗里。

石光荣端起酒碗,笑眯眯地问道:妹夫,叫你妹夫高兴不?

王师长抬头说道:哎……在咱家里你叫俺啥都行。

石光荣说道:咋的,出门就不能叫了?俺知道你是师长,你咋把自己当成官了,忘了当初咱们是咋说的了?

王师长点着头,连连说道:对对对,你叫啥都行,叫俺小名王二小都中。

石光荣说道:你以后得记住,别把自己当官。

王师长喏喏称道:一定,一定,来,大舅哥,咱喝酒!

石梗见两个人有话要说,说道:你们俩慢慢喝,我出去招呼一下。

说着,转身就出了屋门。

石光荣见石梗走了,这才说道:刚才在外面人多,有些话俺没说,现在关上门,有些话俺得和你唠唠。

中,咱边喝边唠。王师长说道。

石光荣举碗喝了一口,思忖着说道:俺这个妹子呀,随俺,脾气有点儿倔,任性,说话不会拐弯,以后你得多担待。

王师长嘿嘿笑着，说道：俺就喜欢她这性格，说到哪做到哪。

石光荣又说道：俺妹子，穷人家的孩子，从小到大没享过啥福，嫁给你，你可别让她受委屈。

王师长梗了一下脖子说：看你说的，俺还能欺负她？那俺王长贵成啥人了。有能耐冲敌人使去，不能对一个女人使。

石光荣说：俺妹子说话嗓门大，以后她跟你喊可以，你可别冲俺妹子喊。

王师长不耐烦了，说道：行了，行了，你这大舅哥呀，咋婆婆妈妈了，来喝酒！

两人碰了一下酒碗，咕咚就是一大口。

王师长放下酒碗，望着石光荣，接着便又操心起他的事情来：你呀，都三十六了，也不小了，你一直对王军医感兴趣，这俺知道，她不理你俺也知道，你得想点儿法子呀！

石光荣摇摇头，说道：俺有啥法子，人家文化人，咱整不明白，不说这个了，闹心，来，喝酒吧！

两个人就这样说几句喝一口，直喝到屋外的人都早早地散去了，酒也喝得有些醉了，趴在桌子上就呼呼噜噜地睡着了。

石梗好歹把两个人放在床上，又拿过一条湿毛巾给他们擦起脸来。小伍子这时也走了进来，冲石梗说道：俺把团长背回去吧！

石梗说道：算了，别折腾了，让他在这儿躺着吧！

小伍子为难地望了一眼石梗，说：这也不合适呀！

有啥不合适的？石梗说，他是俺哥。

小伍子点点头，说道：要不俺照顾他们，你歇着去。

石梗不放心地望了一眼小伍子，说道：还是俺来吧，从小到大，俺还没有照顾过俺哥呢！

小伍子站在一旁，默默地看着石梗细心地给石光荣擦着手、脸，眼睛一下子湿了。

天明时分，队伍上路了。石光荣正骑着草原青往前跑着，正巧碰上医院的人，一眼又望见了王百灵，不觉心里一喜，忙从马背上跳下来，走到王百灵身边，突然就没头没脑地来了一句：锄禾日当午，汗滴禾下土……

王百灵扭过头来，笑着问道：石团长，你还会背诗？

石光荣抬头望着天空，说道：会背，会老鼻子了。

王百灵说：那你再背一首，我听听。

石光荣抓了抓脑袋，又说道：锄禾日当午，汗滴禾下土。

王百灵扑哧一声笑了，一边的小凤和几个护士听了，也都跟着笑了起来。

石光荣镇住一张脸说道：你们笑啥！别的俺还没学会，等打完这仗，俺再给你背。

说完，跳上马去，向一旁的白茹院长叮嘱道：白院长，你们可得小心点儿！

白院长笑着点点头，说道：放心吧，石团长。

石光荣扭头又看了王百灵一眼，这才打马向前奔去了……

队伍进入作战阵地不久，战斗就打响了。石光荣站在指挥所的掩体后面，手里举着望远镜，见隆隆的枪炮声中，敌我双方交战在了一起，手心禁不住都发痒了。就在这时，张营长跑进来报告道：团长，医院的抢救队被敌人包围了。

石光荣不禁吃了一惊：什么，在哪儿？

张营长说道：就在四号阵地的树林里。

石光荣展开地图看了一眼，问：为啥不去解围呢？

张营长报告道：预备队支援三号阵地去了，都在战场上，没有机动队了。

石光荣思忖片刻，说道：快通知炊事班，马上集合。

张营长跑去组织队伍，石光荣抓过马刀，冲出门去。

石光荣骑马赶到那片树林里时，白茹正带着王百灵和石梗、小凤一些人，还有一些伤员战士，和包围上前的敌人交上了火。

石光荣舞着马刀，一马当先冲过来，他的身后是一些扎着围裙手握刀枪的战士，那些战士嗷嗷叫着，集团冲锋一般冲过来的架势，几乎吓坏了正在实施包围的敌人。

包围圈很快被撕开了一道口子，石光荣和白茹一些人会合后，在一阵激烈的拼杀之下，敌人开始溃退了。可是，正当石光荣要乘胜追去时，突然一颗手榴弹飞了过来，在马旁爆炸了，石光荣便从马背上一个跟斗被掀翻下来……

石光荣被抬进战地医院的救护帐篷时，还在昏迷之中。一个男医生查看完石光荣的伤势后，不禁摇摇头道：腿保不住了，得锯腿。

站在一旁的石梗听了，一下子急了：侯医生，你说啥？

侯医生重复道：石团长的腿炸烂了，保不住了。

不可能，俺哥没腿咋行呀，这腿不能锯。石梗坚持道。

侯医生说道：要想保腿可以，得有盘尼西林消炎药，防止感染，要是伤口感染了,谁也保不住了。

可咱们这儿盘尼西林用完了,只能到纵队留守处去请求增援。石梗火急火燎地问道,这可怎么办?

石梗说这话时,声音都明显地变调了。

王百灵说道:侯医生、石梗,我去,上次去纵队医院交流学习,我去过,路线我熟。

石梗说道:你一个人去咋行,这么远的路。

站在一旁的小凤突然冲上来说道:我陪王军医去,我人小腿快,路上也有个照应。

侯医生急切地说道:要去就快去,多请他们支援点儿消炎药,好多伤员都得用。

王百灵点了一下头,说道:石梗,你和白院长说一声,我带小凤这就去了。

说完拉着小凤就往外走。

石梗突然想起什么,一把拉住王百灵,从怀里掏出一枚手榴弹道:把这个带上。

王百灵接过手榴弹,抬头看了一眼昏迷的石光荣,便拉着小凤跑出去了……

事情出在取药回来的路上。

王百灵手里提着一纸盒药,正带着小凤往回快步走着,在经过一片树林时,不料,迎头碰上了一队敌人。那一队敌人当发现不远处的两名解放军女战士时,一边嗷嗷喊叫着,一边追了过去。

王百灵见势不好,忙拉着小凤拼命地向一侧跑去。可是,小凤突然停下来,喊道:百灵姐,你快跑,我来把敌人引开。

王百灵一听急了:不行,要跑你跑。

说着,就要把手里的那一纸盒药往小凤手里塞。小凤一面推托着,一面说道:路线你熟,我不认路,跑也没用。你快走,不然就来不及了。

说完,小凤猛地推了一把王百灵,从怀里掏出一颗手榴弹,便朝另外一个方向跑去了。一边跑着一边扯开嗓子,朝不远处的敌人喊道:你们来吧,姑奶奶在这里呢!

敌人听到喊声,不管不顾地一齐向小凤追了过去。

王百灵提着那一纸盒药,含着眼泪继续向前跑着,不一会儿,突然听到小凤大喊了一声:百灵姐,快跑——

接着,一声手榴弹的爆炸声便传了过来。

王百灵突然预感到了什么,下意识地回过头去,含着泪水喊了一声:刘小凤……

夜深了,帐篷里的侯医生一边守着石光荣来来回回地踱着步子,一边焦急地自言自语道:怎么还不回来,没有消炎药,伤口超过八小时,只能手术锯腿了。

坐在一旁的石梗心里比侯医生还焦急,突然站起来嚷道:侯医生,你别老把锯腿挂在嘴边,一个团长没了腿,他以后怎么指挥打仗?

侯医生认真地说道:你是个护士,这点儿常识该知道,要是真感染,别说保腿,命保住都难。

石梗说道:那就把俺的腿锯下来给俺哥接上。

侯医生说道:你这是感情用事。

石梗一把推开侯医生,说道:俺就用事了,这腿不能锯!

两个人争执了好一会儿,突然听到了王百灵的呼喊声:石梗姐——

石梗不由一阵惊喜,忙转身迎了出去,当从王百灵手里接过那一纸盒药时,话都没顾得上说上一句,回身又跑进了帐篷。

当石梗亲自动手把那支药注射进石光荣的身体里时,这才长长地吐了一口气……

天亮了。

王百灵一边哭泣着,一边把小凤的事情汇报给了白茹。白茹沉默了良久,眼睛里闪烁着泪光,拍着王百灵的肩膀劝慰道:刘小凤同志是好样的,她做了她应该做的。

王百灵喃喃道:小凤是为了救我才牺牲的。

白茹说道:不,她也是为了救伤员,为了救石团长……

石光荣终于苏醒过来了,听完了小伍子的哭诉,眼里的泪水无声地流了下来,问:你是说,王百灵和小凤,为了保俺的腿穿越了敌人的封锁线?

小伍子一面哭着,一面继续说道:小凤她牺牲了……

石光荣一下就沉默了。

石梗这时带着侯医生走进了帐篷,说道:哥,让侯军医来看看你的腿。

说完,掀开了盖在石光荣身上的被子。

侯医生检查完伤势,把被子盖上,笑了笑说道:伤口没有发炎,这腿保住了。

石梗欣喜地望着石光荣说道:哥,听到了吗?腿保住了!

石光荣抹了把脸上的泪水,冲石梗说道:小凤牺牲了,为了俺这条腿,她不值呀!

石梗一面努力抑制着自己,一面哽哽咽咽地说道:哥,俺知道了,俺都知道了!

石光荣声音平缓地说道:你去把王百灵给我请来。

石梗抬头望着石光荣,问道:干啥呀哥?

石光荣闭了一下眼睛,说道:妹子,让你去你就去。

石梗犹豫着,擦了一下眼角,便一步三回头地走了出去。

石光荣这才冲小伍子说道:来,伍子,把俺扶起来。

不一会儿,王百灵挑开帐篷走了进来,红肿着眼睛,努力朝他笑了笑,问道:石团长,你找我?

石光荣望着王百灵,嘴唇嗫嚅着,举起右手就给王百灵敬了一个军礼,哽咽道:王军医,谢谢你,谢谢小凤!

王百灵立时就慌了,忙走上前去说道:石团长,快别这么说,你是为了救我们才负的伤,你的腿能保住,咱们队伍里就多了名优秀指挥员,石团长,我王百灵为你高兴,也为部队高兴。

石光荣接着说道:你们冒死取药为了俺石光荣,小凤还牺牲了,我石光荣何德何能让你们为我这么做呀,不值,不值呀!

王百灵眼角里藏着泪水,轻轻说道:石团长,你别说了。

石光荣伸出胳膊,拉过王百灵递过来的一双手,紧紧握着,真诚地说道:王军医,你和小凤救了俺,你就是俺的救命恩人,以后俺要像对亲人一样对待你们。

石光荣的一句话,一下子把帐篷里所有人的眼圈都说红了。

小德子又到一排阵地来了。

他一边跌跌撞撞地从山脚下往山上跑着,一边喊道:一排的集合了……

终于站在了往昔的阵地前,望着那一片已经生长了野草的墓地,小德子抖开了一张报纸,颤动着嘴唇说道:又有好消息了,我们的队伍打过了长江,正往海南岛挺进,我们的部队一部正挺进广州,大半个中国都解放了,离全国解放的日子不远了。一排的,你们都该高兴了。

说完,抹了一把脸上的泪水,把报纸收好了,一步一步走到一个坟堆旁,一边拍着坟头,一边念叨:凤国呀,今天是你二十三岁的生日,你看俺给你带来啥了。

说完,小德子从上衣口袋里掏出一只鸡蛋,十分爱惜地看了看,放在了坟前。

小德子接着说道：凤国，你是过完二十岁生日参的军，你娘给你煮了个鸡蛋，可你没舍得吃，把鸡蛋一直揣到队伍上，你要和全班分着吃……

泪水不知不觉又从眼角里溢了出来，小德子一边抹着眼泪，一边又说道：今天排长给你煮了鸡蛋，你吃吧，好好地听话，你二十三了，大小伙子了……

小德子这样说着，就把那只鸡蛋取过来，小心地磕开一道缝儿，又仔仔细细地把鸡蛋壳剥下来，这才重又放回到坟堆上。而后，眼含着热泪，努力微笑了一下，起身冲着前前后后的一片坟堆喊道：一排的，来，给凤国唱首歌。俺起个头，大家都唱，唱响点儿……大刀向鬼子们的头上砍去，唱……

霎时间，他的耳边回响起了战友们响亮的歌声：全国武装的弟兄们，抗战的一天来到了……

小德子一边动情地唱着，一边缓缓地举起了右臂。

在石梗的悉心照料下，石光荣的腿伤有了明显的好转。

这天上午，王师长来到帐篷里看望石光荣。还没等王师长开口，石光荣便有些焦急地问道：你快给我说说，现在的战局形势怎么样了？

王师长坐在床上，望着石光荣笑着说道：江北的残部咱们算是消灭干净了。

那下一步咱们的队伍要向哪儿开拔？石光荣又问道。

王师长寻思着说道：咱们纵队已经过了江，一直往南；咱们师还在待命，估计用不了几天，咱们也得过江，南下！

石光荣听了，不觉重重地叹了一口气，说：俺真不争气，早不伤晚不伤偏偏这时候伤。

王师长笑了笑，说道：哎呀，你就别想着你的腿了，在医院老实养伤吧！

说到这儿，王师长突然想起了什么，说道：对了，你住院可别在这里白住，跟王百灵的事得有点儿进展。

石光荣摆摆手，心烦意乱地说道：师长，不提了，这事再也不提了。

咋的了，她又撅你了？王师长望着石光荣问道。

石光荣摇摇头，伤感地说：王百灵和小凤为了救俺这条腿，连命都不要了，过封锁线给俺取药，你说俺还有那个想法，俺还是人吗？

哎？战友情和感情，这是两码事。王师长解释道。

石光荣轻松地笑了笑，说：有了这个情分，俺石光荣就满足了，这样挺好的。

可是天下的事情就是那样怪，有些事情任凭你再怎么努力，可就是求得不到;有些事情,虽然你不去找它,它却竟又自己送上门来。

这一天,小伍子正扶着石光荣在医院的帐篷外边练习走路,王百灵突然走了过来,冲石光荣喊道:石团长,你怎么下床了?

石光荣望着王百灵,不由笑了笑,说道:俺得练练,不能总这样躺着。

王百灵上前扶住石光荣,说道:你的伤口还没长好,伤口要是撕裂了,就白长了,快回去吧!

说完,扶着石光荣就往帐篷里走去了。

到了这天黄昏的时候,石光荣正倚在床上想心事,王百灵又给他端来了一碗粥。石光荣抬头望了王百灵一眼,说道:王军医,放那儿吧,一会儿俺就吃。

王百灵把那碗粥放在那里,却又不走,坐在了石光荣的床头,微笑着问道:石团长,你不是想背诗吗,我教你。

石光荣一下子振奋起来,问道:真的?

王百灵点了点头,便顾自吟道:床前明月光,疑是地上霜。

石光荣笑了笑,说道:这句俺听明白了,月光像霜对不?

王百灵笑了起来。

石光荣接着问道:床前明月光,疑是地上霜,写得真好,这是你写的吧?

王百灵望着石光荣微笑着,却并没有回答……

王百灵从石光荣的帐篷里走出来时,碰巧遇到看望石光荣的石梗。石梗一把把王百灵拉了过来,一直走到一棵树下,冲王百灵问道:百灵,咱们在一起也好几年了,你跟俺说句心里话行不?

王百灵不解地问:石梗,你让我说什么呀?

石梗问道:在你心里俺哥到底是个啥人?

王百灵有些疑惑地说道:他是石团长,怎么了?

石梗说:就这些?

王百灵说:那你还要问啥?

石梗说:俺问你他这人咋样。

王百灵说:挺好的呀。

石梗说:就挺好的?

王百灵低下头道:姐,我知道你什么意思,说真话,我以前挺烦他和王师长的。

说到这儿,王百灵忙又抬起头来说道:石梗,我这么说你别生气呀。

石梗摇摇头,说道:俺不生气,你随便说。

王百灵便说道:自从上次组织做俺工作,要俺嫁给王师长,石团长急了,不想在部队干了,我就觉得石团长这人正直无私,眼里不揉沙子。

石梗又问道:那后来呢?

王百灵说:就说这次,要不是石团长带着炊事班来救咱们,咱们也许都没有在这儿说话的机会了。

石梗打破砂锅问到底,说道:那你到底对俺哥是啥意思呀?

王百灵想了想,说道:石团长这人我打心眼里佩服,他敢爱敢恨,是个军人,更是个男人,我欣赏他的人品和人格。

石梗又说道:光欣赏就完了,这又不当饭吃。

王百灵望着石梗,说道:石梗,我知道你想说什么,可这事不能急呀,得慢慢来。

石梗心里有底了,一边笑着,一边扳住王百灵的肩头说道:妹子,妥了,有你这句话俺心里就踏实一半了,那啥,你忙吧!

说完,噔噔噔便向石光荣的帐篷跑去了。

夜渐渐深了下来,石梗坐在石光荣的床边,一边细心地削着苹果,一边说道:哥,人家王百灵都把话说到这份儿上了,你咋还装上了?

石光荣惭愧地说道:妹子,俺不是装,俺从心里觉得俺配不上她。

石梗鼓励道:哥,咋说这话呢,啥叫配上配不上的,女人的心你不懂,你得趁热打铁。

石光荣一笑,有些含蓄地说道:妹子,以前俺是喜欢王百灵,可离她越近,俺觉得离她越远。

哥,你啥时候弄得有文化了?石梗也不由得笑着说道,你说的话俺都听不懂了,啥远近的,整啥呢这是?

顿了顿,石光荣说道:妹子,你不懂,这事慢慢来吧,哥心里有数。

石梗把削好的那个苹果递过去,望着石光荣,不由得叹了一口气,说道:你有数了,俺这心里可没数了。

石光荣咬了一口苹果,却笑了起来。

第十九章

过了一段时间，石光荣的腿伤已基本痊愈了。这天上午，石光荣一边在医院的帐篷外边练习走路，一边跟一旁跟着的小伍子说话。

咋样，行了吧？石光荣笑呵呵地问道。

小伍子高兴地说道：团长，好了，你的腿看不出啥来了。

都没事了，咱还在这儿待着干啥呀？石光荣向小伍子招呼道，赶紧地，咱办出院！

正在这时，石梗匆匆忙忙地跑了过来，冲石光荣说道：哥，王师长和张政委他们正在研究要调部队回东北剿匪呢！

部队要回东北？石光荣问道。

石梗说：俺刚经过师部，听他们正在说剿匪的事。

石光荣一下又激动起来，说道：太好了！那个沈少夫和刘老炮，上次没有剿成，这次一定连窝把他们端了！

石梗也一样兴奋，催促道：那你快看看去吧，听他们说好像要派别的营去，没你们团什么份儿。

扯淡！伍子，走！石光荣说着，带着小伍子就朝师部走。

石梗一边紧紧跟在后边，一边说道：哥，你们回东北，俺也要回去！

石光荣来到师部时，王师长和张政委果然在和两个营长商量剿匪的事情。见石光荣带着小伍子闯了进来，王师长打量着他问道：你的腿好了？

石光荣听了，在地上一边跺着脚，一边笑着说道：你们看，这腿比以前还结实，俺石光荣扛造！

张政委招手说道：你来得正好，上级命令我们抽出一部分部队回东北剿匪，你来了，给五营、六营的剿匪工作出个主意，上次在二龙山你和沈少夫交过手，你有经验。

石光荣一下听出了弦外之音，立马把脸沉了下来，看看这个望望那个，梗着脖子问道：师长、政委你们啥意思呀，回东北剿匪咋把石光荣给忘了，让五营、六营去，啥意思呀？

石团长,不是……

王师长还想解释什么,被石光荣一下截断了话茬儿:你打住,啥不是,是不是觉得上次俺没把二龙山拿下来,对俺没有信心了,上次部队不是着急撤退吗,再给俺三天时间,俺早就把沈少夫拿下了。

张政委说道:石团长,我们的想法是这样的……

张政委一句话没说完,石光荣还是抢过了话茬儿,说道:政委,你别想法想法的,俺的想法是,回东北剿匪,非俺团莫属,别的都不好使。别忘了我养父养母是咋死的,这仇不报,你们说,那俺石光荣成啥人了?!

王师长和张政委面面相觑,一时不知说什么好了。

顿了顿,张政委望着石光荣,严肃地说道:石团长,上级对这次剿匪很重视,土匪不剿已经影响了新政府的正常土地改革,首长让我带这个队。

你带你的呀,俺又没和你争官!石光荣很有气度地说道,你就是师政委,俺就是个团长,俺指定听你的。

王师长走过来,继续解释道:石团长,你别误会老张,五营、六营也是从东北组建的老班底,他们对东北地形也熟悉。

屁话,俺石光荣就是蘑菇屯的人,他们熟,俺石光荣就不认识二龙山了?石光荣说这话时,眼珠子都快掉出来了。

紧接着,石光荣又意识到了什么,语气一下子缓和下来,心情沉重地说道:师长、政委,还记得咱们队伍刚入关打的那仗不?一排一个也没回来,小德子现在还下落不明,不知生死,俺回去也顺便找找一排长小德子。

王师长和张政委互相看了一眼,不觉就有了恻隐之心。张政委想了想,便抬头冲一旁的两个营长说道:马营长、刘营长,那你们先回去吧!

两个营长同时站了起来,问道:那我们还准备吗?

石光荣一下把话头抢了过来,说道:没听明白呀?都让你们回了,还准备啥呀?快走吧,该忙啥忙啥!

两个营长对视一眼,低着头走了出去。

石光荣转头冲王师长和张政委笑了,说道:这就对了,这么大的事咋能没俺石光荣呢?

石光荣把东北剿匪的任务抢了过来,心里头很是激动。回到团里,立时就召集了全体干部,发表了战前动员:这次回东北,那就是见娘家人去了,仗要打好,要是打得磨磨叽叽的,让娘家人笑话,看我怎么收拾你们!

张营长起身说道:知道了,团长你放心,咱们现在不是一个营,是一个团了,家伙也不一样了。

石光荣左左右右扫视了一眼,继续说道:你们好多人都是从东北来的,东北可不比南方，把过冬的衣服都找出来，别到了东北冻成冰溜子。

说到这里，大家一起笑了起来。

石光荣挥手说道：你们别笑，抓紧回去马上准备，明早出发。

在确定哪些人去东北剿匪，哪些人准备南下，师部是有所考虑的。出乎石梗的预料，她没有被选进去往东北剿匪的行列，心里头万分着急，便风风火火闯进师部里来了。

王师长和张政委两个人正在交接工作，见石梗不问青红皂白地闯进来，王师长不由得问道：石梗，你咋来了？

石梗看看这个，望望那个，问道：你们俩谁说了算？

张政委和王师长对视了一眼，转头看着石梗问道：石梗，怎么了，谁又招你了？

石梗一屁股坐到炮弹箱上，张口说道：俺要去东北剿匪，要亲手杀了那刘老炮！

张政委又看了一眼王师长，笑了笑，说道：老王你看你看，真是石光荣的妹子，说话口气都一样，这事我可不管了，你们自己家的事，你们掰扯吧，我先准备去了。

说完，转身就走出门去。

王师长转头冲石梗说道：你凑啥热闹哇，这次去东北是张政委带队，医疗队任命王百灵为队长了，没你的份儿了，你就踏实地跟俺南下吧。

石梗听了，呼的一声站起来，态度坚决地说道：俺不跟你南下，俺要北上去杀了刘老炮。

王师长说道：剿匪有政委，有你哥，你还有啥不放心的？

石梗看着王师长，冲口而出，问道：王长贵，俺问你，你现在用啥身份跟俺说话呢？是丈夫还是师长？

王师长想了想，说道：都有！总之，是为了你好，也是为了工作。

石梗梗着脖子问道：那俺要不听你话呢？

石梗的一句话，把王师长噎在了那里。

石梗接着说道：王长贵，王师长，俺跟你说，回东北剿匪俺去定了，谁说都不好使。你可以把俺开除了，那俺自由了，去哪儿你更管不着了，俺就跟俺哥走，俺哥不会不要俺，知道不？

王师长一下没了脾气，背着手在屋子里转了两圈，说道：你呀，你呀，跟那石光荣一个德行，认准的道十头牛都拉不回来。

石梗笑了笑，说道：你知道就好，谁让俺是他妹子呢！

石梗撂下这句话，就要抬腿往外走，走到门口，仍是不放心，便回过头来,望一眼王师长,说道:你这是同意了,俺可回去收拾了!

说完,噔噔噔一阵脚步声,就走去了。王师长望着石梗的背影,无可奈何地摇了摇头。

第二天早晨,去往东北剿匪的队伍出发了。王师长站在村头的一棵树下,不停地和石光荣一行人招手,望着队伍渐渐远去,心里头突然就有许多的不舍。这时候,石梗跟随着医疗队的一些人走了过来,见王师长还在那里一边举着手,一边眺望着,忙走过来说道:还招手呢,有啥舍不得的,想快点儿见面,你们麻溜地把全国都解放了,去东北找俺们。

王师长一把拉过石梗,突然深情地望了一眼,叮嘱道:石梗,东北和这儿不一样,你要多穿点儿。

石梗不耐烦地说道:这话你都说八百遍了,整点儿新的行不?

王师长想了想,又说道:你的工作就是抢救伤员,别虎了吧唧地往山上冲,有部队呢,不在乎你一个人。

石梗说道:俺知道了。

眼见着队伍已经走远了,石梗正要离去,王师长却紧紧地把石梗的一只手攥住了。石梗转头见小赵在那里站着,忙挣脱开王师长的手,说道:昨晚不是拉一宿了吗,行了,要想早拉俺的手,你就早点儿来东北找俺们。

说完,转过身去,噔噔噔一阵脚步声,就向着远去的队伍跑去了。

几天后,石光荣带领的队伍进入了冀中地界。一直来到当时阻击阵地的山脚下时,不觉骑在马上打量了半晌。

石光荣一边张望着,一边抬手向一个山包指去,说:当初,一排就在那儿,前面那是二连的阵地,我带着三连就在这个地方。

一旁的张营长靠过来,说道:团长,司号员就是在那棵树下牺牲的,号都被炸烂了,才没吹响军号。

石光荣望着昔日的阻击阵地,禁不住百感交集,顿了顿,扭头冲张政委说道:政委,命令队伍在这儿休息一下,我去一排阵地看看。

说着,石光荣便跳下马来,带着张营长和小伍子,一步一步朝山上走去。

山脚下行进着的队伍,引起了正在山上守望墓群的小德子的注意,见队伍停了下来,接着又看到几个人走上山来,小德子一时不知所措,终于反应过来之后,慌忙便向身后的窝棚里跑了过去。片刻过后,小德子慌慌张张地收拾好了东西,起身抱起一只行李卷,一头扎向了不远处的一片树林里。

这时候,石光荣几个人已经走了上来。抬眼间,三个人同时惊讶地发现了三十几座坟茔和坟前的那一块墓碑。小伍子忙跑过来清点了一下,报告道:团长,一共三十一个。

石光荣心里头好生疑惑,便不放心般地又一个墓碑一个墓碑地看过了一遍,自言自语道:没有林孝德的。

石光荣左右环顾了一遍,突然扯开嗓子大喊道:小德子,小德子,俺是石光荣,俺回来了。小德子,你在吗?

躲在不远处树林里的小德子怀抱着行李卷趴在那里,听到了石光荣的呼喊,再也无法抵制内心的情感,发出了压抑的低泣。

石光荣转身望着墓地旁的那顶窝棚,和张营长、小伍子走了进去,说:这里看来住人了,会不会是林排长?

张营长思忖道:不会吧,要是林排长在这儿,咱们回来了,他不可能不出来见咱们。

小伍子猜测道:这坟地也许是新政府给修的!

石光荣疑疑惑惑地走出窝棚,接着又大喊起来:林孝德,是你吗?小德子,俺是石光荣啊……你在哪呀小德子……

此时,树林里的小德子,用拳头堵着嘴巴,整个人都快哭成一团了。

站在往日的一排阵地上,站在那片坟群前面,回想着那一场惨烈的战斗,石光荣立在那里,声音嘶哑着说道:一排的,俺是石光荣,俺回来看你们来了,你们没给尖刀营丢脸,你们都是好样的。这次队伍是路过,回东北剿匪,没工夫多陪你们好好唠唠了,等全国解放了,俺石光荣再回来看你们。

说完,石光荣和张营长、小伍子缓缓举起了右臂。

紧接着,石光荣俯下身来,抓起一把泥土放在了衣兜里,又不放心般地拍了拍,而后说道:队伍还等咱们呢,走吧!

说完,几个人便一步三回头地向着山下走去了。

小德子终于又站在了山头上。

望着山下队伍远远地走去,小德子一边呜咽着,一边喃喃说道:营长,营长,俺小德子是个逃兵,没脸见你呀!

小德子多想跑下山去追赶上队伍,跟着他的石营长一起走啊!这样想着,小德子往前下意识地跑了两步。可他突然就停下了脚步,扑通一声跪在那里,冲远去的队伍哭喊道:营长,俺给尖刀营,给一排丢脸了,成了俘虏,成了逃兵,营长,小德子没脸呀……

队伍又行走了几日,便在这天的傍晚时分抵达了二龙山脚下。石光荣骑在马上观察了一番地形,突然放下望远镜,冲二龙山上大喊道:沈少夫,你听好了,俺石光荣回来了,有本事你就在山上待着,看俺咋收拾你!

入夜之后,队伍在山脚下安营扎寨,一切安排停当之后,石光荣和张政委便让人把工作队的马队长请了过来。

马队长一见石光荣和张政委,忙不迭地说道:可把你们盼回来了,山上的沈少夫和刘老炮在你们走后没少祸害人,把曹队长抓到山上点了天灯,现在经常下山敲山震虎,害得老百姓不敢种沈家的地,好多地方至今还荒着。

石光荣听了,恨得牙根疼,发誓说道:这回他沈少夫嘚瑟不了几天了。

张政委望一眼马队长,又望一眼石光荣,不禁思虑道:山还是那个山,人还是那些人,第一次咱们剿匪可吃了他们不少亏,他们仗着上山就这一条路,我们拿他们没办法,看来,要想攻上去,我们还真得动动脑筋。

马队长忙说道:石团长、张政委,我们这还有几十个民兵,会随时听你们调遣。

石光荣摆摆手,说道:打仗用不着你们,只要你们帮俺想办法上山就行。

马队长摇了摇头,叹息道:我们就愁上不了山,他们在山路口放上三五个人,我们百十人都上不去。

总会有办法的。石光荣把一只拳头攥得咯咯吧吧直响,说道,老子就不信了!

剿匪队的到来,很快惊动了二龙山上的沈少夫和刘老炮,这天夜里,几个人聚在一起,商量着对策,山洞里的空气一时之间极是紧张。

刘老炮哼了一声,说道:妈的,共军这次回来,也是假牙横子,汪汪两声也就滚球子了。

沈少夫坐在一把椅子上,望了一眼刘老炮,说道:这次跟上次可不一样,他们这次调兵回来是专门冲咱们来的,咱们可不能掉以轻心啊!

冲咱们不冲咱们他们能咋的?刘老炮不屑地说,我已经安排了二十多个弟兄把山路口封死了,两挺歪把子,子弹多的是,他们就是长了三头六臂,只要不是孙悟空,他们拿咱们也没办法。

站在一边的潘副官听了这话,抬眼望着刘老炮和沈少夫,上前一步,小心地说道:各位当家的,我有一句话不知当说不当说。

刘老炮没好气地冲着潘副官就是一句:有话就说有屁就放。

潘副官就说道:我同意司令的意见,这次共军不比以往,咱们也得到消息了,共军这次是一个团,一千多人,他们这次来,不攻下二龙山就不会退兵,我看咱们还得另做打算。

你别长别人志气,灭自己的威风,他一千多人能咋的?刘老炮说道,老子在山上时,日本人也剿过我们,那也是几百口子人,小钢炮都用上了,结果咋的了,还不是滚犊子了?大哥我跟你说,咱啥都不怕,坚持到咱们队伍打回来,咱们那是啥,是功臣。

潘副官不觉笑了笑,说道:这大半个中国都是共产党的天下了,就怕打不回来了。

刘老炮立时就火了,冲着潘副官问道:你啥意思呀?听你的话,咱们就该举手下山是吧?你是哪伙的,帮谁说话呢?!

沈少夫见两个人的话说不到一起,忙说道:都别吵了,说正事。

两个人就都把嘴闭上了。

沈少夫一边琢磨着,一边起身问道:这次共军来者不善,他们有枪咱不怕,万一他们打炮,咱们怎么办?

大哥,这好办!刘老炮说道,他打他的,咱们在山洞里,他就是把山头炸平,咱们也不怕,当年小日本打炮时,俺带着十几个弟兄在山洞里待了三天,头发丝都没伤着……

刘老炮的话果然应验了。

第二天上午,在石光荣的指挥下,几门迫击炮同时架在了山脚下,一切准备完毕后,石光荣愤愤地命令道:开炮,把炮弹统统轰向二龙山,然后队伍冲锋。

刹那间,震耳欲聋的炮声轰向了二龙山顶,远远看去,二龙山顶硝烟四起,就像掉进了一片火海。

就这样猛轰了好一阵子,石光荣约莫着时候已到,回头冲着整装待发的尖刀连战士喊道:咱们把炮弹都打出去了,不炸死他们,也吓尿裤子了。接下来就看你们的了。尖刀连,冲!

随着一声令下,战士们纷纷向山上冲去。

可是,当冲到半山腰时,队伍一下又卡在了那里。从悬崖两侧的巨石后面射来的子弹,噼噼啪啪地封锁了唯一的山路。再想前进一步,真比登天还难。

尖刀连遇到了与前一次攻山时同样的阻击,一面奋力还击着,一面试图寻找继续前进的时机。

把守在山腰处的刘二一边指挥着作战,一边得意地向身边的滚刀肉和磕巴一伙小匪喊道:顶住,都给我顶住,看他们有多大本事!

说完,抓过一挺机枪,朝着山腰处就是一通扫射。

尖刀连被压制在了半山腰上,尽管努力寻找掩体并拼命朝山上还击着,但是仍然不断有战士挂花负伤,不断有人倒了下去。无奈之下,尖刀连连长只好命令狙击手寻找时机,以各个击破的办法朝山上狙击,然而收效并不理想。

此时，山上的滚刀肉已经打红眼了，打到了最后，竟一把脱掉了衣服，光着膀子大喊起来：给老子打，晚上请你们吃红烧肉，共军不行了……

说完，推开身边的一个机枪手，哈腰把那挺机枪抱起来，挺直了身子朝山下连连扣动了扳机。眨眼间，子弹就像雨点一样落下山去。

就在滚刀肉得意扬扬的时候，一个狙击手瞄准了他的脑袋，啪的一声，滚刀肉头上开花，哼都没哼一声，抱着机枪倒了下去。

刘二和磕巴几个人见状，忙扑上来摇晃着滚刀肉，喊道：三哥，三哥！

滚刀肉躺在那里，一副死不瞑目的样子。

刘二立时被激怒了，起身喊道：他姥姥的，给老子打，给三哥报仇！

说着，刘二一边喊叫着，一边抱起滚刀肉的机枪，躲在一块石头后面，又拼命朝山下射去。

到这时，被卡在山腰处的尖刀连，已经接连牺牲了十几个战士。眼见着实在攻不上去，张政委放下望远镜，焦急地说道：石团长，咱们不能硬拼，让尖刀连撤吧，咱们另想办法。

石光荣抬眼望着二龙山，不禁又大骂了一声，转头冲尖刀连长喊道：撤！

二龙山上的枪声平息下来了。

沈少夫和刘老炮为了庆祝首战告捷，犒劳那些出生入死的弟兄，特意举办了一次庆功宴。

刘老炮坐在沈少夫身边，和沈少夫碰了一下酒碗，非常豪迈地说道：大哥，俺早就说过，共军也就这点儿尿性，打几炮开几枪，最后还不是把队伍撤下去了?!

沈少夫笑了笑，提醒道：兄弟，咱们得从长计议，不能只看眼前。

啥眼前以后的，咱们就在山上待着。山上囤的粮食够咱们吃半年的了。刘老炮说，俺就不信，共军能围咱们半年。

听刘老炮这么一说，沈少夫禁不住又忧虑起来，说道：要是真到了那会儿，重庆方面也不会不管我们的。

一边坐着的谷参谋长，这时接过话来，说道：说不定那会儿，咱们的队伍早就打回来了。

喧闹声一时间在山洞里沸腾起来，眼瞅着一伙人沉浸在一派亢奋的幸福之中。沈少夫笑了起来，起身说道：来，为了今天的胜利，干杯！

洞里的人听了，呼呼啦啦地也跟着起身，把酒碗高高地举了起来。

尖刀连攻山受挫撤下来之后，石光荣和张政委连夜召集了骨干力量商量对策。不料想,在座的每个人都一筹莫展。石光荣一边摆弄着马鞭,一边也拧紧了眉头。

就这样沉默了半晌,一旁的马队长突然说道:我想起来了,刘老炮的爹娘还在蘑菇屯,要不在他们身上想想办法?

这句话,一下提醒了石光荣。石光荣放下马鞭思忖道:说句良心话,刘老炮虽然当了土匪,他对爹娘还是孝敬的,记得小时候,有年冬天刘老炮娘病了,刘老炮想抓鱼给娘补身子,去河里凿冰窟窿捕鱼,结果冰塌了,他差点儿没被淹死。

张政委想了想,把目光落在石光荣的身上,说道:刚才马队长说,以前向山上喊话,还是起了一定作用的,要不把刘老炮父母请来向山上喊喊话。

石光荣点了点头,起身说道:死马当成活马医,试试看吧!

刘老炮的父母毕竟还是深明大义的,次日上午,当马队长把意思对他们讲清之后,他们二话不说便跟着来到了二龙山脚下。

马队长把一只铁皮喇叭递给刘父,朝山上示意道:大叔,你喊吧,他能听到。

担心出现意外,石光荣把他拉到了一块石头后面。

刘父犹豫了一下,便扯开嗓子朝山上喊道:刘长山你个浑蛋玩意儿,你听好了,解放军已经把二龙山包围了,你没路走了,快滚下山来!

马队长听了,提醒道:大叔,你别骂人,跟他好好说,咱们给他讲道理。

刘父说道:跟这个不争气的东西有啥好讲的!

说着,又举起喇叭继续朝山上喊道:刘长山你听到了,你就下山。你现在这么做对不起祖宗,对不起你头上这个刘姓。你伤天害理,刘家祖上的德都让你糟蹋光了……

刘父的呼喊声,隐隐约约传到了山顶的石洞里,刘老炮越听越觉得那声音熟悉,便起身冲沈少夫说道:大哥,我出去看看。

刘老炮走出山洞,躲在一块石头后面,清清楚楚地听到了从山下传来的父母的叫骂声。

长山哪,俺是你娘,你作了这么大的孽,俺当初真后悔把你生出来,以前你作孽就不说了,现在解放了,有了新政府,不要再作孽了,你快下山吧,也许还有条生路……

山下传来的刘母的声音,同时也让沈芍药听到了,沈芍药似乎一下子清醒过来,一边往刘老炮身边走过来,一边冲山下说道:是奶娘,奶娘喊你呢,长山哥!

说完,一把拉起刘老炮,就要往山下拽。

喊声不停地传了上来，刘老炮听了，心里突然就承受不住了，扑通一声跪在地上，一边冲着山下磕头，一边在嘴里念叨着：爹、娘，儿子不孝哇，俺对不住你们了，你们就当没养过俺吧！

沈芍药见刘老炮这样，犹豫了一下，也跟着跪了下去，一边学着刘老炮的样子，一边说道：奶娘，俺给你磕头！

沈少夫和严排长不知什么时候来到了刘老炮的身后。见刘老炮这样，沈少夫便冲严排长使了个眼色，严排长心领神会，点了点头，便走到一边去了。

这时，举着喇叭朝山上喊话的刘母，声音已经明显地嘶哑起来。刘父便把那只喇叭抢了过来，高声喊道：刘长山，你这个瘪犊子，你要是听到了就吭一声，你聋了还是哑巴了？！

说完，情急之下从那块石头旁站了起来，接着大喊道：你个瘪犊子，你眼里要是还有俺和你娘，你就带着人下山，政府给你条出路。

正说到这里，突然从山上传来一声枪响，刘父右臂中枪，手里的喇叭哐啷一声就掉在了地上。石光荣和马队长见状，一起抱住了刘父。刘母气得手指哆嗦着，一边望着刘父，一边朝山上骂道：这个挨千刀的，他开枪了！

刘老炮看着父亲被石光荣和马队长着急忙慌地抱走了，一边流着眼泪，一边站在山上大喊道：谁开的枪，啊，谁开的枪？

此刻，严排长正举着枪站在不远处呆呆地望着沈少夫，刘老炮一下子恍然大悟，三脚两步冲过来，大叫道：你浑蛋，谁让你开枪……

可是就在这时，沈少夫手里的枪响了，严排长应声倒在了地上。

刘老炮回身望着沈少夫，见他一边看着严排长的尸体，一边冷冷地说了一声：就他手欠，乱开枪，这就是他的下场。

刘老炮突然转过身去，发疯一般地冲着一群人大喊道：以后谁要是再敢动老子的父母一根汗毛，老子就弄死他！

说完，狠狠地朝倒地身亡的严排长踢了一脚，接着冲刘二喊道：二小子，把他拖走，扔到山沟里喂狼！

沈芍药看到了眼前发生的这一切，整个身子哆嗦成了一团。

击毙了严排长之后，沈少夫越想越觉得形势严峻起来了，便趁着刘老炮不注意，把谷参谋长叫到了山洞里。

沈少夫四处望一眼，说道：把严排长的名字记下来，他是执行我的命令才开的枪，日后得给他记功。

司令，我记下了。谷参谋长点着头说道，但是想到刘老炮，禁不住皱了下眉头，有些犹豫地猜测道，我担心姓刘的为了他父母会坏了咱们的大事。

沈少夫默默地望着谷参谋长，等他把话说下去。

谷参谋长面露难色道：司令，你们是兄弟，又是乡亲，有些话我不好说。

沈少夫不耐烦地说道：你说你的。

谷参谋长便说道：咱们现在处境凶险，暂时能守住这二龙山，就怕内乱，只要一内乱，咱们就会不攻自破。

沈少夫摸着下巴，思忖道：这也是我最担心的，刘长山我觉得不会有啥大事。

司令，你别忘了，他的父母就是他的软肋。谷参谋长一语中的。

沈少夫不觉心头一震，锁紧了眉头。踱了半天步子，沈少夫总算停了下来，目光狡黠地望着谷参谋长，说道：有了！

谷参谋长忙凑了过去。沈少夫便如此这般地俯在他的耳边交代了几句，谷参谋长听了，不住地点头。

夜幕降临了。二龙山黑沉沉一片。

谷参谋长在夜色的掩护下，带着十几个身穿便衣的士兵正走到下山的必经之路三岔口，竟被站岗的刘二发现了，刘二好生疑惑，上前问道：谷参谋长，你们这是要去哪？

谷参谋长把刘二拉到一旁，悄声说道：我们奉司令命令下山一趟，你们随时做好接应准备。

执行啥任务？刘二接着又问道。

谷参谋长一笑，说：一会儿你就知道了。

说完，抬手拍了拍刘二的肩膀。

磕巴听了，插话过来：你……你们是要和……和共军死……死磕去呀。

谷参谋长转头朝磕巴甩了一句：少打听，知道多了对你没啥好处！

谷参谋长说完，回头吆喝了一声，带上十几个人，便朝山下去了。

直到看到山脚下的那片帐篷，又看到了两个持枪警戒的哨兵，谷参谋长这才掏出短枪，指着一顶透着灯光的帐篷，下达着命令：看到没有，那就是共军的医院，刘副参谋长的爹娘一定就在那里，今天要是抢不到山上来，也别留下活口，就说是共军失手杀死的，听明白了？

那十几个士兵一起回答道：参谋长，明白了！

接着，便鬼鬼祟祟摸了过去……

这个时候，石梗正在帐篷里服侍着刘父吃药，他的枪伤早已包扎好了，知道并无大碍，也便放心了许多。

想到刘老炮，刘父仍然克制不住心里的怒气，骂道：这个瘪犊子，敢冲他爹开枪，我看他八成疯了！

早知道他这样,还不如小时候把他按到尿盆里淹死。一旁坐着的刘母一边擦着眼角的泪,一边也跟着骂道,这个挨千刀的,他不得好死。

刘父突然厌烦地说道:别叨叨了,俺烦,等俺伤好了,俺亲自上山,宰了这个畜生!

石梗一笑道:叔、婶,你们别为这事上火了,咱们的队伍不是把二龙山包围了吗,早晚都会攻上山去的。

正说到这里,外面突然响起了一声枪声。石梗一个激灵,起身掏出枪来,冲两人说道:叔、婶,你们别动,俺出去看看。

石梗出了帐篷,转头看到一个哨兵已经倒在了地上,另一个哨兵正冲不远处的十几个人射击着。

刘母似乎意识到了什么,忙用身体护着刘父,不让他擅自出去。刘父撕撕巴巴地喝道:护着俺干啥,有种的就让他们杀了俺!

片刻,石梗跑进了帐篷,急促地冲两个人说道:土匪下山了,可能是冲医院来的,咱们快走!

说完,拉起刘父就走出了帐篷,刘母踮着一双脚慌慌张张地跟了上去。

白茹听到帐篷外边的枪声之后,立即带着王百灵和侯医生几个人冲了出来,朝不远处的那十几个人还击。

石梗只顾着拉着刘父向前跑,刘母慌手慌脚一时跟不上来,张着一双手一边跑着一边还不住地喊道:刘长山你丧尽天良呀,你爹你娘也不放过!

谷参谋长似乎发现了石梗几个人,便把枪口转向了这一边,一边朝石梗跑去的方向追过来,一边不停地瞄准射击道:打,给我往死里打!

眼看就要跑进一片树林里了,在经过一条沟时,石梗差点儿摔倒在那里。回头看了一眼越来越近的敌人,石梗急中生智,忙把刘父放下,又一把拉过刘母,叮嘱道:你们趴下别动,我把他们引开!

说完,便转身向着相反方向跑去了,一边跑,一边回身射击着。

谷参谋长被吸引了过来,一边朝石梗射击,一边喊道:在这面,别让他们跑了。

话音未落,一阵噼噼啪啪的枪声便冲石梗飞了过去。

张营长闻讯带着队伍及时赶了过来,几个土匪应声倒地而亡。谷参谋长眼见着大势不好,忙喊道:撤,快撤!

说着,便带着几个残兵,一边回身射击着,一边向二龙山撤去。

石梗反身在那条沟边找到了刘父刘母,把他们带回到医院里来,接着,就找到了石光荣和张政委,把事情的来龙去脉一五一十说了一遍。

石光荣望着挽袖提枪站在那里的石梗，不由得赞许道：妹子，多亏了你，要不然刘叔和刘婶指定被他们给抢走了。

石梗推测道：他们就是冲这两个人来的，看那架势是要杀人灭口。

张政委思考着说道：这两个人看来对咱们攻上二龙山很重要。

石光荣说：姓沈的下手要杀了刘老炮的爹娘，让刘老炮死心塌地给他们卖命。

张政委继续推断道：可现在刘老炮并不知情，他要是知道沈少夫背着他做这些，一定会反水。

石光荣说道：看来，我有上山一趟的必要。

你上山？张政委说道，石团长，谁上山你也不能上，出发时，王师长特意关照我，要约束你。

石光荣不解地问道：俺好好的，约束俺干啥？

张政委说道：你是一团之长，丢下队伍自己去单枪匹马执行任务，那这队伍谁来带？

石光荣说道：不是还有你吗？沈少夫、刘老炮俺都打过交道，俺知道怎么对付他们。

石梗无心听他们争下去，便说道：你们争吧，俺得去看看刘叔的伤去。

张政委叮嘱道：要安慰好两人，医院那面已经加强警戒了，不会有事了。

石梗点了一下头，走了。走到门外，石梗心里突然就有了主意，抬头望了一眼黑沉沉的星空，喃喃道：哥，俺不能让你上山，妹子替你上。

说完，接着又快步向前走去。

谷参谋长带着一伙残兵回到山上。沈少夫一见那阵势，便什么都明白了，沉着脸朝着正向他走过来的谷参谋长说道：你别跟我说啥也没办成。

谷参谋长低下头来。

沈少夫心有不甘地问道：真的失手了？

谷参谋长点点头。

沈少夫鼻子里突然就哼了一声。

刘老炮到这时还被蒙在鼓里，走过来冲谷参谋长说道：昨晚山下打成了一锅粥，俺都不知啥意思，敢情你们背着俺下山了，咋不跟俺打个招呼？

沈少夫和谷参谋长听了，不觉对视了一眼。

沈少夫便说道：兄弟，本来想让谷参谋长带人把你爹娘从共军手里抢过来，没想到谷参谋长失手了，很遗憾，二位老人没请到山上来。

刘老炮这才算弄明白了，说道：你们昨天折腾一宿原来就是为了这个呀,咋不跟俺早说?

谷参谋长说道:司令怕你担心,就没让俺说,兄弟无能失手了,没完成好司令交给的任务。

刘老炮望着谷参谋长寻思道:你们倒是提醒俺了,要是真能把俺父母接到山上,俺这块心病也就干净了。

沈少夫狡黠一笑,说道:这是为兄一番苦意,请兄弟见谅。

刘老炮摆摆手,说道:大哥,啥也别说了,俺爹娘的事俺自己能处理好。

这天上午,石梗真的上山了。临行前,趁王百灵不注意,她把一把手术刀偷偷藏在了怀里。

与此同时,石光荣也借机朝二龙山走去。

石梗正走在树丛里的山路上,怕被人发现,一边走着,一边还不停地回头看上一眼。这时候,石光荣也从山下打马而来,正准备继续朝山上走去时,不料想,突然被早已埋伏在路边草丛里的张政委和张营长几个人逮了个正着。石光荣不觉一惊道:是政委呀,你们怎么这么闲,也出来遛遛?

张政委严肃地说道:石光荣,你别和我打马虎眼,你一翘尾巴要拉啥屎我一清二楚,啥也别说,请回吧!

石光荣做出一副要赖的样子,说道:政委,你知道了俺也不瞒你,这山俺必须得上,让沈少夫和刘老炮知道,他们再扛下去就是死路一条。

说完,还要继续打马上山,只听得张政委一声令下:给我拿下。

说完,张营长几个人一拥而上,不由分说就把他带回了营地里……

石梗却很顺利地走到了二龙山顶。

当石梗被刘二和磕巴几个人押到刘老炮面前时,刘老炮几乎不敢认了。他一直围着石梗绕了好几圈,这才停下步子,阴阳怪气地说道:哎呀,哎呀,这不是桔梗吗?俺刘长山真佩服你,说说,这次还咋骗俺刘长山?!

石梗笑了笑,望着刘老炮说道:刘老炮,俺现在叫石梗。俺这次不骗你,今天上山是想告诉你,你爹娘在山下挺好的。

刘老炮哪里还肯再听石梗说什么,冲刘二一摆头,说道:把她捆起来,让她慢慢说,好好说,看她咋把牛粪说成花的!

说着,刘二和磕巴几个人便吆五喝六地把石梗捆绑到了一棵树上。

沈少夫和谷参谋长、潘副官几个人,见石梗竟然送上门来,不觉围了过来,想一起看个热闹。

刘老炮忙向沈少夫靠过来,说道:大哥,这个石梗又来了,不过你放心,这次我刘长山不会再上当了,看来共军真的没招了,让一个女人上山。

谷参谋长一阵心虚，猜测到石梗这次上山，必然对他不利，趁其不防，拔枪就向石梗射去，可是，这一枪却落空了，刘老炮一边抬着他的手腕，一边说道：参谋长，一个女人就把你吓成这样？怕啥，她又不是一颗炸弹，她还能飞到天上去？

沈少夫暗暗地瞪了一眼谷参谋长，接过话来说道：兄弟说得对，这个女人留着，对咱们有用。

刘老炮放开谷参谋长，接着上前又打量起石梗来，说：你刚才说俺爹娘咋了？

石梗整个身子被捆在那里，冷静地说道：俺说你爹娘在山下挺好的，让你放心。

刘老炮拧着肚子问道：你是不是觉得俺爹娘在你们手里，俺就不敢对你咋样？

石梗一笑说道：有些人也是这么想的，你爹娘差点儿死在你们自己人手里。

谷参谋长一听石梗话里有话，忙冲刘老炮道：刘兄，别听她胡说，我下山去接你爹娘，司令跟你解释过，看来这女人上山是搬弄是非来了，来人，给她点儿颜色看看。

说着，两个士兵闻令提着马鞭走了上来。

刘老炮挥手制止道：慢着，听她把话说完。

石梗一副鱼死网破的样子，扬头说道：你们山上这些人就是冲着你爹娘去的，捉不住活的，就要下死手，要不是俺跑得快，你爹娘早就变成尸体了。

谷参谋长越听越觉得不对劲儿，转眼望着刘老炮，说道：刘兄，你别听她挑拨离间，给她吃点儿苦头吧，让她说几句真话。

刘老炮眨巴了一下眼睛，接着走到沈少夫面前，问道：大哥，她的话你听清了？

沈少夫面露难色，说道：兄弟，别听她一面之词，谷参谋长说得对，这丫头上山是想挑拨咱们兄弟之间的关系。

石梗冲口说道：刘老炮，话俺说完了，信不信由你，他们就是想把你父母置于死地，好让你死心塌地替他们卖命。

谷参谋长说道：刘兄，你千万别听她胡说，你要信她的话，就上了共军的当了，共军攻不上来，他们想到了这个损招。

刘老炮突然放声大笑起来。

沈少夫和谷参谋长几个人听着刘老炮的笑声，一起惊惧地望着他。

刘老炮说道：先不管到底咋样，既然姑娘能独自上山，凭这一点，俺刘长山佩服。

说完，回过头又冲沈少夫说道：大哥，俺这么多年的心思，你是知道的，不管她咋对俺，就凭她当年救过俺娘一命，俺刘长山就得对她有情有义。以前，俺一直想做个君子，想有朝一日明媒正娶石梗，看来俺永远也等不到这一天了。

说完，仰头望着天空，说道：看来天老爷饿不死我这个瞎麻雀呀，老天爷成全我刘长山，让我又一次得到了石梗。

说到这里，刘老炮成竹在胸地转头冲刘二喊道：你们把石梗松开，看好了，俺要和石梗成亲！

一下找不到石梗，王百灵快要急哭了。她向石光荣和张政委汇报道：哪都找了，都没找到，手术刀还丢了一把，我猜想，她一定是上山了。

石光荣听了，转头冲张政委说道：政委，不是俺对你有意见，你要是让俺上山，咋会有这事，石梗要是出点儿啥事，咱们咋向王师长交代，我这当哥的，又咋对得起妹妹？

张政委摸着下巴，一脸严肃地思考着。

石光荣说：政委，现在没别的好办法，目前唯一的办法只能强行攻山了。

张政委摇了摇头，说道：别急，让我再想想。

石光荣说：别想了，再想还能把二龙山想塌了？

张政委说：这么攻山，队伍损失太大了。

石光荣说：就是损失一个团，也得救石梗。

张政委终于也没有想出一个更好的办法来，无可奈何地说道：看来只能出此下策了！

王百灵听了，忙说道：那我组织救护队和你们一起攻山。

说完，转身奔了出去。

过了一会儿，石光荣和张政委正在临时团部召集十几个军官布置作战任务，王百灵竟又带着刘父和刘母急三火四走了回来。

王百灵喊道：报告团长，刘叔要见你，有话要说。

石光荣起身望着刘父刘母，问道：你们怎么来了？

刘父急切地说道：刚才我听王姑娘说了，你们要强攻二龙山，可不能这么干，二龙山就一条上山的路，只要他们把上山的路封死，你们多少人都是白送死。

石光荣望着刘父，使劲摇了摇头，说道：叔，要救出石梗，没有更好的办法了！

刘父看了眼张政委又看了眼石光荣,突然说道:俺要上山,去换回石梗。

大叔,你不能去,这太危险了!张政委忙说道,他们是伙土匪,啥事都干得出来。

刘母接过话茬道:都是俺不好,生了这么个孽子,让你们费了这么大劲,闺女救过俺的命,俺上山救她,这是知恩图报。俺不能让闺女在山上受苦受难。

首长啊,就让俺们上山吧!刘父说,他们不能把我们咋的!

见石光荣和张政委还在犹豫着,刘父继续说道:俺今天说上,一定得上,俺们不能看你们这些孩子去冒死。子不教父之过,俺上山要是救不了闺女,俺两口子就死在那个孽子面前……

傍晚时分,二龙山顶上热闹起来了。刘老炮背着一双手眉开眼笑地看着一间新搭的窝棚,满意地点着头,半晌,回头喊道:俺刘长山要娶新娘了,俺也要当一回新郎官了!

正在刘老炮万分高兴时,刘二呼呼哧哧地跑了过来,着急地说道:叔哇,不好了,你这新郎官怕是当不成了!

咋的了,说啥丧气话呢,不会说话咋的?刘老炮不耐烦地冲着刘二说道,告诉你们,就是共军攻山也阻挡不了我刘长山当新郎官。

刘二苦着一张脸,说道:不是,是你爹你娘,俺爷俺奶上山了。

刘老炮一听这话,一下变了脸色,说:真的,他们在哪儿?

说话间,刘老炮抬眼看到刘父刘母正相互搀扶着走了过来。刘老炮见状,忙上前一步,一头跪在父母面前道:爹、娘,你们这是咋来的呀,共军把你们咋样了?

刘父脸上没有一点儿表情,望了一眼刘老炮,粗重地喘息着说道:还问我们咋样?你个不孝的东西,你把石梗咋的了,快把她交出来。

刘老炮忙说道:爹呀,娘呀,你们来得正好,她不是俺抓上山的,是自己送上门来的,俺今晚就娶了她,你们这时上山,正是天意。

刘父听了,一时气得浑身发抖,指着他的鼻子骂道:混账,放了她,让俺们下山。

刘老炮从地上一边爬起来一边说道:爹、娘,你们上山了,就别再下去了,儿要给你们尽孝,你们就是要天上的星星,俺也想办法给你们摘下来。

别说混账话了,俺和你娘可消受不起。刘父说道,快把石梗放了,俺们下山。听到没有?!

刘二见状,忙奔过来劝道:爷、奶,共军给你们啥好处了,你们是不是老糊涂了,咋能替他们做事呢?

刘父挥手扇了刘二一个耳光,呵斥道:这里没你说话的地方。

刘二捂着一张脸,下意识地躲到了刘老炮的身后,自言自语道:本来就是嘛,俺叔对你们多好,你们还替共军做事!

刘老炮突然望着刘父刘母,下定了决心一般地问道:爹、娘,要是俺不孝,不听你们的话呢?

刘父坚定地说道:那俺就一头撞死在你面前!

说完,真的就要往一块石头上撞去。刘母紧紧拉住刘父,转头冲刘老炮说道:你个孽子,你爹就是不撞死也得被你气死。你要娶人家,你咋对得起天理,她是俺的救命恩人你忘了?

刘老炮一把过去抱住父亲,扑通一声跪下了,说:爹呀,你这是在逼俺哪!

混账东西,你到底放不放人?刘父继续质问道,她一个姑娘家和你远日无冤近日无仇,你这么做下辈子都不会得好报。

刘母在一旁催促道:还不快放人,你要气死你爹呀!

刘老炮的眼泪唰啦就流下来了,望着父母,喃喃说道:放,放,你们真是我亲爹亲娘……

片刻过后,石梗被两个小匪架到了刘父刘母的面前。看到刘父刘母,石梗不觉吃了一惊,问道:叔、婶,你们咋来了?

刘母顾不上回答,上上下下地一边看着石梗一边问道:闺女,他们没咋样你吧?

石梗扶着刘母,说道:婶,俺没事,你们不该来。

刘父说道:我们不来,他们就不会放你。

就在这时,沈少夫从一旁走了过来,一边朝刘父刘母拱手作揖,一边说道:叔哇,婶,好久不见了!

刘父刘母瞟了他一眼,双双背过脸去。

沈少夫见状,竟一下跪倒在了地上,刘老炮见沈少夫这样,也陪着一起跪了下来。

沈少夫抬头说道:叔、婶,侄子给你赔不是了。

刘父并不理会,就像没有听到一样,拉起石梗说道:走,咱们下山!

沈少夫听了,便立起身来,挥手示意道:叔、婶,慢走,让侄子说几句话行不?

刘父刘母背对着沈少夫站在那里。

沈少夫便走过去,站在三个人的面前说道:长山弟对二老孝敬有加,长山是我兄弟,你们就是我沈少夫的父母。我们做晚辈的想对你们尽点儿孝,请给孩子这样一个机会。我想孝敬我爹,可我爹不在了,让共产党给正法了……

说到这里,沈少夫居然从眼睛里挤出了几滴泪水。

刘父面无表情地说道:你爹该正法,他手里有人命,新政府做得对。

叔,咱不说这个了。沈少夫接着恳求道,你就是我的亲人,留下吧,俺像长山弟一样孝敬你。

刘父哼了一声,说道:俺不稀罕,走,咱们走。

说完,带着刘母和石梗就向山下走去。

石梗想想,回头说道:刘长山你听好了,你现在在为谁卖命,你们的人给你设好了套,想让你往里钻,有本事有种,你拉着队伍下山,我高看你一眼。

沈少夫无奈地看着三个人一步一步向山下走去,不禁摇了摇头。

谁也想不到,沈芍药这时却突然跑了出来,一边奔向刘母,一边喊着:奶娘,奶娘——

三个人听到喊声,同时回过头来。看着沈芍药一直奔到身边,刘母一把把她抱住了,问道:孩子,你还好吧?

见沈芍药这样,沈少夫便冷着一张脸走过来,一边伸手拉住沈芍药,一边冲几个人说道:你们走你们的!

刘老炮犹豫了一下,望着沈少夫说道:大哥,芍药跟俺娘亲,她要去就去吧!

沈少夫说道:她是我妹妹,这事我做主,她不能下山。

说完,死死地拉着沈芍药,任凭她怎么哭喊,就是不肯松手。

刘二望着几个人往山下走,凑到刘老炮身边,不解地问道:叔,就这么让他们走了?

刘老炮摇了摇头,突然意识到了什么,俯在刘二的耳边说道:快,你带几个人把你爷你奶送下山去,不能让他们伤一根汗毛。

刘二闻声便带着磕巴等人向山下走去了。

刘老炮望着渐渐远去的父亲,突然举起手来,狠狠地抽了自己一个嘴巴。

沈少夫望着刘老炮,不觉冷笑了一声,说道:兄弟,你这么对待他们,老天都看在眼里了,别听那丫头胡咧咧,她是拆咱们兄弟的情分,让咱们内乱,他们好渔翁得利,以后爹死娘嫁人,各人顾各人吧!

刘老炮到底还是没有算过沈少夫,当他让刘二带着几个人把父亲母亲和石梗送到山下去的时候,沈少夫早已在一片夜色里安排好了埋伏。

当望见刘父和刘母一行人顺着山路走下来时,随着谷参谋长一声令下,十几个人手持匕首从路旁的树丛里跳了出来。

刘二一见情况不妙,一边招呼着自己的弟兄,一边和他们拼杀在了一起。

石梗趁机拉起刘父刘母向山下跑去。

这时间,刘二正和一个小匪左冲右突地拼杀着,谷参谋长见了,猛的一下蹿上来,一刀捅在了刘二的后背上,刘二顿时口吐鲜血,回头看到举着匕首的谷参谋长,这才醒悟过来:是你……

谷参谋长不由得一声冷笑,接着就朝着石梗跑去的方向追了过去。片刻过后,谷参谋长的枪口抵在了石梗的后腰上,大喝一声:别跑了!

石梗立住身子,稳了稳神,悄无声息地把一只手伸进了怀里,摸出一柄手术刀,猛地一个转身,挥手割在了谷参谋长的脖子上。眨眼间,鲜血如注般喷了出来,就在他倒地瞬间,手里的枪响了……

石光荣正带人隐蔽在山脚下做好接应的准备,听到那声枪响,很快便循着枪声跑了上来。霎时间,和一帮正在相互撕咬着的残匪战到了一起。

第二十章

凌晨时分,几个残匪衣衫不整地跪在了刘老炮和沈少夫的面前。

一个胳膊上挂了花的小匪惊慌失措地望着沈少夫,余悸未消地说道:司令,当家的,俺、俺们中了共军的埋、埋伏,一下山共军就开枪了,谷参谋长中了枪,刘二连长也没回来,共军把二老抓走了,俺亲眼看见的。

刘老炮握枪的手在抖动,听到这个小匪的报告,显然已经愤怒了。

沈少夫眼里一下就含了热泪,转头望着刘老炮,喃喃地说道:兄弟,为了叔和婶,谷参谋长殉难了,你亲侄子刘二连长也回不来了,还搭上了咱十几个兄弟的性命……兄弟,共军和咱们势不两立,水火不容呀!

刘老炮思谋道:大哥,俺爹娘成了他们的人质,俺咽不下这口气,俺要让人下山和他们去谈判。

沈少夫望了一眼跪在地上的那几个残匪,走过去说道:你们辛苦了,下去好好歇着吧!

说完,竟又虚情假意地补充道:我会向重庆方面报告的,给你们请功。

那几个小匪起身听了,忙不迭地感恩道:谢谢司令!

送走几个小匪,沈少夫转过头来,对刘老炮问道:兄弟,你要和山下的共军谈判?

刘老炮不觉叹了口气,说:大哥,俺爹娘在他们手里,一想起俺爹俺娘,我这心里就跟猫咬狗啃似的难受。

沈少夫说道:咱们要把二老留在山上,可他们不同意呀!

刘老炮的心里一下承受不住了,想到自己无法向已经年迈的父母尽孝,刘老炮情不自禁地朝山下嘶喊道:爹、娘,你们这是糊涂哇!

说完,冲着山下长久地跪了下去。

沈少夫一步一步走了过来,望着跪在地上的刘老炮,说道:兄弟,你的孝心日月可鉴,沈某佩服。

想了想,沈少夫接着又说道:我还要和重庆方面请求增援,我不能奉陪了。

说完,独自转身去了。

沈少夫回到山洞里,立刻叫来了机要参谋,指示道:给重庆发报,就说我方损失惨重,请求支援。

是,司令!机要参谋答应一声,正要转身离开,突然又站在了那里,转头望着沈少夫,一脸的为难。

怎么?沈少夫不由得问道。

司令,这样的电报都发过好几次了,他们每次回电都说让咱们坚守,别的多一个字都不说,咱们这次能不能请求点儿别的?机要参谋问道。

沈少夫听了,觉得这话不无道理,好一番琢磨之后说道:就说,二龙山被共军重兵围困,我军已和对方交战数日,伤亡惨重,请求空投物资弹药,我部为党国战斗到最后一刻。

司令,这么说效果能好些。机要参谋说道。

沈少夫送走了机要参谋,仍是坐立不安,在山洞里来来回回踱了好大一会儿,便让卫兵把潘副官叫了过来。可是,当潘副官站在沈少夫面前的时候,他竟又一时不知从何说起了。望着潘副官,沈少夫思忖了好久,这才心情沉痛地说道:我的参谋长殉国了。

潘副官下意识地低下头去,说道:我听说了,司令要节哀呀!

沈少夫又长长地叹了一口气,接着又开始焦虑不安地踱开了步子。

潘副官望着沈少夫,忙问道:司令,有什么需要我潘某做的,你吩咐。

沈少夫停了步子,突然望定了潘副官,问道:现在山上山下这个样子,你怎么看?

潘副官顿了顿,抬头问道:你让我说真话吗?

沈少夫没有回答,一双目光仍落在潘副官身上。

潘副官想了想,便开口说道:司令,咱们现在是支孤军,虽然凭借二龙山的天险,暂时无忧,但我们没有援军,只要山下的共军把我们出山的路堵死,我们最后的结果必死无疑。

沈少夫不禁锁紧了眉头,问道:你的潜台词是咱们举手投降?

潘副官望着沈少夫,就不再说什么了。

沈少夫点了点头,说道:你说的是实情,这我也清楚,虽然共军拿下了大半个中国,可西南一带还在我军手里,重庆方面让我们坚持。我们最后一张底牌是美国人,虽然眼下的局面对我们不利,一旦美国人出手,局面将立马变成另外一个样子。

潘副官不觉笑了笑,接话说道:司令,你知道,我不是个军人,也不懂政治,对局势我不感兴趣,我给日本人干事是为了糊口,跟您混,也是为了谋个差事,司令抱歉,对那么远的事我真的看不出来。

沈少夫开始认认真真地审视起潘副官来。沈少夫的目光竟把潘副官弄得浑身不自在了,说道:司令,我是个钝人,有话还请你明示。

沈少夫开口问道:我要是派你下山去一趟你有这个勇气吗?

潘副官不觉心里一惊,忙回道:司令,我这人胆小,刚才你说什么,请你再说一遍。

沈少夫一字一顿地说道:让你下山去和共军谈判。

谈什么?潘副官抬头望着沈少夫,下意识地问道,怎么谈?

沈少夫思忖片刻,说道:谈判是假,真实目的是拖延时间,让重庆方面想办法救二龙山于火海。

潘副官心里头便突然明白了,一面斟酌着字句,一面望着沈少夫说道:如果司令觉得潘某合适,我愿意一试。

沈少夫吁了一口气,坐了下来,接着又眯起眼睛把潘副官好一番打量。

潘副官抬起头来笑了笑,不无谦虚地说道:司令,潘某不是行伍出身,以前只是个教书之人,但司令对潘某的栽培之恩,我潘某永生不忘,山上正是用人之时,我愿意为司令承担些心思。

沈少夫听了,便又叮嘱道:好,你下山就是个使者,让共军派代表到山上来谈判,我们的目的很明确,谈判是假,拖延时间是真。

潘副官慨然说道:司令这么信任潘某,潘某再推辞就是贪生怕死之辈了,潘某愿意效劳。

你准备一下吧!沈少夫说道,何时出发,我再通知你。

沈少夫一直目送着潘副官出了山洞,起身又来到了洞外。见刘老炮还在那里长跪着,不觉摇了摇头,便朝这边走了过来,说道:兄弟,你的孝心厚重如山,你是沈少夫的榜样。

说完,竟也跪在了刘老炮的身边。

刘老炮扭头看了沈少夫一眼,满怀心思地说道:大哥,俺闹心呢。俺刘长山是个粗人,没学过啥三纲五常,可有一点俺懂,爹娘把咱带到这个世界上来,从小屎一把尿一把地把咱拉扯大,这命是爹娘给的。爹娘受苦,俺这心就不落忍。

沈少夫听了刘老炮的话,并没去接他的话茬,沉默了片刻,话锋一转,说道:兄弟,我想了一个万全其美的法子,我准备让潘副官下山一趟,去和山下的共军谈谈。

你让他下山?刘老炮吃惊地问道,这人咱信得过吗?

沈少夫一笑,说:信不信得过不重要,看兄弟你这样,我心里也难受,他就谈不成别的,下山打探一下消息也不错,就是共军把他拖到山下,对咱们来说也没啥损失。

刘老炮便和沈少夫一起站了起来,接着又不无担忧地问道:大哥,你这着棋下得好是好,万一共军要来真的和咱们谈呢?

沈少夫又是一笑,说:那就谈,只要能拖延时间再寻找机会。

刘老炮也跟着笑了。

说话的工夫就到了这日上午,一切安排妥当后,沈少夫和刘老炮两个人亲自为潘副官饯行。刘老炮把一碗酒捧到潘副官的面前,开口说道:兄弟,哥敬你一碗酒。

此时,潘副官已经换好了一身便衣,听了刘老炮的话,便把那碗酒接了过来。

刘老炮望着潘副官,接着说道:兄弟呀,你对俺刘长山不错,俺都记在心里,这次又下山替司令和二龙山上的弟兄们分忧解难,俺刘长山在心里给你记上一笔,这碗酒算是给兄弟的壮行酒,干了它,你就有胆下山走一趟了。

潘副官举着酒碗象征性地抿了一口,转手又把那只酒碗递给了刘老炮,说道:兄弟不胜酒力,这你知道,你的心意我姓潘的领了,再见!

说完,转身便朝山下走去。

刘老炮望着潘副官的背影,突然把酒碗摔在了地上,那只酒碗嚓的一声便碎了。

潘副官回过头来,一笑道:兄弟,我明白你的意思!

说完,又接着朝前走去了。

就听沈少夫这时喊道:给潘副官送行。

一旁的几个士兵听了,一起举起枪来,冲着天空一顿鸣放。

听到那枪声,潘副官又回了一次头,招招手道:司令,谢谢了!

尽管已经想了许多办法,但是二龙山仍然攻克不下,石光荣急得就像热锅上的蚂蚁一般,气得直想喊老子骂娘。

张政委的心里也是着急万分,但是,却又不得不向石光荣安慰道:再想想办法,办法总会有的。

石光荣一拳砸在炮弹箱上的那幅地图上,说:政委,俺石光荣自从参军到现在,从来没有打过这么窝囊的仗,一个二龙山老子就拿它没办法了。

张政委又踱开了步子,一边踱着,一边说道:看来我们只能软攻,不能硬来,还是要在他们内部做文章。

石光荣说道:你是说让刘老炮和姓沈的翻脸,然后咱们渔翁得利,这法子俺想过，别看刘老炮的爹娘在咱手里，刘老炮是铁了心和共产党作对，要做到让他们窝里斗的程度我看不可能。

张政委分析道：石团长，你看，这次他们放他爹娘回来，他们自己人动起手来，目的只有一个，要杀了刘老炮的父母，然后嫁祸于咱们。姓沈的这么做为什么，还不是担心刘老炮对他不忠心。山上刘老炮自己的人虽然不多，可他们就是在二龙山起家的，守起山来能以一当十，比沈师长的兵强多了。沈师长最怕的就是刘老炮反水。

石光荣一边拍着脑袋一边说道：可想让刘老炮反水很难，他爹娘也上山了，该说的话也说了，结果到现在刘老炮不还是和沈少夫穿一条裤子？

就在两个人继续研究下一步攻克方案的时候，一个参谋手里托着一份电报走了进来，说：政委、团长，纵队来电。

石光荣头也不抬地说道：念！

参谋便念道：纵队主力已经攻克海南岛，你部要加紧剿匪的速度，待与师主力会合，做好进城准备。

石光荣一听，心里立时又像火上浇油一般，说道：政委，你听听，人家主力都把海南岛拿下了，咱们连个二龙山还没拿下，政委，我石光荣这脸没地方搁呀！

张政委劝道：咱们守住二龙山，不让残匪逃出来，也是一种胜利，等师主力到来，再想办法。

石光荣几乎发疯般地喊道：还等师主力，那要我石光荣干啥？

潘副官被一个卫兵带进团部的时候，已经是这天的黄昏时分了。那时，石光荣正在打磨那一把马刀，张政委俯着身子还在那幅地图上反反复复地研究着。

卫兵进门报告道：政委、团长，山上下来一个副官，说是要见你们。

二个人听了，不觉对视了一眼。

人呢？石光荣起身问道。

卫兵转身便把潘副官带了进来。

石光荣和张政委两个人的目光同时落在了潘副官的身上，正要开口问什么，只见潘副官望着石光荣笑了笑，上前一步问道：这位是石团长吧？

石光荣不笑，仍望着潘副官。

潘副官又笑了笑，便自我介绍道：我姓潘，是二龙山上的副官。

张政委走过来，问道：副官，你是……

一句话没说完，潘副官突然急切地问道：你们这儿有电台吗？

石光荣听了，一下把脖子梗起来，问道：你啥意思，摸我们的底来了？

潘副官接着又笑了笑，耐心解释道：你们给纵队发一个电报，跟社会部的李部长报告一下，就说洞三向他汇报。

石光荣和张政委两个人不觉又对视了一眼。

张政委疑惑地望着潘副官，严肃地问道：你是什么人？

潘副官认真地说道：我是什么人你们肯定不知道，只有纵队李部长知道，我的代号是洞三。

石光荣皱了下眉头，接着把一个参谋喊了进来，说道：向纵队社会部李部长发报，就说有个叫洞三的人要核实身份。

那个参谋应声走了出去。

张政委便向潘副官示意道：坐下吧，慢慢说……

不一会儿，纵队那边果然回电了。张政委放下电报，一下握住潘副官的手说道：原来你是自己人，太好了，怎么不早和我们联系呢？

潘副官一边紧紧握着张政委的手，一边说道：自从我随沈少夫的残部逃到二龙山，就和组织失去了联系，我知道你们攻山心切，可我又帮不上忙，我也着急呀！

石光荣心急如焚，便在一旁凑过来问道：那你快说说，山上到底是个什么情况？

潘副官望一眼张政委，又望一眼石光荣，说道：政委、石团长，山上的情况很不好，沈少夫快挺不住了，他现在把所有的希望寄托在重庆方面，可重庆方面根本顾不上这个小小的二龙山。

张政委微微一笑道：刘老炮和沈少夫现在到底是种什么关系？

潘副官继续说道：刘老炮是个大孝子，他一直担心山下的父母，也许，这就是刘老炮的软肋，沈少夫也最担心这个。这次他们派我下山主要目的就是拖延时间，摆出一副谈判的样子，其实，这是他们心虚的表现。

要谈判？张政委不觉问道，条件呢？

潘副官摇摇头，说道：他们没说。就是让我下山来摸摸你们的底，拖延时间，等重庆空投救援。

石光荣一边琢磨着，一边说道：张政委，我觉得这是个好机会，他们不是想谈吗，那咱们就跟他们谈，反正主动权在咱们手里握着呢，他们想拖时间，没门！

可怎么个谈法、什么条件他们也没说呀！张政委说道。

屁条件！石光荣气冲冲地说道，他们只有一条路可走，那就是投降。

说到这里，石光荣又下定了决心般地说道：政委，我要上山一趟！

什么，你上山？

只能我去。石光荣说道，沈少夫和刘长山我都打过交道，他们是啥人我也最清楚，我和他们打交道不是一次两次了。这话我知道怎么说。

张政委不觉又皱起了眉头，说道：山上不比山下，现在也不是国共合作，他们现在是疯狗，不行，这样太不安全了。

石光荣朝潘副官看了一眼，说道：山上还有潘同志呢，你怕啥？

潘副官思忖道：刘长山的父母在咱们山下，他不会对我们派去的人怎么样。但是，我担心的是，他有可能会把咱们的人当人质。

说到这里，石光荣已经有些迫不及待了，说道：政委，你让俺去吧，舍不得孩子套不住狼，这前怕狼后怕虎的，咱啥时候才能拿下这二龙山呢！

张政委挥手坚持道：你不是孩子，他们也不是狼，这太冒险了。

石光荣一下急了，铁了心一般地说道：政委，山俺是上定了，伍子，伍子……

小伍子应声跑进来，问道：团长，怎么了？

石光荣说：备马，上山。

小伍子看了一眼张政委，又看了一眼石光荣，问道：上山？

石光荣不耐烦了，嚷道：没听明白呀？！

是！

潘副官一颗心突然抽紧了，不无担忧地望着石光荣说道：团长，上山的事你还要考虑，张政委说得对，虽然暂时他不会拿你怎么样，万一情况有变，就不好说了。

你不也得回去吗？石光荣望着潘副官，问道，你在山上就没危险了？

说完，又转头冲张政委说道：政委，我觉得这是次机会，他们不是要谈判吗，不就是想拖延时间吗，我上山让他们打消这个念头，别想那些不着四六的事，要么下山投降，要么死路一条。

张政委望着石光荣，默默地点着头，半晌说道：石团长，话说到这个份儿上了，我只能保留意见，记住，一定见机行事，确保安全。

石光荣一边咧嘴笑着，一边把马鞭取过来，说道：政委，你瞧好吧！

石光荣把一切准备好之后，带着小伍子，跟上潘副官就踏上了前往二龙山的山路。临行前，张政委和张营长几个人站在路口，又反复叮咛了一回。石光荣挥着马鞭嘿嘿笑着，说道：多大的事呀，回去吧，都回吧！

就在这时，石梗一边呼喊着，一边跑了过来，说道：哥，俺想陪你去！

石光荣骑在马上，低头望着石梗，说道：你陪啥，有伍子陪俺呢，你的任务是照顾好伤员。你都去过了，这回也该俺上山玩玩了。

哥，俺就是想去！石梗心急火燎地望着石光荣说道。

好了，别啰唆了，就是不能去。石光荣扭过身去，说，俺走了啊！

说完，便扭转了马头，往前行去。

石梗气哼哼地转过身来，一眼又望见王百灵，便牵过她的手道：咱们走……

王百灵往回走了几步，一下又转过身来，忍不住朝远处望去。

石梗立住脚，看了一眼已经渐渐走远的石光荣，又看了一眼王百灵，说道：都走没影了，还看啥？

王百灵顾自踮着脚尖朝远处眺望着。

石梗意味深长地说道：妹子，这人在你心里算是装下了。

说完，石梗猛地看到了王百灵眼里的泪光，忙问道：妹子，你咋的了，咋还哭了？

王百灵一下子不好意思起来，忙掩饰着自己说道：谁哭了，风大，迷眼睛了。

沈师长和刘老炮坐在石头旁不停地朝山下观望着。

自从潘副官下山之后，两个人的心里一直矛盾着，眼见着天色越来越暗，心里边禁不住跟着七上八下起来，一时间竟是坐卧不安。

刘老炮望着前边不远处持枪走动着的卫兵，突然问道：大哥，那个姓潘的不会不回来吧？

沈少夫在一旁听了，竟是淡淡地说道：他回不回来，对咱来说也不是啥损失，这山上有他不多，没他不少。

看来，在沈少夫的眼里，他潘副官可有可无，无非就是一个摆设而已。

两个人沉默了片刻，刘老炮就像自言自语一般说道：大哥，你说要是共军来谈判，会是谁呢？

沈少夫对这个问题不是没有考虑过，考虑来考虑去，最后把目标还是锁定在了石光荣身上，便说道：我估摸着，那个石光荣十有八九会来。

提起石光荣，刘老炮不觉咬了咬牙，恨恨地说道：这个石光荣就是块狗皮膏药，我走到哪他跟到哪，在王佐县城时，就是他一次次跟俺斗，日本人投降了，又是他对咱们死缠烂打。要是没有他，说不定咱还不会跑到这孤山野岭上来。

不是冤家不聚头。沈少夫说，这笔账早晚会清的。

刘老炮望着山下说道：他要是敢来，那就让他有来无回……

说话间，石光荣和小伍子跟随着潘副官已经来到了山腰处的卡子上。正往前走着，就见磕巴带着十几个小匪从一块石头后边的树丛里端着枪跳了出来。

磕巴喊道:站……站住!

潘副官忙示意道:这是山下的石团长,上山和咱们司令谈判来了。

磕巴一边举着短枪,一边仔细打量着马上的石光荣,小伍子见状,一只手忙贴到腰里的枪上。

磕巴却说道:早……早就接到通……通知了,俺……俺恭候多时了。

潘副官一招手,朝石光荣说道:石团长,那就请吧!

磕巴却又一把上前,拦住马头,说道:慢……慢着,把……把家伙交……交出来。

说完,伸出手去。

小伍子冷冷地说道:那要是我们不交呢?

没想到,话音未落,身边的一群小匪哗啦一声把枪口转了过来,抵在了石光荣和小伍子前后。

石光荣慢慢从腰间把枪掏出来,一边递给磕巴,一边对小伍子说道:伍子,给他。

小伍子听了,便很不情愿地也把枪递了过去。

这……这还差……差不多。磕巴接着朝潘副官一摆头,说道,潘……潘副官,你……你前面带路。

说着,又回头向几个小匪交代道:你们在……在这儿看好了。

磕巴便带着两个小匪尾随着石光荣往山上走去了。

此时,山顶上已经燃起了照明的火把,空气里弥漫着浓重的松油气息。石光荣一直把马骑到山顶,抬头看见沈少夫和刘老炮坐在那里,身边围了一群小匪,个个剑拔弩张的样子,拱拱手说道:沈少爷,呦嗬,还有刘老炮,你们不是想谈吗?谈谈吧!

刘老炮斜着眼睛冲着马上的石光荣冷冷说道:石团长啊,有这么谈的吗,是想跑呀,还是时刻想打呀,连马都不下来。

石光荣听了,便从马上跳下来,又把缰绳反手丢给小伍子,一边往这边走着,一边说道:谈吧,你们这里谁说了算?

潘副官站在石光荣身旁,密切注视着周围的动静。

刘老炮见石光荣发问,便挑起拇指,无比骄傲地指着沈少夫说道:当然是俺大哥,俺们救国军司令。

石光荣冲沈少夫一笑道:沈少爷,几日不见升官了,还救国军呢,谁来救你呀,不过也得恭喜恭喜呀!

沈少夫哼了一声,不觉也跟着笑了笑,说道:石光荣,你小子有胆,佩服,佩服！

石光荣甩着手说道：俺石光荣怕啥，在蘑菇屯房无一间，地无一垄，现在也就是这身衣服是俺的，活呀死的，俺从来不想，不过，目前是这样的，这二龙山就是个山包，大半个中国都解放了，咱们是站在大太阳底下说明话，不像有些人害怕，半路上打黑枪，还想往我们身上栽赃。

石光荣说到这里，目光突然又望向刘老炮道：刘老炮，你爹你娘是在我们手里，不过，我们没把你爹你娘咋样，他们好好地在山下养老。我们解放军不干那些昧良心的事，有人半路上劫杀你爹娘，是想让你死心塌地……

正说到这里，沈少夫越听越觉得不对劲了，忙冲身边的一个士兵使了个眼色，那士兵会意地点了点头，接着便将枪口转向了石光荣，可是就在那个士兵扣动扳机的一瞬间，潘副官一步跨了过去。

枪响了，那颗子弹击中了潘副官的腹部。

听到枪声，小伍子马上意识到了什么，冲上来大声质问道：谁开的黑枪？老子跟你们拼了！

沈少夫心里突然就捏了一把汗，担心场面将无法收拾，猛地便又掏出枪来，对准刚才开枪的那名小匪，冷冷地说道：我最看不起开黑枪的人。

那名小匪瞪着眼睛一句话还没说出来，已经被沈少夫啪的一声击中了心脏，扑通一声倒在了地上。

石光荣想要搀扶起蹲在面前的潘副官，但很快又意识到了什么，忙停下来，望着沈少夫和刘老炮说道：你们连自己的人都杀，俺是来谈判的，不是来送死的，伍子，咱们走！

说完，转身做出要走的样子。

沈少夫见状，高喝了一声：且慢！

石光荣停住了。

沈少夫皮笑肉不笑地望着石光荣说道：既来之则安之，来了容易，走了就难了，来人，把石团长给我招呼好了。

说完，几个小匪一下拥了上来，不由分说便把石光荣和小伍子推推搡搡地拉走了。刘老炮抬头看到潘副官，忙又朝一旁说道：来人，把潘副官抬下去看伤……

石光荣和小伍子旋即被关进了一间窝棚里。窝棚门前吊了一盏马灯，昏黄的灯光下，两个士兵正持枪立在门口。

石光荣一边在窝棚里踱着步子，一边冲门外的警卫吼道：把我们关在这里算怎么回事，去把沈少夫叫来，他不是要谈吗？俺要和他谈判。

门外传来一个卫兵的声音：我们司令说了，现在休息，有啥话明天再说。

石光荣一时气愤不过,一脚踹在了窝棚上,忍不住破口大骂了一句。

此时,潘副官正倚靠在山洞里的一排炮弹箱上,腹部已经被缠上了绷带。

刘兄,有人冲石团长打黑枪,我正好走到他身前。潘副官一边痛苦地拧着眉头,一边有气无力地对一旁的刘老炮解释道,这一枪不是冲我来的。

刘老炮望着潘副官说道:那个开黑枪的已经让司令给崩了,俺刘长山虽说不是啥正人君子,可是最讨厌背后下手的人了。

刘兄,你知道为啥有人打黑枪吗?潘副官突然问道。

刘老炮疑惑地眨巴着眼睛,说:兄弟,你说。

潘副官喘了一口气,说道:有人怕石团长说出真相来,有人想把你爹你娘置于死地,这肯定不是共产党,他们要做早就做了,这你还不明白?

刘老炮听了,点点头:俺明白,有人怕俺反水和司令不一条心。

潘副官喘息着,闭了会儿眼睛,接着又说道:刘兄,你和司令是什么关系,我管不着,也不是我该管的,如果没有在王佐县城咱们的交情,我也不会跟你来到这里,受这样的惊吓。

兄弟,俺知道,这段时间如有得罪还请你多多担待。刘老炮望着潘副官,有些歉意地说道,你就在这里好好养伤吧!

说着,刘老炮用手指了指身后那一排弹药箱道:兄弟,你看到了吧,你身后这些弹药箱是咱们和共军叫板的本钱,你和咱们这些吃饭的家伙待在一起,一定会保证你的安全。

潘副官也跟着下意识地扭头看了看身后的那一排弹药,问道:刘兄,石团长是我把他引荐到山上的,你们打算怎么处置?

既然他上山了,俺就不会轻易把他放走。刘老炮说道,别忘了,俺爹俺娘也在他们手上,除非拿俺爹俺娘交换!

潘副官望着刘老炮,猜不透他会对石光荣下怎样的毒手,便思忖着说道:刘兄,你们的军机大事我没权插手,但我明白一点,做人要讲究信用。

刘老炮点点头说道:潘副官你放心,俺暂时不会把他怎么样的,这局势俺懂,是共军把咱们包围了。杀死他一个石光荣有啥用?司令说了,咱们要的是时间。

潘副官一边琢磨着,一边又小心地说道:刘兄,能给自己留条路时,千万要把握住。

刘老炮笑了笑,起身走过来,拍了拍潘副官的肩膀,说道:兄弟,你的话俺记下了,你在这儿好好休养,不会有人打搅你的。俺出去看看,有事叫俺。

说完,转身走出了山洞,望着沉沉的夜色,不觉长长地舒了一口气。抬眼见沈少夫住处还亮着灯光,就不自觉地走了过去。

沈少夫正在一盏马灯下专心地看着二龙山地图,见刘老炮走进来,便招呼了一声:坐吧!

刘老炮望着沈少夫,又瞥一眼铺在他面前的那一张地图,张口说道:大哥,别看了,有啥可看的,这二龙山就巴掌大一个地方,哪条沟哪条岔都装在俺脑子里了。

沈少夫缓缓抬起头来,笑了笑,含蓄地说道:我想找出一条能升天的路。

刘老炮不明白,便问道:大哥,你啥意思?

沈少夫一边踱着步子,一边说道:咱们现在是孤军,整个东北也没有几处像咱们这样的地方啦,目前,重庆方面对我们还没个说法,我们不可能在这山上待一辈子吧,如果这山上有一条能通向外界的暗道,那可就是条升天的路。

刘老炮摆摆手,肯定地说道:大哥,俺知道进山的路只有一条,出山没有路。

这就是二龙山的局限,上山的路就一条不假,可下山也是这条路,我们现在生死都系在这条路上了。说到这里,沈少夫不觉又叹了一口气。

大哥,重庆方面真的不管我们了? 顿了顿,刘老炮又抬眼问道。

沈少夫摇摇头,说道:也没有,他们每次都命令我们坚守,也许事情太多,没顾上我们吧!

妈的,俺看就是把咱们当鸡肋扔了。刘老炮一下就沉不住气了,说道,大哥,咱们只能靠自己,咱们是没人要的孩子了。

自从石光荣带着小伍子上山之后,石梗和王百灵始终悬着一颗心。她们已经不知道到那条上山的路口迎了多少次了,每一次都是失望而归。

这天上午,两个人向着二龙山方向张望了好半晌,最终还是没有看到石光荣和小伍子的影子,石梗禁不住心生埋怨,喃喃地说道:要是不出啥事,早该回来了,谈判行就行,不行就不行,哪有这么磨叽的?

王百灵一边望着前面,一边说道:石团长不下山,结果只能有一个。

百灵,你说,是啥结果? 石梗转头问道。

王百灵低下头来,无力地说道:他成了敌人的人质!

石梗听了,一双眼睛不觉就瞪大了。

两个人就这样又等了一会儿,仍是不见一个人影走过来,石梗干脆坐到了一块石头上,望着焦灼不安的王百灵说道:百灵,坐会儿吧,俺看出来了,你比俺还着急。

王百灵便坐在了石梗身旁，说道：石团长是咱们的主心骨，你说他要是有个好歹，这匪咱们还怎么剿？

石梗说：俺合计了，要是俺哥下午还不回来，俺就上山去换他。俺去当人质。

王百灵说：我也去，见不到石团长，我这心里不踏实。

说到这里，石梗突然又想起什么，望着王百灵问道：百灵，跟俺说实话，你对俺哥到底啥意思？

王百灵咬着嘴唇，半晌说道：没啥意思，他是团长，是剿匪的指挥员，咱们部队不能没有他，我一个王百灵算什么，要是能用十个王百灵换回石团长我也愿意。

石梗不由得一阵惊喜，问道：百灵，你说的是真心话？

王百灵点点头：当然了，你不是也一样吗？

石梗说道：俺跟你不一样，他是俺哥，俺为他做啥都是应该的。

王百灵说道：那我也把他当成哥，亲哥，我也愿意为他做一切。

石梗忽地站了起来，围着王百灵就绕开了圈子。

王百灵难为情地笑着，说道：你别这么看着我，我说错了吗？

石梗笑了起来，说：百灵，你没说错，俺为哥高兴，他又有了一个妹妹。

说到这里，石梗一心的激动，眼睛里竟有了泪光。

王百灵忙问道：石梗，怎么说着说着你又掉开眼泪了？

石梗抹了一把眼角，说道：百灵，俺哥一直喜欢你，他要是知道了该有多高兴啊，俺哥都三十六了，他该有个家了。

王百灵听了，也站了起来，说道：石梗，自从石团长上次生死不顾地把咱们抢救队从敌人包围圈里救出来，我从那会儿就意识到，石团长不管在什么场合出现，我这心就是踏实的，他像一座山，让人有安全感。离开他，我这心里就发慌，无着无落的。不管有事没事就是想见到他，只要见到他，我这心就能安静下来。

石梗猛地抓住王百灵的手，说道：好妹妹，你这是爱上俺哥了，你咋不早对俺哥说，他要是知道你也喜欢他了，指不定有多么高兴呢！

王百灵忍不住又把目光移向前方，片刻过后，转回头来，坚定地望着石梗说道：石梗，这次我要和你一同上山，不是为了我个人喜欢他，是为了咱们这支队伍，我一个人没有主心骨事小，不能让一个团也没了主心骨。

石梗一下高兴起来，说道：百灵，好妹子，咱这就找政委去！

石梗拉着王百灵来到团部时，张政委刚刚和几个营长开完了会。石光荣去了那么久至今没有一点儿消息，也让他揪着一颗心，于是，便和几个营长一同研究着，若是等到黄昏来临，仍不见石光荣下山，就要实施攻山计划。

石梗和王百灵的到来，让张政委吃了一惊。还没等她们把话说完，张政委就听不下去了，一面拍着桌子，一面情绪激动地说道：这是胡闹，咱们谁也不能再上山了，石团长上山没回来，你们再去凑热闹，还不够添乱的！

石梗忙解释道：政委，俺上过山，知道怎么和那些土匪打交道，俺上了山现在不还是好好站在你面前吗？

张政委摆摆手，望着石梗说道：此一时彼一时，上次是上次，这次是这次，两码事，你们谁都不能去。现在各营已经开始做好攻山准备了，黄昏石团长再不下山，全团就强行攻山！

王百灵在一旁听了，禁不住焦急起来，说道：政委，你们不能攻山，不要再做这些无畏的牺牲了，要是石团长在，他也不会同意的。

关键是他不在，他要是在，我还攻什么山？张政委望了一眼王百灵，有些不耐烦地说道，你们回去吧，一会儿，我还要召集各营长开会，研究攻山计划。

石梗问道：政委，你真不同意俺们上山换回石光荣？

张政委严肃地说道：这时候我什么都不会同意，你们别耍花样，上山的路口，我都派人封好了，你们别擅作主张。

两个人怏怏不快地回到了医院帐篷，你一言我一语还在说着攻山的事情，竟被刘父和刘母听到了耳朵里。

刘父问道：孩子，出啥事了？

石梗便说道：队伍要强行攻山了。

刘父挣扎着从一旁的床上坐起来，说道：为啥呀，不能这么强攻哇，那要吃大亏的！

石梗叹口气说道：这也是没有办法，俺们团长昨天上山和他们去谈判，到现在还没下山，一定是被他们当成人质了，为了救回我们团长，我们只能这么做了。

刘父问道：你们石团长上山了？

石梗点点头。

刘母一下也跟着着急起来，望着刘父追问道：这可怎么好，老头子你快给想个法子呀！

刘父皱着眉头想了半天，最终也没想出一个好办法，说道：不能让这些孩子白白去送死啊！

刘母忙又问道：那你想咋办呢？

刘父匆忙下地，望着几个人说道：俺去把石团长换回来，走，快扶俺去找政委。

不一会儿工夫，几个人一起来到了团部，刘父把心里的想法一五一十说给了张政委，张政委禁不住犹豫了半天。

刘父心里着急，望着张政委说道：政委，啥也别说了，俺知道你担心俺老两口，俺说了，那个孽子不能拿俺咋样，好赖俺们还是他爹他娘。石团长的命比俺们两个老棒子的命重要百倍千倍，你就发话吧！

张政委望着刘父，感动地说道：大叔，可你这伤，我们怎么忍心呢？

一旁的石梗听了，忙插过话来说道：政委，俺可以护送大叔大婶，保证他们的身体。

还有我，我和石梗一起去，也好有个照应。王百灵这时也站了出来，望着张政委说道：我们保证和石团长一同下山。

刘父回头望着石梗和王百灵，说道：孩子，你们就不要去了，俺这伤都快好了，身子骨顶得住。

张政委终于点了点头，对刘父和刘母叮嘱道：你们二老上山，也是个万全之策，但不能让你们二老单独去，我们于心不忍，就让她们俩陪你们去吧！记住，事成之后，一定要和石团长一同下山。

刘父点着头，说道：中，俺们听你的。

张政委握着刘父的手说道：好，那我就派人送你们上山。

说着说着就到了这天的黄昏时分，石光荣和小伍子已被绑在了山顶上的那棵树上，几个哨兵持着枪正不远不近地看着两个人。

石光荣声嘶力竭地喊着：沈少夫、刘老炮你们是骗子，不是个男人，是懦夫，说话不算数，等老子的部队攻山上来，给你们下油锅，让你们不得好死……

小伍子一旁劝道：团长，别喊了，都喊一下午了，嗓子都喊劈了。

石光荣说道：就是变成哑巴俺也要喊，你也别闲着，一起喊，沈少夫你是个懦夫、骗子，不得好死！

到这时，小伍子已经有些坚持不住了，望了一眼身边的石光荣，扯开嗓子朝一旁的山洞里喊道：沈少夫、刘老炮，你们杀俺一个人就行了，快把俺团长放了——

石光荣和小伍子的叫骂声，传进了山洞里。刘老炮用手堵着耳朵在山洞里转来转去，沈少夫一副稳坐钓鱼台的样子，隔着洞口默默地看着被捆绑在树上的两个人。

刘老炮终于停下步子，嚷道：大哥，他们都吵死了，弄得俺耳根子嗡嗡的。

沈少夫一笑，说：他们有力气就让他们喊，他们越喊山下的人越急，他们要是攻山，那正好中了咱们的计。

小伍子的声音又传了过来：姓沈的，你听好，俺小伍子日你八辈祖宗，有本事你就杀了俺，没本事就放了俺。

刘老炮耐不住性子了，抬眼望着沈少夫说道：大哥，你看那小子吵吵啥呢，俺出去把他收拾了！

说完，掏枪就要往外走，被沈少夫一声喊住了：收拾他们现在就跟踩死一只蚂蚁一样容易，他们在咱们手心里攥着，忙啥？俗话说，好饭不怕晚，咱们等着看好戏吧！

两人正说着，磕巴弓着身子一头闯进来，呼哧带喘地急得说不出话来：当、当……当……当家……家的……

刘老炮一脚踢过去，嚷道：每回你都这样，又不是报丧，你急啥，慢慢说！

磕巴怔怔地望着刘老炮，说道：当家的，你……你爹你娘又……又来了……

刘老炮眨巴着眼睛，不相信似的问道：你说啥？

磕巴伸手往外一指，刘老炮抬眼看到石梗和王百灵已经搀着刘父刘母走过来了。

刘老炮忙迎出去，走到近前，一下子跪在了地上，喊道：爹、娘，你们这是何苦哇？

刘父见了刘老炮，气不打一处来，浑身乱颤着说道：你，你快放了石团长，快放了……

刘老炮抬起头来，望着刘父和刘母，问道：爹、娘，共军没咋的你们吧？

刘父没好气地说道：谁也没咋的我们，要是没有他们，你还能见到你爹你娘？

刘老炮听了，忙磕了一个头，起身就去搀扶刘父，却被刘父一手推开了，刘父说：别碰我，你还不快放了人家石团长？！

沈少夫这时走了过来，笑道：叔、婶，有失远迎，快里面请！

刘父厌烦地瞥了一眼沈少夫，说道：你别虚头巴脑整那些没用的，还不快把人放了！

沈少夫朝一旁的石光荣和小伍子下意识地望过去，回头说道：叔，你是说放人？这个容易。

说着，冲身边的几个卫兵挥了挥手：把那两个人押下去！

石梗见状，一下冲了过去，伸手就要去解石光荣身上的绳子。不料，两个小匪猛地跑过来,一把推开了石梗,二话没说,架起石光荣和小伍子就走。石光荣扭过头来,望了一眼石梗和王百灵,说道:你们不该来……

石梗眼见着石光荣和小伍子被带走了,几乎疯了似的冲了上去,一边和那两个小匪纠缠着,一边喊道:让你们放人,你们放开……

一个小匪一个用力,竟把石梗推了个趔趄。石梗一边爬起来,一边又回头冲刘老炮喊道:姓刘的,你这么说话不算数,俺跟你拼了!

说完,一头顶了过去。刘老炮见势躲开了,说道:石梗,咱有话好好说,你急啥?

刘父看到了眼前这一幕,跺脚喊道:气死俺了,让你们放人,咋又把人给带走了?

沈少夫淡淡地笑了笑,走过来说道:叔、婶,走,咱里面说。

说完,拉起刘父和刘母就往洞里走去了。

石梗愣愣地站在那里,扭头望着王百灵,全然一副无可奈何的样子。

王百灵说道:他们还是不放人,看来咱们白来了。

石梗望着一旁的山洞,说道:再等等。

刘老炮和沈少夫两个人搀扶着刘父刘母进了洞里,一边又忙着让了座,话还没开口,刘父望着刘老炮说道:你要还承认俺是你爹,就立马把石团长给俺放了,你们不是想要人质吗,俺在山上给你们当人质。

刘老炮一听这话,立马来了精神,问道:爹、娘,你们不走了?

刘父说道:只要你放了人家石团长和这两个姑娘,俺就不走了。

刘老炮突然高兴地说道:爹,你咋不早说,你们要是肯上山俺啥都不用操心了。

沈少夫听了,拉了一下刘老炮的衣角,转头冲刘父刘母说道:叔、婶,你们先在这儿歇会儿,我和我兄弟商量下放人的事。

刘母插话说道:有啥可商量的,让人家走不就得了!

刘父望着刘老炮和沈少夫,以不变应万变,态度坚决地说道:俺不管你们咋商量,不放人,俺就没想过活着下山。

刘老炮笑了笑,说道:爹、娘,你们别生气,俺马上就回来。

说完,就和沈少夫一起走了出去。

两个人走出山洞,来到一个角落里,沈少夫站住了问道:兄弟,你真要放了石光荣?

刘老炮说道:不放咋办?俺爹俺娘就是为他来的,俺爹的脾气俺知道,不答应他,他真能死在俺面前。

沈少夫不无顾虑地说道:咱们都是这个处境了,石光荣要是抓在咱们手里，那就变被动为主动了，好多条件都可以和他们谈。

刘老炮瞪眼说道：那也不能不管俺爹娘的死活呀！

沈少夫锁紧眉头，思忖片刻，问道：不放石光荣，他们真的会死？

刘老炮说道：指定的。

沈少夫心生一计，说道：那要是咱们给他们来硬的，把他们绑起来呢？

刘老炮一下就把眼睛瞪圆了，问道：姓沈的，你啥意思呀？把俺爹娘绑了，亏你想得出来！告诉你，就是绑上，他们不吃不喝还是个死。

沈少夫无奈地看着刘老炮，半晌没说一句话。

刘老炮接着说道：俺把你当成哥，你咋出这个主意，俺天生就是个孝子这你知道。你爹死了，你啥也不怕了，可俺爹俺娘还在，只要我刘长山还有一口气就不能委屈了我爹我娘。你要是非得这么做，那我告诉你，俺不在这儿待了，带着俺爹俺娘下山，我自己任杀任剐随他们的便。

沈少夫微微一笑，说：兄弟，我就是那么一说，看把你急的，你爹你娘就是我沈少夫的爹娘，我能让他们受委屈吗？

刘老炮不无埋怨地说道：你就不该这么说。

就依你，放了石光荣。沈少夫接着又说道，不过，那两个女人咱不能再放了，再放咱们真没啥赌头了。

刘老炮想了想，说道：那俺去放人了。

片刻过后，石光荣和小伍子被几个小匪推搡到了刘老炮和沈少夫的面前。刘老炮冷眼看着石光荣，说道：姓石的，俺今天放了你，不为别的，为的是俺爹俺娘。要是没有俺爹俺娘，咱们就一起在这山顶上同归于尽。

石光荣望着刘老炮，冷笑了一声，说道：刘老炮你少来这套，让你多喘几天气，多看几天太阳，那是老子手下留情。

刘老炮哪里肯服这个软，一边挥着枪一边不屑地说道：姓石的别嘴硬，俺想让你闭眼就是动动手指头的事。

刘老炮，有种的你就开枪，我石光荣不怕死。从我打小鬼子那天算起，早就把生忘了。石光荣接着说道，你刘老炮还有姓沈的你们听好了，你们多活一天，俺石光荣就多一份罪，知道不……

刘父担心夜长梦多，紧忙在一旁说道：快放人吧，别吵吵了。

刘老炮听了，便朝身边的几个小匪一摆头，没好气地说道：把这两个小子带下山去！

说着，几个小匪上前推搡着石光荣和小伍子就要往山下走。

慢着！石光荣回身站定在那里，望着刘老炮说道，我下山算怎么回事？你们不放了我们的人，我石光荣哪都不去！

刘老炮一下又急眼了，走过来说道：姓石的，别给脸要鼻子，这两个人俺不能放，得让她们在山上照顾俺爹俺娘。

石光荣听了，一屁股坐在石头上，说道：那俺就不走了！

那好！沈少夫站在一旁，扭头看着刘父，插话说道，叔，你都看到了，这可是他不走的，你可别怪俺没放他。

刘父心里边牵挂着石光荣的安危，便暗暗地向他使了个眼色，说道：石团长，你别糊涂，你快走！

石光荣竟像没有听见一样，闭着眼睛，一言不发地坐在那里。

石梗心里也替石光荣着急，一把扯起石光荣说道：哥，你们快走，俺和百灵留下来，不会有事的。

石光荣睁开眼睛望着石梗，心里头一时间七上八下，缓缓说道：妹子，让你们两个女人留下来换我和伍子，俺们这算什么人了？

不料想，话一出口，石梗一下子竟跪了下来，说：哥，你是团长，你现在不是比男人女人的时候，你知道山下的同志们有多么担心吗？

王百灵见状也走过来，几乎乞求般地说道：石团长，你别再说了，我十个王百灵能把你换下山也值，你是团长，你比什么都重要！

石光荣望一眼石梗，又望一眼王百灵，一时不知该说些什么。

王百灵站在那里接着说道：石团长，我佩服你男人的勇气，置生死不顾，把战友情看得比什么都重，可现在真不是你逞这些的时候，你下山整个部队就有了主心骨，就有了剿匪的本钱，石团长你知道吗？

石梗的眼里流下了泪水，哽咽着说道：哥，求你了！

石光荣无法承受这份感情，猛地抱紧了石梗，眼里含了热烫的泪水，看了一眼王百灵，喃喃地说道：你们两个都是俺的好妹子，哥听你们的……

说到这里起身喊道：伍子，走！

两个人便头也不回地向山下走去了。

石梗泪眼模糊地望着石光荣的背影，猛地喊了一声：哥……

石光荣听到那喊声，不由得停下了步子。

就在这时，石梗突然想起什么，推了一把王百灵，说道：百灵，你倒是说呀！

王百灵上前一步，终于鼓足了勇气喊道：石光荣，我心里装下你了！

石光荣身子不觉一颤，慢慢转过头来，眼里闪着泪光喊道：好妹子，等着哥，哥一定救你们下山……

说完，带着小伍子大步向前走去了。

见石光荣两个人走远了，刘老炮一步一步走了过来，阴阳怪气地说道：

这哥长哥短地叫着,听得人心里软乎乎的。

石梗听了,慢慢回过身来,猛地一个耳光抽在了刘老炮的脸上。刘老炮一边哎哎哟哟地叫着,一边咬紧牙关说道:俺刘长山死皮赖脸地对你,就换回了这个,来人!

话音落下,磕巴带着几个小匪跑了过来:当家……家的,咋弄?

刘老炮一边捂着脸,一边恨恨地说道:把她们押下去,看俺咋收拾她们!

沈少夫见事情已经按照自己的计划进行,便放下心来,转头对刘父刘母说道:叔、婶,咱们请吧!

沈少夫和刘老炮谁也不承想,刘父轻蔑地哼了一声,说道:俺哪儿也不去,她们去哪儿,俺就去哪儿!

说完,便被刘母搀扶着,一步一步跟着石梗和王百灵走去了。

刘老炮见状,一时哭笑不得,抢上前来劝道:爹、娘,你们这是何苦哇?

刘父望一眼刘老炮,呵斥道:滚犊子!

刘老炮一脸无奈地站在那里,眼巴巴地望着两个老人义无反顾地向前走去了。

第二十一章

下山之后第一件事情，石光荣把自己关禁闭了。

他把自己钉在了一间杂草房里，任凭小伍子怎么在外面喊叫，他就是不肯放过自己：伍子，你该干啥就干啥去，俺给自己关禁闭了，俺要反省。

小伍子在门外苦苦央求道：团长，你能从山上下来就立了大功，你别反省了，也别关自己禁闭了……

石光荣从门里无比痛心地说道：伍子，你啥也别说了，他们要是把咱俩当人质捆在山上，俺心里还好受点儿。石梗、王百灵还有刘老炮的爹娘，都成为了人质，俺石光荣却下山了，连女人和老人都没保护好，你说俺算个啥东西？

伍子靠着门口蹲了下来，说道：团长，你要这么说，俺伍子也该关禁闭，俺也成了逃兵了，你不让俺进去，那俺就在门口陪你。

石光荣喝道：伍子，跟你说过了，俺是团长，责任在我，你该干啥干啥去！

别说了团长，俺也是那句话，你在哪俺就在哪，你要是有错误，俺肯定也不对。说着，小伍子的犟劲也跟着上来了，倚在门口坐下了。

石光荣听了，不耐烦地说道：你爱咋的咋的吧，老子要反思了！

说完，便躺在了地上的草堆里，望着天棚发起呆来……

石光荣不吃不喝把自己关了一夜零一天。

第二天夜深的时候，张政委和张营长一起走了过来，看一眼仍坐在门外的小伍子，张政委问道：怎么，还关着呢？

小伍子点点头。

张政委便冲门里喊道：石光荣，你把门打开，快点儿！

片刻，从门里传来了石光荣的声音：俺要关自己十天禁闭，谁说也不好使，你们该干啥就干啥吧，别耽误你们正事！

张政委不由气愤了，咣一脚踢到了门上，呵斥道：石光荣，你把自己关禁闭，如果能把二龙山关下来，咱们师一起都关禁闭好了！

石光荣气哼哼地嚷道：这事和他们没关系，政委，你就让俺好好反省一下吧,俺闹心!

张政委说道:王师长回来了,咱们师大部队都来了,你不见了?

石光荣一听这话,立马从草堆里站了起来,激动地问道:政委,咱大部队来了,真的吗?

张营长接着朝门里喊道:团长,政委让我马上迎接大部队去,我过来请示你一下,是用马队迎接还是派步兵去呢?

石光荣忙着说道:马队,一定要用马队。

说完,门里立时传来了一阵手忙脚乱的声音。

张营长在门外应道:那好,团长,俺去了!

石光荣不由得着急了,忙朝门外急三火四地喊道:伍子,还不快帮我?

两个人这才一个门里一个门外,把被石光荣封死了的木板稀里哗啦地拆了下来……

王师长果真带着大部队回来了。这天上午,石光荣和王师长两个人见了面,竟是好一番激动,说着说着,很快就把话题扯到了攻克二龙山的事情上来。事不宜迟,攻克二龙山的计划得到了落实,在二龙山脚下的一片空地上,几门大炮眨眼间便雄赳赳地支了起来。

几十个炮兵随时做好了发炮的准备。

王师长和张政委几个人骑马赶过来的时候,兵力部署一切都安排就绪了。王师长一边从马上下来,一边冲炮兵营喊道:炮兵营,十二时一刻,给老子开炮,炸平二龙山!

炮兵营长听了,跑出队列,答道:师长,一切准备就绪,十二点一刻开炮!

可是就在这时,石光荣却从人群里走了过来,阻止道:师长,这炮不能开。

王师长望了石光荣一眼,说道:石光荣,你们团剿了一个月的匪,二龙山还是二龙山,你是被这几个残匪吓怕了,告诉你,咱们师从海南打到广州,一路所向披靡,敌人见了咱们师就跑,别说就这几个小匪,就是山上住着一个军,老子也要把他们都轰下来,这炮有什么不能开的?

石光荣犹豫了一下,下意识地望了一眼二龙山顶,担心地说道:王师长,我石光荣剿匪不力,你可以撤我的职,但这炮不能轰,你老婆、俺妹子和王百灵在山上,刘叔刘婶和草原青还都在山上,这山我去过,山上有个石洞,你一开炮,他们肯定跑到洞子里去,打了半天,咱们只能炸自己的人……

王师长侧转头来,说道:山上的情况政委都给俺介绍了,那按你的意思,这山就不攻了?就任凭土匪在山上胡作非为?纵队首长只给咱们三天时间,三天内拿下二龙山,队伍进城,纵队的命令,一分钟也不能改。

接着，王师长便冲炮兵喊道：炮兵营，做好准备！

炮兵营长挥着小旗，应道：一切准备完毕。

石光荣一下急了，声嘶力竭地吼道：这炮不能开，要开先往我这儿开！

说完，一拳擂到了自己的胸口上。

王师长也急了，扭头望着石光荣大喝道：石光荣，你真是被那几个残匪吓破了胆，你让开！

石光荣直挺挺地站在那里，把一双眼睛瞪圆了说道：老子今天就是死在这儿，这炮俺也不让你打。你不管别人，你连你自己老婆都不管了？我看石梗就不该嫁给你！

你说啥？王师长盯着石光荣说道，石梗在山上当人质俺心里比你急，不能因为自己的老婆在山上就放过敌人吧？为了任务，俺老婆就是牺牲在山上，也值。

张政委见两个人的意见产生了分歧，忙走了过来，思忖道：师长、石团长，你们都别争了，照我的意见，这炮暂时也不能开。

王师长很不理解地望着张政委，问道：政委，你也这么说，为啥呀？

张政委说道：石团长说得有道理，这二龙山上有个山洞，咱们打炮他们就会进山洞。刚开始的时候，石团长也让人打过炮，炮弹都打光了，可效果并不理想，咱们看来还得从长计议才是。

王师长听张政委这么一说，立时焦急起来，说道：政委，没时间了，纵队就给咱们三天时间，我恨不能三天能当六天用。

石光荣望着王师长，心情沉重地说道：师长，我们团用了一个月时间没能剿匪成功，我石光荣有责任，给我任何处分都行，但是这炮不能打啊！

王师长听了，瞅一眼石光荣，转过身子走了。突然看到了小赵手里的喇叭，便又一把夺了过来，冲山上大喊起来：沈少夫你给我听好了，我们现在是一个师，把二龙山包围了，聪明点儿你赶快下山投降，也许饶你不死。大炮看到了吗，明天这时候，如果你们还不下山，我就要轰上三天三夜，让你们找不到自己的尸首。

喊完，猛的一下把喇叭摔在了地上。

山脚下的阵势，刘老炮和沈少夫都看在了眼里。

好大一会儿，刘老炮放下望远镜，自言自语地冲沈少夫说道：大哥，看来他们要来真的了，你看到那些大炮了吗，好多门呢！

沈少夫掩饰着内心的慌乱，看了一眼刘老炮，安慰道：兄弟，别怕，别听他们瞎叫唤，他能拿咱们有什么办法。他们有炮咱也不怕，走，咱们进山洞。

说完，拉着刘老炮转身走进了洞里。

也就在这时间，半山腰的卡子上，一群守卫在那里的小匪乱成了一团。他们一边朝山下探头探脑地张望着，一边不住地小声议论着。就听一个小匪一惊一乍地说道：哎呀妈呀，看来共军这回要来真的了，炮口有脸盆那么粗，这要轰一家伙，还不得把二龙山干平了呀?!

带队的磕巴听了，走到了这小匪面前，训斥道：赵……赵小五，你……你瞎呀，有……有那么粗吗，也……也就柳罐斗子那么粗，你……你看好……好了再说。

赵小五脸红脖子粗地说道：那也不小了，大哥，这么多共军把咱们围了个风雨不透，你说明天他们攻不上来，后天你敢保证吗?

放……放你娘那个屁！磕巴一边骂着，一边抬腿照着赵小五就是一脚，说，司……司令不……不是说了吗，重……重庆马……马上就……就会给咱空……空投大……大部队，怕……怕啥?

赵小五拍拍屁股说道：这事都吵吵好多天了，今天说空投部队，明天说空头大米白面，可咱啥也没见着哇，就空嘴忽悠俺们，说不定重庆也让共军给围上了。

身边的一群小匪听了，忍不住交头接耳地议论起来。

磕巴扫了一眼，目光落在赵小五的脸上，严厉地说道：赵……赵小五，你……你别把军……军心都整散……散了，没……没有当……当家的命令，你们都……都要老实待着，让咱干啥就干啥，明白不?

赵小五着急了，担心着这样一来，或许就当了炮灰，不觉念叨道：俺家里还有老娘，还有个弟弟呢！

说完，竟抱着那支枪靠在一块大石头上发起愁来，几个小匪见状，悄悄地跟了过去。

一旁的磕巴见了，忙冲几个人嚷道：你们……你们别开小会，不……不服把你们抓起来。

赵小五听了，冲几个小匪小声说道：别听磕巴瞎忽悠，这共军一围，风雨不透，俺想，二龙山肯定没好了！

几个小匪一下慌张起来，问道：小五哥，你说咋整?

赵小五眨着眼睛，凑过来问道：你们听我的吗?

一个小匪忙点着头说道：你说咋就咋，俺们不卖命了，俺三天都没吃饱了。

你们过来！赵小五说着，把几个小匪叫过来，如此这般地小声嘀咕起来。

不远处的磕巴瞥了一眼赵小五和围在他身边的几个小匪，突然就有了警觉，扭头对两个小匪使了个眼色，说道：李六、王七，你们看……看到没……没有，赵……赵小五要整事，给俺看……看好了！

李六、王七两个人会意地点了点头。

躲进山洞里的刘老炮和沈少夫推测着事态的发展，不觉忧心忡忡起来。就在这时，机要参谋托着一份电报进了洞里，冲沈少夫报告道：司令，重庆电报。

沈少夫忙把电报拿过来，看了一眼，还没说什么，刘老炮已经有些等不及了，抬头问道：他们咋说，啥时候派援兵来？

沈少夫望着刘老炮，摇了摇头，接着起身冲机要参谋有些神秘地耳语了几句，那参谋一边点着头，一边转身离开了。

大哥，你现在也把俺刘老炮当外人了？望着机要参谋走出洞外，刘老炮转头问道。

沈少夫微微一笑，把那封电报递过来，说道：兄弟，这话怎么说，哪有的事，这是重庆的电报，你自己看！

刘老炮急急地说道：你知道俺是睁眼瞎，到底说啥了吧？

沈少夫一边把那封电报收回来，一边说道：让咱们坚持下去，有机会就会增援咱们。

刘老炮听了，不觉把肺气炸了，骂道：妈了个巴子，就拿嘴忽悠咱们，咋增援呢，这么老远，队伍队伍过不来，吃的吃的送不上来，咱们这都快成了死山了，外面又有那么多共军围着，再这样下去，我看也坚持不了几天了。

兄弟，咋这么说丧气话呢，别人说可以理解，但你不能有这样的想法。沈少夫望着刘老炮说道，咱们现在是一根绳上的蚂蚱，跑不了你也跑不了我，我沈少夫不是一样在这里守吗？

刘老炮说道：我不是说丧气话，大哥，兄弟是怕死的人吗？兄弟不怕死，我是恨重庆方面把咱们当小孩耍了。

沈少夫不觉叹了一口气，说道：国军是出了问题，已经到了生死关头。不过，依我看，也不是没有办法，要是美国一动手，局面立马就会发生根本性改变，到那时，整个中国还是咱们的天下。

刘老炮鼻子里哼了一声，说：可美国大鼻子也不动手哇！

沈少夫拍了一下刘老炮的肩膀，耐心地说道：兄弟，你要有信心，美国人从一开始就支援咱们，从吃的、用的，到武器装备，不都是人家美国人提供的，到关键时刻，他们能不帮助我们？

正说到这里,磕巴跟头把式地闯进了洞里:当……当家的,司……司令,赵……赵小五那小子要当……当逃兵,俺……俺给抓回来了。

沈少夫不觉一怔,紧接着又稳了稳神,一字一句说道:大敌当前,咱们要的是信心,当逃兵就是搅乱军心,军法处置。

司……司令,人是抓回来了,好几个呢,你……你处置去吧!磕巴望着沈少夫说道。

沈少夫转身来到了洞外的山头上,一挥手,几个小匪便把赵小五几个人带了上来。此时,赵小五已经被五花大绑了,整个人筛糠一样地哆嗦成了一团。抬眼见了刘老炮和沈少夫,赵小五扑通一声就跪了下来,声音颤抖着喊道:当家的,饶命哇!司令,饶命啊!

沈少夫一步一步走过来,立在几个人的面前。

赵小五忙冲沈少夫求救道:司令,饶命,俺赵小五再也不敢了。

沈少夫望着跪在地上的赵小五,冷冷地问道:为什么当逃兵?

赵小五便说道:司令,山下那么多大炮和共军,俺家里还有个老娘,俺真的是害怕了,脑子没转过筋来,就当了逃兵,司令、当家的,这几个兄弟都是我招呼的,要罚就罚我,没他们啥事。

刘老炮没有等赵小五把话听完,冲过来一人踢了一脚,喝道:平时咋跟你们说的,你们都忘了?

几个人忙弯腰磕头道:当家的,我们错了,饶了我们,我们愿意守山,就是死也不退了。

刘老炮想想,有了恻隐之心,便冲一旁的沈少夫商议道:大哥,这几个小崽子知道错了,你看就饶了他们吧。

沈少夫望着刘老炮,不动声色地说道:刘参谋长,军有军规,家有家法,今天有逃兵饶了,明天就会有更多逃兵,你饶还是不饶?

司令言重了,我替他们保证,他们再也不敢了,再有一次,我剥了你们的皮。刘老炮一面替几个人求情,一面把目光又落在赵小五几个人身上。

几个小匪忙磕头说道:是,是,当家的,俺以后不给你丢脸了!

沈少夫哪里肯改变自己的主意,稍思片刻,便拉过刘老炮说道:兄弟,这可是重振军心的大好机会,杀鸡儆猴……

一句话没有说完,刘老炮一下瞪大了眼睛,说:咋儆啊,不就是杀人吗?

沈少夫便启发道:今天死几个弟兄,咱不是为了以后不死弟兄吗?

刘老炮一下拿不定主意了,犹犹豫豫地望着沈少夫说道:你是司令,你定吧!

说完,便转身离开了。

赵小五几个小匪最终还是没有侥幸逃脱这一劫,当执行队的几个士兵举起枪来向他们瞄准准备射击的时候,赵小五还在呼唤着:当家的,救兄弟一命吧,你咋不说话了……

站在远处的刘老炮听了,就像刀绞着心一样,双眼里忍不住含满了泪水。

赵小五还在那里继续呼喊着:司令,这山指定守不住了,你还不如放了俺们哥几个,俺下辈子给你当牛做马还不行吗?

就在这时候,沈少夫突然挥了一下手。

枪响了。

刘老炮远远望着倒在地上的赵小五几个人,无比痛心地自语道:兄弟们,大哥对不住你们了!

黄昏来临的时候,沈少夫已经集合起了山顶上的队伍,在大敌当前之际,他觉得应该为兄弟们鼓一鼓士气了。

弟兄们,现在咱们的二龙山,是固若金汤,共军不能奈我何。他们调来了大炮又来了部队,那就是摆摆样子,二龙山自古一条路,只要把这条路守住,别说一个师,他们就是一个军,也没有办法……

沈少夫正站在高处的一块石头上望着自己的队伍训话,机要参谋又托着一封电报走了过来,报告道:司令,重庆方面电报。

沈少夫在接过那封电报的时候,机要参谋悄悄耳语道:司令,这都是按你交代的意思写的。

沈少夫不动声色地一边点着头,一边朝那电报看了一眼,接着,眉开眼笑地抖着电报说道:重庆来电,重庆方面为我们准备了一个加强营,近日将空运到我二龙山增援我们,还将有两架飞机的食品也空投到我们山上。

这消息,立时让队伍激奋起来了,士兵们一边把枪支举过头顶,一边纷纷高呼道:国军万岁,万岁!

沈少夫看到群情激奋的样子,不觉笑了笑,挥了一下手,继续说道:总部对我们二龙山如此重视,我沈某心存感激,我们只能有一个信念,那就是,守军与二龙山共存亡!沈某与二龙山共存亡!

士兵们热血澎湃着,一起又振臂高呼起来。

没关进窝棚里的石梗几个人,听到了这呼喊声,一时不知发生了什么事情,便一起站在了门口,朝这边张望起来。

王百灵站在石梗身边,问道:他们这是吃错药了吧,哪来的这么大精神?

石梗冷笑了一声,说道:姓沈的给士兵打气呢,看样子他们坚持不了几天了。

王百灵听了，转头望着石梗，忧心地问道：姐，你说石团长下山，还会攻山吗？

石梗点点头，抬手把王百灵的一绺乱发理到耳后，说道：妹子，你放心，他们不会丢下咱们不管的，他们肯定比咱们还着急，说不定攻山就在这两天了。

沈少夫黄昏里的那一番动员，一时让刘老炮心生疑窦，回到山洞后，又从沈少夫手里把那封电报取过来，左一眼右一眼地打量了半晌，半信半疑地问道：这电报是真的？

沈少夫抬头看一眼刘老炮，说道：这可是军事机密，这还能有假？

重庆真会给咱们空投一个加强营？

说一个营，肯定就是一个营。沈少夫说，兄弟，你不相信？

刘老炮皱着眉头说道：你说他们怎么就突然对咱们这么上心了呢？

沈少夫背起手来，踱了几步，说道：这说明重庆方面局势大好了，说不定美国同意出兵帮咱们了。

刘老炮思忖道：要是那样的话，咱们再坚守他两三个月也没问题。

沈少夫笑了起来，说：我沈少夫准备在山上长住了，不仅住，而且要过日子。

咋过呀？刘老炮问道。

沈少夫望着刘老炮，狡黠地说道：那个共军的叫王百灵的丫头还不错吧，明天我就娶她做姨太太，给咱这二龙山冲冲喜，也让守山的士兵知道我沈少夫守山的决心。

刘老炮不禁问道：大哥，你说的可是真的？

沈少夫自信地说道：这还能有假，明天就办！

刘老炮听沈少夫这么一说，心里立时就动了一下，接着便朝沈少夫笑了笑，说道：大哥，你提醒俺了，你明天娶王百灵，俺后天就娶石梗，咱要让二龙山喜事连连。

沈少夫满意地点了点头，说道：兄弟，这就对了！咱要对国军和二龙山有信心才是。

刘老炮把那封电报拍在桌上，雄心勃勃地说道：大哥，只要加强营一到，俺啥心都有了！

夜幕无声无息地降临下来。但是对于石光荣几个人来讲，这又是一个极不平静的夜晚，王师长正在组织营以上干部研究下一步攻克二龙山的方案。在一盏昏黄的油灯前,王师长手里拿着马鞭,侧身指着墙上的地图说道:根据前两次攻山的经验,敌人在龙脊这条路上,分别设置了火力,使我军不能向山顶挺进。但大家别忘了,他们设置在这些路上的火力都是临时掩体,石头或者是树,这些掩体并不坚固,以前我们没有重炮时,肯定吃亏,拿他们这些工事没有办法,因为我们是仰攻,射击会有死角。我们现在有炮了,就可以轻易摧毁敌人这些工事。我们的作战方案是分阶梯式攻山,这样一来,敌人就是有天大的本事也奈何不了我们……

石光荣听了,一时兴奋起来,不由得赞赏道:师长,你这些招是在哪整来的,俺咋没想到?就凭这点,这个师长就该你当。

王师长一笑,接着说道:这也是被敌人逼出来的,下午的时候我和张政委两个人绞尽脑汁想得脑瓜子疼,差点儿都快撞墙了,才想出这么一招。以前你想出来也没用,你们团炮兵连都是些迫击炮,炮弹落点弧度不够,给敌人造不成太大伤害。现在咱们师有炮兵营了,都是大口径炮,灭这点儿残匪绰绰有余了。

石光荣嘿嘿笑着说道:师长,这么攻山我没有意见,举双手赞成。可是,我还是担心石梗和王百灵两个人,她们现在成了人质,一旦我们开炮攻山,敌人就会狗急跳墙,拿她们说事。

王师长望着石光荣,思虑道:这个问题我和政委也不是没有考虑过,只能攻上山再说了。

石光荣忽地便站起来,说道:师长,你把炮兵安排好,给我打准了,第一拨进攻还是我们团主攻,否则,我这口气出不来。

王师长敲了一下马鞭,说道:好,明天上午准备,中午准时发起进攻,争取晚饭前拿下二龙山。

二龙山还没有从黎明中醒过来,就又陷进了一场噩梦里。

沈司令要娶共军的那个丫头王百灵做姨太太了,这消息在山上一传开,上上下下一时间洒扫庭除铰窗花贴喜字,竟是好一番忙碌。

吃罢早饭,几个小匪在磕巴的带领下,遵照沈司令的指示,把一身红红绿绿的衣裳送到了王百灵几个人关着的窝棚里。

石梗和王百灵见磕巴一摇三晃地带着几个人进了窝棚,下意识地对视了一眼。还没等两人说话,磕巴看到了一旁的刘父,便先自问候道:老……老太……太爷,你早……早哇,咋不多睡会儿?

刘父瞟了磕巴一眼,接着把头别向了一旁。

磕巴弄了个没趣,转头望了王百灵一眼,就把手里托着的那身衣裳递了上去,说道:把……把这个换……换上。

石梗沉下脸,拨拉了一下磕巴,问道:我们不换,换这个干啥?

磕巴忙说道:嫂……嫂子,不……不是让你换,是让王姑娘换。

石梗呛了磕巴一句:谁是你嫂子,会不会说话?

磕巴望着石梗,眨巴了一下眼睛,猛地就拍了拍自己的脑袋,说道:对,对,俺叫早了,今……今天不是,明天就是了。

说完,又转向王百灵,说道:给……给你的,快接着,下……下午司令就娶你当太太了。

王百灵不接,转身躲到了一边,磕巴也就把衣服放在一边的床上,踅身走到门口,又立住身子,回头说道:你……你最好自己换上,别……别到时候让……让俺们动手,那……那就不好意思了。

说完,磕巴带着几个人就走了出去。

刘母预感到大事不好,一颗心提起来了,对身边的刘父催促道:老头子,这咋整,你快给想想办法。

刘父起身望着窝棚外,不禁皱起了眉头。正在这时,沈芍药抱着一只花皮球,一边奶妈奶妈地唤着,一边往这边寻了过来。刘母见了,一把把她抱在怀里。

沈芍药望望刘母,又望望石梗几个人,目光落在了那身红红绿绿的衣裳上,便一步走过去,一边比量着,一边傻傻地笑道:好看,新衣服!

王百灵无助地问道:石梗姐,到时候咱们怎么办?

石梗一时也拿不定主意,便恨恨地骂道:沈少夫这个挨千刀的,他不得好死!

刘母望着王百灵,安慰道:孩子,别怕,沈少夫要真干丧尽天良的事,俺和你叔就死给他看。

石梗说道:婶,这招对付你儿子管用,对付沈少夫就不管用了。

刘父想了想,决绝地说道:那咱也不能把王姑娘往火坑里推呀,实在不行,到时候咱们一起跳崖吧!

石梗摇了摇头,接着把目光落在王百灵的身上,说道:看来咱们得走险棋了。

王百灵忙问道:姐,你有啥办法?

石梗一下拉过王百灵,又望着刘父和刘母,便如此这般地把心里的想法说了出来。刘父听了,一拍大腿,说道:这招险是险点儿,可也是一招。

石梗说道:那咱们就抓紧准备!

刘父点了点头,抬脚走出了窝棚。

正说这话的工夫，沈芍药已经把那件新衣服穿在了自己的身上。那件新衣裳显然让她高兴极了，沈芍药一边上上下下地打量着，一边冲刘母问道：好看不？

刘母见了，忙制止道：咱不穿这丧衣，芍药，快脱下来。

沈芍药扭着身子，执拗地说道：俺不，俺不……

石梗望了沈芍药一眼，说道：那就让她穿着吧，别说，芍药穿这衣服还挺好看的。

沈芍药听了，不觉朝几个人笑了起来。

刘父走出了窝棚，有意地咳了一声，守在门口的一个小匪转头见了，忙跑过来问道：老爷子，你有啥事？

刘父下意识地捂着脑袋，说道：俺头疼，你们快去把我那孽子给俺叫来！

小匪眨巴着眼睛问道：老爷子，你是要叫俺当家的吗？

刘父喝道：快去，麻溜点儿……

小匪明白过来，忙着应了一声，便转身跑去了。

这时间，石光荣已经带着队伍潜伏进了二龙山脚下路边的树丛里。石光荣一边密切注视着山上的动静，一边对尖刀排排长交代道：记住，你带着你们排向前推进，一直推到敌人眼皮底下。

尖刀排长低声应道：是！

石光荣还是有些不放心，便又叮嘱道：千万别让敌人发现，推进的过程中，一定要把炮弹炸的距离留出来，别伤了自己人。

尖刀排排长点点头说道：团长，明白。

给尖刀排排长交代完需要注意的事情，石光荣又把张营长叫了过来，部署道：你带着你们营，紧随在尖刀排之后，等第一拨炮弹落下去之后，你再派人摸准敌人第一道火力点，及时向炮兵报告射击方位，明白吗？

张营长答道：明白！

石光荣这才说道：去吧！

可是，山下的情况，还是被山上的人察觉到了。

当那个小匪找到刘老炮通报刘父病况的时候，刘老炮正和沈少夫一起站在山头的悬崖旁举着望远镜向山下瞭望。刚才得到探到的消息说，山下的共军又有了新的动向，他们一大早又把山下的大炮转移走了，可是转移到了哪里，却是不得而知，刘老炮和沈少夫两个人竟是好一番纳罕。

刘老炮放下望远镜，皱着眉头，不住地思虑着：炮是没了，他们能弄哪去呢？

沈少夫也收了望远镜,毫不在乎地应道:也许是共军在搞花样,迷惑咱们罢了,咱们不上他的当。

说着,沈少夫向不远处招了招手,把一个参谋喊了过来,说道:通知队伍,把各个卡子守好,让预备队也做好准备。

那参谋一边应着,一边就去通知了。

刘老炮反复琢磨着,不觉又问道:他们真的要攻山?

沈少夫一笑,说道:兄弟,你放心,给他们几个胆也不敢,别说他们一个师,就是三个军,只要咱把那卡子守好,他们也是上不来。

就这在时,那个小匪跑了过来,报告道:当家的,你爹让俺来叫你。

刘老炮转头问道:他叫俺,没说啥事?

小匪说道:你爹说他头疼得厉害,让你过去看看。

刘老炮想了想,竟然一下笑了起来,扭头说道:大哥,俺爹终于理俺了,父子连心这话没错。大哥,俺去看俺爹一眼,晚上你做新郎,兄弟陪你多喝几杯。

沈少夫一边笑着,一边摆摆头说道:好,你去吧!

刘老炮便随着前来报告的小匪颠儿颠儿地往窝棚跑去了。

这时间,窝棚里的石梗几个人已经做好了一切准备,远远地瞧见刘老炮和那个小匪一起朝这边走来,刘父突然侧身冲石梗说道:不行,俺得把门外几条狗打发走,别误了咱们正事。

石梗向刘父点了点头,刘父便迈出了门口,站在那里,等着刘老炮走近。刘老炮紧跑了两步,过来问道:爹,听说你头疼,咋的了?

刘父抬眼望着窝棚边把守着的那几个小匪,很不痛快地嚷道:还不是这几条狗吵的,整得俺这脑袋嗡嗡的,让他们离远点儿。

刘老炮笑笑,便冲那几个小匪喊道:那你们就远点儿,没事别乱喊乱叫的。

几个小匪听了,背着枪就跑下去了。

刘老炮接着又换上了一副笑脸,说道:爹,咱有话屋里说吧!

说完,两个人一前一后,转身进了窝棚。

刘老炮怎么也料想不到,一只脚刚迈进门去,一下子就被门后边的石梗紧紧地勒住了脖子。刘父嘴里一边喊着孽子,猛地一个转身,也扑了过来。

石梗顺手把刘老炮腰间的枪掏了出来,转手顶在了他的脑袋上,回头又冲一边的王百灵说道:快,把他绑上!

王百灵听了,从床上抄起一截绳子,三下五除二便把刘老炮的上肢捆上了。

刘老炮脸色一下子就变了，惊恐不安地问道：你，你们这是要干啥？

刘父两眼喷血，恶狠狠地朝地上啐了一口唾沫，说道：让你从畜生变成人。

石梗使劲顶着刘老炮的脑袋，说道：我们要下山，只能劳你送我们一趟了。

刘老炮听了，痛苦不堪地闭上了眼睛，长叹一声，说道：爹、娘，你们把我带到这个世界上，让俺刘长山活了三十多年，你们有权力把俺再送回去。

说完，把头垂了下去。

沈芍药被刚才的这一幕惊呆了，此刻，她穿着那身嫁衣，惊恐不安地瞅瞅这个看看那个，似乎一下子又弄明白了什么，喊了一声长山，便扑到了刘老炮的身上，紧紧地抱住他，禁不住泪水涟涟。

刘老炮望着沈芍药，眼里一下就湿了，不由得喃喃说道：芍药妹子，看来这个世界上，只有你真对俺刘长山好……

说话的工夫，几个人从窝棚里走了出来，没想到，刚往前走了几步，就被不远处的几个小匪发现了。见了这阵势，那几个小匪一面朝这边奔过来，一面举枪喊道：站住站住……

石梗用枪顶了一下刘老炮的脑袋，喊道：让他们滚开……

刘老炮下意识地咧着嘴巴，望着面前的几个人，只得万般无奈地喝了一声：滚！

小匪们愣愣地站在那里，只好眼睁睁地望着几个人从他们的跟前走了过去。

这当口，磕巴正牵着草原青，和几个迎亲的士兵一起从山洞里走出来，猛然间抬头看见几个人正押着被捆了身子的刘老炮往前走，一下也惊呆在了那里，半天没有反应过来。待终于明白一切后，磕巴不由喊了一声妈呀，撒腿就往回跑去。

沈少夫正站在山顶上对身边的一个参谋交代着什么，这时见磕巴连滚带爬地跑过来，忙吃惊地问道：慌慌张张，出了什么事？

到这时，磕巴张着嘴巴，话已经说不出来了，便举手往身后指过去。

沈少夫顺着磕巴指着的方向往不远处看去，脸色立时突变，带着几个人便围了上去。

沈少夫你躲开，你们要是再往前一步，俺就开枪了！石梗冷冷地望着沈少夫，疯了一般地大喝了一声。

沈少夫望着举枪抵着刘老炮的石梗，朝身边的人挥了一下手，那几个人便停了下来，可是枪口却仍然对准了石梗和王百灵。

王百灵猛地从怀里掏出一颗手榴弹，举在手里大喊道：大不了咱们同归于尽！

沈少夫冷笑了一声，望着王百灵说道：只要我说一句话，子弹会把你们都打成筛子。

石梗说道：那你就发话，没人拦着你。

说完，使劲在刘老炮的脑袋上顶了一下。

刘老炮斜着脑袋咧着嘴忙说道：大哥，别开枪，让俺把爹娘送下山，就算俺刘长山最后尽一回孝了。

说完，冲着沈少夫使了个眼色。

沈少夫一下就明白了，一边若无其事地点着头，一边命人把枪收了。

磕巴不明就里地眨巴着眼睛问道：司……司令，这就完……完了，当家……家的还在……在他们手上呢！

沈少夫看着石梗几个人，一摆头，石梗二话不说，押着刘老炮便向山下走去了。

望着几个人一步一步走过去，沈少夫回身交代道：马参谋，通知山下的关卡，找机会把这几个人灭了。

马参谋点了一下头，便向另一侧的树林里跑去了。

可是就在这时，从山下传来了一阵猛烈的炮击声，炮弹呼啸着在半山腰的关卡处落了下来……

一阵炮声过后，石光荣带着尖刀排冲了上去，不料想，却遭到了敌人的顽强抵抗，冲在最前面的几个战士，在一片爆豆般的枪声中，牺牲在了上山的路上。

石光荣一边命令尖刀排就地隐蔽，一边冲小伍子喊道：快，让炮兵支援！

小伍子闻令向山下飞快地跑去。

站在山顶上的沈少夫一手提着枪，听到山下已经乱成了一团，神色立时慌张起来，问道：哪里的炮声？

话音未落，就见马参谋跌跌撞撞地跑了回来，一边跑着，一边喊道：司令，共军攻山了，他们闯过了第一道卡子，正在攻第二道卡子。

沈少夫望着马参谋，不由得骂道：笨蛋，怎么让他们上来了！

回身望了一眼几十个乱了方寸的士兵，沈少夫忙又喝道：快集合队伍，向山洞撤！

这时间，石光荣在一片更加猛烈的炮火声中，已经带人冲破了第二道卡子，乘势冲上山来……

一阵紧似一阵的枪炮声,反而让潘副官冷静下来。

从山下传来第一声炮声的那一刻起,潘副官就一直倚在洞口。他在静观着事态发展的同时,心里边暗暗拿定了主意。

山上竟是越来越混乱了。当看到沈少夫正指挥着一群人朝山洞这边拥过来的时候,潘副官回转身去,一步一步艰难地弯着腰走进了洞里,直到走近了那一排炮弹箱,倚着炮弹箱十分淡定地坐了下来,这才气喘着,一粒一粒解开了上衣纽扣,从怀里摸出一颗手榴弹来。

洞外面沈少夫的声音越来越近了:快,快进山洞!

潘副官不觉笑了笑,突然又想起什么,便又伸手把衣服上的国民党领章撕了下来,一甩手扔在了脚下。他有些嘲讽地望着脚下的领章,不由得牵了牵嘴角,紧接着,又抬起头来下意识地望了望洞顶,猛的一下便拉燃了手榴弹,将它抱在了胸前……

山洞里立时传来一阵惊天动地的轰鸣声,眨眼间,山洞被炸塌了,一片巨大的火光和浓烟直冲上了天空。

一群人立时惊呆在了洞口。

马参谋突然想起了什么,回头大叫了一声:司令,一定是那个姓潘的!

沈少夫望着面前破败不堪的山洞,精神一下子就崩溃了。他已经被一步一步逼到了绝路,不得不背水一战了。他一边撕开衣襟,一边疯狂地喊叫起来:国军的兄弟们,我们已经无路可退了。不能让共军上山,杀回去!

说着,挥枪便带着一群人向着山下冲去了。

沈少夫带着的那些人,很快便追上了石梗几个人,几十支枪哗啦啦就对准了他们。

把他们几个抓回来!随着沈少夫一声大喝,磕巴带着几个人就冲了上来。石梗见状,枪口抬起,啪的一声射向了天空。

磕巴几个人一时停下了手脚,愣愣地站在那里。也就在这时,沈少夫突然举枪瞄准了刘老炮。随着一声枪响,刘老炮头部中弹,抬眼望着沈少夫,喊了一声大哥,便倒了下来。

沈芍药惊恐地望了一眼沈少夫,转身抱住了刘老炮,禁不住喃喃喊唤起来:长山,长山……

王百灵见机拉开弹环,把手榴弹扔了过去。在那颗手榴弹的爆炸声中,一群敌人趴在了地上。石梗借机拉起刘父刘母,带着王百灵就向山下跑去。可是,刚跑了几步,沈少夫从背后射来了一颗子弹。石梗被那颗子弹射中了后胸,手里的枪当啷一声就掉在了地上。

刘父刘母回身抱住了石梗,嘴里边一声一声地喊唤着:闺女、闺女……

沈芍药在一片惊恐中，终于清醒过来，低头看到了掉在地上的那支枪，忙跑了过来抓在手里，回身把枪口对准了沈少夫。

沈少夫吓呆了，一边向她举手示意，一边喊道：妹妹，快把枪放下，放下。

沈芍药眼里的泪水流了下来，她望着沈少夫，嘴里却轻轻喊唤了一声长山哥，与此同时，一根手指扣动了扳机。

沈少夫应声倒了下去，一边口吐鲜血，一边喃喃喊道：芍药……

沈芍药望着倒下去的沈少夫，慌忙把枪扔了，惊呆了。片刻，等她完全反应过来之后，转身抱住了刘老炮……

就在这时候，石光荣带着小伍子等人冲了上来。石梗看到石光荣，努力微笑了一下，一缕轻风般地喊了一声：哥……

说完，便闭上了眼睛。

王百灵忍不住大喊道：石梗，石梗！

石光荣闻声奔了过来，一把将石梗抱在怀里，大声喊唤着她的名字，已经泪水纵横了。

猛然间，王百灵发现躲在了一棵大树后面的磕巴正举枪瞄向了石光荣，情急之下起身大叫道：团长……

话音未落，王百灵已扑向了石光荣。与此同时，王百灵胸部中弹，躺在了石光荣的身边。

一旁的小伍子大吃一惊，侧身看到了磕巴，抬手一枪射去，磕巴哼都没有哼上一声，当场就毙命了。

石光荣到这时已经泣不成声了，他一边紧紧地把石梗和王百灵抱在怀里，一边一遍一遍地大叫起来：妹子，妹子！

王百灵在石光荣的呼唤声中睁开了眼睛，在生命的最后一刻，朝石光荣笑一下，拼尽了身上所有的力气说道：石光荣，你好好抱抱我吧！

说完，把头垂了下去。

石光荣轻轻把石梗和王百灵放了下来，突然抹了把脸上的泪水，大喊道：妹子，哥给你们报仇去了！

说完，带上队伍继续又朝山上奔去……

经过了一番厮杀，二龙山终于被攻克了，队伍取得了最后的胜利。

打扫完战场，石光荣和王师长、张政委来到了二龙山的洞口处，望着残破不堪、面目全非的山洞，王师长不由得问道：这是谁干的，他立了大功！

张政委早已猜想到，沉痛地说道：他姓潘，我刚从纵队那里得到消息，潘同志叫潘天阳。

说完，几个人缓缓举起了手臂。

夕阳西下时分,队伍开始向着山下走去。石光荣身上背着石梗,怀里抱着王百灵,一面慢慢往山下走,一面喃喃喊着:妹子,咱们回家,咱们回家了!

无尽的往事,涌上了石光荣的心头……

把石梗和王百灵掩埋在二龙山脚下,石光荣和王师长两个人在两座坟前坐了下来。

半晌,石光荣说道:老王,俺石光荣一下子没了两个妹子,你没了老婆。

王师长应道:咱们没能保护好咱们的女人。

顿了顿,石光荣突然伸出手来,狠狠地打了王师长一个耳光。

王师长不觉愣了一下,也把手举起来,一个响亮的耳光抽在了石光荣的脸上。

两个人就这样左右开弓,你掴一下,我抽一下,直打得鼻青脸肿,直到打累了,猛地又抱在了一起,撕心裂肺地大哭起来。

不知到了什么时候,两个人终于站了起来。望着两座坟墓,石光荣沉重地说道:妹子,队伍就要进城了,俺们就要走了,你们却留在了二龙山。我石光荣忘不下你们,这辈子除了俺娘,你们在俺心里是最重要的女人。妹子,我下过决心要保护好你们一生一世,可我没做到,我会愧疚一辈子的。如果还有来世,我一定保护好你们,我还给你们做哥,你们还做俺妹妹……

说着说着,石光荣已经泪流满面了。

王师长望着那两座坟墓,接着说道:你们安息吧,队伍就要进城了,我们会常来看望你们的!

说完,两个人伫立在那里,向着两座坟墓举手敬礼,久久不肯放下来。

第二十二章

东辽城已不是旧日的模样。

一脚踏进了东辽城，就像踏进了一片新天地一样，石光荣一下就眼花了。张眼望去，满大街都是欢迎解放军进城的标语，满大街都是欢迎的人群，锣鼓声和口号声此起彼伏。

扛着枪抬着炮往前行进的队伍，在夹道欢迎的人群里走着。石光荣骑在马上，一边左顾右盼着，一边禁不住咧着嘴笑着，扭头冲小伍子说道：伍子，还是这城里热闹！

小伍子牵着马，抬头笑笑，接着又把目光投向了街道两边欢迎的人群。

就这样走了一程，当石光荣的目光一下落在了身侧不远处的那一队秧歌队里的时候，不知怎么，他的表情突然就凝固了。此刻，秧歌队里的一群男男女女，在一首《解放区的天》的音乐伴奏下，正欢快地踩着节奏，扭动着腰肢，每个人的脸上都像这解放区晴朗的天空一样。

那个酷似王百灵的姑娘，就是在这个时候跳进石光荣的眼睛里来的。

石光荣看到，秧歌队里的那个眉目清秀的姑娘，一边观看着朝前行走的队伍，一边尽情地扭摆着苗条的身姿，两条长长的辫子正上下翻飞着。

王百灵？石光荣感到自己心里咯噔了一下，有些疑惑地揉了揉眼睛，不由得放慢了马步。

团长，你咋的了？小伍子见状，忙抬头问道。

石光荣下意识地抬手指着不远处的那个姑娘，连声喏喏着，却说不出话来了。秧歌队里的那个姑娘似乎也发现了两个人投过来的目光，朝这边甜甜地笑了一下。

小伍子顺着石光荣手指的方向望过去，竟一下子吃惊地问道：团长，王百灵？王军医？

石光荣又揉了揉眼睛，可是再睁眼看过去时，那个酷似王百灵的身影已经消失在秧歌队伍里了。石光荣一边在马上努力寻找着她的踪影，一边着急地说道：伍子，看到了吧！

小伍子不由得点着头,说道:俺刚才是看到了,俺还以为眼花了,像,太像王军医了!

就在石光荣抬起眼睛恋恋不舍地继续寻找的当口,王师长和张政委几个人骑马走了过来。见了石光荣,王师长开口说道:石光荣,你们一八三团咋这么磨叽呢,还不快走,看啥呢?

石光荣听到王师长问话,这才醒过神来,抖了抖马缰绳说道:伍子,咱们走!

一边的张政委见了,不由得取笑道:这个石光荣没见过这么多姑娘,他都眼花了。

王师长一边笑着,一边说道:可不,他都三十六了。

张政委接口说道:等进城就好了,啥问题都能解决,走吧……

队伍安顿下来之后,已是这天的傍晚时分了,石光荣躺在床上,两眼望着天花板,心里边不由自主地又想到了白天见到的那个酷似王百灵的姑娘,想着想着,嘴里不觉哼起了《解放区的天》的调子,两只手在胸前摆来摆去。

晚饭的时候,小伍子端着一碗菜和两个馒头走了进来,看到石光荣还躺在床上哼哼着那个调子,不觉笑了笑,说道:团长,你这都哼唧大半天了,还没哼完呢?开饭了!

石光荣终于停了下来,扭头问道:我哼了吗,我哼啥了?

团长,你这一进城就魔怔了。小伍子走过来,说道,快起来吃饭,白菜炖肉,可好吃了!

石光荣坐起身来,瞅了一下饭碗,摇了摇头说道:我吃不下,你端走吧!

团长,这哪行?你中午就没吃,晚上又不吃,你又不是铁打的!说着,小伍子便把饭碗端了起来。

石光荣觉得很没胃口,望着小伍子又摇了摇头,突然魔怔起来,问道:伍子,你说这人死能复生吗?

小伍子怔了一下,马上就明白了石光荣话里的意思,说道:团长,你琢磨啥呢?你还琢磨王百灵呢?也许是咱们眼花了,或者那姑娘长得像王百灵而已。团长,你别胡思乱想了,吃饭吧!

说完,拿过一个馒头塞到石光荣手里。石光荣下意识地咬了一口,一边咀嚼着,一边喃喃自语道:眼花了?太像了,咋就那么像呢?

可是,那个酷似王百灵的姑娘一刻在石光荣的脑海里,他就再也忘不掉了。

第二天吃罢了早饭,石光荣说好了去看望一下部队,便骑马带着小伍子来到了大街上。在大街上转来转去,转了半天,竟不知不觉地来到了昨天进城时碰到秧歌队的那个地方。

石光荣突然记起了什么，便指着前面，冲小伍子说道：伍子，她当时就在那儿扭，还冲我笑了！

小伍子听了，不觉笑了起来，抬头问道：团长，你不是要去看部队吗，咋又转到这儿来了？

听小伍子这么一说，石光荣这才醒过神来，说道：好，好，去部队。

这样说着，两个人便又继续往前走去，不一会儿，竟又在师后勤部的院门口停下马来。

小伍子下意识地摸了摸自己的脑袋，说道：团长，错了，这是后勤部，不是咱们团。

石光荣嘿嘿笑着，说道：错了就错了吧，正好我要找老李问鞋子的事呢。

说着，石光荣低头带着小伍子就走了进去。

石光荣走进后勤部李部长办公室时，李部长正在接电话：知道了，你们团要一百件棉衣，知道了，凑齐了就给你们送过去。

转头望着石光荣走了进来，李部长朝他挥手示意了一下，接着对着话筒说道：好，就这么办了，我这还有事，回头再说。

李部长放下电话，转过头，面露难色地问道：石团长，你不是也管俺要棉衣吧？

石光荣提着马鞭，望着李部长，心不在焉地说道：那啥老李，俺不要棉衣，俺找你要姑娘。

啥？要姑娘？李部长听了，不由哈哈大笑起来，说，石团长，那你可找错地方了。我是后勤部长，不是妇联主任。

啊？我说要姑娘了吗？石光荣一下就觉得不好意思了，回头看着小伍子，眨巴着眼睛问道。

小伍子认真地回道：团长，你就是这么说的。

石光荣这才醒悟过来，张口说道：啊，俺是要鞋子，天冷了，部队进城还没换鞋子呢，三百双，少一双都不行。老李，你赶紧的！

李部长望着石光荣，一下为难了，叫苦道：我的妈呀，石团长你狮子大开口，一下子就要三百双，让俺上哪给你整这么多，三十双还差不多！

石光荣不管不顾地说道：你咋整俺管不着，反正你得给俺弄三百双，俺不能让战士光脚吧，明天，对，明天这时候俺就派人来取。

李部长一下也着急了，说道：石团长你就一枪把俺毙了吧，上哪整那么多鞋子呀，你还不如管俺要姑娘呢！

石光荣突然笑了起来，忙凑过来认真地说道：俺不要你的姑娘，俺要扭秧歌的姑娘。老李,你知道那天进城扭秧歌迎接咱们进城的那些姑娘都去哪了吧?

李部长摸了摸脑袋,望了一眼石光荣,不觉笑道:石团长,你真要姑娘啊?那你快去纵队文工团,这事我知道,进城那天扭秧歌的姑娘都是纵队文工团的。

老李,你说的都是真的?石光荣追问道。

我骗你干啥?只有文工团才有姑娘。李部长说道。

石光荣听了,招呼不打一个,提着马鞭转身就向门口走去,走到门口,又回转身来,叮嘱道:老李,三百双鞋俺明天这时候就派人来取。

李部长说道:你不是要姑娘吗,俺都告诉你了。

石光荣咧嘴笑着,说道:这一码归一码,老李你可别蒙我。

石光荣走出了后勤部李部长办公室,真的就带着小伍子直奔文工团而去了。两个人老远就听到从文工团的院子里传来的吊嗓子的声音,夹杂着乐器演奏的声音,便一边牵着马,一边探头探脑地走了进去。

走进来才看到,那院子很大,房子也很多。两个人在院子里把马拴了,便一前一后左右张望着,一直走到了门廊里,后来,不知怎么,就鬼使神差地来到了练功厅的门前。石光荣在门口停了下来,抬眼看到偌大一间练功厅里,此刻正有一群文工团员在排练舞蹈,而那个酷似王百灵的姑娘就在其中。

石光荣眼睛不觉一亮,不由得激动起来,朝小伍子喊道:就是她——

小伍子听了,忙凑了过来,扒住门框朝练功厅里看去。

石光荣急促地呼吸起来,两只眼睛直勾勾地望着那姑娘,声音颤抖着问道:伍子,你说那是不是王百灵?

小伍子一边认真地看着,一边不由得说道:像,真像!

石光荣再也顾不得许多了,猛地便闯了进去,径直走向正在排练的那个姑娘,还没等她完全反应过来,石光荣已经把她的手捉住了,喊道:百灵,可找到你了!

只听那姑娘突然大叫了一声:啊,你要干什么?

石光荣眨着眼睛望着她,喃喃地说道:俺找王百灵。

就在这时,一个面色白净的二十来岁的男青年走了过来,站在石光荣面前不高兴地问道:你这人怎么回事,没见我们正在排练吗?

石光荣抬头瞅了他一眼,猛地一把将他推开了,说道:没你的事,俺找人。

你找谁?那个男青年没好气地问道。

石光荣指着那姑娘说道:俺就找她!

可我不认识你!那个姑娘望了一眼石光荣,说道。

石光荣又眨巴了一下眼睛,似真似幻地说道:我认识你,你叫王百灵。你还说把我装进心里了。

那姑娘听了,一下子就把脸沉下来,说道:你胡说,什么装不装的,我又不认识你。

身边的那个男青年这时插过话来,说道:同志,你认错人了,她叫褚琴,是纵队文工团的舞蹈演员。

石光荣听了,摇摇头,又摇摇头,说道:不可能,不可能,你是独立师医院的军医,叫王百灵。

说着,石光荣又要走上前去。

那个男青年见状,一下把他拦住了,严肃地说道:这位同志,你到底怎么回事?有完没完?人家褚琴同志说了,不认识你。

石光荣两眼直勾勾地盯着褚琴,突然动情地说道:你一定认识俺,俺是石光荣,你咋不认识俺了?俺认识你,认识你。

那个男青年一时变得无奈起来,回头冲着小伍子问道:你是这位首长的警卫员吧,你们首长是不是喝多了?

小伍子立时觉得有些难为情起来,忙上前一步拉起石光荣就要往外走。

石光荣一甩手,喝道:伍子,你拉我干啥?

小伍子有些难堪地悄悄说道:团长,咱们外面去说。

两个人转身往外走去,背后却传来了褚琴的声音:他真是个疯子!

一直把石光荣拉到了院子里,小伍子放开手,着急地说道:人家叫褚琴,不是王百灵,你非得说认识人家,可人家不认识你,你还不走,多丢人!

我丢人了,我丢啥人了?石光荣梗着脖子冲小伍子说道,她不叫王百灵,那就不兴是王百灵姐姐或妹妹啥的?

可人家姓褚又不姓王。

不管姓啥,反正俺记住了,她就在文工团。石光荣回头又望了一眼练功厅,说道,伍子,看住了,别让她跑了!

转天,王师长和张政委让警卫员把石光荣叫到了师部。石光荣一脚跨进门里,没等两个人说话,张口就是一通埋怨:这部队进城好是好,吃得好穿得好,可就是没仗打,憋得战士嗷嗷直叫,有劲都没处使。

张政委听了,不觉笑了起来,望着石光荣说道:石光荣,你就别老想着打仗的事了,你不是着急解决个人问题吗?是这样,纵队政治部为了解决团以上单身干部的个人问题，准备和市妇联合作，举办一次联谊活动。现在有几个地方，你来选一选，看看你想参加哪次活动。

说完，张政委把一张纸递了过来。

石光荣看也不看，伸手把张政委的手推开了，说道：俺哪次也不参加，俺找到了，军区文工团的，叫王百灵。

什么？张政委和王师长吃了一惊，忙望着石光荣问道。

石光荣自知说走了嘴，忙又改口说道：不，叫褚琴，和王百灵长得一样。

王师长侧头望着石光荣，笑了笑，问道：人家同意了？

石光荣说道：刚接上火，她说她还不认识俺。

张政委听了走过来，认真地说道：石光荣，我看你浑劲又来了，人家还没认识你，怎么能说找到了？咱们进城了，可得讲究纪律，可不允许强娶豪夺。

师长、政委，你们把俺石光荣当成啥人了？石光荣抬头说道，俺咋能违反纪律呢？你们就别管了，褚琴就是第二个二龙山，俺也要把她拿下。

石光荣的一句话，一下把两个人说得面面相觑起来。

这天傍晚，石光荣回到自己的住处，正一边哼着《解放区的天》，一边就着一碟花生米喝小酒，王师长却推门走了进来。

石光荣眨巴着眼睛，望着王师长问道：你咋来了？

王师长坐了下来，从一边取过一只缸子，顺手又抓过酒瓶子往里面倒了一些酒。

石光荣笑道：怎么，你也想喝酒？

王师长向四周瞅一眼，突然望着石光荣，说道：这里没外人，再叫我一声妹夫吧！

石光荣听了，直愣愣地望着王师长，一时不知该说什么了。

王师长接着叹了一口气，说道：给你说句心里话吧，这些天，一到晚上我就睡不着，这睁眼闭眼的都是石梗的影子。

石光荣端起杯子和王师长碰了一下，顿了顿，说道：那我以后还叫你妹夫。

王师长望着石光荣，点点头，端起缸子喝了一口酒，笑道：你能这么叫我高兴。

石光荣见王师长一副满怀心事的样子，扭头劝道：我叫你妹夫可以，可你也不能老想着石梗，应该尽快把她忘掉，你还要开始新生活。

王师长摇了摇头，接着又叹息一声，说道：想忘掉一个人太难了，石梗已经住到我心里来了……

说到这里，王师长突然又望着石光荣问道：不说她了，说你，你真找到了一个姑娘？

石光荣认真地点着头，说道：对，她是军区文工团的，叫褚琴，和王百灵长得一模一样。

王师长听了，也跟着认真起来，说道：那我得帮你张罗张罗，没有你我就不可能娶石梗。咱们这是一报还一报。

别说报不报的，这忙你帮不上。说着，石光荣朝王师长摆了摆手。

王师长喝了一口酒，说道：这事你就别管了。

这话说过了，王师长真的就把石光荣的事情记在了心上，说到做到，第二天上午，他便亲自找到了文工团，向文工团团长了解了一下情况之后，便把那个叫褚琴的文工团员叫到了练功厅旁的一间房子里。他想给她谈一次话，把石光荣的情况对她说一说，如果可能的话，他要亲自把他们的终身大事操办了。

文工团员褚琴眨着眼睛望着对面坐着的王师长，微笑着问道：首长，您叫我什么事？

王师长一边示意她坐下来，一边自我介绍道：一八三团团长石光荣是我战友，我是他师长，叫王长贵。

褚琴不禁纳罕起来，一边窃窃笑着，一边不解地问道：你们这一拨一拨的，到底要干什么？

王师长却认真起来，想了想，说道：我有必要向你介绍一下石光荣，他这人打仗勇敢，不怕牺牲，心眼直，待人热情。

得得得，王师长，你和我说这些有什么用，我又不想嫁给他。褚琴没等王师长把话说完，就截断了他的话头。

王师长望着褚琴，接着又说道：他今年三十六了，一直打仗，个人问题一直没有解决。他以前喜欢过一个姑娘叫王百灵，和你长得太像了，可惜，进城前牺牲了。

褚琴哪里听得下王师长向她介绍这些，匆忙站起来说道：同志，我不想听你讲战斗故事。跟你说，我也打过仗，去阵地演出过。我还忙，得走了。

王师长见状，一下就急了，伸手把她拦下来，说道：别走哇，我还没介绍完呢，他有匹马叫草原青，那匹马老神了……

正说到这里，只见那个青年男子站到了门口，朝屋里喊道：褚琴同志，大家都等你了。

褚琴一边应着，一边忙又说道：对不起首长，我还有事。

说完，跑了出去。

王师长望着褚琴的背影，突然摇了摇头，叹了一口气，自言自语道：我看石光荣这回够呛。

就在王师长到文工团操心石光荣的事情的时候，石光荣却和小伍子一起，一人骑着一匹马，跑到城外的山坡上去了。

强烈的阳光照在草地上，浓郁的青草的气息扑面而来，让石光荣感到无比的惬意。石光荣一边躺在山坡的草地上，一边在嘴里衔着一茎青草，望着蓝天上飘过的白云，不由得朝身边坐着的小伍子念叨道：这些天在城里见不到山也见不到水，可把俺憋死了，出气都困难，还是这里好，这才叫日子。在山坡上这一躺，俺就想起了那些打仗的日子……

小伍子听了，长长地舒了一口气，应道：可不是咋的，团长，俺还是喜欢打仗，这到了城里，你说天天除了吃就是睡，整得人骨头都软了。

两个人沉默了一会儿，石光荣突然自语般地问道：伍子，你说林排长会去哪儿呢？这都解放了，就是他掉队也该找来了。

石光荣的一句话，把小伍子的心事也勾起来了，半晌，小伍子望着远处说道：团长，估计八成林排长也牺牲了，后来咱们又打了那么多次仗，这事谁也说不好。

石光荣听了，一下子坐了起来，目光望向远远的地方，好一阵沉默。

不远处的两匹战马一边甩着尾巴，一边正散漫地吃着地上的青草，它们的咀嚼声听起来清脆悦耳，就像是一首流动的音乐。

这天下午，师里召开了一次营团长干部会，会上，张政委把纵队各单位收缴马匹的通知精神传达了下去。一听说要把马匹上缴，石光荣立马急了，脸红脖子粗地跟张政委就嚷了起来：马匹？收缴啥，啥意思？

在座的几个营团干部听了，一时间也交头接耳起来，心里的意见很难达成一致。

马缴上去了，我们骑啥？石光荣望着张政委，瞪着眼睛问道。

张政委摆摆手说道：部队进城了，进城就该有进城的样子，纵队命令，团以上的马匹一律上缴，由纵队统一配发到骑兵团去。当然了，纵队领导还说了，下一步就给团以上干部配发小汽车，这样才能符合新的形势……

俺这屁股没那么娇贵，坐不了那玩意儿，还是骑马好。石光荣接过话来说道：你就跟首长说，配给俺石光荣的车俺不要了，俺就骑俺的草原青，挺好！

石光荣说这话的时候，屋子里的其他几个干部又小声地议论起来，到底骑马好，还是坐小车好，他们的心里一下子就矛盾起来了。

王师长起身望着石光荣严肃地说道：石光荣，这马不是你想缴不想缴的问题,首长说了要一律上缴,纪律你懂不懂?

俺不管那一律二律的,谁爱缴谁缴,反正我不缴。石光荣一边说着,一边不耐烦地摆了摆手,说,你们的意思,我听明白了,散会吧!

说完,竟然忽地一下立起身来,拍拍屁股走人了。

张政委无可奈何地摇摇头,啧啧说道:你看你看,这个石光荣。

张政委回头又冲在座的各位营团干部说道:石光荣的问题先放一放,明早你们把自己的马一律缴到后勤去,由李部长亲自过数……

关于师里上缴马匹的事情,一下子成了石光荣心里的一块病。这天傍晚回到住处后,石光荣越想越觉得不对劲,一边望着草原青,一边愤愤地对一旁的小伍子说道:谁爱缴谁缴,反正老子不缴!伍子,你要把草原青给俺看好了,人在马在,听明白了?

小伍子挺起胸膛说道:团长,你放心吧,人在马在,伍子明白!

可是,到了夜里睡在床上,石光荣翻来覆去还在想着草原青的事情,一颗心怎么也踏实不下来,便突然起身喊道:伍子,伍子——

小伍子在梦中一下子惊醒过来,下意识地从枕头下摸出枪来,问道:团长,咋的了?

石光荣看了一眼伍子,说道:把枪放下,拿枪干啥?

小伍子眨巴眨巴眼睛,突然就反应过来,把枪又放回到了枕头下面。

石光荣说:伍子,俺觉得这么的不踏实。

小伍子问:团长,咋就不踏实了?

石光荣说:这马得藏起来,师长、政委说明天就让缴马,咱那马放在那儿不缴,也不是个事呀!

小伍子又眨巴眨巴眼睛,凑过来问道:团长,那你说咋整?

石光荣想了想,说道:要不把马整出城去,等过了这个劲再把它接回来。

小伍子点头说道:行,团长,俺听你的,你说咋整就咋整!

石光荣又想了想,说道:事不宜迟,伍子,快穿衣服,今晚咱俩就出城。

说着,两个人手忙脚乱地穿好了衣服,跨上草原青,竟风驰电掣一般向着东辽城外奔去。

也不过一支烟的工夫,两个人就骑马来到了蘑菇屯,在于三叔家的大门口下了马,见屋里黑着,知道于三叔已经睡下了,便紧接着又把于三叔从炕上喊了起来。于三叔把一盏油灯端出来,这才看清站在面前的石光荣和小伍子,不觉吃了一惊,悄悄地问道:石头,这大半夜的你咋来了,队伍呢?是不是又要打仗了?

石光荣一边摇着头,一边朝于三叔笑了笑,说道:三叔,没大事,是这么回事,队伍不是进城了嘛,不让养马了,俺想把马放你这儿一段时间,等过了这阵,俺再把马接回去。

中,中!于三叔听了,一边爽快地答应着,一边就把两个人往屋里让,说,俺当出啥事了呢,快屋里坐,没吃饭吧,三叔给你们烙饼去。

三叔,这是伍子。石光荣把小伍子拉过来介绍道,他在这儿陪着马。这些日子,你把人和马都帮俺照顾好了。

行,解放了,日子好过了,别说一个人一匹马,就是来一个班三叔也能安排得妥妥的。于三叔望着石光荣说道。

石光荣不放心草原青的事情,又冲伍子叮嘱道:伍子,这几天你就在三叔家住下,哪里也不能去,把马给俺看好了。

小伍子认真地答道:团长放心,人在马在。

时间紧张,又担心队伍里的人有所察觉,石光荣不得不抓紧回到东辽城里去。小伍子这才突然想起了什么,抬头问道:团长,你咋回去呀?

石光荣说道:跑步回去!

说完,石光荣端起拳头就向黑夜里跑去了。

说话的工夫就到了第二天上午,后勤部的李部长登记完各单位上缴过来的马匹,突然发现石光荣的那匹马还没有缴上来,纵队等着要把这些马匹一并送到骑兵团去,心里有些着急,一个电话就打到了师部。

张政委接了李部长的电话,很快便让警卫员把石光荣叫了过来。石光荣心里早就猜出了七八分,做出一副若无其事的样子,一脚迈进师部,瞅瞅张政委,又瞅瞅王师长,竟像个没事人似的问道:师长、政委,你们找我?

王师长上一眼下一眼地看着石光荣,问道:马呢?

石光荣眨巴了一下眼睛问道:什么马?

王师长严肃地说道:你别给我揣着明白装糊涂,你的草原青呢?

石光荣立刻就苦下了一张脸,说道:丢了!

丢了?王师长望着石光荣的眼睛问道,你说丢了?骗谁呢?

石光荣抬头说道:师长,我这么大人了,这点儿小事骗你们干啥?

张政委不觉笑了笑,走过来问道:石团长,那你说说,马是咋丢的?

石光荣郑重其事地望着张政委,说道:你们不是说要缴马吗,还说要配车,俺合计去遛遛马,结果它受惊了,八成它知道咱们要把它送走,它就扬蹄子蹽了,越蹽越快,那家伙,像一阵风一样,俺这一双脚也追不上啊,就这么回事。

王师长半信半疑地看着石光荣,问道:就蹽了,没了?

可不是咋的,蹽了。石光荣说。

那草原青那么听你的,它咋说蹽就蹽了呢? 王师长紧追不舍地问道。

俺不是说了嘛,它八成是知道咱们要把它送走,这是卸磨杀驴呀,它伤心了,一上火就蹽了,你们说咋办? 石光荣说。

张政委想了想,望着石光荣笑道:好吧,先不说那马是怎么跑的,早晚有水落石出的那一天。

说着,朝石光荣摆摆头:你的车已经准备好了,就在外面,走,看看你的车去吧!

几个人来到大门前,见一辆吉普车停在了那里。石光荣朝那辆吉普车打量了一眼,便背着双手走了过来,接着就像审视一名罪犯一样绕着那辆吉普车慢慢地走了一圈,好奇地踢了一下车轮子,这才站住了脚,扭头向身边的司机小柳问道:这就是配给俺的车?

司机小柳立正答道:团长,这是美式吉普,咱们从战场上缴获的。

石光荣不觉笑了笑,说道:那你把它整着了,俺看看。

司机小柳听了,便一步跨上车去,眨眼间打着了火。一股浓烈的汽油味儿,一时间扑鼻而来,石光荣下意识地把鼻子捂住了,没好气地望着司机小柳摆摆手说道:这是啥呀,你整走吧,俺闻这个味头晕!

说完,背起一双手,头也不回地径直往前走去了。

司机小柳一时不知如何是好,只好开着那辆吉普车慢慢跟着他往前走。石光荣见那辆吉普车一直跟着他,一下觉得有点儿心烦,便停下了步子,小柳紧忙踩了刹车,就见那吉普车也一下停在了那里。

你跟着俺干啥? 这辆俺不喜欢,你把它整走! 石光荣几乎气愤地向司机小柳嚷道。

司机小柳听了,十分为难地望着石光荣,问道:团长,这是配给你的车,你让俺整哪去呀?

这个俺管不着。石光荣气呼呼地说道,哪儿来的,你整哪儿去。

说完,又转过身去,摆着两只胳膊,大步流星地往前走去了。

军民联谊会是在这天上午举行的。尽管事先张政委百般劝说着王师长也去参加这次联谊活动,可是他实在没有这个心情,心里知道石光荣也没有这个兴致,便借故来到了他的住处。

石光荣那时正百无聊赖地坐在一把椅子上,摆弄着那支马鞭子。见王师长风风火火地一头闯进来,忙抬头问道:你咋来了呢?

王师长笑笑,问道:张政委在那儿召集联欢呢,你咋还坐在这里发呆呢?

石光荣不觉叹了一口气,毫无兴致地说道:他们联他们的,俺这会儿正想草原青呢！

那草原青不是跑了吗？王师长说道，我劝你还是去吧，你都三十六了，也老大不小了。

石光荣没好气地说道：你都三十八了，要去你去！

王师长在对面的一把椅子上坐了下来，满怀心事地说道：我不可能去。

你不可能，我就可能啊，你咋想的呢？石光荣一下也显得心事很重，望着王师长说道，现在我一见女人，就想起王百灵。

石光荣的一句话，立刻把王师长的情绪勾起来了，禁不住有些伤感地说道：我和你一样，我一见女人就想起石梗，你的妹子。这些日子，我这脑子里翻过来倒过去的都是她，谁也装不进去了。你说人死要是能复生该有多好！

石光荣的眼睛一下湿了，喃喃道：可真想她们。

王师长的眼睛也跟着湿了，答道：我也是。

要不，咱们去看看她们？石光荣突然说道。

王师长的眼睛一下亮了，说道：那就去。

两个人说完，肩并着肩便走了出去……

不大工夫，两个人就坐车来到了二龙山脚下的那两座坟墓跟前，接着又把两大束野花摆在了墓前，这才坐在了墓前的那片草地上。

石光荣望着两座坟墓说道：妹子、丫头，我和王长贵来看你们来了。

王师长清了清嗓子，接着话茬说道：石梗、王军医，我们来了。

石光荣说道：你们都是哥的好妹子，哥想你们啊！

王师长也跟着说道：石梗，我发过誓，你嫁给我，我要照顾好你一辈子，都怪我，我没有保护好你。我这辈子心里都不会安生。

石光荣说：丫头，你那一枪是替我挨的，躺在这里的该是我。石光荣的苦让你受了，石光荣是在替你享福呢。

王师长说：石梗，过一阵我可能就要调走了，去别的军区当军长。来看你的次数就少了。

石光荣想了想，说道：王长贵要升官了，妹子，你该替他高兴。

王师长突然就不说话了，不认识似的一直盯着石光荣。

怎么了，那么看俺干啥？石光荣问道。

石光荣，你忘了当初咱们说过的话了吗？

啥话？那么多话我咋能都记住？！

王师长恨恨地说道：以后咱们谁把自己当个官就不是人养的。

这话俺记得，会记一辈子。石光荣说着，把头转向了石梗的坟墓，喃喃道，妹子，妹夫不是去当官，他是为人民服务去了，你该为他高兴。俺知道，你最不喜欢磨磨叽叽的男人了,得了,不说啥了,我和妹夫坐一会儿就走。

就这样,石光荣和王师长两个人坐在那两座坟墓前说了一阵子话,就有些恋恋不舍地回到了城里。

吉普车在师部门前停了下来。没想到,那车刚一停下,石光荣就受不住了,匆忙打开车门下了车,蹲在一边竟一个劲儿地干呕起来。

王师长走过来,一边拍着他的后背,一边问道:咋了,怎么还吐上了?

石光荣叫苦不迭,埋怨道:哎呀妈呀,可把我晃荡稀了,这是啥玩意儿呀,俺再也不坐了,比坐老虎凳还难受。

王师长笑了起来,说道:石光荣,你是享不了福的人。

石光荣呕完了,站起身来,望着王师长说道:你王长贵屁股金贵,你坐去吧,我可不受这份洋罪了!

上级部门又在追查那匹马的事情了。全师的战马都移交给了骑兵团,马的数量上却少了一匹,这到底是怎么回事,上级部门急着想知道一个究竟。这件事情说大不大,说小又不小,看来,想瞒是怎么都瞒不过去了,王师长和张政委两个人只好又一次把石光荣叫到了师部,这一回,他们要来个三堂会审了。

可是,石光荣任凭你说破了天,一口咬定那匹马就是蹽了。

石光荣脸红脖子粗地望着两个人说道:师长、政委,草原青真蹽了,不信你们可以搜哇!

张政委把石光荣看了好大一会儿,终于说道:搜啥搜,小伍子呢,他也蹽了?

一句话,竟把石光荣问得张口结舌了。

王师长终于看出了这其中的名堂,严肃地说道:上级首长说了,你要是不把马交出来,就要接受处分。

咋?不就是一匹马嘛,多大个事,还处分俺?!说着,石光荣毫不在乎地把头别向了一边。

张政委郑重其事地提醒道:这上缴马给骑兵团是首长的指示,全部队都得支持,你石光荣不支持就是破坏骑兵建设,就得接受处分。

他骑兵团又不差这一匹,这么大个东辽城都容不下一匹马吗?石光荣一下急了,气呼呼地说道,我看你们这是拿着鸡毛当令箭,连匹马都容不下,你们变了!

石光荣你住口!王师长望着石光荣大喝道,你还是不是一个团长了,上级的命令你都不听,我看你就不配当这个团长!

石光荣把脖子拧过来,两眼瞪着,不屈不挠地说道:喊啥喊,听你们这意思,俺要是不把这马交出去,就不让俺当这个团长了。那正好,俺不干这个团长了,回家当个马夫中不?

王师长和张政委两个人知道石光荣的脾气,听了这话,不觉同时怔了一下,接着,王师长向张政委使了个眼色。

张政委便继续说道:石光荣,你以为这部队是你家开的呀,想来就来,想走就走,你咋想的呀?告诉你,现在队伍进城了,把以前那些老习惯该丢丢了,你以为一匹马事小,弄不好是要坐牢的。

一听说因为一匹马的事情也会坐牢,石光荣有些半信半疑地抬起头来,望着张政委,问道:政委你别吓唬俺,还坐牢?

王师长插话说道:坐牢不是我们说的,是首长说的。

石光荣一下就有些为难了,一边犹豫着,一边忙又问道:那,那俺要求调到骑兵团去行不……

不行!王师长不等石光荣把话说完,打断道,人家骑兵团的人早就安排好了,人事安排上的事又不是种萝卜,想拔一个就拔一个。

这也不行,那也不行,到底让俺咋办才行?石光荣不由得抓耳挠腮,真的着急起来了。

王师长和张政委异口同声地说道:缴马!

这一回,石光荣彻底没脾气了……

石光荣最终还是把草原青缴了出来。

这天黄昏时分,石光荣百般留恋地看着已经回来的草原青,突然想到什么,便从口袋里掏出一把钱来,递给小伍子道:伍子,去买一筐鸡蛋来。

小伍子不解地望着石光荣问道:这时候买鸡蛋干啥?

石光荣摆摆头,声音低沉下来,说道:去吧!

小伍子犹豫了一下,终于把那钱接了过去。见小伍子低头走出了院门,石光荣转身回到了屋里,取出一个小板凳坐在了草原青的面前仔仔细细地打量着它,眼圈潮湿了,喃喃说道:伙计,你和石光荣有缘哪,俺当营长那会儿,你就和俺在一起,风里来雨里去,你救过俺那么多次,俺都记在心里了……

说着说着,石光荣再也无法控制自己了,一边流着泪水,一边哽咽起来:草原青,老伙计,你就是石光荣的战友,俺舍不得你呀,不管你到哪,俺都忘不下你,你走了,以后让石光荣的日子咋过呀!

草原青似乎听懂了石光荣的话,一边温顺地望着他,一边把头低了下来,伸出舌头舔舐着他的双手。石光荣顺势抱住了马头,一张脸贴了上去,禁不住热泪翻滚……

小伍子终于买回来半筐鸡蛋。

石光荣抹了一把脸上的泪水，站起身来，一颗一颗地取了，又一颗一颗地喂到了草原青的嘴里。等到喂完了那半筐鸡蛋，石光荣突然背过身去，哽着声音说道：伍子，快把马牵走吧！

小伍子听了，默默地牵过马缰绳往门外走去，走到了拐角处，不由又停下了步子回头看了一眼。就在这时，石光荣听到了一声马嘶。

小伍子含着泪水，喃喃说道：团长，你再看一眼草原青吧！

石光荣慢慢转过头来，猛地看到草原青眼里闪烁的泪光，一滴硕大的泪水此时已经溢出来了。

石光荣的心都要碎掉了，眼里的泪水又一次不知不觉地汹涌而出。望着草原青，石光荣缓缓举起了右臂。

小伍子见状，抬手抹了一把泪水，接着便拉起草原青消失在了拐角处。

石光荣放下手时已经泣不成声了，他一边蹲在地上，一边大哭道：草原青，石光荣会常去草原上看你……

没了草原青，石光荣的心里一下子就空了。

那些天里，石光荣就像丢了魂一样，没事的时候，就会空落落地挎着马刀、提着马鞭在大街上行走。每一回从住处出来，小伍子不放心，总是远远地跟在他的后面。

这一天，石光荣正心事重重地往前走着，竟迎面碰上了王师长。王师长皱着眉头问道：石光荣这是去哪呀，还整得周吴郑王的！

石光荣抬头望着天空，不觉长长地舒了一口气，说道：胸闷，出来透透气。

王师长一眼又看见了石光荣手里提着的马鞭子，便又问道：石光荣，马都交了，你还提个鞭子干啥？

石光荣随手抖了抖，百无聊赖地说道：习惯了，没了它俺这手没抓没挠的。

王师长很理解他的心情，想让他从思想里尽快脱离出来，顿了顿，便说道：石光荣，过两天我就要走了，我跟你说，你得适应，部队进城了，不比从前了，现在我就适应得很好，出门就坐车，比马快多了，跑得跟一溜烟似的。

石光荣望了一眼王师长，嘿嘿一笑，说道：我咋能跟你比，你屁股多金贵，坐啥都行，俺这屁股除了骑马，啥也坐不惯。

王师长就不再说什么了。想起那个文工团员的事情，关切地问道：那个褚琴咋样了?

石光荣下意识地摸了摸脑袋,如实说道:没咋样,这些天不是弄马嘛,正闹心呢,俺还没腾出空来去收拾她呢!

王师长想了想,凭着个人感觉说道:你可别吹牛,我看那个叫褚琴的够呛,她可比二龙山难攻多了。

石光荣又是嘿嘿一笑,胜券在握一般地说道:你放心,王百灵让俺错过了,这个褚琴她跑不了。

王师长一笑,说道:那好,等我走前,咱哥俩整两口,好好聊聊。

石光荣便应道:行,你不跟我整,我也会跟你整。

这样说着,王师长就先自告辞回师部去了,石光荣接着又在大街上溜达开了,小伍子仍然远远地跟在后面。

对于石光荣来讲,这一天实在难熬。人闲下来无事可做了,脑袋瓜子却又闲不下来,三三四四地净想些烦恼人的事情。

终于就到了这天傍晚,石光荣总算溜达累了,便回到了自己的住处。炒了一把黄豆,又孤独地自斟自饮起来。喝了不过三五口,小伍子突然兴冲冲地打外边走进来,喊道:团长,快去看演出吧,已经开始了!

石光荣抬起眼睛望着小伍子,摇了摇头,咕哝了一句:没意思。

团长,那干啥有意思,俺陪你去干。小伍子忙又凑过来问道。

干啥也没意思。石光荣叹息着说道,俺在想草原青呢,也不知它过得好不好。

说着,举起酒瓶又要往杯子里倒酒,却被小伍子一把夺了过来,小伍子说,团长,你不能再喝了,一喝多你就哭,做梦都喊草原青,咱没了草原青还有别的呢!

石光荣一边伸过手去,一边说道:没别的了,哪还有别的?你小子把酒给我!

小伍子不给,把那只酒瓶一下藏在了身后,问道:今天是文工团演出,褚琴指定来,你不看褚琴了?

褚琴?石光荣一听这个名字,忽地站了起来,嚷道,那你咋不早说?

小伍子笑着说道:俺早说你不听啊!

那还不快走?!石光荣一边招呼着小伍子,一边又顺手抓过马鞭,迈开大步就往演出现场走去了。

此时,平地搭起的舞台上正被几盏吊着的马灯映照着,舞台下面的一片空地上,两堆篝火正哔哔剥剥地燃烧着。

张政委和王师长坐在人群中的一条木凳上,看到石光荣,张政委忙招手道：石团长，来来，这里坐。

石光荣一边摇晃着马鞭子，一边嘿嘿笑着走了过去，张政委忙挪出一个位置让石光荣坐了，目光便一起落到了舞台上，台上的一群男女演员正合唱着一首《大刀进行曲》。

一旁的王师长侧身看了一眼石光荣，小声问道：马都没了，你没事从早到晚拎着它干啥？

石光荣一拧脖子，低声说道：俺愿意拎，你管得着吗？

那你拎，你最好拎一辈子。王师长接着呛了一句。

张政委笑了笑，压低声音说道：你们俩都少说两句吧，见面就掐，明天你们就掐不着了，王师长要去报到了。

石光荣听了，一下就动了感情，认真地朝王师长望了一眼，说道：妹夫，我会想你的。

王师长心里不觉一酸，努力地笑了笑，接着便抬起手臂搭在了石光荣肩膀上。两个人同时把头转向了舞台，眼睛虽然看着台上，心里却又想着对方，突然就有了泪水。

一个节目结束了，接着又看到报幕员走到台前，朗声报幕道：下面请欣赏舞蹈《解放区的天》，领舞者，褚琴。

声音落下，台下旋即就响起了一阵雨点般的掌声。石光荣满怀期待地望着台上，使劲地拍动着两只巴掌，一颗心竟怦怦地跳了起来。

那首热烈欢快的音乐旋律很快就响了起来，它的每一个音符几乎都已经刻在石光荣的心里了。随着音乐声的骤然响起，身穿一身新军装的褚琴出场了，她一边舞动着两条红绸子，一边欢快地在舞台上跳动着，两条长辫子随着节拍上下翻飞着，一时间让石光荣看呆了。

一阵雨点般的鼓掌又响了起来，石光荣一下子激动得红头涨脸，一边响亮地鼓着手掌，一边喊着：好！好！

又演过了几个节目之后，演出便结束了。

队伍喊着口号跑出了演出现场，偌大一个演出场地很快就变得空空荡荡了。演员们不大会儿工夫，也陆陆续续撤离了舞台，石光荣一直耐心地等着褚琴走出来，这才和小伍子一起远远地相跟在后边，向远处走去。

两个人一直跟随着褚琴走进了城里的一条胡同，又看到她举手敲响了一扇大门，喊道：妈、爸，我回来了！

门开了，一道灯光射了出来。褚琴一个侧身走了进去，旋即，吱扭一声就把门关严了。两个人这才悄悄寻了过去，站在门口，小伍子压低声音说道：没跑了，就是这儿了。

说着,小伍子上前一步,看了一眼门牌号,回头说道:团长,中街十三号。

石光荣点了点头,正色道:伍子,记住了,中街十三号,给俺看好了!

放心吧团长,就是把我自己忘了,也忘不了这儿!小伍子说道。

这是俺石光荣的新阵地,一个月内必须拿下!石光荣一边这样胸有成竹地说着,一边就挥动了马鞭,和小伍子一起回身走去了。